LA CONFIDENTIAL

Traducción de Carlos Gardini

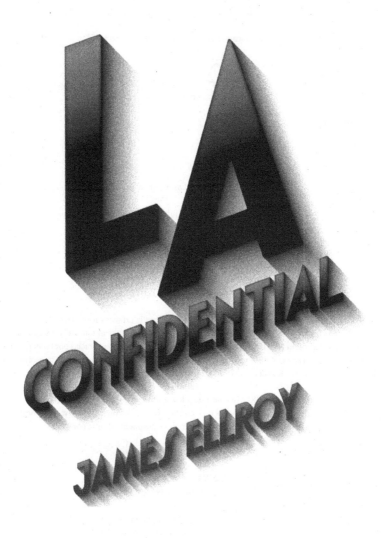

LITERATURA RANDOM HOUSE

Título original: *L.A. Confidential*

Primera edición: junio de 2017
Tercera reimpresión: mayo de 2022

© 1990, James Ellroy
© 2017, Penguin Random House Grupo Editorial, S. A. U.
Travessera de Gràcia, 47-49. 08021 Barcelona
© 1993, Carlos Gardini, por la traducción

Printed in Spain – Impreso en España

ISBN: 978-84-397-3290-7
Depósito legal: B-8.688-2017

Compuesto en M. I. Maquetación, S. L.
Impreso en Prodigitalk, S. L., Martorell, Barcelona

RH 32907B

Penguin
Random House
Grupo Editorial

A Mary Doherty Ellroy

Una gloria que cuesta todo y no significa nada…

STEVE ERICKSON

Índice

PRÓLOGO

21 de febrero de 1950

Un motel abandonado en las colinas de San Bernardino; Buzz Meeks se registró allí con noventa y cuatro mil dólares, nueve kilos de heroína de gran pureza, una escopeta calibre 10, un 38 especial, una automática 45 y una navaja que le había comprado a un mexicano en la frontera, antes de ver el coche aparcado al otro lado: matones de Mickey Cohen en un coche sin insignias de la policía de Los Ángeles, polizontes de Tijuana esperando para hacer contrabando con parte de sus mercancías y arrojar su cadáver al río San Isidro.

Llevaba una semana huyendo; ya había gastado cincuenta y seis mil dólares para conservar el pellejo: coches, escondrijos a cuatro o cinco mil pavos la noche. Tarifas de riesgo: los hoteleros sabían que Mickey Cohen lo buscaba porque le había quitado la droga y la mujer, la policía de Los Ángeles lo buscaba porque había matado a un agente. El acecho de Cohen le impedía vender la droga: nadie actuaría, por temor a las represalias; a lo sumo podría entregarla a los hijos de Doc Englekling: Doc la conservaría, la empaquetaría, la vendería después y le daría un porcentaje. Doc había trabajado con Mickey y tenía sesos suficientes como para tenerle miedo; los hermanos, cobrándole quince mil pavos, lo enviaron al motel El Serrano y le estaban preparando la fuga. Ese anochecer dos mexicanos lo llevarían a un campo de judías y lo despacharían a Guatemala vía aerolíneas polvo blanco. Buzz tendría nueve kilos de heroína trabajando para él en California, siempre que pudiera confiar en los chicos de Doc y ellos pudieran confiar en los distribuidores.

Meeks abandonó el coche en un pinar, cogió la maleta, estudió el panorama:

El motel tenía forma de herradura, una docena de habitaciones. Había colinas al fondo: imposible atacar desde la retaguardia.

El patio de gravilla estaba cubierto de ramas, papeles, botellas vacías: las pisadas crujirían, las llantas partirían madera y vidrio.

Había un solo acceso, el camino por donde había llegado. Los exploradores de avanzada tendrían que atravesar la arboleda para apuntarle.

O tal vez aguardaran en una habitación.

Meeks cogió la escopeta, abrió puertas a puntapiés. Una, dos, tres, cuatro: telarañas, ratas, cuartos de baño con el inodoro tapado, comida podrida, revistas en español. Quizá los distribuidores mexicanos usaran el motel para albergar a sus compatriotas cuando los llevaban a las granjas de esclavos del condado de Kern. Cinco, seis, siete. En efecto: familias mexicanas amontonadas sobre colchones, asustadas de un hombre blanco con un arma. «Calma, calma», dijo para tranquilizarlos. Las últimas habitaciones estaban vacías; Meeks cogió la maleta, la dejó en la unidad 12: vista del frente y del patio, un colchón de muelles que derramaba capoc, nada mal como último alojamiento en el país.

Un calendario con mujeres en la pared; Meeks buscó abril y miró su cumpleaños. Un jueves. La modelo tenía mala dentadura, pero aun así estaba apetitosa. Le recordó a Audrey: ex stripper, ex amante de Mickey; la razón por la cual Buzz había matado a un polizonte, había estropeado el trato Cohen/Dragna robándole la heroína. Pasó a diciembre, pensó en sus probabilidades de llegar a fin de año y se asustó: estómago revuelto, una vena palpitante en la frente, sudor.

Empeoró: temblores. Meeks apoyó su arsenal en el alféizar de una ventana, se llenó los bolsillos de municiones: balas para el 38, cargadores para la automática. Se colocó la navaja en el cinturón, cubrió la ventana trasera con el colchón, rompió la ventana delantera para que entrara aire. La brisa le enfrió la transpiración; fuera, chicos mexicanos jugaban con una pelota de béisbol.

Se quedó allí. Los espaldas mojadas se congregaron fuera: señalando el sol como si calcularan el tiempo, hora de que llegara el

16

camión. Faenas duras por tres comidas y un camastro. Anocheció; los mexicanos empezaron a parlotear; dos hombres blancos —uno gordo, otro flaco— entraron en el patio. Agitaron las manos; los mexicanos respondieron al saludo. No parecían polizontes ni matones de Cohen. Meeks salió, acompañado de su calibre 10.

Los hombres saludaron: gran sonrisa, cara inofensiva. Meeks miró la carretera: un sedán verde aparcado en diagonal, bloqueando algo de color azul claro, demasiado brillante para ser el cielo entre pinos. Un destello rebotó en la pintura metálica. Meeks recordó: Bakersfield, el encuentro con los tíos que necesitaban tiempo para conseguir la pasta. El cupé claro que intentó atacarlo un minuto después.

Meeks sonrió: amable, cara inofensiva. Un dedo en el gatillo; un vistazo al tío flaco: Mal Lunceford, un matón de la jefatura de Hollywood que miraba a las camareras del Scrivener's Drive-in, hinchando el pecho para lucir las cicatrices. El gordo, más cerca, dijo:

—El avión está esperando.

Meeks alzó la escopeta, disparó una perdigonada. El gordo recibió la andanada, voló, tapó a Lunceford, lo derribó. Los espaldas mojadas echaron a correr; Meeks entró en la habitación, oyó que rompían la ventana trasera, arrancó el colchón. Blancos fáciles: dos hombres, tres perdigonadas de cerca.

Los dos volaron en pedazos; el vidrio y la sangre salpicaron a otros tres que se acercaban junto a la pared. Meeks saltó, cayó al suelo, disparó contra tres pares de piernas; estiró la mano libre, arrebató un revólver de la cintura de un muerto.

Gritos en el patio; pisadas en la gravilla. Meeks soltó la escopeta, se aplastó contra la pared. Sobre los hombres, saboreando sangre; tiros a quemarropa en la cabeza.

Pasos en la habitación; dos rifles a poca distancia. Meeks gritó «¡Le dimos!», oyó hurras de victoria, vio brazos y piernas saliendo por la ventana. Cogió el arma más cercana y disparó: blancos atrapados, astillas de yeso, chispas encendiendo la madera seca.

Pisó los cuerpos, saltó a la habitación. La puerta de delante estaba abierta; sus pistolas aún estaban en el alféizar. Un chasquido;

Meeks vio a un hombre tendido, apuntando desde detrás del camastro.

Se arrojó al suelo, disparó, erró. El hombre lanzó un disparo, erró por poco; Meeks empuñó la navaja, saltó, atacó: el cuello, la cara. El hombre gritó, disparó. Las balas rebotaron. Meeks le abrió el gaznate, se arrastró hacia la puerta, la cerró, empuñó las pistolas, cobró aliento.

El fuego se extendía: asando cuerpos, maderas; la puerta de delante era la única salida. ¿Cuántos más?

Disparos.

Desde el patio: calibre grueso, arrancando trozos de pared. Uno le dio en la pierna, otro le rozó la espalda. Se arrojó al suelo. Los disparos seguían, la puerta cayó. Entre dos fuegos.

No más disparos.

Meeks se enfundó las pistolas bajo el pecho, se quedó tieso como un muerto. Largos segundos; cuatro hombres entraron empuñando rifles. Susurros: «Está fiambre», «Tengamos cuidado», «Loco cabrón». A través de la puerta, pasos. Mal Luncerford no estaba entre ellos.

Puntapiés en el costado, jadeos, risas burlonas. Alguien le puso el pie debajo.

—Gordo cabrón —dijo una voz.

Meeks le cogió el pie; el hombre cayó hacia atrás. Meeks giró disparando. A quemarropa, todos en el blanco. Cayeron cuatro hombres; una toma desde el suelo: el patio, Mal Lunceford echando a correr. Luego, a sus espaldas:

—Hola, muchacho.

Dudley Smith atravesó las llamas con chaqueta del departamento de bomberos. Meeks vio la maleta junto al colchón: noventa y cuatro mil pavos, droga.

—Dud, viniste preparado.

—Como los boy scouts, muchacho. ¿Palabras de despedida?

Suicidio: Dudley Smith estaba alerta. Meeks alzó las pistolas; Smith disparó primero. Meeks murió pensando que el motel El Serrano era igual que El Álamo.

PRIMERA PARTE

Navidad Sangrienta

1

Bud White en un coche sin insignia, viendo parpadear el «1951» del árbol de Navidad del Ayuntamiento. En el asiento trasero llevaba bebida para la fiesta de la Central; había presionado a los comerciantes todo el día, eludiendo el mandato de Parker: los casados tenían libres el 24 y Navidad, todos los turnos eran solo para solteros, los detectives de la Central debían apresar vagabundos. El jefe quería encerrar a los vagos del lugar para que no irrumpieran en la fiesta del alcalde Bowron para niños menesterosos y se engulleran los bizcochos. La Navidad anterior, un negro loco sacó la polla, orinó en una jarra de limonada destinada a los mocosos de un orfanato y ordenó a la señora Bowron: «Cógela, perra». William H. Parker pasó su primera Navidad como jefe del Departamento de Policía de Los Ángeles transportando a la esposa del alcalde al hospital para que la sedaran, y ahora, un año después, él pagaba las consecuencias.

El asiento trasero, cargado de botellas, le tenía la espalda hecha polvo. Ed Exley, el subcomandante de guardia, era un santurrón que se podía enfadar si cien polizontes empinaban el codo en la Central. Y Johnny Stompanato llevaba veinte minutos de retraso.

Bud encendió la radio policial. Palabras zumbonas: robos en tiendas, un atraco en una licorería de Chinatown. Se abrió la portezuela y entró Johnny Stompanato.

Bud encendió la luz del salpicadero.

—Felicidades —dijo Stompanato—. ¿Dónde está Stensland? Tengo algo para vosotros.

Bud le echó un vistazo. El guardaespaldas de Mickey Cohen llevaba un mes sin empleo. Mickey cumplía una sentencia federal por impuestos, de tres a siete meses en McNeil. Stompanato se dedicaba a hacerse la manicura y plancharse los pantalones.

—Sargento Stensland para ti. Él está arrestando a vagos, y la paga es igual de todos modos.

—Qué lástima. Me gusta el estilo de Dick. Tú lo sabes, Wendell.

El guapo Johnny: acicalado, rizos compactos. Se rumoreaba que tenía un miembro de caballo y para colmo se ponía relleno.

—Dime qué tienes.

—Dick es más cortés, agente White.

—¿Estás enamorado de mí o solo quieres charla?

—Yo estoy enamorado de Lana Turner, tú estás enamorado de los maridos violentos. También cuentan que eres muy cariñoso con las damas y que no eres selectivo en cuanto al aspecto.

Bud hizo crujir los nudillos.

—Y tú te ganas la vida jodiendo a la gente, y todo el dinero que Mickey dona para beneficencia no lo vuelve mejor que un camello o un chulo. Si presentan quejas contra mí porque fastidio a los maridos violentos, eso no me hace igual a ti. ¿*Capisci*, cabrón?

Stompanato sonrió, nervioso. Bud miró por la ventana. Un Santa Claus del Ejército de Salvación se echó monedas en la palma de la mano, echando una ojeada a la licorería de enfrente.

—Mira —dijo Stompanato—, tú quieres información y yo necesito dinero. Mickey y Davey Goldman están entre rejas, y Mo Jahelka se encarga de las cosas mientras los demás no están. Mo está de mala racha y no tiene trabajo para mí. Jack Whalen no me contrataría por nada del mundo, y Mickey no envió ningún sobre.

—¿Ningún sobre? Mickey salió bien librado. Oí que recobró la droga que le quitaron durante su reunión con Jack D.

Stompanato meneó la cabeza.

—Oíste mal. Mickey le echó el guante al ladrón, pero la droga no está en ninguna parte y el fulano se largó con ciento cincuenta mil dólares de Mickey. White, necesito dinero. Y si tu fondo para soplones está en orden, te pasaré datos confirmados.

—Vuélvete honesto, Johnny. Sé un hombre limpio como Dick Stensland y yo.

22

Stompanato rió, pero sin convicción.

–Un ladrón con ganzúa por veinte o un asaltante de tiendas que aporrea a la mujer por treinta. Un trato rápido. Vi al fulano asaltando Ohrbach's mientras venía.

Bud sacó un billete de veinte y uno de diez; Stompanato los agarró.

–Ralphie Kinnard. Rubio, gordo, cuarentón. Usa chaqueta de gamuza y pantalones de franela gris. Oí decir que le pegaba a su esposa y la prostituía para cubrir sus pérdidas de póquer.

Bud anotó todo.

–Feliz Navidad, Wendell –dijo Stompanato.

Bud le agarró la corbata y tiró de ella; la cabeza de Stompanato chocó contra el salpicadero.

–Feliz Navidad, bola de grasa.

Ohrbach's estaba atestado: enjambres de clientes en los mostradores y las secciones de ropa. Bud se abrió paso a codazos para llegar al tercer piso, territorio ideal para ladrones: joyas, licores.

Mostradores llenos de relojes; colas de treinta personas ante las cajas registradoras. Bud buscaba varones rubios, recibía empellones de amas de casa y niños. De pronto, un destello: un sujeto rubio con chaqueta de gamuza entrando en el servicio de hombres.

Bud entró. Dos tíos frente a los urinarios; pantalones de franela gris rozando el suelo del retrete, Bud se agachó, echó un vistazo. Bingo: manos acariciando joyas. Los dos tíos se cerraron la bragueta y salieron. Bud golpeó la puerta del retrete.

–Vamos, es Navidad.

La puerta se abrió de golpe. Un puñetazo, Bud lo recibió en plena cara, chocó contra el lavabo, rodó. Tapándose la cara con los brazos, Kinnard en fuga. Bud se levantó para perseguirlo.

La puerta, clientes cerrándole el paso, Kinnard escabulléndose por una salida lateral. Bud lo persiguió: la salida, la escalera de emergencia. El aparcamiento estaba vacío: ni coches ni Ralphie. Bud corrió a su coche patrulla, llamó por radio.

–4A31 a central, solicitando ayuda.

Estática, luego:

—Recibido, 4A31.

—Último domicilio conocido. Varón blanco, nombre de pila Ralph, apellido Kinnard. Creo que se deletrea K-I-N-N-A-R-D. Deprisa.

—Recibido.

Bud golpeó el coche: bam-bam. La radio crujió.

—4A31, afirmativo a su solicitud.

—4A31, recibido.

—Positivo. Kinnard, Ralph Thomas, varón blanco, fecha de nacimiento...

—Solo el maldito domicilio...

El otro pedorreó con la boca.

—Para tu calcetín de Navidad, idiota. El domicilio es Evergreen 1486, y espero que te...

Bud apagó el receptor, enfiló hacia City Terrace. Sesenta por hora, bocinazos, Evergreen en cinco minutos.

Las manzanas del 1200 y el 1300 pasaron deprisa; 1400, prefabricadas para veteranos. Bud aparcó, siguió las placas hasta el 1486, un edificio de estuco con una figura de neón en el techo, un trineo de Santa Claus.

Luces dentro; un Ford de antes de la guerra en la calzada. A través de la ventana: Ralphie Kinnard aporreando a una mujer en bata.

La mujer —treinta y cinco años, la cara hinchada— retrocedía ante Kinnard; la bata se le entreabrió: pechos magullados, costillas laceradas.

Bud regresó a buscar las esposas, vio el parpadeo de la radio y atendió.

—Aquí 4A31.

—Recibido, 4A31 Tenemos un ataque contra dos policías en un bar de Riverside 1990, seis sospechosos en fuga. Los identificaron por sus placas y han alertado a otras unidades.

Bud sintió un cosquilleo de alarma.

—¿Malo para los nuestros?

—Afirmativo. Vaya al número 5314 de la avenida Cincuenta y

tres, Lincoln Heights. Arreste a Dinardo, D-I-N-A-R-D-O, Sánchez, edad veintiuno, varón, mexicano.

–Recibido, y usted envíe un coche patrulla a Evergreen 1486. Sospechoso blanco, varón, bajo custodia. Yo no estaré allí, pero lo verán. Anuncie que iré para allá.

–¿Se presentará en la comisaría de Hollenbeck?

Bud respondió afirmativo, cogió las esposas. Volvió a la casa, buscó una caja eléctrica exterior. Movió interruptores hasta apagar las luces. El trineo de Santa Claus permaneció encendido; Bud tiró de un cable de salida. El neón se vino abajo: renos estallando. Kinnard corrió y tropezó con el reno Rodolfo. Bud le esposó las muñecas, le aplastó la cara contra la acera. Ralphie gritó y mordió grava; Bud le espetó su discurso contra maridos violentos.

–Saldrás en un año y medio, y yo sabré cuándo. Averiguaré quién es tu supervisor de libertad condicional y me haré amigo de él, te visitaré para saludarte. Si la tocas de nuevo, y pienso enterarme, te haré encerrar por violación de menores. ¿Sabes qué hacen con los violadores de menores en San Quintín? ¿Eh? Creo que lo tienes claro, ¿no?

Se encendieron luces. La esposa de Kinnard estaba tocando la caja de fusibles.

–¿Puedo ir a casa de mi padre? –preguntó.

Bud vació los bolsillos de Ralphie: llaves, un fajo de billetes.

–Coge el coche y arréglate un poco.

Kinnard escupió dientes. La esposa atajó las llaves y tomó un billete de diez.

–Feliz Navidad –dijo Bud.

La esposa de Ralphie le sopló un beso e hizo retroceder el coche, aplastando los renos titilantes.

Avenida Cincuenta y tres, código 2, sin sirena. Un coche patrulla lo adelantó; dos policías de uniforme y Dick Stensland salieron y se reunieron.

Bud tocó la bocina; Stensland se le acercó.

—¿Quién está allí, socio?

Stensland señaló una casucha.

—El tío que nos han descrito por radio, quizá más. Quizá cuatro mexicanos y dos blancos atacaron a los nuestros. Brownell y Helenowski. Brownell quizá tenga lesión cerebral. Helenowski quizá pierda un ojo.

—Grandes, seguramente.

Stensland apestaba: Listerine, ginebra.

—¿Te echas atrás?

Bud salió del coche.

—En absoluto. ¿Cuántos bajo custodia?

—Ninguno. El arresto es nuestro.

—Entonces di a los uniformados que no se entrometan.

Stensland meneó la cabeza.

—Son amigos de Brownell. Quieren su parte.

—Negativo, es nuestro. Los arrestamos, firmamos el formulario y lo celebramos a la hora del cambio de guardia. Tengo tres cajas: Walter Black, Jim Bean y Cutty Sark.

—Exley es el subcomandante de guardia. Es un aguafiestas y puedes apostar a que no aprueba la ebriedad en horas de servicio.

—Sí, y Frieling es el jefe de guardia y es un puñetero borracho como tú. No te preocupes por Exley. Y antes debo preparar un informe, así que andando.

Stensland rió.

—¿Ataque premeditado contra una mujer? ¿Qué es eso? ¿Artículo seis veintitrés, punto uno, del Código Penal de California? Bien, yo soy un puñetero borracho y tú eres un puñetero benefactor.

—Sí, y apestas. ¿Qué dices?

Stensland parpadeó. Bud avanzó por el flanco: hasta el porche, pistola en mano. La casucha tenía cortinas oscuras; Bud captó un anuncio radial. Chevrolet Félix el Gato. Dick pateó la puerta.

Gritos, un mexicano y una mujer corriendo. Stensland apuntó alto; Bud le bloqueó el disparo. Corredor abajo, Bud los alcanzó. Stensland jadeaba, tropezaba con muebles. La cocina: los hispanos se toparon con una ventana.

Dieron media vuelta, alzaron las manos: un pachuco macarra, una bonita muchacha con seis meses de embarazo.

El chico se puso de cara a la pared: un profesional. Bud lo cacheó: documento de Dinardo Sánchez, monedas. La muchacha sollozaba; fuera ululaban sirenas. Bud hizo darse la vuelta a Sánchez, le pateó los huevos.

—Por los nuestros, Pancho. Y te salió barato.

Stensland agarró a la muchacha.

—Vete a pasear, preciosa. Antes de que mi amigo examine tu tarjeta verde.

Esas palabras la asustaron. «¡Madre mía!, ¡madre mía!», gritaba mientras Stensland la arrastraba a la puerta. Sánchez gemía. Bud vio un enjambre de uniformes azules en la calzada.

—Les entregaremos a Pancho.

Stensland recobró el aliento.

—Se lo entregaremos a los amigos de Brownell.

Entraron dos uniformados con aire de novatos. Bud vio una salida.

—Esposadlo y llevadlo. Ataque a policías y resistencia al arresto.

Los novatos se llevaron a Sánchez a rastras.

—Tú y las mujeres —dijo Stensland—. ¿Después qué? ¿Chicos y perros?

La mujer de Ralphie, magullada en Navidad.

—Lo estoy pensando. Vamos, llevemos esa bebida. Pórtate bien y tendrás tu propia botella.

2

Preston Exley corrió el telón. Sus invitados suspiraron de admiración; un concejal aplaudió, derramó ponche de huevo sobre una dama de la alta sociedad. Ed Exley pensó: No es la típica Nochebuena de un policía.

Miró el reloj de pulsera: 8.46. Tenía que estar en la jefatura a medianoche. Preston Exley señaló el modelo a escala.

Ocupaba la mitad de su estudio: un parque de atracciones lleno de montañas de papel maché, naves cohete, pueblos del Salvaje Oeste. Personajes de dibujos animados en la puerta: el Ratón Moochie, la Ardilla Scooter, el Pato Danny. Creaciones de Raymond Dieterling, presentadas en la *Hora de los Sueños* y veintenas de películas.

—Damas y caballeros, les presentamos la Tierra de los Sueños. Exley Construction la edificará en Pomona, California, y la fecha de inauguración será en abril de 1953. Será el parque de atracciones más sofisticado de la historia, un universo autónomo donde los niños de todas las edades podrán disfrutar del mensaje de diversión y buena voluntad que caracteriza a Raymond Dieterling, el padre de la animación moderna. La Tierra de los Sueños presentará a los personajes favoritos de Dieterling, y será un refugio para los jóvenes y los jóvenes de corazón.

Ed miró a su padre: cincuenta y siete años, con aspecto de cuarenta y cinco, un policía descendiente de una larga dinastía de policías que celebraba la Nochebuena en una mansión de Hancock Park, con políticos que abandonaban sus fiestas a un chasquido de sus dedos. Los invitados aplaudieron. Preston señaló una montaña coronada de nieve.

–El Mundo de Paul, damas y caballeros. Una réplica en escala de una montaña de Sierra Nevada. El Mundo de Paul presentará un excitante tobogán y un refugio de esquiadores donde Moochie, Scooter y Danny actuarán para toda la familia. ¿Y quién es el Paul del Mundo de Paul? Paul era el hijo de Raymond Dieterling, fallecido trágicamente en 1936, en plena adolescencia, perdido en un alud durante una excursión... perdido en una montaña como esta. Así pues, de la tragedia nacen la afirmación y la inocencia. Y, damas y caballeros, cada centavo de cada dólar gastado en el Mundo de Paul irá dirigido a la Fundación contra la Polio Infantil.

Grandes aplausos. Preston hizo un gesto con la cabeza a Timmy Valburn, el actor que hacía el papel del Ratón Moochie en la *Hora de los Sueños*, siempre comiendo queso con sus grandes dientes. Valburn golpeó con el codo al hombre que tenía al lado; el hombre le devolvió el gesto.

Art De Spain captó la mirada de Ed; Valburn se puso a actuar como Moochie. Ed llevó a De Spain al pasillo.

–Gran sorpresa, Art.

–Dieterling lo anunciará en la *Hora de los Sueños*. ¿Tu padre no te contó nada?

–No, y yo no sabía que él conocía a Dieterling. ¿Lo conoció durante el caso Atherton? ¿Acaso Wee Willie Wennerholm no era una de las estrellas infantiles de Dieterling?

De Spain sonrió.

–Entonces yo era asistente de tu padre, y creo que los caminos de esos dos grandes hombres nunca se cruzaron. Preston conoce a gente, es todo. Por cierto, ¿ha visto al Ratón y a su compañero?

Ed asintió.

–¿Quién es él?

Risas desde la habitación. De Spain guió a Ed hacia el estudio.

–Es Billy Dieterling, el hijo de Ray. Es cámara de la serie *Placa de Honor*, que ensalza a nuestro amado Departamento de Policía de Los Ángeles ante millones de telespectadores todas las semanas. Quizá Timmy le pase queso por la polla antes de chupársela.

Ed rió.

—Art, eres un cabrón.

De Spain se acomodó en una silla.

—Eddie, de ex policía a policía, cuando dices palabras como «cabrón» pareces un profesor universitario. Y «Eddie» no te pega; tú eres un «Edmund».

Ed se acomodó las gafas.

—Ya veo venir el consejo de mis mayores. Quédate en Patrullas, porque fue así como Parker llegó a jefe. Debo ascender en puestos administrativos, pues no tengo presencia de mando.

—No tienes sentido del humor. ¿Y no te puedes deshacer de esas gafas? Entorna los ojos, haz algo. Fuera de Thad Green, no conozco a ningún fulano de Detectives que use gafas.

—Vaya, echas de menos el Departamento. Creo que si pudieras abandonar Exley Construction y tus cincuenta mil al año por un puesto de novato en el Departamento, lo harías.

De Spain encendió un puro.

—Solo si tu padre viniera conmigo.

—¿Solo así?

—Solo así. Fui teniente de Preston, y todavía soy número dos. Me agradaría estar a la par.

—Si tú no conocieras los aserraderos, Exley Construction no existiría.

—Gracias. Y líbrate de esas gafas.

Ed cogió una foto enmarcada: su hermano Thomas de uniforme, retratado el día antes de su muerte.

—Si fueras un novato, te castigaría por insubordinación.

—Sin duda. ¿Cómo quedaste en el examen de teniente?

—Primero entre veintitrés solicitantes. Yo era el menor de ellos, por ocho años de diferencia, con menos años como sargento y menos años en el Departamento de Policía.

—Y quieres llegar a Detectives.

Ed dejó la foto.

—Sí.

—Entonces, primero calcula un mínimo de un año para que haya una apertura, y quizá te metan en la Patrulla. Luego tendrás muchos años de espera y servilismo para lograr una transferencia a la Oficina. ¿Tienes veintinueve?

—Sí.

—Entonces serás teniente a los treinta o treinta y uno. Un oficial tan joven crea resentimientos. Bromas aparte, Ed. No eres como los demás. No eres un tipo duro. No eres para Detectives. Y la jefatura de Parker ha sentado un precedente para que la gente de la Patrulla ascienda. Piénsalo.

—Art —dijo Ed—, quiero trabajar en casos. Estoy conectado y gané la Cruz del Servicio Distinguido, que para algunos podría servir como antecedente de dureza. Y conseguiré una asignación para Detectives.

De Spain limpió su fajín de cenizas.

—¿Podemos hablar con franqueza, mi querido Ed?

El término afectuoso era irritante.

—Desde luego.

—Bien… Eres bueno, y con el tiempo podrías ser muy bueno. Y no pongo en duda tu instinto. Pero tu padre era implacable y simpático. Y tú no lo eres, así que…

Ed apretó los puños.

—¿Qué, tío Arthur? De un polizonte que abandonó el Departamento por dinero a un polizonte que jamás haría eso… ¿qué me aconsejas?

De Spain hizo una mueca.

—Sé servil e inclínate ante los hombres indicados. Besa el trasero de William H. Parker y ruega para estar en el lugar adecuado a la hora adecuada.

—¿Como tú y mi padre?

—*Touché*, querido Jim.

Ed se miró el uniforme: azul e impecable. Bien planchado, galones de sargento, una sola tira.

—Pronto tendrás las barras de oro, Ed —dijo De Spain—. Y trenzas en la gorra. Y yo no te fastidiaría si no me importaras.

—Lo sé.

—Y qué diablos, eres un héroe de guerra.

Ed cambió de tema.

—Es Navidad. Estás pensando en Thomas.

—Sigo creyendo que pude haberle advertido. Ni siquiera tenía abierta la funda del arma.

—¿Un carterista con pistola? Jamás pudo preverlo.

De Spain apagó el puro.

—Thomas tenía talento, y siempre creí que él debía darme consejos. Por eso insisto en aclararte las cosas.

—Murió hace doce años, y lo enterraré como policía.

—Olvidaré que has dicho eso.

—No, recuérdalo. Recuérdalo cuando yo llegue a Detectives. Y cuando mi padre brinde por Thomas y mamá, no te pongas sensiblero. Lo deja abatido durante días.

De Spain se levantó, sonrojándose; Preston Exley entró con vasos y una botella.

—Feliz Navidad, padre —dijo Ed—. Y felicitaciones.

Preston llenó los vasos.

—Gracias. Exley Construction culmina su tarea en la autopista de Arroyo Seco con un reino para un roedor glorificado, y jamás probaré otro pedazo de queso. Un brindis, caballeros. Por el eterno descanso de mi hijo Thomas y mi esposa Marguerite, por los tres que estamos aquí reunidos.

Los hombres bebieron; De Spain volvió a servir. Ed hizo el brindis favorito de su padre:

—Por la resolución de crímenes que exigen justicia absoluta.

Apuraron tres tragos más.

—Padre —dijo Ed—, no sabía que conocías a Raymond Dieterling.

Preston sonrió.

—Hace años que trato con él por negocios. Art y yo mantuvimos el contrato en secreto a petición de Raymond... Quiere anunciarlo en ese programa infantil de televisión.

—¿Lo conociste durante el caso Atherton?

—No, y desde luego entonces no estaba en el negocio de la construcción. Arthur, ¿deseas proponer un brindis?

De Spain sirvió tragos cortos.

—Porque nuestro futuro teniente llegue a la Oficina de Detectives.

Risas, exclamaciones.

–Joan Morrow estaba preguntando por tu vida amorosa, Edmund –dijo Preston–. Creo que la tienes coladita.

–¿Ves a una debutante como esposa de un policía?

–No, pero la imagino casada con un oficial de rango.

–¿Jefe de Detectives?

–No, pensaba en comandante de la División de Patrullas.

–Padre, Thomas iba a ser tu jefe de Detectives, pero está muerto. No me niegues mi oportunidad. No me hagas vivir un viejo sueño tuyo.

Preston miró fijamente a su hijo.

–Has sido claro, y te lo agradezco. Tienes razón, era mi sueño. Pero lo cierto es que no creo que tengas ese ojo para las flaquezas humanas que define al buen detective.

Su hermano: un genio matemático loco por las muchachas bonitas.

–¿Thomas lo tenía?

–Sí.

–Padre, yo habría disparado a ese carterista en cuanto metía la mano en el bolsillo.

–Demonios –masculló De Spain.

Preston lo hizo callar.

–Está bien, Edmund. Unas preguntas antes de que regrese con mis invitados. Primero, ¿estarías dispuesto a plantar pruebas contra un sospechoso de quien sabes que es culpable para asegurar su condena?

–Tendría que…

–Contesta sí o no.

–Yo… no.

–¿Estarías dispuesto a disparar contra asaltantes armados y poco escrupulosos por la espalda para impedir que utilicen fallos del sistema legal para salir en libertad?

–Yo…

–Sí o no, Edmund.

–No.

–¿Estarías dispuesto a arrancar confesiones a golpes a sospechosos que sabes que son culpables?

33

–No.

Preston suspiró.

–Entonces, por amor de Dios, busca puestos donde no tengas que enfrentarte con esas opciones. Usa esa inteligencia superior que Dios te ha dado.

Ed se miró el uniforme.

–Usaré esa inteligencia como detective.

Preston sonrió.

–Detective o no, tienes el don de la perseverancia, algo que no tenía Thomas. Te destacarás, mi héroe de guerra.

Sonó el teléfono. De Spain lo atendió. Ed pensó en trincheras japonesas y no pudo sostener la mirada de Preston.

–El teniente Frieling –dijo De Spain–. Dice que las celdas están casi llenas, y dos agentes han sido atacados esta noche. Hay dos sospechosos bajo custodia, y otros cuatro están prófugos. Ha pedido que te presentes mañana temprano.

Ed se volvió hacia su padre. Preston caminaba por el pasillo, bromeando con el alcalde Bowron, que llevaba el sombrero del Ratón Moochie.

3

Recortes de prensa en su panel de corcho: «Cruzado de la droga herido en tiroteo», «El actor Mitchum detenido por posesión de marihuana». Artículos de *Hush-Hush* enmarcados sobre su escritorio: «Adictos tiemblan cuando actúa el Enemigo de la Droga»; «Declaran actores: *Placa de Honor* debe su autenticidad al enérgico asesor técnico». La nota sobre *Placa de Honor* incluía una foto: el sargento John «Jack» Vincennes con el protagonista de la serie, Brett Chase. El artículo no incluía chismes del archivo privado del editor: Brett Chase como pedófilo, con tres sentencias por sodomía.

Jack Vincennes echó un vistazo al despacho de la División de Narcóticos. Desierto, oscuro, solo la luz de su cubículo. Diez minutos para la medianoche. Había prometido a Dudley Smith que pasaría a máquina un informe sobre el crimen organizado para la División de Inteligencia; había prometido al teniente Frieling una caja de bebida para la fiesta de la jefatura. Sid «Hush-Hush» Hudgens debía traer ron, pero no había aparecido. El informe de Dudley: le había pedido ese favor porque Jack escribía cien palabras por minuto; se lo pagaría mañana: un encuentro con Dudley y Ellis Loew, un almuerzo en el Pacific Dining Car. Trabajos inminentes, trabajos para ganar influencia en la Fiscalía del Distrito. Jack encendió un cigarrillo, leyó.

Vaya informe: once páginas, mucha verborrea, muy Dudley. El tema: actividad del hampa de Los Ángeles con Mickey Cohen entre rejas. Jack corregía, escribía a máquina.

Cohen estaba en la penitenciaría federal de McNeil Island: de tres a siete años, evasión de impuestos. Davey Goldman, el contable de Mickey, también estaba allí: de tres a siete años, seis acusaciones de fraude en impuestos federales. Smith pronosticaba posibles escaramuzas entre Morris Jahelka, el sicario de Cohen, y Jack «El Ejecutor» Whalen. Deportado Jack Dragna, señor feudal del hampa, esos dos hombres podrían controlar la usura, las apuestas, la prostitución y las carreras. Smith afirmaba que Jahelka era demasiado ineficaz para merecer vigilancia policíaca; que John Stompanato y Abe Teitlebaum, hombres fuertes de Cohen, parecían haber entrado en la legalidad. Lee Vachss, pistolero a sueldo de Cohen, estaba trabajando en una secta religiosa: vendía medicinas patentadas que garantizaban experiencias místicas.

Jack siguió escribiendo. La evaluación de Dudley era errónea: Johnny Stompanato y Kikey Teitlebaum tenían el rumbo marcado; jamás podrían enderezarse. Introdujo otra hoja.

Un nuevo tema: la reunión Cohen/Dragna en febrero del 50, robo de doce kilos de heroína y ciento cincuenta mil dólares. Jack había oído rumores: un ex poli llamado Buzz Meeks interrumpió la «cumbre», escapó y fue alcanzado por las balas cerca de San Bernardino. Lo liquidaron matones de Cohen y polizontes corruptos de Los Ángeles, por orden de Mickey: Meeks robó la droga de Mickey y se acostaba con su amante. Aparentemente el caballo había desaparecido. Teoría de Dudley: Meeks enterró el dinero y la heroína en un sitio desconocido y alguien lo liquidó, tal vez un pistolero de Cohen. Jack sonrió: si el Departamento había participado, Dudley jamás lo implicaría, ni siquiera en un informe interno.

A continuación, el resumen de Smith: encerrado Mickey C., la actividad del hampa había menguado; el Departamento de Policía de Los Ángeles debía estar alerta a rostros nuevos ansiosos de apropiarse de los negocios de Cohen; la prostitución se consolidaba más allá de la frontera del condado, con aprobación del Departamento del Sheriff. Jack firmó la última página: «Respetuosamente, teniente D. L. Smith».

Sonó el teléfono.

—Narcóticos, Vincennes.

—Soy yo. ¿Tienes hambre?

Jack dominó su furia. Quizá Hudgens disfrutara haciéndolo rabiar.

—Sid, es tarde. Y la fiesta ya empezó.

—Tengo algo mejor que bebida. Tengo dinero.

—Habla.

—Hablo: Tammy Reynolds, coprotagonista de *Cosecha de esperanzas*, estrena mañana en toda la ciudad. Un tío a quien conozco le vendió marihuana, arresto garantizado. Entrará en éxtasis en Maravilla 2245, Hollywood Hills. Tú arrestas, yo te incluyo en el próximo número. Como es Navidad, le pasaré mis notas a Morty Bendish del *Mirror*, así llegarás también a los periódicos. Más cincuenta en efectivo y el ron. ¿Soy el puto Santa Claus o qué?

—Fotos.

—Seguro. Lleva el blazer azul, a juego con tus ojos.

—Cien, Sid. Necesito dos uniformados a veinte cada uno y unos centavos para el jefe de guardia de Hollywood. Y tú te harás cargo.

—¡Jack! Es Navidad…

—No, es posesión ilegal de marihuana.

—Demonios. ¿Media hora?

—Veinticinco minutos.

—Estaré allí, maldito extorsionador.

Jack colgó, trazó una X en el calendario. Otro día sin alcohol ni marihuana: cuatro años y dos meses consecutivos.

El escenario: la calle Maravilla acordonada, dos uniformados junto al Packard de Sid Hudgens, los coches patrulla junto a la acera. La calle estaba oscura y tranquila, Sid tenía preparada una lámpara de arco voltaico. Se veía el Boulevard, Grauman's Chinese incluido: magnífico para una foto comprometedora. Jack aparcó, se acercó.

Sid lo saludó con el dinero.

—Ella está sentada en la oscuridad, mirando el árbol de Navidad. La puerta parece endeble.

Jack desenfundó el 38.

–Di a los muchachos que pongan la bebida en mi maletero. ¿Quieres Grauman's de fondo?

–¡Sensacional! ¡Jack, eres el mejor del Oeste!

Jack le echó una ojeada: flaco como un espantajo, entre treinta y cinco y cincuenta años, custodio supremo de secretos sucios. Quizá Sid supiera lo del 24/10/47, quizá no; si lo sabía, los tratos entre ambos durarían toda la vida.

–Sid, cuando la traiga a la puerta, no quiero ese maldito foco en los ojos. Díselo al fotógrafo.

–Dalo por hecho.

–Bien, bien, ahora cuenta hacia atrás a partir de veinte.

Hudgens contó; Jack se acercó y pateó la puerta. Un fogonazo, un cuarto de estar fotografiado de lleno: árbol de Navidad, dos chicos besuqueándose en ropa interior. Jack gritó «¡Policía!» y los tórtolos quedaron paralizados. La luz alumbró un grueso saco de hierba en el sofá.

La muchacha rompió a llorar; el chico buscó sus pantalones. Jack apoyó el pie en su pecho.

–Las manos, despacio.

El chico juntó las muñecas; Jack lo esposó con una sola mano. Los uniformados irrumpieron y recogieron pruebas; Jack recordó: Rock Rockwell, galán de la RKO. La muchacha corrió; Jack la agarró. Dos sospechosos del cuello. Salió por la puerta, bajó la escalinata.

–¡Grauman's, mientras todavía hay luz! –gritó Hudgens.

Jack los enmarcó: preciosidades semidesnudas en ropa interior. Los flashes centellearon.

–¡Basta! ¡Lleváoslos! –gritó Hudgens.

Los uniformados obedecieron: Rockwell y la muchacha lloriqueaban mientras los llevaban al coche patrulla. Luces en las ventanas, curiosos abriendo puertas. Jack entró de nuevo en la casa.

Humo de marihuana: cuatro años después, esa bazofia aún olía bien. Hudgens abría cajones, sacaba consoladores, collares de perro con púas. Jack encontró el teléfono, hojeó la libreta buscando camellos: bingo. Cayó una tarjeta: «Fleur-de-Lis. Veinticuatro horas al día. Todo lo que desees.»

Sid empezó a murmurar. Jack dejó la tarjeta donde estaba.

–Veamos cómo suena.

Hudgens se aclaró la garganta.

–Es mañana de Navidad en la ciudad de Los Ángeles, y mientras los ciudadanos decentes duermen el sueño de los justos, los adictos buscan marihuana, la hierba cuyas raíces están en el infierno. Tammy Reynolds y Rock Rockwell, estrellas cinematográficas con un pie en el Hades, disfrutan del vicio en el vistoso refugio de Tammy en Hollywood, sin saber que están jugando con fuego sin guantes de amianto, sin saber que un hombre irá a extinguir ese fuego: el impetuoso Gran V, el célebre Jack Vincennes, enemigo del delito, flagelo de adictos y yonquis. Siguiendo el dato de un informador anónimo, el sargento Vincennes, bla, bla, bla. ¿Te gusta, Jack?

–Sí, tiene sutileza.

–No, tiene una tirada de novecientos mil ejemplares. Creo que intercalaré que te divorciaste dos veces porque tus esposas no podían soportar tu cruzada y tu nombre viene de un orfanato de Vincennes, Indiana. El Gran V.

Su apodo en Narcóticos: Jack Cubo de Basura, evocación del momento en que había agarrado a Charlie «Bird» Parker y lo había arrojado a un cubo de basura frente al Klub Zamboanga.

–Deberías cargar las tintas sobre *Placa de Honor*. Mi amistad con Miller Stanton, cómo enseñé a Brett Chase a hacer de poli. Jefe de asesoría técnica, esas cosas.

Hudgens rió.

–¿A Brett aún le gustan los púberes?

–¿Los negros saben bailar?

–Solo al sur de Jefferson Boulevard. Gracias por la nota, Jack.

–De nada.

–Lo digo en serio. Siempre es agradable verte.

«Maldita cucaracha, vas a guiñarme el ojo porque sabes que puedes liquidarme ante ese idiota moralista de William H. Parker cuando quieras. Pagos por arrestos desde el año 48. Tal vez tengas documentos preparados para quedar limpio y crucificarme.»

Hudgens le guiñó el ojo.

Jack se preguntó si tendría todos esos datos.

4

La fiesta en marcha, la sala de reuniones atestada.

Barra libre: whisky escocés, bourbon, una caja de ron traída por Jack «Cubo de Basura» Vincennes. El brebaje de Dick Stensland en la nevera portátil: Old Crow, ponche de huevo. Un fonógrafo emitía villancicos obscenos: Santa Claus y sus renos chupando y follando. El lugar estaba lleno: uniformados de guardia, el escuadrón de la Central. Sedientos después de perseguir vagabundos.

Bud observaba a la multitud. Fred Turentine arrojaba dardos a carteles de delincuentes buscados; Mike Krugman y Walt Dukeshearer jugaban a «acertar el negro», tratando de identificar fotos de negros a veinticinco centavos la apuesta. Jack Vincennes bebía soda; el teniente Frieling dormía la mona en el escritorio. Ed Exley trató de apaciguar a los hombres, desistió, se atuvo a su tarea: consignar los prisioneros, preparar informes.

Casi todos estaban ebrios o camino de estarlo.

Casi todos hablaban de Helenowski y Brownell, de los culpables encerrados, de los dos aún prófugos. Bud se paró junto a la ventana. Una oleada de rumores: Brownie Brownell tenía el labio partido hasta la nariz, uno de los mexicanos había arrancado la oreja de Helenowski de una dentellada. Dick Stensland había cogido una escopeta para ir a cazar mexicanos. Eso era creíble; había visto a Dick llevando una Ithaca al aparcamiento.

El ruido era ensordecedor. Bud salió al aparcamiento, se apoyó en un coche patrulla.

Empezó a lloviznar. Un alboroto junto a la puerta de las celdas. Dick Stensland entrando a dos hombres a empellones. Un grito;

Bud calculó cuántas probabilidades tendría Stensland de cumplir veinte años como policía: con él observando, apuesta igualada; sin él, dos contra uno. En la sala de reuniones: la voz de tenor de Frank Doherty, un plañidero «Silver Bells».

Bud se alejó de la música. Le recordaba a su madre. Encendió un cigarrillo, pensó en su madre de todos modos.

La había visto morir: dieciséis años, incapaz de hacer nada. Su padre llegó a casa; debía haber creído en la advertencia del hijo: tocas de nuevo a mamá y te mato. Bud dormía cuando su padre le esposó las muñecas y los tobillos; una vez despierto vio cómo el bastardo mataba a su madre a golpes con una barra de metal. Gritó hasta quedar ronco; se quedó esposado en el cuarto, con el cadáver: una semana sin agua, delirando, vio cómo se pudría su madre. Un supervisor escolar encontró a Bud; el Departamento del Sheriff encontró a su padre. El juicio, una defensa por facultades alteradas, un regateo para llegar a homicidio en segundo grado. Cadena perpetua, su padre en libertad condicional a los doce años. Su hijo, el agente Wendell White del Departamento de Policía de Los Ángeles, decidió matarlo.

Su padre no estaba en ninguna parte.

Se había saltado la libertad condicional; Bud no encontró nada en los tugurios de Los Ángeles. Aún seguía buscando, aún despertaba al oír gritos de mujeres. Siempre investigaba; siempre oía ruidos. Una vez derribó una puerta y dentro encontró a una mujer que se había quemado la mano. Una vez irrumpió en un cuarto donde un marido hacía el amor con su esposa.

Su padre no estaba en ninguna parte.

Llegó a detective, tuvo por compañero a Dick Stensland. Dick le enseñó los rudimentos, escuchó su historia, le dijo que se desquitara escogiendo sus casos. Papá no estaba en ninguna parte, pero aporrear maridos crueles ahuyentaría sus pesadillas. Bud escogió su primer gran caso: una riña doméstica, la denunciante una experta en recibir porrazos, el arrestado un tío que había sido condenado tres veces. Hizo un desvío camino a la jefatura, preguntó al arrestado si quería bailar con un hombre para variar: sin esposas, quedaría en libertad si ganaba. El sujeto aceptó: Bud le partió la nariz y la mandíbula, le destrozó el bazo de un puntapié. Dick tenía razón: las pesadillas cesaron.

Su reputación de hombre más duro del Departamento creció.

La mantuvo; hacía seguimientos, llamadas intimidatorias si los canallas no eran condenados, porrazos de bienvenida si eran condenados y salían en libertad condicional. No aceptaba invitaciones a la cama por gratitud y conseguía mujeres en otra parte. Llevaba una lista de fechas de juicios y excarcelaciones, y enviaba tarjetas postales a los bastardos cuando estaban encerrados; recibió un aluvión de quejas por uso abusivo de la fuerza y salió bien librado. Dick Stensland lo transformó en un detective decente; ahora él actuaba como cuidador de su maestro: manteniéndolo sobrio cuando estaban de servicio, conteniéndolo cuando ansiaba disparar a alguien por gusto. Él había aprendido a dominarse, pero a Stensland solo le quedaban malas costumbres: pedía bebida en los bares, dejaba escabullirse a los proveedores por un poco de droga.

La música se volvió discordante. No sonaba como música. Bud oyó ruidos, gritos en las celdas.

El ruido se intensificó. Bud vio una estampida: de la sala de reuniones a las celdas. Un destello: Stensland enloqueciendo, alcohol, un alboroto. Liquidad a los que liquidan policías. Bud corrió, llegó a la puerta.

El pasillo atestado, las celdas abiertas, hombres en fila. Exley pidiendo orden, abriéndose paso a codazos sin llegar a ninguna parte. Bud halló la lista de prisioneros; poniendo marcas en «Sánchez, Dinardo», «Carbijal, Juan», «García, Ezekiel», «Chasco, Reyes», «Rice, Dennis», «Valupeyk, Clinton», los seis culpables bajo custodia.

Los vagos de la celda de borrachos azuzaban a los hombres.

Stensland entró en la celda número cuatro, agitando una nudillera.

Willie Tristano aplastó a Exley contra la pared; Crum Crumley le cogió las llaves.

Los policías iban de celda en celda. Elmer Lentz, manchado de sangre, sonriente. Jack Vincennes junto a la oficina del jefe de guardia, el teniente Frieling roncando en su escritorio.

Bud se abrió paso.

Intentaron frenarlo, pero vieron quién era y lo dejaron pasar. Stensland entró en la número tres; Bud lo siguió. Dick estaba pegando a un chicano enclenque. Porrazos en la cabeza. El chico estaba de rodillas, escupiendo dientes. Bud agarró a Stensland; el mexicano escupió sangre.

–Eh, míster White. Te conozco, puto. Le pegaste a mi amigo Caldo porque azotaba a su esposa. Ella era una puta, pendejo. ¿Es que no tienes sesos?

Bud soltó a Stensland; el mexicano alzó el dedo corazón en un gesto obsceno. Bud lo pateó, lo agarró por el cuello. Ovaciones, exclamaciones, insultos. Bud golpeó la cabeza del mexicano contra el techo; un uniformado entró a empellones. La voz de niño rico de Ed Exley:

–Basta, agente. ¡Es una orden!

El mexicano le pateó los huevos. Bud cayó contra las rejas; el chico salió de la celda, chocó contra Vincennes. Cubo de Basura, boquiabierto: sangre en su blazer de cachemir. Tumbó al mexicano con un par de puñetazos; Exley salió de las celdas.

Gritos, aullidos, alaridos: más fuertes que mil sirenas código 3.

Stensland sacó una botella de ginebra. Bud vio a cada hombre de allí condenado para siempre al distrito negro. De puntillas, una buena vista: Exley arrojando la bebida al suelo.

Voces: así me gusta, Bud. Caras distorsionadas. Exley seguía arrojando bebida al suelo, Testigo Abstemio. Bud corrió por el pasillo, lo agarró con fuerza.

Encerrado en un cuartucho estrecho. Sin ventanas ni teléfono ni interfono. Anaqueles, estropajos, escobas, un fregadero tapado lleno de vodka y ron. La puerta estaba reforzada con acero; ese brebaje apestaba como un vómito. En el conducto de la calefacción retumbaban gritos y golpes.

Ed golpeó la puerta. Ninguna respuesta. Aulló por el conducto. El aire caliente le pegó en la cara. Se vio maniatado y registrado, tíos de Detectives que pensaban que jamás los denunciaría. Se preguntó qué haría su padre.

El tiempo se arrastraba; el ruido de la cárcel paraba, estallaba, cesaba, empezaba. Ed golpeó la puerta. Nada. El cuartucho era sofocante; el hedor a alcohol impregnaba el aire. Ed recordó Guadalcanal: ocultándose de los japoneses, debajo de cadáveres apilados. Tenía el uniforme empapado de sudor; si le disparaba al cerrojo, las balas podían rebotar en el acero y matarlo. Había que denunciar esas tundas: una investigación de Asuntos Internos; pleitos civiles, gran jurado. Acusaciones de brutalidad policial, carreras arruinadas. El sargento Edmund J. Exley crucificado porque no podía mantener el orden. Ed tomó una decisión: lucharía usando el cerebro.

Escribió en el dorso de los formularios del Departamento. Versión número uno, la verdad.

El rumor inició todo: John Helenowski perdió un ojo. El sargento Richard Stensland atacó a Rice, Dennis, y Valupeyk, Clinton. Él hizo correr la voz. Hizo que estallara todo; el teniente Frieling, jefe de guardia, estaba dormido, inconsciente por beber alcohol estando de servicio, violando la regulación interdepartamental 4319. El sargento E. J. Exley, entonces responsable, notó que le faltaban las llaves de la oficina. La mayoría de los hombres que asistían a la fiesta de Navidad de la jefatura irrumpieron en los calabozos. Con las llaves sustraídas abrieron las celdas donde se hallaban los seis presuntos agresores. El sargento Exley intentó cerrarlas de nuevo, pero la pelea ya había comenzado y el sargento Willis Tristano retuvo al sargento Exley mientras el sargento Walter Crumley le robaba el otro juego de llaves que llevaba en el cinturón.

El sargento Exley no usó la fuerza para recuperar las llaves.

Más detalles.

Stensland enloquecido, policías golpeando a prisioneros indefensos. Bud White: alzando a un hombre tembloroso, una mano en el cuello.

El sargento Exley ordenó a White que lo dejara; White ignoró la orden; el sargento Exley sintió alivio cuando el prisionero se escabulló eliminando la necesidad de nuevas confrontaciones.

Ed torció el gesto, siguió escribiendo: 25/12/51, los abusos de fuerza en los calabozos de la Central descritos con detalle. Probable intervención de un gran jurado, juntas interdepartamentales, la ruina del prestigio del jefe Parker. Una hoja nueva, observaciones sobre los presos que habían sido testigos, la mayoría encerrados por ebriedad. El hecho de que casi todos los policías habían bebido en exceso. Ellos eran testigos interesados; él estaba sobrio, era imparcial, había intentado controlar la situación. Necesitaba una salida airosa; el Departamento tenía que salvar su prestigio; las autoridades sentirían gratitud hacia el hombre que intentaba evitar la mala prensa, que había tenido la previsión de anticiparse a las consecuencias. Escribió la versión número dos.

Una digresión sobre la número uno; la acción concentrada en la responsabilidad de unos pocos: Stensland, Johnny Brownell, Bud White y un puñado de hombres que ya se habían ganado su pensión o les quedaba poco para ganarla: Krugman, Tucker, Heineke, Huff, Disbrow, Doherty. Carnada para arrojar a la Fiscalía si subía la fiebre acusatoria. Un punto de vista subjetivo, adaptado para coincidir con lo que habían visto los borrachos prisioneros, los atacantes que intentaban huir de su bloque para liberar a otros internos. La verdad apenas distorsionada: imposible que otros testigos la negaran. Ed firmó, escuchó por el conducto preparándose para la versión número tres.

Llegó lentamente. Voces urgiendo a Stensland a «despertarse para otra sesión»; White se marchó de las celdas, mascullando que era un desperdicio. Krugman y Tucker aullaron insultos; les respondieron gimoteos. No más sonidos de White o Johnny Brownell; Lentz, Huff, Doherty recorriendo el pasillo. Sollozos y lamentos en español, una y otra vez.

6.14 de la mañana.

Ed escribió la versión número tres: ningún gimoteo, ningún «madre mía», los mexicanos incitando a otros internos. Se preguntó cómo calificaría su padre esos delitos: colegas atacados, los atacantes apalizados. ¿Cuál exigía justicia absoluta?

El ruido disminuyó; Ed intentó dormir pero no pudo; metieron una llave en la cerradura.

El teniente Frieling, pálido, temblando. Ed lo apartó, caminó por el corredor.

Seis celdas abiertas de par en par, las paredes embadurnadas de sangre. Juan Carbijal en su litera, una camisa empapada de sangre bajo la cabeza. Clinton Valupeyk enjugándose la sangre de la cara con agua del retrete. Reyes Chasco, una contusión gigante; Dennis Rice tratando de mover los dedos: hinchados, rotos. Dinardo Sánchez y Ezekiel García acurrucados junto a la celda de los borrachos.

Ed pidió ambulancias. Las palabras «Hospital del Condado» casi le hicieron vomitar.

6

—No comes, muchacho —dijo Dudley Smith—. ¿Una trasnochada con tus colegas te arruinó el apetito?

Jack miró fijamente el plato: chuleta, patata asada, espárragos.

—Siempre pido de más cuando la Fiscalía del Distrito paga la cuenta. ¿Dónde está Loew? Quiero saber qué puedo venderle.

Smith rió; Jack observó el corte del traje: abolsado, buen camuflaje. Lo transformaba en un irlandés de comedia, tapando la automática 45, las nudilleras y la porra.

—¿Qué tiene en mente Loew?

Dudley miró su reloj de pulsera.

—Sí, media hora de charla cordial debería ser preludio suficiente para los negocios en el cumpleaños de nuestro grandioso salvador. Muchacho, Ellis quiere ser fiscal de distrito de nuestra bella ciudad, luego gobernador de California. Ha sido asistente del fiscal durante ocho años, fue candidato a fiscal en el 48 y perdió. Habrá elecciones en marzo del 53, y Ellis cree que puede ganar. Es un enérgico acusador de la escoria criminal, un grandioso amigo del Departamento y, a pesar de su genealogía hebraica, me agrada y creo que será un magnífico fiscal del distrito. Y tú, muchacho, puedes contribuir a su elección. Y transformarte en un amigo muy valioso.

El mexicano al que había apalizado: el asunto podría olvidarse.

—Quizá pronto necesite un favor.

—Él te lo hará con gusto, muchacho.

—¿Quiere un recaudador?

—«Recaudador» es un término coloquial que me resulta ofensivo, muchacho. «Amistad recíproca» es una expresión más apropiada, especialmente con las magníficas conexiones que posees. Pero el dinero está en las raíces del requerimiento del señor Loew, y sería un error no declararlo desde un principio.

Jack apartó el plato.

—Loew quiere que presione a los tíos de *Placa de Honor*. Aportaciones para la campaña.

—Sí, y que le quites de encima a *Hush-Hush*, esa revistucha de escándalos. Y como nuestro lema es la mutua gratitud, puede ofrecerte favores específicos a cambio.

—¿Como cuáles?

Smith encendió un cigarrillo.

—Max Peltz, el productor de la serie, ha tenido problemas con los impuestos durante años, y Loew se encargará de que nunca deba soportar otra auditoría. Brett Chase, a quien tan brillantemente enseñaste a representar a un policía, es un pederasta degenerado, y Loew nunca lo llevará a juicio. Loew abrirá los archivos de la Fiscalía a los guionistas de la serie y tú recibirás esta retribución: el sargento Bob Gallaudet, el azote de la Fiscalía, irá a estudiar leyes, obtendrá buenas calificaciones y será abogado de la acusación cuando obtenga el título. Luego tú tendrás la oportunidad de ocupar su antiguo puesto, y un grado de teniente. Muchacho, ¿te impresiona mi propuesta?

Jack cogió un cigarrillo del paquete de Dudley.

—Jefe, sabes que nunca me iría de Narcóticos y sabes que diré que sí. Y acabo de deducir que Loew aparecerá, me dará las gracias y no se quedará para los postres. La respuesta es sí.

Dudley le guiñó el ojo; Ellis Loew se reunió con ellos.

—Caballeros, lamento llegar tarde.

—Lo haré —dijo Jack.

—Vaya. ¿El teniente Smith ya le explicó la situación?

—Algunos muchachos no necesitan explicaciones detalladas —dijo Dudley.

Loew acarició su cadenilla Phi Beta Kappa.

—Gracias, sargento. Y si puedo ayudarle de algún modo, de cualquier modo, no dude en llamarme.

—No dudaré. ¿Postre, señor Loew?

—Me gustaría quedarme, pero me esperan ciertas declaraciones. Comeremos juntos en otra ocasión, sin duda.

—Como usted diga, señor Loew.

Loew dejó un billete de veinte en la mesa.

—De nuevo, gracias. Teniente, hablaré pronto con usted. Feliz Navidad, caballeros.

Jack asintió.

Loew se marchó.

—Hay más, muchacho —dijo Dudley.

—¿Más trabajo?

—Por así decirlo. ¿Formarás parte del cuerpo de seguridad en la fiesta navideña de Welton Morrow este año?

La francachela anual, un billete de cien.

—Sí, es esta noche. ¿Loew quiere una invitación?

—No creo. Una vez le hiciste un gran favor al señor Morrow, ¿verdad? Octubre del 47. Un grandísimo favor.

—Sí, en efecto.

—¿Y aún eres amigo de los Morrow?

—Un amigo por contrato, sí. ¿Por qué?

Dudley rió.

—Muchacho, Ellis Loew quiere una esposa. Preferiblemente una mujer gentil, ¿entiendes? No judía. Y con cierto linaje. Ha visto a Joan Morrow en varias funciones cívicas y le gusta. ¿Actuarías de Cupido, preguntando a Joan qué opina de esa idea?

—Dudley, ¿me estás pidiendo que le consiga una cita al futuro fiscal del distrito de Los Ángeles?

—En efecto. ¿Crees que la señorita Morrow lo tomará a bien?

—Vale la pena intentarlo. Es ambiciosa y siempre ha querido casarse bien. Pero no sé qué pensará de un judío.

—Sí, muchacho, tenemos ese problema. Pero ¿te encargarás del asunto?

—Claro.

—Entonces ya no está en nuestras manos. Y ya que he dicho eso... ¿fue duro el episodio de anoche?

Iba al grano.

—Muy duro.

—¿Crees que tendrá publicidad?

—No sé. ¿Qué pasó con Brownell y Helenowski? ¿Fue muy grave?

—Lesiones superficiales, muchacho. Diría que la revancha fue un poco excesiva. ¿Participaste en ella?

—Me pegaron, devolví el golpe y me largué. ¿Loew tiene miedo de iniciar un juicio?

—Solo de perder amigos si lo inicia.

—Hoy se ganó un amigo. Puedes decirle que lleva la delantera en el juego.

Jack regresó a casa, se durmió en el sofá. Durmió toda la tarde, despertó con el *Mirror* en el porche. Página cuatro: «Sorpresa de Navidad para las estrellas de *Cosecha de esperanzas*».

Sin fotos, pero Morty Bendish había insertado el discurso sobre el «Gran V»: «Uno de sus muchos informadores», daba la impresión de que Jack Vincennes tenía subyugados a quienes pagaba de su propio bolsillo. Se sabía que el Gran V financiaba su cruzada antidroga con su salario. Jack recortó el artículo, hojeó el resto del periódico buscando una nota sobre Helenowski, Brownell y sus agresores. Nada.

Previsible: dos polis con lesiones leves era poca cosa, los maleantes no habían tenido tiempo de llamar a un leguleyo. Jack sacó su libro mayor.

Las páginas se dividían en tres columnas: fecha, número de cheque, cantidad de dinero. Las cantidades iban de cien a dos mil dólares; los cheques estaban extendidos a nombre de Donald y Marsha Scoggins de Cedar Rapids, Iowa. El pie de la tercera columna tenía un total provisional: $32.350. Jack sacó su talonario de cheques, cotejó el balance, decidió que su próximo pago sería de quinientos. A cinco pasos de Navidad. Buena pasta hasta que el tío Jack estire la pata. Y nunca será suficiente.

La recordaba cada Navidad. Empezaba con los Morrow, y los veía en Navidad; él era huérfano, había dejado huérfanos a los chicos Scoggins, Navidad era una época endemoniada para los huérfanos. Se obligó a evocar la historia.

Fines de septiembre de 1947.

El jefe Worton lo llamó. Karen, la hija de Welton Morrow, andaba con un grupo de estudiantes que experimentaban con drogas. Un saxofonista llamado Les Weiskopf les daba la mercancía. Morrow era un abogado lleno de pasta, uno de los principales contribuyentes para las campañas de recaudación del Departamento de Policía; quería que presionaran a Weiskopf, sin publicidad.

Jack conocía a Weiskopf: vendía Dilaudid, se alisaba el pelo, le gustaban las jovencitas. Worton le dijo que el trabajo venía con galones de sargento.

Jack encontró a Weiskopf en la cama, con una pelirroja de quince. La muchacha huyó; Jack asestó un culatazo a Weiskopf, registró el apartamento, halló un baúl lleno de barbitúricos y estimulantes. Se los llevó consigo, pensando en venderle la mercancía a Mickey Cohen. Welton Morrow le ofreció un trabajo en seguridad; Jack aceptó; Karen Morrow fue enviada a un internado. Llegaron los galones de sargento; Mickey C. no tenía interés en esa droga, solo le interesaba la heroína. Jack conservó el baúl, que le suministraba estimulantes cuando tenía que vigilar toda la noche. Linda, su segunda esposa, se largó con alguien a quien él había arrestado: un trombonista que vendía marihuana. Jack recurrió al baúl de veras, mezclando barbitúricos, estimulantes, whisky, arremetiendo contra los adictos poco influyentes: EL HOMBRE, enemigo público número uno de los jazzistas. Entonces llegó el 24/10/47.

Estaba acurrucado en el coche, en el aparcamiento del Malibu Rendezvous, vigilando a dos camellos que esperaban en un sedán Packard. Cerca de medianoche. Había bebido whisky, se fumó un porro por el camino, los estimulantes que ahora tragaba compensaban el alcohol. Un soplo sobre una operación nocturna: los vendedores de heroína y un negro flaco de dos metros, un verdadero bicho raro.

El cliente apareció a las doce y cuarto, caminó hasta el Packard, recogió un paquete. Jack tropezó al salir del coche; el bicho raro echó a correr; los camellos se apearon desenfundando armas, Jack se incorporó y sacó la pistola; el bicho raro giró y disparó; Jack vio dos siluetas que se acercaban, dedujo que eran los compinches del negro, vació un cargador. Las siluetas cayeron; los camellos dispararon contra el bicho raro y contra él; el bicho raro cayó contra un Studebaker 46.

Jack mordió cemento, rezó el rosario. Un disparo le rozó el hombro; otro disparo le rozó las piernas. Se arrastró para refugiarse bajo el coche; rechinaban llantas; gritaba gente. Apareció una ambulancia; una bollera del Departamento del Sheriff lo cargó en una camilla. Sirenas, una cama de hospital, un doctor y el detective hablando de la droga que tenía en el organismo, análisis de sangre confirmado. Horas de sopor, un periódico sobre las piernas: «Tres muertos en tiroteo en Malibú - Policía heroico sobrevive».

Los camellos habían escapado, y les habían atribuido las muertes. El fenómeno había muerto.

Las siluetas no eran los compinches del negro. Eran Harold J. Scoggins y señora, turistas de Cedar Rapids, Iowa, orgullosos padres de Donald, diecisiete años, y Marsha, dieciséis.

Los médicos seguían mirándolo de modo raro: la bollera resultó ser Dot Rothstein, prima de Kikey Teitlebaum, conocido socio del legendario Dudley Smith.

Una autopsia de rutina mostraría que las balas extraídas de los Scoggins procedían del arma del sargento Jack Vincennes.

Los chicos lo salvaron.

Sudó una semana en el hospital. Lo visitaron Thad Green y el jefe Worton, los tíos de Narcóticos. Dudley Smith le ofreció su patrocinio; Jack se preguntaba cuánto sabía. Sid Hudgens, redactor jefe de la revista *Hush-Hush*, le hizo una oferta. Jack arrestaría a adictos célebres, *Hush-Hush* asistiría a los arrestos, el dinero cambiaría discretamente de manos. Jack aceptó, preguntándose cuánto sabía Hudgens.

Los chicos no exigieron autopsia: eran adventistas del Séptimo Día, y las autopsias eran sacrílegas. Como el forense estaba seguro de quiénes eran los culpables, embarcó a Harold J. Scoggins y señora de vuelta a Iowa, para que los incinerasen.

El sargento Jack Vincennes alcanzó la fama, honrado por los periódicos.

Sus heridas sanaron.

Dejó de beber.

Dejó de usar drogas, tiró el baúl. Marcó sus días de abstinencia en el calendario, llegó a un trato con Sid Hudgens, consolidó su fama como celebridad local. Hizo favores a Dudley Smith; Harold J. Scoggins y su esposa hacían arder sus sueños; pensó que el alcohol y la marihuana apagarían las llamas pero de paso lo matarían. Sid le consiguió el puesto de «asesor técnico» en *Placa de Honor*, que entonces era solo un programa de radio. Empezó a recibir dinero; gastarlo en ropa y mujeres no fue tan excitante como había creído. Los bares y distribuidores de droga lo tentaban. Aterrorizar a adictos ayudaba un poco, pero no lo suficiente. Decidió pagar una compensación a los chicos.

Su primer cheque fue de dos mil; incluyó una carta: «Amigo anónimo», un discurso sobre la tragedia de los Scoggins. Llamó al banco una semana después: habían cobrado el cheque. Desde entonces pagó con dinero ese traspié impune; a menos que Hudgens tuviera el 24/10/47 en sus papeles, estaba a salvo.

Jack sacó su ropa de fiesta. La chaqueta era de London Shop. La había comprado con el dinero que le había dado Sid por el arresto de Robert Mitchum. Los zapatos con borlas y los pantalones de franela gris provenían de un artículo de *Hush-Hush* que asociaba a músicos de jazz con la Conspiración Comunista: un bajista con pinchazos en el brazo había cantado quiénes tenían ideas izquierdistas. Jack se vistió, se roció con Lucky Tiger y se dirigió a Beverly Hills.

Fiesta al aire libre; media hectárea cubierta de toldos. Chicos universitarios aparcaban coches; un bufet exhibía chuletas, jamón ahumado, pavo. Los camareros llevaban *hors d'oeuvres*; un gigantesco árbol de Navidad se mojaba bajo la llovizna. Los huéspedes comían en platos de papel; faroles de gas alumbraban el césped. Jack llegó a tiempo y se internó en la multitud.

Welton Morrow lo llevó a su primer público: un grupo de jueces del Tribunal Superior. Jack contó anécdotas. Charlie Parker tratando de sobornarlo con una prostituta negra. La resolución del caso Shapiro: un matón marica de Mickey Cohen vendiendo nitrito amílico a travestis que actuaban en un bar de homosexuales. El Gran V al rescate: Jack Vincennes arrestando a una muchedumbre de tíos fornidos que competían en un concurso de imitadores de Rita Hayworth. Una ronda de aplausos; Jack dio las gracias, vio a Joan Morrow junto al árbol de Navidad, sola, tal vez aburrida.

Se le acercó.

—Felicidades, Jack —dijo Joan.

Bonita, buen físico, treinta y uno o treinta y dos. Sin empleo y sin esposo: casi siempre enfurruñada.

—Hola, Joan.

—Hola. Hoy leí sobre ti en el periódico. Esa gente que arrestaste.

—No fue nada.

Joan rió.

—Tan modesto. ¿Y qué les pasará al tal Rock y a la muchacha?

—Noventa días para la muchacha, quizá un año en una granja para Rockwell. Tendrían que contratar a tu padre. Él los sacaría en libertad.

—No te importa, ¿eh?

—Espero que presenten un alegato y me ahorren una citación en los tribunales. Y espero que pasen un tiempo entre rejas y aprendan la lección.

—Yo fumé marihuana una vez, en la universidad. Me dio hambre, me comí una caja entera de bizcochos y vomité. No me habrías arrestado, ¿verdad?

—No, eres demasiado agradable.

—Estoy tan aburrida como para intentarlo otra vez, te lo aseguro.

Un tanteo:

—¿Cómo anda tu vida amorosa, Joan?

—No anda. ¿Conoces a un policía llamado Edmund Exley? Es alto y usa unas gafas muy graciosas. Es hijo de Preston Exley.

El recto Eddie: héroe de guerra con un palo metido por el culo.

—Sé quién es, pero no lo conozco muy bien.

—¿No es una monada? Lo vi anoche en casa de su padre.

—Los polis ricos son lo peor, pero yo conozco a un tío muy agradable que está interesado en ti.

–¿De veras? ¿Quién?

–Un hombre llamado Ellis Loew. Es ayudante del fiscal del distrito.

Joan sonrió, frunció el ceño.

–Una vez le vi dar un discurso en el Rotary Club. ¿No es judío?

–Sí, pero mira el lado bueno. Es republicano y tiene futuro.

–¿Es majo?

–Claro, un primor.

Joan miró el árbol; la nieve falsa se arremolinaba.

–Bien, dile que me llame. Estaré ocupada un tiempo, pero puede ponerse en la fila.

–Gracias, Joan.

–Gracias a ti, Miles Standish. Mira, creo que papá me llama. ¡Adiós, Jack!

Joan se escabulló; Jack se preparó para más anécdotas. Quizá el arresto de Mitchum, una versión suave.

Una voz suave:

–Vincennes. Hola.

Jack se dio la vuelta. Karen Morrow con un vestido verde, los hombros perlados por la lluvia. La última vez que la había visto era una chica demasiado alta y boquiabierta obligada a dar las gracias a un poli que había machacado a un camello. Cuatro años después solo conservaba el «demasiado alta». La chica se había transformado en mujer.

–Karen, casi no te reconozco.

Karen sonrió.

–Te diría que estás guapísima, pero ya te lo habrán dicho.

–No me lo has dicho tú.

Jack rió.

–¿Qué tal la universidad?

–Una historia épica, poco apropiada para contarla mientras me congelo. Dije a mis padres que celebraran la fiesta dentro, que Inglaterra no me había habituado al frío. Tengo preparado un discurso. ¿Me ayudas a dar de comer a los gatos del vecino?

–Estoy trabajando.

–¿Hablando con mi hermana?

–Un sujeto que conozco le anda detrás.

—Pobre hombre. No, pobre Joan. Diablos, esto no está saliendo como planeé.

—Diablos, pues vamos a dar de comer a esos gatos.

Karen sonrió y precedió la marcha, tambaleándose con sus tacones altos en la hierba.

Truenos, relámpagos, lluvia. Karen se quitó los zapatos y corrió descalza. Jack la alcanzó en el porche de la casa vecina. Mojado, casi riendo.

Karen abrió la puerta. La luz del vestíbulo estaba encendida; Jack la miró; temblaba, tenía la piel de gallina. Karen se sacudió el pelo mojado.

—Los gatos están arriba.

Jack se quitó la chaqueta.

—No, quiero oír tu discurso.

—Sin duda sabes cuál es. Seguro que muchas personas te han dado las gracias.

—Tú no.

Karen tiritó.

—Demonios. Lo lamento, pero esto no sale como planeé.

Jack le puso la chaqueta sobre los hombros.

—¿Recibías los periódicos de Los Ángeles en Inglaterra?

—Sí.

—¿Y leías sobre mí?

—Sí. Tú...

—Karen, a veces exageran. Inventan cosas.

—¿Me estás diciendo que leí mentiras?

—No exactamente... No.

Karen desvío la mirada.

—Bien, yo sabía que era cierto, así que aquí tienes tu discurso, y no me mires, porque estoy ruborizada. Primero, impediste que siguiera tomando pastillas. Segundo, convenciste a mi padre para que me enviara al extranjero, donde obtuve una magnífica educación y conocí a gente interesante. Tercero, arrestaste a ese hombre terrible que me vendía las pastillas.

Jack la tocó.

Karen se apartó.

—¡No, déjame hablar! Cuarto, algo que no iba a mencionar, es que Les Weiskopf regalaba pastillas a las chicas si se acostaban con él. Papá me daba una asignación miserable, así que tarde o temprano lo habría hecho. Conque ahí tienes: mantuviste intacta mi puñetera virtud.

Jack rió.

—¿Soy tu puñetero héroe?

—Sí, y tengo veintidós años y no me enamoro como una colegiala.

—Bien, porque me gustaría invitarte a cenar alguna vez.

Karen se volvió hacia él.

Tenía el maquillaje arruinado y se había mordisqueado la pintura de los labios.

—Sí. Mis padres sufrirán un ataque, pero sí.

—Esta es la primera estupidez que cometo en muchos años —dijo Jack.

7

Un mes de mierda.

Bud arrancó enero de 1952 del calendario, contó arrestos. Del 1 al 11 de enero: cero. Había trabajado en control de multitudes durante una filmación. Parker quería a un tío fornido que ahuyentara a los cazadores de autógrafos. 14 de enero: los mexicanos absueltos, Helenowski y Brownell en la picota. El abogado de los agresores hizo parecer que los policías habían provocado todo el asunto. Amenaza de pleitos civiles; «¿conseguir abogado?», garrapateado junto a la fecha.

Enero 16, 19, 22: maridos violentos en libertad condicional, visitas de bienvenida. Enero 23-25: vigilancia para impedir robos; él y Stensland siguiendo un soplo de Johnny Stompanato, quien parecía estar al corriente gracias a un rumor: antes dirigía una organización dedicada al chantaje. La actividad del hampa en una extraña tregua, Stompanato apañándoselas para conservar la solvencia, Mo Jahelka cuidando de los intereses de Mickey C. pero sin alardes de fuerza. Siete arrestos en total, bueno para su cupo, pero los periódicos comentaban el episodio de la jefatura, llamándolo «Navidad Sangrienta», y circulaba un rumor: la Fiscalía del Distrito había hablado con Parker, Asuntos Internos interrogaría a los hombres que habían participado en la fiesta de Navidad, el gran jurado del condado ansiaba una presentación. Más notas: «habla con Dick», «¿¿¿abogado???», «¿¿¿abogado cuándo???».

La última semana del mes, un alivio cómico. Dick con licencia, desintoxicándose en un sanatorio de Twenty-nine Palms; el jefe pensaba que asistía a los funerales de su padre en Nebraska; los

muchachos juntaron dinero para enviar flores a una empresa fúnebre que no existía. Dos anotaciones el 29: prófugos que había
arrestado gracias a otro soplo de Stompanato, pero había tenido
que molerlos a golpes, secuestrarlos, llevarlos del condado a la ciudad para que el Departamento del Sheriff no reclamara el arresto.
El 31: Chick Nadel, un barman que vendía artefactos robados en
el Moonglow Lounge. Una incursión improvisada. Chick tenía un
alijo de radios robadas, delató a los que habían robado el camión:
ocultos en San Diego, imposible atribuirlo al Departamento de
Policía de Los Ángeles, así que arrestó a Chick por recibir mercancía robada, diez arrestos para el mes. Al menos un total de dos
dígitos.

Pura bazofia. Hasta febrero.

Nuevamente de uniforme, seis días dirigiendo el tráfico. Idea de
Parker: rotar al personal de la División de Detectives con Patrullas
una semana por año. Alfabéticamente: él, con la «W», figuraba al
final de la lista. Dios no ayuda al que no madruga: llovió los seis días.

Aguacero en el trabajo, sequía con las mujeres.

Bud hojeó su agenda. Lorene del Silver Star, Jane del Zimba
Room, Nancy del Orbit Lounge: tías mayorcitas. Todas tenían el
mismo aspecto: cerca de los cuarenta, hambrientas, agradecidas con
un fulano más joven que las trataba con cortesía y las hacía creer
que no todos los hombres eran basura. Lorene era corpulenta, los
muelles del colchón siempre daban contra el suelo. Jane ponía
discos de ópera para crear ambiente: sonaban como gatos follando.
Nancy era voluptuosa, sensual. Del tipo rudo: aún más contundente que él.

−White, mira esto.

Bud alzó los ojos. Elmer Lentz le mostraba la primera plana del
Herald.

El titular: «Víctimas de violencia policial presentan demanda».

Subtítulos: «Gran jurado dispuesto a oír declaraciones», «Parker
promete plena cooperación del Departamento».

−Esto podría traernos problemas −dijo Lentz.

−Gran deducción, Sherlock −dijo Bud.

8

Preston Exley terminó de leer.

—Edmund, las tres versiones son brillantes, pero tendrías que haber visto a Parker de inmediato. Ahora, con tanta publicidad, tu denuncia huele a pánico. ¿Estás dispuesto a ser un informador?

Ed se acomodó las gafas.

—Sí.

—¿Estás dispuesto a ser despreciado dentro del Departamento?

—Sí, y estoy dispuesto a recibir toda la gratitud que Parker pueda ofrecer.

Preston hojeó el informe.

—Interesante. Atribuir la mayor parte de la culpa a hombres que ya tienen la pensión asegurada es saludable, y este White parece temible.

Ed sintió un escalofrío.

—Lo es. Asuntos Internos me entrevistará mañana, y no me gusta comentar su numerito con el mexicano.

—¿Temes represalias?

—No.

—No ignores tu miedo, Edmund. Eso es debilidad. White y su amigo Stensland actuaron con absoluto desprecio por las normas del Departamento, y ambos son matones. ¿Estás preparado para la entrevista?

—Sí.

—No tendrán piedad.

—Lo sé, padre.

—Harán hincapié en tu incapacidad para mantener el orden, dirán que permitiste que te robaran las llaves.

Ed se sonrojó.

—Se estaba volviendo todo muy caótico, y luchar contra esos hombres habría contribuido al caos.

—No eleves la voz ni te justifiques. Ni conmigo, ni con la gente de Asuntos Internos. Pareces...

Una voz quebrada.

—No digas «débil», padre. No hagas comparaciones con Thomas. Y no des por sentado que no puedo manejar la situación.

Preston cogió el teléfono.

—Sé que eres capaz de apañártelas. Pero ¿eres capaz de aprovechar la gratitud de Bill Parker antes de que él la demuestre?

—Padre, una vez me dijiste que Thomas era tu heredero natural y yo era tu heredero oportunista. ¿Qué te dice eso?

Preston sonrió, marcó un número.

—¿Bill? Hola, soy Preston Exley... Sí, bien, gracias... No, no habría usado tu línea personal para eso... No, Bill, es por mi hijo Edmund. Estaba de servicio en la Central la víspera de Navidad, y creo que tiene información valiosa para ti. ¿Esta noche? Desde luego, allí estará... Sí, y saludos a Helen... Sí, adiós, Bill.

Ed sintió un vuelco en el corazón.

—Esta noche verás al jefe Parker en el Pacific Dining Car, a las ocho —dijo Preston—. Te recibirá en una habitación privada donde ambos podréis hablar.

—¿Cuál de los informes le muestro?

Preston le devolvió los papeles.

—Estas oportunidades no son frecuentes. Yo tuve el caso Atherton, tú paladeaste el triunfo en Guadalcanal. Lee el álbum familiar y recuerda esos precedentes.

—Sí, pero ¿qué informe?

—Decídelo tú. Y disfruta de la cena en el Dining Car. Esta invitación es buena señal, y a Bill no le gustan los invitados quisquillosos.

Ed fue a su apartamento, leyó, recordó. El álbum contenía recortes en orden cronológico; Ed se había grabado a fuego en la memoria aquello que no figuraba en los periódicos.

1934. El caso Atherton.

Niños de ascendencia mexicana, negra, oriental, tres varones, dos mujeres. Los encuentran descuartizados, los torsos se descubren en los desagües de Los Ángeles. Les han cortado los brazos y las piernas; les han extirpado los órganos internos. La prensa apoda «Doctor Frankenstein» al asesino. El inspector Preston Exley dirige la investigación.

El apodo Frankenstein le parece apropiado: se encuentran cuerdas de raquetas de tenis en las cinco escenas del crimen, la tercera víctima tiene orificios de agujas de tejer en las axilas. Exley llega a la conclusión de que ese demonio está recreando niños con costuras y cuchillo; arresta a pervertidos, chiflados, internos que han salido de los manicomios. Se pregunta dónde conseguirá el asesino un rostro, y se entera una semana después.

Wee Willie Wennerholm, astro infantil de Raymond Dieterling, es secuestrado en una escuela perteneciente a los estudios. Al día siguiente hallan el cuerpo en las vías del ferrocarril de Glendale, decapitado.

Luego una pista: los administradores del Hospital Mental Estatal de Glenhaven llaman al Departamento de Policía de Los Ángeles. Loren Atherton, un corruptor de menores con fijación vampírica, viajó hace dos meses a Los Ángeles en libertad condicional, y aún no ha comparecido ante el supervisor.

Exley localiza a Atherton: frecuenta bares de mala muerte, trabaja lavando frascos en un banco de sangre. Una vigilancia revela que roba sangre, la mezcla con vino barato y la bebe. Atherton es arrestado en un cine, masturbándose mientras ve una película de terror. Exley registra su cuarto en el hotel, encuentra un juego de llaves, las llaves de un garaje abandonado. Va allí, y encuentra el infierno.

Un niño prototipo empacado en hielo seco: brazos de varón negro, piernas de varón mexicano, torso de varón chino con genitales femeninos injertados, cabeza de Wee Willie Wennerholm. Alas de pájaros cosidas a la espalda del niño. Accesorios en las cercanías: rollos de películas de terror, raquetas de tenis destrozadas, diagramas para crear niños híbridos. Fotos de niños en diversas etapas de desmembramiento, un cuarto oscuro con equipo de revelado fotográfico.

El infierno.

Atherton se confiesa culpable de las muertes; lo juzgan, lo condenan, lo cuelgan en San Quintín. Preston conserva copias de las fotos; las muestra a sus hijos policías, para que conozcan la brutalidad de los delitos que exigen justicia absoluta.

Ed hojeó las páginas: el obituario de su madre, la muerte de Thomas. Al margen de los triunfos del padre, los Exley solo habían llegado a los periódicos cuando moría alguien. Ed había salido en el *Examiner*: un artículo sobre los hijos de hombres famosos que combatían en la Segunda Guerra Mundial. Como la Navidad Sangrienta, tenía más de una versión.

El *Examiner* presentaba la versión que le permitió ganar la Cruz del Servicio Distinguido: el cabo Ed Exley, único superviviente de un pelotón exterminado en combate cuerpo a cuerpo, asalta tres trincheras repletas de infantes japoneses, veintinueve muertos en total; si hubiera habido un oficial presente para atestiguarlo habría ganado la Medalla de Honor del Congreso. Versión dos: Ed Exley aprovecha la oportunidad de salir a explorar ante la inminencia de una carga japonesa con bayonetas, remolonea, regresa para encontrar al pelotón exterminado y una patrulla japonesa en las cercanías. Se oculta bajo el sargento Peters y el soldado Wasnicki, siente sus movimientos cuando los japoneses voltean los cuerpos; muerde el brazo de Wasnicki, le arranca la correa del reloj de pulsera. Espera al anochecer, sollozando, cubierto de cadáveres, recibiendo aire a través de una rendija entre los cuerpos. Corre hacia el cuartel general del batallón, se detiene al ver otra matanza.

Un pequeño altar sintoísta en un claro cubierto de redes de camuflaje. Japoneses muertos sobre esteras: cetrinos, consumidos. Todos los hombres con el estómago abierto hasta las costillas; espadas talladas, embadurnadas de sangre, apiladas con pulcritud. Suicidio en masa: soldados demasiado orgullosos para arriesgarse a ser capturados o morir de malaria.

Tres trincheras cavadas detrás del templo; armas en las inmediaciones: rifles y pistolas oxidadas por la lluvia. Un lanzallamas cubierto con tela de camuflaje y en condiciones de funcionar.

Lo agarró, sabiendo solo una cosa: no sobreviviría a Guadalcanal. Lo asignarían a un nuevo pelotón; su escaqueo como explorador no resultaría convincente. No podría solicitar un puesto en el cuartel general, pues su padre lo calificaría de cobardía. Tendría que convivir con el desprecio: colegas del Departamento de Policía de Los Ángeles heridos, homenajeados con medallas.

«Medallas» significaba «giras para vender bonos». «Giras» significaba Detectives. Vio su oportunidad.

Encontró una ametralladora japonesa. Trasladó a los hombres que se habían hecho el harakiri a las trincheras, les puso las armas inútiles en las manos, los acomodó frente a una apertura del claro. Plantó allí la ametralladora, apuntando hacia la apertura, con tres rondas en el cinturon de municiones. Cogió el lanzallamas, achicharró a los japoneses y el altar. Repasó su historia y regresó al cuartel general.

Las patrullas de reconocimiento confirmaron la historia: el combativo Ed Exley, armado con municiones japonesas, había frito a veintinueve enemigos.

La Cruz del Servicio Distinguido, la segunda medalla que podía otorgar su país. Una gira para vender bonos por el estado, la bienvenida de un héroe, el regreso al Departamento como un campeón. El cauto respeto de Preston Exley.

«Lee el álbum familiar. Recuerda esos precedentes.»

Ed guardó el álbum, aún sin saber cómo manejaría la Navidad Sangrienta, pero sabiendo a qué se refería su padre.

Las oportunidades abundan. Despues pagas por ellas.

«Padre, lo supe desde que cogí ese lanzallamas.»

9

–Si llega al gran jurado, no te condenarán. Y el fiscal del distrito y yo intentaremos que no llegue.

Jack contó favores. Mil seiscientos dólares al suculento fondo de Loew. Miller Stanton le ayudó a aplacar a los de *Placa de Honor*. Jack se encargó personalmente de Brett Chase. Una concisa amenaza: un artículo en *Hush-Hush* sobre su homosexualidad. Max Peltz no diría una palabra si Loew impedía una auditoría fiscal. Un favor de Cupido: esta noche el hombre se reuniría con la enfurruñada Joan Morrow.

–Ellis, ni siquiera quiero testificar. Mañana hablaré con unos tíos de Asuntos Internos, y el caso irá al gran jurado. Así que arréglalo.

Loew jugueteó con su cadena Phi Beta Kappa.

–Jack, un prisionero te atacó y tú pagaste con la misma moneda. Estás limpio. Además eres una figura pública y las declaraciones preliminares que hemos recibido de los abogados del querellante establecen que cuatro víctimas de las palizas te reconocieron. Testificarás, Jack. Pero no te condenarán.

–Pensaba seguir tus indicaciones. Pero si me pides que delate a mis compañeros, alegaré amnesia. ¿Entiendes?

Loew se inclinó sobre el escritorio.

–No discutamos. Nos va demasiado bien juntos. Wendell White y el sargento Richard Stensland son los únicos que deben preocuparse, no tú. Además, me han contado que tienes una nueva mujer en tu vida.

–Quieres decir que te lo ha contado Joan Morrow.

—Sí, y francamente ella y sus padres no lo aprueban. Eres quince años mayor que la chica, y tienes un pasado oscuro.

Caddy, instructor de esquí: un niño de orfanato bueno para atender a los ricachones.

—¿Joan te dio detalles?

—Solo que la chica está loca por ti y cree en tus recortes periodísticos. Le aseguré a Joan que esos recortes eran veraces. Karen le contó a Joan que hasta ahora te habías portado como un caballero, algo que me resulta difícil de creer.

—Espero que eso termine esta noche. Después de nuestra doble cita, tendremos la fiesta de *Placa de Honor* y un interludio íntimo en alguna parte.

Loew se retorció la cadena.

—Jack, ¿Joan se hace la difícil o de veras la persiguen muchos hombres?

Jack giró el cuchillo.

—Es una muchacha popular, pero todos esos tíos del cine son pura cáscara. Sé perseverante.

—¿Tíos del cine?

—Cáscara, Ellis. Guapos, pero cáscara.

—Jack, quiero agradecerte por venir esta noche. Sin duda tú y Karen serviréis para romper el hielo.

—Vamos, pues.

Restaurante Don the Beachcomber's, las mujeres esperando en un reservado redondo. Jack hizo las presentaciones.

—Ellis Loew, Karen Morrow y Joan Morrow. Karen, ¿no forman una pareja encantadora?

—Hola —dijo Karen, sin darle la mano.

Seis citas y solo le ofrecía insulsos besos de despedida.

Loew se sentó al lado de Joan; Joan le echó una ojeada, quizá buscando indicios de judaísmo.

—Ellis y yo ya somos buenos amigos telefónicos, ¿verdad?

—Ya lo creo —dijo Loew con voz tribunalicia.

Joan terminó su trago.

—¿Cómo os conocéis? ¿La policía trabaja en colaboración con la Fiscalía del Distrito?

Jack ahogó una risotada: soy el recaudador del judío.

—Armamos los casos juntos. Yo obtengo las pruebas, Ellis procesa a los chicos malos.

Un camarero se acercó. Joan pidió un Islander Punch; Jaek pidió café.

—Un martini con Beefeater —dijo Loew.

Karen apoyó la mano en la copa.

—Entonces este episodio de la Navidad Sangrienta agriará las relaciones entre la policía y la oficina del señor Loew, ¿verdad?

Loew se apresuró a intervenir.

—No, no, porque la gente del Departamento desea que los agresores sean castigados severamente. ¿Verdad, Jack?

—Claro. Esos episodios dan mala fama a todos los policías.

Llegaron los tragos. Joan se bebió el suyo en tres sorbos.

—Tú estabas allí, ¿verdad, Jack? Papá dijo que siempre vas a esa fiesta, al menos desde que tu segunda esposa te abandonó.

—¡Joan! —exclamó Karen.

—Estaba allí —dijo Jack.

—¿No participaste en esos actos de justicia?

—Para mí no valía la pena.

—¿Porque no saldrías en ningún titular?

—Cállate, Joan. Estás borracha.

Loew se acarició la corbata; Karen acarició un cenicero.

Joan apuró el resto del trago.

—Los abstemios siempre juzgan a los demás. Asistías a esa fiesta después de que te abandonara tu primera esposa, ¿eh, sargento?

Karen cogió el cenicero.

—Maldita zorra.

Joan rió.

—Si quieres un policía héroe, conozco a un hombre llamado Exley que al menos arriesgó la vida por su país. Concedo que Jack es atractivo, pero ¿no te das cuenta de su calaña?

Karen arrojó el cenicero, que dio contra la pared y cayó en el regazo de Ellis Loew. Loew ocultó la cabeza tras un menú; «la zorra Joannie» les clavó una mirada fulminante. Jack se llevó a Karen del restaurante.

Hacia Variety International Pictures. Karen insultando a Joan sin parar. Jack aparcó junto al plató de *Placa de Honor*; se oía música hillbilly. Karen suspiró.

—Mis padres se acostumbrarán a la idea.

Jack encendió la luz del salpicadero. La muchacha tenía el pelo castaño oscuro y ondulado, pecas, labio superior prominente.

—¿Qué idea?

—Bien... la idea de que salgamos juntos.

—Lo cual va bastante despacio.

—En parte es culpa mía. Me cuentas esas historias maravillosas y de pronto callas. Yo me pregunto en qué piensas y sospecho que hay muchas cosas que no puedes contarme. Me hace pensar que soy demasiado joven, así que me retraigo.

Jack abrió la portezuela.

—Sigue intentando comprenderme y no serás demasiado joven. Y cuéntame tus historias, porque a veces me canso de las mías.

—¿Trato hecho? Entonces ¿mis historias después de la fiesta?

—Trato hecho. De paso, ¿qué piensas de tu hermana y Ellis Loew?

Karen no pestañeó.

—Se casará con él. Mis padres olvidarán que es judío porque es ambicioso y republicano. Él tolerará los escándalos de Joan en público y le pegará en privado. Sus hijos serán un desastre.

Jack rió.

—En marcha. Y no te dejes deslumbrar por los astros, porque te considerarán una palurda.

Entraron tomados del brazo. Karen estaba fascinada; Jack echó una ojeada a la gran fiesta.

Spade Cooley y sus muchachos en una tarima, Spade al micrófono con Burt Arthur «Doble» Perkins, su bajista, llamado «Doble» por su par de años en trabajos forzados: actos antinaturales con perros. Spade fumaba opio; Doble se flipaba con heroína: casos ideales para un artículo de *Hush-Hush*. Max Peltz alternando con los cámaras; Brett Chase hablando con Billy Dieterling, jefe de cámaras. Billy mirando a su novio, Timmy Valburn, el Ratón Moochie en la *Hora de los Sueños*. Mesas contra la pared del fondo, cubiertas de botellas y platos fríos. Abe «Kikey» Teitlebaum con la comida. Tal vez Peltz había contratado los servicios del restaurante de Abe. Johnny Stompanato con Kikey, ex muchachos de Mickey Cohen haciéndose compañía. Todos los actores, técnicos y asistentes de *Placa de Honor* comiendo, bebiendo, bailando.

Jack llevó a Karen a la pista: giros al son de melodías rápidas; contoneos cuando Spade tocó baladas. Karen mantenía los ojos cerrados; Jack los mantenía abiertos para observar el ambiente. Le tocaron el hombro.

Miller Stanton interrumpiendo. Karen abrió los ojos y suspiró: una estrella de la televisión quería bailar con ella. Jack los presentó:

—Karen Morrow, Miller Stanton.

Karen gritó por encima de la música.

—¡Hola! He visto todas esas películas de Raymond Dieterling en que actuaste. ¡Estabas sensacional!

Stanton alzó las manos como en una danza india.

—¡Yo era entonces un mocoso! Jack, ve a ver a Max. Quiere hablarte.

Jack caminó hasta el fondo del plató, donde la música no era tan bulliciosa. Max Peltz le entregó dos sobres.

—Tu bonificación de la temporada y una aportación para el señor Loew. Es de Spade Cooley.

El sobre de Loew era gordo.

—¿Qué quiere Cooley?

—Yo diría que la seguridad de que no interferirás en su hábito.

Jack encendió un cigarrillo.

—Spade no me interesa.

—¿No es suficientemente famoso?

—Sé amable, Max.

Peltz se le acercó.

—Jack, tú debes ser más amable, porque te estás ganando una mala reputación en la industria cinematográfica. La gente dice que eres un coñazo, que no respetas las reglas. Arrestaste a Brett para el señor Loew, de acuerdo, es un maldito *faigeleh*, lo estaba pidiendo. Pero no puedes morder la mano que te alimenta, cuando la mitad de la gente de la industria usa drogas de vez en cuando. Limítate a los *shvartzes*... esos jazzistas son buen material.

Jack echó un vistazo al plató. Brett Chase bebiendo con amigos: Billy Dieterling, Timmy Valburn. Una convención de homosexuales. Kikey T. y Johnny Stompanato charlando, Doble Perkins, Lee Vachss reuniéndose con ellos.

—De veras, Jack. Respeta las reglas.

Jack señaló a los chicos duros.

—Max, las reglas del juego son mi vida. ¿Ves a esos fulanos?

—Claro. ¿Qué...?

—Max, eso es lo que el Departamento de Policía llama una asamblea de delincuentes conocidos. Perkins es un ex convicto que folla perros, y Abe Teitlebaum está en libertad condicional. El tío alto de bigote es Lee Vachss, y está relacionado con varios trabajos para Mickey Cohen. El italiano guapo es Johnny Stompanato. No sé si llega a los treinta años, pero tiene una lista de negocios sucios tan larga como tu brazo. El Departamento de Policía de Los Ángeles me otorga autoridad para arrestar a todos esos maleantes por sospecha general, y falto a mi deber al no hacerlo. Porque respeto las reglas.

Peltz agitó el puro.

—Sigue respetándolas, pero *pianissimo* con tu papel de duro. Y mira, Miller está olfateando tu presa. Vaya, te gustan jóvenes.

Rumores: Max y las colegialas.

—No tanto como a ti.

—¡Ja! Ve allá, puñetero *gonif*. Tu chica te está buscando.

Karen junto a un póster: Brett Chase como el teniente Vance Vincent. Jack se le acercó, los ojos de Karen se iluminaron.

—¡Cielos, esto es maravilloso! ¡Cuéntame quiénes son todos!

Una andanada de música: Cooley ululando, Doble Perkins aporreando el bajo. Jack bailó con Karen llevándola por la pista hacia un rincón atiborrado de lámparas de arco voltaico. Un lugar perfecto; tranquilo: una mirada a toda la pandilla.

Jack señaló a los músicos.

—Ya conoces a Brett Chase. No baila porque es marica. El viejo del puro es Max Peltz. Es el productor y dirige la mayor parte de los episodios. Has bailado con Miller, así que ya lo conoces. Los dos tíos en camiseta son Augie Luger y Hank Kraft, tramoyistas. La muchacha con la tablilla en la mano es Penny Fulweider, trabajadora compulsiva; es la supervisora de guiones. ¿Te has fijado en lo modernos que son los decorados de la serie? Pues bien, aquel rubio al otro lado del escenario es David Mertens, el diseñador. A veces parece que está ebrio, pero no lo está. Sufre una especie rara de epilepsia, y toma medicamentos. Oí que sufrió un accidente y se golpeó la cabeza, y así empezó. Tiene cicatrices en el cuello, así que tal vez sea eso. Junto a él está Phil Shenkel, el asistente de dirección, y el tío de al lado es Jerry Marsalas, el enfermero que cuida de Mertens. Terry Riegert, el actor que hace de capitán Jeffries, está bailando con esa pelirroja alta. Los tíos que están junto a la máquina del agua son Billy Dieterling, Chuck Maxwell y Dick Harwell, los cámaras. Los demás son acompañantes.

Karen lo miró a los ojos.

—Es tu ambiente, y lo adoras. Y sientes afecto por esa gente.

—Me caen bien… y Miller es un buen amigo.

—Jack, no me engañes.

—Karen, esto es Hollywood. Y el noventa por ciento de Hollywood es pura fachada.

—Aguafiestas. Me estoy preparando para no tener escrúpulos, así que no lo estropees.

Desafiándole.

Jack se inclinó; Karen se dejó besar. Se tantearon, se saborearon, se separaron. Jack tenía una sensación de vértigo.

Karen no retiró las manos.

—Los vecinos aún están de vacaciones. Podríamos ir a dar de comer a los gatos.

—Sí… claro.

—¿Me alcanzas un coñac antes de irnos?

Jack caminó hacia la mesa de comida.

—Buena hembra, Vincennes —dijo Doble Perkins—. Tienes los mismos gustos que yo.

Un sureño flaco, camisa de cowboy negra, ribetes rosados. Las botas le daban casi uno noventa de altura; las manos eran enormes.

—Perkins, tus hembras olisquean las bocas de riego.

—Tal vez a Spade no le guste que me hables así. Especialmente con ese sobre que llevas en el bolsillo.

Lee Vachss y Abe Teitlebaum los miraban.

—Ni una palabra más, Perkins.

Perkins mascó un mondadientes.

—¿Tu novia sabe que te excitas mucho apaleando negros?

Jack señaló la pared.

—Arremángate, separa las piernas.

Perkins escupió el mondadientes.

—No estás tan loco.

Johnny Stompanato, Vachss, Teitlebaum. Todos escuchaban.

—Besa esa pared, cabrón —dijo Jack.

Perkins se inclinó por encima de la mesa, con las palmas contra la pared. Jack le arremangó la camisa: pinchazos recientes. Le vació los bolsillos. Bingo: una jeringa hipodérmica. Se estaba formando una multitud. Jack continuó el juego.

—Con los pinchazos y ese instrumento te caen tres años. Dime quién te vendió la hipodérmica y estás libre.

Perkins sudaba a chorros.

—Habla delante de tus amigos y podrás irte.

Perkins se relamió los labios.

—Barney Stinson. Enfermero del Queen of Angels.

Jack le pateó las piernas haciéndolo caer.

Perkins aterrizó de bruces sobre los platos fríos; la mesa se derrumbó en el suelo. Todos los presentes resoplaron.

Jack salió caminando mientras la gente le abría el paso. Karen tiritaba junto al coche.

—¿Tenías que hacer eso?

Jack tenía la camisa empapada en sudor.

—Sí.

—Ojalá no lo hubiera visto.

—Lo mismo digo.

—Supongo que leerlo no es lo mismo que verlo. ¿Podrías...?

Jack la rodeó con los brazos.

—Te mantendré alejada de estas cosas.

—Pero ¿me seguirás contando?

—No… bueno, sí.

—Ojalá pudiéramos borrar todo lo que ha ocurrido esta noche.

—Ojalá. Oye, ¿quieres cenar?

—No. ¿Aún quieres ir a ver a los gatos?

Había tres gatos, criaturas amigables que intentaban ocupar la cama mientras hacían el amor. Karen llamaba Acera al gris, Tigre al rayado, Ellis Loew al flacucho. Jack se resignó al séquito: los gatos hacían reír a Karen, y cada risa la ayudaba a olvidarse de Perkins. Hicieron el amor, charlaron, jugaron con los gatos; Karen probó un cigarrillo y tuvo un ataque de tos. Suplicó que le contara historias; Jack tomó prestadas las hazañas de Wendell White y elaboró versiones suavizadas de sus propios casos: poca violencia, toneladas de azúcar. El Gran V protegiendo a los niños del flagelo de la droga. Al principio le costaba mentir, pero la calidez de Karen le facilitó la tarea. Hacia el alba, la muchacha se adormiló; Jack se quedó despierto, pues los gatos lo enloquecían. Ansiaba que ella despertase para contarle más historias; sintió aguijonazos de alarma: si olvidaba las partes inventadas y ella lo pillaba mintiendo, todo se iría al traste. El cuerpo de Karen se fue volviendo más cálido mientras dormía; Jack se acurrucó contra ella. Se durmió perfeccionando sus historias.

10

Un corredor de diez metros de largo, bancos en ambos lados: gastados, polvorientos, recién sacados de un depósito. Atestado: agentes de paisano y de uniforme, la mayoría leyendo periódicos que gritaban «Navidad Sangrienta». Bud pensó en Stensland y él exhibidos en primera plana: crucificados por los mexicanos y sus abogados. Lo habían citado para las cuatro de la mañana, típica táctica intimidatoria de Asuntos Internos. Dick estaba en el corredor: fuera del sanatorio, de vuelta a las copas. Seis interrogatorios de Asuntos Internos cada uno, y ninguno de los dos había cantado. Una reunión de Navidad: toda la pandilla excepto Ed Exley.

Tiempo lento, idas y venidas: preguntas en las salas de interrogatorios. Elmer Lentz arrojó una bomba: la radio decía que el gran jurado requería una presentación. Todos los agentes que estaban en la Central el 25/12/51 tendrían que someterse al día siguiente a una rueda de reconocimiento, los prisioneros identificarían a los agresores. Se abrió la puerta del jefe Parker y salió Thad Green.

—Agente White, por favor.

Bud se acercó y Green lo hizo pasar. Una sala pequeña: el escritorio de Parker, sillas enfrente. Una pared desnuda, un espejo gris, quizá con observadores al otro lado. El jefe detrás del escritorio, de uniforme, cuatro estrellas de oro en los hombros. Dudley Smith en la silla de en medio, Green en la silla más cercana a Parker. Bud se sentó en su silla, frente a los tres.

—Agente, usted conoce al subjefe Green —dijo Parker—, y sin duda conoce al teniente Smith. El teniente ha actuado como asesor durante esta crisis.

Green encendió un cigarrillo.

—Agente, se le brinda una última oportunidad de colaborar. Asuntos Internos lo ha interrogado varias veces, y en todas usted rehusó cooperar. Normalmente lo habríamos suspendido. Pero es usted un buen detective, y el jefe Parker y yo estamos convencidos de que sus actos durante la fiesta fueron relativamente inofensivos. Usted fue provocado, agente. No actuó ejerciendo una violencia gratuita como la mayoría de los acusados.

Bud iba a hablar, pero Smith lo interrumpió.

—Muchacho, tengo la certeza de que con esto expreso el sentir del jefe Parker, así que me tomaré la libertad de manifestarlo sin rodeos. Es una lástima que a los seis bellacos que atacaron a nuestros compañeros no les dispararan al instante, y juzgo moderada la violencia que se les infligió. Aun así, los policías que no saben controlar sus impulsos no pueden ser policías, y los atropellos cometidos por esos hombres que están fuera han transformado el Departamento en el hazmerreír de Los Ángeles. Esto es intolerable. Deben rodar cabezas. Necesitamos testigos que colaboren para enmendar el daño causado a la imagen del Departamento… una imagen que ha mejorado mucho bajo el liderazgo del jefe Parker. Ya tenemos un testigo importante dentro de la policía, y el ayudante de la Fiscalía, Ellis Loew, tiene el firme propósito de no enjuiciar a los agentes del Departamento, aunque el gran jurado presente acusaciones sólidas. Muchacho, ¿vas a declarar? Para el Departamento, no para la acusación.

Bud miró el espejo: sin duda había observadores al otro lado. Sujetos de la Oficina de Detectives tomando notas.

—No, no lo haré.

Parker cogió un papel.

—White, usted agarró a un hombre del cuello e intentó aplastarle los sesos. Eso queda muy mal, y aunque usted fue objeto de una provocación verbal, ese acto sobresale entre los abusos sufridos por los prisioneros. Esto va en contra de usted. Pero se le oyó murmurar «Esto es una vergüenza» al abandonar las celdas, lo cual va a su favor. Si usted se presenta como testigo voluntario, podría compensar las desventajas causadas por su… imaginativa demostración de fuerza.

75

Un destello: Exley es el testigo, me oyó cuando estaba encerrado en el almacén.

—Señor, no pienso declarar.

Parker tenía el rostro encendido.

—Muchacho, hablemos sin rodeos —dijo Smith—. Admiro tu negativa a traicionar a tus colegas e intuyo que lo haces por lealtad a tu compañero. Admiro eso en especial, y el jefe Parker me ha autorizado para ofrecerte un trato. Si das testimonio de los actos de Dick Stensland y el gran jurado lo acusa, Stensland no irá a prisión aunque lo condenen. Contamos con la palabra de Ellis Loew. Stensland será expulsado del Departamento sin pensión, pero se le pagará bajo cuerda, con recursos tomados del Fondo para Viudas y Huérfanos. Muchacho, ¿vas a testificar?

Bud miró al espejo.

—No, señor.

Thad Green señaló la puerta.

—Preséntese en las oficinas del gran jurado en la División 43, mañana a las nueve. Dispóngase a participar en una rueda de reconocimiento y a prestar declaración. Si se niega a testificar, recibirá una citación y quedará suspendido hasta comparecer ante una junta interna. Lárguese de aquí, White.

Dudley Smith apenas sonrió. Bud alzó el dedo corazón en un gesto obsceno dirigido al espejo.

11

Rayajos y manchas en el espejo. Las expresiones resultaban borrosas. Thad Green era difícil de interpretar; Parker era simple: se ponía rojo. Dudley Smith —lexófilo con acento irlandés—, demasiado calculado. Bud White también era fácil; el jefe citó «Esto es una vergüenza» y apareció un gran globo de historieta: «El testigo es Ed Exley». El gesto obsceno era pura fachada.

Ed tocó el altavoz; un crujido de estática. El cuarto era caluroso, pero no sofocante como ese almacén de la Central. Recordó las dos últimas semanas.

Había sido directo con Parker, presentándole las tres versiones, conviniendo en declarar como testigo clave del Departamento. Parker juzgó que el análisis de la situación era brillante, la marca de un policía ejemplar. Entregó la declaración menos perjudicial a Ellis Loew y a su investigador favorito de la Fiscalía, un abogado recién graduado, Bob Gallaudet. La culpa recayó, muy merecidamente, en el sargento Richard Stensland y el agente Wendell White; menos merecidamente, en tres hombres con las pensiones ya aseguradas. La recompensa del jefe a su testigo ejemplar: una transferencia a Detectives, una gran promoción. Con el examen de teniente aprobado, sería teniente detective al cabo de un año.

Green salió de la oficina; entraron Ellis Loew y Gallaudet. Loew y Parker conferenciaron; Gallaudet abrió la puerta.

—Sargento Vincennes, por favor.

Estática en el altavoz.

Jack Cubo de Basura, elegante con un traje a rayas. Sin perder tiempo en cortesías, se sentó mirando su reloj de pulsera. Un intercambio de miradas: Jack, Ellis Loew. Parker echó una ojeada al recién llegado. Lectura fácil: puro desprecio. Gallaudet se quedó de pie junto a la puerta, fumando.

—Sargento —dijo Loew—, iremos al grano. Usted ha colaborado mucho con Asuntos Internos, lo cual obra a su favor. Pero nueve testigos lo identifican como la persona que golpeó a Juan Carbijal, y cuatro prisioneros de la celda de ebrios le vieron entrar una caja de ron. Como verá, su notoriedad lo precedía. Incluso los borrachos leen las revistas de escándalos.

Dudley Smith tomó el relevo.

—Muchacho, necesitamos tu notoriedad. Tenemos un testigo estelar que dirá al gran jurado que golpeaste solo después de recibir un golpe, y, como tal vez eso sea cierto, los testimonios de otros prisioneros contribuirán a apoyarte. Pero tienes que admitir que llevaste la bebida con que se emborracharon los hombres. Admite esa infracción interdepartamental y solo tendrás un juicio interno. El señor Loew garantiza la anulación de la condena, si llega a haberla.

Jack guardó silencio. Ed interpretó: Bud White llevó la mayor parte de la bebida, Vincennes teme delatarlo.

—Habrá una gran reforma dentro del Departamento —dijo Parker—. Si usted testifica, tendrá un juicio interno menor, sin suspensiones ni degradaciones. Solo una palmada en la mano: una transferencia a Antivicio por un año.

Vincennes a Loew:

—Ellis, ¿voy a tener más ayuda tuya en esto? Sabes lo que significa para mí trabajar en Narcóticos.

Loew dio un respingo.

—Ninguna —intervino Parker—, y hay más. Mañana tendrá que participar en la rueda de reconocimiento, y queremos que declare contra el agente Krugman, el sargento Tucker y el agente Pratt. Los tres ya se han ganado la pensión. Nuestro testigo clave dará declaraciones precisas, pero usted puede alegar ignorancia respecto a las preguntas hechas a los demás. Francamente, debemos saciar la sed de sangre del público entregando a algunos de los nuestros.

—Dudo que alguna vez hayas cometido un tropiezo estúpido, muchacho —dijo Dudley Smith—. No lo hagas ahora.

—De acuerdo —respondió Jack.

Sonrisas.

—Revisaremos juntos el testimonio, sargento —dijo Gallaudet—. Un almuerzo en el Dining Car. El señor Loew invita.

Vincennes se levantó; Loew lo acompañó a la puerta.

Susurros en el altavoz: «... y le dije a Cooley que no lo volverías a hacer». «Vale, jefe...» Parker cabeceó hacia el espejo.

Ed entró y ocupó el asiento.

—Muchacho —afirmó Smith—, eres el hombre del momento.

Parker sonrió.

—Ed, te he hecho mirar por el espejo porque tu evaluación de esta situación ha sido muy sagaz. ¿Alguna idea final antes del testimonio?

—Señor, ¿debo entender que toda acusación presentada por el gran jurado será detenida o anulada durante el proceso posterior, a cargo del señor Loew?

Loew hizo una mueca. Ed había dado en la tecla, tal como había dicho su padre.

—¿Estudió usted abogacía, sargento? —preguntó Loew, con tono paternalista.

—No, señor.

—Entonces su estimado padre le ha asesorado bien.

—No, señor. No es así. —Con voz firme.

—Supongamos que estás en lo cierto —prosiguió Smith—. Supongamos que encauzamos nuestros esfuerzos a lograr lo que desean todos los policías leales: ningún agente juzgado públicamente. Suponiendo eso, ¿qué aconsejas?

El discurso que había ensayado. Literalmente.

—La opinión pública exigirá algo más que acusaciones, tácticas de demora y condenas anuladas. No bastará con juntas interdepartamentales, suspensiones y una gran reforma interna. Usted ha dicho al agente White que debían rodar cabezas. Estoy de acuerdo, y en bien del prestigio del jefe Parker y del Departamento, creo que necesitamos condenas y sentencias.

—Muchacho, me alarma el regodeo con que pronuncias esas palabras.

—Señor —le dijo Ed a Parker—, usted ha rescatado el Departamento después de Horrall y Worton. Goza usted de una reputación ejemplar y el Departamento ha mejorado muchísimo. Usted puede garantizar que continúe así.

—Al grano, Exley —dijo Loew—. ¿Qué aconseja nuestro joven informador?

Ed, mirando a Parker.

—Anule las condenas contra hombres que hayan cumplido veinte años de servicio. Publicite la reforma interna y someta a la mayoría a juntas internas y suspensiones. Condene a Johnny Brownell, aconséjele que requiera un procedimiento sin jurado y pida al juez que le deje ir con sentencia suspendida… Su hermano fue uno de los agentes atacados inicialmente. Y acuse, juzgue y condene a Dick Stensland y Bud White. Que vayan a la cárcel. Expúlselos del Departamento. Stensland es un matón y un borracho, White casi mató a un hombre y suministró más alcohol que Vincennes. Entréguelos a los tiburones. Protéjase usted, proteja el Departamento.

Un largo silencio. Smith lo interrumpió.

—Caballeros, creo que el consejo de nuestro joven sargento es precipitado e hipócrita. Stensland tiene sus defectos, pero Wendell White es un policía valioso.

—White es un matón homicida.

Smith iba a hablar, pero Parker alzó la mano.

—Creo que vale la pena reflexionar sobre el consejo de Ed. Deslumbra mañana al gran jurado, hijo. Viste un traje elegante y deslúmbralos.

—Sí, señor —dijo Ed, controlándose para no gritar de alegría.

12

Focos, indicadores de altura: Jack con un metro sesenta; Frank Doherty, Dick Stensland, John Brownell, los más bajos; Wilbert Huff y Bud White con uno ochenta. Presos de la Central detrás del espejo, junto con policías del Departamento anotando nombres.

—Perfil izquierdo —chilló un altavoz. Seis hombres giraron—. Perfil derecho. De cara a la pared. Descanso, caballeros. —Silencio, luego—: Catorce identificaciones positivas para Doherty, Stensland, Vincennes, White y Brownell, cuatro para Huff. ¡Demonios, el altavoz está encendido!

Stensland se echó a reír.

—Jódete, gilipollas —dijo Frank Doherty.

White se mantuvo impávido, como si ya estuviera en la granja correccional protegiendo a Stensland de los negros.

—Sargento Vincennes, al despacho 114 —se oyó por el altavoz—; agente White, a la oficina del jefe Green. El resto puede irse.

114: la sala de testigos del gran jurado.

Jack atravesó las cortinas que conducían al 114. Una sala atestada: querellantes de la Navidad Sangrienta; Ed Exley con un traje flamante, con hebras sueltas en las mangas. Los chicos de la Navidad sonreían con sorna; Jack se acercó a Exley.

—¿Tú eres el testigo clave?

—Así es.

—Debía haber imaginado que eras tú. ¿Qué te ha ofrecido Parker?

—¿Ofrecerme?

—Sí, Exley. ¿Qué te ha ofrecido? ¿Cuál es el trato, la recompensa? ¿O crees que yo testifico gratis?

Exley juugueteó con las gafas.

—Solo cumplo con mi deber.

Jack se echó a reír.

—Te traes algo entre manos, chico universitario. Sacas algo de esto, así no tendrás que codearte con los polis comunes, que te odiarán por ser un soplón. Y si Parker te prometió la Oficina de Detectives, ten cuidado. Algunos muchachos recordarán esto, y tendrás que trabajar con amigos suyos.

Exley hizo una mueca; Jack rió.

—Buena bonificación, debo admitirlo.

—Tú eres el experto en bonificaciones, no yo.

—Pronto tendrás un rango más alto, así que me conviene ser amable. ¿Sabías que la nueva novia de Ellis Loew te ha echado el ojo?

—Que comparezca Edmund J. Exley —llamó un escribiente.

Jack le guiñó el ojo.

—Ve. Y quítate esas hebras de la chaqueta, o parecerás un patán.

Exley atravesó el pasillo, ajustándose el traje, sacándose hilachas.

Jack mató el tiempo pensando en Karen. Diez días desde la fiesta; la vida le ofrecía la mejor baraja. Tendría que disculparse con Spade Cooley; Welton Morrow estaba enfadado por su relación con Karen, pero el trato Joan/Ellis Loew contribuía a aplacarlo. Las citas en hoteles eran caras. Karen vivía en casa de sus padres, el apartamento de Jack era una pocilga. Había dejado de enviar cheques a los chicos Scoggins para poder costearse el Ambassador. Karen amaba el romance ilícito; él la amaba por eso. La mejor baraja. Pero Sid Hudgens no llamaba y no había heroína en Los Ángeles. Ningún gran golpe en Narcóticos. Un año en Antivicio lo acechaba como la cámara de gas.

Se sentía como un púgil a punto de atacar. Las víctimas de la Navidad Sangrienta le clavaban los ojos; el camorrista a quien había golpeado tenía la nariz entablillada, tal vez un truco aconsejado por un abogado judío. La puerta de la sala estaba entornada; Jack se acercó, miró adentro.

Seis jurados ante una mesa, frente al estrado; Ellis Loew disparando preguntas. Ed Exley en el estrado.

No jugueteaba con las gafas, no tartamudeaba. Voz firme, una octava más baja de lo normal. Enclenque, sin aire de poli, pero aun así tenía autoridad. Y perfecto equilibrio. Loew lo ayudaba con astucia; Exley calaba cada jugada, pero fingía sorpresa. Quien lo había instruido había hecho un magnífico trabajo. Jack observó detalles, el aplomo de Exley: un héroe de guerra, no un llorón entre tíos rudos. Loew abordó el tema; las respuestas de Exley fueron sagaces: lo superaban en número, le arrebataron las llaves, lo encerraron en un almacén. Eso era todo. Era un hombre bien plantado que conocía la futilidad del heroísmo barato.

Ed Exley discurseaba: disculpas para Brownell, Huff, Doherty. Llamó a Dick Stensland lo peor de lo peor, no pestañeó al delatar a Bud White. Jack sonrió cuando le llegó el turno: todo se orienta hacia nosotros. Krugman, Pratt, Tucker, la pensión segura, serían acusados con su testimonio. Stensland y White en la picota. Vaya actuación.

Loew pidió una síntesis. Exley se la dio: una filípica sobre la justicia. Loew lo dejó ir; los jurados quedaron extasiados. Ed Exley bajó del estrado cojeando. Quizá se le habían dormido las piernas. Jack lo encontró fuera.

—Muy bueno. A Parker le hubiera encantado.

Exley estiró las piernas.

—¿Crees que leerá la transcripción?

—La recibirá dentro de diez minutos, pero Bud White se vengará de esto aunque le lleve el resto de su vida. Thad Green lo citó después de la rueda de reconocimiento, y sin duda lo suspendió. Reza para que llegue a un trato y se quede en el Departamento, pues como civil sería peor enemigo.

—¿Por eso no le dijiste a Loew que él llevó casi toda la bebida?

—John Vincennes, cinco minutos —dijo un escribiente.

Jack habló con soltura.

—Voy a delatar a tres veteranos que la semana próxima estarán

83

pescando en Oregón. Al igual que tú, quedo limpio. Pero yo soy listo.

—Ambos hacemos lo correcto. Solo que a ti te disgusta hacerlo, y eso no es de ser muy listo.

Jack vio a Ellis Loew y Karen en el pasillo. Loew se les acercó.

—Le dije a Joan que declararías hoy, y ella se lo dijo a Karen. Lo lamento, se lo expliqué a Joan confidencialmente. Jack, lo lamento. Le dije a Karen que no podía entrar en la sala, que tendría que escuchar por el altavoz de mi oficina. Jack, lo lamento.

—Chico judío, sin duda sabes cómo asegurarte un testigo.

13

Bud acariciaba la copa.

La música lo aturdía; tenía el peor asiento del bar, un sofá junto a los teléfonos públicos. Palpitaciones de dolor: viejas heridas futbolísticas, el ansia de vengarse de Exley.

Sin placa ni pistola, bajo una lluvia de acusaciones. En medio de su abatimiento, esa cuarentona pelirroja le parecía sensacional.

Cogió su bebida.

Ella le sonrió. El rojo parecía teñido, pero la mujer tenía un rostro agradable. Bud sonrió.

—¿Estás bebiendo un Old Fashioned?

—Sí, y me llamo Angela.

—Bud.

—Nadie nació con ese nombre.

—Cuando te ponen un nombre como «Wendell», buscas un alias.

Angela rió.

—¿Qué haces, Bud?

—Digamos que estoy cambiando de empleo.

—Ah, ¿y qué has hecho?

¡SUSPENDIDO! ¡IDIOTA, A CABALLO REGALADO NO LE MIRES EL DIENTE!

—No quise seguirle el juego a mi jefe. Angela, ¿qué dices si…?

—¿Un problema gremial o algo parecido? Yo estoy en la Unión Federada de Maestros, y mi ex esposo fue delegado de los camioneros. ¿Es eso…?

Bud sintió una mano en el hombro.

—Muchacho, ¿puedo hablar contigo?

Dudley Smith. ASUNTOS INTERNOS. VIGILANCIA.

—¿Negocios, teniente?

—Ya lo creo. Despídete de tu nueva amiga y reúnete conmigo en esas mesas del fondo. Le he pedido al barman que baje la música para que podamos hablar.

La melodía se suavizó: Smith echó a andar. Un marinero se acercó a Angela. Bud caminó hacia el fondo.

Acogedor: Smith, dos sillas, una mesa con un periódico encima, un bulto debajo. Bud se sentó.

—¿Asuntos Internos me está vigilando?

—Sí, y a otros probables condenados. Fue idea de tu amigo Exley. El muchacho se ha conquistado al jefe Parker, y le dijo que tú y Stensland sois propensos a los actos precipitados. Exley te vilipendió a ti y a muchos buenos agentes en ese estrado, muchacho. He leído la transcripción. Su testimonio fue alta traición y una despreciable afrenta para todos los policías honorables.

Stensland, ahogándose en su borrachera.

—¿Ese periódico no dice que hemos sido condenados?

—No te precipites, muchacho. He usado mi influencia sobre el jefe para aconsejar que dejaran de vigilarte, así que estás con un amigo.

—¿Qué buscas, teniente?

—Llámame Dudley —dijo Smith.

—¿Qué buscas, Dudley?

Ja, ja, ja, una bella voz de tenor.

—Muchacho, me impresionas. Admiro tu negativa a testificar y tu lealtad hacia tu compañero, por injustificada que sea. Te admiro como policía, particularmente por tu adhesión a la violencia cuando se la requiere como accesorio indispensable de nuestro oficio, y me impresiona mucho el castigo que infliges a los maridos violentos. ¿Los odias, muchacho?

Grandes palabras. La cabeza le daba vueltas.

—Sí, los odio.

—Y por buenas razones, teniendo en cuenta lo que sé de tu pasado. ¿Hay algo que odies con la misma pasión?

Los puños tan tensos que le dolían.

—Exley. El puto Exley. Jack Cubo de Basura también tiene que estar metido. Dick Stensland está pillando una cirrosis por culpa de quienes nos delataron.

Smith meneó la cabeza.

–Vincennes no, muchacho. Él actuó de pantalla del Departamento, y lo necesitábamos para entregar algunos cadáveres a la Fiscalía del Distrito. Solo delató a hombres con veinte años de servicio, y se responsabilizó por la bebida que tú llevaste a la fiesta. No, muchacho, Jack no merece tu odio.

Bud se inclinó sobre la mesa.

–Dudley, ¿qué quieres?

–Quiero que eludas una condena y vuelvas al servicio, y sé cómo conseguirlo.

Bud miró el periódico.

–¿Cómo?

–Trabaja para mí.

–¿Haciendo qué?

–No, primero más preguntas. Muchacho, ¿admites la necesidad de luchar contra el crimen, de mantenerlo al sur de Jefferson con el elemento de tez oscura?

–Claro.

–¿Y crees que se debería permitir la existencia de cierto crimen organizado y perpetuar vicios aceptables que no dañan a nadie?

–Claro, beneficio mutuo. Hay que seguir un poco el juego. ¿Qué tiene que ver con…?

Smith levantó el periódico: el brillo de una placa y un 38 especial. Bud sintió un escalofrío.

–Sabía que tenías influencia. ¿Lo arreglaste con Green?

–Sí, muchacho, lo arreglé… con Parker. Con esa parte de Parker que Exley no ha envenenado. Dijo que si el gran jurado no presentaba una acusación, tu negativa a declarar no sería castigada. Ahora coge tus cosas antes de que el dueño llame a la policía.

UN DESTELLO. Bud cogió sus cosas.

–¿No hay ninguna acusación?

Una risa burlona.

–Muchacho, el jefe sabía que me hacía una gran concesión, y me alegra que no hayas leído el inefable *Herald*.

—¿Cómo…? —preguntó Bud.

—Aún no, muchacho.

—¿Y Dick?

—Está acabado. Y no protestes, porque es inevitable. Lo han acusado, lo condenarán e irá a prisión. Es el chivo expiatorio del Departamento, por órdenes de Parker. Y fue Exley quien lo convenció de entregar a Dick. Cargos criminales y encarcelación.

El salón era sofocante. Bud se aflojó la corbata, cerró los ojos.

—Muchacho, le conseguiré a Dick una cómoda litera en la granja penal. Conozco a una agente que puede arreglar las cosas, y cuando salga en libertad le daré la oportunidad de desquitarse con Exley.

Bud abrió los ojos. Smith había desplegado el *Herald*. El titular: «Policías condenados por escándalo de Navidad Sangrienta». Debajo, una columna marcada con un círculo: el sargento Richard Stensland con cuatro acusaciones, tres policías veteranos —Lentz, Brownell y Huff— con dos acusaciones cada uno. Subrayado: «El agente Wendell White, de 33 años, no fue acusado de ningún cargo, aunque varias fuentes de la Fiscalía del Distrito habían manifestado que comparecería por ataque en primer grado. El presidente del gran jurado declaró que cuatro víctimas del ataque policial alteraron su testimonio anterior, según el cual el agente White había intentado estrangular a Juan Carbijal, de 19 años. El testimonio alterado contradice abiertamente el testimonio del sargento Edmund J. Exley, del Departamento de Policía de Los Ángeles, quien declaró bajo juramento que White intentó lesionar gravemente a Carbijal. El testimonio del sargento Exley no está en tela de juicio, pues derivó en probables condenas contra otros siete policías; sin embargo, aunque los integrantes del gran jurado dudaron de la veracidad de las modificaciones, las juzgaron suficientes para negar a la Fiscalía del Distrito acusaciones contra el agente White. Ellis Loew, ayudante de la Fiscalía, declaró a los reporteros: "Ocurrió algo sospechoso, pero no sé qué. Cuatro retractaciones tienen que imponerse sobre el testimonio de un solo testigo, aun tratándose de un magnífico testigo como el sargento Exley, héroe de guerra condecorado"».

Vértigo.

—¿Por qué? —preguntó Bud—. ¿Por qué hiciste eso por mí? ¿Y cómo?

Smith arrugó el periódico.

—Muchacho, te necesito para una nueva misión que Parker acaba de aprobar. Es una medida de contención, en colaboración con Homicidios. Lo llamaremos Destacamento de Vigilancia, un nombre inocuo para un deber que pocos hombres son capaces de cumplir, pero para el cual tienes talento innato. Músculos, balas y pocas preguntas. Muchacho, ¿ves a qué me refiero?

—En Technicolor.

—Te sacarán de Detectives de la Central cuando Parker anuncie su reforma interna. ¿Trabajarás para mí?

—Tendría que estar loco para no hacerlo. ¿Por qué, Dudley?

—¿Por qué qué, muchacho?

—Persuadiste a Ellis Loew de que me ayudara, y todos saben que tú y él sois muy amigos. ¿Por qué?

—Porque me gusta tu estilo, muchacho. ¿Te basta esa respuesta?

—Supongo que tendrá que bastar. Bien, probemos con el «cómo».

—¿Cómo qué, muchacho?

—Cómo lograste que los mexicanos se retractaran

Smith dejó unas nudilleras sobre la mesa: cascadas, embadurnadas de sangre.

CALENDARIO
1952

EXTRACTO
Mirror-News de Los Ángeles, 19 de marzo

ESCÁNDALO POR BRUTALIDAD POLICIAL: DISCIPLINA INTERNA MIENTRAS LOS PEORES CULPABLES AGUARDAN JUICIO

El jefe William H. Parker del Departamento de Policía de Los Ángeles prometió que buscaría justicia —«sin reparar en medios»—

en la enmarañada red de brutalidad policial y procesos civiles que se ha dado en conocer popularmente como el escándalo de la «Navidad Sangrienta».

Siete policías han recibido condenas penales como consecuencia de sus actos en las celdas de la División Central en la mañana de Navidad del año pasado. Dichos policías son:

Sargento Ward Tucker, condenado por ataque en segundo grado.

Agente Michael Krugman, ataque y agresión en segundo grado.

Agente Henry Pratt, ataque en segundo grado.

Sargento Wilbert Huff, ataque en primer grado con agresión.

Agente John Brownell, ataque en primer grado y ataque con agravantes.

Sargento Richard Stensland, ataque en primer grado, ataque con agravantes, agresión en primer grado y mutilación parcial.

Parker no se explayó sobre las acusaciones que afrontaban los policías condenados, ni sobre la gran cantidad de demandas civiles que las víctimas Dinardo Sánchez, Juan Carbijal, Dennis Rice, Ezekiel García, Clinton Valupeik y Reyes Chasco han entablado contra los policías con carácter individual y contra el Departamento de Policía de Los Ángeles. Anunció que los siguientes policías serían sometidos al juicio de juntas interdepartamentales y, en caso de no resultar absueltos, recibirían severas sanciones disciplinarias.

Sargento Walter Crumley, sargento Walter Dukeshearer, sargento Francis Doherty, agente Charles Heinz, agente Joseph Hernández, sargento Willis Tristano, agente Frederick Turentine, teniente James Frieling, agente Wendell White, agente John Heineke y sargento John Vincennes.

Parker cerró la rueda de prensa elogiando al sargento Edmund J. Exley, el policía de la División Central que testificó ante el gran jurado: «Se necesita gran coraje para hacer lo que hizo Ed Exley. Ese hombre cuenta con mi mayor admiración».

SE DESESTIMAN CINCO SUMARIOS
DE «NAVIDAD SANGRIENTA»;
PARKER REVELA RESULTADOS
DE JUICIOS INTERNOS

La Fiscalía del Distrito anunció hoy que cinco involucrados en el escándalo de brutalidad policial de la «Navidad Sangrienta» del año pasado no comparecerán en juicio. El sumario de los agentes Michael Krugman y Henry Pratt y el sargento Ward Tucker, obligados a renunciar al Departamento de Policía de Los Ángeles como consecuencia de las acusaciones, se desestimó por retirada de testimonio. Ellis Loew, ayudante de la Fiscalía, quien estaba a cargo de los procesos, explicó: «No se ha podido localizar a muchos de los testigos menores, que estaban detenidos en las celdas de la División Central en la pasada Navidad».

En un episodio emparentado, William H. Parker, jefe del Departamento de Policía, anunció los resultados de su «drástica reforma» interna. Los siguientes policías, condenados y no condenados, fueron hallados culpables de diversas infracciones interdepartamentales en relación con su conducta en la mañana de la Navidad pasada.

Sargento Walter Crumley, seis meses de suspensión sin paga, transferido a la División Hollenbeck.

Sargento Walter Dukeshearer, seis meses de suspensión sin paga, transferido a la División calle Newton.

Sargento Francis Doherty, cuatro meses de suspensión sin paga, transferido a la División Wilshire.

Agente Charles Heinz, seis meses de suspensión sin paga, transferido al Destacamento Vagabundos de la Zona Sur.

Agente Joseph Hernández, cuatro meses de suspensión sin paga, transferido a la División calle 77.

Sargento Wilbert Huff, nueve meses de suspensión sin paga, transferido a la División Wilshire.

Sargento Willis Tristano, tres meses de suspensión sin paga, transferido a la División calle Newton.

Agente Frederick Turentine, tres meses de suspensión sin paga, transferido a la División East Valley.

Teniente James Frieling, seis meses de suspensión sin paga, transferido a la Oficina de Instrucción de la Academia del Departamento de Policía de Los Ángeles.

Agente John Heineke, cuatro meses de suspensión sin paga, transferido a la División Venice.

Sargento Elmer Lentz, nueve meses de suspensión sin paga, transferido a la División Hollywood.

Agente Wendell White, sin suspensión, transferido al Destacamento de Vigilancia adjunto a Homicidios.

Sargento John Vincennes, sin suspensión, transferido a Antivicio.

EXTRACTO

Times de Los Ángeles, 3 de mayo

ACUSADO POR ESCÁNDALO POLICIAL RECIBE SUSPENSIÓN DE CONDENA

El agente John Brownell, 38 años, el primer policía de Los Ángeles implicado en el escándalo «Navidad Sangrienta», que se enfrenta a un juicio público, se declaró culpable hoy durante la instrucción de cargos y pidió al juez Arthur J. Fitzhugh que lo sentenciara de inmediato por los cargos de ataque en primer grado y ataque con agravantes.

Brownell es el hermano mayor del agente Frank D. Brownell, uno de los dos policías heridos durante una riña en un bar con seis jóvenes la pasada víspera de Navidad. El juez Fitzhugh, teniendo en cuenta que el agente Brownell sufría presión psicológica por las heridas infligidas a su hermano y por haber sido expulsado del Departamento de Policía sin pensión, leyó el informe del Departamento de Libertad Condicional del Condado, que recomendaba libertad condicional formal sin encarcelación. Sentenció a Brownell a un año en la Cárcel del Condado, con suspensión de condena, y le ordenó comparecer ante el supervisor de libertad condicional, Randall Milteer.

EXTRACTO

Examiner de Los Ángeles, 29 de mayo

STENSLAND CONDENADO: CÁRCEL PARA UN POLICÍA

... el jurado, integrado por ocho hombres y cuatro mujeres, halló a Stensland culpable de cuatro cargos: ataque en primer grado, ataque con agravantes, agresión en primer grado y mutilación parcial; acusaciones surgidas del presunto maltrato infligido por el ex policía a prisioneros de las celdas de la División Central durante el escándalo de la «Navidad Sangrienta» del año pasado. En un mordaz testimonio, el sargento E. J. Exley del Departamento de Policía describió la «embestida» de Stensland «contra hombres desarmados». El abogado de Stensland, Jacob Kellerman, puso en duda la credibilidad de Exley, declarando que estaba encerrado en un almacén mientras acontecían los hechos de marras. Al final los jurados creyeron en el sargento Exley, y Kellerman, citando la suspensión de condena recibida por el acusado John Brownell, pidió al juez Arthur Fitzhugh que se apiadara de su cliente. El juez desoyó esta solicitud. Sentenció a Stensland, ya expulsado del Departamento de Policía, a un año en la Cárcel del Condado, y lo puso bajo custodia de agentes del Departamento del Sheriff, quienes lo escoltaron hasta la granja correccional Wayside Honor Rancho. Mientras se lo llevaban, Stensland gritó obscenidades alusivas al sargento Exley, a quien fue imposible localizar para pedirle declaraciones.

DOS GENERACIONES DE EXLEY
SIRVIENDO A CALIFORNIA

Lo primero que llama la atención en Preston Exley y su hijo Edmund es que no hablan como policías, aunque Preston sirvió en el Departamento de Policía de Los Ángeles durante catorce años y Ed ha estado en esa institución desde 1943, poco antes de ir a la guerra y ganar la Cruz del Servicio Distinguido en el frente del Pacífico. Antes de que el clan Exley emigrara a Estados Unidos, su árbol familiar ya había producido generaciones de detectives de Scotland Yard. La investigación policial, pues, está en la sangre del clan, así como el afán de distinguirse.

Ejemplo: Preston Exley cursó ingeniería en la Universidad del Sur de California, estudiando de noche mientras realizaba peligrosas rondas diurnas en el centro de la ciudad.

Ejemplo: El difunto Thomas Exley, primogénito de Preston, alcanzó el mayor promedio de calificaciones en la historia de la Academia del Departamento de Policía de Los Ángeles, hecho que conmemora una placa en el edificio administrativo de la Academia. Thomas murió trágicamente en el cumplimiento de su deber poco después de graduarse. Otro ejemplo: El segundo promedio corresponde a Ed Exley, graduado *summa cum laude* en la Universidad de California de Los Ángeles en 1941, nada menos que a los diecinueve años. Las pruebas se remontan a varias generaciones. Los Exley no hablan como policías porque no son policías comunes.

Ambos hombres han aparecido recientemente en los medios de comunicación. Preston, de 58 años, se ha asociado con el célebre Raymond Dieterling, caricaturista, cineasta y productor televisivo, para construir la Tierra de los Sueños, el monumental parque de atracciones que empezó a erigirse hace seis meses y cuya fecha de inauguración está fijada para finales de abril del año próximo. Exley inició su carrera en el negocio de la construcción tras abandonar el Departamento de Policía de Los Ángeles en 1936, llevándose consigo a su asistente, el teniente Arthur De Spain. En su vasta mansión de Hancock Park, Preston Exley habló con Dick St. Germain, corresponsal del *Mirror*.

«Yo había estudiado ingeniería y Art conocía los materiales de construcción —declaró—. «Ambos contábamos con los ahorros de toda una vida y pedimos dinero a algunos inversores independientes que valoraban nuestro espíritu emprendedor. Fundamos Exley Construction y edificamos casas baratas, luego casas mejores, luego edificios de oficinas, luego la autopista de Arroyo Seco. Prosperamos mucho más de lo que yo había soñado. Ahora levantaremos la Tierra de los Sueños, los dulces sueños de millones de personas materializados en ochenta hectáreas. Una marca difícil de superar.»

Exley declaró con una sonrisa: «Ray Dieterling es un visionario. La Tierra de los Sueños dará a la gente la oportunidad de vivir en los muchos mundos que él ha creado, en el cine y la animación. La montaña que él denomina el Mundo de Paul es un ejemplo perfecto. Paul Dieterling, el hijo de Ray, murió trágicamente en un alud, en los años treinta. Ahora habrá una montaña que servirá como benévolo testimonio de ese joven, una montaña que dará alegría a la gente, y un porcentaje de los beneficios se destinará a obras de caridad para niños. Un hito difícil de superar».

Pero ¿intentará superarlo?

Exley sonrió de nuevo. «La semana próxima hablaré ante la Junta de Supervisores del Condado de Los Ángeles y la Legislatura Estatal. El tema será el coste de establecer el tránsito masivo rápido en el sur de California, y el mejor modo de conectar el sur del Estado por autopista. Francamente, quiero ese trabajo y estoy dispuesto a hacer una oferta tentadora.»

¿Y luego?

Exley sonrió y suspiró. «Y luego están todos esos políticos que me acucian. Piensan que yo sería buen candidato para alcalde, gobernador, senador o lo que fuere, aunque insisto en recordarles que Fletcher Bowron, Richard Nixon y Earl Warren son amigos míos.»

Pero ¿descarta la posibilidad de entrar en política?

«No descarto nada –dijo Preston Exley–. Fijar límites va contra mi naturaleza.»

Y, como han averiguado nuestros reporteros, su hijo Edmund, ahora sargento detective de la División Hollywood del Departamento de Policía, tiene una mentalidad similar. Edmund Exley apareció recientemente en la prensa por testificar en un juicio relacionado con el escándalo policial de la «Navidad Sangrienta», y tiene un futuro prometedor, aunque planea dedicarse solo a la investigación policial. Hablando con nuestro corresponsal en su cabaña familiar del lago Arrowhead, Exley hijo afirmó: «Solo ansío ser un detective valioso afrontando casos difíciles. Mi padre dirigió la investigación del caso Loren Atherton –una referencia al asesino que en 1934 se cobró seis víctimas, incluida la estrella infantil Wee Willie Wennerholm–, y me gustaría estar en situación de resolver casos de esa relevancia. Es importante estar en el sitio indicado en el momento indicado, y tengo una profunda necesidad de resolver cosas y crear orden a partir de situaciones caóticas, lo cual me parece una buena premisa en un detective».

Exley, por cierto, estuvo en el sitio indicado y en el momento indicado en el otoño de 1943, cuando, siendo el único superviviente de un ataque contra su pelotón, arrasó tres trincheras llenas de soldados japoneses. Estuvo en el sitio indicado y en el momento indicado en favor de la justicia cuando declaró valientemente contra sus colegas en un caso de brutalidad policial. Exley dice de ambos incidentes: «Eso es el pasado, y ahora estoy construyendo mi futuro. Estoy adquiriendo una sólida experiencia al trabajar con los detectives de Hollywood, y mi padre, Art De Spain y yo pasamos veladas practicando interrogatorios para ayudarme a perfeccionar mis técnicas. Mi padre quiere el mundo, pero yo solo deseo todo lo que pueda ofrecer este Departamento de Policía».

Preston y Ed Exley sobreviven a Thomas y a Marguerite (de soltera Tibbetts) Exley, la matriarca del clan, quien murió de cáncer hace seis años. ¿Sienten esa pérdida en su vida personal?

Preston manifestó: «Claro que sí, todos los días. Ambos son irremplazables».

Edmund se mostró más reflexivo sobre este tema. «Thomas era Thomas. Yo tenía diecisiete años cuando él murió y creo que nunca llegué a conocerle. Mi madre era diferente. La conocía bien, era amable, valerosa y fuerte, y tenía cierto aire de tristeza. La echo de menos, y es muy probable que me case con una mujer parecida a ella, aunque un poco más flexible.»

Dos generaciones para nuestro perfil de esta semana: dos hombres que marchan hacia el futuro y al hacerlo sirven a sus conciudadanos.

ANUNCIO

Times de Los Ángeles, 9 de julio

LOEW ANUNCIA SU CANDIDATURA PARA LA FISCALÍA DEL DISTRITO

ANUNCIO

Página de Sociedad,
Herald-Express de Los Ángeles,
12 de septiembre

BODA LOEW/MORROW CONGREGA A GENTE DEL CINE Y DE LAS LEYES

EXTRACTO

Times de Los Ángeles, 7 de noviembre

McPHERSON Y LOEW CANDIDATOS PARA LA FISCALÍA DEL DISTRITO: SE ENFRENTARÁN EN LAS ELECCIONES DE PRIMAVERA

William McPherson, buscando su cuarto período como fiscal del distrito de Los Ángeles, se enfrentará a Ellis Loew, ayudante de la Fiscalía, en las próximas elecciones generales de marzo. Ambos colegas sobresalen por amplio margen en una contienda entre ocho hombres.

McPherson, 56 años, obtiene el 38% de los votos en los pronósticos; Loew, 41 años, obtiene el 36%. Su rival más cercano es Donald Chapman, ex comisionado de parques de la ciudad, con el 14%. Los cinco candidatos restantes, a quienes se atribuyen escasas posibilidades de ganar, tienen en total un 12% de los votos pronosticados.

McPherson, en rueda de prensa, predijo una campaña reñida e hizo hincapié en que es un servidor público antes que un candidato político. Loew, en casa con su esposa Joan, manifestó similares sentimientos, predijo la victoria para marzo y agradeció el respaldo de los votantes en general y de los agentes de la ley en particular.

1953

Informe Anual de Aptitudes (Departamento
de Policía de Los Ángeles), calificación
Confidencial, fechado 3/1/53, presentado por
el teniente Dudley Smith, copias a las
Divisiones de Personal y Administración:

2/1/53:

INFORME ANUAL DE APTITUDES
FECHAS DE SERVICIO: 4/4/52–31/12/52
REFERENCIA: White, Wendell A., placa 916
GRADO: agente de policía (detective) (Servicio Civil, grado 4)
DIVISIÓN: Oficina de Detectives (Destacamento de Vigilancia, adjunto a Homicidios)
OFICIAL EN JEFE: Teniente Dudley L. Smith, placa 410.

Caballeros:

Este memorándum oficia como informe de aptitudes del agente White y como rendición de cuentas sobre los primeros nueve meses de existencia del Destacamento de Vigilancia. De los dieciséis hombres a mi cargo, considero a White mi mejor agente. Hasta la fecha ha sido escrupuloso e íntegro y ha trabajado largas horas sin quejarse. Su informe de asistencia es impecable y a menudo trabaja períodos de dos semanas con jornadas de dieciocho horas. White fue transferido a Vigilancia bajo el nubarrón del desdichado escándalo de la Navidad del año pasado, y el subjefe Green, alegando las cuatro denuncias por uso excesivo de la fuerza planteadas contra White, tenía ciertas reservas acerca de la transferencia (es decir, la propensión de White a la violencia y la naturaleza potencialmente violenta de la misión resultarían ser una combinación desastrosa). No ha resultado ser así; sin dudarlo doy al agente Wendell White calificaciones óptimas en todas las aptitudes. A menudo ha revelado una valentía espectacular. Pero, a manera de ejemplo, me gustaría citar varios casos donde White se desenvolvió muy por encima de lo que exigía el deber.

1. 8/5/52. Tras vigilar una licorería, el agente White (quien padece viejas lesiones futbolísticas) persiguió a lo largo de un kilómetro a un sospechoso fugitivo y armado. El sospechoso disparó repetidamente contra el agente White, quien no respondió al fuego por temor a herir a civiles inocentes. El sospechoso tomó a una mujer como rehén y le apuntó a la cabeza con un arma, lo cual detuvo a los agentes que habían acudido en apoyo del agente White. White se internó en una calle lateral mientras sus compañeros procuraban calmar al sospechoso. Este se negó a liberar a la mujer, y White lo mató de un disparo a quemarropa. La mujer resultó indemne.

2. Diversos ejemplos. Uno de los deberes clave del Destacamento de Vigilancia es recibir a prisioneros en libertad condicional cuando regresan a Los Ángeles y disuadirlos de cometer crímenes violentos en nuestra ciudad. Esta tarea requiere gran presencia física, y el agente White ha contribuido a amedrentar a muchos delincuentes peligrosos para que cumplieran dócilmente con su libertad condicional. Ha pasado gran parte de su tiempo libre siguiendo a convictos con antecedentes violentos, y es responsable del arresto de John «Perro Grande» Cassese, condenado dos veces por violación y atraco a mano armada. El 20/7/52, White, mientras vigilaba a Cassese dentro de un bar, oyó que este intentaba persuadir a una menor para practicar la prostitución. Cassese intentó resistirse al arresto y el

agente White lo sometió valiéndose de la fuerza física. Luego White y otros dos agentes de Vigilancia (el sargento Michael Breuning y el agente R. J. Carlisle) interrogaron a fondo a Cassese acerca de sus actividades posteriores a la obtención de la libertad condicional. Cassese confesó la violación/homicidio de tres mujeres. (Véase informe sobre arrestos de Homicidios 168-A, fechado el 22/7/52.) Cassese fue juzgado, condenado y ejecutado en San Quintín.

3. 18/10/52. El agente White, mientras vigilaba a Percy Haskins, en libertad condicional, lo vio en una asamblea de delincuentes conocidos, en compañía de Robert Mackey y Karl Carter Goff. Los tres tenían antecedentes de atraco a mano armada, y White presumió que se estaba gestando un delito mayor y actuó de acuerdo con dicha presunción. Siguió a Haskins, Mackey y Goff hasta un mercado de Berendo Sur 1683. Los tres atracaron el mercado, y White intentó arrestarlos una vez fuera. Los delincuentes se negaron a entregar sus armas. White disparó, matando a Goff e hiriendo a Mackey de gravedad. Haskins se rindió. Luego Mackey murió a causa de sus heridas y Haskins se declaró culpable de atraco a mano armada reiterado y fue condenado a cadena perpetua.

En síntesis, el agente White ha desempeñado su cargo con gran eficacia y ha contribuido a lograr que el primer año del Destacamento de Vigilancia sea un éxito considerable. Me reincorporaré a Homicidios el 15/3/53 y quisiera que el agente White ingresara en mi brigada como detective de Homicidios. En mi opinión, tiene aptitudes para ser un buen investigador.

Respetuosamente,

Dudley L. Smith, placa 410,
teniente de la División de Homicidios

Informe Anual de Aptitudes (Departamento
de Policía de Los Ángeles) calificación
Confidencial, fechado 6/1/53, presentado por
el capitán Russell Millard, copias a las
Divisiones de Personal y Administración:

6/1/53:

INFORME ANUAL DE APTITUDES
FECHAS DE SERVICIO: 13/4/52–31/12/52
REFERENCIA: Vincennes, John, placa 2302
GRADO: sargento (detective) (Servicio Civil, grado 5)
DIVISIÓN: Oficina de Detectives (Antivicio)
OFICIAL EN JEFE: Capitán Russell A. Millard, placa 5009.

Caballeros:

Una calificación general de «regular» para el sargento Vincennes, junto con algunos comentarios.

A. Como Vincennes no bebe, es excelente para las operaciones relacionadas con infracciones alcohólicas.

B. Vincennes se excede en lo concerniente a narcóticos, insistiendo en realizar arrestos por posesión cuando colateralmente se encuentra droga en escenas de delitos de Antivicio.

C. No se han concretado mis temores de que Vincennes descuidara sus deberes en Antivicio para ofrecer asistencia a su mentor de Detectives, el teniente Dudley Smith. Esto es un mérito de Vincennes.

D. Vincennes no muestra grandes remordimientos por su testimonio en el caso de los ataques de Navidad, porque perdió su muy valorado puesto en Narcóticos y porque ninguno de los agentes a quienes delató fue a la cárcel.

E. Vincennes me presiona continuamente para regresar a Narcóticos. No firmaré sus papeles de transferencia hasta que resuelva un caso importante en Antivicio. Esta estipulación es tradicional en Antivicio. Vincennes ha pedido a Ellis Loew, ayudante del fiscal del distrito, que me presione para transferirlo, y me he negado. Continuaré negándome, aunque elijan fiscal del distrito a Loew.

F. Se rumorea que Vincennes pasa información interdepartamental a la revista *Hush-Hush*. Le he advertido: si filtras algo sobre nuestra labor, tendré tu pellejo.

G. En conclusión, Vincennes ha resultado ser un policía poco adecuado para Antivicio. Su asistencia es buena, sus informes están bien redactados (y sospecho que adornados). Es demasiado conocido para trabajar con corredores de apuestas y adecuado para casos de prostitución. No ha descuidado sus deberes para cumplir con sus compromisos televisivos, lo cual es un mérito. Antivicio afrontará un probable caso de pornografía dentro de los próximos meses y Vincennes tiene la oportunidad de probar su valía (y ganarse la transferencia). Insisto, una calificación general de «regular».

Respetuosamente,

Russell A. Millard, placa 5009,
oficial al mando, Antivicio

Informe Anual de Aptitudes (Departamento
de Policía de Los Ángeles), calificación
Confidencial, fechado 11/1/53, presentado
por el teniente A. Reddin, jefe de la División Hollywood
de la Brigada de Detectives, copias a las Divisiones
de Personal y Administración:

11/1/53:

INFORME ANUAL DE APTITUDES
FECHAS DE SERVICIO: 1/3/52-31/12/52
REFERENCIA: Exley, Edmund J., placa 1104
GRADO: sargento (detective) (Servicio Civil, grado 5)
DIVISIÓN: Brigada de Detectives (División Hollywood)
OFICIAL EN JEFE: Teniente Arnold D. Reddin, placa 556.

Caballeros:

Acerca del sargento Exley:

Este hombre tiene un talento manifiesto como detective.

Es meticuloso, inteligente, no parece tener vida privada y trabaja muchísimo. Tiene solo treinta años y en sus nueve meses como detective ha acumulado brillantes antecedentes en arrestos, con una tasa de condenas del 95 por ciento (la mayoría de los casos eran delitos menores contra la propiedad). Sus informes son completos y sucintos.

Exley trabaja mal con compañeros y bien por su cuenta.

Le he permitido realizar interrogatorios a solas. Es muy hábil y a mi entender ha obtenido muchas confesiones milagrosas (sin fuerza física).

Mi valoración general de las aptitudes de Exley es «sobresaliente».

Pero sus compañeros lo odian, como consecuencia de su papel de informador en el escándalo de Navidad, y lo desprecian porque gracias a ello recibió un cargo en la Oficina de Detectives. (Al parecer, esto es un secreto a voces.)

No gusta de emplear la fuerza con los sospechosos, y la mayoría de los hombres lo consideran un cobarde.

Exley ha aprobado el examen de teniente con notas elevadas y quizá se le presente una oportunidad. Creo que es demasiado joven e inexperto para ser teniente detective y que tal promoción crearía mucho resentimiento. Creo que sería un supervisor muy odiado.

Respetuosamente,

teniente Arnold D. Reddin,
placa 556

EXTRACTO
Daily News de Los Ángeles, 9 de febrero

NOTICIA OFICIAL: EXLEY, MAGNATE DE LA CONSTRUCCIÓN, ENLAZARÁ EL SUR CON SUPERCARRETERAS

La Comisión de Autopistas de los Tres Condados anunció hoy que Preston Exley, ex vendedor de periódicos de San Francisco y ex policía de Los Ángeles, será el encargado de construir el sistema de carreteras que enlazará Hollywood, Los Ángeles, San Pedro, Pomona, San Bernardino, South Bay y San Fernando Valley.

«Pronto brindaré los detalles —declaró telefónicamente Exley al *News*—. Mañana celebraré una rueda de prensa televisada, y los representantes de la Legislatura Estatal y la Comisión de los tres Condados estarán allí conmigo.»

EL FISCAL DEL DISTRITO
HACE UN ALTO EN LA CAMPAÑA:
¡RETOZANDO CON UNA MORENITA!

por Sidney Hudgens

A Bill McPherson, fiscal del distrito de la ciudad de Los Ángeles, le gustan altas, esbeltas, retozonas y pechugonas. Y de piel oscura. Desde el Sugar Hill de Harlem hasta el distrito negro de Los Ángeles, este hombre casado, de 57 años, con tres hijas adolescentes, es conocido como un galán generoso que dilapida billetes verdes en sitios oscuros donde los tragos son fuertes, el jazz es *cool*, el húmedo humo de la marihuana impregna la atmósfera y el idilio entre negros y blancos se mece al ritmo selvático de un plañidero saxo tenor.

¿Lo pillas, hermano? McPherson, en plena campaña por la reelección, su gran batalla política contra Ellis Loew, paladín de la lucha contra el crimen, necesita tiempo para descansar. ¿Juega al billar en el solemne Jonathan Club? No. ¿Lleva a su familia a Mike Lyman's o al Pacific Dining Car? No. ¿Y a dónde va? Al Strutter's Ball del distrito negro.

Al sur de Jefferson, hermano, el mundo es diferente. Rízate el pelo, ponte un brillante traje morado y adéntrate deslumbrante en la oscuridad. El fiscal del distrito Bill McPherson lo hace todos los jueves por la noche.

Pero vayamos a los hechos. Marion McPherson, la sufrida *hausfrau* del pícaro Bill, cree que su esposo pasa los jueves por la noche viendo a los mexicanos peso pluma que se muelen a golpes en el Olympic Auditorium. Error. Los jueves, nuestro díscolo Billy busca ternura y no violencia.

Hecho número uno: Bill McPherson es un asiduo del Casbah de Minnie Roberts, el más vistoso reducto del jazz del sur de Los Ángeles. Llámalo una insinuación maliciosa, hermano, pero hemos oído que le gusta el baño de leche de treinta y cinco dólares, proporcionado por dos robustas bellezas del Congo. Hecho número dos: han visto a McPherson escuchando a Charlie «Bird» Parker (célebre adicto) en el Playroom de Tommy Tucker, flotando en las nubes tras saborear el potente Plantation Punch de la casa. Su acompañante de esa noche era Lynette Brown, de dieciocho años, una delicia morena con dos arrestos por posesión de marihuana. Lynette reveló a un corresponsal anónimo de *Hush-Hush:* «A Bill le gustan las negras. Le gusta decir: "En cuanto pruebas una chica oscura, ya no tienes cura". Ama el jazz y la juerga. ¿De veras está casado? ¿De veras es fiscal de distrito?».

Claro que sí, hermano. Pero ¿por cuánto tiempo? Hay muchos jueves entre el día de hoy y las elecciones.

¿Podrá el pícaro Billy contener sus oscuros deseos hasta entonces?

Recuerda, querido lector, lo leíste aquí por primera vez: extraoficial, confidencial y muy *Hush-Hush.*

EXTRACTO
Herald-Express de Los Ángeles, 1 de marzo

POLICÍA DE LA NAVIDAD SANGRIENTA SALDRÁ PRONTO DE LA CÁRCEL

El 2 de abril, Richard Alex Stensland saldrá en libertad de la granja correccional Wayside Honor Rancho. Condenado el año pasado por cuatro cargos de agresión relacionados con el escándalo policial de la Navidad Sangrienta de 1951, ahora es un ex policía con un futuro incierto.

El ex compañero de Stensland, el agente Wendell White, declaró al *Herald:* «Ese asunto de Navidad fue cuestión de suerte. Yo estuve allí y pude haber sido el condenado, pero le tocó a Dick. Él me enseñó a ser buen policía. Le debo eso y estoy furioso por lo que le ocurrió. Aún soy amigo de Dick y apuesto a que todavía tiene muchos amigos en el Departamento».

Y también entre la población civil, por lo que parece. Stensland reveló a un reportero del *Herald* que cuando esté libre irá a trabajar para Abraham Teitlebaum, dueño de Abe's Noshery, un restaurante del oeste de Los Ángeles. Interrogado sobre si guardaba rencor contra alguna de las personas que lo encarcelaron, Stensland respondió: «Solo contra una. Pero respeto demasiado la ley para hacer algo al respecto».

Daily News de Los Ángeles, 6 de marzo:

ESCÁNDALO ARRUINA CARRERA DE FISCAL DEL DISTRITO

Se esperaba una campaña reñida: el fiscal del distrito William McPherson contra el ayudante Ellis Loew. Las elecciones consagrarían al vencedor como paladín en la lucha contra el crimen durante los próximos cuatro años en el sur del estado. Ambos basaban su campaña en problemas concretos: cómo administrar mejor el presupuesto legal, cómo combatir el crimen con mayor eficacia. Ambos, previsiblemente, afirmaban que lucharían con mayor vigor contra el delito. La comunidad de agentes de la ley de Los Ángeles consideraba a McPherson blando y demasiado liberal, y respaldó a Loew. Las organizaciones sindicales respaldaron al actual fiscal. La campaña de McPherson se cimentaba en sus antecedentes y su personalidad atractiva, y Loew ensayó una pose vehemente que no dio resultado: apareció histriónico y hambriento de votos. Era una campaña caballeresca hasta que se publicó el número de febrero de la revista *Hush-Hush*.

La mayoría de la gente toma *Hush-Hush* y otras revistas escandalosas con cierta reserva, pero era período electoral. Un artículo afirmaba que el fiscal McPherson, felizmente casado durante veintiséis años, retozaba con jóvenes negras. El fiscal ignoró el artículo, que iba acompañado de fotografías de él con una muchacha negra, tomadas en un club nocturno del centro de Los Ángeles. La señora McPherson no ignoró el artículo y presentó una demanda de divorcio. Ellis Loew no mencionó el artículo en su campaña, y McPherson empezó a caer en las encuestas. Tres días antes de las elecciones, agentes del Departamento del Sheriff acudieron al motel Lilac View del Sunset Strip, actuando según el soplo de un «informador anónimo» que llamó para denunciar un acto ilegal en la habitación número nueve. Los protagonistas de dicho acto resultaron ser el fiscal McPherson y una joven prostituta negra de catorce años. Los agentes arrestaron a McPherson con cargos de estupro y escucharon la versión de Marvell Wilkins, una menor con dos arrestos por prostitución.

La muchacha reveló que McPherson la había recogido en la avenida South Western, le había ofrecido veinte dólares por una hora y la había llevado al Lilac View. McPherson alegó amnesia: recordaba haber bebido «varios martinis» en una reunión con sus simpatizantes en el restaurante Pacific Dining Car, y luego haber subido al coche. No recuerda qué ocurrió después. El resto es historia: los reporteros y fotógrafos llegaron al motel poco después que los agentes. La historia de McPherson apareció en primera plana y el martes Ellis Loew fue elegido fiscal del distrito por abrumadora mayoría.

Algo huele mal aquí. El periodismo amarillo no debería dictar el ritmo de las campañas políticas, aunque el *Daily News* (que abiertamente respaldó a McPherson) jamás limitaría el derecho a publicar inmundicias. Hemos intentado localizar a Marvell Wilkins, pero la muchacha, ya puesta en libertad, parece haber desaparecido de la faz de la tierra. Sin acusar a nadie, el *Daily News* solicita al fiscal electo Loew que inicie una investigación de este asunto para asumir su nuevo cargo sin sombras que lo empañen.

SEGUNDA PARTE

La Matanza del Nite Owl

14

Toda la sala para él.

Una fiesta de despedida abajo, a la cual no estaba invitado. Debía leer el informe semanal, resumirlo, pegarlo en el tablón de anuncios. Nadie lo hacía, pues sabían que Ed era el mejor para esa tarea. Los periódicos anunciando la inauguración de la Tierra de los Sueños. Los demás policías mofándose de él con chillidos de Ratón Moochie. Space Cooley tocando en la fiesta; el pervertido Doble Perkins en los pasillos. Medianoche, pero no tenía sueño. Ed leía, escribía a máquina.

9/4/53: un ladrón travesti robó en cuatro tiendas del Hollywood Boulevard, dejando fuera de combate a dos vendedores con golpes de yudo. 10/4/53: un acomodador del Grauman's Chinese muerto a puñaladas por dos varones caucásicos a quienes pidió que apagaran los cigarrillos. Los sospechosos todavía sueltos; el teniente Reddin dijo que era demasiado inexperto para encargarse de un homicidio; no le asignaron el caso. 11/4/53: una pila de informes. Varias veces, en las dos últimas semanas, habían visto a jóvenes negros en automóvil descargando escopetazos al aire en las colinas del Griffith Park. Ninguna identificación, los chicos conducían un cupé Mercury morado, de los años 48-50. 11/4-13/4/53: cinco atracos diurnos, casas privadas al norte del bulevar, robo de joyas, nadie asignado al caso; Ed redactó una nota: actuar deprisa, buscar huellas digitales antes de que alguien tocara los puntos de acceso. Hoy era día 14. Quizá le dieran una oportunidad.

Ed concluyó la tarea. La sala vacía le ponía de buen humor: nadie que lo odiara, un gran espacio lleno de mesas y archivos.

Formularios oficiales en las paredes, casilleros vacíos que se llenaban cuando se efectuaba un arresto y alguien confesaba. Las confesiones podían ser enigmas, nada, aparte de la admisión del delito. Pero si sabías manejar al hombre, si lo amabas y odiabas en las dosis exactas, te revelaba cosas, pequeños detalles que creaban una realidad que cimentaba el caso y te daba más información para presionar al próximo sospechoso. Art De Spain y su padre le habían enseñado a encontrar los puntos débiles. Tenían cajas llenas de viejas transcripciones: violadores jóvenes, asaltantes, diversos malhechores que habían confesado. Art usaba los puños, pero se valía de la amenaza más que del acto. Preston Exley rara vez pegaba: lo consideraba una derrota del policía ante el delincuente, una creación de desorden. Ambos le leían respuestas elípticas y le hacían adivinar las preguntas, le daban una lista de experiencias delictivas comunes: cuñas para abrir una declaración. Le mostraron que los hombres tienen flaquezas que son aceptables porque otros hombres las toleran y flaquezas que causan vergüenza, algo que pueden ocultar a todos menos a un interrogador brillante. Le aguzaron el instinto para atacar a la yugular de esa flaqueza. Se le aguzó tanto que a veces no podía mirarse en el espejo.

Las sesiones se prolongaban: dos viudos, un hombre joven sin mujer. Art se interesaba por los asesinatos múltiples. Ed le pedía a su padre una y otra vez que relatara el caso Loren Atherton: arrebatos de horror, declaraciones de testigos. Preston comentó teorías psicológicas, pero a regañadientes: quería que su caso glorioso permaneciera cerrado, redondeado, en su mente. Examinaron viejos casos de Art, y Ed cosechó los frutos de tres mentes agudas: confesiones directas, noventa y cinco por ciento de condenas. Pero hasta entonces su afán de descifrar conocimientos sobre el crimen no se había topado con grandes desafíos, y desde luego no estaba saciado.

Ed caminó hacia el aparcamiento, sintiendo sueño. «Cuac, cuac», a sus espaldas. Unas manos lo hicieron girar.

Un hombre con máscara: el Pato Danny. Un puñetazo le arrancó las gafas; un golpe en el riñón lo tumbó. Se abrazó el cuerpo para protegerse de los puntapiés en las costillas.

Se arqueó, recibió puntapiés en la cara. El fogonazo de una cámara; dos hombres se alejaron: uno graznando como un pato, el otro riendo. Fáciles de identificar: las bravuconadas de Dick Stensland, la cojera de Bud White. Ed escupió sangre, juró vengarse.

15

Russ Millard interpeló a la Brigada 4 de Antivicio. Tema: pornografía.

–Libros obscenos, caballeros. Últimamente encontramos muchos en escenas de delitos colaterales: narcóticos, apuestas, prostitución. Normalmente este material se manufactura en México, así que está fuera de nuestra jurisdicción. Normalmente es una actividad subsidiaria del crimen organizado, porque los grandes hampones tienen dinero para la manufactura y conexiones para la distribución. Pero Jack Dragna fue deportado, Mickey Cohen está en la cárcel y quizá sea demasiado puritano, y Mo Jahelka no pisa terreno firme. Las fotos soeces no son del estilo de Jack Whalen. Es un corredor de apuestas que anhela adueñarse de un casino de Las Vegas. Y el material que hemos visto tiene demasiada calidad para las imprentas de Los Ángeles: Antivicio de la comisaría de Newton las investigó, están limpias, no tienen equipo para hacer revistas de tal calidad. Pero el trasfondo de las fotos indica que el origen es Los Ángeles: desde algunas ventanas se ve algo que parecen las colinas de Hollywood, y los muebles de muchos sitios parecen típicos de los apartamentos baratos de Los Ángeles. Así que nuestra tarea es rastrear el origen de esta inmundicia y arrestar a quienes la fabricaron, posaron para ella y la distribuyeron.

Jack gruñó: la Gran Captura de Libros Masturbatorios de 1953. Los demás parecían ansiosos de adueñarse del material, quizá para excitar a las esposas. Millard sacó un Digitalis.

–Los detectives de Newton interrogaron a todos en los arrestos colaterales, pero todos negaron posesión de la mercancía. En las imprentas nadie sabe dónde se hizo. Las revistas han circulado en Detectives y Antivicio, pero no logramos identificar a las mujeres. Caballeros, vean ustedes mismos.

Henderson y Kifka extendieron las manos; Stathis parecía ansioso de babear. Millard pasó la revista.

—Vincennes, ¿preferirías estar en otra parte?

—Sí, capitán. División Narcóticos.

—¿De veras? ¿Alguna otra parte?

—Quizá en la Brigada 2, trabajando en casos de prostitución.

—Resuelve un caso importante, sargento. Me encantaría firmar para que te largaras de aquí.

Exclamaciones, risas burlonas; tres hombres menearon la cabeza. Jack cogió las revistas.

Siete números, papel satinado de primera, cubiertas negras y sencillas. Dieciséis páginas cada uno: fotos en color, en blanco y negro. Dos libros cortados por la mitad. Fotos explícitas: hombres y mujeres, hombres y hombres, mujeres y mujeres. Primeros planos de penetración: heterosexuales, homosexuales, lesbianas con consoladores. Ventanas que daban al cartel de Hollywood; tomas de gente follando en camas plegables, apartamentos baratos: paredes de estuco, calentador portátil, típico de todos los apartamentos de soltero de la ciudad, ídem para las fotos de homosexuales masculinos; pero los modelos no eran adictos de ojos vidriosos; eran chicos jóvenes, guapos, fornidos, desnudos o disfrazados: ropa isabelina, kimonos japoneses. Jack unió las revistas rasgadas y logró una identificación: Bobby Inge, un prostituto a quien había arrestado por marihuana, chupándole la polla a un tío con corsé.

—¿Algún conocido, Vincennes? —le preguntó Millard.

Cautela.

—Nada, capitán. Pero ¿de dónde vienen las fotos rasgadas?

—Se encontraron en un cubo de basura, detrás de una casa de apartamentos de Beverly Hills. La administradora, una anciana llamada Loretta Downey, las encontró y telefoneó al Departamento de Policía de Beverly Hills. El Departamento nos llamó a nosotros.

—¿La dirección del edificio?

Millard miró un formulario.

—Charleville 9849. ¿Por qué?

—He pensado en hacerme cargo de esa parte de la tarea. Tengo buenas conexiones en Beverly Hills.

—Bien, por algo te llaman «Cubo de Basura». De acuerdo, efectúa el seguimiento en Beverly Hills. Henderson y Kifka localizarán a los arrestados mencionados en los informes y tratarán de averiguar nuevamente dónde consiguieron el material... enseguida distribuiré copias. No habrá cargos adicionales si hablan. Stathis, lleva esas revistas a las compañías de disfraces y busca algo similar en sus inventarios, luego averigua quién alquiló los disfraces que usan los... los actores. Primero probaremos con eso; si tenemos que revisar nuestras fotos de archivo para identificarlos perderemos una semana entera. Podéis retiraros. En marcha, Vincennes. Y no te confundas. Esto es Antivicio, no Narcóticos.

Jack se puso en marcha. Pidió a Archivos el expediente de Bobby Inge, elaboró una estrategia: Beverly Hills, visitar a la anciana, hacer averiguaciones y conseguir una pista que confirmara lo que ya sabía: Bobby Inge era culpable de conspiración para distribuir material obsceno, delito mayor. Bobby delataría a sus compañeros de reparto y a los fotógrafos. Su billete de retorno a Narcóticos.

Era un día ventoso, fresco; Jack enfiló hacia el oeste por Olympic. Mantuvo la radio encendida; un noticiario presentó a Ellis Loew: recortes presupuestarios en la Fiscalía del Distrito. Ellis discurseó; Jack cambió de emisora. Trató de no pensar en Bill McPherson. Captó una alegre melodía de Broadway, aun así pensó en McPherson.

Lo de *Hush-Hush* era idea de Jack; a McPherson le gustaban las vulvas oscuritas, a Sid Hudgens le gustaba denunciar a los que follaban negras. Ellis Loew sabía y aprobaba, lo consideraba otro favor a cuenta. La esposa de McPherson pidió el divorcio; Loew quedó satisfecho, pues las encuestas le favorecían. Dudley Smith quiso más, y preparó lo del motel.

Una apuesta fácil:

Dot Rothstein conocía a una chica de color que cumplía sentencia en un reformatorio: condenas por prostitución. Dot y la chica se acostaban juntas cuando esta estaba entre rejas. Dot logró que la soltaran; Dudley y su matón Mike Breuning prepararon una habitación en el motel Lilac View: la más famosa casa de citas del Sunset Strip, terreno del condado donde el fiscal del distrito sería simplemente otro marido travieso a quien pescaban sin los pantalones puestos. McPherson asistió a una velada en el Dining Car; Dudley hizo que Marvell Wilkins –catorce años, morenita, maliciosa– esperara fuera. Breuning alertó a Hollywood Oeste, Departamento del Sheriff, y a la prensa: el Gran V echó hidratos de cloral en el último martini de McPherson. El fiscal salió del restaurante mareado, condujo su Cadillac un kilómetro, frenó en Wilshire y Alvarado y se desmayó. Breuning se le acercó con el señuelo: Marvell con traje de fiesta. Se puso al volante del Cadillac, llevó al díscolo Billy y a la muchacha a su nido de amor. El resto era historia política.

No se lo contaron a Ellis Loew, quien creyó que era un golpe de suerte. Dot envió a Marvell a Tijuana, todos los gastos pagados: una carga menos para el presupuesto futuro de la cárcel de mujeres. McPherson perdió a su esposa y su trabajo; el cargo de estupro se retiró: no podían localizar a Marvell. Un destello en la mente del Gran V.

El destello: un favor, una deuda. La razón: Dot Rothstein en la ambulancia en octubre del 47; ella lo sabía, quizá Dudley lo supiera. Si lo sabían, había que evitar que el resto del mundo se enterara. Evitar que Karen lo supiera.

Había sido el héroe de Karen durante un año; de algún modo el papel cobró realidad. Dejó de enviar dinero a los chicos Scoggins, cerrando su deuda en cuarenta mil. Necesitaba dinero para cortejar a Karen, estando con ella se olvidaba del Malibú Rendezvous. Joan Morrow Loew seguía actuando como una zorra; Welton y la madre lo aceptaron a regañadientes, y Karen lo amaba tanto que casi dolía. Trabajar en Antivicio dolía. El trabajo era una lata, y Jack buscaba adictos cada vez que recibía un soplo. Sid Hudgens no llamaba con tanta frecuencia: ya no era detective de Narcóticos. Después del numerito con McPherson se alegró: no había tenido claro si aún sería capaz.

Karen también tenía sus propias mentiras que le ayudaban a dar veracidad a su papel de héroe. Fondo de reserva, apartamento en la playa pagado por papá, universidad. Material de aficionado: él tenía treinta y ocho años, ella veintitrés, con el tiempo aprendería. Quería casarse con él; Jack se resistía; Ellis Loew como pariente político significaría trabajar de recaudador hasta reventar. Jack sabía por qué funcionaba su papel de héroe: Karen era el público al que siempre había querido impresionar. Sabía lo que podía aceptar y lo que no; el amor de Karen había modelado su farsa, y solo tenía que actuar con naturalidad. Y mantener ciertos secretos a buen recaudo.

El tráfico se detuvo; Jack viró al norte en Doheny, al oeste en Charleville. El número 9849 —un edificio Tudor de dos pisos— estaba a poca distancia de Wilshire. Jack aparcó en doble fila, miró los buzones.

Seis ranuras: Loretta Downey, cinco nombres más. Tres matrimonios, un hombre, una mujer. Jack los anotó, caminó hacia Wilshire, encontró una cabina telefónica. Llamadas a Archivos y Tráfico; dos esperas.

Los inquilinos no tenían antecedentes delictivos; una ficha de vehículos interesante. Christine Bergeron, la «señorita» del buzón, cuatro arrestos por conducción temeraria, sin revocación de licencia. Jack pidió datos adicionales. Edad, treinta y siete años; ocupación, actriz/camarera; desde el 7/52 trabajaba en el Stan's Drive-in de Hollywood.

Instinto: las camareras no viven en Beverly Hills; quizá Christine Bergeron tenía clientela extra para mejorar sus ingresos. Jack regresó al 9849, llamó a la puerta de «Administración».

Abrió una anciana.

—¿Sí, joven?

Jack mostró la placa.

—Policía de Los Ángeles, señora. Es por esos libros que usted encontró.

La vieja entornó los ojos a través de unas gafas de cristales gruesos como una botella de Coca-Cola.

—Mi difunto esposo se habría tomado la justicia por su mano. Harold Downey no toleraba esas porquerías.

—¿Usted misma encontró esas revistas, señora Downey?

—No, joven, fue la mujer de la limpieza. Las rompió y las arrojó a la basura, donde yo las encontré. Interrogué a Eula al respecto después de llamar a la policía de Beverly Hills.

—¿Dónde encontró Eula las revistas?

—Bien... yo... no sé si debería...

Un viraje.

—Hábleme de Christine Bergeron.

—¡Esa mujer! ¡Y ese chico! ¡No sé quién es peor!

—¿Es una inquilina difícil?

—¡Recibe hombres a todas horas! ¡Patina por el piso con esos ceñidos trajes de camarera! ¡Tiene un hijo inútil que nunca va a la escuela! ¡Diecisiete años y es un inútil que se junta con vagos!

Jack le mostró una foto de Bobby Inge; la vieja se la acercó a las gafas.

—Sí, es uno de esos amigotes de Daryl. Lo he visto varias veces merodeando por aquí. ¿Quién es?

—Señora, ¿Eula encontró esos libros obscenos en el apartamento de Bergeron?

—Bueno...

—Señora, ¿Christine Bergeron y su hijo están en casa ahora?

—No, oí que se marchaban hace unas horas. Tengo un oído muy agudo que compensa mi mala vista.

—Señora, si usted me permite entrar en el apartamento y encuentro más libros obscenos, podría ganarse una recompensa.

—Bueno...

—¿Tiene las llaves?

—Claro que sí. Yo soy la administradora. Bien, le dejaré mirar si usted promete no tocar nada y no tengo que pagar impuestos sobre mi recompensa.

Jack guardó la foto.

—Lo que usted diga.

La vieja echó a andar hacia los apartamentos del segundo piso. Jack la siguió; la vieja abrió la tercera puerta.

—Cinco minutos, joven. Y sea respetuoso con los muebles... Mi cuñado es el dueño de este edificio.

119

Jack entró. Un salón pulcro, suelo con rasguños, seguramente huellas de patines. Muebles de calidad, gastados, descuidados. Paredes desnudas, sin televisión, dos fotos enmarcadas en una mesilla. Fotos publicitarias.

Jack las examinó; la vieja Downey se acercó. Marcos de peltre haciendo juego, dos personas guapas.

Una mujer bonita, pelo claro cortado a lo paje, mirada chispeante y vulgar. Un chico guapo que se parecía a ella: muy rubio, ojos grandes y estúpidos.

−¿Christine y su hijo?

−Sí, y reconozco que ambos son atractivos. Joven, ¿a cuánto asciende la recompensa que me ha prometido?

Jack la ignoró y entró en el dormitorio: cajones, lavabo, colchón. Ninguna revista porno, ni droga, nada sospechoso. Los negligés eran lo único que merecía una ojeada.

−Joven, sus cinco minutos han terminado. Y quiero una garantía escrita de que recibiré esa recompensa.

Jack se volvió con una sonrisa.

−Se la enviaré por correo. Y necesito un minuto más para revisar la agenda de direcciones.

−¡No, no! ¡Podrían regresar en cualquier momento! Quiero que se marche usted enseguida.

−Solo un minuto.

−¡No, no, no! ¡Lárguese de inmediato!

Jack enfiló hacia la puerta.

−Usted me recuerda al policía de ese popular programa de televisión −dijo la vieja.

−Yo le enseñé todo lo que sabe.

Intuía un caso rápido.

Bobby Inge delata a los vendedores de revistas a cambio de una reducción de la pena, una acusación de inmoralidad por liarse con Daryl Bergeron: el chico era menor, Bobby era un maricón notorio con varias sentencias por prácticas homosexuales. Un buen paquete: confesiones, sospechosos localizados, mucho papeleo para

Millard. El célebre Gran V descubre la gran red pornográfica y vuela de regreso a Narcóticos como un héroe.

A Hollywood, una vuelta por el Stan's Drive-in: Christine Bergeron sirviendo comida en patines. Ceñuda, provocativa. Aire de ramera. Tal vez aire de posar con una polla en la boca.

Jack aparcó, leyó los antecedentes de Bobby Inge. Dos órdenes judiciales importantes: multas de tráfico, incumplimiento de la obligación de presentarse ante el agente de libertad condicional. Último domicilio conocido, Hamel Norte 1424, Hollywood Oeste, el corazón de Lavender Gulch. Frecuentaba tres bares de maricas: Leo's Hideaway, Knight in Armor, B. J.'s Rumpus Room, todos en Santa Mónica Boulevard. Jack se dirigió a Hamel Drive, las esposas preparadas y abiertas.

Una hilera de bungalows a pocos pasos del Strip: territorio del condado, «Inge -Apto. 6» en un buzón. Jack encontró el apartamento, llamó, nada.

—Bobby, oye, primor —gorjeó con voz de falsete.

Nada. Puerta bajo llave, cortinas corridas, silencio. Jack regresó al coche, se dirigió al sur.

Villa Homo: dos manzanas de bares. Leo's Hideaway cerrado hasta las cuatro, el Knight in Armor vacío. El barman replicó «¿Bobby qué?» como si de verdad no lo conociera. Jack enfiló hacia el B. J.'s Rumpus Room.

Revestimiento imitación felpa en el interior: paredes y techo, reservados junto a una tarima para la banda. Maricas en la barra; el barman olió enseguida a poli. Jack se le acercó, mostró las fotos.

El barman las cogió.

—Un tal Bobby. Viene con bastante frecuencia.

—¿Cuánta frecuencia?

—Varias veces por semana.

—¿Tarde o noche?

—Ambas.

—¿Cuándo fue la última vez que estuvo aquí?

—Ayer. Estuvo alrededor de esta hora. ¿Es usted...?

—Voy a sentarme en uno de esos reservados para esperarlo. Si aparece, no le digas nada de mí. ¿Entendido?

—Sí. Pero mira, ya has ahuyentado a los que bailaban.

—Descuéntalo de tu declaración de impuestos.

El barman rió; Jack se instaló cerca de la tarima. Vista despejada: puerta delantera, puerta trasera, barra. La oscuridad lo ocultaba. Observó.

Ritos de apareamiento homosexual:

Miradas, acercamientos, salir del local. Un espejo encima de la barra: los maricas podían echarse una ojeada, cruzar miradas y suspirar. Dos horas, medio paquete de cigarrillos. Bobby Inge no aparecía.

Le rugía el estómago; tenía la garganta seca; las botellas de la barra le sonreían. Un tedio irritante: a las cuatro, ir a Leo's Hideaway.

3.53. Bobby Inge.

Se sentó en un taburete; el barman le sirvió un trago. Jack se le acercó.

El barman, aterrado: ojos inquietos, manos trémulas. Inge dio media vuelta.

—Policía —dijo Jack—. Las manos en la cabeza.

Inge le arrojó el trago. Jack saboreó whisky; le quemó los ojos. Pestañeó, se tambaleó, cayó cegado. Tosió para quitarse el gusto, se levantó, la vista se le enturbió de nuevo. Bobby Inge se había largado.

Jack corrió afuera. Bobby no estaba en la acera. Un sedán quemando llantas. Su coche estaba a dos calles.

El whisky lo atormentaba.

Jack cruzó la calle, fue a una gasolinera. Entró en el servicio de hombres, arrojó el blazer a un cubo de basura. Se lavó la cara, se pasó jabón por la camisa, trató de vomitar el gusto del alcohol, nada. Agua jabonosa en el lavabo. La tragó, hizo gárgaras, escupió.

Recobrándose: el corazón más calmado, las piernas más firmes. Se quitó la funda del arma, la envolvió en toallas de papel, regresó al coche. Vio una cabina telefónica. Hizo la llamada por instinto.

Respondió Sid Hudgens:

—*Hush-Hush*, extraoficial y confidencial.

—Sid, soy Vincennes.

—Jack, ¿estás de vuelta en Narcóticos? Necesito material.

—No, tengo un asunto en marcha en Antivicio.

—¿Algo bueno? ¿Vinculado con celebridades?

—No sé si es bueno, pero si se pone bueno es tuyo.

—Pareces agitado, Jack. ¿Has estado follando?

Jack tosió burbujas de jabón.

—Sid, estoy a la pesca de revistas porno. Material gráfico. Fotos de gente follando, pero que no parecen yonquis y usan disfraces costosos. Es material bien hecho, y pensé que quizá sabías algo.

—No. No, no he oído nada.

Demasiado rápido, sin réplicas ingeniosas.

—¿Qué me dices de un prostituto llamado Bobby Inge o de una mujer llamada Christine Bergeron? Es camarera en un autorrestaurante, quizá haga trabajos extras.

—No sé nada de ellos, Jack.

—Joder. Sid, ¿qué sabes de vendedores independientes de material porno en general?

—Jack, sé que eso es un secreto sobre el cual no sé nada. Y lo bueno de los secretos, Jack, es que todo el mundo los tiene. Incluido tú. Jack, hablaré contigo más tarde. Llama cuando tengas algo con que trabajar.

La línea se cortó.

TODO EL MUNDO TIENE SECRETOS. INCLUIDO TÚ.

Sid no actuaba como de costumbre, su línea final no era del todo una advertencia.

¿ACASO LO SABE, JODER?

Jack pasó frente al Stan's Drive-in, temblando, las ventanillas abiertas para disipar el tufo a jabón. Christine Bergeron no estaba. Regresó a Charleville 9849, golpeó la puerta del apartamento. Ninguna respuesta. Una rendija entre la cerradura y la jamba. Empujó; la puerta se abrió.

Ropas en el suelo del salón. La fotografía enmarcada no estaba.

Entró en el dormitorio, asustado. Había dejado el arma en el coche.

123

Muebles y cajones vacíos. La cama desnuda. Entró en el cuarto de baño.

Dentífrico y Kotex derramados en la ducha. Estantes de vidrio astillados contra el lavabo.

Una fuga precipitada.

Regresó a Hollywood Oeste, a toda prisa. La puerta de Bobby Inge cedió fácilmente. Jack entró pistola en mano.

Fuga número dos, un trabajo más pulcro.

Salón limpio, cuarto de baño inmaculado, cajones vacíos en el dormitorio. Una lata de sardinas en la nevera. El cubo de basura de la cocina limpio, con una bolsa de papel nueva.

Jack puso patas arriba el apartamento: cuarto de estar, dormitorio, baño, cocina. Tumbó estanterías, levantó alfombras, arrancó el inodoro. Un destello: cubos de basura llenos, a ambos lados de la calle...

Allí o adiós.

Habría pasado una hora y veinte desde su encontronazo con Inge: el pájaro no había vuelto directamente al nido. Probablemente se desvió de la calle, regresó andando despacio, se arriesgó a sacar el material con el coche aparcado en el callejón. Debía de pensar que lo buscaban por esas viejas órdenes judiciales o las revistas; sabía que estaba en apuros y no podía ser sorprendido con material pornográfico. No se arriesgaría a llevarlo en el coche: gran peligro de arresto. La alcantarilla o los cubos de basura, sobre todo, más fotos de gente en pelotas, fotos de identificación para Jack Cubo de Basura.

Jack se encaminó hacia la acera, revolvió los cubos, oyó niños que se reían de él. Uno, dos, tres, cuatro, cinco. Quedaban dos antes de la esquina. El último cubo no tenía tapa; asomaba un papel negro y lustroso. Jack se lanzó en picado.

Tres revistas porno justo encima. Jack las cogió, corrió de regreso al coche, las hojeó. Los chicos le hacían muecas burlonas por el parabrisas. Los mismos trasfondos de Hollywood, Bobby Inge con chicos y chicas, bellezas desconocidas follando. Hacia la mitad de la tercera revista las fotos se desbocaban.

Orgías, rondas de personas penetrándose, una docena en un

suelo cubierto por una manta. Brazos y piernas cercenados, manando líquido rojo. Jack entornó los ojos, se concentró. El rojo era tinta de color, las fotos estaban trucadas. Mutilaciones falsas, sangre falsa brotando en remolinos artísticos.

Jack trató de identificar a los modelos; esa obscena perfección lo distraía. Desnudos que sangraban tinta, ninguna cara conocida hasta la última página: Christine Bergeron y su hijo follando en patines sobre un gastado suelo de madera.

16

Una fotografía en el buzón: el sargento Ed Exley, sangrando y aterrado. Ninguna nota en el dorso. No era necesaria: Stensland y White tenían el negativo, garantía de que nunca intentaría fastidiarlos.

Ed, a solas en la sala de la jefatura, las seis de la mañana. Las suturas de la barbilla le ardían; los dientes flojos no le dejaban comer. Unas treinta horas desde la paliza. Aún le temblaban las manos.

Venganza.

No se lo contó a su padre; no podía arriesgarse a la ignominia de acudir a Parker o Asuntos Internos. Vengarse de Bud White sería difícil: era el chico de Dudley Smith. Smith le había conseguido un puesto en Homicidios y lo preparaba para transformarlo en su hombre fuerte. Stensland era más vulnerable: libertad condicional, empleado de Abe Teitlebaum, ex matón de Mickey Cohen. Un borracho que rogaba a gritos que lo encerraran de nuevo.

Venganza. Ya en marcha.

Dos hombres del Departamento del Sheriff comprados y pagados: Ed había recurrido al fondo de reserva legado por su madre. Dos hombres vigilando a Dick Stensland, dos hombres acechando cada desliz. Venganza.

Ed preparaba informes. Le rugía el estómago: sin comida, los pantalones flojos cayéndose por el peso del arma. Una voz por el altavoz; estridente, alarmada.

—¡Llamando a la brigada! ¡Cafetería Nite Owl, Cherokee uno-ocho-dos-cuatro! ¡Homicidio múltiple! ¡Hablen con los patrulleros! ¡Código tres!

Ed se golpeó las piernas al levantarse. Ningún detective a la vista: era suyo.

Coches patrulla en Hollywood y Cherokee; uniformados bloqueando la escena del crimen. No se veían policías de paisano; tal vez Ed fuera el primero.

Frenó, apagó la sirena. Un uniformado se le acercó.

—Muchas víctimas, quizá algunas mujeres. Yo las encontré. Iba a tomar un café y vi ese letrero falso en la puerta: «Cerrado por enfermedad». Hombre, el Nite Owl no cierra nunca. Dentro estaba oscuro y sospeché algo raro. Exley, este caso no le corresponde, esto pertenece a la zona centro...

Ed lo empujó a un lado, se acercó a la puerta. Abierta, con el letrero pegado con cinta adhesiva. Ed entró, memorizó.

Un interior largo, rectangular. A la derecha: una hilera de mesas, cuatro sillas cada una. La pared lateral empapelada: buhos guiñando el ojo, encaramados sobre señales callejeras, una alusión al nombre del bar. Suelo de linóleo a cuadros; a la izquierda un mostrador, una docena de taburetes. Detrás del mostrador una plancha de madera, la cocina al fondo, con utensilios: sartenes, espátulas colgadas de ganchos, una plataforma para poner platos. A la izquierda, enfrente: una caja registradora.

Abierta, vacía. Monedas en la estera del suelo.

Tres mesas desordenadas: comida derramada, bandejas volcadas, servilletas y platos rotos en el suelo. Indicios de lucha que conducían a la cocina; un zapato de tacón junto a una silla volcada.

Ed entró en la cocina. Comida a medio freír, platos rotos, sartenes en el suelo. Una caja de caudales bajo el mostrador del cocinero: abierta, monedas caídas. Señales de lucha similares a las anteriores, manchas de suela negra que llevaban a la puerta de una cámara frigorífica.

Entornada, el cable fuera del enchufe, el motor del aire frío apagado. Ed abrió.

Cuerpos: amontonados en el suelo, empapados en sangre. Sesos, sangre y perdigones en todas las paredes. Medio metro de sangre acumulándose en un desagüe. Docenas de cartuchos de escopeta flotando en sangre.

JÓVENES NEGROS EN CUPÉ MERCURY MORADO 48-50 DES-CARGANDO ESCOPETAZOS AL AIRE EN LAS COLINAS DE GRIFFITH PARK. VARIAS VECES EN LAS DOS ÚLTIMAS SEMANAS.

Ed, sofocado, trató de contar los cuerpos.

Ninguna cara discernible. Quizá cinco muertos por el dinero de la caja registradora, la caja de caudales y lo que tuvieran encima.

–Dios santo.

Un uniformado con aire de novato. Pálido, casi verde.

–¿Cuántos hombres hay fuera? –preguntó Ed.

–No... no sé. Muchos.

–No te descompongas, solo reúne a todos para empezar a indagar. Necesitamos saber si alguien ha visto cierto tipo de coche en las inmediaciones.

–Señor, hay un hombre de Detectives que desea verlo.

Ed salió. Amanecía: una luz nueva sobre una muchedumbre. Los policías contenían a los reporteros; los curiosos formaban enjambres. Sonaban bocinazos; las motocicletas interrumpían el tráfico. Ambulancias detenidas por la multitud. Ed buscó a un oficial; los reporteros lo acribillaron a preguntas.

Lo apartaron de la acera a empellones, lo aplastaron contra un coche patrulla. Los fogonazos de los flashes. Ed volvió la cara para que no se le vieran las magulladuras. Unas manos fuertes lo agarraron.

–Vete a casa, muchacho. Me han puesto al mando aquí.

17

La primera vez que se convocaba a todos los detectives de la ciudad. La sala de reuniones estaba atestada.

Thad Green y Dudley Smith junto a un micrófono; los hombres esperando, ansiosos por largarse. Bud buscó a Ed Exley: una oportunidad de mirarle las heridas. Exley no estaba: se decía que había recibido la llamada de la Matanza del Nite Owl.

Smith cogió el micrófono.

–Muchachos, todos sabéis por qué estamos aquí. Aunque «Matanza del Nite Owl» sea una denominación hiperbólica, se trata de un crimen atroz que requiere una solución rápida y enérgica. La prensa y el público lo exigirán y, como ya tenemos pistas sólidas, se las daremos.

»Hay seis muertos en esa cámara frigorífica, tres hombres y tres mujeres. He hablado con el dueño del Nite Owl y me ha dicho que tres de los muertos pueden ser Patty Chesimard y Donna De-Luca, caucásicas, la camarera y la cajera, y Gilbert Escobar, mexicano, el cocinero y lavaplatos. Las otras tres víctimas, dos hombres y una mujer, debían de ser clientes. La caja registradora y la caja de caudales estaban vacías, y no había nada en los bolsillos y carteras de las víctimas, lo cual indica, obviamente, que el robo fue el motivo. Se están realizando análisis. Hasta ahora solo tenemos huellas de guantes de goma en la caja registradora y la puerta del refrigerador. No sabemos la hora en que murieron las víctimas, pero el escaso número de clientes y otra pista nos sugieren que fue a las tres de la mañana. En el refrigerador se halló un total de cuarenta y cinco cartuchos calibre 12, escopeta Remington. Eso indica que fueron tres hombres con escopetas de cinco disparos, y que todos ellos recargaron dos veces. No hace falta decir lo gratuitos que son cuarenta de esos disparos, muchachos. Aquí nos enfrentamos con fieras rabiosas.

Bud miró en torno. Exley aún no estaba. Cien hombres tomaban notas. Jack Vincennes en un rincón, sin libreta. Thad Green tomó la palabra.

—Ningún rastro de sangre conduce afuera. Esperábamos tener huellas de pisadas para descartar probabilidades; pero no encontramos ninguna, y Ray Pinker, del laboratorio, dice que el análisis tardará por lo menos cuarenta y ocho horas. El forense dice que la identificación de los clientes será muy difícil, dado el estado de los cuerpos. Pero tenemos una pista muy interesante.

»La División Hollywood ha efectuado un total de cuatro informes sobre esto, así que escuchen bien. En las dos últimas semanas se ha visto a un grupo de jóvenes negros en coche disparando al aire en Griffith Park. Eran tres, con escopeta. No fueron detenidos, pero los testigos oculares han indicado que conducían un cupé Mercury, modelo 48 al 50, color morado. Hace una hora los hombres del teniente Smith han encontrado un testigo: un vendedor de periódicos que vio un cupé Mercury 48-50 aparcado frente al Nite Owl anoche, alrededor de las tres.

Exclamaciones, murmullos. Green pidió silencio.

—Esto mejora, así que escuchen. No hay cupés Mercury morados del 48-50 en la lista de denuncias, así que es muy dudoso que se trate de un coche robado, y el Departamento de Vehículos Motorizados nos ha dado una lista de los Mercury 48-50 de todo el estado. El morado era un color original en esos modelos, y a los negros les gustan esos modelos. Hay más de mil seiscientos registrados por negros en el estado de California, y en el sur de California hay muy pocos registrados a nombre de blancos. Hay ciento cincuenta y seis registrados a nombre de negros en el condado de Los Ángeles, y aquí tenemos un centenar de hombres. Hemos confeccionado una lista: direcciones privadas y de trabajo. La Brigada de Hollywood está cotejando listas de arrestos. Quiero que cincuenta equipos de dos hombres se encarguen de tres hombres cada uno. En la comisaría de Hollywood están preparando una línea telefónica especial, así que podrán llamar aquí si necesitan direcciones anteriores o asociados conocidos. Si encuentran sospechosos, tráiganlos aquí. Tenemos varias salas de interrogatorios, junto con el hombre que los encabezará. El teniente Smith distribuirá las asignaciones, y el jefe Parker desea hablar con ustedes. ¿Alguna pregunta?

—¿Quién dirige los interrogatorios? —gritó un hombre.

—El sargento Ed Exley, Brigada de Hollywood —respondió Green.

Silbidos, abucheos. Parker se acercó al micrófono.

—Suficiente, caballeros. Ahora salgan a buscarlos. Usen toda la fuerza necesaria.

Bud sonrió. El verdadero mensaje era: liquiden a esos negros sin contemplaciones.

18

La lista de Jack:

George (sin segundo nombre) Yelburton, varón negro, South Beach 9781; Leonard Timothy Bidwell, varón negro, Duquesne Sur 10062; Dale William Pritchford, varón negro, Normandie Sur 8211.

El compañero temporal de Jack: el sargento Cal Denton, sección Fraude, ex carcelero en la Penitenciaría Estatal de Texas.

Viaje al distrito negro en el coche de Denton, la radio encendida: parloteo sobre la Matanza del Nite Owl. Denton parloteando: Leonard Bidwell era boxeador de peso welter, un negro rudo que había peleado con Kid Gavilán. Jack meditaba sobre su billete de regreso a Narcóticos: Bobby Inge y Christine Bergeron se habían esfumado, los otros detectives no tenían pistas. La foto de la orgía: hermosa a su manera. La investigación interrumpida por unos perturbados que mataban a seis personas por doscientos pavos. Aún sentía el sabor del whisky, aún oía a Sid Hudgens: «Todos tenemos secretos».

Primero preguntar a soplones: los suyos, los de Denton. Bares de negros, salas de billar, peluquerías, iglesias. Tanteos, presiones, preguntas. Los rumores del distrito negro: coche morado/escopetas, una historia borrosa y distorsionada: bazofia que se emborrachaba con Tokay y tónico capilar. Cuatro horas, ningún nombre, vuelta a la lista.

South Beach 9781: una choza de cartón embreado, un Mercury 48 morado en el césped. El coche no tenía ruedas. El eje oxidado estaba hundido en la hierba. Denton frenó.

—Tal vez esa sea la coartada. Tal vez estropearon el coche después de asaltar el Nite Owl, para que pensáramos que no podían ir a ninguna parte.

Jack señaló.

—Hay maleza alrededor del forro del freno. Nadie llevó este cascajo a Hollywood anoche.

—¿Eso crees?

—Eso creo.

—¿Seguro?

—Sí, seguro.

Denton enfiló hacia Duquesne Sur: otra choza de cartón embreado. Un Mercury morado en la calzada: fajas de protección, adornos en el guardabarros, «Paganos Morados» en la placa del capó. Colgando del porche un saco para practicar boxeo.

—Ahí tienes a tu peso wélter —dijo Jack.

Denton sonrió; Jack fue a la puerta, tocó el timbre. Ladridos dentro, aullidos de monstruo. Denton cubría el flanco: la calzada, la puerta.

Un negro abrió: musculoso, un tío rudo conteniendo a un mastín. El perro gruñó.

—¿Esto es porque no le he pagado la pensión a mi esposa? —dijo el hombre—. ¿Es asunto de la policía?

—¿Eres Leonard Timothy Bidwell?

—Así es.

—¿Y ese coche es tuyo?

—Así es. Y si tú eres un policía a quien le pagan por cobrar deudas, te equivocas de sitio, porque he pagado esa criatura con el dinero que gané en mi batalla perdida contra Johnny Saxton.

Jack señaló el perro.

—Llévalo adentro y cierra la puerta. Sal y apoya las manos en la pared.

Bidwell obedeció con desgana; Jack lo cacheó, le dio la vuelta. Denton se acercó.

—Muchacho, ¿te gustan las escopetas calibre 12?

Bidwell meneó la cabeza.

—¿De qué hablas?

Jack cambió de táctica.

—¿Dónde estabas anoche a las tres?

—Aquí en mi cueva.

—¿Solo? Si estuviste con alguna tía, tienes suerte. Dime que tienes suerte, antes que mi compañero se irrite.

—Tengo la custodia de mis hijos por esta semana. Ellos estaban conmigo.

—¿Están aquí?

—Están durmiendo.

Denton le apoyó la pistola en las costillas.

—Oye, ¿sabes lo que pasó anoche? Mala medicina, y hablo en serio. ¿Tienes una escopeta?

—Tío, yo no necesito una puta escopeta.

Denton le hundió aún más la pistola.

—Oye, no uses ese vocabulario conmigo. Ahora, antes de que traigamos aquí a tus mocosos, vas a decirme a quién le prestaste tu coche anoche.

—Yo no le presto mis ruedas a nadie, tío.

—Entonces ¿a quién le prestaste tu escopeta? Venga, cuéntame.

—¡Te he dicho que no tengo escopeta, tío!

—Háblame de los Paganos Morados —intervino Jack—. ¿Son una pandilla de tíos con coches de color morado?

—Tío, es solo el nombre de nuestro club. Yo tengo un coche morado, y otros tíos del club también lo tienen. ¿De qué se trata?

Jack sacó su hoja de Tráfico: una lista dactilografiada de los propietarios de Mercury.

—Leonard, ¿has leído los periódicos esta mañana?

—No, hombre, ¿qué…?

—Chsss. ¿Has oído la radio o la televisión?

—No tengo ninguna de las dos cosas. ¿Qué es…?

—Chsss. Leonard, estamos buscando a tres tíos de color a quienes les gusta disparar escopetazos y tienen un Mercury como el tuyo, un 48, 49 o 50. Sé que no le harías daño a nadie. Te vi pelear con Gavilán y me gusta tu estilo. Estamos buscando a unos chicos malos. Tíos con un coche como el tuyo, que quizá pertenezcan a tu club.

Bidwell se encogió de hombros.

–¿Por qué iba a ayudarte?

–Porque de lo contrario mi compañero se enfadará.

–Claro, y quedaré como un soplón.

–No tienes que decir nada. Solo mira esta lista y señala. Ten, léela.

Bidwell meneó la cabeza.

–Son mala gente, así que hablaré. Sugar Ray Coates tiene un cupé 49, un hermoso coche. Tiene dos compinches, Leroy y Tyrone. A Sugar le gusta fardar con su escopeta, y oí decir que se divierte matando perros. Trató de entrar en mi club, pero lo rechazamos porque es bazofia.

Jack miró su lista: bingo para «Coates, Raymond, Central Sur 9611, Habitación 114». Denton había sacado su propia hoja.

–A dos minutos de aquí. Si nos damos prisa, podemos llegar los primeros.

Titulares de héroe.

–En marcha.

El hotel Tevere: un tugurio con forma de L encima de una lavandería. Denton entró en el aparcamiento; Jack vio escaleras que conducían arriba: un solo piso de habitaciones, una entrada abierta.

Arriba y adentro: un corredor corto, puertas de aspecto frágil. Jack desenfundó el revólver. Denton sacó dos armas: un 38, una automática que llevaba en el tobillo. Contaron los números hasta llegar al 114. Denton retrocedió; Jack retrocedió; patearon al mismo tiempo. La puerta voló de los goznes dejando un blanco visible: un chico de color saltando de la cama.

El chico alzó las manos. Denton sonrió, apuntó. Jack lo bloqueó. Dos disparos reflejos desgarraron el techo. Jack entró a la carrera; el chico trató de escapar; Jack lo agarró. Culatazos en la cabeza. No más resistencia. Denton le esposó las manos detrás de la espalda. Jack se puso una nudillera y lo amenazó.

–Leroy, Tyrone. ¿Dónde?

El chico escupió dientes.

—Uno-dos-uno —dijo, gorgoteando sangre.

Denton le agarró del pelo.

—No lo mates —dijo Jack.

Denton le escupió a la cara. El corredor era puro ruido. Jack echó a correr, dobló en la L, patinó, se detuvo ante el 121.

La puerta cerrada. Mucho ruido de fondo, imposible escuchar. Jack dio una patada; la madera se astilló, la puerta se abrió. Dos tíos de color dentro, uno durmiendo en un camastro, otro roncando en un colchón.

Jack entró. Gemido de sirenas a poca distancia. El chico del colchón se movió. Jack lo aquietó de un culatazo, le pegó al otro antes de que pudiera levantarse. Las sirenas chirriaron, cesaron. Jack vio una caja en la cómoda.

Cartuchos de escopeta: munición para Remington calibre 12, doble grado. Una caja de cincuenta, pero la mayoría faltaban.

19

Ed hojeó el informe de Jack Vincennes. Thad Green observaba mientras el teléfono sonaba sin cesar.

Sólido, conciso: Cubo de Basura redactaba con precisión.

Tres varones negros bajo custodia: Raymond «Sugar Ray» Coates, Leroy Fontaine, Tyrone Jones. Tratados por lesiones recibidas al resistirse al arresto; delatados por otro varón negro que describía a Coates como un maníaco de la escopeta a quien le gustaba reventar perros. Coates figuraba en la lista de Tráfico, el informador declaraba que andaba con otros dos hombres −«Tyrone y Leroy»− que también vivían en el hotel Tevere. Los tres arrestados en ropa interior; Vincennes los entregó a agentes de un coche patrulla que había acudido por los disparos y registró las habitaciones. Encontró una caja de municiones Remington, cincuenta unidades, calibre 12, doble grado, donde faltaban unos cuarenta cartuchos. Pero no había escopetas, ni guantes de goma, ni ropas manchadas de sangre, ni dinero en cantidad ni otras armas. Las únicas prendas: camisetas sucias, pantalones cortos, ropas bien planchadas cubiertas por celofán de la tintorería. Vincennes revisó el incinerador del sótano del hotel: estaba funcionando. El administrador le dijo que Sugar Coates había arrojado un bulto de ropa a las siete de esa mañana. Vincennes dijo que Jones y Fontaine parecían estar ebrios o bajo la influencia de narcóticos: siguieron durmiéndola a pesar de los estampidos y el alboroto general causado por Coates al resistirse al arresto. Vincennes pidió a los agentes que llegaron luego que buscaran el coche de Coates, pues no estaba en el aparcamiento ni en un radio de tres manzanas. Se emitió una orden de búsqueda; Vincennes declaró que las manos y brazos de los tres sospechosos apestaban a perfume; un análisis de parafina no daría resultados concluyentes.

Ed dejó el informe en el escritorio de Green.

—Me sorprende que no los haya matado.

El teléfono. Green lo dejó sonar.

—Así habrá más titulares. Jack se acuesta con la cuñada de Ellis Loew. Y si los negros se empaparon las zarpas en perfume para burlar el análisis de parafina, podemos dar las gracias a Jack; él pasó esa información a *Placa de Honor*. Ed, ¿estás preparado para esto?

El estómago de Ed dio un brinco.

—Sí, señor.

—El jefe quería que Dudley Smith trabajara contigo, pero lo disuadí. Aunque es eficaz, ese hombre detesta a la gente de color.

—Señor, sé cuán importante es esto.

Green encendió un cigarrillo.

—Ed, quiero confesiones. Quince de las balas que extrajimos del Nite Owl tenían marcas de percutor, de modo que si conseguimos las armas tenemos caso. Quiero saber dónde están las armas y el coche, y confesiones antes de la instrucción de cargos. Faltan setenta y una horas para que vean al juez. Quiero que todo esté listo para entonces. Limpio.

Detalles específicos.

—¿Hojas de arresto de esos chicos?

—Drogas y robo, los tres. Condenas por mirones, Coates y Fontaine. Y no son chicos. Coates tiene veintidós, los otros tienen veinte. Con esto van derechos a la cámara de gas.

—¿Y el asunto de Griffith Park? Comparar municiones, testigos de los tíos que dispararon las escopetas.

—Las municiones podrían ser buenas pruebas de apoyo, si las encontramos y los negros no confiesan. El guardián del parque que presentó las denuncias vendrá para tratar de identificarlos. Ed, Arnie Reddin dice que eres el mejor experto en interrogatorios que ha visto jamás, pero nunca has trabajado en algo tan...

Ed se levantó.

—Lo haré.

—Hijo, si lo haces, un día tendrás mi puesto.

Ed sonrió, y le dolieron los dientes flojos.

—¿Qué le pasó a tu cara? —preguntó Green.

—Tropecé persiguiendo a un ladrón de tiendas. Señor, ¿quién habló con los sospechosos?

—Solo el médico que los puso presentables. Dudley quería que Bud White fuera el primero, pero...

—No creo...

—No me interrumpas, porque te iba a dar la razón. Quiero confesiones voluntarias, así que White queda descartado. Serás el primero con los tres. Te observaremos por los espejos, y si quieres un compañero para hacer el número de Mutt y Jeff, tócate la corbata. Habrá un grupo escuchando por un altavoz externo, y una grabadora funcionando. Los tres están en cuartos diferentes, y si quieres ponerlos uno contra otro, ya sabes qué botones tocar.

—Les arrancaré esa confesión —dijo Ed.

Su escenario: un corredor junto a las celdas de Homicidios. Tres cubículos preparados; espejo, altavoces, interruptores para que los sospechosos pudieran oír cómo los delataban sus cómplices. Las habitaciones: cuadrados angostos, mesas soldadas al suelo, sillas atornilladas. En la uno, la dos y la tres: Sugar Ray Coates, Leroy Fontaine, Tyrone Jones. Hojas de arresto pegadas a la pared externa; Ed memorizó fechas, lugares, socios conocidos. Aspiró hondamente para vencer el miedo. Entró por la puerta uno.

Sugar Ray Coates esposado a una silla, vestido con pantalones County abolsados. Alto, tez relativamente clara, casi de mulato. Un ojo hinchado y cerrado; labios abotargados y partidos. Nariz rota, ambas fosas suturadas.

—Parece que ambos recibimos una tunda —dijo Ed.

Coates lo miró: tuerto, desfigurado. Ed le abrió las esposas, arrojó cigarrillos y cerillas en la mesa. Coates flexionó las muñecas. Ed sonrió.

—¿Te llaman Sugar Ray por Ray Robinson?

Silencio.

Ed cogió la otra silla.

—Dicen que Ray Robinson puede combinar cuatro puñetazos en un segundo. Yo no lo creo.

Coates alzó los brazos. Cayeron, peso muerto. Ed abrió el paquete de cigarrillos.

—Lo sé, las esposas cortan la circulación. Tienes veintidós, ¿verdad, Ray?

—¿Y qué pasa con eso? —gruñó Coates.

Ed examinó su garganta: magulladuras, marcas de dedos.

—¿Uno de los agentes te vapuleó?

Silencio.

—¿El sargento Vincennes? ¿Un tío bien vestido?

Silencio.

—Conque no fue él. ¿Fue Denton? Un gordo con acento de Texas. Suena como el Spade Cooley de la tele.

Coates guiñó el ojo bueno.

—Sí, te compadezco —dijo Ed—. Denton es una fiera. ¿Ves mi cara? Denton y yo tuvimos un par de asaltos.

Nada.

—Al cuerno con Denton. Sugar Ray, tú y yo parecemos Robinson y LaMotta después de esa última pelea que tuvieron.

Aún nada.

—Conque tienes veintidós, ¿eh?

—Hombre, ¿por qué me preguntas eso?

Ed se encogió de hombros.

—Quiero precisar más los datos. Leroy y Tyrone tienen veinte, así que no pueden condenarlos a la pena capital. Ray, debiste hacer esto un par de años atrás. Cadena perpetua, un período en un correccional juvenil, te transfieren a Folsom cuando eres mayor. Te consigues un marica y te pones en órbita con bebida destilada en la prisión.

«Marica» surtió efecto. Coates torció las manos. Cogió un cigarrillo, lo encendió, tosió.

—Yo no ando con maricas.

Ed sonrió.

—Lo sé, hijo.

—No soy tu hijo, blanco cabrón. El marica eres tú.

Ed rió.

—Debo admitir que conoces el número. Has pasado un tiempo entre rejas, sabes que soy el poli bueno que trata de hacerte hablar. Ese puñetero Tyrone, casi le creí. Denton debe de haberme aflojado algún tornillo con esos golpes. ¿Cómo me tragué semejante cosa?

—¿De qué hablas, hombre? ¿A qué te refieres?

—Nada, Ray. Cambiemos de tema. ¿Qué hiciste con las escopetas?

Coates se frotó el cuello: manos trémulas.

—¿Qué escopetas?

Ed se le acercó.

—Las que tú y tus amigos disparabais en Griffith Park.

—No sé nada de escopetas.

—¿De veras? Leroy y Tyrone tenían una caja de municiones en la habitación.

—Cosa de ellos.

Ed meneó la cabeza.

—Ese Tyrone es un mal bicho. Estuviste en el centro de detención juvenil Casitas con él, ¿verdad?

Sugar Ray se encogió de hombros.

—¿Y qué pasa con eso?

—Nada, Ray. Solo pensaba en voz alta.

—Hombre, ¿por qué hablas de Tyrone? Las cosas de Tyrone son cosas de Tyrone.

Ed metió la mano bajo la mesa, halló el interruptor de audio de la sala tres.

—Sugar, Tyrone me dijo que te hiciste marica en Casitas. No pudiste aguantar, así que te buscaste un gran chico blanco para que te cuidara. Dice que te llaman «Sugar» porque eres dulce como el azúcar cuando te dan por detrás.

Coates golpeó la mesa. Ed encendió el interruptor.

—¿Qué dices, Sugar?

—¡Nadie me daba! ¡Yo daba y Tyrone recibía! ¡Tío, yo era el

macho de mi dormitorio! ¡Tyrone era el maricón! ¡Tyrone se dejaba dar por unas golosinas! ¡A Tyrone le encanta!

Ed apagó el interruptor.

—Ray, cambiemos de tema. ¿Por qué crees que tú y tus amigos estáis arrestados?

Coates acarició el paquete de cigarrillos.

—Alguna bobada, como disparar armas de fuego dentro de la ciudad. Alguna bobada así. ¿Qué dice Tyrone?

—Ray, Tyrone dijo muchas cosas, pero vamos al grano. ¿Dónde estabas anoche a las tres?

Coates encendió un cigarrillo con el otro.

—Estaba en mi casa. Durmiendo.

—¿Estabas colocado? Tyrone y Leroy debían de estarlo, pues no pestañearon mientras esos policías te arrestaban. Vaya cómplices. Tyrone te llama maricón, luego él y Leroy duermen la mona mientras te aporrea un tejano. Pensé que los tíos de color os defendíais unos a otros. ¿Estabas colocado, Ray? No pudiste soportar lo que habías hecho, así que conseguiste droga y…

—¿Soportar qué? ¿De qué hablas? Tyrone y Leroy joden con escopetas, yo no.

Ed encendió los interruptores dos y tres.

—Ray, tú protegías a Tyrone y Leroy en Casitas, ¿verdad?

Coates tosió una nube de humo.

—Claro que sí. Tyrone entregaba su cuerpo, y Leroy estaba tan asustado que casi se arrojó del tejado y se emborrachaba con vino carcelario. Negros estúpidos… no tienen más sesos que un puto perro.

Ed apagó los interruptores.

—Ray, he oído que te gusta matar perros.

Ray se encogió de hombros.

—Los perros no tienen razón para vivir.

—¿De veras? ¿Opinas lo mismo de las personas?

—Hombre, ¿de qué hablas?

Ed encendió los interruptores.

—Bien, debes opinar eso de Leroy y Tyrone.

—Joder, Leroy y Tyrone son demasiado estúpidos para vivir.

142

Interruptores arriba.

—Ray, ¿dónde están las escopetas con que disparasteis en Griffith Park?

—Ellos... yo... yo no tengo escopeta.

—¿Dónde está tu cupé Mercury 1949?

—Lo dejé... a buen recaudo.

—Vamos, Ray. No me vengas con trucos de novato. ¿Dónde? Yo guardaría bajo llave un coche tan bonito.

—¡He dicho que está a buen recaudo!

Ed golpeó la mesa con ambas palmas.

—¿Lo vendiste? ¿Lo abandonaste? Ese coche está asociado con un crimen. Ray, ¿no crees...?

—¡Yo no cometí ningún crimen!

—¡Pues no te creo! ¿Dónde está el coche?

—¡No lo diré!

—¿Dónde están las escopetas?

—Yo no... ¡No sé!

—¿Dónde está el coche?

—¡No lo diré!

Ed tamborileó sobre la mesa.

—¿Por qué, Ray? ¿Tienes escopetas y guantes de goma en el maletero? ¿Tienes billeteras, carteras y sangre en los asientos? Escúchame, idiota hijo de perra, estoy tratando de que eludas la cámara de gas, igual que tus socios... ellos son menores y tú no, y alguien tiene que pagar por esto...

—¡No sé de qué hablas!

Ed suspiró.

—Ray, cambiemos de tema.

Coates encendió otro cigarrillo.

—No me gustan tus temas.

—Ray, ¿por qué has quemado ropa esta mañana a las siete?

Coates tembló.

—¿Qué has dicho?

—Lo que he dicho. Tú, Leroy y Tyrone fuisteis arrestados esta mañana. Ninguno de vosotros llevaba encima la ropa de anoche. Os vieron quemando una gran pila de ropa a las siete. Añade eso

143

al hecho de que has escondido el coche en el que tú, Tyrone y Leroy paseabais anoche. Ray, esto tiene mala pinta, pero si me das un buen dato para el fiscal del distrito, yo quedaré bien y diré: «Sugar Ray no es ningún maleante como sus amigos maricones». Ray, solo dame algo.

—¿Como qué? Porque soy inocente de todo lo que dices.

Ed encendió el dos y el tres.

—Bien, has dicho cosas malas sobre Leroy y Tyrone, has sugerido que son drogadictos. Probemos con esto: ¿dónde consiguen la mercancía?

Coates miró al suelo.

—El fiscal del distrito odia a los camellos —dijo Ed—. Y ya conociste a Jack Vincennes, el Gran V.

—Ese cabrón está loco de remate.

Ed rió.

—Sí, Jack está un poco loco. Personalmente, creo que quien desee arruinarse la vida con narcóticos debería tener ese derecho. Es un país libre. Pero Jack es amigote del nuevo fiscal y ambos odian a los camellos. Ray, dame algo para darle al fiscal. Un pequeño dato.

Coates movió un dedo para que se acercara; Ed subió los interruptores y se inclinó sobre la mesa. Sugar Ray, un susurro:

—Roland Navarette, vive en Bunker Hill. Tiene un escondrijo para fugitivos y vende píldoras. Y eso no es para el puto fiscal, eso es porque Tyrone abrió la puta bocaza.

Interruptores abajo.

—De acuerdo, Ray. Me has dicho que Roland Navarette le vende barbitúricos a Leroy y Tyrone, así que estamos progresando. Y estás muerto de miedo. Sabes que tienes un billete para la cámara de gas y ni siquiera me has preguntado de qué va todo esto. Ray, tienes un gran letrero de culpable colgado del cuello.

Coates hizo crujir los nudillos y movió el ojo bueno. Ed apagó el micrófono.

—Ray, cambiemos de tema.

—¿Por qué no hablamos de béisbol, hijo de perra?

—No, hablemos de mujeres. ¿Anoche follaste con alguna o te bañaste en perfume para burlar un análisis de parafina?

Temblores.

—¿Dónde estabas anoche a las tres?

Ninguna respuesta, más temblores.

—¿He dado en el blanco, Sugar Ray? ¿Perfume? ¿Mujeres? Incluso un sujeto de tu catadura tiene que sentir afecto por alguna mujer. ¿Tienes madre? ¿Hermanas?

—Tío, ¡no menciones a mi madre!

—Ray, si no te conociera, diría que estás protegiendo la virtud de una dulce muchacha: ella es tu coartada porque estabas con ella en alguna parte. Pero Tyrone y Leroy tienen el mismo perfume en las zarpas, y apuesto por una violación conjunta, y apuesto a que aprendiste sobre esos análisis de parafina en Casitas, apuesto a que tienes decencia suficiente como para sentirte culpable por la muerte de tres mujeres inocentes.

—¡YO NO MATÉ A NADIE!

Ed extrajo el *Herald* de esa mañana.

—Patty Chesimard, Donna DeLuca, y una sin identificar. Lee esto mientras me tomo un descanso. Cuando regrese tendrás la oportunidad de hablarme de ello y lograr un trato que quizá te salve el pellejo.

Coates, puro temblor: parpadeos, pantalones empapados.

Ed le arrojó el periódico a la cara y salió.

Thad Green en el pasillo; Dudley Smith, Bud White escuchando.

—Tenemos una confirmación ocular de ese guardián del parque —dijo Green—. Estos eran los sujetos del Griffith Park. Y tú has estado sensacional.

Ed olió su propio sudor.

—Señor, Coates se alarmó cuando mencioné a las mujeres. Puedo olerlo.

—También yo, así que continúa.

—¿Sabemos algo sobre las armas y el coche?

—No, y la brigada de la calle Setenta y siete está indagando entre sus parientes y socios conocidos. Los encontraremos.

145

–Quiero tantear a Jones. ¿Puede hacerme un favor?

–Habla.

–Quiero que preparen a Fontaine. Que le quiten las esposas y le den el periódico de esta mañana.

Green señaló el espejo número tres.

–Ese cantará pronto. Maldito bastardo.

Tyrone Jones sollozando, un charco de orina en el suelo, junto a la silla. Ed miró hacia otro lado.

–Señor, pida al teniente Smith que le lea el periódico por el altavoz, despacio, especialmente las líneas que mencionan el coche visto junto al Nite Owl. Quiero a este tío domado.

–Vale –dijo Green.

Ed echó un vistazo a Tyrone Jones: tez oscura, fofo, picado de viruelas. Boquiabierto, esposado a la silla.

Un silbido en el corredor. Dudley Smith habló por el micrófono: movimientos de labios silenciosos. Ed se volvió hacia Jones.

El chico se retorcía, bufaba, corcoveaba como en las imágenes de un corto que proyectaban en la Academia: una avería en la silla eléctrica, doce descargas para freír al condenado. Un silbido agudo en el corredor. Jones flojo, piernas abiertas, barbilla baja.

Ed entró.

–Tyrone, Ray Coates te ha delatado. Dice que lo del Nite Owl fue idea tuya, que se te ocurrió mientras dabais vueltas por Griffith Park. Tyrone, háblame de eso. Yo creo que fue idea de Ray. Él te obligó a hacerlo. Dime dónde están las armas y el coche y te salvaremos la vida.

Silencio.

–Tyrone, esto es un billete para la cámara de gas. Si no hablas ahora, dentro de seis meses estarás muerto.

Silencio. Jones mantenía la cabeza gacha.

–Hijo, solo tienes que decirme dónde están las armas y contarme dónde dejó Sugar el coche.

Silencio.

–Hijo, esto puede terminar en un minuto. Habla y haré que te trasladen a una celda custodiada. Sugar no podrá llegar a ti,

Leroy no podrá llegar a ti. El fiscal del distrito te citará como testigo. No irás a la cámara de gas.

Silencio.

—Hijo, han muerto seis personas y alguien tiene que pagar. Puedes ser tú o puede ser Ray.

Silencio.

—Tyrone, te llamó marica. Te llamó puto y homo. Dijo que te daban por el culo...

—¡YO NO MATÉ A NADIE!

Un vozarrón. Ed casi cayó de espaldas.

—Hijo, tenemos testigos. Tenemos pruebas. Coates está confesando en este instante. Dice que tú lo planeaste todo. Hijo, sálvate. Las armas, el coche. Dime dónde están.

—¡Yo no maté a nadie!

—Calma, Tyrone. ¿Sabes lo que ha dicho de ti Ray Coates? Jones alzó la cabeza.

—Sé que ha mentido.

—Yo también creo que ha mentido. No creo que seas maricón. Creo que él es maricón, porque odia a las mujeres. Creo que gozó matando a esas mujeres. Creo que tú sientes remordimientos por...

—¡No matamos a ninguna mujer!

—Tyrone, ¿dónde estabas anoche a las tres?

Silencio.

—Tyrone, ¿por qué escondió Sugar el coche?

Silencio.

—Tyrone, ¿por qué escondisteis las escopetas que usasteis en Griffith Park? Tenemos un testigo que os ha identificado.

Silencio. Jones sacudió la cabeza: los ojos cerrados, derramando lágrimas.

—Hijo, ¿por qué Ray quemó la ropa que usasteis anoche? Jones gemía ahora. Como un animal.

—Estaba manchada de sangre, ¿verdad? Matasteis a seis personas, la sangre os salpicó. Ray se encargó de la limpieza, ató los cabos sueltos. Él escondió las escopetas, es el jefe, te ha estado dando órdenes desde que se te cepilló en Casitas. ¡Habla, maldita sea!

—¡NOSOTROS NO MATAMOS A NADIE! ¡NO SOY NINGÚN MARICA!

Ed rodeó la mesa, caminando deprisa, hablando despacio.

—He aquí lo que creo. Creo que Sugar Ray es el jefe, Leroy es un pelele, tú eres el niño gordo con quien Sugar quiere follar. Estuvisteis juntos en el correccional, tú y Sugar Ray fuisteis encerrados por mirones. A Sugar le gustaba mirar chicas, a ti te gusta mirar chicos. A ambos os gusta mirar a los blancos, porque es la fruta prohibida del hombre de color. Tenéis escopetas calibre 12, tenéis el elegante Mercury 49, tenéis barbitúricos que comprasteis a Roland Navarette. Estáis en Hollywood, territorio blanco. Sugar te repite que eres un maricón, tú replicas que es solo porque no hay chicas a la vista. Sugar te dice que lo demuestres, y empezáis a reñir. Perdéis la cabeza, todos estáis colocados, es plena noche y no hay nada que mirar. Todos esos simpáticos blancos tienen las cortinas cerradas. Pasáis por el Nite Owl, y dentro están esos simpáticos blancos. Demasiada tentación. El pobre gordito maricón Tyrone toma el mando y entra con sus muchachos en el Nite Owl. Allí hay seis personas... tres de ellas mujeres. Las arrastráis a la cámara frigorífica, limpiáis la caja registradora y obligáis al cocinero a abrir la caja de caudales. Cogéis billeteras y carteras y os derramáis perfume en las manos. Sugar dice: «Toca a las chicas, maricón. Demuestra que no eres raro». No puedes hacerlo, así que empiezas a disparar y todos empiezan a disparar y te encanta porque al fin eres algo más que un pobre negro puto y gordo y...

—¡NO! ¡NO! ¡NO! ¡NO! ¡NO! ¡NO!

—¡Sí! ¿Dónde están las armas? Si no confiesas y entregas las malditas pruebas, irás a la cámara de gas.

—¡No! ¡No maté a nadie!

Ed golpeó la mesa.

—¿Por qué abandonasteis el coche?

Jones movió la cabeza, salpicando sudor.

—¿Por qué quemasteis la ropa?

Silencio.

—¿De dónde salió el perfume?

Silencio.

—¿Sugar y Leroy violaron a las mujeres primero?

—¡No!

—¿No? ¿Quieres decir que los tres las violasteis?

—¡No matamos a nadie! ¡Ni siquiera estuvimos allí!

—¿Dónde estuvisteis?

Silencio.

—Tyrone, ¿dónde estuviste anoche?

Jones rompió a llorar; Ed le agarró por los hombros.

—Hijo, sabes lo que ocurrirá si no hablas. Por amor de Dios, admite lo que hiciste.

—No matamos a nadie. Ninguno de nosotros. Ni siquiera estuvimos allí.

—Hijo, lo hicisteis.

—¡No!

—Hijo, lo hicisteis, así que habla.

—¡No lo hicimos!

—Calma ahora. Tan solo cuéntame... despacio.

Jones se puso a farfullar. Ed se arrodilló junto a la silla, escuchó.

Oyó: «Por favor, Dios, solo quería perder la virginidad»; oyó: «No quise lastimarla, así que no tenemos por qué morir». Oyó: «No es justo castigarnos por lo que no hicimos... tal vez ella esté bien, no murió, así que no moriré, porque no soy marica». Ed sintió un zumbido, silla eléctrica, un letrero arriba: NO FUERON ELLOS.

Jones empezó a delirar: Dios, Dios, Dios, Divino Padre. Ed entró en el cubículo número dos.

Tufo a sudor, humo de cigarrillo. Leroy Fontaine: grande, oscuro, pelo rizado, pies sobre la mesa.

—Sé más listo que tus amigos —dijo Ed—. Aunque la hayas matado, no es tan grave como matar a seis personas.

Fontaine frunció la nariz: vendada, desparramada sobre la mitad de la cara.

—Esa mierda del periódico es pura basura.

Ed cerró la puerta, asustado.

—Leroy, ruega por que ella estuviera contigo a la hora estimada que dé el forense.

149

Silencio.

—¿Era una prostituta?

Silencio.

—¿La matasteis?

Silencio.

—Queríais que Tyrone perdiera la virginidad, pero las cosas se descontrolaron. ¿Correcto?

Silencio.

—Leroy, si ella está muerta y era de color podéis pedir clemencia. Si era blanca quizá tengáis una oportunidad. Recuerda: podemos acusaros por lo del Nite Owl, y tenemos con qué. A menos que me convenzas de que estabais en otra parte haciendo algo malo, os acusaremos por lo que ha salido en el periódico.

Silencio. Fontaine se limpió las uñas con una caja de cerillas.

Gran mentira de Ed:

—Si fue secuestro y ella aún vive, no es similar al caso del pequeño Lindbergh. No hay pena capital.

Silencio.

—Leroy, ¿dónde están las armas y el coche?

Silencio.

—Leroy, ¿ella está viva?

Fontaine sonrió. Ed sintió hielo en la espalda.

—Si ella está viva, es tu coartada. No te engañaré. Será duro: secuestro, violación, agresión. Pero si te descartas como sospechoso del Nite Owl, nos ahorrarás tiempo y te ganarás la simpatía del fiscal. Habla, Leroy. Hazte un favor.

Silencio.

—Leroy, te mostraré cómo librarte de esta. Creo que secuestrasteis a la muchacha a punta de pistola. La hicisteis sangrar y manchar el coche, así que lo escondisteis. Ella os salpicó la ropa de sangre, así que la quemasteis. Tenéis su perfume encima. Si no atacasteis el Nite Owl, no sé por qué ocultasteis las escopetas, quizá pensasteis que ella podía identificarlas. Hijo, si esa chica está viva es tu única oportunidad.

—Creo que está viva —dijo Fontaine.

Ed se sentó.

—¿Crees?

—Sí, creo.

—¿Quién es? ¿Dónde está?

Silencio.

—¿Es de color?

—Mexicana.

—¿Cómo se llama?

—No sé. Una zorra con pinta de universitaria.

—¿Dónde la recogisteis?

—No sé. Por la zona este.

—¿Dónde la agredisteis?

—No sé... un viejo edificio cerca de Dunkirk.

—¿Dónde están el coche y las escopetas?

—No sé. Sugar se encargó de eso.

—Si no la matasteis, ¿por qué Coates escondió las escopetas?

Silencio.

—¿Por qué, Leroy?

Silencio.

—¿Por qué, hijo? Cuéntame.

Silencio.

Ed golpeó la mesa.

—¡Cuéntame, maldita sea!

Fontaine golpeó la mesa con más fuerza.

—¡Sugar la toqueteó con las armas! ¡Tiene miedo de que sirvan de prueba!

Ed cerró los ojos.

—¿Dónde está ella ahora?

Silencio. Ed abrió los ojos.

—¿La dejasteis en otra parte?

Silencio.

Flashes: ninguno de los tres llevaba dinero encima, temiendo que la pasta fuera prueba. Se libraron de él cuando Sugar quemó la ropa.

—Leroy, ¿la vendisteis? ¿Llevasteis amigos a ese lugar cerca de Dunkirk?

—Nosotros... la llevamos de paseo.

—¿Adónde? ¿A los apartamentos de tus amigos?

—Así es.

—¿En Hollywood?

—¡Nosotros no matamos a esa gente!

—Demuéstralo, Leroy. ¿Dónde estabais a las tres?

—¡Tío, no puedo decírtelo!

Ed golpeó la mesa.

—¡Entonces cargaréis con lo del Nite Owl!

—¡No fuimos nosotros!

—¿A quién le vendisteis la muchacha?

Silencio.

—¿Dónde está ella ahora?

Silencio.

—¿Temes represalias? Dejasteis a la muchacha en alguna parte, ¿verdad? Leroy, ¿dónde la dejasteis, con quién? Ella es tu única oportunidad de no ir a la cámara de gas.

—Tío, no puedo decírtelo. Sugar me mataría.

—Leroy, ¿dónde está ella?

Silencio.

—Leroy, si testificas saldrás años antes que Sugar y Tyrone.

Silencio.

—Leroy, te conseguiré una celda individual donde nadie podrá hacerte daño.

Silencio.

—Hijo, tienes que decírmelo. Soy el único amigo que tienes.

Silencio.

—Hijo, Ray no puede ser peor que la cámara de gas. Dime dónde está la chica.

La puerta se abrió de golpe. Bud White entró, aplastó a Fontaine contra la pared.

Ed se quedó paralizado.

White sacó el 38, abrió el tambor, arrojó balas al suelo.

Fontaine temblaba de pies a cabeza; Ed seguía paralizado.

White cerró el tambor, y a continuación metió el revólver en la boca de Fontaine.

—Una de seis. ¿Dónde está la chica?

Fontaine masticó acero; White apretó el gatillo dos veces: chasquidos, cámaras vacías. Fontaine se deslizó pared abajo; White retiró el revólver, sostuvo a Fontaine del pelo.

—¿Dónde está la chica?

Ed seguía paralizado. White apretó el gatillo. Otro chasquido. Fontaine tenía los ojos desorbitados.

—Sylvester Fitch... Avalon... uno-cero-nueve... casa gris en la esquina. Por favor... no me haga daño...

White salió corriendo.

Fontaine se desmayó.

Alboroto en el corredor. Ed trató de levantarse, no pudo.

20

Cuatro coches en fila: dos blancos y negros, dos sin insignias. Sirenas ululando; una carrera hasta la casa gris.

Dudley Smith conducía el coche patrulla de delante; Bud recargaba la escopeta. Cuatro coches cerrando el paso: blancos y negros en el callejón lateral, Mike Breuning y Dick Carlisle aparcados en la calle. Rifles encañonando la puerta de la casa.

—Jefe, es mío —dijo Bud.

Dudley le guiñó el ojo.

—Genial, muchacho.

Bud entró por detrás: callejón lateral, saltando la cerca. En el porche trasero: cancela, cerradura interna. Bud forzó el pestillo con la navaja y entró de puntillas.

Oscuridad, formas borrosas: lavadora, puerta sin paneles. Franjas de luz en las grietas.

Bud palpó la puerta: sin cerrojo, se abrió fácilmente. Un pasillo: luz de dos habitaciones laterales. Alfombra, pisadas silenciosas; música para brindarle más protección. Avanzó de puntillas hasta la primera habitación, entró.

Una mujer desnuda tendida sobre un colchón, atada con corbatas, una corbata en la boca. Bud entró en el cuarto contiguo.

Un mulato gordo ante una mesa: desnudo, engullendo Rice Krispies de Kellogg's. El mulato dejó la cuchara, alzó las manos.

—No, señor. No quiero problemas.

Bud le disparó a quemarropa. El hombre cayó al suelo, muerto y despatarrado, manando sangre. Bud sacó una pistola, la disparó desde la línea del mulato, la puso en la mano del caído; oyó que abrían la puerta delantera.

Arrojó Rice Krispies sobre el cadáver y llamó a una ambulancia.

21

Jack miró a Karen dormida, olvidando la riña que habían tenido.
La causa habían sido las fotos del periódico: el Gran V y Cal Denton arrestando a tres malhechores de color, sospechosos del «Crimen del Siglo» en Los Ángeles. Denton arrastraba a Fontaine por la cabeza; el Gran V agarraba a los otros dos por el cogote. Karen dijo que le recordaba a los Scottsboro Boys; Jack dijo que les había salvado el pellejo, pero después de enterarse de que habían violado a una muchacha mexicana lamentaba no haber dejado que Denton los despachara sin más trámite. La discusión cobró mal cariz.

Karen dormía hecha un ovillo, lejos de él, tapada como temiendo que él le pegara. Jack la miró mientras se vestía; evocó los dos últimos días.

Estaba fuera del caso Nite Owl, de vuelta en Antivicio. Los interrogatorios de Ed Exley habían exculpado a los sospechosos por el momento. Faltaba interrogar a la mujer ultrajada. Bud White había jugado a la ruleta rusa: los tres se habían asustado. Hasta ahora no había modo de saber si habían tenido tiempo de dejar a la mujer, ir hasta el Nite Owl, regresar al distrito negro y violarla. Tal vez Coates o Fontaine habían dejado a Jones a cargo de la muchacha y habían cometido los asesinatos con otros socios. No se encontraban las escopetas ni el Mercury de Coates. En el hotel no estaba el botín del restaurante; los restos del incinerador estaban demasiado quemados para analizar la tela en busca de sangre. El perfume que tenían en las manos impedía un análisis de parafina. Alta presión en Detectives: resolved deprisa este puñetero caso.

El forense intentaba identificar a los clientes asesinados, trabajando a partir de muestras dentales y descripciones físicas cotejadas con boletines y llamadas sobre personas desaparecidas. Resueltos: el cocinero/lavaplatos, la camarera, la cajera; aún nada sobre los tres clientes, y las autopsias no indicaban abuso sexual de las mujeres. Quizá Coates/Jones/Fontaine no fueran los culpables; Dudley Smith a cargo: sus hombres indagaban sobre asaltantes, chiflados en libertad condicional, cada sujeto de la ciudad que tuviera antecedentes en uso de armas. Volvieron a interrogar al vendedor de periódicos que había visto el Mercury morado frente al Nite Owl; ahora decía que quizá fuera un Ford o un Chevy. Revisaron los registros de Ford y Chevy; ahora el guardián de Griffith Park decía que no estaba seguro. Ed Exley dijo a Green y Parker que alguien podía haber aparcado el coche morado frente al Nite Owl para responsabilizar a los negros; Dudley desdeñó la teoría: quizá solo fuera coincidencia. Un caso seguro se desmadejaba en un sinfín de posibilidades.

Gran cobertura periodística. Sid Hudgens ya había llamado: nada sobre las revistas porno, ninguna alusión a «Todos tenemos secretos». Versión heroica de los arrestos por cincuenta pavos. Sid colgó deprisa.

El Nite Owl le costó un día en su otra investigación. Había revisado los informes de los demás detectives: ninguna pista, nadie había encontrado rastros. Preparó un informe falso: nada sobre Christine Bergeron y Bobby Inge, nada sobre las demás revistas que había hallado. Nada sobre sus sueños obscenos: su novia Karen en una orgía.

Jack besó el cuello de Karen, deseando que despertara sonriendo.

No tuvo suerte.

Primero, investigar en el vecindario.

Charleville Drive, preguntas, sin suerte: ninguno de los ocupantes del edificio de Christine Bergeron había oído nada cuando la mujer y su hijo se largaron; nadie sabía nada sobre los hombres que recibía. Los edificios vecinos, ídem. Jack llamó al instituto Beverly Hills, supo que Daryl Bergeron era un absentista crónico que no había asistido a clases en una semana; el subdirector dijo que era un chico reservado que no causaba problemas: nunca estaba en la escuela para causarlos. Jack no le dijo que Daryl estaba demasiado cansado para causar problemas: follar con su madre en patines agotaba a un adolescente.

Próxima visita: Stan's Drive-in. El administrador le dijo que Christine Bergeron se había esfumado un par de días atrás, dos segundos después de una llamada telefónica. No, no sabía de quién era la llamada; sí, telefonearía al sargento Vincennes si ella aparecía; no, Christine no confraternizaba indebidamente con los clientes ni recibía visitas en el trabajo.

A Hollywood Oeste.

El apartamento de Bobby Inge. Charlas con vecinos. Bobby pagaba el alquiler a tiempo, no hablaba con nadie, nadie le había visto irse. El homosexual de al lado dijo que «no salía con nadie en particular....». Insinuaciones: «revistas obscenas», «Christine Bergeron», «ese rarito de Daryl». El marica ni se inmutó.

Podía dar Hollywood Oeste por muerto: después del B.J.'s Rumpus Room, Bobby no asomaría el hocico por la zona de bares. Jack compró una hamburguesa, revisó los antecedentes de Inge: no figuraban socios conocidos. Estudió las revistas que había encontrado. Era difícil concentrarse, las contradicciones de las fotos lo distraían.

Modelos atractivos, ambientes baratos. Bonitos disfraces que te hacían mirar dos veces un repulsivo acto homosexual. Orgía con pretensiones artísticas: tinta color sangre, cuerpos enlazados sobre edredones. Fotos que te hacían entornar los ojos para hallar formas femeninas, encubiertas por unas tomas excesivamente explícitas: la abundancia de órganos sexuales hacía echar de menos ver mujeres lisa y llanamente desnudas. Esa bazofia era pornografía manufacturada por dinero, pero en alguna parte del proceso estaba involucrado un artista.

Idea.

Jack fue a una tienda, compró tijeras, cinta adhesiva, una libreta. Trabajó en el coche: recortó caras de las revistas, las pegó en el papel; hombres y mujeres aparte, repeticiones lado a lado para facilitar la identificación. Regresó a Detectives para cotejar: homosexuales con fotos de varones caucásicos. Cuatro horas de búsqueda: fatiga ocular, identificaciones cero. Fue a Hollywood para ver las fotos de Antivicio: otro cero; Hollywood Oeste, Departamento del Sheriff, fue el cero número tres. Aparte de Bobby Inge, el resto de bellezas eran vírgenes: sin antecedentes.

A las cuatro y media de la tarde, Jack sintió que sus opciones menguaban deprisa. Otra idea: datos de Bobby Inge en Tráfico; nueva indagación de Christine Bergeron. Revisar todos los papeles. Pedir nuevamente antecedentes de Inge, para actualizar datos.

Fue a una cabina telefónica, hizo las llamadas. Bobby Inge estaba limpio en Tráfico: ninguna citación, ninguna comparecencia en los tribunales. Datos completos sobre Bergeron: fechas de infracciones de tráfico, nombre de los avales del bono de seguridad. Único dato nuevo sobre Inge: libertad bajo fianza un año atrás. Un nombre tachado. De Bergeron a Inge.

Libertad bajo fianza para Inge tras una acusación por prostitución. Pagada por Sharon Kostenza, Havenhurst Norte 1649, Hollywood Oeste. La misma mujer había pagado un bono a Bergeron, arrestada por conducir con imprudencia.

Jack llamó de nuevo a Archivos, pidió datos y dirección de Sharon Kostenza: sin antecedentes delictivos en California. Pidió a la empleada que revisara la lista de los cuarenta y ocho estados; eso llevó diez minutos.

—Lo lamento, sargento. No tenemos nada con ese nombre.

De vuelta a Tráfico. Sorpresa: ninguna persona llamada Sharon Kostenza poseía o había poseído un permiso de conducir en California. Jack fue hasta Havenhurst Norte: el número 1649 no existía.

Circuitos cerebrales: Bobby Inge prostituto, Kostenza había pagado la fianza por cargos de prostitución, los prostitutos usaban nombres falsos, los prostitutos posaban para fotos porno. Havenhurst Norte era una vieja zona de citas.

Empezó a golpear puertas.

Una docena de entrevistas rápidas; identificación de casas de citas cercanas. Dos en Havenhurst: 1611, 1654.

Las seis y diez.

El 1611 abierto para trabajar; el jefe no conocía a Sharon Kostenza, Bobby Inge ni los Bergeron. Ídem de las caras recortadas de las revistas porno. Las muchachas que trabajaban en el lugar tampoco reconocieron a nadie. La madame del 1654 cooperó: los nombres y las caras no significaban nada para ella ni para sus fulanas.

Otra hamburguesa, vuelta a Hollywood Oeste. Una revisión del archivo de alias: otro callejón sin salida.

Las siete y veinte: sin más nombres para comprobar. Jack enfiló hacia Hamel Norte, aparcamiento con vista: la puerta de Bobby Inge.

Clavó la mirada en el patio. No había peatones, el tráfico callejero era lento. Faltaban horas para que el Strip entrara en actividad. Esperó fumando, con fotos obscenas en la cabeza.

A las 8.46 un elegante descapotable pasó despacio cerca de la acera. Veinte minutos después, una vez más. Jack trató de leer el número de matrícula. Nada, demasiado oscuro. Una corazonada: está buscando luces. Si busca las de Bobby, las tendrá.

Entró en el patio, miró en torno: ningún testigo. Abrió la puerta con el borde de las esposas: dientes de metal mordiendo madera barata. Tanteó la pared, halló un interruptor, encendió la luz. El mismo salón desnudo; el apartamento en igual desorden. Jack se sentó junto a la puerta, esperó.

Espera tediosa: quince minutos, treinta, una hora. Golpes en el panel de enfrente.

Jack se agachó: la puerta al nivel del ojo. Imitó una voz afectada:

—Está abierto.

Un chico guapo entró.

—Mierda —dijo Jack.

Timmy Valburn, alias Ratón Moochie. El novio de Billy Dieterling.

—Timmy, ¿qué diablos haces aquí?

Valburn, el cuerpo lánguido, meneándose con desparpajo.

160

—Bobby es un amigo. No usa narcóticos, si por eso estás aquí. ¿Y no queda esto un poco lejos de tu jurisdicción?

Jack cerró la puerta.

—Christine Bergeron, Daryl Bergeron, Sharon Kostenza. ¿Amigos tuyos?

—No conozco esos nombres, Jack. ¿De qué se trata?

—Cuéntame tú. Hace horas que te estás armando de coraje para llamar. Empecemos por Bobby. ¿Dónde está?

—Lo ignoro. ¿Estaría aquí si supiera dónde...?

—¿Te acuestas con Bobby? ¿Tienes una relación con él?

—Es solo un amigo.

—¿Billy sabe que andas con Bobby?

—Jack, no seas malvado. Bobby es un amigo. No creo que Billy sepa que somos amigos, pero eso es todo lo que somos.

Jack sacó su libreta.

—Y sin duda tenéis muchos amigos comunes.

—No. Guarda eso, por favor, no conozco a los amigos de Bobby.

—De acuerdo. Entonces ¿dónde lo conociste?

—En un bar.

—¿Qué bar?

—Leo's Hideaway.

—¿Billy sabe que buscas aventuras a sus espaldas?

—Jack, no seas demasiado grosero. No soy un delincuente a quien puedes abofetear. Soy un ciudadano que puede denunciarte por irrumpir en este apartamento.

Cambio de enfoque.

—Pornografía. Fotos en revistas, normales y homo. ¿Eso te gusta, Timmy?

Un pestañeo ambiguo.

—¿Así te excitas? ¿Tú y Billy os lleváis esa inmundicia a la cama?

Impávido.

—No seas ruin, Jack. No es tu estilo, pero sé amable. Recuerda lo que soy para Billy, recuerda lo que es Billy para el programa que te da la fama que ansías. Recuerda a quién conoce Billy.

Jack se movió con suma lentitud: las revistas y los rostros fotografiados en una silla, una lámpara para iluminarlos.

−Mira esas fotos. Si reconoces a alguien, dímelo. Es todo lo que quiero.

Valburn movió los ojos, miró. Primero las caras: travieso, curioso. Luego los desnudos con disfraces: inmutable, un homosexual sofisticado. Jack le miraba los ojos.

Al fin las orgías. Timmy vio la tinta color sangre y siguió mirando. Jack vio que una vena del cuello le palpitaba con fuerza.

Valburn se encogió de hombros.

−No, lo siento.

Inescrutable, buen actor.

−¿No reconoces a nadie?

−No, a nadie.

−Pero reconoces a Bobby.

−Claro, porque lo conozco.

−Pero ¿a nadie más?

−Jack, por favor.

−¿Ningún conocido? ¿Nadie que hayas visto en los bares adonde vais los de tu especie?

−¿Mi especie? Jack, ¿no has estado en la industria cinematográfica el tiempo suficiente para llamar a las cosas por su nombre y sin grosería?

Jack lo dejó pasar.

−Timmy, me ocultas tus pensamientos. Tal vez has hecho de Ratón Moochie durante demasiado tiempo.

−¿Qué pensamientos buscas? Soy actor, así que apúntame algo.

−Pensamientos no. Reacciones. Ni siquiera has pestañeado ante las fotos más demenciales que he visto en quince años como poli. Tinta color sangre brotando de una docena de personas que están follando y chupando. ¿Eso es algo cotidiano para ti?

Un gesto desdeñoso, elegante.

−Jack, soy *très* Hollywood. Me disfrazo de roedor para divertir a los niños. En esta ciudad nada me sorprende.

−Permite que lo dude.

−Te digo la verdad. No conozco a ninguna de esas personas, y jamás había visto esas revistas.

–Los de tu especie conocen gente que conoce gente. Conoces a Bobby Inge, y él estaba en las fotos. Quiero ver tu libreta negra.

–No –dijo Timmy.

–Sí –dijo Jack–, o le daré a *Hush-Hush* una pequeña exclusiva sobre tú y Billy Dieterling como almas afines. *Placa de Honor*, la *Hora de los Sueños*, maricas. ¿Qué te parece esa triple apuesta?

Timmy sonrió.

–Max Peltz te despediría por eso. Él quiere que seas amable. Sé amable.

–¿Llevas la libreta encima?

–No, Jack. Y recuerda quién es el padre de Billy. Recuerda todo el dinero que puedes ganar en el cine cuando te retires.

Irritado, casi viendo rojo:

–Dame tu billetera. Hazlo o pierdo los estribos y te aplasto contra la pared.

Valburn se encogió de hombros, extrajo una billetera. Jack cogió lo que quería: tarjetas, nombres, números anotados en papeles.

–Quiero que me los devuelvas.

Jack le devolvió la billetera vacía.

–Claro, Timmy.

–Un día cometerás un gran tropiezo, Jack. ¿Lo sabías?

–Ya lo cometí, y gracias a eso gané dinero. Recuérdalo si decides delatarme a Max.

Valburn se marchó caminando con elegancia.

Direcciones de bares de homosexuales: apellidos, números telefónicos. Una tarjeta resultaba familiar: «Fleur-de-Lis. Veinticuatro horas al día. Todo lo que desees. HO-01239». Ninguna nota al dorso. Jack se devanó los sesos. No pudo establecer la conexión.

Nuevo plan: marcar esos números, hacerse pasar por Bobby Inge, hacer insinuaciones sobre revistas porno, ver quién mordía el anzuelo. Quedarse en el apartamento, ver quién llamaba o aparecía: juego de azar.

Jack llamó. «Ted-DU-6831», ocupado. «Geoff-CR-9640» no mordió el anzuelo cuando Jack susurró «Hola, soy Bobby Inge».

«Bing-Ax-6005», sin respuesta. De vuelta a «Ted»: «¿Bobby qué? Lo lamento, creo que no te conozco». «Jim», «Nat», «Otto»: sin respuesta. Aún no lograba descifrarlo. Último recurso: la línea policial de Pacific Coast Bell. Pitidos.

—Al habla la señorita Sutherland.

—Soy el sargento Vincennes, Departamento de Policía de Los Ángeles. Necesito el nombre y la dirección correspondientes a un número telefónico.

—¿No tiene una guía de números, sargento?

—Estoy en una cabina telefónica, y los datos que quiero corresponden a Hollywood 01239.

—Muy bien. Aguarde, por favor.

Jack aguardó. La mujer regresó.

—Ese número no está asignado. Bell ahora solo está dando números de cinco dígitos, y ese no está asignado. Francamente, quizá no se asigne nunca, pues el cambio va muy despacio.

—¿Está segura?

—Claro que estoy segura.

Jack colgó. Primeros pensamientos: línea clandestina. Los corredores de apuestas las tenían. Sujetos corruptos de la compañía telefónica interferían las líneas, impedían que se otorgaran los números. Servicio telefónico gratuito, y la policía no podía revisar registros ni identificar llamadas entrantes.

Un reflejo: la línea policial de Tráfico.

—¿Sí? ¿Quién lo solicita?

—El sargento Vincennes, Departamento de Policía de Los Ángeles. Domicilio de un tal Timothy v-a-l-b-u-r-n, blanco, de veinticinco a treinta años. Creo que vive en el distrito de Wilshire.

—Entendido. Aguarde, por favor.

Jack aguardó. El empleado regresó.

—En efecto, es Wilshire. Lucerne Sur 432. Oiga, ¿Valburn no es el ratón del programa de Dieterling?

—Sí.

—Ah... ¿por qué lo busca usted?

—Posesión de queso de contrabando.

Chez Ratón Moochie: un edificio estilo francés provincial con accesorios de nuevo rico: reflectores, arbustos ornamentales. Moochie, el resto de la pandilla Dieterling. Dos coches en la calzada: el descapotable que recorría Hamel, el Packard Caribbean de Billy Dieterling, una presencia frecuente en el aparcamiento de *Placa de Honor.*

Jack vigiló el lugar con miedo: los maricas tenían buenas conexiones, su investigación llegaba a un callejón sin salida. «Todo lo que desees» era una tangente. Podía abordar a Timmy y Billy, presionarlos, averiguar sus contactos: gente que conocía a gente que conocía a Bobby Inge. Quien conocía al que hacía aquellas revistas. Mantuvo la radio a bajo volumen; una serie de canciones de amor le ayudó a ordenar las ideas.

Quería llegar al fondo porque una parte de él se preguntaba cómo algo podía ser tan feo y tan bello, y una parte de él se excitaba.

Sintió un hormigueo, ganas de moverse. Una voz de soprano gutural le hizo salir del coche.

Calzada arriba, bordeando los reflectores. Ventanas cerradas, sin cortinas. Miró adentro.

Accesorios de Ratón Moochie, ni Timmy ni Billy. Bingo en la última ventana: los tórtolos hablando alterados.

La oreja contra el vidrio: solo captó murmullos. Oyó un portazo en un coche; un tintineo de campanillas en la puerta. Un vistazo: Billy caminando hacia el frente de la casa.

Jack siguió mirando. Timmy se contoneaba con las manos en las caderas; Billy regresó con un tío musculoso. Músculos entregó la mercancía: pastillas, una bolsa transparente llena de hierba. Jack echó a andar hacia la calle.

Un sedán Buick junto a la acera, lodo en las placas frontal y trasera. Portezuelas cerradas: romper vidrios o volver con las manos vacías.

Jack dio una patada a una ventanilla. Vidrio sobre el botín: una bolsa de papel marrón.

La cogió, corrió a su coche.

La puerta de Valburn se abrió.

Jack hizo rechinar las llantas: al este por la Cinco, en zigzag hasta Western y un aparcamiento con luces brillantes. Abrió la bolsa de papel.

Licor de ajenjo. Alcohol de muchos grados, líquido verde y viscoso.

Hachís.

Fotos en blanco y negro: mujeres con máscaras de ópera chupando vergas de caballos.

«Todo lo que desees.»

22

–Ed –dijo Parker–, estuviste brillante el otro día. No apruebo la intrusión de White, pero no puedo quejarme de los resultados. Necesito hombres listos como tú y... hombres directos como Bud. Y os quiero a ambos en el caso del Nite Owl.

–Señor, no creo que White y yo podamos trabajar juntos.

–No tendréis que hacerlo. Dudley Smith encabeza la investigación, y White responderá directamente ante él. Otros dos hombres, Mike Breuning y Dick Carlisle, trabajarán con White... del modo que a Dudley le plazca. La brigada de Hollywood estará en el caso, respondiendo ante el teniente Reddin, quien responderá ante Dudley. Tenemos contactos asignados, y cada hombre de la Oficina está consultando a sus informadores. Green dice que Russell Millard quiere dejar Antivicio para dirigir la función con Dudley, así que esa es una posibilidad. Con eso tenemos veinticuatro policías a tiempo completo.

–¿Y qué debo hacer, específicamente?

Parker señaló un gráfico que había en un caballete.

–Primero, no hallamos las escopetas ni el coche de Coates, y hasta que esa muchacha a quien violaron nos confirme la hora, tenemos que suponer que todavía son nuestros principales sospechosos. Desde la pequeña intervención de White, se han negado a hablar, y los tenemos por secuestro y violación. Creo...

–Señor, me gustaría intentar hablar de nuevo con ellos.

–Déjame concluir. Segundo, todavía no hemos identificado a las otras tres víctimas. El doctor Layman está trabajando a fondo en ello, y recibimos cuatrocientas llamadas diarias de personas preocupadas por seres queridos desaparecidos. Hay una posibilidad de que esto sea algo más que una serie de muertes en un robo, y si es así quiero que abordes ese ángulo. A partir de ahora, eres nuestro enlace con el laboratorio, la Fiscalía de Distrito y las distintas divisiones. Quiero que revises cada informe todos los días, los evalúes y me comuniques tus reflexiones personalmente. Quiero resúmenes escritos diarios, copias para Green y para mí.

Ed trató de no sonreír. Las suturas de la barbilla ayudaron.

—¿Un par de reflexiones antes de continuar?

Parker se reclinó en la silla.

—Desde luego.

Ed contó con los dedos.

—Primero, ¿por qué no buscamos cartuchos para cotejar en Griffith Park? Segundo, si la chica exculpa a los sospechosos al confirmar la hora, ¿qué hacía ese coche morado frente al Nite Owl? Tercero, ¿qué probabilidades tenemos de encontrar las armas y el coche? Cuarto, los sospechosos dijeron que llevaron a la muchacha a un edificio de Dunkirk. ¿Qué pruebas se obtuvieron allí?

—Buenas observaciones. Pero, primero, conseguir cartuchos es difícil. Con armas que se cargan por detrás, los cartuchos pudieron caer en el coche que conducían esos maleantes. Los lugares citados en los informes eran imprecisos, Griffith Park es pura ladera, ha habido lluvias y deslizamientos de tierra en estas dos semanas y el guardián ahora vacila en la identificación de los tres sujetos. Segundo, el vendedor de periódicos que identificó el coche del Nite Owl dice que quizá fuera un Ford o un Chevy, así que nuestra búsqueda de registros es ahora una pesadilla. Si piensas que aparcaron el coche allí para incriminarlos, no le veo sentido: ¿cómo sabría alguien que debía dejarlo allí? Tercero, el personal de la calle Setenta y siete está rastreando la zona sur en busca del coche y las armas, presionando a los socios conocidos, lo de costumbre. Y, cuarto, había sangre y semen en el colchón de ese edificio de Dunkirk.

—Todo conduce a la muchacha.

Parker cogió un informe.

—Inez Soto, veintiún años. Estudiante universitaria. Está internada en el Queen of Angels, y despertó esta mañana después de haber estado sedada.

—¿Alguien habló con ella?

—Bud White la acompañó al hospital. Nadie ha hablado con ella en treinta y seis horas, y no te envidio la tarea.

—Señor, ¿puedo hacer esto solo?

—No. Ellis Loew quiere tratar el caso como el del pequeño Lindbergh: secuestro y violación. Quiere enviar a nuestros chicos a la cámara de gas por esto, por lo del Nite Owl o por ambas cosas. Dentro de una hora te reunirás con Bob Gallaudet y con una gobernanta del Departamento del Sheriff en el Queen of Angels. Ni que decir tiene que el rumbo de esta investigación quedará determinado por lo que diga la señorita Soto.

Ed se levantó.

—Extraoficialmente —dijo Parker—, ¿crees que fueron los negros?

—No estoy seguro.

—Los has exculpado de momento. ¿Pensabas que me enfadaría contigo por eso?

—Señor, ambos queremos justicia absoluta. Y usted me tiene demasiada simpatía.

Parker sonrió.

—Edmund, no des importancia a lo que White hizo el otro día. Tú vales por una docena de tíos como él. White mató a tres hombres en cumplimiento del deber, pero eso no es nada comparado con lo que tú hiciste en la guerra. Recuérdalo.

Gallaudet lo recibió frente al cuarto de la muchacha. El pasillo apestaba a desinfectante: un aire familiar, su madre había fallecido en la planta de abajo.

—Hola, sargento.

—Llámame Bob, y Ellis Loew me ha dicho que te dé las gracias. Temía que molieran a golpes a los sospechosos y no pudiera enjuiciarlos.

169

Ed rió.

—Quizá no sean culpables de lo del Nite Owl.

—No me importa, y tampoco a Loew. Un secuestro con violación merece la pena de muerte. Loew quiere enterrar a esos tíos, y yo también, y lo mismo opinarás tú después de hablar con la muchacha. Y aquí va la pregunta del millón de dólares: ¿lo hicieron?

Ed meneó la cabeza.

—Basándome en sus reacciones, yo diría que no. Pero Fontaine dijo que la llevaron de paseo. Reaccionó cuando le pregunté si la habían «vendido». Creo que pudo haber sido Sugar Coates y una pandilla improvisada, quizá dos de los sujetos a quienes se la vendieron. Ninguno de los tres llevaba dinero encima cuando los arrestaron, y de cualquier modo, Nite Owl o violación colectiva, creo que el dinero está guardado en alguna parte, manchado de sangre. Como la ropa que quemó Coates.

Gallaudet silbó.

—Así que necesitamos que la chica nos confirme la hora e identifique a los demás violadores.

—Correcto. Y nuestros sospechosos han cerrado el pico, y Bud White mató al único testigo que nos podría haber ayudado.

—Ese White es un incordio, ¿eh? No pongas esa cara. Tenerle miedo es indicio de cordura. Ahora vamos, hablemos con la joven.

Entraron en la habitación. Una gobernanta del Departamento del Sheriff bloqueaba la cama: alta, gorda, pelo corto aplastado con fijador.

—Ed Exley, Dot Rhostein —dijo Gallaudet.

La mujer cabeceó, se hizo a un lado.

Inez Soto.

Ojos negros, la cara cortada y magullada. Pelo oscuro rasurado hasta la frente, suturas. Tubos en los brazos, tubos bajo las sábanas. Nudillos cortados, uñas partidas: se había resistido. Ed vio a su madre: calva, treinta kilos en un pulmón artificial.

—Señorita Soto —dijo Gallaudet—, el sargento Exley.

Ed se apoyó en la barandilla de la cama.

—Lamento que no podamos darte más tiempo para recobrarte, pero trataremos de ser breves.

Inez Soto le clavó los ojos oscuros, inflamados. Una voz áspera:

—No miraré más fotos.

—La señorita Soto identificó a Coates, Fontaine y Jones —dijo Gallaudet—. Le dije que quizá fuera necesario que viera otras fotos para identificar a los otros hombres.

Ed meneó la cabeza.

—Ahora no será necesario. Ahora necesito que recuerdes una cronología de los acontecimientos que ocurrieron hace dos noches. Podemos hacerlo muy despacio, y por ahora no necesitamos detalles. Cuando estés más reposada, podremos revisar la declaración. Por favor, tómate tu tiempo. Empieza en el instante en que esos tres hombres te secuestraron.

Inez se irguió sobre las almohadas.

—¡No eran hombres!

Ed aferró la barandilla.

—Lo sé. Y serán castigados por lo que hicieron. Pero antes de eso necesitamos eliminarlos o confirmarlos como sospechosos de otro delito.

—¡Quiero que mueran! ¡Oí la radio! ¡Quiero que mueran por eso!

—No podemos hacerlo, porque los otros que te ultrajaron quedarán en libertad. Tenemos que hacer esto correctamente.

Un susurro ronco.

—Correctamente significa que seis blancos son mucho más importantes que una mexicana de Boyle Heights. Esos animales me desgarraron e hicieron sus cosas en mi boca. Me metieron armas. Mi familia cree que yo soy la culpable porque a los dieciséis años no me casé con un estúpido cholo. No te diré nada, cabrón.

—Señorita Soto —dijo Gallaudet—, el sargento Exley le salvó la vida.

—¡Me arruinó la vida! ¡El agente White dijo que libró de una acusación de homicidio a esos negros! White es el héroe: él mató al puto que me dio por el culo.

Inez rompió a llorar. Gallaudet hizo señas de interrumpir. Ed caminó hacia la tienda de regalos: un ambiente familiar, su vigilia por la moribunda. Flores para la 875: gruesos y alegres ramilletes todos los días.

23

Bud llegó temprano, encontró un memorándum en el escritorio.

19/4/53

Muchacho:

El papeleo no es tu fuerte, pero necesito que revises antecedentes (dos). (El doctor Layman ha identificado a los tres clientes asesinados.) Usa el procedimiento estándar que te he enseñado y primero mira el boletín 11 del tablón: allí tienes el caso actualizado y
detalles sobre el trabajo de otros investigadores, lo cual impedirá que
efectúes tareas gratuitas e improcedentes.

1. Susan Nancy Lefferts, blanca, nacida el día 29/1/22, sin antecedentes delictivos. Nativa de San Bernardino, llegada recientemente a Los Ángeles. Trabajaba como vendedora en Bullock's Wilshire
(averiguación asignada al sargento Exley).

2. Delbert Melvin Cathcart, también conocido como «Duke»,
blanco, nacido el 14/11/14. Dos condenas por estupro, tres años en
San Quintín. Tres arrestos por proxeneta, sin condena. (Una identificación difícil: la obtuvimos gracias a marcas de lavandería y cotejo
del cuerpo con las medidas documentadas en la prisión.) Sin lugar
de empleo conocido, último domicilio conocido Vendome 9819,
distrito de Silverlake.

3. Malcolm Robert Lunceford, también conocido como «Mal»,
blanco, nacido el 2/6/12. No hay último domicilio conocido. Trabajó como guardia de seguridad en la Mighty Man Agency, Cahuenga
Norte 1680. Ex agente del Departamento de Policía de Los Ángeles,
asignado a la División Hollywood durante casi toda su carrera de

once años. Despedido por incompetencia el 6/50. Cliente asiduo del Nite Owl. Tras revisar el archivo de Lunceford he llegado a la conclusión de que era un policía lamentable (informes negativos de todos sus comandantes). Revisa los papeles que existan sobre él en Hollywood (Breuning y Carlisle estarán allí para hacerte los recados).

Resumen: todavía creo que los negros son los culpables, pero los antecedentes de Cathcart y el cargo de ex policía de Lunceford nos obligan a indagar con cierta profundidad. Quiero que seas mi asistente en esta labor; una excelente prueba de fuego para un flamante detective de Homicidios. Encuéntrame esta noche (9.30) en el Pacific Dining Car. Hablaremos del caso y asuntos relacionados.

D. S.

Bud revisó el tablón principal de informaciones. Nite Owl lo acaparaba: informes de agentes, informes sobre autopsias, resúmenes. Encontró el boletín 11, lo hojeó.

Seis empleados designados para examinar antecedentes delictivos y registros de automóviles; el personal de la calle Setenta y siete rastreando el distrito negro en busca de las escopetas y el Mercury de Coates. Breuning y Carlisle presionando a conocidos pistoleros; la zona del Nite Owl indagada nueve veces sin hallar un solo testigo ocular más. Los negros se negaban a hablar con hombres del Departamento o de la Fiscalía, con el mismo Ellis Loew. Inez Soto se negaba a colaborar para corroborar la hora; Ed Exley estropeó un interrogatorio, dijo que había que tratarla con guantes de seda.

Más abajo: las hojas de personal policial correspondientes a Malcolm Lunceford. Malas noticias: Lunceford era un poli que buscaba comida gratis, un incompetente. Pésima lista de arrestos; citado tres veces por negligencia. Petición de informe interdepartamental, con respuesta de cuatro policías. Extorsionador/bufón. Mal bebía estando de servicio, presionaba a prostitutas para que se la chuparan, presionaba a comerciantes de Hollywood por su «servicio de protección» en horas libres: dormir en sus propiedades cuando no podía usar su apartamento por no haber pagado el alquiler. Lunceford fue expulsado en junio de 1950 por ineptitud; los cuatro policías declaraban que probablemente no fuera una víctima buscada en el Nite Owl: como policía frecuentaba cafeterías nocturnas, habitualmente para comer gratis; probablemente estaba en el Nite Owl a las tres de la mañana porque fumaba marihuana, no tenía dónde dormir y el Nite Owl resultaba un lugar acogedor.

Bud enfiló hacia la comisaría de Hollywood. Pensando en Inez, Dudley, Dick Stensland. Agallas: Inez intentó levantarse de la camilla para pegarle a Sylvester Fitch, un cadáver amarrado a una camilla. «¡Estoy muerta, y quiero que mueran!», gritó. Él la acompañó a la ambulancia, birló morfina y una hipodérmica, se la inyectó mientras nadie miraba. Lo peor parecía haber terminado, pero lo peor estaba por venir.

Exley la interrogaría, le haría describir detalles, le haría mirar fotos de abusadores sexuales hasta que se derrumbara. Ellis Loew quería un caso impecable: eso significaba ruedas de reconocimiento, testimonios. Inez Soto: la primera testigo célebre del más ambicioso fiscal de distrito que había existido. Él solo podía verla en el hospital, saludarla, tratar de aplacar los golpes. Una mujer valiente arrojada a Ed Exley: forraje para un cobarde.

De Inez a Stensland.

Buena venganza: máscaras del Pato Danny. Exley gimiendo. La garantía de la foto; Dick aún sediento de sangre, un sabor que le indicaba que todavía estaba en forma. Su empleo en el restaurante de Teitlebaum apestaba. Ese tugurio era un célebre reducto de jugadores, un potencial refugio de maleantes. Stensland durmiendo en su auto, bebiendo, apostando. La cárcel no le había enseñado nada.

Bud enfiló hacia el norte por Vine; el sol recortó su reflejo en el parabrisas. La corbata se destacaba: emblemas del Departamento; números dos. Los números aludían a los hombres que había matado; tendría que hacerse fabricar corbatas nuevas con números tres, para añadir a Sylvester Fitch. Idea de Dudley: *esprit de corps* para Vigilancia. Material explosivo: las mujeres sentían patadas de excitación al ver esas corbatas. Dudley era una patada: en los dientes, en el cerebro.

Le debía más de lo que debía a Dick Stensland. El hombre sepultó la Navidad Sangrienta, lo puso en Vigilancia, luego en Homicidios. Pero cuando Dudley Smith te ayudaba le pertenecías. Y era tan listo que nunca sabías qué quería de ti ni cómo lo usaba. Su lenguaje alambicado te desorientaba. No provocaba rencor, pero se sentía; daba miedo ver cómo Mike Breuning y Dick Carlisle le habían entregado el alma. Dudley podía doblarte, modelarte, torcerte, arquearte y afilarte sin hacerte sentir como un estúpido terrón de arcilla. Pero siempre te hacía saber una cosa: que te conocía mejor que tú mismo.

No pudo aparcar en la calle. Todo lleno. Bud aparcó a tres calles de distancia y caminó. Exley no estaba, y todos los escritorios estaban ocupados: hombres hablando por teléfono, tomando notas. Un gigantesco tablón de boletines totalmente acaparado por Nite Owl: fajos de papel de quince centímetros. Dos mujeres sentadas a una mesa, una centralita detrás, un letrero a los pies: «Requerimientos Archivos/Tráfico». Bud se les acercó, habló por encima del barullo telefónico.

—Estoy indagando a Cathcart, y quiero todo lo que podáis conseguirme, asociados conocidos, todo. Este payaso tuvo dos condenas por estupro. Quiero todos los detalles de las denunciantes, más las direcciones actuales. Tuvo tres arrestos por proxeneta, sin condena, y quiero que consultéis a todas las brigadas de Antivicio de la ciudad y el condado para ver si tienen un archivo. Si lo tienen, quiero los nombres de las muchachas que chuleaba. Si obtenéis nombres, conseguid las fechas de nacimiento y cotejadlas con Archivos, Tráfico, agentes de la condicional, la Cárcel de Mujeres. Detalles. ¿Comprendido?

Las muchachas empezaron a hacer llamadas; Bud fue a ver el tablón: el papel con la etiqueta «Víctima Lunceford». Un dato actualizado: un agente de Hollywood había hablado con el jefe de Lunceford en la agencia Mighty Man. Datos: Lunceford iba al Nite Owl casi todas las noches, cuando salía de su turno de seis a dos en el edificio Pickwick. Lunceford era el típico guardia borrachín a quien no le permitían llevar armas; no tenía enemigos conocidos, amigos conocidos ni amantes conocidas, no se codeaba con sus colegas de Mighty Man, dormía en una tienda detrás del Hollywood Bowl. Habían registrado la tienda y había un inventario: un saco de dormir, cuatro uniformes de Mighty Man, seis botellas de moscatel Old Monterey.

Adiós, pringado: estabas en el lugar equivocado a la hora equivocada. Bud leyó la lista de arrestos de Lunceford: diecinueve por delitos menores en once años de poli. La venganza no era el motivo, aunque igual podían haber matado a seis para liquidar a uno. Exley, Breuning y Carlisle aún no habían aparecido. Bud recordó la nota de Dudley: revisar los archivos para hallar datos sobre Lunceford.

Una buena apuesta: tarjetas de interrogatorio archivadas por el apellido del agente. Bud fue al depósito, sacó el cajón de la «L». No había ninguna carpeta para «Lunceford, Malcolm». Una hora de revisión en busca de tarjetas mal archivadas: resultado nulo. Ningún interrogatorio. Raro. Tal vez el borrachín Mal nunca archivaba sus tarjetas.

Casi mediodía, hora de comer. Un bocadillo, hablar con Dick. Llegaron Carlisle y Breuning: remoloneando, bebiendo café. Bud encontró un teléfono libre, llamó a sus soplones.

Snake Tucker no sabía nada; ídem Fats Rice y Johnny Stompanato. Jerry Katzenbach dijo que eran los Rosenberg, que ordenaban las muertes mientras esperaban la silla eléctrica: sin duda Jerry había vuelto a chutarse. Se acercó una muchacha de Archivos.

Le entregó una hoja.

—No hay mucho. Nada sobre los socios conocidos de Cathcart, pocos detalles aparte de sus hojas de arresto. No he conseguido mucho sobre las denunciantes de estupro, excepto que tenían catorce años, eran rubias y trabajaron en Lockheed durante la guerra. Yo diría que eran gente de paso. Antivicio del Sheriff tenía un archivo sobre Cathcart, con una lista de nueve sospechosas de prostitución. He hecho un seguimiento. Dos murieron de sífilis, tres eran menores y abandonaron el estado como estipulación de su libertad condicional, no he averiguado nada sobre dos de ellas. Las dos restantes están en esa página. ¿Eso ayuda?

Bud llamó a Breuning y Carlisle con un gesto.

—Sí, gracias.

La empleada se alejó; Bud miró la hoja, dos nombres marcados con un círculo: Jane («Pluma») Royko, Cynthia («Pecaminosa Cindy») Benavides. Últimos domicilios conocidos, reductos famosos: apartamentos de Poinsettia y Yucca, bares.

Los matones de Dudley se acercaron.

—Estos dos nombres —ordenó Bud—. Investigadlas.

—Averiguar antecedentes es una lata —dijo Carlisle—. Yo opino que fueron los negros.

Breuning cogió la hoja.

—Si Dudley dice que lo hagamos, lo hacemos.

Bud les miró las corbatas: cinco muertos en total. El gordo Breuning, el flaco Carlisle: de algún modo parecían gemelos.

—Pues hacedlo, ¿eh?

Abe's Noshery, sin espacio. Bud aparcó a la vuelta. El Chevy de Dick en la parte de atrás, botellas vacías en el asiento: infracción. Bud encontró un espacio, se acercó y miró por la ventana: Stensland bebiendo Manischewitz, codeándose con ex convictos: Lee Vachss, Doble Perkins, Johnny Stompanato. Un tío con pinta de poli comiendo ante el mostrador: un mordisco, una ojeada a la asamblea de delincuentes conocidos, otro mordisco. Como un reloj. De vuelta a la comisaría de Hollywood, harto de seguir haciendo de niñera.

Breuning lo esperaba con dos tías con pinta de fulanas: riendo en un cubículo. Bud golpeó el vidrio; Breuning salió.

—¿Quién es quién? —preguntó Bud.

—La rubia es Pluma Royko.

—¿Qué les dijiste?

—Les dije que era una investigación de rutina sobre Cathcart. Leen los periódicos, así que no se sorprendieron. Bud, fueron los negros. Van a morir por esa golfa mexicana, Dudley solo se presta a esta payasada porque Parker quiere un caso impecable y presta oídos a ese imbécil de Exley con sus aires de...

Dedos en el pecho.

177

—Inez Soto no es una golfa, y quizá no fueran los negros. Así que es hora de que tú y Carlisle os pongáis a trabajar.

Actitud reverente. Breuning se alejó alisándose la camisa. Bud entró en el cubículo. Las putas tenían mal aspecto: rubia teñida con agua oxigenada, pelirroja teñida con alheña, demasiado maquillaje sobre demasiado kilometraje.

—Conque leísteis los periódicos de esta mañana —dijo Bud.

—Sí, pobre Duke —dijo Royko.

—No pareces muy apenada…

—Duke era Duke. Pagaba mal, pero nunca te pegaba. Tenía debilidad por las hamburguesas con pimientos, y en Nite Owl las preparaban bien. Esa última hamburguesa acabó con él.

—Entonces ¿creéis que fue un robo, como dicen los periódicos?

Cindy Benavides afirmó con la cabeza.

—Claro —dijo Royko—. Eso fue, ¿o no? ¿Tú no crees lo mismo?

—Quizá. Hablemos de enemigos. ¿Duke los tenía?

—No, Duke era Duke.

—¿Cuántas muchachas más tenía a su cargo?

—Solo nosotras. Somos los magros restos del rebaño de Duke.

—Oí decir que, en un tiempo, Duke tenía nueve mujeres. ¿Qué ocurrió? ¿Rivalidad con otros chulos?

—Amigo, Duke era un soñador. Personalmente le gustaba la mercancía joven y se complacía en administrarla. La mercancía joven se aburre y sigue viaje a menos que el jefe se ponga duro. Duke podía ser duro con otros hombres, pero nunca con las damas. R.I.P., Duke.

—Entonces, Duke debía de tener algo más en marcha. Dos muchachas no bastarían para mantenerlo.

Royko se tocó las uñas esmaltadas.

—Duke estaba liado con nuevos negocios. Siempre tenía algún proyecto. Era un soñador. Y los proyectos lo hacían feliz, le hacían pensar que las escasas perras que le llevábamos Cindy y yo no eran tan poco.

—¿Os dio los detalles?

—No.

Cindy había sacado el pintalabios para retocarse.

178

—Cindy, ¿a ti te dijo algo?

—No. —Como un pequeño chillido.

—¿Sobre enemigos?

—Nada.

—¿Sobre amigas? ¿Duke había recibido mercancía joven últimamente?

Cindy cogió una toalla de papel, se enjugó los labios.

—No.

—¿Tú también crees eso?

—Supongo que Duke no hablaba con nadie. ¿Podemos irnos? Esto...

—Sí. Hay una parada de taxis calle arriba.

Las muchachas se marcharon deprisa. Bud les dio cierta ventaja, corrió hacia su coche. Enfiló hacia Sunset, esperó dos minutos. Aparecieron Cindy y Royko.

Taxis separados, distintos rumbos. Cindy se dirigió al norte por Wilcox, tal vez a su casa: Yucca 5814. Bud tomó un atajo; el taxi apareció justo a tiempo. Cindy caminó hacia un De Soto verde, arrancó rumbo al oeste. Bud contó hasta diez, la siguió.

Highland, el paso Cahuenga hacia el Valle, al oeste por Ventura Boulevard. Bud la seguía de cerca; Cindy conducía a velocidad media. Viraje repentino hacia un motel: habitaciones alrededor de una piscina turbia.

Bud frenó, giró en redondo, observó. Cindy caminó hacia una habitación lateral, llamó a la puerta. Una muchacha —quince años, rubia— la hizo pasar. Mercancía joven: tipo ideal para los estupros de Duke Cathcart.

Vigilancia.

Cindy salió diez minutos después, arrancó, regresó hacia Hollywood. Bud llamó a la puerta de la chica.

Ella abrió, lágrimas en los ojos. Una radio canturreaba: «Matanza del Nite Owl», «Crimen del siglo en California». La chica alzó los ojos.

—¿Eres policía?

Bud afirmó con un gesto.

—Niña, ¿qué edad tienes?

Los ojos de la chica se enturbiaron.

—Kathy Janeway. Kathy con K.

Bud cerró la puerta.

—¿Qué edad tienes?

—Catorce. ¿Por qué los hombres siempre preguntan eso?

Acento de la pradera.

—¿De dónde eres?

—Dakota del Norte. Pero si me envías de regreso allí huiré de nuevo.

—¿Por qué?

—¿Lo quieres en Vistavisión? Duke decía que muchos tíos se excitan de esa manera.

—No seas tan ruda, ¿eh? Estoy de tu lado.

—No me hagas reír.

Bud echó una ojeada a la habitación. Osos panda, revistas de cine, vestidos de colegiala. No había atuendos de prostituta, ni parafernalia para drogarse.

—¿Duke era amable contigo?

—No me obligaba a hacerlo con otros hombres, si a eso te refieres.

—¿Quieres decir que solo lo hacías con él?

—No, quiero decir que mi papá me lo hacía y ese otro fulano me obligaba a hacerlo con otros hombres, pero Duke me compró.

Intrigas entre chulos.

—¿Cómo se llamaba ese fulano?

—¡No! No te lo diré. No puedes obligarme y de todos modos lo he olvidado.

—¿Cuál de ellos, niña?

—No quiero contártelo.

—Chsss. ¿Conque Duke era amable contigo?

—No me chistes. Duke era un oso panda, solo quería dormir en la misma cama y jugar a los naipes. ¿Eso es tan malo?

—Niña…

—¡Mi papá era peor! ¡Mi tío Arthur era mucho peor!

—Baja la voz, por favor.

—¡No puedes obligarme!

180

Bud le cogió las manos.

—¿Qué quería Cindy?

Kathy se zafó.

—Me dijo que Duke había muerto, cosa que sabe cualquiera que tenga una radio. Duke dijo que si le ocurría algo, Cindy debía cuidar de mí, y me trajo diez dólares. Dijo que la policía la ha estado incordiando. Le dije que diez dólares no es mucho, y ella se ofendió y me gritó. ¿Cómo sabes que Cindy ha estado aquí?

—No importa.

—Aquí cobran nueve dólares por semana y yo...

—Te daré más dinero si tú...

—¡Duke nunca me pagó tan poco!

—Kathy, baja la voz y déjame hacerte unas preguntas. Quizá echemos el guante a los tíos que mataron a Duke. ¿Vale?

Un suspiro de niña.

—Vale. Pregunta.

Bud, con voz suave:

—Cindy dijo que Duke le pidió que cuidara de ti si le ocurría algo. ¿Crees que sospechaba que algo le iba a pasar?

—No sé. Quizá.

—¿Por qué quizá?

—Quizá porque últimamente Duke estaba nervioso.

—¿Por qué estaba nervioso?

—No sé.

—¿Le preguntaste?

—Dijo: «Solo negocios».

Royko: «Estaba liado con nuevos negocios».

—Kathy, ¿Duke estaba iniciando un proyecto nuevo?

—No sé. Duke decía que las mujeres no tienen por qué hablar de negocios. Y sé que me dejó algo más que diez roñosos pavos.

Bud le dio su tarjeta de detective.

—Este es mi número en el trabajo. Llámame, ¿quieres?

Kathy cogió un oso panda de la cama.

—Duke era desordenado y vago, pero no me importaba. Tenía una sonrisa agradable, y una graciosa cicatriz en el pecho, y nunca me gritaba. Mi padre y mi tío Arthur siempre me gritaban, pero Duke jamás lo hizo. ¿No crees que fue bueno conmigo?

Bud se despidió apretándole la mano. Mientras salía a la calle la oyó sollozar.

De vuelta al coche, nuevas ideas sobre Cathcart. El «nuevo proyecto» de Duke y sus intrigas de chulo eran caminos poco prometedores; noventa y nueve por ciento de probabilidades de que las hamburguesas con pimientos del Nite Owl hubieran sido la causa de su muerte. Un chulo con antecedentes de estupro y un ex poli extorsionador. Víctimas extrañas, pero así era Hollywood Boulevard a las tres de la mañana. Complicaciones para Dudley. Quizá Cindy ocultaba algo más que el dinero que retenía. Bud podía sacarle el dinero, recurrir a chismes sobre chulos, cerrar el tema Cathcart y pedir a Dudley que lo enviara al distrito negro. Simple. Pero Cindy podía estar en cualquier parte y Kathy llevaba la voz cantante: un salvador sin lugar adonde ir. Recordó que algo faltaba en los boletines: registro del apartamento de Cathcart. Quizá allí estuviera la lista de prostitutas de Duke. Pistas sobre su proyecto y el chulo que le había vendido a Kathy. Buen pretexto para matar el tiempo.

Bud enfiló hacia Cahuenga. Vio un sedán rojo detrás. Creía haberlo visto cerca del motel. Aceleró, pasó junto al apartamento de Cindy: ni De Soto verde ni sedán rojo. Condujo hacia Silverlake mirando el retrovisor. Ningún coche detrás: solo su imaginación.

Vendome 9819 parecía virginal: un apartamento en un garaje, detrás de una pequeña casa de estuco. Ni reporteros ni cordones policiales ni lugareños tomando el sol. Bud empujó la puerta con la mano.

Típico apartamento de soltero: una habitación que hacía de sala de estar y dormitorio, cuarto de baño, cocina pequeña. Encendió las luces para un inventario rápido, tal como le había enseñado Dudley.

Una cama plegable apoyada en el suelo. Paisajes marinos baratos en las paredes. Una cómoda, un armario. Cuarto de baño y cocina sin puertas: pulcros, limpios. Todo el lugar estaba impecable. Contradecía el comentario de Kathy: «Duke era desordenado y vago».

Búsqueda de detalles, otro truco de Dudley. Un teléfono en una mesilla. Registró los cajones: lápices, ninguna libreta, ninguna lista de prostitutas. Un montón de guías de Páginas Amarillas: condados de Los Ángeles, Riverside, San Bernardino, Ventura. La de San Bernardino era la única usada: páginas ajadas, lomo roto. Examinó las páginas gastadas: «Imprentas». Una conexión, tal vez nada: la víctima Susan Lefferts, nativa de San Bernardino.

Bud registró todo, los ojos como una cámara fotográfica: clic, clic, clic. Cuarto de baño y cocina, inmaculados; camisas bien planchadas en la cómoda. Alfombra limpia, un poco sucia en las puntas. Un clic final: alguien había registrado el apartamento, lo había limpiado. Quizá un profesional.

Examinó el armario: chaquetas y pantalones en perchas. Cathcart tenía un buen guardarropa. Alguien se había probado sus prendas o este era el verdadero Duke —desordenado— y el profesional no se había molestado con la ropa.

Bud revisó cada bolsillo, cada prenda: hilachas, monedas, nada importante. Un clic: una prueba para probar al profesional. Regresó al coche, cogió su equipo, espolvoreó el lugar: la cómoda era buen sitio para posibles huellas. Otro clic: rastros de polvo limpiador. Un profesional había borrado las huellas dactilares.

Bud recogió, salió, reflexionó. Guerra entre chulos. Duke Cathcart tenía dos hembras en su rebaño, no tenía estómago para obligar a trabajar a una nínfula de catorce años. Era un desastre como chulo. Bud trató de asociar el registro de ese apartamento con el Nite Owl: ningún mecanismo en marcha, los negros aún tenían grandes probabilidades. Si el registro se confirmaba, asociarla con el «nuevo proyecto» de Cathcart. Royko lo había mencionado: ella quedaba limpia, pero la Pecaminosa Cindy era sospechosa. Cindy era el próximo paso. Además le debía dinero a Kathy.

Anochecía. Bud se dirigió al apartamento de Cindy, vio el De Soto verde. Gemidos por una ventana rajada. La abrió, entró.

Un pasillo oscuro, gruñidos en la próxima puerta. Bud se acercó, miró. Cindy y un gordo en calcetines en una cama chirriante. Los pantalones del gordo colgados del picaporte. Bud cogió la billetera, la vació, silbó.

Cindy gritó. El gordo siguió bombeando, Bud:

—ESCORIA! ¿QUÉ HACES CON MI MUJER?

Todo se precipitó.

El gordo echó a correr cubriéndose la polla; Cindy se sumergió bajo las sábanas. Bud vio una cartera, la vació, cogió dinero. Cindy gritaba a tontas y a locas. Bud dio una patada a la cama.

—Los enemigos de Duke. Canta y no te arrestaré.

Cindy asomó la cabeza.

—Yo... no... sé... nada.

—Claro que sabes. Probemos con esto: alguien limpió el apartamento de Duke. Dame un sospechoso.

—No... sé...

—Última oportunidad. Tú ocultaste información en la oficina, Royko salió limpia. Fuiste al motel de Kathy Janeway y la arreglaste con diez pavos. ¿Qué más ocultas?

—Mira...

—Habla.

—¿De qué?

—Habla del nuevo proyecto de Duke y de sus enemigos. Dime quién era el chulo de Kathy.

—No sé quién era el chulo.

—Entonces habla de los otros dos asuntos.

Cindy se enjugó la cara: pintura labial corrida, maquillaje deshecho.

—Solo sé acerca de este tío que recorría bares hablando con las chicas, actuando como Duke. Ya sabes, las mismas frases, el mismo estilo. Oí que intentaba conseguir muchachas que hicieran trabajos a domicilio para él. No habló conmigo ni con Pluma. Esto es cosa vieja. Lo oí hace dos semanas.

Clic: «este tío» podía ser el que había registrado el apartamento. «Este tío» probándose la ropa de Cathcart.

—Continúa.

184

—Es todo lo que oí, tal como lo oí.

—¿Qué pinta tenía ese tío?

—No sé.

—¿Quién te habló de él?

—Ni siquiera lo sé. Eran solo muchachas que charlaban en la mesa de al lado, en un bar.

—De acuerdo, calma. El nuevo proyecto de Duke. Háblame de eso.

—Era solo otro sueño de Duke, castillos en el aire.

—Entonces ¿por qué no lo mencionaste antes?

—¿Conoces el viejo dicho: «No hables mal de los muertos»?

—Sí. ¿Tú conoces a las lesbianas de la Cárcel de Mujeres?

Cindy suspiró.

—El sueño número seis mil de Duke: vendedor de revistas porno. Qué idiotez. Duke decía que vendería ese material. Es todo lo que sé. Charlamos dos segundos sobre el tema y Duke solo dijo eso. Yo no insistí porque reconozco un delirio cuando lo veo. ¿Ahora te largarás de aquí?

Charlas en la Oficina de Detectives: Antivicio investigando pornografía.

—¿Qué clase de material?

—Oye, no lo sé. Solo hablamos dos segundos.

—¿Le pagarás a Kathy lo que te dejó Duke?

—Claro, buen samaritano. Diez aquí, diez allá. Si le diera todo el dinero junto se lo gastaría en revistas de cine.

—Puede que yo regrese.

—Te esperaré con ansia.

Bud se dirigió a un buzón, envió el dinero en entrega especial: Kathy Janeway, motel Orchid View, muchos sellos postales y una nota amigable. Más de cuatrocientos pavos. Una fortuna para una niña.

Las siete. Tiempo libre hasta su reunión con Dudley. La oficina: Antivicio, el tablón de la brigada.

La Brigada 4 se encarga de la investigación de pornografía: Kifka, Henderson, Vincennes, Stathis. Cuatro hombres buscando revistas obscenas, ninguna pista. No había nadie a la vista. Se presentaría por la mañana, aunque tal vez tampoco hubiera nada. Enfiló hacia Homicidios, llamó a Abe's Noshery.

—Abe's —respondió Stensland.

—Dick, soy yo.

—¿Oh? ¿Vigilándome, sargento?

—Vamos, Dick.

—No, hablo muy en serio. Ahora eres hombre de Dudley. Tal vez a Dudley no le guste la gente con la que me codeo. Tal vez Dudley quiera información, cree que hablaré contigo. Ya no eres dueño de tus actos, Bud.

—¿Has estado bebiendo, socio?

—Ahora bebo *kosher*. Díselo a Exley. Dile que el Pato Danny quiere bailar con él. Dile que leí acerca de su padre y la Tierra de los Putos Sueños. Dile que quizá vaya a la inauguración. El Pato Danny requiere la presencia del sargento Ed Marica Exley para otro bailecito.

—Dick, no digas tonterías.

—Qué diablos. Un baile más. El Pato Danny va a romperle las gafas y masticarle la puta garganta...

—Dick, maldita sea...

—¡Oye, vete al demonio! Leo los periódicos. Vi al personal que está a cargo del Nite Owl. Tú, Dudley Smith, Exley y el resto de los amigotes de Dudley. Ahora sois socios del maricón que me encerró, estáis todos en el gran caso, así que...

Bud arrojó el teléfono por la ventana. Caminó hacia el aparcamiento pateando cosas. Entonces lo vio todo con claridad.

Tendrían que haberlo condenado por la Navidad Sangrienta. Dudley lo salvó.

Hasta ahora Exley era el héroe del Nite Owl. Él enviaría a Inez de vuelta al infierno.

Algo raro con Cathcart. El caso podía crecer: algo más que un asalto realizado por psicópatas. Podría transformarlo en su caso, joder a Exley, buscar el modo de ayudar a Stensland. Lo cual significaba:

No pedir pistas del asunto pornografía en Antivicio.

Ocultar pruebas a Dudley.

SER UN DETECTIVE, NO ALGUIEN QUE MACHACABA CABE-
ZAS POR SU CUENTA.

Trató de alentarse con palabras de borracho:

Ya no eres dueño de tus actos.

Ya no eres dueño de tus actos.

Ya no eres dueño de tus actos.

Sintió miedo.

Estaba en deuda con Dudley.

Estaba provocando al único hombre del mundo que era más peligroso que él.

24

Ray Pinker condujo a Ed por el Nite Owl, reconstruyendo.

—Apuesto a que ocurrió así. Primero, los tres entran y muestran las armas. Un hombre se encarga de la cajera, el cocinero y la camarera. Este sujeto golpea a Donna DeLuca con la culata de la escopeta. Donna está de pie junto a la caja registradora, y encontramos un fragmento de cuero cabelludo allí. Ella le entrega el dinero de la caja y el de su cartera, él la empuja a ella y a Patty Chesimard a la cámara frigorífica, llevándose de paso a Gilbert Escobar. Gilbert se resiste: huellas de pies arrastrados, cacerolas y sartenes en el suelo. Un culatazo en la cabeza: el charco de sangre que está trazado con tiza. La caja de caudales está abierta bajo la repisa del cocinero, uno de los tres empleados asesinados la abre: recuerde las monedas caídas. Gilbert se resiste un poco más, otro culatazo, vea el círculo marcado 1-A en el suelo. Allí encontramos tres dientes de oro, los guardamos y analizamos: Gilbert Luis Escobar. Las huellas de pies arrastrados empiezan aquí. Gilbert ha dejado de luchar, el sospechoso número uno mete a las víctimas uno, dos y tres en el refrigerador.

Regresaron al salón del restaurante, aún cerrado tres noches después de la matanza. Curiosos mirando por las lunas; Pinker siguió hablando.

—Entretanto, los pistoleros dos y tres se encargan de las víctimas cuatro a seis. Las huellas de arrastre que van hasta el refrigerador, la comida volcada y los platos rotos hablan por sí mismos. Tal vez usted no lo vea porque el linóleo es muy oscuro, pero hay sangre debajo de las dos primeras mesas: Cathcart y Lunceford, sentados aparte, dos culatazos. Sabemos dónde estaba cada cual por el análisis de las muestras. Cathcart cayó junto a la mesa dos, Lunceford junto a la mesa uno. Ahora...

—¿Dactiloscopia ha analizado los platos para tener mayor confirmación? —interrumpió Ed.

Pinker asintió.

—Borrones, dos latentes viables en los platos que había bajo la mesa de Lunceford. Así fue como lo hemos identificado: las cotejamos con las huellas que le tomaron cuando ingresó en el Departamento de Policía. A Cathcart y Susan Lefferts les volaron las manos. No hay modo de confirmar eso por otros medios, sus platos estaban muy turbios. Identificamos a Cathcart por un análisis dental parcial y sus datos carcelarios, a Lefferts por un análisis dental total. ¿Ve usted ese zapato en el suelo?

—Sí.

—Bien, por el estudio de ángulos parece que Lefferts intentaba llegar a Cathcart, que estaba en la mesa contigua, aunque estaban sentados por separado. Mero pánico, obviamente ella no le conocía. Lefferts se puso a gritar, y uno de los maleantes le embutió un fajo de servilletas en la boca. El doctor Layman le encontró papel de servilleta en la garganta al realizar la autopsia. Pienso que quizá la amordazaron y se ahogó justo cuando empezaron los disparos. Bien, arrastran a Cathcart y Lefferts hasta el refrigerador, Lunceford camina, el pobre diablo quizá cree que es solo un robo. En el refrigerador les quitan las carteras y billeteras. Encontramos un trozo del carnet de conducir de Gilbert Escobar flotando en sangre cerca de la puerta, junto con seis bolas de algodón manchadas de cera. Los maleantes tuvieron el buen tino de taparse los oídos.

Ese detalle no encajaba: sus negros eran demasiado impetuosos.

—No parecen hombres suficientes para hacer el trabajo.

Pinker se encogió de hombros.

—Funcionó. ¿Sugiere que una o más víctimas conocían a uno o más asesinos?

—Sé que es improbable.

—¿Quiere ver la cámara frigorífica? Tendrá que ser ahora. Le hemos prometido al propietario que podría recuperar el local.

—Lo vi esa noche.

—Yo vi las fotos. Dios, ni siquiera parecían humanos. Usted está trabajando en la historia de Lefferts, ¿verdad?

Ed miró por la ventana; una muchacha bonita lo saludó con la mano.

Morena, latina.

Se parecía a Inez Soto.

—Verdad.

—¿Y?

—Y pasé un día entero en San Bernardino y no llegué a ninguna parte. Esa mujer vivía con su madre, que estaba colocada con sedantes y no quiso hablar conmigo. Hablé con conocidos, quienes me dijeron que Susan Lefferts sufría de insomnio crónico y escuchaba la radio toda la noche. No tenía novios recientes, ningún enemigo. Registré su apartamento de Los Ángeles, y era lo que se podía esperar de una vendedora de treinta y un años. En San Bernardino alguien comentó que era un poco casquivana, alguien dijo que algunas veces bailó con poca ropa en un restaurante griego, para divertirse. Nada sospechoso.

—Siempre volvemos a los negros.

—Así es.

—¿Ha habido suerte con el coche y las armas?

—No, y la gente de la calle Setenta y siete está registrando cubos de basura y alcantarillas en busca de las carteras y billeteras. Tengo una idea que podría ahorrarnos tiempo.

Pinker sonrió.

—¿Buscar cartuchos con marcas en Griffith Park?

Ed se volvió hacia la ventana. La muchacha latina se había ido.

—Si encontramos esos cartuchos, son los negros bajo custodia u otros tres.

—Sargento, es una gran apuesta.

—Lo sé, y ayudaré.

Pinker miró la hora.

—Son las diez y media. Encontraré los informes sobre esos disparos, trataré de localizar los sitios y lo veré con una brigada de zapadores mañana al amanecer. ¿El aparcamiento del Observatorio?

—Allí estaré.

—Entonces ¿debo tener la autorización del teniente Smith?

—Hágalo a petición mía. Yo respondo directamente ante Parker.

—En el parque al alba, pues. Lleve ropa vieja. Será un trabajo sucio.

Ed comió comida china en Alvarado. Sabía por qué seguía ese rumbo. El Queen of Angels estaba cerca, tal vez Inez Soto estuviera despierta. Llamó al hospital: Inez se recuperaba rápidamente, su familia no la había visitado, su hermana había llamado diciendo que sus padres la culpaban de toda aquella pesadilla. Ropa provocativa, costumbres mundanas. Había llorado por sus animalitos de peluche; Ed hizo que la tienda de regalos le enviara una selección. Obsequios para acallar su conciencia: la quería como testigo principal en su primer gran caso de homicidio. Y quería granjearse su simpatía, quería que negara cuatro palabras: «White es el héroe».

Se demoró en la última taza de té. Suturas, trabajo dental: sus heridas sanaban, se empequeñecían. Su madre e Inez se fundían en una figura borrosa. Había recibido un informe: Dick Stensland andaba con delincuentes conocidos, apostaba con corredores, recibía el salario en efectivo y frecuentaba burdeles. Cuando sus hombres precisaran esos datos, llamarían a Libertad Condicional y arreglarían un arresto.

Lo cual palidecía frente a «White es el héroe» e Inez Soto con ese odio apasionado.

Ed pagó la cuenta, enfiló hacia el Queen of Angels.

Bud White salía.

Se cruzaron junto al ascensor. White fue el primero en hablar.

—Olvida tu carrera y déjala descansar.

—¿Qué haces aquí?

—No trato de exprimir a una testigo. Déjala en paz, ya tendrás tu oportunidad.

—Esto es solo una visita.

—Ella te ha calado, Exley. No puedes comprarla con osos de peluche.

—¿No quieres solucionar el caso? ¿O solo estás frustrado porque no hay nadie a quien matar?

—Gran discurso para un soplón lameculos.

—¿Viniste aquí para follar con ella?

—En otras circunstancias, te rajaría por eso.

—Tarde o temprano, os liquidaré a ti y a Stensland.

—Quizá suceda al revés. Héroe de guerra, ¿eh? Esos japoneses se tirarían al suelo para que los mataras.

Ed no replicó.

White le guiñó el ojo.

Temblores al subir a la habitación. Ed miró antes de llamar.

Inez estaba despierta, leyendo una revista. Animalitos de peluche en el suelo, una criatura en la cama: la Ardilla Scooter como apoyapiés. Inez lo vio.

—No —dijo.

Magulladuras más claras, los rasgos recobrados.

—No ¿qué, señorita Soto?

—No, no revisaré esa declaración.

—¿Ni siquiera unas preguntas?

—No.

Ed acercó una silla.

—No pareces sorprendida de verme aquí tan tarde.

—No lo estoy. Tú eres el sutil. —Señaló los animales—. ¿El fiscal del distrito te reembolsó el dinero?

—No, los pagué de mi bolsillo. ¿Ellis Loew te ha visitado?

—Sí, y le he dicho que no, que los tres putos negritos me llevaron de paseo, recibieron dinero de otros putos y me dejaron con el puto negrito a quien White liquidó. Le he dicho que no puedo recordar o no quiero recordar más detalles. Que elija los que desee y eso es todo.

—Escucha —dijo Ed—, solo he pasado a saludar.

Ella se le rió en la cara.

—¿Quieres el resto de la historia? Una hora después mi hermano Juan me llama para decirme que no puedo volver a casa, que he deshonrado a mi familia. Luego llama Loew y dice que puede alojarme en un hotel si coopero, luego la muchacha de la tienda trae esos putos animales y dice que son obsequios del simpático policía de gafas. He ido a la universidad, pendejo. ¿Crees que no entiendo la relación de los hechos?

Ed señaló la Ardilla Scooter.

—No la tiraste.

—Es especial.

—¿Te gustan los personajes de Dieterling?

—¿Y qué si me gustan?

—Solo preguntaba. ¿Y dónde encaja Bud White en esa relación de los hechos?

Inez acomodó las almohadas.

—Mató a un hombre por mí.

—Lo mató por él mismo.

—Qué más da, ese puto animal está muerto. White solo viene a saludar. Me hace advertencias sobre ti y Loew. Me dice que debo cooperar, pero no es insistente. Te odia, hombre sutil. Me doy cuenta.

—Eres una muchacha lista, Inez.

—Quieres decir «para ser mexicana». Lo sé.

—No, te equivocas. Simplemente eres lista. Y te sientes sola, o me habrías pedido que me fuera.

Inez arrojó la revista al suelo.

—¿Y qué si es así?

Ed recogió la revista. Páginas ajadas: un artículo sobre la Tierra de los Sueños.

—Recomendaré que te den un tiempo para recobrarte, y que cuando este asunto vaya al tribunal te permitan declarar por escrito. Si obtenemos suficientes pruebas sobre el Nite Owl a partir de otras fuentes, quizá no tengas que testificar. Y no regresaré si no lo deseas.

Ella le clavó los ojos.

—Aún no tengo a donde ir.

—¿Has leído ese artículo sobre la inauguración de la Tierra de los Sueños?

–Sí.

–¿Has visto el nombre «Preston Exley»?

–Sí.

–Es mi padre.

–¿Y qué? Sé que eres un chico rico que derrocha dinero en animales de peluche. ¿Y qué? ¿Adónde iré?

Ed agarró la barandilla de la cama.

–Tengo una cabaña en el lago Arrowhead. Puedes quedarte allí. No te tocaré y te llevaré a la inauguración de la Tierra de los Sueños.

Inez se llevó la mano a la cabeza.

–¿Y mi pelo?

–Te conseguiré un bonito sombrero.

Inez sollozó, abrazó a la Ardilla Scooter.

Ed se reunió con los zapadores al alba, aturdido por sus sueños: Inez, otras mujeres. Ray Pinker traía linternas, palas, detectores de metales; había conseguido que la División de Comunicaciones emitiera un llamamiento público: se pedía a los testigos de los tiroteos del Griffith Park que se presentaran para identificar a los responsables. Las escenas de los incidentes estaban marcadas en mapas con cuadrículas: laderas empinadas con vegetación achaparrada. Los hombres cavaban, escarbaban, rastreaban con artefactos que hacían tic, tic, tic. Hallaron monedas, latas, un revólver 32. Horas bajo el sol. Ed trabajaba con empeño: respirando tierra, arriesgándose a una insolación. Los sueños regresaron, círculos que conducían de vuelta a Inez.

Anne, del baile de cotillón de Marlborough: lo hicieron en un Dodge 38, las piernas de Ed golpeando contra las puertas. Penny, de la clase de biología de la UCLA: ponche de ron en la casa de la fraternidad, un polvo rápido en el patio. Mujerzuelas patrióticas en su gira de venta de bonos de guerra, una aventura de una noche con una mujer mayor de la División Central. Era difícil recordar las caras; cuando lo intentaba veía a Inez. Inez sin magulladuras, sin bata de hospital. Mareo, el calor causaba mareo, y él estaba sucio y exhausto. Era una buena sensación. Pasaron más horas: no pudo pensar en mujeres ni en nada más. Más tiempo de trabajo, gritos a lo lejos, una mano en el hombro.

Ray Pinker mostrándole dos cartuchos de escopeta y la foto de una bala con la marca del percutor. Concordancia perfecta: las marcas eran idénticas.

25

Dos días desde la captura del botín de Fleur-de-Lis. Sin modo de saber hasta dónde podría llegar.

Dos días, un sospechoso: Lamar Hinton, veintiséis años, un arresto por agresión, una condena de dos años en Chino, libertad condicional el 3/51. Empleo actual: instalador de teléfonos en Pacific Coast Bell. El agente de la condicional sospechaba que además se lo montaba instalando líneas clandestinas a corredores de apuestas. Cotejo de fotografías: Hinton era el tipo musculoso de la casa de Timmy Valburn.

Dos días, ninguna solución para el dilema.

Un caso redondo lo llevaría de vuelta a Narcóticos, pero este caso requería a Valburn y Billy Dieterling como testigos materiales: maricas bien conectados que podían echar al traste su carrera en Hollywood.

Dos días de leer informes probando enfoques indirectos. Revisó informes colaterales, habló con los arrestados. Más negaciones. Nadie admitía haber comprado material porno. Un día perdido; nada en Antivicio para reforzar sus pistas: cero en los informes de Stathis, Henderson y Kifka. Millard trataba de ser coprotagonista en el caso Nite Owl y no pensaba en pornografía.

Dos días.

A mediados del segundo día dio con algo: el número clandestino, el musculoso.

El teléfono de Fleur-de-Lis no figuraba en la guía; practicó gimnasia cerebral hasta identificar su conexión personal: la primera vez que había visto la tarjeta.

Pista:

Nochebuena del 51, antes de la Navidad Sangrienta. Sid Hudgens organizó un arresto por posesión de marihuana. Jack detuvo a dos drogadictos, encontró la tarjeta en el apartamento, no le dio importancia.

El temible Sid: «Todos tenemos secretos, Jack».

Siguió adelante, arrastrado por la corriente: quería saber quién preparaba ese material y por qué. Visitó la oficina de empleo de la Bell, cotejó datos con descripciones físicas hasta dar con Lamar Hinton.

Jack echó un vistazo a la sala: hombres hablando de Nite Owl, Nite Owl, Nite Owl. El Gran V buscando libros masturbatorios.

La foto de la orgía.

Vértigo.

Jack continuó la búsqueda.

Ruta de Hinton: Gower, La Brea, Franklin, Hollywood Reservoir. Instalaciones telefónicas matinales: Creston Drive, Ivar Norte. Jack encontró Creston en su guía: Hollywood Hills, un callejón sin salida camino arriba.

Fue hasta allí y vio el camión de la compañía telefónica aparcado junto a un *château* que imitaba el estilo francés. Hinton en un poste, enfrente: un monstruo enorme a plena luz del día.

Jack aparcó, miró el camión: la puerta de carga abierta de par en par. Herramientas, guías telefónicas, discos de Spade Cooley. No había sacos de papel marrón de aire sospechoso. Hinton lo miró; Jack se acercó placa en mano.

Hinton bajó del poste: un metro noventa, rubio, una montaña de músculos.

—¿Te manda mi supervisor?

—Departamento de Policía de Los Ángeles.

—¿No tiene nada que ver con mi libertad condicional?

—Tiene que ver con tu cooperación para evitarte problemas.

—¿Qué…?

—Tu supervisor no aprueba este empleo, Lamar. Sospecha que quizá quieras instalar líneas clandestinas.

197

Hinton flexionó músculos: cuello, brazos, pecho.

—Fleur-de-Lis —dijo Jack—. «Todo lo que desees.» A menos que desees verte en apuros. Si no hablas, vuelves a Chino.

Una última flexión.

—Tú rompiste el vidrio de mi coche.

—Eres todo un Einstein. Bien, ¿tienes cerebro para ser informador?

Hinton cambió de posición; Jack apoyó la mano en el arma.

—Fleur-de-Lis. ¿Quién lo dirige, cómo funciona, qué vende? Dieterling y Valburn. Cuéntame y en cinco minutos estaré fuera de tu vida.

Músculos reflexionó: la camiseta se hinchó, se abultó. Jack sacó una revista: la foto de una orgía.

—Conspiración para distribuir material pornográfico, posesión y venta de narcóticos. Tengo suficiente para mandarte a Chino hasta 1970. Bien, ¿vendías este material para Fleur-de-Lis?

Hinton asintió con la cabeza.

—Chico listo. Ahora bien, ¿quién lo producía?

—No lo sé. De veras, no lo sé.

—¿Quién posaba?

—No lo sé. Yo solo distribuía.

—Billy Dieterling y Timmy Valburn. Venga.

—Solo clientes. Raros, ya sabes. Les gustan las fiestas de maricas.

—Lo haces muy bien, así que aquí viene la gran pregunta. ¿Quién?

—Por favor, no…

Jack desenfundó el 38, quitó el seguro.

—¿Quieres coger el próximo tren a Chino?

—No.

—Entonces responde.

Hinton se volvió, se agarró al poste.

—Pierce Patchett. Él dirige el negocio. Es un empresario legal.

—Descripción, teléfono, domicilio.

—Es cincuentón. Creo que vive en Brentwood y no sé el número porque recibo la paga por correo.

—Más sobre Patchett. Venga.

—Ejerce de chulo de chicas parecidas a estrellas de cine. Es rico. Solo lo he visto una vez.

—¿Quién te presentó?

—Un tal Chester. Lo conocí en Muscle Beach.

—¿Chester qué?

—No lo sé.

Hinton: flexiones, temblores. Jack pensó que en pocos segundos estallaría.

—¿Qué más vende Patchett?

—Chicos y chicas.

—¿Y Fleur-de-Lis?

—Todo lo que desees.

—No la publicidad. Específicamente.

Más irritado que asustado.

—Chicos, chicas, bebida, droga, libros con fotos, material sadomasoquista.

—Calma, calma. ¿Quién se encarga del reparto?

—Chester y yo. Él trabaja de día. Yo no…

—¿Dónde vive Chester?

—¡No lo sé!

—Calma. Mucha gente elegante con dinero usa los servicios de Fleur-de-Lis, ¿correcto?

—Correcto.

Los discos del camión.

—¿Spade Cooley? ¿Él es cliente?

—No, yo solo consigo discos gratis porque salgo de juerga con ese tío, Burt Perkins.

—No me extraña que lo conozcas. Los nombres de algunos clientes. Venga.

Hinton hundió los dedos en el poste. Jack pensó deprisa: si el monstruo se volvía, seis calibre 38 no bastarían.

—¿Trabajas esta noche?

—Sí.

—La dirección.

—No… por favor.

Jack lo cacheó: billetera, cambio, loción capilar, una llave en un bolsillo. Alzó la llave. Hinton se golpeó la cabeza contra el poste. Bam, bam, bam. Sangre en el poste.

—La dirección y me voy.

Bam, bam. Sangre en la frente del monstruo.

—Cheramoya 5261B.

Jack soltó lo que había encontrado en el bolsillo.

—No vayas esta noche. Llamas a tu supervisor y le dices que me has ayudado, que quieres ser arrestado por una infracción, que te encierre en alguna parte. Estás limpio en esto, y si llego a Patchett le haré creer que uno de los tíos de las revistas lo delató. Pero si limpias ese lugar, tienes un puto billete a Chino.

—Pero me has dicho…

Jack corrió al coche, arrancó. Hinton rompió el poste con las manos desnudas.

Pierce Patchett, cincuentón, «empresario legal».

Jack encontró una cabina telefónica, llamó a Archivos, a Tráfico. Datos: Pierce Morehouse Patchett, nacido el 30/6/02, Grosse Pointe, Michigan. Sin antecedentes penales, Gretna Green 1184, Brentwood. Tres infracciones de tráfico menores desde 1931. No mucho. Luego Sid Hudgens, a pesar de todo. Ocupado. Una llamada a Morty Bendish del *Mirror.*

—Sección Local, Bendish.

—Morty, soy Jack Vincennes.

—¡El Gran V! Jack, ¿cuándo vuelves a Narcóticos? Necesito un buen artículo sobre drogas.

Morty quería charla.

—En cuanto me quite de encima al virtuoso Russell Millard y le resuelva un caso. Y tú puedes ayudar.

—Habla, soy todo oídos.

—Pierce Patchett. ¿Te suena?

Bendish silbó.

—¿De qué se trata?

—Aún no puedo contártelo. Pero si el caso sigue ese rumbo, tendrás la exclusiva.

—¿Me darás la información antes que a Sid?

—Sí. Ahora yo soy todo oídos.

Otro silbido.

—Hay poco pero bueno. Patchett es un tío grande y guapo, cincuentón, pero aparenta treinta y ocho. Hace veinticinco años que vive en Los Ángeles. Es experto en yudo o jiu-jitsu, es químico de oficio o tiene un título universitario en química. Está forrado de pasta y sé que presta dinero a empresarios al treinta por ciento de interés y una tajada en los negocios. Sé que ha financiado muchas películas bajo cuerda. Interesante, ¿eh? ¿Y qué tal eso? Se rumorea que a menudo consume heroína, y que se desintoxica en la clínica de Terry Lux. Un poderoso que maneja los hilos desde la trastienda.

Terry Lux, cirujano plástico de las estrellas. Dueño de un sanatorio: curas para alcohólicos y adictos, abortos, desintoxicación para heroinómanos. Los polis hacían la vista gorda, Terry trataba gratis a los políticos de Los Ángeles.

—Morty, ¿es todo lo que tienes?

—¿No es suficiente? Mira, Sid puede tener lo que yo no tengo. Llámalo, pero recuerda que tengo la exclusiva.

Jack colgó, llamó a Sid Hudgens.

—*Hush-Hush.* Extraoficial y confidencial —respondió Sid.

—Soy Vincennes.

—¡Jack! ¿Datos sabrosos sobre el Nite Owl?

—No, pero me mantendré alerta.

—¿Material de Narcóticos? Quiero dedicarle un número.... músicos de jazz negros y estrellas de cine, quizá conectarlo con los comunistas. El caso Rosenberg tiene al público enfebrecido, con un termómetro en el trasero. ¿Te gusta?

—Encantador. Sid, ¿has oído hablar de un hombre llamado Pierce Patchett?

Silencio. Segundos demasiado largos. Sid, con demasiada voz de Sid:

—Jack, solo sé que el hombre es muy rico y lo que me gusta llamar «crepuscular». No es maricón, no es rojo, no conoce a nadie a quien yo pueda usar en mi búsqueda de rumores. ¿Dónde has oído su nombre?

Embustes. Podía olerlo.

—Me lo mencionó un vendedor de material pornográfico.

Interferencias, aliento entrecortado.

—Jack, la pornografía es basura, solo para capullos que no tienen dónde clavar la polla. Olvídalo y llama cuando tengas algo con que trabajar, ¿entendido?

Sid colgó. Bang. Una puerta en las narices: dejándolo afuera, territorio prohibido. Jack regresó a la oficina. Esa puerta decía MALIBU RENDEZVOUS.

La sala de Antivicio estaba desierta, solo Millard y Thad Green juntos cerca del guardarropa. Jack miró el tablón —ninguna novedad— y caminó en silencio hacia el almacén de material. Sin llave: sería fácil oír algo. Los altos oficiales hablando del Nite Owl.

—Russell, sé que te interesa. Pero Parker quiere a Dudley.

—Tiene demasiados prejuicios contra los negros, jefe. Ambos lo sabemos.

—Solo me llamas «jefe» cuando quieres algo, capitán.

Millard rió.

—Thad, los zapadores encontraron cartuchos similares en Griffith Park, y he oído que la gente de la calle Setenta y siete ha encontrado las billeteras y carteras. ¿Es verdad?

—Sí, hace una hora, en una alcantarilla. Embadurnadas de sangre, sin huellas. El laboratorio confirmó que era sangre de las víctimas. Son los negros, Russell. Lo sé.

—No creo que sean los que tenemos bajo custodia. ¿Los imaginas abandonando la escena de la violación en la zona sur, paseando a la chica para que sus amigotes abusen de ella, y luego yendo a Hollywood para asaltar el Nite Owl… cuando dos de ellos se han atiborrado de barbitúricos?

—Admito que es demasiado. Necesitamos identificar a los otros violadores y lograr que Inez Soto hable. Hasta ahora se ha negado. Pero Ed Exley está trabajando en eso, y Ed Exley es muy bueno.

—Thad, no dejaré que mi ego se interponga. Yo soy capitán, Dudley es teniente. Compartiremos el mando.

–Me preocupa tu corazón.

–Un ataque cardíaco hace cinco años no me convierte en lisiado.

Green rió.

–Hablaré con Parker. Dios, tú y Dudley. Vaya par.

Jack encontró lo que buscaba: una grabadora para conversaciones telefónicas con interruptor, auriculares. Lo sacó por una puerta lateral, sin testigos.

Crepúsculo, avenida Cheramoya: Hollywood, a una calle de Franklin. 5261: un edificio Tudor, dos apartamentos arriba, dos abajo. Sin luces. Quizá demasiado tarde para echarle el guante a «Chester», el repartidor diurno. Jack tocó el timbre. Ninguna respuesta. La oreja contra la puerta: ningún sonido. Metió la llave.

Bingo: un vistazo le indicó que Hinton había obedecido. No había hecho limpieza. Utopía de pervertidos: estanterías con mercancía desde el suelo hasta el techo.

Marihuana en hoja, muy buena cosecha. Pastillas: barbitúricos, estimulantes, rojas, amarillas, azules. Droga patentada: láudano, mezclas de codeína, marcas vistosas: Paisaje de Sueños, Ocaso en Hollywood, Claro de Luna en Marte. Ajenjo, alcohol puro en botellas de varios tamaños. Éter, píldoras de hormonas, sobres de cocaína, heroína. Latas de películas, títulos sugerentes: *Señor Gran Polla, Amor anal, Follando en pandilla, Violador escolar, Club de violaciones, Chupadora virgen, Caliente amor negro, Fóllame esta noche, La entrada trasera de Susie, Chicos enamorados, Pasión en el vestuario, Chúpalo hasta volverlo loco, Jesús se folla al Papa, Paraíso de las vergas, Empotradores contra Perforadores, Rex, el perro retozón.* Viejas revistas: ambientes de Tijuana, mujeres chupando pollas, chicos chupando pollas, penetraciones en primer plano. Polvorientas. Artículos poco solicitados; espacios vacíos, quizá el material bueno, el que él buscaba, se apilaba allí. ¿Lamar se lo habría llevado? ¿Por qué? El resto de la mercancía bastaba para condenas hasta el año 2000. Instantáneas robadas: auténticas estrellas de cine desnudas. Lupe Vélez, Gary Cooper, Johnny Weissmuller, Carole Landis, Clark Gable, Tallulah Bankhead mostrando el coño, cadáveres haciendo el 69 en la morgue. Una foto en color: Joan Crawford follando con un extra samoano muy bien dotado, apodado «O.K. Freddy». Consoladores, collares para perros, látigos, cadenas, nitrito amílico, bragas, sujetadores, anillos para el pene, catéteres, bolsas para enemas, zapatos negros de caimán con tacones de quince centímetros y un maniquí femenino cubierto por una lona; escayola, labios de goma, vello púbico pegado, vagina hecha con una manguera de jardín.

Jack buscó el cuarto de baño y orinó. El espejo le mostró su cara: vieja, extraña. Puso manos a la obra: intervino el teléfono, registró la mercancía.

Material barato, tal vez hecho en México: peinados hispanos y modelos flacos con pinta de drogadictos. Vértigo: sintió el mareo de un buen subidón. La droga de los anaqueles lo hacía babear; mezcló a Karen con las fotos. Tanteó las superficies de la habitación, buscó algún espacio hueco, corrió la alfombra. Un buen escondrijo: subsuelo, escaleras que conducían a un lugar vacío y negro.

Sonó el teléfono. Jack encendió la grabadora y contestó:

–Hola. Todo lo que desees. –Imitando a Lamar Hinton.

Colgaron. No tenía que haber usado el eslogan. Pasó media hora. Sonó el teléfono.

–Hola, al habla Lamar. –Con desenfado.

Una pausa, clic.

Un cigarrillo tras otro. Le dolía la garganta. Sonó el teléfono. Probó suerte con un murmullo.

–¿Sí?

–Hola, soy Seth, de Bel Air. ¿Quieres traerme algo?

–Claro.

–Tráeme una botella. Si te das prisa, tendrás una buena propina.

–Eh… Repíteme la dirección, por favor.

–¿Quién puede olvidar casas como la mía? Es Roscomere 941, y no tardes.

Jack colgó. Llamaron de nuevo.

–¿Sí?

–Lamar, di a Pierce que necesito… Lamar, ¿eres tú?

SID HUDGENS.

Voz de Lamar, temblando:

—Eh, sí. ¿Quién es?

Clic.

Jack rebobinó la cinta. La voz de Hudgens, poco a poco comprendiendo:

SID CONOCÍA A PATCHETT. SID CONOCÍA A LAMAR. SID CONOCÍA EL NEGOCIO DEL FLEUR-DE-LIS.

Sonó el teléfono. Jack lo ignoró. Decidió largarse, coger la grabadora, limpiar el teléfono, limpiar todo lo que había tocado. Salió hecho un manojo de nervios.

Oyó el ronroneo de un motor.

Un disparo destrozó la ventana, dos disparos astillaron la puerta. Jack apuntó, abrió fuego. El coche se alejaba, sin luces.

Torpe: dos disparos dieron contra un árbol, mordiendo madera. Tres disparos más, ningún acierto. El coche derrapó. Se abrieron puertas: testigos.

Jack corrió a su coche: derrapes, giros bruscos, sin luces hasta llegar a Franklin y el tráfico. No había podido identificar el otro coche; en la oscuridad, sin luces, todos los coches parecían iguales: borrones lustrosos. Se calmó con un cigarrillo. Enfiló hacia Bel Air.

La calle Roscomere: sinuosa, empinada, mansiones rodeadas por palmeras. Jack halló el 941, entró en el camino de acceso.

Circular, rodeando una gran mansión seudohispana: una planta, techo de pizarra. Coches en fila: un Jaguar, un Packard, dos Cadillac, un Rolls-Royce. Jack se apeó, nadie lo detuvo. Se agachó, anotó números de matrícula.

Cinco coches: elegantes, sin bolsas Fleur-de-Lis en los asientos afelpados. La casa: ventanas brillantes, cortinas de seda. Jack se acercó y echó un vistazo.

Supo que nunca olvidaría aquellas mujeres.

Una parecía Rita Hayworth en *Gilda*. Otra parecía Ava Gardner con un vestido verde esmeralda. Otra parecía Betty Grable: traje de baño con lentejuelas, medias de rejilla. Hombres de esmoquin, ruido de fondo. No podía apartar los ojos de las mujeres.

Un efecto increíblemente convincente. Hinton sobre Patchett: «Ejerce de chulo de chicas parecidas a estrellas de cine». «Parecidas» no bastaba para describirlo: mujeres escogidas, cultivadas, realzadas por un experto. Asombroso.

Veronica Lake atravesó la luz. La cara no se parecía tanto, pero rezumaba esa gracia felina. Los hombres se le acercaron.

Jack apretó la cara contra el vidrio. Vértigo porno, mujeres reales. Sid, ese portazo en la nariz, esa llamada. Volvió. El vértigo era brutal: dolor, cosquilleo, crispación. Vio una tarjeta de *Hush-Hush* en esa puerta, «Malibu Rendezvous» escrito al pie.

Vio titulares:

¡CRUZADO CONTRA LA DROGA COLOCADO DISPARA A CIUDADANOS INOCENTES!

¡POLICÍA CÉLEBRE CONDENADO POR ASESINATO!

¡CÁMARA DE GAS PARA EL GRAN V! ¡SU JOVEN NOVIA RICA LO PLANTA EN EL CORREDOR DE LA MUERTE!

26

Entraron cogidos del brazo, Inez con su mejor vestido y un velo
para ocultar las magulladuras. Ed exhibía la placa para abrirse paso
entre los reporteros. Los empleados colocaban a los invitados en
fila. La gran inauguración de la Tierra de los Sueños.

Inez estaba deslumbrada: los suspiros hacían ondear el velo. Ed
miró en torno: cada detalle le recordaba a su padre.

Una Gran Avenida. Calle Mayor, EE.UU., 1920: venta de re-
frescos, cines de época, extras: un poli haciendo la ronda, el vendedor de periódicos haciendo juegos malabares con manzanas, muchachas bailando el charlestón. El río Amazonas: cocodrilos
motorizados, lanchas de expedición por la jungla. Montañas coro-
nadas de nieve; vendedores repartiendo gorras con orejas de ratón.
El Monorraíl Ratón Moochie, islas tropicales: hectáreas de magia.

Subieron al tren monorraíl: el primer coche, el primer viaje.
Alta velocidad, cabeza abajo, de costado. Inez se liberó de las co-
rreas riendo. El tobogán del Mundo de Paul; almuerzo: perritos
calientes, cucuruchos de nieve, quesos Ratón Moochie.

Luego «Idilio del Desierto», «Diversiones de Danny», una exhibición sobre viajes espaciales. Inez parecía cansada; harta de excitación. Ed bostezó: efectos de una noche en blanco.

Una denuncia tardía: un tiroteo en Cheramoya, ningún detenido. Tuvo que ir al lugar: un edificio de apartamentos, una unidad
de la planta baja acribillada de agujeros de bala. Extraño: cartuchos
del 38 y del 45, un cuarto de estar lleno de estanterías vacías excepto por algún material sadomasoquista, sin teléfono. No se pudo
localizar al dueño del edificio; el administrador decía que le paga-

ban por correo, cheques, que recibía vivienda gratis y un billete de cien por mes, así que estaba contento y no hacía preguntas. Ni siquiera conocía al ocupante del apartamento. Las condiciones de este último indicaban una limpieza rápida, pero nadie había visto nada. Cuatro horas de redactar informes. Cuatro horas robadas al Nite Owl.

La exhibición era una lata: una concesión a la cultura. Inez señaló el baño de damas. Ed salió.

Un tour VIP por la avenida: Timmy Valburn conduciendo en manada a tíos importantes. Ed recordó la primera plana del *Herald*: Tierra de los Sueños, Nite Owl, nada más importaba.

Había intentado interrogar de nuevo a Coates, Jones y Fontaine, pero no decían una palabra. Los testigos oculares que habían acudido al Griffith Park por el llamamiento público no habían podido identificar a los tres sospechosos bajo custodia: «Imposible asegurarlo». La búsqueda de vehículos ahora incluía Ford y Chevy 48-50, y por el momento no había nada. Rivalidad por adueñarse del caso: Parker respaldaba a Dudley Smith, Thad Green promocionaba a Russell Millard. No habían hallado las escopetas ni el Mercury de Sugar Ray. Se habían hallado las billeteras y carteras de las víctimas en una alcantarilla, a pocas manzanas del hotel Tevere. Combinando eso con los cartuchos del Griffith Park, se obtenía lo que no decían los periódicos. Ellis Loew apurando a Parker para que lo apurase a él: «Hasta ahora todo es circunstancial, así que di al joven Exley que siga trabajando en esa chica mexicana. Parece que está entrando en contacto. Que la persuada de realizar un interrogatorio con pentotal de sodio: obtengamos jugosos detalles del secuestro y confirmemos de una vez por todas la hora del Nite Owl».

Inez se sentó junto a él. La vista: el Amazonas, montañas de yeso.

—¿Estás bien? —dijo Ed—. ¿Quieres que nos vayamos?

—Lo que quiero es un cigarrillo, aunque ni siquiera fumo.

—Entonces no empieces, Inez...

—Sí, me mudaré a tu cabaña.

Ed sonrió.

—¿Cuándo te has decidido?

Inez se remetió el velo bajo el sombrero.

—He visto un periódico en el cuarto de baño, y Ellis Loew se regodeaba hablando de mí. Parecía feliz, así que pensé en poner cierta distancia entre nosotros. Por cierto, no te he agradecido lo de mi sombrero.

—No tienes por qué hacerlo.

—Sí tengo, porque soy mal educada por naturaleza con los anglos que me tratan bien.

—Si estás esperando que te replique con una broma, no tengo ninguna.

—Sí, la hay. Y, para que conste, no te hablaré de ese asunto, no miraré fotos, no testificaré.

—Inez, he recomendado que te dejemos en paz por ahora.

—Y «por ahora» es una broma, y la otra broma es que estás interesado en mí, lo cual está bien, porque estuve mejor en mis tiempos y ningún mexicano querría a una muchacha mexicana violada por una pandilla de putos negritos, aunque en realidad nunca me interesaron mucho los mexicanos. ¿Sabes lo que me da miedo, Exley?

—Te he dicho que me llames Ed.

Inez desvió la mirada.

—Tengo un hermano imbécil que se llama Eduardo, y llamarte Ed me haría pensar en él, así que te llamaré Exley. ¿Sabes lo que me da miedo? Lo que me da miedo es que hoy me siento bien porque este sitio es como un sueño maravilloso, pero sé que tiene que estropearse porque lo que sucedió fue cien veces más real que esto. ¿Entiendes?

—Entiendo. Pero por ahora, deberías tratar de confiar en mí.

—No confío en ti, Exley. No «por ahora», y quizá nunca.

—Soy el único en quien puedes confiar.

Inez se bajó el velo.

—No confío en ti porque no los odias por lo que hicieron. Tal vez creas que los odias, pero al mismo tiempo estás promoviendo tu carrera. White los odia. Mató a un hombre que me hizo daño. No es tan listo como tú, pero quizá pueda confiar en él.

Ed tendió la mano, Inez apartó la suya.

—Quiero que mueran. Que estén absolutamente muertos. ¿Entiendes?

—Entiendo. ¿Tú entiendes que tu amado White es un matón?

—Solo si tú entiendes que estás celoso de él. Mira, oh, Dios.

Ray Dieterling, su padre. Ed se puso de pie; Inez se levantó deslumbrada.

—Raymond Dieterling, mi hijo Edmund. Edmund, preséntame a la joven.

Inez a Dieterling:

—Es un placer conocerle. He sido… oh, soy solo una gran admiradora.

Dieterling le cogió la mano.

—Gracias, querida. ¿Y tu nombre?

—Inez Soto. He visto… oh, soy solo una gran admiradora.

Dieterling sonrió con tristeza: la historia de la muchacha figuraba en primera plana. Se volvió hacia Ed.

—Sargento, encantado.

Un buen apretón de manos.

—Señor, un honor. Y felicitaciones.

—Gracias, y comparto esas felicitaciones con tu padre. Preston, tu hijo tiene buen ojo para las damas, ¿verdad?

Preston rió.

—Señorita Soto, Edmund rara vez ha demostrado tan buen gusto. —Entregó un papel a Ed—. Un agente del Departamento del Sheriff te buscaba en casa. Recibí el mensaje.

Ed cogió el papel; Inez se sonrojó debajo del velo. Dieterling sonrió.

—Señorita Soto. ¿Le ha gustado la Tierra de los Sueños?

—Sí, ya lo creo.

—Me alegra, y quiero que sepa que tenemos aquí un buen empleo cuando usted lo desee. Solo tiene que pedirlo.

—Gracias, gracias, señor… —Inez se tambaleaba.

Ed la sostuvo, miró el mensaje: «Stensland emborrachándose en el Raincheck Room, Gage Oeste 3871. Asamblea de maleantes, supervisor alertado. Esperándote. Keefer».

Los socios se marcharon con una reverencia; Inez se despidió con la mano.

—Te llevaré de vuelta —dijo Ed—, pero tengo que parar por el camino.

Regresaron a Los Ángeles, la radio encendida, Inez marcando el ritmo en el salpicadero. Ed imaginó escenas: machacando a Stensland con frases hirientes. Una hora hasta el Raincheck Room. Ed aparcó detrás de un coche sin insignias del Departamento del Sheriff.

—Solo tardaré unos minutos. Quédate aquí, ¿de acuerdo?

Inez cabeceó. Pat Keefer salió del bar; Ed se apeó del coche, silbó.

Keefer se le acercó, Ed lo llevó lejos de Inez.

—¿Todavía está ahí?

—Sí, borracho como una cuba. Pensé que ya no vendrías.

Un callejón oscuro junto al bar.

—¿Dónde está el supervisor?

—Me dijo que lo arrestara. Esto es jurisdicción del condado. Sus amigos se largaron, así que está solo.

Ed señaló el callejón.

—Sácalo esposado.

Keefer regresó adentro; Ed esperó junto a la puerta del callejón. Gritos, golpes, Dick Stensland sacado a empellones: maloliente, desaliñado. Keefer le hizo erguir la cabeza; Ed le pegó: arriba, abajo, puñetazos hasta hacerle aflojar los brazos. Stensland cayó vomitando; Ed le pateó la cara, se alejó. Inez en la acera.

—Así que White es el matón…

27

Bud invitó a la mujer a café. Debía librarse de ella, visitar a Stensland en su encierro.

Carolyn algo. Tenía buen aspecto en el Orbit Lounge. La luz
matinal le sumaba diez años. La sedujo en un santiamén: se acababa de enterar de lo de Dick; si no encontraba una mujer buscaría a
Exley para matarlo. Ella no estuvo mal en la cama, pero Bud tuvo
que pensar en Inez para armarse de entusiasmo. Le hacía sentirse
vulgar. Las probabilidades de que Inez alguna vez lo hiciera por
amor eran de seis billones contra uno. Dejó de pensar en ella. El
resto de la noche fue charla aburrida y coñac.

—Creo que debería irme —dijo Carolyn.

—Te llamaré.

Sonó el timbre.

Bud acompañó a Carolyn. A través de la cancela: Dudley
Smith y Joe DiCenzo, un detective de West Valley.

Dudley sonrió, DiCenzo sonrió. Carolyn salió deprisa, como
avergonzada. Bud miró su habitación de frente: la cama plegable
abajo, una botella, dos vasos.

DiCenzo señaló la cama.

—Ahí está su coartada, y de todos modos no creí que fuera culpable.

Bud cerró la puerta.

—¿Culpable de qué? Jefe, ¿qué es esto?

Dudley suspiró.

—Muchacho, me temo que soy portador de malas nuevas. Anoche una jovencita llamada Kathy Janeway fue hallada en el cuarto

de un motel, violada y muerta a golpes. Encontraron tu tarjeta en su cartera. El sargento DiCenzo recibió la denuncia, sabía que eras mi protegido y me llamó. Visité la escena del crimen, hallé un sobre dirigido a la señorita Janeway y reconocí al instante tu inculta letra. Explícate con concisión, muchacho... El sargento DiCenzo dirige la investigación y te quiere eliminar como sospechoso.

Una sacudida: el llanto de la pequeña Kathy. Bud ordenó sus mentiras.

—Estaba investigando el pasado de Cathcart y una prostituta que trabajaba para él me dijo que la pequeña Janeway era la última adquisición de Cathcart, pero que no la hacía trabajar. Hablé con la chica, pero ella no sabía nada interesante. Me dijo que la prostituta le debía dinero de Cathcart, pero que no quería dárselo. La presioné y le envié el dinero a la chica.

DiCenzo meneó la cabeza.

—¿Es su costumbre presionar a prostitutas?

Dudley suspiró.

—Bud tiene una flaqueza sentimental por las damas, y este relato me parece plausible dentro de las posibilidades de esa limitación. Muchacho, ¿quién es esa prostituta?

—Cynthia Benavides, también llamada «Pecaminosa Cindy».

—Muchacho, no la has mencionado en ninguno de los informes que presentaste. Que han sido bastante inconsistentes, si me permites el comentario.

Mentiras: cerrar el pico sobre el asunto pornografía, el registro del apartamento de Cathcart, el chulo que vendió a Kathy.

—No creí que la chica fuera importante.

—Muchacho, es una testigo tangencial del Nite Owl. ¿Acaso no te enseñé a ser minucioso en tus informes?

Furia. Kathy en el depósito de cadáveres.

—Sí, me enseñaste.

—¿Y qué has conseguido desde que nos reunimos para cenar? Porque fue entonces cuando debiste hablarme de la señorita Janeway y la señorita Benavides.

—Todavía estoy indagando sobre los socios conocidos de Lunceford y Cathcart.

—Muchacho, los socios de Lunceford son ajenos a esta investigación. ¿Supiste algo más sobre Cathcart?

—No.

—Muchacho —le dijo Dudley a DiCenzo—, ¿das por comprobado que Bud no es tu hombre?

DiCenzo sacó un puro.

—En efecto. Y doy por comprobado que no es el tipo más listo del mundo. White, tírame un hueso. ¿Quién crees que se cargó a la chica?

El sedán rojo: el motel, Cahuenga.

—No lo sé.

—Una respuesta lacónica. Joe, déjame unos minutos a solas con mi amigo, por favor.

DiCenzo salió fumando; Dudley se apoyó en la puerta.

—Muchacho, no puedes sacar dinero a prostitutas para pagar a amantes menores de edad. Entiendo tu apego sentimental a las mujeres, y sé que es un componente esencial de tu personalidad policial, pero no podemos tolerar semejante exceso emocional, y a partir de ahora quedas fuera de la investigación del historial de Cathcart y Lunceford y vuelves al distrito negro. Ahora bien, Parker y yo estamos convencidos de que los tres negros bajo custodia son nuestros culpables o, a lo sumo, de que otra pandilla de color es la responsable. Aún no tenemos las armas ni el coche de Coates, y Ellis Loew quiere más evidencias para apelar a un gran jurado. Nuestra bella dama Soto se niega a hablar, y me temo que debemos exhortarla a tomar pentotal y someterse a un interrogatorio. Tu tarea consistirá en revisar archivos e interrogar a violadores negros conocidos. Tenemos que encontrar a los hombres que ultrajaron a la señorita Soto pagando a nuestros tres detenidos, y creo que el trabajo es apropiado para ti. ¿Me harás este favor?

Grandes palabras. Más sacudidas.

—Claro, Dudley.

—Buen muchacho. Visita la comisaría de la calle Setenta y siete, y cerciórate de que tus informes sean más detallados.

—Claro, jefe.

Smith abrió la puerta.

—Te he propinado esta reprimenda con todo mi afecto, muchacho. ¿Te das cuenta?

—Claro.

—Genial. Pienso mucho en ti, muchacho. Parker ha aprobado una nueva medida de contención, y ya cuento para ello con Dick Carlisle y Mike Breuning. Una vez que cerremos el caso Nite Owl, te pediré que te unas a nosotros.

—Suena prometedor, jefe.

—Genial. Otra cosa, muchacho. Sin duda sabes que Dick Stensland ha sido arrestado y Ed Exley participó en el incidente. No quiero represalias. ¿Entendido?

El sedán rojo. Una posibilidad.

El apartamento de Cathcart registrado y analizado. Sus ropas revisadas: ?????

La Pecaminosa Cindy: Duke y su sueño de distribuir material porno.

Pluma Royko sobre Duke: «Estaba liado con nuevos negocios».

El hombre que intentaba reclutar prostitutas en los bares. Antivicio: ninguna novedad en la investigación sobre pornografía. Jack «Cubo de Basura» Vincennes, as de los informes, pedía el traslado al caso Nite Owl, alegando que esa tarea no valía nada. Último resumen de Russell Millard: olvidar la investigación, no tenía salida.

Le había mentido a Dudley y se había salido con la suya.

Si hubiera enviado a Kathy a un correccional juvenil, ahora estaría leyendo una revista de cine.

EL CHULO QUE SE LA VENDIÓ A DUKE: «ESE FULANO ME OBLIGABA A HACERLO CON OTROS HOMBRES».

EXLEY EXLEY EXLEY EXLEY EXLEY EXLEY EXLEY...

Historial de Pecaminosa Cindy: cuatro bares conocidos en lista. Primero su apartamento. Cindy no estaba allí. Hal's Nest, el Moonmist Lounge, el Firefly Room, el Cinnabar del Roosevelt: Cindy no estaba. La vieja historia de un poli de Antivicio: putas congregándose en el Tiny Naylor's Drive-in, donde las camareras les conseguían trabajo. Bud se dirigió al autorrestaurante y encontró el De Soto de Cindy fuera, con una bandeja de comida enganchada a la portezuela.

Bud aparcó al lado. Cindy lo vio, dejó la bandeja, subió la ventanilla. Arrancó marcha atrás. Bud bajó de un salto, abrió el capó del De Soto, arrancó el distribuidor. El coche se detuvo.

Cindy bajó la ventanilla.

—¡Me robaste dinero! ¡Me has arruinado el almuerzo!

Bud le arrojó un billete de cinco en el regazo.

—El almuerzo va de mi cuenta.

—¡El gran señor! ¡El gran derrochador!

—Kathy Janeway fue violada y muerta a golpes. Háblame del chulo que tenía, háblame de su pasado.

Cindy apoyó la cabeza en el volante. Sonó la bocina. Alzó una cara pálida, sin lágrimas.

—Dwight Gilette. Es un tío de color que finge ser blanco. No sé nada sobre el pasado de ella.

—¿Gilette conduce un coche rojo?

—No sé.

—¿Tienes la dirección?

—Oí que vive en una callejuela de Eagle Rock. Es para blancos solamente, así que él finge serlo. Pero sé que no la mató.

—¿Por qué?

—Es marica. Se cuida mucho las manos, y jamás se la metería a una chica.

—¿Algo más?

—Llevaba una navaja. Sus chicas lo llaman «Blue Blade» porque su apellido es Gilette.

—No pareces sorprendida de lo que le pasó a Kathy.

Cindy se tocó los ojos secos.

—Nació para eso. Duke la ablandó, y ella dejó de odiar a los hombres. Unos años más y habría aprendido. Mierda, debí tratarla mejor.

—Sí, yo también.

Eagle Rock, datos de Archivos: Dwight Gilette, alias «Blade», alias «Blue Blade», Hibiscus 3245, complejo de apartamentos Aerie de Eagle. Seis arrestos por soborno, sin condena, registrado como varón caucásico. Si era negro, lo disimulaba con estilo. Bud encontró el distrito, la calle: acogedores cubos de estuco; Hibiscus era un lugar elegante: una brumosa vista de Los Ángeles.

3245: pintura color melocotón, flamencos de acero en el césped, sedán azul en la calzada. Bud fue a la puerta, llamó. Sonaron campanillas.

Un tío negro abrió. Treintañero, bajo, regordete, pantalones abolsados y camisa de seda con cuello Mr. B.

—Lo he oído en la radio, así que ya suponía que recibiría visitas. La radio ha dicho que fue a medianoche, y tengo una coartada. La coartada vive a una calle de aquí y puedo hacer que venga al instante. Kathy era una niña dulce y no sé quién haría semejante cosa. ¿Y vosotros no soléis venir en pareja?

—¿Has terminado?

—No. Mi coartada es mi abogado. Insisto, vive a una calle y tiene mucha influencia en la Unión por las Libertades Civiles Americanas.

Bud lo hizo entrar de un empellón, silbó.

Paraíso de maricas: alfombras mullidas, estatuas de dioses griegos, desnudos masculinos en las paredes, pintura sobre papel aterciopelado.

—Bonito —dijo Bud.

Gilette señaló el teléfono.

—Dos segundos o llamo a mi abogado.

Pregunta rápida:

—Duke Cathcart. Tú le vendiste a Kathy, ¿verdad?

—Kathy era tozuda, Duke me hizo una oferta. Duke murió en ese horror del Nite Owl, así que no digas que sospechas de mí por eso.

Ningún indicio.

—Oí que Duke distribuía material pornográfico. ¿Sabes algo?

—La pornografía es algo de muy mal gusto, y la respuesta es no. Cero indicios.

—Háblame de Duke. ¿Qué has oído?

Gilette ladeó una cadera.

—Oí que un fulano preguntaba por Duke, actuaba como Duke, tal vez pensando en quitarle el rebaño, aunque no le quedaba mucho, por lo que oí. Ahora hazme el favor de dejarme en paz antes de que llame a mi amigo.

Sonó el teléfono. Gilette fue a la cocina y cogió un supletorio. Bud entró despacio. Bonito panorama. Nevera, cocina eléctrica a toda marcha: huevos, agua hirviendo, guiso.

Gilette se despidió con besos, colgó.

—¿Todavía estás aquí?

—Vistoso nido, Dwight. Debes hacer buenos negocios.

—Excelentes negocios, muchas gracias.

—Bien. Necesito datos sobre el pasado de Kathy, así que pásame tu lista de putas.

Gilette apretó un interruptor junto al fregadero. Gruñó un motor; Gilette arrojó sobras por un orificio. Bud apagó el interruptor.

—Tu lista de putas.

—No, *nein*, *nyet* y nunca.

Bud le golpeó en el vientre. Gilette rodó, cogió un cuchillo, giró. Bud lo esquivó, le pateó los huevos. Gilette se arqueó; Bud encendió el interruptor. El motor chirrió; Bud metió en el conducto la mano que empuñaba el cuchillo.

Un chirrido. El fregadero salpicó sangre y hueso. Bud sacó la mano de Gilette, sin los dedos. El chirrido se agudizó. Fragmentos de dedo sobre la cocina, fragmentos chamuscados por la nevera.

—Pásame la puta lista —gritó Bud, en medio del chirrido resonante.

Gilette señaló con la mirada.

—Cajón… junto a la tele… ambulancia.

Bud lo soltó, corrió al salón. Cajones vacíos. Regresó a la cocina: Gilette en el suelo, comiendo papel.

Le palmeó la espalda: Gilette escupió una página a medio mascar. Bud cogió el papel, salió. La carne quemada le daba náuseas. Alisó el papel. Nombres y teléfonos borrosos, dos legibles: Lynn Bracken, Pierce Patchett.

28

Jack ante el escritorio, contando mentiras.

Primero: una serie de informes negativos; los ceros auténticos de los demás detectives redondeaban su suerte: Millard quería dejar la investigación del porno. Mentiras: sus ausencias de la oficina. Había pasado un día entero buscando nombres que concordaran con los coches de Bel Air. Cuatro nombres; no hubo suerte en una agencia que se especializaba en sosias de estrellas de cine. Ninguna de las muchachas se parecía a sus bellezas. Dejó los nombres de lado, dio el día por liquidado. Sid Hudgens transformaba la búsqueda en callejón sin salida. Solo quería ver de nuevo a las mujeres: eso se sumaba a las mentiras contadas a Karen.

Habían pasado la mañana en la casa de la playa. Karen quería hacer el amor; él la disuadió con pretextos: estaba distraído, había pedido participar en el caso Nite Owl porque la justicia le parecía importante. Karen intentó desvestirlo; Jack dijo que le dolía la espalda; no le dijo que no tenía interés porque solo quería usarla, ver cómo ella se lo hacía con otras mujeres, recreando escenas de revistas porno. Su mayor mentira: no le dijo que estaba en un atolladero, que había hallado una pista que lo llevaría a la cámara de gas, que su billete de vuelta a Narcóticos decía «Adiós, tortolitos». No se lo dijo porque ella asociaría el 24/10/47 con sus demás mentiras y el heroico Gran V ardería en llamas.

No le dijo que estaba aterrado. Ella no lo intuyó. Jack aún sostenía su farsa.

Otras farsas también se sostenían. Pura suerte.

Sid no había llamado, su *Hush-Hush* mensual salió puntualmente. Ninguna nota, algunos rumores sobre Max Peltz y sus quinceañeras, nada tremendo. Miró el informe sobre el tiroteo de Fleur-de-Lis: el listo Ed Exley había recibido la denuncia. Exley desconcertado: ocupantes sin identificar, anaqueles limpios, excepto material sadomasoquista. El resto de esa inmundicia debía de haber ido a parar al escondrijo del suelo. Lamar Hinton debía de ser el autor de los disparos.

En balde. El Gran V estaba fuera del caso, el Gran V tenía una nueva misión.

Sid Hudgens conocía a Pierce Patchett y Fleur-de-Lis; Sid Hudgens sabía lo del Malibu Rendezvous. Sid tenía archivos enteros con intimidades vergonzosas. La misión del Gran V: encontrar su propio archivo, destruirlo.

Jack miró su lista de matrículas, cotejó nombres con fotos de Tráfico.

Seth David Krugliak, propietario de la mansión de Bel Air: gordo, repulsivo, abogado de la industria del cine. Pierce Morehouse Patchett, jefe de Fleur-de-Lis, apuesto galán. Charles Walker Champlain, banquero, cabeza rasurada, perilla. Lynn Margaret Bracken, veintinueve años: Veronica Lake. Sin antecedentes penales.

—Hola, muchacho.

Jack dio media vuelta.

—Dudley, ¿cómo estás? ¿Qué te trae a Antivicio?

—Una confabulación con Russell Millard, mi colega en el caso Nite Owl a partir de ahora. Por cierto, he oído que te interesa.

—Has oído bien. ¿Puedes arreglarlo?

Smith le pasó una hoja ciclostilada.

—Ya lo he hecho, muchacho. Participarás en la búsqueda del coche de Coates. Hay que registrar cada garaje dentro del radio que ves en esta página… con o sin consentimiento del dueño. Debes comenzar de inmediato.

Copia en carbón de un mapa: el sur de Los Ángeles en una cuadrícula de calles.

—Muchacho, necesito un favor personal.

—Dilo.

—Quiero que vigiles a Bud White. Se ha involucrado personalmente en la desgraciada muerte de una prostituta menor de edad, y necesito que se tranquilice. ¿Lo seguirás por las noches, como gran experto en esas lides?

Pobre Bud. Su debilidad por las causas perdidas.

—Claro, Dudley. ¿Dónde está trabajando?

—En la comisaría de la calle Setenta y siete. Tiene que arrestar a negros con antecedentes por agresiones sexuales. Debe hacer el turno diurno en esa comisaría, y tú también.

—Dudley, me has salvado la vida.

—¿Puedes decirme en qué sentido, muchacho?

—No.

29

Memorándum:

«De: jefe Parker. A: subjefe Green, capitán R. Millard, teniente D. Smith, sargento E. Exley. Conferencia: Oficina del jefe, 16.00, 23/4/53. Tema: Interrogatorio de la testigo Inez Soto». La nota del padre de Ed: «Es encantadora y Ray Dieterling le ha cobrado mucho afecto. Pero es una testigo material y una mexicana, y te aconsejo que no te encariñes demasiado. Y en ninguna circunstancia debes acostarte con ella. La cohabitación atenta contra las reglas departamentales y andar con una mujer mexicana puede perjudicar seriamente tu carrera».

Parker planteó claramente la situación.

—Ed, el caso del Nite Owl se está reduciendo a los negros bajo custodia o alguna otra pandilla de color. Bien, se rumorea que has logrado mayor contacto con la muchacha. El teniente Smith y yo juzgamos imperativo que se someta a un interrogatorio para aclarar el asunto de la hora, para dar o negar una coartada a los tres bajo custodia e identificar a los otros violadores. Creemos que el pentotal es el mejor modo de obtener resultados, y el pentotal funciona mejor cuando el sujeto está relajado. Queremos que convenzas a la señorita Soto de colaborar. Tal vez ella confíe en ti, así que tendrás credibilidad.

Inez después del incidente Stensland: anonadada, aunque las circunstancias la obligaban a mudarse a la cabaña de Arrowhead.

—Señor, creo que nuestras pruebas son circunstanciales hasta ahora. Deberíamos obtener mayor corroboración antes de abordar a la señorita Soto, y quiero tratar de interrogar nuevamente a Coates, Jones y Fontaine.

Smith rió.

—Muchacho, rehusaron hablar el otro día, y ahora tienen un abogado público izquierdista que les aconseja callar. Ellis Loew quiere un gran jurado. Nite Owl y secuestro con agravantes. Y tú puedes facilitarlo. Nuestro gentil trato no nos ha llevado lejos con la bella señorita Soto, y es hora de dejar de mimarla.

—Teniente —intervino Russell Millard—, estoy de acuerdo con el sargento Ed Exley. Si seguimos insistiendo en la zona sur, hallaremos testigos de la violación, y quizá encontremos el coche de Coates y las armas. Mi instinto me dice que los recuerdos que la muchacha tenga de esa noche pueden ser demasiado confusos para servirnos de algo, y si logramos que recuerde podemos arruinarle aún más la vida. ¿Se imagina a Ellis Loew interrogándola frente al gran jurado? No es muy agradable, ¿verdad?

Smith le respondió con una risotada.

—Capitán, usted hizo bastante política para compartir el mando de esta investigación conmigo, y ahora demuestra una tierna sensiblería. Se trata de un brutal asesinato en masa que requiere una resolución pronta y enérgica, no una fiesta de fraternidad estudiantil. Y Ellis Loew es un abogado brillante y un hombre compasivo. Estoy seguro de que interrogaría a la señorita Soto con delicadeza.

Millard tragó una píldora, la bajó con agua.

—Ellis Loew es un bufón ambicioso, no un policía, y no debería estar dirigiendo esta investigación.

—Estimado capitán, juzgo ese comentario casi sedicioso en su...

Parker alzó la mano.

—Suficiente, caballeros. Thad, ¿por qué no llevas al capitán Millard y al teniente Smith a tomar un café en el pasillo mientras hablo con el sargento?

Green los condujo afuera.

—Ed —dijo Parker—, Dudley tiene razón.

Ed calló. Parker señaló una pila de periódicos.

—La prensa y los ciudadanos exigen justicia. Quedaremos muy mal si no resolvemos esto pronto.

—Lo sé.

—¿Te importa esa chica?

—Sí.

—¿Sabes que tarde o temprano tendrá que cooperar?

—Señor, no la subestime. Por dentro es de acero.

Parker sonrió.

—Pues veamos cuánto acero tienes tú. Convéncela de cooperar, y si obtenemos corroboración suficiente para convencer a Ellis Loew de que tendrá un caso espectacular, te adelantaré en la lista de promociones. Serás teniente detective de inmediato.

—¿Y tendré gente a mi mando?

—Arnie Reddin se retira el mes próximo. Te daré la Brigada de Detectives de Hollywood.

Ed sintió un leve escalofrío.

—Ed, tienes treinta y un años. Tu padre no llegó a teniente hasta los treinta y tres.

—Lo haré.

30

Desfile de pervertidos:

Cleotis Johnson, agresor sexual fichado, pastor de la Iglesia Episcopal Metodista de Sión de New Bethel, tenía una coartada para la noche del secuestro de Inez Soto; estaba en la celda de los borrachos de la calle Setenta y siete. Davis Walter Bush, agresor sexual fichado, contaba con media docena de testigos: estuvieron jugando toda la noche a los dados en una sala de la Iglesia Episcopal Metodista de Sión de New Bethel. Fleming Peter Hanley, agresor sexual fichado, pasó la noche en la Central: un marica le mordió la polla; un equipo médico de emergencia le salvó el órgano para que pudiera tener más condenas por sodomía con mutilación.

Desfile de pervertidos, una llamada al hospital de Eagle Rock: Dwight Gilette había sobrevivido. Escapatoria: el marica no se le había muerto.

Otros cuatro agresores sexuales con coartada; un paseo por la cárcel. Stensland ebrio con licor de pasas. Un carcelero le metió la cabeza en el inodoro. Stensland delirando: Ed Exley, el Pato Danny jodiendo a Ellis Loew.

En casa, una ducha, comprobaciones de Tráfico: Pierce Patchett, Lynn Bracken. Llamadas: un amigo en Asuntos Internos, comisaría de West Valley. Buenos resultados: ninguna denuncia de Gilette, tres hombres en el caso Kathy.

Otra ducha: aún olía el sudor de ese día.

Bud condujo hasta Brentwood. Objetivo: Pierce Morehouse Patchett, sin antecedentes delictivos, extraño para alguien que figuraba en la agenda de prostitutas de un chulo. Gretna Green 1184, gran mansión hispana: todo rosado, muchos mosaicos.

Aparcó, caminó. Se encendieron las luces del porche: un haz tenue sobre un hombre sentado. Concordaba con las fotos de Tráfico, parecía mucho más joven de lo que indicaba la fecha de nacimiento.

—¿Es usted policía?

Llevaba las esposas colgando del cinturón.

—Sí. ¿Es usted Pierce Patchett?

—En efecto. ¿Busca donaciones de caridad para el Departamento? La última vez me visitaron en mi oficina.

Ojos fijos, tal vez efecto de una droga. Músculos de gimnasta, camisa ceñida para lucirlos. Voz tranquila, como si siempre estuviera sentado en el porche esperando la visita de un poli.

—Soy detective de Homicidios.

—Vaya. ¿A quién han matado y por qué cree que puedo ayudarle?

—Una chica llamada Kathy Janeway.

—Una respuesta a medias, señor…

—Agente White.

—Señor White, pues. De nuevo, ¿por qué cree que puedo ayudarle?

Bud se acercó una silla.

—¿Conocía usted a Kathy Janeway?

—No, no la conocía. ¿Ella declaró lo contrario?

—No. ¿Dónde estaba usted anoche sobre las doce?

—Aquí, celebrando una fiesta. Si es necesario, aunque espero que no sea así, le daré una lista de invitados. ¿Por qué…?

—Delbert «Duke» Cathcart —interrumpió Bud.

Patchett suspiró.

—Tampoco le conozco. Señor White.

—Dwight Gilette, Lynn Bracken.

Gran sonrisa.

—Sí, conozco a esas personas.

—¿Sí? Soy todo oídos.

—Permítame interrumpir. ¿Alguno de ellos le dio mi nombre?

—Exigí a Gilette su lista de putas. Trató de comerse la página donde figuraban el nombre de usted y el de Bracken. Patchett, ¿por qué un chulo de esa calaña tiene su número de teléfono?

Patchett se inclinó hacia delante.

—¿Le interesan los asuntos ilegales periféricos a la muerte de Janeway?

—No.

—Entonces no se sentirá obligado a informar sobre ellos.

El cabrón tenía estilo.

—Correcto.

—Pues escuche bien, porque lo diré una sola vez, y si alguien lo repite lo negaré. Regento una empresa de chicas de compañía. Lynn Bracken es una de ellas. Se la compré a Gilette hace unos años, y si Gilette intentó comerse mi nombre fue porque sabe que yo odio y temo a la policía, y supuso, correctamente, que lo aplastaría como un gusano si sospechaba que la policía me buscaba por su culpa. Ahora bien, trato muy bien a mis chicas. Incluso tengo hijas mayores, y he perdido una niña pequeña. No me gusta que hagan daño a las mujeres y, francamente, tengo mucho dinero para dar rienda suelta a mis fantasías. ¿La muerte de Kathy Janeway fue muy cruenta?

Molida a golpes, semen en la boca, el recto, la vagina.

—Sí, muy cruenta.

—Entonces encuentre al asesino, señor White. Hágalo, y le daré una generosa recompensa. Si eso atenta contra su sentido de la moral, donaré el dinero a una sociedad benéfica de la policía.

—No, gracias.

—¿Va contra su código?

—No tengo código. Hábleme de Lynn Bracken. ¿Hace la calle?

—No, trabaja a domicilio. Gilette la estaba echando a perder con malos clientes. A propósito, yo soy muy selectivo con la clientela de mis muchachas.

—Así que usted se la compró a Gilette.

—Correcto.

—¿Por qué?

Patchett sonrió.

—Lynn se parece mucho a la actriz Veronica Lake, y la necesitaba para completar mi pequeño estudio.

—¿Qué «pequeño estudio»?

Patchett meneó la cabeza.

—No. Admiro su estilo agresivo e intuyo que se está portando como un caballero, pero eso es todo lo que diré. He cooperado, y si usted insiste tendrá que hablar con mi abogado. ¿Quiere la dirección de Lynn Bracken? Dudo que ella sepa nada sobre la difunta señorita Janeway, pero si usted gusta la llamaré diciéndole que coopere.

Bud señaló la casa.

—Ya tengo su dirección. ¿Y usted consiguió este domicilio llevando a chicas de compañía?

—Soy un financiero. Tengo un título superior en química, trabajé como farmacéutico varios años e invertí sabiamente. La palabra «empresario» me define. Y no sea impertinente, señor White. No me haga lamentar haber sido franco con usted.

Bud lo evaluó. Dos a uno a que era franco. Sin duda pensaba que los polis eran gentuza con la cual a veces la franqueza daba buenos frutos.

—Vale, entonces acabaré pronto con esto.

—Por favor.

Sacó la libreta.

—Ha dicho que Gilette era el chulo de Lynn Bracken, ¿verdad?

—Me disgusta la palabra «chulo», pero sí.

—Bien, ¿algunas de sus otras muchachas trabajaban en la calle o a domicilio controladas por otros chulos?

—No, todas mis muchachas son modelos o chicas que salvé de las penurias que causa Hollywood.

Cambio de enfoque.

—Usted no lee mucho los periódicos, ¿verdad?

—Correcto. Trato de evitar las malas noticias.

—Pero habrá oído hablar de la Matanza del Nite Owl.

—Sí, no vivo en una caverna.

—Ese tipo, Duke Cathcart, fue una de las víctimas. Era un chulo, y últimamente un tipo ha andado preguntando por él, tratando de conseguir chicas que le hicieran trabajos a domicilio. Por otra parte, Gilette era el chulo de Kathy Janeway, y usted lo conoce. Pienso que quizá usted haga negocios con otras personas que podrían darme pistas sobre ese tipo.

Patchett cruzó las piernas, se estiró.

—¿Así que usted cree que «ese tipo» pudo haber matado a Kathy Janeway?

—No, no creo eso.

—O cree que podría estar relacionado con el caso del Nite Owl. Pensaba que los asesinos eran jóvenes negros. ¿Qué crimen investiga usted, señor White?

Bud se aferró a la silla. La tela se rasgó. Patchett alzó las palmas.

—La respuesta a sus preguntas es no. Dwight Gilette es la única persona de esa calaña con quien he tratado. La prostitución de bajo nivel no es mi especialidad.

—¿Y el allanamiento?

—¿Allanamiento?

—Allanamiento de morada. Alguien registró el apartamento de Cathcart y limpió las paredes.

Patchett se encogió de hombros.

—Señor White, ahora habla usted en sánscrito. Simplemente no sé de qué me habla.

—¿Sí? ¿Qué me dice de material porno? Usted conoce a Gilette, quien le vendió a Lynn Bracken. Gilette vendió a Kathy Janeway a Cathcart. Al parecer Cathcart estaba emprendiendo negocios de pornografía.

«Pornografía» surtió efecto: un mínimo pestañeo.

—¿Eso le suena?

Patchett cogió un vaso, agitó los cubitos de hielo.

—No, y sus preguntas se alejan cada vez más de lo original. Su enfoque es novedoso, por eso lo he tolerado. Pero usted me está hartando y empiezo a creer que sus motivos para visitarme son turbios.

Bud se levantó, irritado por no poder abordar al hombre.

—Hay algo personal en esto, ¿verdad? —dijo Patchett.

—Sí.

—Si es la chica Janeway, he hablado en serio. Quizá yo persuada a las mujeres de realizar actividades ilícitas, pero reciben una generosa retribución, las trato muy bien y me aseguro de que los hombres con quienes trabajan sean respetuosos. Buenas noches, señor White.

Preguntas. ¿Cómo Patchett lo caló tan pronto? ¿La retención de evidencias era contraproducente? Dudley sospechaba, sabía que Bud ansiaba hacer daño a Exley. Lynn Bracken vivía en Nottingham, cerca de Los Feliz; encontró fácilmente el domicilio: un tríplex moderno. Luces de colores en las ventanas. Bud miró antes de llamar.

Rojo, azul, amarillo: figuras perfiladas en los haces de luz. Bud miraba su propio espectáculo porno.

Un calco de Veronica Lake, desnuda y en puntillas: esbelta, pechos grandes. Rubia, el pelo cortado a lo paje. Un hombre penetrándola, tenso, preparándose para la descarga.

Bud observó; los ruidos de la calle se apagaron. Anuló la imagen del hombre, estudió a la mujer: cada centímetro del cuerpo en cada matiz de luz. Regresó a casa con la visión nublada: viéndola solo a ella.

Inez Soto sentada ante su puerta.

Bud se apeó del coche y se acercó.

—Estuve en la cabaña de Exley en el lago Arrowhead —dijo ella—. Dijo que no me obligaría a nada, luego se presentó para decirme que tenía que ingerir esa droga para hacerme recordar. Le dije que no. ¿Sabías que eres el único Wendell White de la guía?

Bud se ajustó el sombrero, se metió una parte suelta del forro bajo la copa.

—¿Cómo has llegado aquí?

—Cogí un taxi. Cien dólares de Exley, así que al menos sirve para algo. White, no quiero recordar.

—Querida, ya lo recuerdas. Vamos, te buscaré un sitio.

—Quiero quedarme contigo.

—Solo tengo una cama plegable.

–Vale. Supongo que tiene que haber otra primera vez.

–Olvídalo. Consíguete un chico universitario.

Inez se levantó.

–Estaba empezando a confiar en él.

Bud abrió la puerta. Lo primero que vio fue la cama. Deshecha con Carolyn o como se llamara. Inez se tumbó en la cama y poco después se durmió. Bud la arropó y se acostó en la sala usando su traje como almohada. Tardó en dormirse: seguía rebobinando ese largo y extraño día. Se durmió viendo a Lynn Bracken; hacia el alba se movió y encontró a Inez acurrucada contra él.

La dejó quedarse.

31

Sabía que estaba soñando, sabía que no podía detenerlo. La repetición de la escena lo angustiaba. Inez en la cabaña: «cobarde», «oportunista», «usándome para promover tu carrera». Su salva de despedida: «White es diez veces más hombre que tú, con la mitad de tu cerebro y sin un padre famoso». La dejó ir, luego la buscó: de vuelta a Los Ángeles, la choza de la familia Soto. Tres hermanos chicanos lo miraron con mala cara; papá Soto pronunció un epitafio: «Ya no tengo hija».

Sonó el teléfono. Ed rodó en la cama, lo cogió.

—Exley.

—Bob Gallaudet. Felicítame.

Ed ahuyentó el mal sueño.

—¿Por qué?

—He pasado el examen del tribunal, convirtiéndome en abogado y en investigador de la Fiscalía del Distrito. ¿No estás impresionado?

—Felicidades, pero no has llamado a las ocho de la mañana para decirme eso.

—Tienes mucha razón, así que escucha. Anoche un abogado llamado Jake Kellerman llamó a Ellis Loew. Está representando a dos testigos, dos hermanos que dicen tener una posible conexión entre Duke Cathcart y Mickey Cohen. Dicen que pueden resolver el caso Nite Owl. Tienen antecedentes por venta de Benzedrina, y Ellis les dará inmunidad sobre eso, más posible inmunidad por cualquier cargo de complicidad que surgiera de su conexión con el Nite Owl. Dentro de una hora tendremos una reunión en el hotel Mirimar: los hermanos, Kellerman, tú, yo, Loew y Russell Millard. Dudley Smith no estará allí. Órdenes de Thad Green: cree que Millard es el mejor hombre para esto.

Ed se levantó de la cama.

—¿Quiénes son esos hermanos?

—Peter y Baxter Englekling. ¿Los has oído nombrar alguna vez?

—No. ¿Es un interrogatorio?

Gallaudet rió.

—Te encantaría. No, Kellerman lee una declaración preparada, nosotros consultamos con Loew si los aceptamos como testigos y arrancamos a partir de ahí. Yo te daré instrucciones. ¿En el aparcamiento del Mirimar en cuarenta y cinco minutos?

—Allí estaré.

Cuarenta y cinco minutos. Gallaudet lo recibió en el corredor. Sin apretón de manos: directamente al grano.

—¿Quieres saber qué tenemos?

—Venga.

Echaron a andar.

—Nos esperan, con estenógrafa incluida, y lo que tenemos es Peter y Baxter Englekling, treinta y seis y treinta y dos años, San Bernardino, delincuentes de poca monta. Ambos estuvieron en una institución juvenil por vender marihuana a principios de los cuarenta, y excepto por las órdenes judiciales relacionadas con la Benzedrina, han permanecido limpios. Tienen una imprenta legal en San Bernardino, son genios de la impresión, y su difunto padre era un auténtico maestro. Escucha esto: era profesor de química y una especie de pionero de la farmacopea que desarrolló las primeras drogas antipsicóticas. Impresionante, ¿eh? Ahora escucha esto: papá, que estiró la pata en el verano del cincuenta, desarrolló compuestos de drogas para el hampa, y Mickey Cohen fue su protector en sus tiempos de guardaespaldas.

—Esto no será aburrido. Pero ¿responsabilizarías a Cohen por el Nite Owl? Por lo pronto, está en la cárcel.

—Exley, responsabilizo a los tíos que tenemos en custodia. Los hampones no matan a ciudadanos inocentes. Pero, con franqueza, a Loew le gusta la idea de relacionarlo con el hampa. Vamos, nos esperan.

Suite 309, una reunión en un pequeño salón. Una mesa larga: Loew y Millard frente a tres hombres. Un abogado maduro, los dos hermanos, casi gemelos, en mono: pelo ralo, ojos turbios, mala dentadura. Una taquígrafa junto a la puerta del dormitorio, con la máquina preparada.

Gallaudet acercó sillas. Ed saludó con un cabeceo, se sentó junto a Millard. El abogado revisaba papeles; los hermanos encendieron cigarrillos.

—Para que conste oficialmente —dijo Loew—, son las 8.53 del 24 de abril de 1953. Estamos presentes yo, Ellis Loew, fiscal del distrito de la ciudad de Los Ángeles, el sargento Bob Gallaudet de la Fiscalía del Distrito, el capitán Russell Millard y el sargento Ed Exley, del Departamento de Policía de Los Ángeles. Jacob Kellerman representa a Peter y Baxter Englekling, testigos potenciales de la acusación en el asunto de los homicidios múltiples perpetrados en la cafetería Nite Owl el 14 de abril del corriente. El señor Kellerman leerá una declaración hecha por sus clientes, y ellos firmarán la transcripción estenográfica. Como cortesía por esta declaración voluntaria, la Fiscalía del Distrito revocará la orden judicial número 16.114, fechada el 8 de junio de 1951, contra Peter y Baxter Englekling. Si esta declaración derivara en el arresto de los culpables de los citados homicidios múltiples, Peter y Baxter Englekling recibirán inmunidad contra enjuiciamiento en todos los asuntos emparentados con los citados homicidios, incluidos delitos accesorios, de conspiración y colaterales. Señor Kellerman, ¿entienden sus clientes lo antedicho?

—Sí, señor Loew, lo entienden.

—¿Entienden que se les puede solicitar que se sometan a preguntas una vez que se haya leído la declaración?

—Sí.

—Lea la declaración, abogado.

Kellerman se puso unas gafas bifocales.

—He eliminado los coloquialismos más coloridos de Peter y Baxter y he limado el lenguaje y la sintaxis. Por favor, que se tenga en cuenta.

Loew se acomodó el chaleco.

—Seremos capaces de discernir eso. Por favor, continúe.

—Nosotros, Peter y Baxter Englekling —leyó Kellerman—, juramos que esta declaración es enteramente cierta. A finales de marzo de este año, aproximadamente tres semanas antes de las muertes del Nite Owl, alguien vino a vernos a nuestra empresa legal, la imprenta Speedy King Printshop de San Bernardino. El hombre que vino a vernos era un tal Delbert «Duke» Cathcart, quien dijo saber nuestros nombres por intermedio del «señor XY», un conocido de nuestros días de encarcelamiento juvenil. El señor XY había informado a Cathcart de que contábamos con una imprenta que incluía una máquina de offset de alta velocidad de nuestro propio diseño, lo cual era cierto. El señor XY también dijo a Cathcart que siempre estábamos interesados en, comillas, ganar unos pavos fáciles, comillas, lo cual también era cierto.

Risas. Ed escribió: «Victoria Susan Lefferts es de San Bernardino. ¿Alguna conexión?».

—Siga, señor Kellerman —dijo Loew—. Todos somos capaces de reír y pensar al mismo tiempo.

Kellerman continuó:

—Cathcart nos mostró fotografías de personas involucradas en actividades sexuales explícitas, algunas de ellas de naturaleza homosexual. Algunas fotografías tenían, comillas, pretensiones, artísticas, comillas. Es decir: gentes con disfraces coloridos y tinta roja animada superpuesta en algunas instantáneas. Cathcart dijo que tenía noticias de que podíamos manufacturar libros de alta calidad, estilo revista, a gran velocidad, y dijimos que así era. Cathcart también declaró que ya se habían manufacturado algunos libros tipo revista, usando las fotografías obscenas, y nos citó el coste de la manufacturación. Nosotros sabíamos que podíamos fabricar los libros por un octavo de ese coste.

Ed le pasó una nota a Millard: «¿Antivicio no está trabajando en una investigación sobre pornografía?». Los hermanos sonrieron; Loew y Gallaudet hablaron en susurros. Millard deslizó una nota de respuesta: «Sí, un equipo de cuatro hombres y ninguna pista. Imposible rastrear los libros (de "disfraces coloridos", según la declaración). Pensamos abandonarla. Además, hasta ahora ningún informe ha relacionado a Cathcart con la pornografía».

Kellerman bebió agua.

—Luego Cathcart nos informó de que sabía que nuestro difunto padre, Franz «Doc» Englekling, era amigo de Meyer Harris «Mickey» Cohen, hampón de Los Ángeles actualmente encarcelado en la penitenciaría de McNeil Island. Dijimos que esto era cierto. Entonces nos hizo una propuesta: dijo que la distribución de los libros pornográficos tendría que ser, comillas, muy discreta, comillas, porque los, comillas, bichos raros, comillas, que recibían las fotografías y hacían el trabajo de montaje parecían tener muchas cosas que ocultar. No nos dio más detalles sobre el particular. Dijo que tenía acceso a una red de, comillas, ricos degenerados, comillas, que pagarían generosas sumas por los libros y sugirió que también podíamos manufacturar, comillas, libros comunes de chupar y follar, comillas, que se podrían distribuir en grandes cantidades. Cathcart afirmó tener acceso a una, comillas, lista postal de pervertidos, comillas, comillas, yonquis y putas, comillas, que actuarían como modelos, y acceso a, comillas, rameras distinguidas, comillas, quienes posarían para unas tomas si su, comillas, chulo loco, comillas, estaba de acuerdo. Cathcart tampoco nos dio detalles sobre esto, ni mencionó nombres ni lugares específicos.

Kellerman cambió de hoja.

—Cathcart nos dijo que él sería el proveedor, buscador de talentos e intermediario. Nosotros produciríamos los libros. También deberíamos visitar a Mickey Cohen en McNeil y pedirle que brindara fondos para poner esta actividad en marcha. También deberíamos solicitarle consejo sobre cómo iniciar un sistema de distribución. A cambio de lo antedicho, Cohen nos daría un, comillas, suculento porcentaje, comillas.

Ed pasó una nota: «Sin nombres para seguir investigando. Demasiado conveniente».

—Y el Nite Owl no es del estilo de Mickey —susurró Millard.

Baxter Englekling rió entre dientes; Peter se hurgó la oreja con un lápiz. Kellerman continuó leyendo:

—Visitamos a Mickey Cohen en su celda de McNeil, aproximadamente dos semanas antes de las muertes del Nite Owl. Le propusimos la idea. Rehusó ayudarnos y se enfadó mucho cuando le dijimos que era idea de Duke Cathcart, a quien se refirió como un, comillas, cabrón notorio por sus estupros, comillas. En conclusión, creemos que pistoleros a las órdenes de Mickey Cohen perpetraron la matanza del Nite Owl, una estratagema en la que murieron seis personas pero solo interesaba una víctima, a causa del odio que Mickey Cohen profesaba a Duke Cathcart. Otra posibilidad es que Cohen haya mencionado el proyecto de Cathcart en el patio de la prisión y los rumores hayan llegado a oídos del rival de Cohen, Jack «El Ejecutor» Whalen, quien, siempre buscando nuevos planes delictivos, asesinó a Cathcart y cinco inocentes como subterfugio. Creemos que, si las muertes fueron resultado de una intriga entre productores de pornografía, corremos peligro de ser víctimas. Juramos que esta declaración es veraz y no se ha redactado bajo presión física ni mental.

Los hermanos aplaudieron.

—Mis clientes contestarán a sus preguntas —dijo Kellerman.

Loew señaló el dormitorio.

—Cuando yo haya hablado con mis colegas.

Entraron; Loew cerró la puerta.

—Conclusiones. Bob, tú primero.

Gallaudet encendió un cigarrillo.

—Mickey Cohen, a pesar de sus muchos defectos, no asesina a gente por rencor, y Jack Whalen solo tiene interés en el negocio del juego. Me creo la historia, pero todo lo que hemos averiguado sobre Cathcart lo pinta como un sujeto patético que no podría haber puesto en marcha algo de estas dimensiones. Creo que en el mejor de los casos esto es tangencial. Aún creo que los negros fueron los culpables.

—De acuerdo. Capitán, su opinión.

—Me inclino por una posibilidad —dijo Russell Millard—, aunque con grandes reservas. Quizá Cohen comentó el proyecto en el patio de McNeil, el rumor se propagó y alguien lo tomó de allí. Pero si este asunto está conectado con la pornografía, los muchachos Englekling ya estarían muertos o alguien habría ido a por ellos. He investigado lo de las revistas pornográficas en Antivicio durante dos semanas, y mis chicos no han oído nada sobre eso y han tropezado con un muro tras otro. Creo que Ed y Bob tendrían que hablar con Whalen, luego volar a McNeil y hablar con Mickey. Yo interrogaré a esos rufianes en la habitación contigua, y luego hablaré con mis hombres de Antivicio. He leído cada informe de cada hombre a cargo del Nite Owl, y no hay una sola alusión a la pornografía. Creo que Bob está en lo cierto. Es algo tangencial.

–De acuerdo. Bob, tú y Exley hablaréis con Cohen y Whalen. Capitán, ¿había hombres competentes en la investigación?

Millard sonrió.

–Tres hombres competentes y Jack Vincennes. Sin ofender, Ellis, sé que está saliendo con la hermana de tu esposa.

Loew se sonrojó.

–Exley, ¿algo más que añadir?

–Bob y el capitán lo han dicho todo, pero hay dos cosas que quiero señalar. Primero, Susan Lefferts era de San Bernardino. Segundo, si no son los negros bajo custodia u otra pandilla de color, entonces alguien aparcó el coche en el Nite Owl y nos enfrentamos con una enorme conspiración.

–Creo que tenemos a nuestros asesinos. Por cierto, ¿algún progreso con la señorita Soto?

–Estoy trabajando en ello.

–Trabaje más. Los buenos esfuerzos son para los colegiales, los resultados son lo que cuentan. Manos a la obra, caballeros.

Ed condujo a su apartamento: un cambio de ropa para el viaje a McNeil. Halló una nota en la puerta.

Exley:

Aún pienso que eres todo lo que te dije que eras, pero llamé a mi casa, hablé con mi hermana y dijo que pasaste y demostraste interés en mi bienestar, así que me estoy ablandando un poco. Fuiste amable conmigo (cuando no estabas persiguiendo algo o apalizando a alguien) y quizá yo misma sea una oportunista que te utiliza como refugio hasta que consiga algo mejor y pueda aceptar la oferta del señor Dieterling, así que vivo en una casa de cristal y no debería arrojar piedras. No iré más lejos en mi disculpa y continuaré negándome a cooperar. ¿Entiendes? ¿El señor Dieterling hablaba en serio al ofrecerme un empleo en la Tierra de los Sueños? Hoy iré de compras con el resto del dinero que me diste. Mantenerme atareada me ayuda a no pensar. Iré esta noche. Deja una luz encendida.

Inez

Ed se cambió y pegó una llave a la puerta con cinta adhesiva. Dejó una luz encendida.

32

Jack en el coche, esperando para seguir a Bud White. Manos magu-
lladas, ropa manchada de fruta. Un turno derribando puertas de garajes, negros alborotados fastidiando a los equipos de investigación, arrojando frutas desde los tejados. Sin suerte con el Mercury de Coates.
La bomba de Millard aún a punto de estallar. Por suerte lo escuchó
por teléfono. De lo contrario se lo habría hecho en los pantalones.

—Vincennes, dos testigos se han puesto en contacto con Ellis
Loew. Dijeron que Duke Cathcart estaba involucrado en un plan
para vender esas revistas que buscamos. Sospecho que no está conectado con el Nite Owl, pero ¿tú has descubierto algo?

—No —dijo Jack.

Preguntó si los demás integrantes de la brigada habían tenido
suerte.

—No —dijo Millard.

No dijo que sus informes eran meras patrañas. No dijo que no
le importaba si el asunto de la pornografía se relacionaba con el
Nite Owl desde aquí hasta Marte. No dijo que no dormiría tranquilo hasta que tuviera el archivo de Sid Hudgens en las manos y
los negros tragaran gas, culpables o no.

Una ojeada a la sala de detenidos: uniformados trayendo a seis
agresores sexuales. Bud White dentro: trabajo con manguera de
goma. Anoche lo había perdido; Dudley estaba enfadado. Esta noche lo seguiría de cerca, luego buscaría a Hudgens: haría registrar
el Malibu Rendezvous.

White salió. Buen indicio: Jack le vio sangre en la camisa. Encendió el motor, esperó.

33

Ninguna luz de color. Luz blanca detrás de las cortinas cerradas. Bud apretó el timbre.

Abrieron la puerta: Lynn Bracken aureolada de luz.

—¿Sí? ¿Eres el policía de quien me habló Pierce?

—Correcto. ¿Patchett te contó de qué se trataba?

Ella mantuvo la puerta abierta.

—Dijo que tú mismo no estabas seguro, y dijo que debía ser franca y cooperar contigo.

—¿Haces todo lo que te dice?

—Sí.

Bud entró.

—Las pinturas son verdaderas y yo soy prostituta —dijo Lynn—. Nunca oí hablar de la tal Kathy, y Dwight Gilette nunca abusaría sexualmente de una mujer. Si quisiera matar a una, usaría un cuchillo. He oído comentarios sobre Duke Cathcart, esencialmente que era un perdedor con debilidad por sus chicas. Ya tienes las noticias importantes.

—¿Has terminado?

—No. No tengo información sobre las demás chicas de Dwight, y lo único que sé sobre el Nite Owl es lo que he leído en los periódicos. ¿Satisfecho?

Bud casi se echó a reír.

—Tú y Patchett habéis hablado bastante. ¿Te llamó anoche?

—No, esta mañana. ¿Por qué?

—No importa.

—Te llamas White, ¿verdad?

—Llámame Bud.

Lynn rió.

—Bud, ¿crees lo que Pierce y yo te hemos dicho?

—Sí, bastante.

—Y sabes por qué te complacemos.

—Si hablas en ese tono, puedes irritarme.

—Sí. Pero lo sabes.

—Sí, lo sé. Patchett chulea a putas, quizá algún negocio más. No queréis que os denuncie.

—Correcto. Nuestros motivos son egoístas, así que cooperamos.

—¿Quieres un consejo, señorita Bracken?

—Llámame Lynn.

—Señorita Bracken, he aquí mi consejo. Sigue cooperando y no intentes sobornarme ni amenazarme. Si me jodéis, tú y Patchett estaréis hundidos en la mierda hasta las orejas.

Lynn sonrió. Bud lo captó: Veronica Lake en un papelucho que él había visto. Alan Ladd regresa de la guerra y encuentra a su pérfida esposa asesinada.

—¿Quieres un trago, Bud?

—Sí, whisky solo.

Lynn fue a la cocina, regresó con dos vasos.

—¿Hay progresos en el caso de esa niña?

Bud empinó el vaso.

—Hay tres hombres en la investigación. Es un crimen sexual, así que interrogarán a los pervertidos habituales. Harán un trabajo decente dos semanas, luego lo olvidarán.

—Pero tú no olvidarás.

—Quizá sí, quizá no.

—¿Por qué te interesa tanto?

—Una historia vieja.

—¿Una historia vieja y personal?

—Sí.

Lynn tomó un trago.

—Solo preguntaba. ¿Y el asunto del Nite Owl?

—Eso se está reduciendo a esos jodidos negr… a esos tíos de color que arrestamos. Es un jodido embrollo.

—Dices «joder» a menudo.

—Tú jodes por dinero.

—Tienes sangre en la camisa. ¿Eso forma parte de tu trabajo?

—Sí.

—¿Lo disfrutas?

—Cuando lo merecen.

—Te refieres a hombres que maltratan a mujeres.

—Chica lista.

—¿Hoy lo merecían?

—No.

—Pero lo hiciste de todos modos.

—Sí, así como tú follaste con media docena de tíos.

Lynn rió.

—En realidad fueron dos. Extraoficialmente, ¿apalizaste a Dwight Gilette?

—Extraoficialmente, le metí la mano en un triturador de basura.

Ningún murmullo; ningún asombro.

—¿Lo disfrutaste?

—Bueno... no.

Lynn tosió.

—Perdona mi descortesía. ¿No quieres sentarte?

Bud se sentó en el sofá; Lynn se sentó a un brazo de distancia.

—Los detectives de Homicidios sois diferentes. Tú eres el primer hombre en cinco años que no me dice que soy igual a Veronica Lake al cabo de un minuto.

—Tú eres más guapa que Veronica Lake.

Lynn encendió un cigarrillo.

—Gracias. No le contaré a tu novia que has dicho eso.

—¿Cómo sabes que tengo novia?

—Tu chaqueta está arrugada y apesta a perfume.

—Te equivocas. Este soy yo jugando al seductor.

—Lo cual...

—Sí, lo cual es raro en mí. ¡Joder! Sigue cooperando, Lynn Bracken. Háblame de Pierce Patchett y sus negocios.

—Extra...

—Sí, extraoficialmente.

244

Lynn fumó, bebió whisky.

—Bien, al margen de lo que ha hecho por mí, Pierce es un hombre del Renacimiento. Sabe química, practica yudo, cuida de su cuerpo. Le encanta tener a bellas mujeres dependiendo de él. Tuvo un matrimonio que fracasó, tuvo una hija que murió muy pequeña. Es muy honesto con sus muchachas, y solo nos permite citarnos con hombres ricos de buena conducta. Llámalo complejo de salvador. Pierce ama a las mujeres bellas. Ama manipularlas y ganar dinero con ellas, pero también hay afecto en ello. Cuando conocí a Pierce, le dije que un conductor ebrio había matado a mi hermanita. Rompió a llorar. Pierce Patchett es un empresario íntegro y, sí, tiene prostitutas a su cargo. Pero es buen hombre.

Todo encajaba.

—¿Qué otros asuntos maneja Patchett?

—Nada ilegal. Negocia con empresas y con la industria cinematográfica. Aconseja a sus chicas en asuntos de negocios.

—¿Pornografía?

—¡Dios, Pierce no! Le gusta hacerlo, no mirarlo.

—¿O venderlo?

—Sí, o venderlo.

Encajaba demasiado. Como si Patchett necesitara ahuyentar sospechas.

—Empiezo a pensar que me engañas. Tiene que haber algo perverso aquí. Un chulo amable es una cosa, pero hablas de ese tío como si fuera el puto Jesucristo. Empecemos con el «pequeño estudio» de Patchett.

Lynn apagó el cigarrillo.

—Supongamos que no quiero hablar de eso.

—Supongamos que os entrego a ti y a Patchett a Antivicio.

Lynn meneó la cabeza.

—Pierce piensa que tú tienes tu propia venganza en marcha, y que te conviene descartarlo como sospechoso en lo que estás investigando y cerrar el pico sobre sus negocios. Piensa que no lo denunciarás, que sería estúpido.

—Estúpido es mi segundo nombre. ¿Qué más piensa Patchett?

—Está esperando que hables de dinero.

—No hago extorsiones.

—Entonces ¿por qué...?

—Quizá solo siento curiosidad.

—Pues muy bien. ¿Sabes quién es el doctor Terry Lux?

—Sí, tiene un sanatorio de desintoxicación en Malibú. Está de mierda hasta el cuello.

—Correcto en ambas cosas, pero además es cirujano plástico.

—Le hizo la cirugía a Patchett, ¿verdad? Nadie de esa edad se conserva tan joven.

—No lo sé. Pero lo que hace Terry Lux es operar muchachas para el pequeño estudio de Pierce. Están Ava, Kate, Rita y Betty. Es decir, Gardner, Hepburn, Hayworth y Grable. Pierce encuentra a muchachas con alguna semejanza con estrellas de cine, Terry realiza cirugía plástica para obtener similitudes exactas. Las llama las concubinas de Pierce. Se acuestan con Pierce y con clientes selectos... hombres que pueden ayudarle a unir el cine con los negocios. ¿Perverso? Quizá. Pero Pierce toma una parte de las ganancias de sus chicas y las invierte en su nombre. Las obliga a abandonar esa vida a los treinta... sin excepciones. No permite que sus chicas consuman narcóticos ni abusa de ellas, y le debo muchísimo. ¿Puede tu mentalidad de poli captar esas contradicciones?

—El puto Jesucristo.

—No, señor White. Pierce Morehouse Patchett.

—¿Lux te hizo parecida a Veronica Lake?

Lynn se tocó el pelo.

—No, yo me negué. Pierce me adoró por eso. En realidad soy castaña, pero el resto soy yo.

—¿Y qué edad tienes?

—Cumpliré treinta el mes próximo, y abriré una tienda de ropa. ¿Ves cómo el tiempo cambia las cosas? Si me hubieras conocido dentro de un mes, yo no sería una puta. Sería una castaña no tan parecida a Veronica Lake.

—Santo Dios.

—No, Lynn Margaret Bracken.

—Mira, quiero verte de nuevo. —Demasiado rápido, casi bruscamente.

—¿Me estás pidiendo una cita?

—Sí, porque no puedo costear lo que cobra Patchett.

—Podrías esperar un mes.

—No, no puedo.

—Entonces no hablemos más de negocios. No quiero ser una sospechosa.

Bud hizo un trazo en el aire: Patchett tachado del caso de Kathy y el del Nite Owl.

—Trato hecho.

La celda de Mickey Cohen.

Gallaudet rió: cama con manta de terciopelo, estantes forrados de terciopelo, cómoda con asiento de terciopelo. Un conducto de calefacción: el estado de Washington, todavía frío en abril. Ed estaba cansado: habían hablado con Jack «El Ejecutor» Whalen, lo habían descartado, habían volado mil quinientos kilómetros. La una de la mañana: dos polis esperando a un hampón psicópata que jugaba a los naipes. Gallaudet palmeó al bulldog de Cohen: Mickey Cohen Júnior, envuelto en un suéter de terciopelo. Ed revisó sus notas sobre Whalen.

Whalen desvariaba sin parar. Se rió de la teoría Englekling, se explayó sobre el crimen organizado en Los Ángeles.

La actividad del hampa paralizada desde el encierro de Mickey Cohen. Visión de un experto: reducción de poder, dinero guardado en bancos suizos, fondos para la reconstrucción. Morris Jahelka, lugarteniente de Cohen, había recibido un feudo: lo había estropeado pronto, invirtiendo mal, sin fondos para pagar a sus hombres. Whalen dijo que a él le iba bien y ofreció su teoría sobre Cohen.

Pensaba que Mickey estaba repartiendo las concesiones de apuestas, usura, droga y prostitución en negocios pequeños y selectos; cuando le dieran la libertad condicional se consolidaría, cogería el dinero que sus concesionarios habían invertido, reconstruiría. Whalen basaba su teoría en intuiciones: Lee Vachss, ex pistolero de Cohen, parecía haberse vuelto honrado; ídem Johnny Stompanato y Abe Teitlebaum, dos rufianes incapaces de seguir el recto camino. Quizá los tres estaban a la expectativa, quizá salvaguardando los intereses de Cohen. El jefe Parker –temiendo que esta tregua llevara a un avance sigiloso de la Mafia– abría un nuevo frente contra los matones de fuera de la ciudad: Dudley Smith y dos de sus matones operaban desde un motel de Gardena. Molían a palos a los pandilleros, les robaban el dinero para cederlo a organizaciones benéficas de la policía, los metían de nuevo en el autobús, el tren o el avión para que regresaran por donde habían venido. Todo con suma discreción.

Conclusión de Whalen:

Le permitían operar porque alguien tenía que brindar servicios de juego, o si no un atajo de locos independientes destrozarían Los Ángeles a tiros. «Contención» –una palabra de Dudley Smith– lo decía todo: la comunidad policial sabía que Mickey solo disparaba cuando le disparaban a él; respetaba las reglas. La idea de que él o Mickey reventaran a seis personas por unos libros para pajilleros era una patraña.

Aun así, todo estaba demasiado tranquilo. Se estaba gestando una tormenta.

Mickey Cohen Júnior ladró; Ed alzó los ojos. Entró Mickey Cohen, con una caja de galletas para perros.

–Nunca he matado a ningún hombre que no mereciera la muerte según las pautas de nuestro estilo de vida. Nunca he distribuido inmundicias masturbatorias y solo acepté una confabulación con Peter y Baxter Englekling a causa de mi afecto por su difunto padre, Dios lo tenga en su gloria aunque fuera un puñetero alemán. No mato a testigos inocentes porque es *mitzvah* hacerlo y porque me atengo a los Diez Mandamientos, excepto cuando es malo para los negocios. El alcaide Hopkins me dijo por qué estabais aquí y os he hecho esperar porque tenéis que ser retrasados para acusarme de ese crimen perverso y estúpido, obviamente obra de estúpidos *shvartzes*. Pero como Mickey Júnior os tiene simpatía, os daré cinco minutos de mi tiempo. ¡Ven con papá, *bubeleh*!

Gallaudet rió. Cohen se arrodilló en el suelo, se puso una galleta en la boca. El perro corrió hacia él, agarró la galleta, lo besó. Mickey hociqueó al animal; Mickey Cohen Júnior gimió con fastidio. Ed vio a un hombre en el pasillo: Davey Goldman, contable de Mickey, encerrado en McNeil por sus propios problemas de impuestos.

Goldman se alejó.

—Mickey —dijo Gallaudet—, los hermanos Englekling dicen que enloqueciste cuando mencionaron que Duke Cathcart había concebido la idea.

Cohen escupió migajas de galleta.

—¿Sabes qué significa «soltar presión»?

—Sí —dijo Ed—, pero ¿qué hay de otros nombres? ¿Los Englekling mencionaron otros nombres además de Cathcart?

—No, y nunca conocí personalmente a Cathcart. Oí que lo habían encerrado por estupro, así que lo juzgué por eso. La Biblia dice: «No juzguéis si no queréis ser juzgados». Como deseo ser juzgado, yo digo: «Juzga cuanto quieras, Mickey».

—¿Asesoraste a los hermanos sobre la organización del sistema de distribución?

—¡No! Que Dios y mi amado Mickey Júnior sean testigos. No.

—Mick —dijo Gallaudet—, he aquí la pregunta clave. ¿Mencionaste ese asunto en el patio? ¿A quién más le hablaste de ello?

—¡No se lo dije a nadie! ¡Los libros masturbatorios son vergonzosos! Incluso pedí a Davey que se fuera cuando vinieron esos hermanos *meshugeneh*. Y Davey es mis oídos. ¡Hasta ese punto respeto los asuntos confidenciales!

—Ed —dijo Gallaudet—, llamé a Russell Millard mientras tú hablabas con el alcaide. Dijo que llamó a los hombres de Antivicio que investigan el asunto pornografía, y no consiguieron nada. Ni Cathcart ni pistas sobre las revistas. Russell revisó todos los informes sobre el Nite Owl y no consiguió nada. Bud White indagó la historia de Cathcart, y no encontró nada. Ed, es solo coincidencia que Susan Lefferts sea de San Bernardino. Cathcart no podía lograrlo aunque lo intentara. Todo esto fue un circo preparado por los Englekling para zafarse de esas órdenes judiciales.

Ed cabeceó. Mickey Cohen acunó a Mickey Cohen Júnior.

—Padres e hijos, un tema que nos invita a todo un festín de reflexiones. Mi vástago canino y yo, el viejo Franz y ese par de inútiles con los dientes estropeados. Franz era un genio de la química, hizo grandes cosas por los trastornados mentales. Cuando me robaron un cargamento grande de heroína, pensé en Franz: si yo tuviera su cerebro en vez de mi genio poético, habría creado mi propio polvo blanco para vender. Id a casa, chicos. No ganaréis el caso con libros obscenos. Son los *shvartzes*, son los putos negros.

Botellas: whisky, ginebra, brandy. Letreros centelleantes: Schlitz, Pabst Blue Ribbon. Marineros bebiendo cerveza fría, gentes felices aturdiéndose con bebida. El apartamento de Hudgens estaba a una calle. El alcohol le daría agallas. Lo sabía antes de seguir a Bud White. Ahora tenía mil razones más.

–Última ronda –gritó el barman.

Jack terminó la soda, se apretó el vaso contra el cuello. Rememoró el día. De nuevo.

Millard dice que Duke Cathcart estaba involucrado en un negocio para vender material porno.

Bud White visita a Lynn Bracken, una de las prostitutas parecidas a estrellas de cine. Se queda dentro dos horas; la prostituta lo acompaña al salir. Jack sigue a White a su casa, empieza a atar cabos: White conoce a Bracken, ella conoce a Pierce Patchett, él conoce a Hudgens. Sid sabe acerca del Malibu Rendezvous, Dudley Smith probablemente también. La razón de Dudley para el seguimiento: White perturbado por el asesinato de una puta.

Vibrantes anuncios de cerveza: monstruos de neón. Nudilleras en el coche, Sid podría ceder, entregarle el archivo.

Jack se acercó a la casa de Hudgens. Ninguna luz encendida, el Packard de Sid junto a la acera. La puerta: la nudillera como llamador.

Treinta segundos. Nada. Jack tanteó la puerta. No cedió. Forzó la jamba. La puerta se abrió.

Ese olor.

Cámara lenta: pañuelo afuera, arma en mano, codo contra la

pared. El interruptor, sin dejar huellas. Interruptor abajo, luces encendidas.

Sid Hudgens descuartizado en el suelo: una alfombra empapada de negro, en el suelo un charco de sangre.

Brazos y piernas cercenadas, formando ángulos abruptos con el torso.

Abierto de la entrepierna al cuello, huesos blancos asomando de la carne roja.

Muebles tumbados, carpetas arrojadas sobre un trozo limpio de alfombra.

Jack se mordió los brazos para sofocar los gritos.

Ninguna huella sanguinolenta. El asesino debía de haber escapado por la puerta trasera. Hudgens desnudo, embadurnado con una pátina negra rojiza. Las extremidades separadas del torso, viscosidad en los tajos, ondas como en la tinta de los libros obscenos.

Jack se dio prisa. Rodeó la casa, siguiendo el camino de acceso. La puerta trasera: entornada, derramando luz. Dentro: un suelo lustroso. Ninguna huella, rastros borrados. Entró, halló sacos de comestibles bajo el fregadero. Avanzó temblando hacia el salón. Archivos: carpetas, carpetas, carpetas, una, dos, tres, cuatro, cinco sacos. Dos viajes hasta el coche.

Una tranquila calle de Los Ángeles a las dos y veinte de la madrugada; trató de calmarse. Miles de personas tenían motivos. Nadie sabía que él había visto los libros pornográficos. Las mutilaciones se podían atribuir a un psicópata.

Tenía que encontrar su archivo.

Jack apagó las luces, serró la puerta delantera con las esposas: que pensaran que era un ladrón. Se marchó conduciendo sin rumbo.

Se hartó de conducir. Encontró un motel, un tugurio para parejas llamado Oscar's Sleepytime Lodge.

Pagó el alquiler de una semana, llevó los sacos adentro, se dio una ducha y se puso de nuevo la ropa maloliente. Un palacio de la roña: bichos, grasa en la pared. Se olió a sí mismo: tufo rancio sobre mugre. Cerró la puerta con llave, empezó a investigar.

Números viejos de *Hush-Hush*, recortes, documentos policiales birlados. Archivos: Montgomery Clift con la polla más pequeña de Hollywood, Errol Flynn como agente nazi. Un dato escandaloso: Flynn y un escritor homosexual llamado Truman Capote. Comunistas, simpatizantes de los comunistas, celebridades que follaban con gente de color, desde Joan Crawford hasta el ex fiscal Bill McPherson. Drogadictos a granel: chismes sobre Charlie Parker, Anita O'Day, Art Pepper, Tom Neal, Barbara Payton, Gail Russell. Artículos intactos de *Hush-Hush:* «Lazos de la mafia con el Vaticano», «Liturgia lavanda: ¿Es "Rock" Hudson "Rockette"?», «Alerta, marihuana: cuidado con el té de hierba de Hollywood». Archivos completos, demasiado blandos para ser material secreto de Hudgens: comunistas, maricas, lesbianas, drogatas, sátiros, ninfómanas, misóginos, politicastros comprados por el hampa.

Nada sobre el sargento Jack Vincennes.

Nada sobre *Placa de Honor*, una gran fijación de Hudgens. Jack sabía que Sid tenía un archivo sobre Brett Chase.

Extraño.

Más extraño: *Hush-Hush* había dedicado una nota a Max Peltz. No había nada sobre él.

Nada sobre Pierce Patchett, Lynn Bracken, Lamar Hinton, Fleur-de-Lis.

Jack midió su pila de bazofia. Enorme. Si el asesino era un ladrón de archivos, no se había llevado muchos. Su montón reventaría cajones enteros.

COARTADA.

Jack metió los archivos en el armario. «No molestar» en la puerta, de regreso a su apartamento.

Las cinco y diez.

Debajo del llamador: «Jack. Recuerda nuestra cita del jueves». «Dulce Jack, ¿estás hibernando? Besos - K.» Entró, cogió el teléfono, marcó 888.

—Policía. Emergencias.

Imitó una voz de negro.

—Hombre, quiero denunciar un asesinato. Que me cuelguen si miento.

—Señor, ¿esto va en serio?

—Sí, que me…

—¿Cuál es su domicilio?

—No tengo domicilio, pero entré en una casa para robar y vi ese cuerpo.

—Señor…

—Alexandria Sur 421. ¿Ha tomado nota?

—Señor, ¿dónde…?

Jack colgó, se desnudó, se acostó en la cama. Veinte minutos para que llegaran los uniformados, diez para que identificaran a Hudgens. Parlotean, deciden que es importante, llaman a Homicidios. El que atiende piensa en altos mandos, levanta de la cama a algún jefe. Thad Green, Russell Millard, Dudley Smith. Todos pensarían de inmediato en el Gran V. El teléfono sonaría en una hora.

Jack se quedó allí, empapando de sudor las sábanas limpias. El teléfono sonó a las 6.58.

—¿Sí? —bostezó.

—Vincennes, soy Millard.

—Sí, capitán. ¿Qué hora es? ¿Qué…?

—No importa. ¿Sabes dónde vive Sid Hudgens?

—Sí, en alguna parte de Chapman Park. Capitán, ¿qué…?

—Alexandria Sur 421. Ahora, Vincennes.

Afeitado, ducha, ropa limpia. Cuarenta minutos para llegar. La casa de Sid Hudgens rodeada de coches patrulla. Hombres del depósito de cadáveres cargando sacos de plástico: sangre, fragmentos de cuerpo.

Jack aparcó. Un ayudante salió con una camilla: viscosidad envuelta en sábanas. Millard junto a la puerta; Don Kleckner y Duane Fisk en el camino de entrada. Los agentes ahuyentaban a los curiosos; los reporteros se apiñaban en la acera. Jack se acercó a Millard.

—¿Hudgens? —Sin demasiado asombro, un profesional.

—Sí, tu compinche. Un poco estropeado, me temo. Llamó un ladrón de casas. Entraba para robar cuando vio el cuerpo. Hay marcas en la jamba, así que me lo creo. No mires dentro si has comido.

Jack miró. Sangre seca, cintas blancas indicando brazos, piernas, torso, los puntos de mutilación.

—Alguien lo odiaba de veras —dijo Millard—. ¿Ves esos cajones? Creo que el asesino lo mató por sus archivos. He pedido a Kleckner que llame a la editorial de *Hush-Hush*. Abrirán la oficina y nos entregarán copias del material en que estaba trabajando Hudgens.

Millard quería un comentario. Jack se persignó: la primera vez desde el orfanato, no sabía por qué diablos.

—Vincennes, eras su amigo. ¿Qué opinas?

—¡Creo que era escoria! ¡Todos lo odiaban! ¡Se puede sospechar de toda Los Ángeles!

—Calma, calma. Sé que le pasabas información a Hudgens, sé que los dos hacíais negocios. Si no resolvemos esto en pocos días, necesitaré una declaración.

Duane Fisk hablando con Morty Bendish: datos para una nota en el *Mirror*.

—Lo diré todo —dijo Jack—. ¿Qué voy a hacer? ¿Impedir el avance de una investigación oficial?

—Tu sentido del deber es admirable. Ahora hablemos de Hudgens. ¿Chicas, chicos... qué le gustaba?

Jack encendió un cigarrillo.

—Le gustaba la carroña. Era un maldito degenerado. Quizá se masturbaba mientras miraba su propio pasquín. No sé.

Don Kleckner se acercó con un ejemplar de *Hush-Hush*: «Magnate de TV mira y admira a las jovencitas».

—Capitán, he comprado esto en un puesto de la esquina. Y el editor me dijo que Hudgens tenía en mente *Placa de Honor*.

—Esto es bueno. Don, empieza a hacer preguntas. Vincennes, ven aquí.

Millard lo llevó al jardín.

—Esto nos remite a gente que conoces —dijo.

—Soy policía y soy de Hollywood. Conozco a mucha gente, y sé que a Max Peltz le gustan las quinceañeras. ¿Y qué? Tiene sesenta años y no es un asesino.

—Decidiremos eso esta tarde. Estás trabajando en el caso Nite Owl, ¿verdad? ¿Buscando el coche de Coates?

—Sí.

—Entonces vuelve a eso ahora y preséntate en la oficina a las dos. Pediré a ciertas personas de *Placa de Honor* que nos visiten para responder algunas preguntas amistosas. Tú puedes ayudar.

Billy Dieterling, Timmy Valburn. «Gente que conoces.»

—Claro, allí estaré.

Morty Bendish se acercó.

—Jack, ¿esto significa que ahora tendré todas tus exclusivas?

Forzando puertas de garajes, negros arrojando fruta. Trabajo duro en el motel. Enfilaba hacia el distrito negro cuando cayó en la cuenta.

Dobló hacia el este, aparcó junto al Royal Flush. El Buick de Claude Dineen a poca distancia. Tal vez estuviera vendiendo droga en el servicio de hombres.

Jack entró. Todos quedaron paralizados: el Gran V parecía amenazador. El barman le sirvió un Old Forester doble; Jack se lo bebió, poniendo fin a cinco años de abstinencia. El alcohol lo entibió. Abrió el servicio de hombres de un puntapié.

Claude Dineen pinchándose.

Jack lo pateó, le arrancó la aguja del brazo. Lo cacheó sin encontrar resistencia: Claude estaba en la décima nube. Bingo: Benzedrina. Tragó unas cuantas en seco, arrojó la hipodérmica al inodoro.

—He vuelto —dijo.

Volvió al motel excitado, lúcido para las deducciones. Ronda número dos por los archivos.

Nada nuevo; un cosquilleo instintivo: Hudgens no guardaba sus archivos «secretos» en casa. Si el asesino lo había matado por un archivo en particular, primero lo torturó para sonsacarle dónde estaba. El asesino no se llevó muchas carpetas. Los cajones no podían contener mucho más de lo que él se había llevado. El archivo del Gran V aún estaba en alguna parte. Si el asesino lo encontraba, quizá se lo guardara, quizá lo tirara.

Salto: Hudgens/Patchett se conectaban. La conexión: pornografía y afines. Dejó de lado la conexión Cathcart/Nite Owl: Millard/Exley le quitaban importancia. Negaciones de Whalen y Mickey Cohen, Cathcart no había puesto en marcha su proyecto. Informe de Millard: los hermanos Englekling no sabían quiénes tomaban las fotos; Cathcart cogió algunas revistas, se entusiasmó con un plan demencial. Dejando eso de lado, quedaba esto:

Bobby Inge, Christine y Deryl Bergeron: desaparecidos. Lamar Hinton, probable agresor en el Fleur-de-Lis: desaparecido. Timmy Valburn, cliente de Fleur-de-Lis, interrogado por él, conectado con Billy Dieterling, cámara de *Placa de Honor*, a quien vería en el interrogatorio de Millard: calma con eso. Quizá Timmy le había contado algo a Billy acerca del encuentro con Jack; Billy estaba allí cuando rompió el vidrio del coche de Hinton: calma. Los maricas tenían mucho que perder si admitían su conexión con Fleur-de-Lis, cuya existencia Russell Millard ignoraba.

Pensando, fumando.

Las mutilaciones del cuerpo de Hudgens concordaban con las poses entintadas de los libros obscenos que Jack había hallado frente al apartamento de Bobby Inge. Ningún otro policía había visto esos libros en particular. Millard vio el cadáver, definió los cercenamientos como amputaciones directas.

Hudgens le advirtió que no se metiera con Fleur-de-Lis. Lynn Bracken era una puta de Patchett, quizá conociera a Sid.

Un comodín: Dudley Smith pidiéndole que siguiera a Bud White. Sus razones: White perdiendo los estribos por la muerte de una puta. Bracken era ramera, Patchett chuleaba a putas. Pero: Dudley no mencionó ningún lazo con el Nite Owl ni la pornografía. Quizá no supiera nada sobre Patchett/Bracken/pornografía/Fleur-de-Lis y demás. Al margen de los hermanos Englekling/Cathcart, pornografía/Patchett/Bracken/Fleur-de-Lis/Hudgens no figuraba en el papeleo policial del Nite Owl.

A gran altura: Benzedrina, lógica policial. Las once y veinte:

tiempo libre antes de ir a la oficina. Dos pistas reales: Pierce Patchett, Lynn Bracken.

Bracken vivía más cerca.

Jack condujo hasta el apartamento de Bracken, aparcó detrás de su coche. Le daría una hora, improvisaría si la veía salir.

La Benzedrina aceleraba el tiempo; la puerta de Bracken permaneció cerrada. 12.33: un niño lanzó un periódico. Si Bendish había trabajado deprisa y ese niño había lanzado el *Mirror*...

Se abrió la puerta; Lynn Bracken recogió el periódico, bostezó, entró. El repartidor pasó al lado de Jack, los periódicos a la vista: *Mirror-News*. Ojalá estés ahí, Morty.

Un portazo. Bracken salió, corrió al coche. Arrancó con furia, viró al oeste en Los Feliz. Jack le dio dos segundos, la siguió.

Sudoeste: Los Feliz, Western, Sunset. Derecho por Sunset a quince kilómetros por encima del límite de velocidad. Apuesta: una carrera a la casa de Patchett, Lynn Bracken no quería usar el teléfono.

Jack viró al sur, tomó un atajo, llegó a Gretna Green 1184 quemando las llantas. Gran mansión española, gran parque. Lynn Bracken aún no había llegado.

El corazón le patinaba: Jack había olvidado el precio de ingerir Benzedrina. Aparcó, observó la casa: nadie fuera ni en las cercanías. Fue a la puerta, rodeó el flanco, buscó ventanas.

Todo cerrado. Un jardinero trabajando detrás. No había modo de rodearla sin ser visto. La puerta de un coche; Jack corrió hasta una ventana delantera: cerrada, una rendija en las cortinas que permitía espiar.

Sonó el timbre; Jack espió. Patchett fue a la puerta, abrió. Lynn Bracken le mostró el periódico. Zoom sobre un dueto en pánico: movimiento de labios mudos, gran temor. Jack apoyó la oreja en el cristal: solo oyó las palpitaciones de su propio corazón. No necesitaba sonido: ellos se enteraban ahora de la muerte de Sid, tenían miedo, no eran los asesinos.

Entraron en el cuarto contiguo. Cortinas bajas. No había modo de mirar ni escuchar. Jack corrió hacia el auto.

Llegó a la oficina con diez minutos de retraso. *Placa de Honor* atestaba Homicidios: Brett Chase, Miller Stanton, David Mertens el diseñador, Jerry Marsalas su enfermero. Un banco abarrotado. De pie: Billy Dieterling, los cámaras. Media docena de hombres con maletines: abogados. La pandilla estaba nerviosa; Duane Fisk y Don Kleckner se paseaban con tablillas. Ni Max Peltz ni Russ Millard.

Billy Dieterling lo miró con frialdad; el resto lo saludó con la mano. Jack devolvió el saludo; Kleckner lo abordó.

—Ellis Loew quiere verte. Despacho número seis.

Jack fue allá. Loew miraba por el anverso de un espejo. Del otro lado había un detector de mentiras. Polígrafo en marcha: Millard interrogando a Peltz, Ray Pinker a cargo de la máquina.

Loew reparó en Jack.

—Preferiría que Max no pasara por eso. ¿Puedes arreglarlo?

Protección a alguien que aportaba fondos.

—Ellis, no tengo influencia sobre Millard. Si el abogado de Max le aconsejó que lo hiciera, tendrá que hacerlo.

—¿Puede arreglarlo Dudley?

—Dudley tampoco tiene influencia sobre él. Millard es un beato. Y antes que me preguntes, no sé, ni me importa, quién mató a Sid. ¿Max tiene coartada?

—Sí, pero preferiría no usarla.

—¿Qué edad tiene ella?

—Es muy joven. ¿Acaso…?

—Sí, Russell lo denunciaría por eso.

—Dios santo, todo esto por una escoria como Hudgens.

Jack rió.

—Ellis, uno de sus trucos sucios te permitió ganar las elecciones.

—Sí, la política crea extrañas alianzas, pero dudo que alguien lo llore. Y no tenemos nada. He hablado con esos abogados, y todos me aseguran que sus clientes tienen coartadas válidas. Harán declaraciones y quedarán descartados como sospechosos, el resto de la gente de *Placa de Honor* quedará descartada. ¡Solo tendremos que investigar al resto de Hollywood!

Una brecha:

—Ellis, ¿quieres un consejo?

—Sí, dame una opinión oportunamente cínica.

—Déjalo pasar. Insiste en el Nite Owl, es lo que interesa al público. Hudgens era un mierda, la investigación será un circo y nunca hallaremos al asesino. Déjalo correr.

Abrieron la puerta; Duane Fisk bajó ambos pulgares.

—Sin suerte, señor Loew. Todos tienen coartadas, y todas parecen convincentes. El forense ha estimado que Hudgens murió entre la medianoche y la una de la mañana, y toda esta gente estaba en compañía de otras personas. Intentaremos corroborarlo, pero creo que no hay nada aquí.

Loew cabeceó, Fisk salió.

—Déjalo correr —dijo Jack.

Loew sonrió.

—¿Cuál es tu coartada? ¿Estabas en la cama con mi cuñada?

—Estaba en la cama solo.

—No me sorprende. Karen dijo que últimamente estabas melancólico y apocado. Pareces tenso, Jack. ¿Temes que se dé publicidad a tu relación con Hudgens?

—Millard quiere una declaración, y le daré una. ¿Es creíble que Sid y yo fuéramos hermanos de clausura?

—Claro que sí. Junto con Dudley Smith, un servidor y otros conocidos monaguillos. Tienes razón, Jack. Se lo pasaré a Bill Parker.

Un bostezo. Las pastillas perdiendo efecto.

—Es un caso peliagudo, y no querrás hacerte cargo.

—Sí, porque la víctima en efecto facilitó mi elección, y pudo haber dejado constancia de que tú le hiciste saber acerca de los, comillas, oscuros deseos, comillas, de McPherson. Jack...

—Sí, me mantendré alerta, y si tu nombre aparece escrito en algún papel, lo destruiré.

—Así me gusta. Y si yo...

—Sí, hay algo. Busca los informes sobre la investigación. Sid tenía archivos secretos, y si tu nombre está en alguna parte, estará allí. Si averiguo dónde, estaré allí con una cerilla.

Loew, pálido.

261

–Vale, y hablaré con Parker esta tarde.

Ray Pinker golpeó el espejo, apretó un gráfico contra el vidrio: líneas parejas, ninguna fluctuación. Por el altavoz:

–Inocente, pero ningún indicio sobre la coartada. ¿Algún episodio comprometedor?

Loew sonrió. Russell Millard por el altavoz:

–A trabajar, Vincennes. Búsqueda del coche del Nite Owl, ¿recuerdas? Tu puñetero programa de televisión no nos ha dado nada hasta ahora, y quiero una declaración escrita sobre tus tratos con Hudgens. Para las ocho de la mañana.

Jack se dirigió al distrito negro.

Por el sur hasta la Setenta y siete. Jack tragó más pastillas y cogió su mapa de búsqueda; el sargento del mostrador le dijo que los negros estaban más rebeldes, algún agitador comunista les había metido ideas en la cabeza. Más ataques con basura. Los investigadores registraban garajes en grupos de tres: un detective, dos patrulleros, equipos en lados opuestos de la calle. Debía encontrar a su gente en la Ciento dieciséis y Willis. Les faltaba un hombre desde el mediodía.

La Benzedrina causó efecto. Jack subió a las nubes. Condujo hasta la Ciento dieciséis y Willis: una hilera de casuchas, ventanas tapadas con cartón. Calles de tierra, una brigada de bicicletas: niños de color juntando fruta. Sus hombres delante: dos patrulleros a la izquierda, dos azules y dos de paisano a la derecha. Armados: tenazas, rifles. Jack aparcó, se unió al equipo de la izquierda.

Un trabajo de mierda.

Golpe en la puerta, permiso para registrar el garaje. Gran cantidad de vecinos formando una partida de vigilancia; de vuelta al garaje, abrir la puerta, forzar la cerradura. El equipo de la derecha no hacía preguntas. Avanzaba tenaza en mano, amenazaba, blandía la artillería contra los ciclistas. Los chicos de la izquierda trataban de poner mala cara; un chico les arrojó un tomate por encima de la cabeza. Los azules dispararon al aire, derribaron un nido de paloma, astillaron una palmera. Un garaje polvoriento tras otro: ningún Mercury 49 matrícula DG114.

Crepúsculo, una manzana de casas desiertas. Ventanas rotas, jardines que eran junglas de maleza. Jack empezó a sentirse mal: dientes doloridos, punzadas en el pecho. Oyó aullidos en la calle; el equipo de la derecha lanzó disparos. Jack miró a sus compañeros, todos corrieron hacia allí.

El Santo Grial en un garaje infestado de ratas: un Mercury 49 morado, plagado de adornos. Matrícula de California DG114, registrada a nombre de Raymond Sugar «Ray» Coates.

Dos patrulleros sacaron botellas.

Un par de chicos en bicicleta parloteaban: el magnífico trabajo de pintura, un gato blanco merodeando en el callejón.

Los tíos del lado izquierdo iniciaron la danza de la lluvia.

Jack miró por una ventanilla lateral: tres escopetas en el suelo entre los asientos, calibre grande, probablemente 12.

Aullidos ensordecedores, palmadas fuertes. Los niños también aullaron; un patrullero les dejó beber de la botella. Jack bebió un buen trago, vació el revólver contra una farola de la calle, le acertó con el último disparo. Gritos, alaridos; Jack dejó que los niños jugaran con su arma. Sid Hudgens lo atormentaba. Jack bebió otro sorbo para ahuyentarlo.

36

Un comedor privado en el Pacific Dining Car. Dudley Smith, Ellis Loew, Bud. Manos con ampollas, tres días de palizas: los agresores sexuales se le confundían en la cabeza.

—Muchacho —dijo Dudley—, hemos encontrado el coche y las armas hace una hora. Sin huellas, pero una de las escopetas coincide con las marcas de los cartuchos hallados en el Nite Owl. Encontramos las carteras y billeteras en una alcantarilla cercana al hotel Tevere, lo cual significa que tenemos un caso muy sólido. Pero el señor Loew y yo lo queremos todo. Queremos confesiones.

Bud apartó el plato. Todo conducía de vuelta a los negros. Una oportunidad para Exley.

—Así que el chico listo volverá a interrogarlos.

Loew meneó la cabeza.

—No, Exley es demasiado blando. Tú y Dudley los interrogaréis en la cárcel mañana por la mañana. Coates está en la enfermería con una infección de oído, pero mañana le darán el alta. Quiero que tú y Dudley estéis allí mañana temprano, a las siete.

—¿Qué hay de Carlisle y Breuning?

Dudley rió.

—Muchacho, tu presencia es más intimidante. Este trabajo lleva el nombre de «Wendell White», al igual que otra labor que he encontrado últimamente. Algo que te interesará.

—White —dijo Loew—, hasta ahora ha sido el caso de Exley, pero ahora podrás compartir la gloria. Y a cambio te haré un favor.

—¿Sí?

–Sí. Dick Stensland tiene una condena por seis cargos. Si lo haces bien, retiraré cuatro de los seis y lo llevaré ante un juez más blando. No le echarán más de noventa días.

Bud se levantó.

–Trato hecho, Loew. Y gracias por la cena.

Dudley sonrió.

–Hasta mañana a las siete, muchacho. ¿Y por qué te vas tan pronto? ¿Una cita impostergable?

–Sí, Veronica Lake.

Ella abrió la puerta, pura Veronica: bata con lentejuelas, rizo rubio sobre un ojo.

–Si hubieras llamado primero, no tendría esta pinta tan ridícula.

Parecía tensa. El tinte del pelo estaba desparejo, oscuro en las raíces.

–¿Una cita desagradable?

–Un banquero a quien Pierce quiere pedirle favores.

–¿Has fingido bien?

–Estaba tan absorto en sí mismo que no tuve que fingir.

Bud rió.

–Cuando cumplas treinta años, lo harás solo por gusto.

Lynn rió, todavía tensa, quizá solo lo tocara para hacer algo con las manos.

–Si los hombres no trataran de ser Alan Ladd, quizá conozcan a la verdadera Lynn Margaret.

–¿Vale la pena esperar?

–Sabes que sí, y te estás preguntando si Pierce me dijo que fuera receptiva.

No se le ocurrió ninguna réplica.

Lynn le cogió el brazo.

–Me alegra que lo hayas pensado, y me gustas. Y si esperas en el dormitorio me ducharé para librarme de Veronica y de ese banquero.

Se le acercó desnuda, castaña, el pelo todavía húmedo. Bud se obligó a ir despacio, tomarse tiempo con los besos, como si ella fuera una mujer solitaria a quien quería amar hasta la muerte. Lynn le siguió el juego devolviendo cada caricia, cada beso. Bud seguía pensando que ella fingía. Se apresuró a saborearla para saberlo.

Lynn gimió, se llevó las manos de Bud a los pechos, le fijó un ritmo para los dedos. Bud obedeció, disfrutando de cada jadeo, de cada vez que ella se corría. Era real, tan real que Bud se olvidó de sí mismo. Oyó: «Dentro de mí, por favor, dentro de mí.» Bud se frotó sobre la cama para endurecerse, entró en ella, le mantuvo las manos en los pechos como ella le había enseñado. Duro dentro de ella. Se dejó ir: las piernas de Lynn palpitaban, las caderas lo empujaban. La cara contra ese pelo húmedo, los brazos de ambos entrelazados.

Descansaron, hablaron. Lynn mencionó su diario: mil páginas que empezaban en la escuela secundaria de Bisbee, Arizona. Bud habló del Nite Owl, su tarea de esa mañana: golpes fáciles que ya no podía tolerar. «Entonces déjalo», decía la mirada de Lynn; Bud no tenía respuesta, así que habló de Dudley, de la conmovedora chica violada que estaba prendada de él, de su ansiedad por que el caso Nite Owl cobrara otro rumbo para que él pudiera joder a ese tipo que odiaba. Lynn respondía con caricias suaves; Bud dijo que olvidaría el asesinato de Kathy por el momento, pues podía volverlo loco, como en su visita a Dwight Gilette. Lynn le preguntó por su familia; Bud dijo que no tenía; describió su trabajo ilegal: Cathcart, el registro del apartamento, sus castillos en el aire, las Páginas Amarillas de San Bernardino abiertas por las páginas de imprentas que se conectaban con la declaración de los hermanos Englekling. Luego la desconexión, de vuelta a los negros que tenían en la cárcel. Supo que ella entendía: Bud estaba frustrado porque no era tan listo, no era en verdad un detective de Homicidios. Era el sujeto a quien llevaban para intimidar a otros sujetos. Al cabo de un rato, la charla se agotó. Bud estaba inquieto, irritado por haber dicho más de la cuenta. Lynn pareció intuirlo: se agachó y lo volvió loco con la boca. Bud le acarició el pelo, todavía húmedo, feliz de que ella no tuviera que fingir con él.

Pruebas: las pertenencias de las víctimas halladas cerca del hotel
Tevere; el Mercury de Coates y las escopetas localizadas, con verificación forense del arma que disparaba esas municiones con extrañas marcas. Ningún gran jurado del mundo rehusaría dictaminar
homicidio en primer grado. El caso del Nite Owl estaba resuelto.

Ed, en la mesa de la cocina, redactando un informe: último
resumen para Parker. Inez en el dormitorio, ahora su dormitorio.
Ed no podía armarse de valor para decir: «Déjame dormir contigo,
veremos cómo van las cosas, esperaremos». Ella estaba melancólica:
leía libros sobre Raymond Dieterling, armándose de valor para
pedirle un empleo. La noticia sobre las armas no la entusiasmó,
aunque significaba que ella no tendría que declarar. Las heridas
externas habían sanado, ningún dolor físico la molestaba, pero ella
lo seguía viviendo.

Sonó el teléfono; Ed lo cogió. Otro chasquido: Inez escuchando en el dormitorio.

—¿Diga?

—Russell Millard, Ed.

—Capitán, ¿cómo está?

—Soy Russell para sargentos y oficiales, hijo.

—Russell, ¿se ha enterado de lo del coche y las armas? La historia del Nite Owl.

—No exactamente, por eso llamo. Acabo de hablar con un teniente del Departamento del Sheriff, un hombre del Departamento de Prisiones. Me ha dicho que había oído un rumor. Dudley
Smith llevará a Bud White para arrancar confesiones a golpes a

nuestros muchachos. Mañana por la mañana, temprano. Los he hecho trasladar a otra sección para que no lleguen a ellos.

—Jesús.

—El salvador, ya lo creo. Hijo, tengo un plan. Iremos temprano, les presentaremos las nuevas pruebas y buscaremos confesiones legítimas. Tú harás de chico malo, yo de salvador.

Ed se caló las gafas.

—¿A qué hora?

—¿A las siete?

—De acuerdo.

—Eso significará ganarte la peligrosa enemistad de Dudley.

La línea del dormitorio se cortó.

—Que así sea. Russell, le veré mañana.

—Duerme bien, hijo. Te necesito alerta.

Ed colgó. Inez en la puerta, con la bata de Ed, que le quedaba enorme.

—No puedes hacerme esto.

—No deberías fisgonear.

—Esperaba una llamada de mi hermana. Exley, no puedes.

—Los querías en la cámara de gas. Allá irán. No querías declarar. Dudo que debas hacerlo.

—Quiero que les hagan daño. Quiero que sufran.

—No. Está mal. Este caso exige justicia absoluta.

Inez rió.

—La justicia absoluta te sienta tan bien como a mí esta bata, pendejo.

—Tienes lo que querías, Inez. Déjalo así y sigue con tu vida.

—¿Qué vida? ¿Vivir contigo? Nunca te casarás conmigo, eres tan respetuoso que me dan ganas de gritar, y cada vez que me convenzo de que eres un tipo decente haces algo que me hace exclamar: «Madre mía, ¿cómo he podido ser tan tonta?». ¿Y ahora quieres negarme esto? ¿Esta pequeñez?

Ed alzó su informe.

—Muchos hombres han hecho este caso. Esos animales estarán muertos para Navidad. Todos, Inez. Absolutamente. ¿No te basta?

Una risa burlona.

—No. Diez segundos y se dormirán. Durante seis horas me pegaron, me violaron y me metieron cosas. No, no me basta.

Ed se levantó.

—Así que dejarás que Bud White estropee el caso. Es probable que esto esté arreglado por Ellis Loew, Inez. Está pensando en una presentación irrefutable ante un gran jurado, un juicio de dos días donde él tendrá el papel protagonista. Con tal de lograr eso, echaría a perder lo que tenemos. Sé lista y reconócelo.

—No, reconoce tú que el asunto está terminado. Los negritos morirán porque así son las cosas. Yo soy solo una testigo a quien nadie necesita más, así que quizá mañana White reparta algunos golpes para hacerme justicia.

Ed apretó los puños.

—White es una vergüenza para la policía, un hijo de perra babeante y mujeriego.

—No, es solo un hombre que llama a las cosas por su nombre y no mira seis veces antes de cruzar la calle.

—Es un mierda.

—Entonces es mi mierda. Exley, te conozco. Te importa un bledo la justicia, solo importas tú. Solo irás mañana para perjudicar a White, y solo lo harás porque sabes que él sabe lo que eres. Me tratas como si quisieras amarme, no me das más que dinero y contactos sociales, cosas que tienes en abundancia y no echarás de menos. No corres riesgos por mí, y White arriesga su estúpida vida sin fijarse en las consecuencias, y cuando yo mejore querrás follarme y buscarme algún sitio donde nadie te vea en público conmigo, lo cual me da náuseas, y amo al estúpido White porque al menos tiene la sensatez de saber lo que eres.

Ed se le acercó.

—¿Y qué soy?

—Un cobarde sin agallas.

Ed alzó un puño, titubeó. Inez se quitó la bata. Ed la miró, miró hacia otro lado: la pared y las medallas militares enmarcadas. Las arrojó por la habitación. No fue suficiente. Quiso golpear la ventana, retrocedió y golpeó en cambio las blandas cortinas acolchadas.

38

Jack despertó viendo escenas obscenas.

Karen en fotos de orgías, Veronica Lake haciendo el amor con Karen. Sangre: fotos porno como fotos del forense, bellas mujeres empapadas en rojo. La primera realidad que vio fue el amanecer, luego el coche de Bud White aparcado junto a la casa de Lynn Bracken.

Labios cuarteados, huesos doloridos de la cabeza a los pies. Tragó las últimas pastillas, evocó los últimos pensamientos que había tenido antes de dormirse.

Nada en los archivos. Patchett y Bracken eran las únicas pistas para Hudgens. Patchett tenía criados que vivían en la casa. Bracken vivía sola. La abordaría cuando White dejara su cama.

Jack pensó un informe sobre el seguimiento: mentiras para engañar a Dudley Smith. El ruido de una puerta, fuerte como una detonación. Bud White caminó hacia su coche.

Jack se agachó en el asiento. El coche se alejó, unos segundos, otro portazo/detonación. Una ojeada rápida: una Lynn Bracken castaña en la calle.

Ella se dirigió a su coche, cogió por Los Feliz, enfiló hacia el este. Jack la siguió: el carril derecho, a cierta distancia. Tráfico escaso: la mujer debía de estar demasiado distraída para no verlo.

Al este, hacia Glendale. Al norte por Brand, un viraje hacia la acera de un banco. Jack frenó en un sitio desde donde podía observar: una tienda de la esquina, con cajas de leche apiladas junto a la puerta.

Se agachó, miró hacia la acera. Lynn Bracken hablaba con un hombre: un tipo nervioso y trémulo. El tipo abrió el banco y la hizo pasar; había un Ford y un Dodge aparcados a cierta distancia. Imposible distinguir los números de matrículas. Lamar Hinton salió cargando unas cajas.

Archivos, archivos, archivos. Tenía que ser eso.

Bracken y el tipo del banco cogieron unas cajas: fueron hacia el Dodge y el Packard de Lynn. El tipo cerró el banco, subió al Ford y giró hacia el sur; Hinton y Bracken formaron una cadena: dos coches rumbo al norte.

Segundos. Jack contó hasta diez, arrancó.

Los alcanzó a más de un kilómetro: virando, trepando, bajando. Glendale, al norte hacia las colinas. El tráfico escaseaba; Jack halló un puesto de observación: una vista limpia de la carretera, que serpeaba ascendiendo. Aparcó, observó: los coches subieron, cogieron un desvío, desaparecieron.

Siguió esa ruta hasta un camping: mesas de picnic, hoyos para barbacoa. Dos coches detrás de un pinar; Bracken y Hinton cargando cajas. Músculos con una lata de gasolina colgada del dedo.

Jack abandonó el coche, se ocultó detrás de unos pinos achaparrados. Bracken y Hinton descargaron: papeles en un gran hoyo. Volvieron a los coches; Jack se acercó, agachado.

Regresaron con otra carga: Bracken con un encendedor en la mano, Hinton con los brazos llenos. Jack se levantó, lanzó culatazos: a los huevos, izquierda/derecha/izquierda en la cara. Hinton cayó soltando papeles; Jack le rompió los brazos: las rodillas contra los codos, tirones de las muñecas.

Hinton se puso blanco, víctima del shock.

Bracken tenía la lata de gasolina y un encendedor.

Jack se plantó delante del hoyo, el 38 amartillado.

Punto muerto.

Lynn sostenía la lata: la tapa floja, volutas de vapor. Un chasquido: la llama del encendedor. Jack le apuntó a la cara.

Punto muerto.

Hinton intentó arrastrarse. A Jack le temblaba la mano del arma.

—Sid Hudgens, Patchett y Fleur-de-Lis. Se trata de Bud White o de mí, y a mí podéis comprarme.

Lynn apagó la llama, dejó la gasolina.

—¿Y Lamar?

Hinton: arañando la tierra, escupiendo sangre. Jack bajó el revólver.

—Vivirá. Y él me disparó, así que estamos en paz.

—Él no te disparó. Pierce... Sé que no te disparó.

—Entonces ¿quién?

—No lo sé. De veras. Y ni Pierce ni yo sabemos quién mató a Hudgens. Nos enteramos ayer por el periódico.

El hoyo; carpetas sobre el carbón.

—Los secretos de Hudgens, ¿eh?

—Sí.

—Sí, y continúa.

—No, hablemos de tu precio. Lamar le habló a Pierce de ti, y Pierce dedujo que eras ese policía que siempre aparece en las revistas de escándalos. Y, como dices, te podemos comprar. ¿Por cuánto?

—Lo que quiero está en esos archivos.

—¿Y qué...?

—Sé que Patchett te chulea a ti y otras chicas. Sé todo sobre Fleur-de-Lis y las inmundicias que maneja Patchett, incluido el material pornográfico.

La mujer no se inmutó.

—Algunas revistas tienen fotos con tinta animada. Roja como la sangre. Vi fotos del cadáver de Hudgens. Lo cortaron de tal modo que aparece igual que en las fotos.

Aún impertérrita.

—Y ahora vas a preguntarme acerca de Pierce y Hudgens.

—Sí, y quién manipuló las fotos de las revistas.

Lynn meneó la cabeza.

—No sé quién hizo las revistas, y tampoco lo sabe Pierce. Compró una partida a un mexicano rico.

—No te creo.

—No me importa. ¿Aparte quieres dinero?

—No, y apuesto a que el autor de esas fotos mató a Hudgens.

—Tal vez lo mató alguien que se excitó con las fotos. ¿Acaso te importa? Apostaría a que Hudgens conocía algún secreto tuyo. ¿Qué hay detrás de todo esto?

—Una dama lista. Y apostaría a que Patchett y Hudgens no jugaban al golf ni…

—Pierce y Sid planeaban un proyecto juntos —le atajó Lynn—. No te diré más que eso.

Extorsión. Tenía que ser.

—¿Y estos archivos eran para eso?

—Sin comentarios. No he mirado los archivos. Dejemos las cosas como están y que nadie salga lastimado.

—Entonces dime qué ocurrió en el banco.

Lynn miró a Hinton, que trataba de arrastrarse.

—Pierce sabía que Sid guardaba sus archivos privados en cajas de caudales en ese Bank of America. Cuando leímos que lo habían matado, Pierce supuso que la policía los acabaría localizando. Sid llevaba archivos sobre los negocios de Pierce… negocios que un policía honesto no aprobaría. Pierce sobornó al gerente para que nos dejara hacernos con ellos. Y aquí estamos.

Jack olió el papel, el carbón.

—Tú y Bud White.

Lynn apretó los puños, los apoyó con fuerza en sus piernas.

—Él no tiene nada que ver.

—Cuéntame, de todos modos.

—¿Por qué?

—Porque no os veo como la gran pareja de 1953.

Una sonrisa inesperada. Jack casi sonrió también.

—Haremos un trato, ¿verdad? —dijo Lynn—. ¿Una tregua?

—Sí, un pacto de no agresión.

—Pues considera esto como parte del pacto. Bud fue a ver a Pierce. Estaba investigando el asesinato de una joven llamada Kathy Janeway. Había hallado el nombre de Pierce y el mío a través de un hombre que conocía a la joven. Desde luego, nosotros no la matamos, y Pierce no quería un policía husmeando por aquí. Me dijo que fuera amable con Bud… y ahora empieza a gustarme. Y no quiero que le digas nada sobre esto. Por favor.

Tenía clase incluso para suplicar.

—De acuerdo, y dile a Patchett que el fiscal del distrito piensa que el caso Hudgens no tiene solución. Intentará no meterse, y si yo encuentro lo que busco en ese montón, el día de hoy nunca habrá ocurrido.

Lynn sonrió. Esta vez Jack también sonrió.

—Ve a cuidar de Hinton.

Lynn se acercó a Músculos y Jack hurgó en las carpetas. Encontró etiquetas con nombres, siguió hurgando. Apellidos con T, apellidos con V, el objetivo: «Vincennes, John».

Testigos oculares: tipos cabales que estaban esa noche en la playa. Buenas gentes que le vieron acribillar a Harold J. Scoggins y señora, buenas gentes que se lo dijeron a Sid por dinero, buenas gentes que no hablaban con las «autoridades» por temor a «involucrarse». Los resultados del análisis de sangre que el doctor había eliminado, sobornado por Sid: el Gran V atiborrado de marihuana, Benzedrina, alcohol. La declaración de un muy colocado Jack en la ambulancia: confesando varias extorsiones. Pruebas concluyentes: Jack Vincennes liquidó a dos ciudadanos inocentes frente al Malibu Rendezvous.

—Voy a subir a Lamar a mi coche. Lo llevaré a un hospital.

Jack dio media vuelta.

—Esto es demasiado bueno para ser cierto. Patchett tiene copias, ¿verdad?

De nuevo esa sonrisa.

—Sí, por su trato con Hudgens. Sid le daba copias en papel carbón de cada archivo, excepto de los archivos sobre el mismo Pierce. Pierce quería esas copias como una póliza de seguro. No confiaba en Sid, y como aquí tenemos todos los archivos de Hudgens, estoy segura de que los archivos de Pierce están ahí.

—Sí, y tenéis una copia del mío.

—En efecto, amigo Vincennes.

Jack trató de imitar esa sonrisa.

—Todo lo que sé sobre ti, Patchett, sus negocios y Sid Hudgens formará parte de una declaración, múltiples copias en múltiples cajas de caudales. Si algo me pasa a mí o un allegado, serán enviadas al Departamento de Policía, a la Fiscalía del Distrito y al *Mirror* de Los Ángeles.

—Tablas, pues. ¿Quieres encender la cerilla?

Jack le cedió el puesto con una reverencia. Lynn roció las carpetas, las encendió. El papel siseaba y crepitaba. Jack miró hasta que le ardieron los ojos.

—Vete a casa a dormir, sargento. Tienes una pinta horrible.

No fue a casa. Fue a ver a Karen.

Condujo hasta allí ebrio, excitado. Bajaba el telón: malas deudas mal saldadas, borrón y cuenta nueva. Tuvo la idea tal como había tenido el proyecto de atizar a Claude Dineen. No dijo las palabras, no las ensayó. Encendió la radio para mantener la idea fresca.

Un locutor de voz severa:

—... la zona sur de Los Ángeles es ahora escenario de la mayor cacería de hombres en la historia de California. Repetimos, hace media hora, poco después del alba, Raymond Coates, Tyrone Jones y Leroy Fontaine, los acusados de la Matanza del Nite Owl, escaparon de la prisión municipal de Los Ángeles. Se les había trasladado a un pabellón de mínima seguridad para someterlos a nuevos interrogatorios y escaparon mediante sábanas anudadas y saltando desde una ventana del segundo piso. Aquí, grabados inmediatamente después de la fuga, tenemos los comentarios del capitán Russell Millard del Departamento de Policía de Los Ángeles, co-supervisor de la investigación.

»"Asumo la plena responsabilidad por este incidente. Fui yo quien ordenó trasladar a los tres sospechosos a un pabellón de mínima seguridad. Yo... se harán todos los esfuerzos para capturarlos con prontitud. Yo..."

Jack apagó la radio. Telón: la carrera del beato Russell Millard. Imagen: todos los detectives siendo despertados para la búsqueda. Bostezó el resto del camino, tocó el timbre de la puerta de Karen viendo doble.

Karen abrió.

—Querido, ¿dónde has estado?

Jack le sacó rulos del pelo.

—¿Quieres casarte conmigo?

—Sí —dijo Karen.

Ed, apostado en la Uno y Olive. La escopeta de su padre como único respaldo, apostando a una corazonada.

Sugar Ray Coates: «Roland Navarette, vive en Bunker Hill. Tiene un escondrijo para fugitivos».

Un susurro: los micrófonos no lo habían captado, Ed dudaba de que Coates recordara que lo había dicho. Antecedentes, foto de Navarette, domicilio: una pensión a poca distancia de Olive, cerca de la prisión municipal. Una fuga al amanecer: no podrían llegar al distrito negro sin ser vistos. Calculaba que los cuatro estaban armados.

Miedo: como en Guadalcanal en el 43.

Ilegal: no había informado de la pista.

Ed avanzó con el coche. Una casa victoriana de tablillas: cuatro pisos, pintura descascarillada. Subió saltando los escalones, miró los buzones: R. Navarette, 408.

Dentro, con la escopeta bajo la chaqueta del traje. Un largo pasillo, ascensor con puerta de vidrio, escaleras. Subió las escaleras. No sentía los pies. Rellano del cuarto piso: nadie a la vista. Fue hacia el 408, se abrió la chaqueta. Los gritos de Inez lo incitaban. Pateó la puerta.

Cuatro hombres comiendo emparedados.

Jones y Navarette a una mesa. Fontaine en el suelo. Sugar Coates junto a la ventana, hurgándose los dientes.

Ningún arma a la vista. Nadie se movió.

Sonidos raros.

—Estáis arrestados —dijo Ed con un hilo de voz.

Jones alzó las manos. Navarette alzó las manos. Fontaine se llevó las manos a la nuca.

—¿Se te han comido la lengua, maricón? —dijo Sugar Ray.

Ed apretó el gatillo: una, dos veces. Los perdigones arrancaron la pierna de Coates. Retroceso. Ed se apoyó en el marco de la puerta, apuntó. Fontaine y Navarette se levantaron gritando. Ed apretó el gatillo, los barrió con una perdigonada. Retroceso, empellón fuerte: media pared de atrás se derrumbó.

Todo rociado de sangre. Ed se tambaleó, se enjugó los ojos. Jones corría hacia el ascensor.

Ed corrió detrás: resbaló, tropezó, se levantó. Jones apretaba botones, chillaba plegarias a centímetros del vidrio.

—Por favor, Jesús.

Ed apuntó a quemarropa, disparó dos veces. El vidrio y las perdigonadas arrancaron la cabeza de Jones.

Pisadas fuertes, gritos alrededor.

Ed bajó a la carrera, se encontró con una multitud: policías de azul, policías de paisano. Varias manos le palmearon la espalda; varios hombres lo felicitaron. Un murmullo:

—Millard ha muerto. Ataque cardíaco en la oficina.

Lluvia en el cementerio. Una despedida junto a la tumba: el panegírico de Dudley Smith, las palabras del sacerdote.

Asistieron todos los hombres de Detectives: órdenes de Thad Green. Parker llamó a la prensa: una pequeña ceremonia ante el ataúd de Russ Millard. Bud miró cómo Ed Exley confortaba a la viuda: el mejor perfil ante las cámaras.

Una semana de cámaras, titulares: Ed Exley, «el Mayor Héroe de Los Ángeles». Guerrero victorioso de la Segunda Guerra Mundial, el hombre que despachó a los asesinos del Nite Owl y a su cómplice. Ellis Loew dijo a la prensa que los tres habían confesado antes de escapar. Nadie mencionó que los negros estaban desarmados. Ed Exley alcanzaba la gloria.

El discurso del sacerdote cobró intensidad. La viuda rompió a llorar. Exley le rodeó los hombros con el brazo. Bud se alejó.

Relámpagos, más lluvia. Bud se refugió en la capilla. La recepción de Parker estaba preparada: atril, sillas, una mesa con sándwiches. Más relámpagos. Bud miró por la ventana, vio el ataúd bajando a la tierra. Cenizas a las putas cenizas. A Stensland le cayeron seis meses. Según los rumores, Exley e Inez eran la gran pareja: chico liquida cuatro negros, chico consigue chica.

Los presentes iniciaron la marcha. Ellis Loew resbaló, cayó. Bud pensó en las cosas buenas: Lynn, la comisaría de West Valley investigando el asesinato de Kathy. Por ahora olvidaría las cosas deprimentes.

Todos entraron en la capilla: dejaron impermeables y paraguas, se apresuraron a tomar asiento. Parker y Exley se pararon junto al atril. Bud se despatarró en una silla del fondo.

Reporteros, cuadernos. Asientos de delante: Loew, la viuda Millard, Preston Exley. Gran noticia para la Tierra de los Sueños. Parker habló por el micrófono.

—Esta es una ocasión triste, una ocasión para el duelo. Lloramos a un hombre bueno y afectuoso y a un policía de vocación. Lamentamos su fallecimiento. La pérdida del capitán Russell A. Millard es una pérdida para la señora Millard, para la familia Millard y para todos nosotros. Será una pérdida difícil de sobrellevar, pero la sobrellevaremos. Recuerdo un pasaje de los anales de la literatura. Ese pasaje dice: «Si no hubiera Dios, ¿cómo podría yo ser capitán?». Dios nos ayudará a soportar nuestro pesar y nuestra pérdida. El Dios que permitió que Russ Millard llegara a ser capitán, Su capitán.

Parker extrajo un estuche de terciopelo.

—Y la vida continúa a pesar de nuestras pérdidas. La pérdida de un espléndido policía coincide con el surgimiento de otro. Edmund J. Exley, sargento detective, ha acumulado brillantes antecedentes en los diez años que ha pasado en el Departamento de Policía de Los Ángeles, dedicando tres de esos años a servir al ejército de Estados Unidos. Ed Exley recibió la Cruz del Servicio Distinguido por su arrojo en el frente del Pacífico, y la semana pasada demostró un valor espectacular en el cumplimiento del deber. Me complace otorgarle el mayor honor que puede conceder este departamento: nuestra Medalla al Valor.

Exley se adelantó. Parker abrió el estuche, extrajo un medallón de oro sujeto a una cinta de satén azul y se lo colgó del cuello. Ambos se estrecharon la mano. Exley tenía lágrimas en los ojos. Los flashes centellearon, los reporteros garabatearon, ningún aplauso. Parker tocó el micrófono.

—La Medalla al Valor es una altísima expresión de estima, pero no tiene aplicaciones prácticas cotidianas. Al margen de las consideraciones espirituales, no recompensa a quien la recibe con el desafío del exigente trabajo policial. Hoy me valdré de una prerrogativa rara vez usada y recompensaré a Ed Exley con trabajo. Lo ascenderé dos rangos, a capitán, y lo designaré comandante flotante de las divisiones del Departamento de Policía de Los Ángeles, el cargo antes sustentado por nuestro amado colega Russ Millard.

Preston Exley se levantó. Los civiles se levantaron; los hombres de Detectives aguardaron. Thad Green alzó dos dedos. Algunos aplausos, poco entusiastas. Ed Exley estaba tieso como un palo; Bud se quedó despatarrado en la silla. Sacó el revólver, lo besó, sopló el humo imaginario que brotaba del cañón.

41

Una boda al aire libre, ceremonia presbiteriana. Papá Morrow invitaba y pagaba la cuenta. El 19 de junio de 1953: el Gran V aprieta el nudo.

Miller Stanton padrino; Joan Loew –achispada con ponche de champán– es la madrina. Dudley Smith: el alma de la recepción; anécdotas, canciones gaélicas. Parker y Green vinieron a petición de Ellis Loew; apareció el capitancito Ed Exley. El círculo social de los Morrow redondeaba la lista de invitados y atestaba el enorme patio de Welton.

Votos matrimoniales para cerrar el telón. Malas deudas bien saldadas: nuevos días en el calendario, su «declaración/póliza de seguros» guardada en catorce bóvedas bancarias. Votos temibles: tuvo que darse ánimos en el altar.

Parker enterró la muerte de Hudgens. Bracken y Patchett firmaron tablas. Dudley le pidió que dejara de seguir a White, se creyó sus informes falsos, en los cuales Lynn no existía: de noche White recorría bares. Jack vigiló la casa de Lynn un par de días, y al parecer tenía una buena relación con Bud. Que siempre fue un sentimental.

Como Jack.

El sacerdote dijo las palabras; ellos dijeron las palabras; Jack besó a la novia. Abrazos, palmadas, buenos deseos. Parker infundió un poco de calidez; Ed Exley saludaba a los presentes. Ni rastro de la muchacha mexicana. Apodos: «Eddie Escopeta», «Ed Gatillo». «El Mayor Héroe de Los Ángeles» le sonríe al poli/recaudador que se casa.

Jack encontró un lugar por encima de la caseta de la piscina: una pequeña elevación con vistas. Dos celebrantes sobresalían: Karen, Exley. Debía admitirlo: había aprovechado la oportunidad, había dado buen nombre al Departamento. Él no habría tenido el estómago. Ni la furia.

Exley. White. Jack.

Jack contó secretos: los suyos, aquello que vivía en el linde donde la pornografía se unía con la muerte de un traficante de escándalos y rozaba levemente la Matanza del Nite Owl. Pensó en Bud White, Ed Exley. Entonó una plegaria de bodas: el Nite Owl muerto y enterrado, un tránsito seguro para hombres implacables y enamorados.

CALENDARIO
1954

EXTRACTO:
Herald-Express de Los Ángeles, 16 de junio

EX POLICÍA ARRESTADO POR ROBO
Y ASESINATO

Richard Alex Stensland, de 40 años, ex detective de la policía de los Ángeles implicado en el escándalo de la «Navidad Sangrienta» de 1951, fue arrestado esta mañana acusado de seis cargos de asalto a mano armada y dos cargos de homicidio en primer grado. Junto con él, en su escondrijo de Pacoima, fueron arrestados Dennis «Comadreja» Burns, 43 años, y Lester John Miciak, de 37. Los otros hombres tenían cuatro cargos de asalto a mano armada y dos de homicidio en primer grado.

El arresto fue encabezado por el capitán Edmund J. Exley, comandante flotante de las divisiones del Departamento de Policía de Los Ángeles, actualmente a cargo de la División de Atracos. Asistieron al capitán Exley los sargentos Duane Fisk y Donald Kleckner. Exley, cuyo testimonio en el escándalo de la Navidad Sangrienta envió a Stensland a la cárcel en 1952, declaró a los reporteros: «Hay testigos oculares que identificaron fotografías de los tres hombres. Tenemos pruebas fehacientes de que estos hombres son responsables del asalto de seis licorerías de Los Ángeles, incluido el de Sol's Liquors, en el distrito Silverlake, el 9 de junio. El propietario de esa tienda y su hijo fueron agredidos y asesinados a tiros durante ese asalto y, según testigos oculares, Stensland y Burns estaban presentes. Pronto se iniciará un intenso interrogatorio de los sospechosos, y esperamos resolver muchos otros casos pendientes».

Stensland, Burns y Miciak no presentaron resistencia durante el arresto. Fueron trasladados a la prisión municipal, donde se impidió que Stensland atacara al capitán Exley.

TITULAR
Mirror-News de Los Ángeles, 21 de junio

STENSLAND CONFIESA Y DESCRIBE ATERRADORA OLA DE ASALTOS

TITULAR
Herald-Express, Los Ángeles,
23 de septiembre

CONDENA PARA LOS ASESINOS; PENA DE MUERTE PARA EX POLICÍA

EXTRACTO
Times de Los Ángeles, 11 de noviembre

STENSLAND, EX POLICÍA, EJECUTADO POR ASESINATOS

Ayer a las 10.30 de la mañana, Richard Stensland, de 41 años, ex policía de Los Ángeles, murió en la cámara de gas de la prisión de

San Quintín por el asesinato de Solomon y David Abramowitz, cometido el 9 de junio. Las muertes ocurrieron durante el asalto a una licorería. Stensland fue condenado y sentenciado el 22 de noviembre y rehusó apelar. La ejecución se realizó sin contratiempos, aunque Stensland parecía estar ebrio. Entre la prensa y los funcionarios de la prisión se hallaban presentes dos detectives del Departamento de Policía de Los Ángeles: el capitán Edmund J. Exley, responsable de la captura de Stensland, y el agente Wendell White, ex compañero del condenado. El agente White visitó a Stensland en su celda la víspera de la ejecución y pasó toda la noche con él. El ayudante del alcaide, B. D. Terwilliger, negó que el agente White suministrara a Stensland bebida para embriagarse y negó que White estuviera ebrio durante la ejecución. Stensland atacó verbalmente al capellán de la prisión, que estaba presente. Sus últimas palabras fueron obscenidades dirigidas contra el capitán Exley.

1955

Revista *Hush-Hush*, mayo de 1955:

¿QUIÉN MATO A SID HUDGENS?

La justicia de la ciudad de Los Ángeles Caídos nos recuerda una línea de ese sensacional espectáculo en sepia que es *Porgy & Bess.* Como «un hombre», es «cosa del pasado». Por ejemplo: si usted aporta dinero al «fondo de reserva» del ambicioso fiscal Ellis Loew y es asesinado... ¡ay del asesino! El jefe de la policía de Los Ángeles, William H. Parker, no reparará en gastos con tal de hallar al demonio que le hizo abordar el tren nocturno con rumbo al Gran Adiós. Pero si usted es un abnegado periodista que escribe para esta revista y alguien lo hace picadillo en su propio salón... ¡tranquilo, asesino! El jefe Parker y su horda de moralistas, misántropos y obtusos dejarán quietas las manos (encallecidas de recibir sobornos) y silbarán «la justicia es cosa del pasado» mientras el asesino silba dixie.

Han pasado dos años desde que Sid Hudgens fue descuartizado

en su salón de Chapman Park. Hace dos años el Departamento tenía sus pegajosas y untadas manos ocupadas en el caso de los asesinatos del Nite Owl, que se resolvió cuando uno de los miembros tomó la ley en sus poco escrupulosas y oportunistas manos y mandó a los asesinos al Grand Au Revoir a escopetazos. El asesinato de Sid Hudgens fue asignado a dos detectives torpes que en conjunto sumaban un total de cero casos resueltos. Desde luego, no hallaron al asesino, pasaron casi todo el tiempo en la oficina de *Hush-Hush* leyendo números atrasados en busca de pistas, tomando café con dónuts y echando ojeadas a vistosas ayudantes de editoriales que acuden a *Hush-Hush* porque nosotros sabemos dónde están enterrados los cadáveres...

En *Hush-Hush* tomamos el pulso interior de la ciudad de Los Ángeles Caídos, y hemos investigado la muerte de Sid por nuestra cuenta. No hemos llegado a ninguna parte, y hacemos al Departamento de Policía las siguientes preguntas:

El apartamento de Sid fue saqueado. ¿Qué ocurrió con los archivos ultraconfidenciales, ultrasecretos y ultra *Hush-Hush* que Sid guardaba, con insinuaciones demasiado corrosivas para que ni siquiera nosotros las publicáramos?

¿Por qué el fiscal del distrito Ellis Loew, elegido en gran parte gracias a un artículo de *Hush-Hush* que denunciaba las travesuras de su oponente, no nos devolvió el favor usando su influencia legal para obligar al Departamento a descubrir al asesino?

El célebre poli John «Jack» Vincennes, el famoso «Gran V», flagelo de drogadictos, era amigo íntimo de Sid y fue responsable de muchos de sus comprometidos artículos sobre la amenaza de los narcóticos. ¿Por qué Jack (muy conectado con Ellis Loew: no pronunciaremos la palabra «recaudador», pero nos permitimos la libertad de pensarla) no investigó la muerte por su cuenta, por camaradería hacia su amado compañero Sid?

Preguntas sin respuesta, a menos que tú, lector, recojas este clamor. Volveremos sobre esto en futuros números. Y recuerda, querido lector: lo leíste primero aquí, extraoficial, confidencial y muy *Hush-Hush*.

VIGILANDO A LA JUSTICIA: ¡CUIDADO CON LA PAREJA LOEW/VINCENNES!

Hemos perdido bastante tiempo, querido lector. En nuestro número de mayo recordábamos el segundo aniversario del brutal asesinato del as de nuestros redactores, Sid Hudgens. Lamentábamos que su muerte aún permaneciera sin resolver, sugeríamos gentilmente al Departamento de Policía de Los Ángeles, al fiscal del distrito Ellis Loew y a su cuñado, el sargento Jack Vincennes, que hicieran algo al respecto. Hicimos algunas preguntas pertinentes y no recibimos respuesta. Han transcurrido siete meses sin que se hiciera justicia, así que he aquí más preguntas:

¿Dónde están los inquietantes archivos secretos de Sid Hudgens, archivos tan escandalosos que ni siquiera la incisiva *Hush-Hush* se animaba a publicarlos?

¿El fiscal Loew sepultó la investigación porque el abnegado Sid había publicado poco antes de morir una nota sobre Max Peltz, productor/director de *Placa de Honor*, y su afición por las adolescentes, teniendo en cuenta que Peltz hizo donaciones (¡de cinco dígitos!) a la campaña de Loew en 1953?

¿Loew ha ignorado nuestras exigencias de justicia porque está demasiado atareado preparándose para su campaña de reelección de la primavera de 1957? ¿Acaso Jack Vincennes (no usaremos la palabra «recaudador») vuelve a extorsionar a la comunidad de Hollywood pidiendo aportaciones para su cuñado Ellis y eso le impide investigar la muerte de Sid?

Más sobre el Gran V:

¿Acaso Vincennes, supremo flagelo de drogadictos, está enfadado con su joven y rica esposa, quien lo persuadió de abandonar su amada División de Narcóticos, pero ahora lamenta que haya trabajado en el dudoso Destacamento de Vigilancia?

Invitación a la reflexión, querido lector, y una gentil solicitud de demorada justicia. La búsqueda de justicia para Sid Hudgens continúa. Recuerda, querido lector: lo leíste primero aquí, extraoficial, confidencial y muy *Hush-Hush*.

1956

Columna «Guardián del crimen»,
revista *Hush-Hush*, octubre de 1956:

SEQUÍA EN EL HAMPA MIENTRAS SE ACERCA LA LIBERTAD DE COHEN: ¿UN FESTÍN SEGUIRÁ A LA HAMBRUNA CUANDO MICK RECOBRE EL MANDO?

Quizá tú no lo hayas notado, querido lector, pues eres un ciudadano respetuoso de la ley que recurre a *Hush-Hush* para abordar el lado oscuro y pecaminoso de la vida. Han acusado a esta publicación de ser cínica, pero también somos sinceros en nuestro afán de informarte sobre los peligros del crimen, organizado o no, y por eso este periódico ofrece periódicamente la columna «Guardián del crimen». Este mes ofrecemos un delicioso popurrí sobre la maliciosa actividad o inactividad del hampa de Los Ángeles, centrándonos en Meyer Harris Cohen, de 43 años, actualmente encarcelado, y también conocido como el misántropo e inimitable Mickey C.

Mick ha estado reposando en la penitenciaría federal de McNeil Island desde noviembre de 1951, y saldrá en libertad condicional el año que viene, a fines de 1957. Todos conocemos al célebre Mickey: es el elegante caballero que gobernó los negocios clandestinos de Los Ángeles desde el 45 al 51, hasta que el Tío Sam le echó el guante por evasión de impuestos. Es un rey de los titulares, un gran humorista y, admitámoslo, un caballero. Y está en McNeil, conservándose en una celda elegante, entibiándose los pies con su mascota, el bulldog Mickey Cohen Júnior. Su contable Davey Goldman, también condenado por evasión de impuestos, calienta una celda vecina. La actividad del hampa disfruta –¿soporta?– una extraña tregua desde que Mickey metió su pijama en la maleta para viajar a Puget Sound, y en *Hush-Hush*, donde conocemos muchas fuentes imposibles de nombrar, tenemos una teoría sobre lo que ocurre. Escucha, querido lector: esto es extraoficial, confidencial y muy *Hush-Hush*.

Noviembre del 51: adiós, Mickey, acuérdate del cepillo de dientes y no te olvides de escribir. Antes de coger el expreso de McNeil Island, Mick informa a su número dos, Morris (Mo) Jahelka, que será jefe titular del Reino Cohen, que Mickey tiene «préstamos a largo plazo» invertidos en varias empresas legales en cuyos dueños confía, para ser administrados en silencio por matones de fuera de la ciudad con una actividad drásticamente reducida. Mickey puede parecer un bufón del mal, pero tiene una cabeza sobre esos hombros simiescos.

¿Estás en nuestra longitud de onda, querido lector? ¿Sí? Bien, ahora escucha con mayor atención.

Mickey languidece en la celda y el tiempo pasa. Recibe porcentajes de sus «concesionarios» y los encauza hacia cuentas bancarias suizas, y cuando salga en libertad obtendrá «tarifas de reembolso» para que el Reino Cohen le sea devuelto en bandeja. Reconstruirá su imperio del mal y los días felices regresarán.

Tanto es el poder del ubicuo Mickey C. que durante años ningún hampón advenedizo ha intentado adueñarse de sus negocios mientras dormía la siesta. Jack Whalen, sin embargo, conocido hampón/corredor de apuestas, conoce el plan de conservar las cosas en calma mientras está entre rejas, y la policía hace girar agradecida sus pulgares, sin nidos de hampones para registrar. Whalen no ataca el reducido Reino Cohen, simplemente construye un reino rival de corredores de apuestas sin temor a represalias.

Entretanto, ¿qué sucede con algunos de los principales amigos de Mickey? Bien, el tímido Mo Jahelka lleva triplicados de libros para los concesionarios, siendo un genio de las cifras, y Davey Goldman, encarcelado con su amo, pasea a Mickey Cohen Júnior por el patio de McNeil. Abe Teitlebaum, guardaespaldas de Cohen, posee un restaurante que vende emparedados grasientos con nombres de comediantes judíos, y Lee Vachss, Picahielos para Oídos, vende medicina patentada. Nuestro misántropo favorito de Mickey, Johnny Stompanato (a veces llamado «Oscar» por su miembro, del tamaño de un premio de la Academia), alimenta su pasión por Lana Turner, y tal vez haya regresado al viejo hábito de practicar la extorsión. Suponiendo que Whalen y Mickey no choquen cuando suelten a Mick, todo parece prometedor y satisfactorio, ¿verdad? ¿Amistad entre hampones?

Tal vez no.

Ejemplo: en agosto de 1954, John Fisher Diskant, presunto concesionario de Cohen, fue tiroteado frente a un motel de Culver City. Ningún sospechoso, ningún arresto. Situación actual: el caso descansa en un archivo del Departamento de Policía de Culver City.

Ejemplo: en mayo de 1955 dos presuntos concesionarios de Cohen a cargo de la prostitución –Nathan Janklow y George Palevsky– son tiroteados frente a la Torch Song Tavern de Riverside. Ningún sospechoso, ningún arresto. Situación actual: el sheriff del condado de Riverside dice que cerró el caso por falta de pruebas.

Ejemplo: en julio de 1956, Walker Ted Turow, conocido traficante de drogas que recientemente había manifestado su deseo de «vender caballo blanco a granel y ser gran señor de ese negocio», apareció muerto a tiros en su apartamento de San Pedro. Lo has adivinado, lector: ninguna pista, ningún sospechoso, ningún arresto. Situación actual dentro de la correspondiente división del Departamento de Policía de Los Ángeles: archivo abierto, nadie se desvive por resolverlo.

Ahora bien, amigo lector: estos cuatro sujetos, con conexiones o ambiciones dentro del hampa, fueron tiroteados por cuadrillas de tres hombres. Los casos apenas se investigaron porque las respectivas agencias consideraban a las víctimas maleantes cuyas muertes no merecían justicia. Ojalá pudiéramos decir que los informes balísticos indican que se usaron las mismas armas en las tres ocasiones, pero no es así… aunque los asesinos usaron rifles 30-30 en los tres casos. Y en *Hush-Hush* sabemos que no se ha emprendido ningún esfuerzo combinado para atrapar a los asesinos. En efecto, en *Hush-Hush* somos los primeros en conectar teóricamente estos crímenes. De acuerdo. Sabemos que Jack Whalen y sus principales factótums tienen sólidas coartadas para las horas de las muertes, y que han interrogado a Mickey C. y Davey G. y no tienen ni idea de quiénes son los villanos. Curioso, ¿verdad, querido lector? Hasta ahora, nadie ha maniobrado abiertamente para adueñarse del dormido Reino Cohen, pero hemos oído que Morris Jahelka, el sicario de Mickey, ha hecho las maletas para mudarse a Florida muerto de miedo...

Y Mick pronto saldrá en libertad. ¿Qué ocurrirá entonces? Recuerda, querido lector, lo leíste aquí primero. Extraoficial, confidencial y muy *Hush-Hush*.

1957

INFORME CONFIDENCIAL DEL DEPARTAMENTO DE POLICÍA DE LOS ÁNGELES: compilado por la División de Asuntos Internos, fecha 10/2/57

Investigador a cargo: Sargento D. W. Fisk, placa 6129, Asuntos Internos. Presentado a petición del subjefe Thad Green, jefe de detectives

Asunto: White, Wendell A., División de Homicidios

Señor:

Cuando usted inició esta investigación declaró que le sorprendía que el agente White hubiera aprobado el examen de sargento con altas calificaciones después de dos intentos fallidos y nueve años en Detectives, especialmente considerando la reciente promoción del teniente Dudley Smith a capitán. He investigado exhaustivamente al agente White y he hallado varios puntos contradictorios que le interesarán. Como usted ya tiene acceso a la hoja de arrestos y la hoja de personal de White, me referiré únicamente a dichos puntos.

1. White, que es soltero y sin familia directa, tiene una relación íntima de carácter esporádico con una tal Lynn Margaret Bracken, edad 33, desde hace varios años. Hay rumores (no sostenidos por antecedentes policiales) de que esta mujer, propietaria de la tienda Veronica's de Santa Mónica, es ex prostituta.

2. White, introducido en Homicidios por el teniente Smith en 1952, no ha resultado ser el gran investigador que suponía el ahora capitán Smith. Su trabajo de 1952-53 bajo el mando del teniente

Smith en el Destacamento de Vigilancia fue legendario, y durante el mismo, White mató a dos hombres en cumplimiento del deber. Desde abril de 1953, cuando White disparó a Sylvester Fitch, sospechoso colateral en el caso del Nite Owl, White no se ha distinguido especialmente por su labor policial. Sin embargo, asombrosamente, no se han presentado muchas quejas por abuso de fuerza contra él (vea las hojas de personal de 1948-51, donde constan quejas anteriores desechadas). Se sabe que durante esos años y hasta la primavera de 1953, White visitaba a los maridos violentos liberados y los afrentaba verbal y/o físicamente. Las pruebas indican que esas incursiones ilegales no se han repetido en los últimos cuatro años. White sigue siendo inestable (recibió una reprimenda departamental por destrozar ventanas en Homicidios cuando se enteró de que su ex compañero, el sargento R. A. Stensland, había sido sentenciado a muerte), pero se sabe que a veces ha eludido trabajar con la Brigada contra el Hampa del teniente/capitán Smith, creándose tensiones con su mentor. Alegando la naturaleza violenta de la asignación, White presuntamente ha declarado: «Ya no tengo estómago para eso». Interesante, dados los antecedentes y la reputación de White.

3. En la primavera de 1956, White se tomó nueve meses acumulados de licencia por enfermedad y vacaciones cuando el capitán E. J. Exley asumió el mando efectivo de Homicidios. (Existe un célebre odio entre White y el capitán Exley, consecuencia del escándalo de la Navidad de 1951.) Durante su tiempo de licencia, White (cuyas calificaciones de la Academia indican solo una inteligencia mediana y una cultura inferior a la media) asistió a clases de criminología y estudios forenses en la Universidad de California del Sur, y cursó y aprobó (pagándose los gastos) el seminario «Procedimientos de Investigación Criminal» del FBI en Quantico, Virginia. White suspendió dos veces el examen de sargento antes de embarcarse en estos estudios, y en su tercer intento aprobó con una puntuación de 89. Se le otorgará el grado de sargento antes del final de 1957.

4. En noviembre de 1954, R. A. Stensland fue ejecutado en San Quintín. White pidió y recibió permiso para asistir a la ejecución. Pasó la noche anterior a la ejecución en la celda, bebiendo con Stensland. (Me dijeron que el ayudante del alcaide pasó por alto esta

infracción a las reglas de la prisión porque Stensland era ex policía.) El capitán Exley asistió a la ejecución, y no se sabe si él y White intercambiaron palabras antes o después del hecho.

5. He reservado el punto más interesante para el final. Es interesante porque ejemplifica la continua (y quizá creciente) tendencia de White a involucrarse excesivamente en asuntos relacionados con mujeres maltratadas y (ahora) asesinadas. Por ejemplo, White ha demostrado una indebida curiosidad en varios asesinatos no resueltos de prostitutas que según él están conectados: asesinatos ocurridos en California y diversas partes del Oeste en los últimos años. He aquí los nombres de las víctimas, las fechas de defunción y los lugares de las muertes:

Jane Mildred Hamsher, 8/3/51, San Diego
Kathy (sin segundo nombre) Janeway, 19/4/53, Los Ángeles
Sharon Susan Palwick, 29/8/53, Bakersfield, California
Sally (sin segundo nombre) DeWayne, 2/11/55, Needles, Arizona
Chrissie Virginia Renfro, 16/7/56, San Francisco

White ha contado a otros agentes de Homicidios que cree que las similitudes apuntan a un solo asesino, y ha viajado (costeándose los gastos) a las ciudades donde acontecieron los crímenes. Los detectives con quienes White habló lo consideraron un incordio y fueron renuentes a darle información, y no se sabe si ha avanzado en la resolución de los citados casos. El teniente J. S. DiCenzo, comandante de la comisaría de West Valley, declaró que la fijación de White con la muerte de prostitutas se remite a la época del caso del Nite Owl, cuando White se interesó por el asesinato de una joven prostituta (Kathy Janeway) a quien conocía.

6. En general, una investigación sorprendente. Personalmente, admiro la iniciativa de White y su perseverancia para llegar a sargento y su tenacidad (quizá mal orientada) en resolver los homicidios de prostitutas. Enviaré una lista de referencias en un memorándum aparte.

Respetuosamente,

Sargento D. W. Fisk, 6129, Asuntos Internos

INFORME CONFIDENCIAL DEL DEPARTAMENTO DE POLICÍA DE
LOS ÁNGELES: compilado por la División de Asuntos Internos, fecha
11/3/57

Investigador a cargo: Sargento Donald Kleckner, placa 688,
Asuntos Internos. Presentado a petición de William H. Parker, jefe
de policía

Asunto: Vincennes, John, sargento, Destacamento de Vigilancia

Señor:

Comentó usted que deseaba considerar, a la luz del decreciente
rendimiento del sargento Vincennes, la posibilidad de ofrecerle un
retiro anticipado con una pensión, antes de que en mayo de 1958 se
cumpla su vigésimo aniversario en el Departamento. Reconozco
que Vincennes es un alcohólico; también reconozco que su alcoho-
lismo le costó un empleo en *Placa de Honor* y por ende costó al
Departamento una pequeña fortuna en promoción. Reconozco incluso que a los 42 años es demasiado viejo para trabajar en misiones
de alto riesgo como las del Destacamento de Vigilancia. En cuanto
a su bajo rendimiento, este solo se ha deteriorado porque Vincennes
fue, durante sus días de gloria en la División de Narcóticos, un policía audaz e inspirado. Mis entrevistas me llevan a la conclusión de
que no bebe durante el servicio y que su poca actividad se puede
resumir en «pereza» y «malos reflejos». Más aún, si Vincennes recha-
zara la oferta de un retiro temprano, sospecho que la junta de pensiones lo respaldaría.

Señor, sé que usted considera a Vincennes una vergüenza como
policía. Convengo en ello, pero aconsejo que se tenga en cuenta su
conexión con el fiscal del distrito Loew. El Departamento necesita
a Loew para los enjuiciamientos, como se lo confirmará el capitán
Smith, su nuevo ayudante. Vincennes continúa solicitando fondos y
haciendo recados para Loew, y si Loew es reelegido la semana próxima, tal como se espera, es muy probable que interceda si usted presiona a Vincennes. Mi recomendación es la siguiente: mantener a
Vincennes en Vigilancia hasta el 3/58, fecha en que ingresará un
nuevo comandante con sus propios reemplazos; luego asignarle tareas
menores en una patrulla hasta que llegue su fecha de retiro, el

15/5/58. Es probable que para entonces Vincennes, humillado por un retorno a tareas de uniforme, acceda a marcharse rápidamente del Departamento.

Respetuosamente,

Donald J. Kleckner, 688, Asuntos Internos

TITULAR

Times de Los Ángeles, 15 de marzo

LOEW REELEGIDO POR ABRUMADORA MAYORÍA: ¿ASPIRARÁ MÁS ADELANTE A GOBERNADOR?

EXTRACTO

Times de Los Ángeles, 8 de julio

MICKEY COHEN HERIDO DURANTE UN ATAQUE EN PRISIÓN

Los funcionarios de la prisión federal de McNeil Island anunciaron ayer que los hampones Meyer Harris «Mickey» Cohen y David «Davey» Goldman resultaron heridos en un cruento ataque a plena luz del día.

Cohen y Goldman, que debían recibir la libertad condicional en septiembre, veían un partido de softball en el patio de la prisión cuando tres hombres encapuchados bajaron empuñando tubos y cuchillos confeccionados a mano. Goldman fue apuñalado dos veces en el hombro y golpeado brutalmente en la cabeza, y Cohen escapó con heridas superficiales. Los médicos de la prisión declararon que Goldman sufre lesiones graves y quizá daños cerebrales irreparables. Los atacantes escaparon, y se está llevando a cabo una intensa investigación para descubrirlos. R. J. Wolf, administrador de McNeil, de-

294

claró: «Creemos que fue lo que denominan un "contrato de muerte", pactado con internos de la prisión por fuentes externas. Nos esforzaremos por llegar al fondo de esta cuestión».

Revista *Hush-Hush*, octubre de 1957:

¡¡MICKEY COHEN REGRESA A LOS ÁNGELES!!
¿VUELVEN LOS MALOS BUENOS TIEMPOS?

Fue el hampón más pintoresco que había visto la ciudad de Los Ángeles Caídos, hermano, y presenciar su número en el Mocambo o el Trocadero era como ver a papá Stradivarius tallar un violín de un tronco de árbol. Contaba chistes escritos por el bromista Davey Goldman, deslizaba gruesos sobres a los recaudadores del Departamento del Sheriff y bailaba con su novia Audrey Anders u otras damas atractivas que visitaban el local. Todas las miradas se dirigían a su mesa y las mujeres escrutaban sigilosamente a su guardaespaldas principal, Johnny Stompanato, preguntándose: «¿De veras es *tan* grande?». Aduladores, matones, segundones y bufones se acercaban a Mick para ser recompensados con bromas, una palmada y unos billetes. Mick tenía debilidad por los niños lisiados, los perros perdidos, el Ejército de Salvación y la Campaña Judíos Unidos. También se dedicaba a las apuestas, la usura, el juego, la prostitución y la droga, y mataba unas doce personas al año. Nadie es perfecto, ¿verdad, hermano? Tú dejas tus uñas cortadas en el suelo del baño, Mickey manda gente en el tren nocturno a Ciudad Guadaña.

Ojo, hermano: también hubo gente que quiso matar a Mickey. ¿A semejante caballero? ¡No! Sí, hermano, una cosa lleva a la otra. El problema era que Mick tenía más vidas que el proverbial felino, se obstinaba en eludir bombas, balas y dinamita mientras sus allegados caían muertos, sobrevivió seis años en la penitenciaría de McNeil Island, incluido un reciente ataque con navaja/tubos... ¡y ahora ha vuelto! Sy Devore, atención: Mick regresará para comprarte un montón de trajes chillones; camareras del Trocadero y el Mocambo, preparaos para algunas propinas de cien. Mickey y su séquito pronto descenderán sobre el Sunset Strip, y –muy *Hush-Hush*–, sí, damas, lo de Johnny Stompanato es *tan* grande, pero él solo tiene ojos para Lana Turner, y se rumorea que últimamente él y Lana hacen algo más que acariciarse con los piececitos.

Pero volvamos a Mickey C. Los ávidos lectores de *Hush-Hush* recordarán nuestra columna «Guardián del crimen» de octubre del 56, donde especulábamos sobre la «tregua» que ha adormecido el mundo del hampa desde que Mick fue a la cárcel. Bien, ha habido algunos asesinatos aún no resueltos. ¿Y qué decir de ese ataque que hirió a Mickey y dejó a su amigo Davey Goldman hecho un vegetal? Bueno… nunca echaron el guante a los atacantes encapuchados que intentaron enviar a Mickey y a su hombre a Ciudad Guadaña.

Una advertencia, chicos: es un caballero, es pintoresco a la enésima potencia, es el maravilloso, malévolo y benévolo Mick. Es duro de matar, porque testigos inocentes tragan plomo caliente marcado con su nombre. Mickey ha regresado, y su vieja pandilla quizá vuelva a las andadas. Amigo mío, cuando recorras los clubes del Sunset Strip, lleva un chaleco antibalas por si Meyer Harris Cohen está sentado cerca.

EXTRACTO
Herald Express de Los Ángeles,
10 de noviembre

HAMPÓN COHEN SOBREVIVE
A ATENTADO

Una bomba estalló esta mañana bajo la casa del hampón Mickey Cohen, quien se halla en libertad condicional. Cohen y su esposa Lavonne no resultaron heridos, pero la bomba destruyó una habitación que albergaba trescientos trajes a medida de Cohen. El bulldog de Cohen, que dormía cerca, recibió tratamiento por su cola chamuscada en el Hospital Veterinario del Westside y fue dado de alta. No se pudo localizar a Cohen para obtener sus comentarios.

Carta confidencial, adjunta al informe de la investigación externa sobre los futuros mandos de la División de Asuntos Internos, Departamento de Policía de Los Ángeles. Solicitada por el jefe William H. Parker.

29/11/57

Querido Bill:

¡Dios, fuimos sargentos juntos! Parece que fue un millón de años atrás, y tenías razón. Me gustaba la oportunidad de regresar unos instantes para jugar de nuevo a los detectives. Me siento un poco taimado al entrevistar a policías a espaldas de Ed y Preston, pero también en esto tenías razón: primero, en tu política de convalidación externa para los nuevos jefes de Asuntos Internos, y, segundo, al escoger a un ex policía con predisposición favorable hacia Ed Exley para interrogar a otros policías sobre nuestro hombre. Demonios, Bill, ambos apreciamos a Ed. Con lo cual me alegra afirmar que, al margen de la investigación básica (está a cargo de la Fiscalía del Distrito, ¿verdad?), solo tengo informes positivos.

Hablé con varios hombres de la Oficina de Detectives y varios agentes uniformados. Había consenso en una opinión: Ed Exley es muy respetado. Algunos agentes consideraban que la muerte de los sospechosos del Nite Owl fue irracional, la mayoría la consideraban audaz y unos pocos la calificaron de oportunista. Sea como fuere, opino que Ed Exley es recordado principalmente por ese acto, el cual ha eclipsado los resentimientos que generó al actuar como informador en la Navidad Sangrienta. El salto de Ed, de sargento a capitán, creó muchos rencores, pero se considera que ha demostrado su temple como comandante flotante: el hombre ha dirigido cinco divisiones en menos de cinco años, ha establecido valiosos contactos y se ha ganado el respeto general de su gente. Tu preocupación básica –que su temperamento «distante» provocara furia cuando se supiera que dirigiría Asuntos Internos– parece infundada. Se rumorea que Ed se hará cargo a principios del 58, y se da por sentado que desempeñará su labor enérgicamente. Sospecho que su reputación de estricto e inteligente persuadirá a muchos policías potencialmente corruptos de seguir por la buena senda.

También se sabe que Ed ha aprobado el examen de inspector y es el primero en la lista de promociones. Aquí aparecen algunas notas discordantes. Se cree que Thad Green se retirará dentro de pocos años y que Ed podría reemplazarlo como jefe de detectives. La gran mayoría de los hombres con quienes hablé opinaban que el capitán Dudley Smith, con más edad, más experiencia y mayor liderazgo, debería ocupar el cargo.

Algunas observaciones personales para completar tu informe externo. (1) La relación de Ed con Inez Soto es de carácter íntimo, pero sé que él jamás violaría reglamentos departamentales cohabitando con ella. Por otra parte, Inez es una gran muchacha. Es buena amiga de Preston, de Ray Dieterling y mía, y su tarea de relaciones públicas para la Tierra de los Sueños es brillante. ¿Qué importa que sea mexicana? (2) Hablé con los sargentos Fisk y Kleckner de Asuntos Internos acerca de Ed. Los dos trabajaron con Ed en Atracos, son afines a Exley y están más que encantados de que su héroe vaya a ser su comandante en jefe. (3) Habiendo conocido a Ed Exley desde niño, y como ex policía, diré esto oficialmente: es tan bueno como su padre y apostaría a que si haces una indagación descubrirás que ha resuelto más casos importantes que cualquier detective del Departamento. Además, seguro que está al corriente de esta afectuosa estratagema que has urdido: todos los buenos polis tienen redes de inteligencia.

Terminaré pidiendo un favor. Pienso escribir un libro de memorias de mis años en el Departamento. ¿Podré pedir prestado el archivo del caso Loren Atherton? Sin que lo sepan Preston ni Ed: no quiero que crean que me he reblandecido en la vejez.

Espero que este pequeño apéndice te resulte útil. Saludos a Helen, y gracias por la oportunidad de ser policía una vez más.

Sinceramente,

Art De Spain

BOLETINES DE TRASLADO
DEL DEPARTAMENTO DE POLICÍA

1. Agente Wendell A. White, División de Homicidios a la Brigada de Detectives de la Comisaría de Hollywood (con rango de sargento), traslado efectivo a partir del 2/1/58.

2. Sargento John Vincennes, Destacamento de Vigilancia a la Patrulla de la División Wilshire, traslado efectivo cuando se asigne un reemplazo, pero no después del 15/3/58.

3. Capitán Edmund J. Exley a cargo permanente: comandante, División de Asuntos Internos, traslado efectivo a partir del 2/1/58.

TERCERA PARTE

Asuntos Internos

42

El Dining Car sufría una resaca de Año Nuevo: tiras de papel colgando, letreros de «1958» perdiendo lentejuelas. Ed se sentó en su reservado favorito: una vista de la sala, su imagen en un espejo. Miró la hora: 15.24, 2/1/58. Que Bob Gallaudet llegara tarde. Cualquier cosa para alargar el momento.

Dentro de una hora, la ceremonia: el capitán E. J. Exley recibe un cargo permanente, comandante de Asuntos Internos. Gallaudet traía los resultados de su validación. La Fiscalía del Distrito había examinado su vida personal con lupa. Daría su aprobación. Su vida personal era impecable, la muerte de los chicos del Nite Owl compensaba sus informes sobre la Navidad Sangrienta. Lo había sabido durante años.

Ed bebió café, los ojos en el espejo. Su reflejo: un hombre que dentro de un mes cumpliría treinta y seis y aparentaba cuarenta y cinco. Canas en el pelo rubio; arrugas en la frente. Inez había dicho que sus ojos eran más pequeños y fríos; las gafas le daban un aire de dureza. Ed había respondido que duro era mejor que blando: los capitanes jóvenes necesitaban ayuda. Inez había reído. Eso era años atrás, cuando ambos reían.

Evocó la conversación, finales del 54, Inez analítica: «Eres un demonio por ir a presenciar la muerte de Stensland». Un año y medio después del Nite Owl; hoy se cumplían cuatro años y nueve meses. Una mirada en el espejo: años de desgaste, para él y para su relación con Inez.

Al matar a esos negros eliminó a Bud White: cuatro muertes eclipsaban una. Esos primeros meses Inez fue totalmente suya: Ed estaba a la altura de sus exigencias. Le compró una casa en la manzana; Inez disfrutaba de sus tiernas relaciones sexuales; aceptó la oferta de Ray Dieterling. Dieterling se enamoró de Inez y su historia; una bella víctima de violación abandonada por su familia compensaba sus propias pérdidas: divorciado de su primera esposa, viudo de la segunda, su hijo Paul muerto en un alud, su hijo Billy homosexual. Ray e Inez se transformaron en padre e hija, colegas, íntimos amigos. Preston Exley y Art De Spain compartieron la devoción de Dieterling: un círculo de hombres duros y una mujer que les despertaba gratitud porque les daba la oportunidad de ser gentiles.

Inez entabló amistades en un reino de fantasía: los constructores, la segunda generación. Billy Dieterling, Timmy Valburn. Un grupo parlanchín: comentaban rumores de Hollywood, se burlaban de las flaquezas de los hombres. La palabra «hombres» les arrancaba carcajadas. Se mofaban de los policías y practicaban juegos de salón en una casa comprada por el capitán Ed Exley.

El desgaste le hacía pensar en Inez.

Después de las muertes, Ed tuvo pesadillas: ¿eran inocentes? Una rabia impotente le había impulsado a apretar el gatillo; la drástica resolución dio tan buena fama al Departamento que los detalles como «desarmados» y «no peligrosos» nunca constituyeron un peligro. Inez aplacó sus temores con una declaración: los violadores la condujeron a la casa de Sylvester Fitch en medio de la noche y la dejaron allí, con tiempo para asaltar el Nite Owl. No se lo había dicho a la policía porque no quería relatar las vejaciones a las que la había sometido Fitch. Ed sintió alivio: las víctimas de su furia eran culpables.

Inez.

El tiempo pasó, el fulgor perdió brillo: el dolor de Inez y el heroísmo de Ed no bastaban. Inez sabía que Ed nunca se casaría con ella. Un oficial de policía, una esposa mexicana: suicidio profesional. Su amor pendía de un hilo; Inez cobró distancia, y en realidad se transformó en una amante esporádica. Dos protagonistas modelados por acontecimientos extraordinarios, secundados por un potente elenco: los muertos del Nite Owl y Bud White.

La cara de White en la sala verde: puro odio mientras Dick Stensland aspiraba el gas. Una ojeada al moribundo Stensland, una ojeada a Ed. Sin palabras. White pidió licencia para no trabajar con Ed cuando este se hizo cargo de Homicidios. Ed superó al hermano, se acercó más al padre. Su hoja de servicios era extraordinaria; en mayo sería inspector, en pocos años competiría con Dudley Smith para llegar a jefe de detectives. Smith no se inmiscuía en sus asuntos y le guardaba un cauto respeto teñido de desprecio... y Dudley era el hombre más temido del Departamento. ¿Sabría que su rival solo temía una cosa: la venganza de un policía/ matón sin cerebro para ser imaginativo?

El bar se estaba llenando: personal de la Fiscalía, algunas mujeres. La última vez con Inez había sido insatisfactoria. Ella solo cumplía con el hombre que pagaba la hipoteca. Ed le sonrió a una mujer alta; ella miró hacia otro lado.

—Felicidades, capitán. Estás limpio como un Boy Scout.

Gallaudet se sentó. Tenso, nervioso.

—Entonces ¿por qué tienes esa cara tan larga? Vamos, Bob, somos socios.

—Tú estás limpio, pero hace dos semanas que vigilan a Inez, por pura rutina. Ed... ¡mierda!, Inez se está acostando con Bud White.

La ceremonia. Un gran borrón.

Parker hizo un discurso: los policías sufrían las mismas tentaciones que los civiles, pero debían contener sus instintos en mayor grado para servir como modelos morales ante una sociedad cada vez más erosionada por la creciente influencia del comunismo, el crimen, el liberalismo y la depravación moral. Se necesitaba un modelo para dirigir la división que garantizaba la moralidad policial, y el capitán Edmund J. Exley, héroe de guerra y héroe del caso del Nite Owl, era ese hombre.

Ed también pronunció un discurso: más chorradas sobre la moralidad. Duane Fisk y Don Kleckner le desearon suerte; a través del borrón, Ed les leyó el pensamiento: deseaban puestos de ayudantes. Dudley le guiñó el ojo, fácil de interpretar: «Yo seré el próximo jefe de detectives, no tú». Las excusas para marcharse le llevaron una eternidad. Mientras se dirigía a casa de Inez, el borrón se disipó.

Las seis de la tarde. Inez llegaba a casa a las siete. Ed entró, esperó con las luces apagadas.

El tiempo se arrastraba; Ed miraba las manecillas del reloj. A las siete menos diez, una llave en la puerta.

—Exley, ¿estás ahí? He visto tu coche afuera.

—No enciendas la luz. No quiero verte la cara. —Ruidos, tintineo de llaves, un bolso cayendo al suelo—. Y no quiero ver esa bazofia de la Tierra de los Sueños que has pegado en las paredes.

—¿Te refieres a las paredes de la casa que tú has pagado?

—Tú lo has dicho, no yo.

Ruidos: Inez apoyándose en la puerta.

—¿Quién te lo ha contado?

—No importa.

—¿Vas a arruinarle la vida por esto?

—¿A él? No, no podría hacerlo sin resultar más necio de lo que he sido. Y puedes decir su nombre.

Silencio.

—¿Le ayudaste en su examen de sargento? No tenía cerebro para aprobarlo solo.

Silencio.

—¿Cuánto tiempo hace? ¿Cuántos polvos a mis espaldas?

Silencio.

—¿Cuánto tiempo, puta?

Inez suspiró.

—Quizá cuatro años. Ocasionalmente, cuando uno de los dos necesitaba un amigo.

—¿Quieres decir cuando no me necesitabas a mí?

—Quiero decir que me cansé de ser tratada como la víctima de una violación. Cuando me asusté de lo lejos a que llegabas para impresionarme.

—Te saqué de Boyle Heights y te di una vida —dijo Ed.

—Exley —dijo Inez—, empezaste a asustarme. Solo quería ser una mujer que salía con un hombre, y Bud me dio eso.

—No menciones su nombre en esta casa.

—¿Te refieres a tu casa?

—Te di una vida decente. Si no fuera por mí, estarías preparando tortillas.

—Querido, qué pronto te vuelves mezquino.

—¿Cuántas otras mentiras, Inez? ¿Cuántas otras mentiras además de él?

—Exley, olvidemos esto.

—No, cuéntamelo todo.

Ninguna respuesta.

—¿Cuántos otros hombres? ¿Cuántas otras mentiras?

Ninguna respuesta.

—Dime.

Silencio.

—Jodida puta, después de lo que hice por ti. Dime.

Silencio.

—Te dejé ser amiga de mi padre. Preston Exley es amigo tuyo gracias a mí. ¿Con cuántos otros hombres has follado a mis espaldas? ¿Cuántas otras mentiras después de lo que hice por ti?

Inez, la voz quebrada.

—No querrás saberlo.

—Sí quiero, jodida puta.

Inez abrió la puerta.

—He aquí la única mentira que cuenta, y es toda para ti. Ni siquiera mi dulce Bud la sabe, así que espero que te haga sentir especial.

Ed se levantó.

—Las mentiras no me asustan.

—Todo te asusta —rió Inez.

Silencio. Inez, con calma.

—Los negros que me violaron no pudieron matar a la gente del Nite Owl, porque estuvieron conmigo toda la noche. Jamás los perdí de vista. Mentí porque no quería que sintieras remordimientos por haber matado a cuatro hombres por mí. ¿Y quieres saber cuál es la gran mentira? Tú y tu amada justicia absoluta.

Ed salió, las manos en los oídos para acallar el rugido. Fuera hacía frío y estaba oscuro. Ed vio a Stensland, atado y muerto.

43

Bud miró su nueva placa: «Sargento» en vez de «Agente». Apoyó los pies en el escritorio, se despidió de Homicidios.

Su cubículo era un desastre: cinco años de papeleo. Dudley decía que el traslado a Hollywood era temporal. Su ascenso causaba resquemores, Thad Green lo tenía atravesado por el asunto de las ventanas: Dick Stensland rumbo a la sala verde, Bud machacando cristales. Una conclusión: nunca se había distinguido como investigador porque los únicos casos que le importaban eran casos cerrados y casos olvidados. Melancolía ante el traslado: ya no tendría acceso libre a los informes sobre cadáveres, un buen modo de seguir el caso Kathy Janeway y los demás asesinatos de prostitutas, sin duda emparentados.

Cosas para empaquetar:

Su nueva placa: «Sargento Wendell White», una foto de Lynn: castaña, adiós, Veronica Lake.

Una foto de la Brigada contra el Hampa: él y Dudley en el motel Victory. Los emblemas de la brigada —nudilleras, un saco con bolas de metal— podían quedar atrás.

Material reservado:

Sus diplomas del FBI y del curso de procedimientos forenses; la herencia de Dick Stensland: seis mil pavos del atraco. Las últimas palabras de Dick, una nota que le pasó un guardia:

Socio:

Lamento los errores que cometí. Especialmente lamento haber lastimado a gentes que lo único que hicieron fue interponerse en mi camino cuando me sentía mal, los tíos de Navidad y el hombre de la licorería y su hijo. Es demasiado tarde para cambiar todo eso. Solo puedo decir que lo lamento, y no creo que sirva de nada. Trataré de aceptar el castigo como un hombre. Sigo pensando que tú podrías haber hecho lo que yo hice, que fue solo una cuestión de suerte, y sé que tú has pensado lo mismo. Ojalá lamentar las cosas sirviera de algo más con tíos como tú y yo. Le pagué al flautista para que tocara, es verdad, pero Exley siguió tocando cuando ya no era preciso. Mi último deseo es que le des su merecido, pero no seas tan estúpido como yo. Usa el cerebro y ese dinero que te dije dónde encontrar y dale su merecido, una buena tunda en el trasero a cuenta del sargento Dick Stensland. Buena suerte, socio. Me cuesta creer que cuando leas esto estaré muerto.

Dick

Bajo doble llave:

Su archivo sobre los asesinatos Janeway/prostitutas, su archivo privado sobre el Nite Owl. Pulcros como deberes escolares.

Dos casos que demostraban que era un verdadero detective; la alusión de Dick a Ed Exley. Los extrajo, los releyó: deberes escolares.

El asunto Janeway.

Cuando las cosas se enfriaban con Lynn, buscaba material para estimularse. Perseguir mujeres no lo aplacaba, ni su relación esporádica con Inez. Lo suspendieron dos veces en el examen de sargento, se pagó la educación con la pasta de Dick, trabajó en la Brigada contra el Hampa: recibiendo trenes, aviones, autobuses, llevando a aspirantes a hampones al motel Victory, moliéndolos a palos, llevándolos de vuelta a aviones, trenes, autobuses. Dudley lo llamaba contención; Bud lo llamaba algo imposible de aguantar si querías seguir mirándote en el espejo. Los buenos casos de Homicidios no le llegaban nunca: Thad Green los desviaba, los asignaba a otros hombres. Los cursos le enseñaron cosas interesantes sobre cuestiones forenses, psicología criminal y procedimientos. Decidió aplicar lo que había aprendido a un viejo caso que aún le carcomía: la muerte de Kathy Janeway.

Leyó el archivo de Joe DiCenzo: ninguna pista, ningún sospechoso. Desechado como un asesinato sexual aislado. Leyó la reconstrucción según la autopsia: Kathy muerta a golpes, puñetazos en la cara, un hombre con anillos en ambos puños. Semen en la boca, el recto, la vagina: tres eyaculaciones. El cabrón se había tomado su tiempo. Una corazonada respaldada por casos anteriores: un maníaco así no mata una sola vez, no se queda sentado tranquilamente.

Empezó a hojear papeles, una tarea que antes odiaba.

No había casos similares en el Departamento de Policía ni en el Departamento del Sheriff. La búsqueda le llevó ocho meses. Investigó en otras agencias policiales, usando el dinero de Stensland. Nada en los condados de Orange y San Bernardino; cuatro meses de trabajo y un hallazgo en el Departamento de Policía de San Diego: Jane Mildred Hamsher, 19 años, prostituta, fecha de defunción 8/3/51, iguales características y violación triple: ninguna pista, ningún sospechoso, caso cerrado.

Leyó archivos de los Departamentos de Los Ángeles y San Diego y no llegó a ninguna parte; recordó que Dudley lo había apartado del caso Janeway, reprochándole su obsesión con las mujeres maltratadas. Continuó de todos modos; un cablegrama con resultados. Sharon Susan Palwick, 20 años, prostituta, fecha de defunción 29/8/53, Bakersfield, California. Las mismas características: ningún sospechoso, ninguna pista, caso cerrado. Dudley nunca mencionó el cablegrama, si es que sabía que existía.

Bud fue a San Diego y Bakersfield. Leyó archivos, asedió a los detectives que investigaban los casos. El trabajo les aburría, la intervención de Bud les molestaba. Intentó reconstruir los elementos de tiempo y lugar: quién estaba en esas ciudades en las fechas de las muertes. Repasó antiguas listas de pasajeros de trenes, autobuses y aviones sin encontrar nombres coincidentes. Envió cablegramas pidiendo información sobre el modus operandi del asesino, pidiendo que lo llamaran si se repetía un procedimiento similar. Nadie respondió al requerimiento; tres informes sobre cadáveres llegaron con los años: Sally DeWayne, 17 años, prostituta, Needles, Arizona, 2/11/55; Chrissie Virginia Renfro, 21, prostituta, San Francisco,

14/7/56; Maria Waldo, 20, prostituta, Seattle, Washington, 28/11/57: dos meses atrás. Las llamadas llegaron tarde, iguales resultados: cero. Abordó cada enfoque posible, en balde. Kathy Janeway y otras cinco prostitutas violadas, muertas a golpes. Solo él mantenía los casos abiertos.

Un archivo de ciento dieciséis páginas para llevarse a Hollywood: su propio caso, muerto por ahora.

Y su caso principal: páginas y páginas que seguía revisando. El caso de Dick Stensland: clavos en el ataúd de Ed Exley. Con solo decir las palabras se le ponía la carne de gallina.

El caso del Nite Owl.

Lo recordó al trabajar en el caso Janeway: la conexión Duke Cathcart/pornografía, retención de pruebas, material para liquidar a Exley. El momento no era oportuno entonces: no tenía cerebro para continuarlo, los negros escaparon, Exley les disparó. El caso se cerró, los detalles incongruentes se olvidaron. Pasaron años; Bud volvió al asunto Janeway, descubrió una conexión. Y la pequeña Kathy le hacía pensar Nite Owl, Nite Owl, Nite Owl.

Deducciones:

En el 53, Dwight Gilette y Cindy Benavides –asociados conocidos de Kathy– le dijeron que un tío parecido a Duke Cathcart quería adueñarse del negocio de Cathcart. ¿Qué «negocio»? Duke tenía solo dos hembras en el rebaño, pero había hablado de meterse en pornografía. Al principio parecía un castillo en el aire construido por un experto en castillos en el aire, pero quedó validado cuando los hermanos Englekling contaron que Cathcart les había propuesto un trato: ellos imprimirían las revistas, él las distribuiría, ellos se reunirían con Mickey Cohen para buscar financiación.

Los hechos:

Bud estuvo en el apartamento de Duke después del Nite Owl. Lo habían limpiado y habían borrado las huellas; habían revisado la ropa de Duke. Las Páginas Amarillas de la guía de San Bernardino estaban ajadas, sobre todo las correspondientes a imprentas. Peter y Baxter Englekling tenían una imprenta en San Bernardino; Susan Nancy Lefferts, víctima del Nite Owl, era oriunda de San Bernardino.

Informe del forense:

El especialista basó su identificación del cuerpo de Cathcart en dos cosas: fragmentos dentales cotejados con los registros carcelarios de Cathcart y la cazadora que llevaba el cadáver, con el monograma D. C. Los fragmentos de placas dentales eran típicos de las cárceles de California: cualquier ex convicto que hubiera cumplido una condena en el sistema penal estatal podía tener ese... plástico en la boca.

Los datos confidenciales de Bud:

Kathy Janeway mencionó una «graciosa» cicatriz en el pecho de Duke. El informe del doctor Layman no mencionaba esa cicatriz, y la perdigonada no había destruido el pecho de Cathcart. Un detalle final: el cadáver del Nite Owl medía uno sesenta; los documentos carcelarios de Cathcart le daban uno sesenta y dos.

Conclusión:

Alguien que se hacía pasar por Cathcart había muerto en el Nite Owl.

Además:

Pornografía.

Cindy Benavides decía que Duke estaba preparado para distribuirla; Antivicio investigaba pornografía entonces –Bud había leído los informes de la Brigada 4– y no había mencionado pistas. Russell Millard murió y el caso de los libros obscenos quedó en el olvido. Los hermanos Englekling contaron su historia sobre Duke Cathcart, dijeron que habían visitado a Mickey Cohen en prisión y él se había negado a patrocinar el negocio. Pensaban que Cohen había ordenado las muertes del Nite Owl por convicción moral; una idea ridícula. Pero quizá algún complot relacionado con el Nite Owl se iniciara con Mick. Exley presentó un informe diciendo que él y Bob Gallaudet proponían esa teoría, pero los negros escaparon, y las muertes se les atribuyeron.

Ahora, la teoría de Bud:

Cohen –o Davey Goldman– pudo haber hablado con algún convicto acerca del plan Cathcart/Englekling. Tal vez el sujeto salió en libertad bajo palabra y habló de adueñarse del rebaño de Duke, cuando en realidad se estaba preparando para imitar a Duke.

312

Quizá mató a Duke, le robó algunas prendas y terminó en el Nite Owl por casualidad, porque Duke frecuentaba el lugar o, más probablemente, como parte de una reunión delictiva que acabó mal. Los asesinos salieron, regresaron con escopetas y dispararon al falso Cathcart y a cinco inocentes para que pareciera un atraco.

Un fallo en su teoría:

Había revisado los registros de libertad condicional de McNeil: solo negros, latinos y blancos demasiado grandes o demasiado pequeños para ser el falso Cathcart fueron liberados entre el momento de la reunión Cohen-Englekling y el Nite Owl. Pero Cohen pudo haber comentado la propuesta, el rumor llegó al exterior, el suplantador de Cathcart pudo ser alguien que lo oyó de tercera o cuarta mano.

Teorías sobre teorías, teorías que demostraban que tenía cerebro para ser detective:

Si las muertes del Nite Owl se relacionaban con un proyecto para distribuir pornografía, los negros eran inocentes. Los asesinos habían puesto las escopetas en el coche de Ray Coates. Eso significaba que el Mercury morado visto frente al Nite Owl era una coincidencia. Los asesinos no podían saber que tres negros habían disparado escopetas hacía poco en el Griffith Park y que figurarían como primeros sospechosos. Los asesinos encontraron el coche de Coates antes que la policía y pusieron allí las escopetas tras limpiarles las huellas. Podría haber ocurrido de varios modos.

1. Coates, en la cárcel, pudo haber dicho a su abogado dónde estaba escondido el coche, los asesinos o un representante pudieron solicitarle la información al abogado, o pudieron obligarlo a que sonsacara los datos a Coates.

2. Los negros pudieron pasarle el dato a otro prisionero, quizá un interno infiltrado por los asesinos.

3. Su favorito, por ser el más simple: los asesinos eran más listos que el Departamento, indagaron por su cuenta, registrando en primer lugar garajes detrás de casas desiertas mientras la policía iba haciendo registros paso a paso.

O los negros hablaron con otros presos, quienes salieron en libertad y fueron abordados por los asesinos; o –improbable– un poli les informó de cómo andaba la investigación. Imposible verificarlo todo: la prisión municipal destruyó sus archivos 1935-55 para contar con más espacio de depósito.

O los negros eran culpables de veras.

O era otra pandilla de negros que también se movía en coche, había disparado al aire en Griffith Park y había matado a seis personas en el Nite Owl. El Ford/Chevy/Mercury 1948-50 no se encontró porque la pintura morada era casera y no constaba en ningún formulario de Tráfico.

Ejercicios cerebrales de alguien que nunca se había atribuido mucho cerebro. Y que no creía que una pandilla de negros hubiera causado las muertes, pues:

Los hermanos Englekling vendieron la imprenta en el 54 y desaparecieron de la faz de la tierra. Dos años atrás, Bud había pedido su paradero: ningún resultado, ningún resultado positivo al cotejar con boletines sobre cadáveres de todo el estado. Nada sobre los hermanos, ningún cadáver que pudiera ser el verdadero Duke Cathcart. Y seis meses atrás, en San Bernardino, se había topado con una buena pista.

Un lugareño de San Bernardino había visto a Susan Nancy Lefferts con un hombre que respondía a la descripción de Duke Cathcart, dos semanas antes de la Matanza del Nite Owl. Le mostró fotos de Cathcart; el hombre dijo: «Se parece, pero no es igual». El informe de la matanza decía que Susan Nancy había «intentado» tocar al hombre sentado en la mesa contigua: el falso Duke Cathcart, supuestamente desconocido para ella. ¿Por qué estaban en mesas diferentes? Dato final: intentó entrevistar a la madre de Susan Lefferts, con el propósito de identificar al novio a través de ella. La madre no quiso hablar con él.

¿Por qué?

Bud recogió sus cosas: recuerdos, cinco kilos de papel. Todo estancado por ahora. No había nuevas pistas sobre las prostitutas, y el Nite Owl quedaría muerto hasta que él abordara a Mickey Cohen. Fue al ascensor: adiós, Homicidios.

Ed Exley pasó fulminándolo con la mirada.

Sabe que me acuesto con Inez, pensó Bud.

44

Vigilancia: mercado Hank's Ranch Market, Cincuenta y dos y Central. Un letrero en la puerta: «Se cambian cheques de Bienestar Social». 3 de enero, día de pago: portadores de cheques remoloneando en la acera. La Brigada de Vigilancia 5 recibió una llamada anónima: una tía diciendo que su novio y un amigo atracarían el mercado, la tía enfadada porque el novio se acostaba con su hermana. Jack en el coche delantero, controlando la puerta. El sargento John Petievich aparcado en la Cincuenta y dos, el ceño fruncido como si ansiara matar a alguien.

Almuerzo: Fritos, vodka a palo seco. Jack bostezó, se desperezó, calculó probabilidades: el encargo de Ellis Loew. Debía encontrarlo esa noche en una velada política. El vodka le quemaba el estómago; tenía que mear.

Bocinazos, la señal. Petievich señaló la acera. Dos hombres blancos entraron en el local.

Jack cruzó la calle. Petievich se acercó. Una ojeada desde la puerta. Los atracadores ante la caja, de espaldas a la puerta: armas desenfundadas, manos libres llenas de dinero.

Ningún propietario, ningún cliente. Una mirada corredor abajo: sangre y sesos en la pared. SILENCIADOR. UN HOMBRE EN LA PUERTA TRASERA. Jack disparó a los atracadores por la espalda.

Petievich gritó; pasos en la parte de atrás; Jack disparó sin mirar, corrió. Estallaron botellas sobre su cabeza: tiros a ciegas, con silenciador. Sin ruido: zumbidos ahogados. Pasillo abajo, dos borrachos muertos, una puerta cerrándose. Petievich disparó, voló la puerta. Un hombre cruzó el callejón. Jack vació el revólver; el hombre saltó una cerca. Gritos desde la acera; los curiosos animando. Jack recargó, saltó la cerca, cayó en un patio. Un dóberman lo atacó gruñendo, dando dentelladas. Jack le disparó a quemarropa. El perro vomitó sangre; Jack oyó disparos, vio estallar la cerca.

Dos uniformados llegaron corriendo. Jack arrojó el arma; ellos dispararon de todos modos, a discreción, volando trozos de empalizada. Jack levantó las manos.

—¡Soy policía! ¡Soy policía!

Se acercaron despacio, lo cachearon. Novatos lampiños. El chico más alto encontró la identificación.

—Vaya, Vincennes. Usted era una celebridad, ¿eh?

Jack le dio una patada en la entrepierna. El chico se arqueó y cayó; el otro se quedó boquiabierto.

Jack fue a buscar un sitio para beber.

Encontró un bar, pidió varios tragos. Los dos primeros le calmaron los temblores; dos más le dieron ganas de brindar.

Por los hombres que acabo de matar: lo siento, en realidad soy mejor matando civiles desarmados. Me están presionando para que me retire, así que pensé en despachar a un par de chicos malos antes del vigésimo aniversario.

Por mi esposa: creíste que te casabas con un héroe, pero creciste y comprendiste que estabas equivocada. Ahora quieres ir a la universidad para ser abogada como tu papá y Ellis. Sin problemas de dinero: papá compró la casa, papá mantiene tu matrimonio, papá pagará la educación. Cuando leas el periódico y veas que tu esposo se cargó a dos atracadores, pensarás que son las primeras muescas en su revólver. Error: en el 47, Jack, el flagelo de los drogadictos, liquidó a dos inocentes, un gran secreto que casi desea revelar para inyectar un poco de vida en su matrimonio.

Jack bebió tres tragos más. Regresó a donde siempre volvía cuando tenía cierta dosis de basura en el organismo: de vuelta al 53 y las revistas pomo.

No temía chantajes: sus declaraciones escritas eran su garantía, la muerte de Hudgens estaba enterrada. *Hush-Hush* la resucitaba, pero no llegaba a ninguna parte. Patchett y Bracken nunca hablaban con él: tenían la copia del archivo de Sid, cumplían su parte del pacto. Había oído que Lynn y Bud White aún eran pareja; la puta lista y Patchett eran solo recuerdos, malas noticias en una primavera sangrienta. Lo importante eran las revistas.

Las guardaba en una caja de caudales. Sabía que estaban allí, sabía que lo excitaban, sabía que venerarlas arruinaría su matrimonio. Al principio se entregó con fervor a ese matrimonio, construyendo muros para salvaguardarlo. Una serie de días sobrios ayudó; el matrimonio ayudó. Pero no pudo cambiar las cosas: Karen acababa de descubrir quién era él.

Ella le había visto maltratar a Doble Perkins; Jack decía «negro de mierda» frente a sus suegros. Karen dedujo que las hazañas que contaban los periódicos eran embustes. Karen lo vio borracho, irritado. Jack odiaba a los amigos de Karen; el único amigo de Jack —Miller Stanton— se perdió de vista cuando Jack perdió su empleo en *Placa de Honor*. Se aburrió de Karen, acudió a las revistas, perdió la cabeza.

De nuevo intentó identificar a los modelos. No lo consiguió. Fue a Tijuana, compró más revistas porno. Nada. Buscó a Christine Bergeron, no la encontró, envió cablegramas. En balde. No podía llegar a la verdad. Decidió simularla.

Compró rameras, extorsionó a prostitutas a domicilio. Las preparó para que se parecieran a las chicas de las revistas. Tenía a tres y cuatro a la vez, cadenas de cuerpos sobre colchas. Las disfrazaba, diseñaba una coreografía. Imitaba las figuras, tomaba sus propias fotos, las imitaba a su vez; a veces pensaba en la foto ensangrentada y se asustaba: concordancia perfecta con las mutilaciones de asesinatos.

Las mujeres verdaderas nunca lo excitaban como las fotos; el miedo le impedía ir a Fleur-de-Lis, la fuente. No atinaba a imaginar el miedo de Karen. ¿Por qué no lo abandonaba?

Un último trago: adiós, malos pensamientos.

Jack se despejó, regresó al coche: las ruedas sin llantas, los limpiaparabrisas rotos. La escena del crimen de Hank's Ranch

Market marcada con cintas; dos coches patrulla. No había una nota de reprimenda en el parabrisas; quizá los vándalos la habían robado.

Entró en plena fiesta: Ellis Loew, una suite atestada de personajes republicanos. Mujeres con vestido de cóctel, hombres con traje oscuro. El Gran V: pantalones, camisa sport salpicada con sangre de perro.

Jack detuvo a un camarero, cogió un martini de la bandeja. Las fotos enmarcadas de la pared le llamaron la atención.

Progreso político: *Harvard Law Review*, la elección del 53. Una foto cómica: Loew declarando a los reporteros que los asesinos del Nite Owl confesaron antes de escapar. Jack rió, derramó ginebra, casi se ahogó con la aceituna. A su espalda:

—Antes vestías con más elegancia.

Jack se dio la vuelta.

—Antes era una celebridad.

—¿Tienes una excusa para traer esa pinta?

—Sí, hoy he matado a dos hombres.

—Entiendo. ¿Algo más?

—Sí, los he matado por la espalda, me he cargado a un perro y me he largado antes de que llegaran mis superiores. Y ahora un flash de última hora: he estado bebiendo. Ellis, esto me aburre, así que vayamos al grano. ¿A quién quieres que exprima?

—Jack, baja la voz.

—¿Qué es, jefe? ¿El Senado o el despacho del gobernador?

—Jack, no es momento para hablar de esto.

—Claro que sí. Di la verdad. Te preparas para las elecciones del 60.

—De acuerdo, es el Senado —susurró Loew—. Tenía que pedirte algunos favores, pero tu aspecto me impide pedirlos. Hablaremos cuando estés en mejor forma.

Ahora con público: toda la suite.

—Vamos, me muero por ser tu recaudador. ¿A quién presiono primero?

–Sargento, baja esa voz.

Alza esa voz.

–Cabrón, yo cago donde tú respiras. Me cargué la carrera de Bill McPherson por ti, yo lo drogué y lo metí en la cama con esa chica de color; merezco saber a quién quieres que exprima ahora.

Loew, un susurro ronco:

–Vincennes, estás acabado.

Jack le arrojó ginebra en la cara.

–Joder, eso espero.

45

−... y somos algo más que los paradigmas morales a que aludió el otro día el jefe Parker. Somos la línea divisoria entre el viejo y el nuevo estilo policial, el viejo sistema de promoción a través del patrocinio y la aplicación de la ley a través de la intimidación, y un nuevo sistema emergente: el cuerpo de policía selecto que imparcialmente afirma su autoridad en nombre de una justicia severa y objetiva, que castiga rigurosamente a los suyos cuando son indignos de las elevadas pautas morales que un cuerpo selecto exige a sus miembros. Y, por último, somos los protectores de la imagen pública del Departamento de Policía de Los Ángeles. Recuérdenlo cuando lean quejas interdepartamentales contra otros policías y sientan deseos de perdonar. Recuérdenlo cuando les pida que investiguen a un hombre con quien han trabajado a gusto. Recuerden que nuestro objetivo es una justicia severa y absoluta, a cualquier precio.

Ed hizo una pausa, miró a sus hombres: veintidós sargentos, dos tenientes.

−Y ahora los detalles, caballeros. Bajo mi predecesor, los tenientes Phillips y Stinson supervisaban las investigaciones de forma autónoma. A partir de ahora, asumiré el mando directo, y los tenientes Phillips y Stinson se alternarán como brazos ejecutivos. Las quejas y solicitudes pasarán primero por mi oficina, yo leeré el material y distribuiré las asignaciones. Los sargentos Kleckner y Fisk serán mis ayudantes y se reunirán conmigo todas las mañanas a las siete y media. Los tenientes Stinson y Phillips se presentarán en mi oficina dentro de una hora para comentar mi enfoque de las actuales investigaciones. Caballeros, pueden retirarse.

El grupo se dispersó en silencio; la sala de reuniones quedó vacía. Ed recordó el discurso, deteniéndose en la frase clave: «justicia absoluta» con la voz de Inez Soto.

Vaciar ceniceros, colocar sillas, ordenar el tablón de boletines. Alisar las banderas, comprobar que no tuvieran polvo.

De vuelta al discurso, la voz de su padre: «indignos de las elevadas pautas morales que un cuerpo selecto exige a sus miembros». Dos días atrás, el discurso habría sido cierto. El discurso de Inez Soto lo transformaba en mentira.

Banderas con orlas doradas. Dorado oportunismo: había matado a esos hombres con la furia de un cobarde. Como asesinos del Nite Owl daban sentido a esa furia: la justicia absoluta impartida con audacia. Él distorsionó el sentido para respaldar lo que decía el público: eres el mayor héroe de Los Ángeles, llegarás a la cima. La venganza de Bud White, demasiado estúpido para captarla: una infidelidad y las palabras de una mujer lo obligaban a caminar sobre mentiras en la cima, buscando un modo de hacer realidad su gloria impostada.

Ed entró en la oficina: limpia, pulcra, todo en orden. Formularios en el escritorio. Se puso a trabajar.

Jack Vincennes en apuros.

3/1/58: mientras realizaba una tarea para el Destacamento de Vigilancia, Vincennes disparó y mató a dos atracadores armados, maleantes que habían asesinado a tres personas en un mercado de la zona sur. Vincennes persiguió a un tercer asaltante, lo perdió, fue alcanzado por dos agentes que no sabían que él era policía. Los agentes le dispararon, pensando que era miembro de la pandilla; Vincennes soltó el arma y se dejó cachear, luego agredió a uno de los agentes y abandonó la escena del crimen antes de que llegaran Homicidios y el forense. El tercer sospechoso huyó; Vincennes fue a una reunión política en honor del fiscal del distrito Ellis Loew, su cuñado. Presuntamente ebrio, insultó a Loew verbalmente y le arrojó bebida en la cara, a la vista de todos los presentes.

Ed hojeó el archivo de personal correspondiente a Vincennes. Fecha de pensión para el 5/58. Adiós, Jack Cubo de Basura, falta poco. Pilas de informes de Narcóticos: completos, detallados hasta el extremo de la exageración. Entre líneas: Vincennes no daba tregua a los infractores menores en cuestiones de droga, especialmente jazzistas y celebridades de Hollywood, corroborando un viejo rumor: llamaba a la revista *Hush-Hush* para que presenciara sus jugosos arrestos. Vincennes fue transferido a Antivicio como parte de la reestructuración que siguió a la Navidad Sangrienta; otro fajo de informes: operaciones contra corredores de apuestas e infracciones alcohólicas, falta de empeño, mucho relleno verbal. Asignación de Antivicio en la primavera del 53: Russell Millard al mando de la división, una investigación de pornografía convergente con el Nite Owl. Y una gran anomalía: Vincennes, que debía encontrar el material obsceno, declaraba repetidamente que no había pistas, comentaba que los demás tampoco encontraban nada, dos veces sugirió el abandono de la investigación.

Conducta contradictoria.

El material obsceno se conectaba con el Nite Owl.

Ed reflexionó.

Los hermanos Englekling, Duke Cathcart, Mickey Cohen. La pornografía descartada como pista en el caso Nite Owl. Tres negros muertos, caso cerrado.

Ed releyó el archivo. Años de informes inflados y una misión descrita en pocas páginas. Vincennes regresó a Narcóticos en julio del 53. Retomó sus viejos hábitos, los continuó hasta el final de sus tareas en Vigilancia.

Una anomalía gigantesca.

Coincidiendo con el Nite Owl.

Primavera del 53, otra conexión: asesinato de Sid Hudgens, sin resolver. Ed tecleó el interfono.

—¿Sí, capitán?

—Susan, averigüe quiénes estuvieron en la Brigada 4 de Antivicio en abril de 1953, además de Vincennes. Luego localícelos.

Media hora para los resultados. Sargento George Henderson, agente Thomas Kifka, retirados; sargento Lewis Stathis, en Fraude. Ed llamó a su mando operativo; Stathis entró diez minutos después.

Un hombre corpulento, alto, encorvado. Nervioso. Una repentina llamada de Asuntos Internos intimidaba. Ed le señaló una silla.

—Señor, ¿esto es por...? —dijo Stathis.

—Sargento, esto no tiene nada que ver con usted. Esto tiene que ver con un agente que trabajó con usted en Antivicio.

—Capitán, eso fue hace años.

—Lo sé, desde finales del 51 hasta el verano del 53. Usted salió cuando yo me estrenaba en mi cargo de comandante flotante. Sargento, ¿trabajó usted con Jack Vincennes?

Stathis sonrió.

—¿Por qué sonríe? —preguntó Ed.

—Bien, he leído en el periódico que Vincennes despachó a esos dos delincuentes, y se comenta que se largó de allí sin previo aviso. Es una gran infracción, y he sonreído porque imaginaba que el hombre de Antivicio que le interesaba sería él.

—Entiendo. ¿Y usted trabajaba con él?

Stathis movió la cabeza.

—Vincennes era un lobo solitario. Tenía su propio ritmo. A veces trabajábamos en la misma investigación general, pero eso era todo.

—Su brigada realizó una investigación sobre pornografía en la primavera del 53. ¿Lo recuerda?

—Sí, fue una colosal pérdida de tiempo. Revistas con desnudos, una pérdida de tiempo.

—Según sus informes, usted no halló pistas.

—No, y tampoco las hallaron Jack ni los demás. Russell Millard pasó a codirigir la investigación del Nite Owl, y el asunto de las revistas cayó en el olvido.

—¿Recuerda usted si Vincennes actuaba de manera extraña en esa época?

—No. Recuerdo que se presentaba en la oficina de forma irregular y que Russell Millard y él no simpatizaban. Como he dicho, Vincennes era un solitario. No se codeaba con los tíos de la brigada.

—¿Recuerda si Millard hizo preguntas específicas a la brigada cuando dos operadores de una imprenta trajeron información sobre material pornográfico?

Stathis cabeceó.

—Sí, algo que ver con el Nite Owl, pero no prosperó. Le dijimos a Russell que era imposible hallar esas revistas.

Una corazonada fallida.

—Sargento, en esa época el Departamento trabajaba frenéticamente en el caso Nite Owl. ¿Recuerda usted cómo reaccionó Vincennes? ¿Algo fuera de lo común?

—¿Puedo ser franco?

—Desde luego.

—Bien, entonces le diré que siempre consideré a Vincennes un poli mediocre con ambiciones. Al margen de eso, recuerdo que estaba muy nervioso en la época de la investigación de las revistas. En cuanto al Nite Owl, creo que le aburría. Estuvo en el arresto de esos tíos de color, estuvo cuando nuestros muchachos encontraron el coche y las escopetas, y aun entonces parecía aburrido.

De nuevo esa sensación: ningún dato, solo instinto.

—Sargento, piense. La conducta de Vincennes en la época del Nite Owl y la investigación de pornografía. Cualquier cosa fuera de lo común. Piense.

Stathis se encogió de hombros.

—Tal vez algo, pero no creo que...

—Cuéntemelo de todos modos.

—Bueno, Vincennes tenía su despacho al lado del mío, y a veces le oía bastante bien. Yo estaba en mi mesa y oí parte de una conversación entre él y Dudley Smith.

—¿Y?

—Y Smith le pidió que siguiera a Bud White. Dijo que White se había interesado personalmente en el homicidio de una prostituta y no quería que cometiera ninguna torpeza.

Cosquilleos en la piel.

—¿Qué más oyó?

—Vincennes aceptó, y el resto fue un farfulleo.

—¿Eso fue durante la investigación del Nite Owl?

—Sí, señor.

—Sargento, ¿recuerda a Sid Hudgens, el hombre de esa revista de escándalos? Lo mataron en esa época.

–Sí, un caso no resuelto.

–¿Recuerda si Vincennes habló de ello?

–No, pero se rumoreaba que ambos eran compinches.

Ed sonrió.

–Gracias, sargento. Esto es extraoficial, pero no quiero que repita esta conversación. ¿Entiende?

Stathis se levantó.

–No lo haré, pero me da pena Vincennes. He oído que cumplirá veinte años de servicio dentro de unos meses. Quizá se largó de allí porque se sintió mal tras cargarse a esos tíos.

–Que tenga un buen día, sargento –dijo Ed.

Algo viejo, extraño.

Ed se quedó sentado, la puerta abierta. Banderas con orlas doradas: oportunidades alcanzadas.

Vincennes podía saber algo sobre Bud White.

Instinto: Jack asustado en la primavera del 53.

Conectar la investigación de esas revistas con el Nite Owl.

La acusación de Inez Soto: había matado a tres inocentes.

Si incluía a Vincennes en su investigación de Asuntos Internos…

Ed tecleó el interfono.

–Susan, póngame con el fiscal del distrito Loew.

46

—Ya tengo mis propios problemas —dijo Mickey Cohen—: ese *fershtunkener* caso del Nite Owl, y esos *fershtunkener* libros obscenos de los que no sé nada, como tampoco sé nada de la Biblia. Esa historia me aburrió hace cinco años, y ahora me aburre aún más. Tengo problemas propios. Por ejemplo, mira a mi criatura.

Bud miró. Un bulldog con el trasero chamuscado junto al hogar, gimiendo, la cola entablillada.

—Ese es Mickey Cohen Júnior, mi heredero, que no durará mucho en este mundo canino. Sobrevivió a un atentado en noviembre, aunque buena parte de mis trajes Sy Devore no sobrevivieron. Su pobre cola ha estado continuamente infectada desde entonces, y tiene poco apetito. Los polis que resucitan viejos pesares no son buenos para su salud.

—Señor Cohen...

—Me cae bien la gente que me habla con el respeto apropiado. ¿Cómo has dicho que te llamabas?

—Sargento White.

—Sargento White, pues, te diré que en mi vida los pesares no tienen fin. Soy como Jesús, el salvador *goy* llevando el peso del mundo sobre la espalda. En la prisión, esos *fershtunkener* matones me atacan a mí y a mi Davey Goldman, a Davey le embarullan los sesos, y cuando lo sueltan empieza a andar por ahí con el *shlong* a la vista. Lo tiene grande y no le culpo por enseñarlo, pero los polis de Beverly Hills no tienen tantas luces, y ahora cumple noventa días en observación en el loquero en Camarillo. Como si esa congoja no fuera suficiente para este Jesús *yiddisher*, resulta que mientras yo estaba en prisión, unos desconocidos liquidaron a colegas que cuidaban de mis intereses. Y ahora mis viejos muchachos no quieren volver conmigo. Por Dios, Abe Teitlebaum, Lee Vachss, Johnny Stompanato...

—Conozco a Johnny Stompanato —interrumpió Bud.

Cohen se enfureció.

—¡*Fershtunkener* Johnny! ¡Su nombre es Judas, como en la Biblia! Lana Turner es su Jezabel y no su María Magdalena, su polla lo guía hacia ella como una vara de zahorí. De acuerdo, está aún mejor dotado que Davey G., pero, Dios bendito, yo lo rescaté cuando era un patético extorsionador y lo transformé en mi guardaespaldas, y ahora se niega a regresar. Prefiere fumar hierba en el restaurante de Abe y codearse con Doble Perkins, quien según he oído juega a esconder la polla dentro de miembros de la raza canina. ¿Has dicho que te llamabas White?

—Correcto, señor Cohen.

—¿Wendell White? ¿Bud White?

—Ese soy yo.

—Muchacho, ¿por qué no lo has dicho antes?

Cohen Júnior se meó en la chimenea.

—No creí que supiera nada de mí —dijo Bud.

—Claro que sí, las noticias circulan. Las noticias dicen que eres el muchacho de Dudley Smith. Las noticias dicen que tú, Dudley y un par de chicos duros habéis mantenido la ciudad a salvo para la democracia mientras se producía lo que llamaron sequía del crimen. Un motel en Gardena, unos golpes en los riñones y a otra cosa. Quizá, si puedo lograr que mis muchachos dejen de fumar hierba y asociarse con tíos que follan con perros, quizá pueda volver a ponerme en marcha. Debo ser amable contigo, para que tú y Dudley seáis amables conmigo. ¿Por qué esta vuelta al caso Nite Owl?

Una oportunidad en bandeja.

—He oído que los hermanos Englekling visitaron McNeil y le mencionaron la propuesta de Cathcart. Pensaba que usted o Davey Goldman lo habrían comentado en el patio, y que así se difundió la noticia.

—No —dijo Mickey—. Imposible, porque no se lo conté a Davey. Es verdad que soy famoso por mis confabulaciones carcelarias, pero no se lo conté a nadie. Se lo dije a ese tío, Exley, cuando hablamos sobre el tema hace años. Y he aquí una apreciación gratuita de Mick. En mi opinión, los libros obscenos son un artículo rentable por el cual vale la pena matar inocentes solo si ya existe un mercado. Olvida el puto Nite Owl. Esos *shvartzes* que el joven héroe acribilló pagaron la cuenta, y tal vez eran culpables de todos modos.

—No creo que Duke Cathcart muriera en el Nite Owl —dijo Bud—. Creo que la palmó alguien que fingía ser él. Ese tipo mató a Cathcart, adoptó su identidad y se presentó en el Nite Owl. Pensaba que el asunto había empezado en McNeil.

Cohen puso los ojos en blanco.

—No conmigo, chico, porque yo no se lo dije a nadie, y no me imagino a Peter y Baxter corriendo la voz en el patio de la prisión. ¿Dónde vivía ese payaso de Cathcart?

—Silverlake.

—Entonces escarba en las colinas de Silverlake. Quizá encuentres un cadáver bien añejo.

Un flash: San Bernardino, la madre de Susan Lefferts en su apartamento, mirando hacia una habitación anexa.

—Gracias, señor Cohen.

—Olvida el *fershtunkener* Nite Owl —dijo Cohen.

Cohen Júnior olisqueó la entrepierna de Bud.

San Bernardino, Hilda Lefferts. La última vez lo había echado enseguida; esta vez Bud mentaría al novio: Susan Nancy en compañía de un tipo que respondía a la descripción de Duke Cathcart. Presionar, intimidar.

Un viaje de dos horas. La autopista de San Bernardino se inauguraría pronto, reduciendo el viaje a la mitad. Exley padre a Exley hijo: ese cobarde sabía que había algo entre él e Inez, la mirada del otro día lo decía con claridad. Ambos aguardaban una oportunidad. Pero si la situación lo favorecía, Bud pegaría con más fuerza: Exley jamás le atribuiría inteligencia suficiente para dar un golpe sagaz.

Hilda Lefferts vivía en una pocilga: una choza con tejas y un anexo de bloques de cemento. Bud subió, miró el buzón. Buen material intimidatorio: cheque de la pensión de Lockheed, cheque de la Seguridad Social, cheque de la Asistencia del Condado. Tocó el timbre.

La puerta se entreabrió. Hilda Lefferts miró por encima de la cadena.

—Se lo dije antes, y se lo repito. No me interesan sus preguntas, así que deje a mi pobre hija descansar en paz.

Bud exhibió los cheques.

—Asistencia del Condado me dijo que retuviera esto hasta que usted cooperara. Sin datos, no hay pasta.

Hilda chilló; Bud forzó la cadena, entró. Hilda retrocedió.

—Por favor. Necesito ese dinero.

Susan Nancy sonreía desde cuatro paredes: poses de vampiresa en un club nocturno.

—Vamos —dijo Bud—, sea amable. ¿Recuerda lo que intenté preguntarle la última vez? Susan tenía un novio en San Bernardino antes de mudarse a Los Ángeles. Usted se asustó cuando le pregunté entonces, y se ha asustado ahora. Vamos. Cinco minutos y me iré. Y nadie va a saberlo.

Hilda con ojos desorbitados: los cheques, la habitación con fotos.

—¿Nadie?

Bud le entregó el cheque de Lockheed.

—Nadie. Vamos. Le daré los otros dos si habla.

Hilda habló a su hija: la foto de la puerta.

—Susan, me dijiste que conociste al hombre en un bar y te dije que no lo aprobaba. Me dijiste que era un buen hombre que había pagado su deuda con la sociedad, pero no me dijiste su nombre. Te vi con él un día, y lo llamaste Don, Dean, Dick o Dee, y él dijo: «No, Duke. Acostúmbrate». Un día salí y mi vecina, la señora Jensen, te vio con ese hombre aquí en casa y creyó oír un alboroto...

Traducción: «deuda con la sociedad» equivalía a «ex convicto».

–¿Llegó a enterarse del nombre?

–No...

–¿Susan conocía a dos hermanos llamados Englekling? Vivían aquí, en San Bernardino.

Hilda miró la foto con ojos entornados.

–Oh, Susan. No, creo que no conozco ese apellido.

–¿El novio de Susan mencionó alguna vez el nombre «Duke Cathcart», o un negocio de pornografía?

–¡No! ¡Cathcart era el nombre de una de las víctimas del lugar donde murió Susan, y Susan era una buena chica que jamás se asociaría con esas cochinadas!

Bud le entregó el cheque de la Asistencia del Condado.

–Tranquila. Hábleme del alboroto.

Hilda, con lágrimas en los ojos:

–Volví a casa al día siguiente, y creí ver sangre seca en el suelo de la habitación nueva. Yo la había construido con el dinero de la póliza de mi esposo. Susan y aquel hombre regresaron. Estaban nerviosos. El hombre se arrastró por debajo de la casa y llamó a un teléfono de Los Ángeles, luego él y Susan se marcharon. Una semana después la mataron... y... yo, bien, pensé que toda esa conducta sospechosa se relacionaba con las muertes... solo pensé en conspiraciones y represalias, y cuando ese buen hombre que se transformó en héroe pasó días más tarde para averiguar antecedentes, simplemente me callé.

Carne de gallina: el novio de Susan Lefferts era el falso Cathcart. El «alboroto»: el novio mata a Cathcart. Quizá estaba en San Bernardino para hablar con los Englekling. Susan en el Nite Owl, asistiendo a una reunión, el novio haciendo de Cathcart. Los asesinos nunca vieron al verdadero Cathcart cara a cara.

EL NOVIO SE ARRASTRÓ POR DEBAJO DE LA CASA.

Bud fue al teléfono. Operadora, un número de Los Ángeles: información policial de Pacific Coast Bell. Una empleada le atendió.

–Sí, ¿quién lo solicita?

–Sargento W. White, Departamento de Policía de Los Ángeles. Estoy en San Bernardino, Ranchview 04617. Necesito una lista de todas las llamadas a Los Ángeles desde este número, desde el 20 de marzo hasta el 12 de abril de 1953. ¿Entendido?

—Entendido —dijo la empleada. Pasaron dos minutos más; la empleada de nuevo—: Tres llamadas, sargento, 2 y 8 de abril, todas al mismo número, HO-21118. Es un teléfono público, la esquina de Sunset y Las Palmas.

Bud colgó. Llamadas a una cabina telefónica a un kilómetro del Nite Owl; cerrando el trato o programando la reunión. Con gran cautela.

Hilda se enjugaba las lágrimas. Bud vio una linterna en una mesa. La cogió, salió deprisa.

La habitación anexa, un sótano estrecho. Bajó las escaleras. Tierra, vigas de madera, un gran saco de arpillera. Olores: naftalina, podredumbre. Se arrastró con los codos hasta el saco: el tufo de naftalina y podredumbre se agudizó. Palpó el saco, vio estallar un nido de ratas.

A su alrededor: ratas encandiladas por la luz.

Bud rasgó la arpillera. Apuntó la linterna: ratas, un cráneo impregnado de masa cartilaginosa. Soltó la linterna, rasgó con ambas manos. Ratas y naftalina en la cara. Un gran desgarrón: un agujero de bala en el cráneo, una mano de esqueleto saliendo de una manga, «D. C.» sobre la franela.

Salió a rastras, aspirando aire. Hilda Lefferts estaba allí. Sus ojos suplicaban: «Por favor, Dios, eso no».

Aire limpio; la nítida luz del día era cegadora. Esa luz blanca le dio la idea: su arma contra Exley.

Un dato a una revista escandalosa. Un tipo de *Whisper* le debía favores. Una revistucha izquierdista que se pirraba por los comunistas, los negros, los policías odiados.

Hilda, muerta de miedo.

—¿Había… algo… ahí abajo?

—Solo ratas. Pero quiero que usted se quede aquí. Traeré algunas fotos para que las mire.

—¿Puede darme el último cheque?

El sobre, sucio de excrementos de rata.

—Tenga. Cortesía del capitán Ed Exley.

47

Una bonita sala de interrogatorios, sin sillas atornilladas ni olor a orines. Jack miró a Ed Exley.

—Sabía que tenía problemas, pero no creí que fuera tan importante.

—Tal vez te preguntes por qué no te han suspendido —dijo Exley.

Jack se desperezó. El uniforme estaba arrugado: no lo usaba desde 1945. Exley tenía un pésimo aspecto: enjuto, canoso, gafas con montura metálica que le endurecían la mirada.

—En efecto. Supongo que Ellis se arrepintió después de presentar esa queja. Mala publicidad y todo eso.

Exley movió la cabeza.

—Loew te considera un perjuicio para su carrera y su matrimonio, y el abandono de esa escena del crimen y la agresión contra ese policía son suficientes para formalizar una suspensión y una expulsión.

—¿Sí? Entonces ¿por qué no me han suspendido?

—Porque he intercedido ante Loew y el jefe Parker. ¿Alguna otra pregunta?

—Sí, ¿dónde están la grabadora y la taquígrafa?

—No las he querido aquí.

Jack cogió una silla.

—Capitán, ¿qué quieres?

—Te haré la misma pregunta. ¿Quieres arrojar tu carrera a la cloaca o prefieres aguantar unos meses y cobrar tus veinte años?

Fácil: la expresión de Karen cuando se lo contara.

—De acuerdo, seguiré el juego. ¿Qué quieres?

Exley se le acercó.

—En la primavera del 53 tu amigo y socio Sid Hudgens fue asesinado y dos detectives que trabajaban en el caso al mando de Russell Millard me dijeron que lo llamaste «escoria» y que estabas muy alterado la mañana en que descubrieron el cuerpo. En esa época Dudley Smith te pidió que siguieras a Bud White y aceptaste. En esa época se investigaba el caso del Nite Owl y tú buscabas material pornográfico para Antivicio y presentaste varios informes negativos, cuando tu procedimiento tradicional consistía en inflar cada uno de tus informes. En esa época dos hombres, Peter y Baxter Englekling, ofrecieron pruebas sobre un presunto contacto pornográfico con el Nite Owl. Russell Millard te interrogó y tú seguiste con tus declaraciones negativas. Durante la búsqueda de esas revistas sugeriste varias veces que abandonaran la investigación. Esos dos detectives, los sargentos Fisk y Kleckner, te oyeron sugerir a Ellis Loew que dejara el caso Hudgens, y uno de tus colegas de Antivicio recuerda que estabas extrañamente nervioso durante esa investigación y que aparecías muy esporádicamente por la oficina de la brigada. Aclárame estos datos, Jack, por favor.

Diez veces culpable. Sabía que estaba boquiabierto, pestañeando, temblando.

—¿Cómo... coño... lo...?

—No importa. Ahora oigamos tu interpretación de lo que yo quiero.

Jack aspiró hondamente.

—Bien, seguí a Bud White. Dudley temía que perdiera la chaveta con el asesinato de otra ramera, porque White tenía esa tendencia cuando se trataba de chicas jóvenes. Bueno, lo seguí y no encontré nada importante. Tú y White os odiáis, y todos lo saben. Piensas que un día intentará vengarse porque mandaste a la cámara de gas a Dick Stensland y tú intercederás por mí ante Loew y Parker a cambio de algún dato que lo perjudique. ¿Eso quieres?

—Digamos que es el veinte por ciento. Dime qué averiguaste sobre White.

—¿Como qué?

—Mujeres.

—A White le gustan las mujeres, pero eso no es novedad.

—Asuntos Internos realizó una investigación personal sobre White cuando aprobó el examen de sargento. El informe decía que salía con una mujer llamada Lynn Bracken. ¿La conoció en el 53?

Jack se encogió de hombros.

—No lo sé. Nunca he oído ese nombre.

—Vincennes, tu cara dice que mientes, pero olvidemos a Lynn Bracken. Ella no me interesa. ¿White se veía con Inez Soto en la época en que lo seguías?

Jack casi rió.

—No, no mientras lo seguía. ¿Por eso estás tan exaltado? ¿Crees que White y tu...?

Exley alzó una mano.

—No te preguntaré si mataste a Hudgens, no te pediré que me expliques qué ocurrió esa primavera, no todavía, y quizá nunca. Solo dame tu opinión sobre algo. Estabas metido hasta las orejas en la investigación de material porno y trabajaste en el caso Nite Owl. ¿Crees que los negros eran culpables?

Jack se echó hacia atrás, alejándose de esos ojos.

—Hay cabos sueltos, y lo supe entonces. Si no fueron los tres que mataste, quizá fueron otros negros. Quizá sabían dónde escondió Coates el coche y pusieron allí las escopetas. Tal vez esté relacionado con el material porno. ¿Te importa? Esos negros violaron a tu novia, así que hiciste lo que debías. ¿De qué va todo esto, capitán?

Exley sonrió. Jack comprendió: un hombre asomando un pie por un precipicio, brincando sobre una pierna.

—Capitán, ¿de qué...?

—No, mis motivos son cosa mía, y he aquí mi primera conjetura: Hudgens estaba conectado con el material porno, y tenía un archivo sobre ti. Por eso estabas tan nervioso.

Arenas movedizas.

—Sí, una vez cometí un grave error. ¿Sabes...? Joder, a veces creo... que no me importa si lo averiguan.

Exley se levantó.

—Ya he arreglado el asunto de las quejas contra ti. No habrá enjuiciamiento ni acusaciones. Parte del acuerdo al que llegué con el jefe Parker consiste en que te retires voluntariamente en mayo. Le dije que aceptarías, y lo convencí de que mereces una pensión completa. No me preguntó mis motivos, y no quiero que tú me los preguntes.

Jack se levantó.

—¿Y cuál es el trato?

—Si alguna vez se vuelve a investigar el Nite Owl, tú, con todo lo que sabes, me perteneces.

Jack le tendió la mano.

—Hijo de perra, te has vuelto frío como el hielo.

CALENDARIO
Febrero-Marzo 1958

Revista *Whisper*, febrero de 1958:

¿VÍCTIMA EQUIVOCADA EN LA MATANZA DEL NITE OWL?
LA MISTERIOSA RED SE EXTIENDE...

Recordáis la alharaca del Nite Owl, ¿verdad? El 14 de abril de 1953 tres asesinos con escopeta entraron en el acogedor café Nite Owl, a dos pasos del Hollywood Boulevard de la soleada Los Ángeles, atracaron y asesinaron a tres empleados y tres clientes y se largaron con trescientos dólares, lo cual, dividido por seis, significa cincuenta pavos por vida. El Departamento de Policía de Los Ángeles abordó el caso con su habitual celo; arrestó a tres jóvenes negros sospechosos de haber cometido los asesinatos y también los acusó de secuestrar y violar a una joven mexicana. El Departamento no estaba seguro de que los tres negros —Raymond «Sugar Ray» Coates, Tyrone Jones y Leroy Fontaine— fueran responsables de esas muertes, pero estaba seguro de que los jóvenes eran los violadores de Inez Soto, de 21 años, estudiante universitaria. La investigación continuó, con gran publicidad y gran presión para que el Departamento resolviera el «Crimen del Siglo» de Los Ángeles.

El Departamento siguió pistas infructuosas durante dos semanas, luego descubrió las armas homicidas en el coche de Ray Coates, guardado en un garaje abandonado del sur de Los Ángeles. Poco después, Coates, Jones y Fontaine escaparon de la cárcel.

Entra en escena un joven detective: el sargento Edmund J. Exley, del Departamento de Policía. Héroe de la Segunda Guerra Mundial, graduado en la UCLA, informador contra sus colegas en el escándalo de la «Navidad Sangrienta» de 1951 e hijo del magnate Preston Exley, constructor de la mastodóntica Tierra de los Sueños de Raymond Dieterling y del extenso sistema de autopistas del sur de California. La trama se complica...

Dato: El sargento Ed Exley estaba enamorado de la víctima de la violación, Inez Soto.

Dato: El sargento Ed Exley localizó, disparó y mató a Raymond Coates, Tyrone Jones y Leroy Fontaine con –justicia poética– una escopeta.

Dato: El sargento Ed Exley fue promovido a capitán (¡dos rangos!) una semana después, una enorme recompensa por haberse tomado la justicia por su mano en un caso que el Departamento necesitaba cerrar deprisa para perpetuar su (¿exagerada?) reputación.

Dato: El capitán Ed Exley (un chico rico con un sustancial fondo privado legado por su difunta madre) intimó pronto con Inez Soto y le compró una casa muy cerca de su apartamento.

Dato: En *Whisper* sabemos de buena tinta que Raymon Coates, Leroy Fontaine, Tyrone Jones y el hombre que los acogía –Roland Navarette– estaban desarmados cuando nuestro héroe Ed Exley les disparó... y ahora, cinco años después de la Matanza del Nite Owl, la trama se complica de nuevo...

Ahora bien, *Whisper* es un modesto integrante de lo que la prensa obtusa llama «periodismo amarillo». No somos la poderosa *Hush-Hush*, tenemos nuestra base cerca de Nueva York y nos dedicamos primordialmente a la Costa Este. Pero tenemos nuestras fuentes en Los Ángeles, y entre ellas hay un abnegado detective privado que desea conservar el anonimato. Este hombre estuvo obsesionado durante años con el caso Nite Owl, lo ha investigado profundamente y ha obtenido asombrosas revelaciones. Este hombre, a quien llamaremos «Detective X», habló con los corresponsales de *Whisper*. El detective X detectó las siguientes conexiones:

Conexión: Durante la investigación del caso Nite Owl, dos hermanos, Peter y Baxter Englekling, que tenían una imprenta en San Bernardino, California, manifestaron a las autoridades que Delbert «Duke» Cathcart, víctima del Nite Owl, les presentó un plan para imprimir material pornográfico, y sugirieron que la matanza del Nite Owl era resultado de intrigas dentro del submundo de la pornografía. El Departamento de Policía de Los Ángeles desdeñó esa teoría en sus prisas por atribuir el crimen a los negros, y ahora los Englekling parecen haber desaparecido de la faz de la tierra.

Conexión: Hilda Lefferts, madre de Susan Nancy Lefferts, víctima del Nite Owl, nacida y criada en San Bernardino, reveló al detective X que poco antes de la matanza su hija tuvo un misterioso novio sin nombre que se parecía mucho a Duke Cathcart, y a quien ella le oyó decir, hablando con Susan Nancy: «Llámame Duke. Acostúmbrate». La señora Lefferts no pudo identificar al hombre en las fotos que le mostró el detective X. Luego X desarrolló lo que consideramos una excelente y excitante teoría.

Posible explicación: Ese novio misterioso mató a Duke Cathcart en un intento de adueñarse de su proyecto pornográfico, fingió que era Duke Cathcart y se presentó en la cafetería Nite Owl para hacer negocios con los tres hombres que perpetraron esa carnicería. Susan Nancy se sentó cerca para observar cómo su novio negociaba. El detective X ofrece las siguientes pruebas taxativas:

La señora Lefferts declaró que el novio misterioso era muy parecido a Duke Cathcart.

El cuerpo identificado como el de Cathcart estaba demasiado maltrecho para una identificación cabal. El forense se basó en una reconstrucción parcial de placas dentales cotejada con los registros dentales carcelarios de Cathcart, pero otros documentos carcelarios indican que Cathcart medía un metro sesenta mientras que el cuerpo descubierto en el Nite Owl medía uno sesenta y dos. Prueba inequívoca de que alguien que se hacía pasar por él, no Duke Cathcart, murió en la cafetería Nite Owl.

Creemos que estas excitantes extrapolaciones revelarán conexiones extremadamente interesantes, exasperarán al irresponsable Departamento de Policía de Los Ángeles y quizá exoneren a los tres negros falsamente acusados de la matanza del Nite Owl. Desde las páginas de *Whisper* exhortamos a la Fiscalía del Distrito de Los Ángeles a exhumar los cuerpos de las víctimas del Nite Owl; execramos al capitán Ed Exley por exterminar a sangre fría a cuatro víctimas de la sociedad y exigimos expresamente al Departamento que redima sus propios errores en nombre de la justicia. ¡Que se reabra el caso del Nite Owl!

EXTRACTO

Chronicle de San Francisco,
27 de febrero

MUERTES EN GAITSVILLE DESCONCIERTAN A LA POLICÍA

Gaitsville, California, 27 de febrero de 1958. –Un extraño doble homicidio ha estremecido a los ciudadanos de Gaitsville, una pequeña ciudad a noventa kilómetros de San Francisco, y ha desconcertado al Departamento del Sheriff del condado de Marin.

Hace dos días se hallaron los cuerpos de Peter y Baxter Englekling, de 41 y 37 años, en su apartamento, cerca de la imprenta donde estaban empleados como tipógrafos. Los dos hermanos, en palabras del teniente Eugene Hatcher del Departamento del Sheriff, eran «personajes turbios con antecedentes delictivos». El teniente declaró cautamente ante George Woods, reportero del *Chronicle*:

«Ambos hermanos tenían antecedentes delictivos relacionados con narcóticos. Habían estado limpios durante varios años, pero aun así eran personajes turbios. Por ejemplo, trabajaban en la imprenta con nombres falsos. Hasta ahora no tenemos pistas, pero creemos que los han torturado para sacarles información».

Los hermanos Englekling trabajaban en Rapid Bob's Printing, en East Verdugo Road, Gaitsville, y vivían en el edificio de apartamentos contiguo. Su patrón, Robert Dunkquist, de 53 años, los conocía como Pete y Bax Girard, y descubrió los cuerpos el martes por la mañana. «Pete y Bax trabajaban conmigo desde hacía un año y eran puntuales como un reloj. Cuando el martes no vinieron a trabajar, supe que algo pasaba. Además, alguien había saqueado el taller y quería que me ayudaran a encontrar a los culpables.»

Los hermanos Englekling, cuya identidad se reveló gracias a un cotejo de huellas dactilares por teletipo, fueron muertos a balazos, y el teniente Hatcher está seguro de que el asesino usó un revólver 38 equipado con silenciador. «Nuestro perito en balística halló fragmentos de hierro en las balas que extrajimos de las víctimas. Esto indica que se usó un silenciador y explica por qué los vecinos no oyeron los disparos.»

El teniente Hatcher se negó a revelar los pormenores de la investigación, pero declaró que se están siguiendo todos los procedimientos estándar. Declaró que ambas víctimas fueron torturadas antes de los disparos, pero no quiso describir los detalles. «Queremos mantener en privado esa información. A veces hay lunáticos ávidos de protagonismo que se confiesan culpables de estos delitos, aunque no los hayan cometido. Ocultar esa información nos ayuda a distinguir a los culpables de los inocentes.»

Peter y Baxter Englekling no tienen parientes vivos conocidos, y sus cuerpos se hallan en la oficina del forense de Gaitsville. El teniente Hatcher solicitó a todos los que tengan información relacionada con los homicidios que se pongan en contacto con el Departamento del Sheriff del condado de Marin.

EXTRACTO
Examiner de San Francisco,
1 de marzo

VÍCTIMAS DE ASESINATO CONECTADAS CON CÉLEBRE CRIMEN DE LOS ÁNGELES

Peter y Baxter Englekling, asesinados en Gaitsville, California, el 25 de febrero, fueron testigos materiales de la famosa Matanza del Nite Owl, acontecida en Los Ángeles en abril de 1953, según reveló hoy el teniente Eugene Hatcher del Departamento del Sheriff del condado de Marin.

«Ayer recibimos una llamada anónima —declaró el teniente Hatcher al *Examiner*—. Un hombre nos dio la información y luego colgó. La verificamos con la Fiscalía del Distrito de Los Ángeles, donde nos dijeron que era cierta. No creo que esté relacionado con nuestro caso, pero de todos modos llamé al Departamento de Policía de Los Ángeles para corroborarlo. Me trataron con desdén, así que por mí pueden irse al cuerno.»

EXTRACTO
Daily News de Los Ángeles,
6 de marzo

NITE OWL REDIVIVO: SORPRENDENTES REVELACIONES INDICAN MUERTE DE INOCENTES

Es una historia desagradable. El *Daily News*, único periódico de Los Ángeles que va hasta el fondo de las noticias y único periódico del sur de California que se enorgullece de hurgar en el lodo, no teme tales historias. Es una historia que atenta contra la imagen heroica de un hombre que muchos consideran paradigma perfecto de la ley y el orden, y cuando los héroes tienen pies de barro, el *Daily News* se cree obligado a someter sus flaquezas al escrutinio público. Aquí hay grandes interrogantes, tan grandes como el crimen que los generó, así que pedimos con franqueza que se remueva el lodo. Las razones: el tristemente célebre caso del Nite Owl –seis personas brutalmente atracadas y asesinadas en un café de Hollywood en abril de 1953– se resolvió incorrectamente, con gran coste para la justicia. Queremos que se reabra el caso y se llegue a la justicia verdadera.

Raymond Coates, Leroy Fontaine y Tyrone Jones… ¿recuerdan ustedes esos nombres? Eran los tres jóvenes negros, por cierto, delincuentes y agresores sexuales, encarcelados por el Departamento de Policía de Los Ángeles. Arrestados poco después de la Matanza del Nite Owl, presentaron una siniestra coartada: no podían haber cometido los asesinatos porque en ese momento estaban secuestrando y violando a una joven llamada Inez Soto. Ultrajaron a la señorita Soto en un edificio desierto del sur de Los Ángeles, luego confesaron que la habían paseado y «vendido» a sus amigos para que siguieran sometiéndola a abusos sexuales. Dejaron a la señorita Soto en compañía de un tal Sylvester Fitch, a quien un policía del Departamento mató de un tiro al rescatar a esa valiente mujer.

La señorita Soto rehusó cooperar con la investigación policial, que en ese momento intentaba establecer dónde se hallaban Coates, Jones y Fontaine en el momento de la Matanza del Nite Owl. ¿Estaban con ella y otros presuntos violadores (ninguno de los cuales fue identificado, excepto Fitch)? ¿Tuvieron tiempo para ir de Los Ángeles Sur a Hollywood, cometer la Matanza del Nite Owl y regresar para seguir vejándola? ¿Ella estuvo consciente durante esa vejación?

Preguntas sin respuesta. Hasta ahora.

La investigación policial se dividió en dos ramas: la búsqueda de pruebas para corroborar si Jones, Coates y Fontaine eran los asesinos; y la búsqueda de pruebas generales, tarea estándar basada en el supuesto de que los tres jóvenes eran culpables de secuestro y violación, pero no de homicidio. La señorita Soto aún se negaba a cooperar. Ambas ramas de la investigación se troncharon cuando Coates, Jones y Fontaine escaparon de la cárcel y fueron acribillados por nuestro héroe: el sargento Edmund Exley del Departamento de Policía de Los Ángeles.

Universitario, héroe de la Segunda Guerra Mundial, hijo del ilustre Preston Exley, Ed Exley utilizó el caso del Nite Owl como trampolín para su insaciable ambición personal. Fue ascendido a capitán a los 31 años y pronto llegará a inspector a los 36, el más joven de la historia del Departamento. Se le menciona como un potencial político republicano casi con tanta frecuencia como a su padre, el magnate de la construcción. En torno a él circulan algunos rumores persistentes: que los hombres que mató estaban desarmados, que el fiscal del distrito Ellis Loew se inventó la presunta confesión de Coates, Jones y Fontaine acerca del Nite Owl antes de la fuga. Lo que no es tan sabido es que Ed Exley estaba enamorado de Inez Soto y perdonó su falta de cooperación durante la investigación, luego le compró una casa y hace cinco años que intima con ella.

Ahora, dos acontecimientos recientes arrojan nueva luz sobre el caso del Nite Owl.

En 1953, dos hermanos se presentaron como testigos materiales alegando que poseían información sobre la matanza del Nite Owl. Esos hombres, Peter y Baxter Englekling, afirmaron que un proyecto de distribuir pornografía estaba en el origen de la matanza, así como un plan diseñado por una de las víctimas: el ex convicto Delbert Cathcart. El Departamento de Policía optó por ignorar esta información. Luego, casi cinco años después, Peter y Baxter han sido brutalmente asesinados en la pequeña ciudad de Gaitsville, California. Esas muertes, cometidas el 25 de febrero, no están resueltas y no hay ninguna pista. Pero una pregunta estaba a punto de hallar su respuesta.

En la penitenciaría de San Quintín, un prisionero negro llamado Otis John Shortell leyó una crónica periodística sobre la muerte de los hermanos Englekling, crónica que mencionaba su conexión tangencial con el caso Nite Owl. El artículo hizo meditar al preso. Pidió una audiencia con el ayudante del alcaide e hizo una asombrosa confesión.

Otis John Shortell, sentenciado por diversas condenas por robo de automóviles y buscando una reducción de la pena como recompensa por su cooperación, confesó que era uno de los hombres a quienes Inez Soto fue «vendida» por Coates, Fontaine y Jones. Estuvo con la señorita Soto y los tres jóvenes entre las dos y media y las cinco de la mañana de la Matanza del Nite Owl, durante el tiempo en que se cometieron los asesinatos. Declaró al alcaide que nunca había hablado para exculparlos por temor a que le acusaran de violación. Además reveló que Coates tenía gran cantidad de narcóticos en el coche, razón por la cual nunca comunicó a la policía dónde lo había escondido. Shortell alegó su reciente conversión –ahora es cristiano pentecostal– como razón para hacer esta confesión, aunque las autoridades de la prisión lo pusieron en duda. El preso pidió que lo sometieran al detector de mentiras para demostrar la veracidad de sus declaraciones y fue sometido a cuatro pruebas de polígrafo. Aprobó las cuatro de forma concluyente. El abogado de Shortell, Morris Vaxman, ha enviado copias certificadas de los informes del perito al *Daily News* y al Departamento de Policía de Los Ángeles. El *Daily News* publica este artículo. ¿Qué hará el Departamento de Policía?

Denunciamos la injusticia de la justicia a punta de pistola. Denunciamos los motivos del «justiciero» Ed Exley. Invitamos abiertamente al Departamento de Policía de Los Ángeles a reabrir el caso del Nite Owl.

EXTRACTO

Times de Los Ángeles, 11 de marzo

CRECE CLAMOR POR EL CASO NITE OWL

Una serie de hechos inconexos y un fuego atizado por varios artículos del *Daily News* de Los Ángeles urgen al Departamento de Policía de Los Ángeles a reabrir el caso del Nite Owl, de 1953. El jefe del Departamento, William H. Parker, dijo que la controversia era «un barril de pólvora con una mecha mojada. Son meras patrañas. El testimonio de un delincuente degenerado y un doble homicidio sin conexión con el asunto no constituyen razones para reabrir un caso resuelto hace cinco años. Respaldé los actos del capitán Ed Exley en 1953 y los respaldo ahora».

Las referencias del jefe Parker aluden a Peter y Baxter Englekling, testigos materiales de la investigación original, asesinados el pasado 25 de febrero, y al reciente testimonio del convicto de San

Quintín Otis John Shortell, quien afirmó estar con los tres acusados en otro lugar mientras se cometía la matanza. Citando los exámenes con detector de mentiras a que Shortell se sometió en la prisión, su abogado Morris Waxman declaró: «Los polígrafos no mienten. Otis es un hombre religioso que carga con una gran culpa por no haber evitado la muerte de hombres inocentes hace cinco años, y ahora quiere que se haga justicia. Ha dado a las tres víctimas muertas una coartada validada por el detector de mentiras y ahora quiere que se castigue a los verdaderos asesinos. No dejaré de dar publicidad a este asunto hasta que el Departamento de Policía de Los Ángeles acceda a cumplir con su deber y reabra el caso».

Richard Tunstell, jefe de redacción del *Daily News* de Los Ángeles, se hizo eco de ese sentimiento: «Hemos hincado los dientes en algo importante. No pensamos soltarlo».

TITULARES

Daily News de Los Ángeles, 14 de marzo:
J'ACCUSE: POLICÍA DE LOS ÁNGELES OCULTA CASO DEL NITE OWL

Daily News de Los Ángeles, 15 de marzo:
CARTA ABIERTA A GATILLO EXLEY

Daily News de Los Ángeles, 16 de marzo:
EL ABOGADO DE UN CONVICTO SOLICITA A LA FISCALÍA ESTATAL QUE REABRA EL CASO DEL NITE OWL

Herald-Express de Los Ángeles, 17 de marzo:
PARKER A LA PRENSA: EL NITE OWL ES UN CASO CERRADO

Daily News de Los Ángeles, 19 de marzo:
**LOS CIUDADANOS EXIGEN JUSTICIA:
PIQUETES FRENTE AL
DEPARTAMENTO DE POLICÍA**

Herald-Express de Los Ángeles, 20 de marzo:
**PARKER/LOEW EN LA PICOTA.
EL GOBERNADOR KNIGHT:
EL NITE OWL ES UN «BARRIL DE PÓLVORA»**

Mirror-News de Los Ángeles, 20 de marzo:
**EL SALARIO DE LA MUERTE:
FOTOS EXCLUSIVAS DEL NIDO
DE AMOR EXLEY/SOTO**

Examiner de Los Ángeles, 20 de marzo:
**ALUVIÓN DE LLAMADAS
A LA CENTRALITA POLICIAL:
LOS CIUDADANOS EXPRESAN SU OPINIÓN
SOBRE EL NITE OWL**

Times de Los Ángeles, 20 de marzo:
**PARKER RESPALDA A EXLEY CON FIRMEZA:
«NO SE REABRIRÁ EL CASO»**

Daily News de Los Ángeles, 20 de marzo:
**¡QUE PREVALEZCA LA JUSTICIA!
¡QUE LA POLICÍA RESPONDA!
¡REAPERTURA DEL CASO NITE OWL!**

CUARTA PARTE

Destino: el depósito de cadáveres

48

Sonó el teléfono: veinte contra uno a que era la prensa. Ed lo cogió de todos modos.

—¿Sí?

—Bill Parker, Ed.

—Señor, ¿cómo está? Gracias por esa declaración en el *Times*.

—Iba en serio, hijo. Vamos a resistir y dejarlo pasar. ¿Cómo se lo ha tomado Inez? Me refiero a la publicidad.

—Mi padre me dijo que está viviendo en casa de Ray Dieterling, en Laguna. Y rompimos hace unos meses. No funcionaba.

—Lo lamento. Aun así, Inez es una muchacha fuerte. Comparado con lo que ha sufrido, esto será un juego de niños.

Ed se frotó los ojos.

—No sé si lo dejarán pasar.

—Creo que sí. La policía de Gaitsville se niega a cooperar con los homicidios de los Englekling y ese negro de San Quintín no tiene ningún valor como testigo. El polígrafo parece válido, pero el abogado es un oportunista que solo desea sacar a su cliente de la...

—Señor, al margen de eso, no creo que los hombres que maté fueran culpables del Nite Owl y...

—No me interrumpas y no incurras en la ingenuidad suicida de creer que reabrir el caso servirá de algo. Yo esperaré a que pase el temporal, y lo mismo hará el fiscal general en Sacramento. La mala publicidad, las peticiones de justicia y demás siempre alcanzan un tope y luego se apagan.

—¿Y si no es así?

Parker suspiró.

—Si el fiscal general ordena una investigación estatal, presentaré un interdicto del Departamento para dar prioridad a nuestra propia investigación. Contaré con el pleno apoyo de Ellis Loew para esa estrategia... pero pasará.

—No estoy tan seguro de querer que pase —dijo Ed.

49

Misión de la Brigada contra el Hampa: habitación 6 del motel Victory. Bud y Mike Breuning. Un chico de San Francisco esposado a la silla: Joe Sifakis, con tres condenas por usura, sacado a rastras de un tren en Union Station. Breuning usaba la manguera; Bud observaba.

Mil cuatrocientos en la cómoda: donación a obras de caridad para la policía. Contundentes advertencias para que Sifakis se largara de la ciudad: trabajo dental en marcha. Bud miró el reloj: las cuatro y veinte. Dudley iba atrasado. Sifakis gritaba.

Bud entró en el cuarto de baño. Cuatro paredes obscenas: alusiones sexuales, algunas anticuadas. Anotaciones del 53: Bud pensó en el Nite Owl. Daba miedo: el Nite Owl era gran noticia, Dudley quería hablar con él. Abrió el grifo para ahogar los gritos. Pensó en sus deducciones sobre el Nite Owl, las encontró sólidas.

Nadie sabía que él había filtrado la historia a *Whisper*. Si la oficialidad lo supiera, él ya se habría enterado; y el cadáver de Cathcart seguía aún debajo de la casa. Nadie sabía que él había avisado al Departamento del Sheriff de Gaitsville sobre la conexión entre los Englekling y el Nite Owl. Golpes de suerte: los dos hermanos muertos, el negro de San Quintín, que quizá dijera la verdad. No tendría problemas con las pruebas que había retenido en el 53: si Dudley sospechaba, quizá lo asociara a su fijación con el asesinato de Kathy. Dudley era el supervisor del caso Nite Owl, querría que el alboroto se calmara. Una reapertura lo haría aparecer como actor de reparto: segundón del héroe Ed Exley. Parker intentaba evitar la reapertura. Probabilidades en contra: cinco a uno a que Exley saldría mal parado...

Sifakis gritó. La puerta tembló.

Bud hundió la cabeza en el lavabo. Una nota garabateada junto al espejo: «Meg Greunwitz folla bien - AX-74022». Nombres de chicas en las paredes; la semana anterior el Departamento del Sheriff de Los Ángeles había hallado a una prostituta muerta, una más en la lista: Lynette Ellen Kendrick, edad 21, muerta el 17/3/58. Golpeada, heridas hechas con anillos, triple violación. Los polis del condado no le darían tiempo para...

Sifakis empezó a parlotear. El caluroso baño se volvió insoportable. Bud salió. Sifakis cantaba:

—... sé cosas, oigo cosas. Con Mick libre, se abrió la temporada de caza. Las cosas andaban despacio mientras él estaba dentro, pero esos tiradores disparon a los concesionarios, luego a estos independientes. Tres pistoleros... liquidaron a los hombres de Mickey y a los tíos que intentaban encargarse de sus préstamos. Todos respetaban a Dudley Smith como pacificador, pero ahora no hace nada. ¿Quieres un arresto por prostitución? ¿Eh, eh? ¿Quieres un buen dato sobre...?

Breuning parecía aburrido. Bud salió al patio: hierba rastrera, alambre de espinos. Catorce habitaciones vacías. El Departamento de Policía de Los Ángeles había comprado barata la propiedad.

—Muchacho.

Dudley en la acera. Bud encendió un cigarrillo, se le acercó.

—Muchacho, siento llegar tarde.

—No importa. Dijiste que era serio.

—Sí, muy serio. ¿Te gusta la Brigada de Hollywood, muchacho?

—Me gustaba más Homicidios.

—Estupendo. Intentaré que regreses pronto. ¿Has disfrutado viendo cómo el amigo Exley es ridiculizado por el cuarto poder?

El humo hizo toser a Bud.

—Sí, claro. Lástima que no reabran el caso para hacerlo temblar de veras. Aunque no me gustaría que eso te creara problemas.

Dudley rió.

–Veo los conflictos inherentes a tu situación. Y siento cierta ambivalencia ante ello, pues un pajarito de Sacramento me contó que el fiscal general pronto presionará para que reabran el caso. Ellis Loew tiene preparado un interdicto si las cosas se salen de madre, así que podemos dar por sentado que el Nite Owl, lamentablemente, vuelve a ser una patata caliente en nuestras manos. Problemas políticos, muchacho. Esos demócratas izquierdistas tomaron el estandarte de una acusación presuntamente injusta contra esos negros para usar el tema en las elecciones primarias, y el fiscal general republicano saltó a un lado y devolvió el golpe. Muchacho, ¿tienes alguna información sobre el Nite Owl que no me hayas presentado?

Listo, preparado.

–No.

–Estupendo. Bien, aparte de eso, tengo una misión para ti en el Victory esta noche. Hay un hombre corpulento y musculoso que requiere tratamiento, y francamente Mike y Dick carecen de presencia para impresionarlo adecuadamente. El mundo es pequeño, muchacho... Creo que este sujeto conocía a nuestro amigo Duke Cathcart en el 53. Quizá pueda brindarte alguna información sobre tu fijación con Kathy Janeway. ¿Aún te preocupa el destino de la bella Kathy, muchacho?

Bud tragó saliva.

–Muchacho, olvida mi pregunta. Esas fijaciones son como las prostitutas: se pueden reformar, pero nunca olvidan las viejas mañas. Esta noche a las diez, muchacho. Y alegra ese ánimo. Pronto tendré tareas extralaborales para ti, tareas que reavivarán tus viejos y temibles hábitos.

Bud pestañeó. Dudley sonrió, caminó hacia la habitación 6.

Prostituta igual a «Lynn». Pregunta sobre Kathy igual a «¿cuánto?».

Un grito de Joe Sifakis: a través de las cuatro paredes, hasta el linde del patio.

50

Gallaudet le pasó la noticia: la Fiscalía General presionaría para lograr una reapertura, financiada y administrada por el estado. Ellis Loew se proponía usurpar la investigación: el Departamento de Policía, el retorno del Nite Owl. Hora de reorganizarse.

Ed en una cafetería de La Brea. Esperando a Jack Vincennes, papeles en la mesa: Nite Owl, notas sobre el caso Hudgens.

Nota: ¿el convicto de San Quintín decía la verdad? Era muy probable que sí, al margen de los motivos.

Nota: ¿la muerte de los Englekling se conectaba con el Nite Owl? No había modo de saberlo si el Departamento del Sheriff de Marin no revelaba información.

Nota: el coche morado junto al Nite Owl. Una corazonada: era un vehículo inocente, los verdaderos asesinos siguieron las informaciones de la prensa. Localizaron el coche de Ray Coates antes que la policía y colocaron allí las escopetas. Esto significaba —asombrosamente— que también habían puesto los cartuchos hallados en el Griffith Park. Los documentos de la prisión municipal correspondientes a 1935-55 habían sido destruidos. Si los asesinos obtuvieron la información a partir de un contacto en la cárcel, hallar la conexión resultaría casi imposible. Pediría a Kleckner y Fisk que investigaran exhaustivamente cada posibilidad lógica relacionada con el coche morado y las escopetas encontradas.

Nota: la víctima Malcolm Lunceford, ex policía y guardia de seguridad borrachín. ¿Estaba metido en alguna conspiración delictiva que terminó en la Matanza del Nite Owl? Respuesta: improbable, era cliente asiduo del Nite Owl, y siempre iba tarde.

Ed bebió café y pensó: PODER. Abuso de poder: la División de Asuntos Internos era autónoma dentro y fuera del Departamento; Ed había hecho trabajar a Fisk y Kleckner teniendo en cuenta una posible reapertura, suya o del Departamento. Vincennes admitía que había seguido a Bud White y mentía al decir que White no había conocido a esa amante esporádica –Lynn Bracken– en la primavera del 53. Lynn Bracken fue puesta bajo vigilancia; Fisk presentó un informe.

Se rumoreaba que la mujer era ex prostituta y copropietaria de una tienda de ropa en Santa Mónica. El socio era Pierce Morehouse Patchett, de cincuenta y seis años. Kleckner obtuvo un informe financiero: Patchett era un adinerado inversor que ejercía de chulo de prostitutas de lujo para sus socios en los negocios. La gran noticia:

Patchett era propietario de un edificio de apartamentos en Hollywood. Un extraño tiroteo se produjo allí en la época del caso Nite Owl. Ed mismo recibió la denuncia: ningún sospechoso detenido, artículos sadomasoquistas en un apartamento acribillado a balazos. El administrador afirmaba desconocer al propietario: le pagaban por correo, sospechaba que una corporación fantasma le enviaba el cheque. Conocía el nombre de pila del ocupante del apartamento: «Lamar», «un tipo alto y rubio». El administrador culpó a Lamar del tiroteo; un informe de seguimiento de la División Hollywood indicaba que nadie había visto a Lamar desde el incidente. Caso cerrado.

Jack llegaba con retraso. Ed miró las notas sobre Hudgens.

Una carnicería, ningún sospechoso, Hudgens odiado por todos. Una investigación desganada. Por un tiempo la tormenta cayó sobre Max Peltz y la gente de *Placa de Honor*. *Hush-Hush* publicó un artículo «denunciando» a Peltz y su afición por las adolescentes. Peltz se sometió a una prueba con polígrafo; el resto del equipo tenía coartadas. Entre líneas: Parker consideraba que Hudgens era un cerdo y no insistió sobre el caso.

Jack seguía sin venir. Ed repasó la lista de coartadas.

Max Peltz cometiendo estupro, importantes insinuaciones, pero ninguna acusación. La guionista Penny Fulweider estaba en casa con su esposo. La coartada de Billy Dieterling: Timmy Valburn. El diseñador David Mertens, un hombre enfermo que padecía de epilepsia y otras dolencias, fue excusado por Jerry Marsalas, su enfermero permanente. La estrella Brett Chase estaba en una fiesta, al igual que el coprotagonista Miller Stanton. Un fiasco, pero la muerte de Hudgens debía de ser decisiva para Vincennes en la primavera del 53.

Jack llegó, se sentó.

—¿Piensas retomarlo? —preguntó sin rodeos.

—Mañana me reuniré con Parker. Sin duda anunciará una reapertura.

Vincennes rió.

—Entonces no estés tan abatido. Si estás tan loco como para desearlo, al menos alégrate.

Ed puso seis casquillos de bala sobre la mesa.

—Recogí tres de ellos tras tu última práctica de tiro al blanco, los otros tres estaban archivados en un armario de la División Hollywood. Idénticas marcas. Abril del 53, Jack. ¿Recuerdas aquel tiroteo en Cheramoya?

Jack se aferró a la mesa.

—Continúa.

—Pierce Patchett es dueño de ese edificio de Cheramoya, y ha hecho lo posible por ocultarlo. Se encontraron artículos sadomasoquistas en el edificio, y Patchett es socio conocido de Lynn Bracken, la chica de Bud White, a la cual negabas conocer. Entonces tú participabas en una investigación de pornografía para Antivicio, y había artículos pornográficos y sadomasoquistas en el mismo sitio. La última vez que hablamos admitiste que Hudgens tenía un archivo sobre ti, que por eso andabas tan alterado entonces. He aquí mi gran conclusión, y corrígeme si me equivoco: Bracken y Patchett eran socios de Hudgens.

Vincennes se agarró con más fuerza. La mesa tembló.

—Así que eres un tío listo. ¿Y qué?

—¿Bud White conocía a Hudgens?

—No, no creo...

—¿Qué tiene White sobre Patchett y Bracken?

—No sé. Exley, mira…

—No, mira tú. Y responde. ¿Conseguiste el archivo de Hudgens sobre ti?

Jack, sudando:

—Sí.

—¿Quién te lo dio?

—Lynn Bracken.

—¿Cómo se lo sacaste?

—Amenazas. Escribí una declaración sobre ella y Patchett, con todos los datos que conseguí sobre ambos. Hice copias y las guardé en cajas de caudales.

—¿Y…?

—Sí, y todavía las tengo. Y ellos todavía tienen una copia de lo mío.

Una conjetura.

—¿Y Patchett distribuía ese material porno que tú buscabas?

—Sí, Exley. Mira…

—No, Vincennes, mira tú. ¿Aún tienes ejemplares de esos libros obscenos?

—Tengo mis declaraciones y los libros. Si los quieres, elimina el hecho de que retuve pruebas. Y la mitad del asunto Nite Owl.

—Otra cosa. No hay modo de construir el caso sin White.

51

Habitación 6 del Victory. Dudley y un tipo musculoso encadenado a la silla. Dot Rothstein hojeando *Playboy*. Bud ojeó la foto que ella estaba mirando: una poli lesbiana con un mono de Hughes Aircraft.

Dudley repasó una hoja de arrestos.

—Lamar Hinton, treinta y un años. Una condena, ex empleado de la compañía telefónica, bajo sospecha de haber instalado líneas clandestinas para Jack «El Ejecutor» Whalen. Violación de la libertad condicional desde abril de 1953. Muchacho, creo que cabe referirse a ti como un socio del crimen organizado, y por ende alguien que requiere una reeducación en los hábitos de la sociedad civilizada.

Hinton se lamió los labios; Dudley sonrió.

—Has venido pacíficamente, lo cual obra en tu favor. No nos has dado un discurso sobre tus derechos civiles, lo cual, dado que no tienes ninguno, habla bien de tu inteligencia. Pues bien, mi tarea es detener y contener el crimen organizado en Los Ángeles, y he descubierto que la fuerza física a menudo funciona como la medida correctiva más persuasiva. Muchacho, yo haré preguntas, tú responderás. Si me satisfacen tus respuestas, el sargento Wendell White se quedará en su silla. ¿Por qué violaste tu libertad condicional en abril de 1953?

Hinton tartamudeó. Bud empezó a propinar reveses, los ojos en la pared para no tener que ver. Izquierda/derecha/izquierda/derecha/izquierda/derecha. Dot le hizo una seña para que parara.

Cese del fuego.

—Una pequeña admonición para demostrarte las aptitudes del sargento White —dijo Dudley—. De ahora en adelante me adaptaré a tu tartamudeo. ¿Recuerdas la pregunta? ¿Por qué violaste tu libertad condicional en abril de 1953?

Tartamudeo. Hinton cerró los ojos.

—Muchacho, estamos esperando.

—T-t-tuve que l-l-largarme de la ciudad.

—Estupendo. ¿Y qué ocasionó esa necesidad de abandonarnos?

—P-p-problemas c-con m-m-mujeres.

—Muchacho, no te creo.

—E-e-es v-v-verdad.

Dudley cabeceó. Bud le propinó nuevos reveses: contenidos, aparentando golpear con toda su fuerza.

—Este chico podría soportar mucho castigo —dijo Dot—.Vamos, primor, facilita las cosas. Abril del 53. ¿Por qué te largaste de la ciudad?

Bud oyó a Breuning y Carlisle al lado. Recordó: 4/53, el Nite Owl.

—Muchacho, he sobreestimado la capacidad de tu memoria, así que te ayudaré. Pierce Patchett. Le conocías entonces, ¿verdad?

Bud sintió escalofríos: retención de pruebas, él no tendría que saber que Patchett existía...

Hinton se sacudió, intentó zafarse.

—Estupendo, hemos tocado una fibra.

Dot suspiró.

—Cielos, qué músculos. Yo debería tener esos músculos.

Dudley aulló.

Olvida el miedo: él está en la reapertura del caso. Quizá Hinton afloje. Si Dudley supiera lo mío yo no estaría aquí.

Dot le pegó a Hinton con una porra: brazos, rodillas.

Músculos aguantó estoicamente: ni gritos ni gemidos.

Dudley rió.

—Muchacho, tienes una gran resistencia al malestar. Un comentario sobre lo siguiente, por favor: Pierce Patchett, Duke Cathcart y la pornografía. Sé conciso o nuestro sargento White pondrá a prueba esa resistencia.

Hinton, sin tartamudeos.

—Que te den por culo, cabrón irlandés.

Risa de Dudley.

—Muchacho, eres gracioso como Jack Benny. Wendell, muestra a nuestro cómplice del crimen organizado tu opinión sobre los números cómicos no solicitados.

Bud cogió la porra de Dot.

—¿Qué quieres, jefe?

—Cooperación dócil y plena.

—¿Esto es por el Nite Owl? Has mencionado a Duke Cathcart.

—Quiero cooperación dócil y plena en todos los sentidos. ¿Alguna objeción?

—White, tan solo hazlo —dijo Dot—. Dios, yo debería tener esos músculos.

Bud se acercó a Dudley.

—Déjame solo. Un par de minutos nada más.

—¿Un retorno a tus viejos métodos, muchacho? Hacía tiempo que no manifestabas entusiasmo en estas faenas.

—Le dejaré creer que puede aguantar mis golpes —le susurró Bud—, luego seré duro. Tú y Dot esperad fuera, ¿de acuerdo?

Dudley cabeceó, salió con Dot. Bud encendió la radio: un anuncio, coches usados en Yeakel Olds.

Hinton hizo crujir las cadenas.

—Al cuerno contigo, al cuerno con ese tío irlandés, al cuerno con esa jodida bollera.

Bud acercó una silla.

—No me gusta esto, así que sé bueno, dame algunas respuestas aparte y le diré al hombre que te deje en paz. ¿Entiendes? Sin cargos.

—Que te den.

—Hinton, creo que conoces a Pierce Patchett, y quizá conocías a Duke Cathcart. Puedes pasarme cierta información y yo...

—Que le den a tu madre.

Bud arrojó a Hinton y la silla al otro lado de la habitación. La silla aterrizó de costado, las tablillas se partieron. Cayeron estantes. La radio se rompió, escupiendo zumbidos.

Bud enderezó la silla con una sola mano. Hinton se meó en los pantalones. Bud parodió un acento irlandés.

–Háblame de chulos, muchacho. Cathcart, un negro llamado Dwight Gilette... ambos tenían a una chica llamada Kathy Janeway. La mataron y eso no me gusta. ¿Tienes información sobre ellos, muchacho?

Mirada fija. Los ojos de Hinton muy grandes. Sin tartamudeos, para no irritar a ese maldito animal:

–Yo trabajaba de chófer para Patchett, yo y un tipo llamado Chester Yorkin. Solo repartíamos esas... esas cosas ilegales... pero no conozco a Cathcart. Oí que Gilette era maricón, solo sé que conseguía tías para las fiestas de Cooley. ¿Quieres datos sobre Spade? Sé que fuma opio, es un drogadicto degenerado. Ahora está tocando en El Rancho, puedes arrestarlo. Pero no conozco a ningún asesino de prostitutas ni conozco a una chica llamada Kathy Janeway.

Bud sacudió la silla. Hinton siguió cantando.

–Patchett chuleaba a chicas. Unas hembras sensacionales, parecidas a estrellas de cine. Su favorita era una zorra despampanante llamada Lynn, parecida a...

Bud fue directo a por la cara. La cara se le puso roja. Hombres fornidos entraron, lo agarraron, lo alzaron. El techo descendió de golpe, las paredes de estuco se ennegrecieron.

Preguntas y respuestas en la oscuridad. Gritos y gimoteos a través de un velo, una pared que ocultaba caras. Libros porno, Cathcart, Pierce Patchett. Bud no lograba oírlo todo. Tensión al oír «Lynn Bracken», ningún dato sobre ese nombre, la negrura aún más negra. Mickey Cohen, el 53, por qué había escapado. Bud rasgó el velo buscando ese nombre. Gritos que lo hundieron en la blandura de la cama: instantáneas de Lynn a su alrededor.

Lynn, rubia y puta, castaña y ella misma. Lynn comentando su aventura con Inez: «Sé amable con ella y ahórrame los detalles». Lynn escribiendo en su diario mientras él se abstenía de leerlo porque sabía que ella lo tenía calado. Lynn siempre más lista que él, entrando y saliendo de su vida mientras Bud entraba y salía de la vida de ella. El velo negro palpitaba: preguntas, respuestas. Silencio negro, paredes de estuco.

Habitación 7 del Victory: literas para los miembros de la Brigada contra el Hampa. La puerta que comunicaba con la 6 abierta de par en par.

Bud se levantó de la litera. Le palpitaba la cabeza, le dolía la mandíbula, había desgarrado la almohada con las manos. Entró en la 6, un desastre: la silla, sangre en las paredes. Ni Hinton, ni Dot, ni Dudley y sus muchachos. La una y diez de la madrugada. Ningún modo de ordenar las preguntas y respuestas.

Regresó a casa con el cuerpo flojo, demasiado confundido para pensar. Abrió la puerta bostezando. Se encendió la luz de arriba. Algo o alguien lo agarró.

Esposas en las muñecas. Ed Exley, Jack Vincennes frente a él. A su lado: Fisk y Kleckner, cabrones de Asuntos Internos, cogiéndole los brazos.

Exley lo abofeteó. Fisk lo agarró del cuello, le puso un dedo en la carótida. Una carpeta ante la cara.

—Asuntos Internos te sometió a una investigación personal cuando ascendiste a sargento —dijo Exley—, así que ya sabemos lo de Lynn Bracken. Vincennes te siguió en el 53, y tú, Bracken y Pierce Patchett figuráis en esta declaración. Fuiste a hablar con Patchett por el homicidio de Kathy Janeway, y estuviste presente en todo el caso Nite Owl como la peste. Necesito saber todo lo que sepas, y si no cooperas emprenderé una investigación de Asuntos Internos sobre tu retención de información. El Departamento necesita un chivo expiatorio para el caso Nite Owl, y yo soy demasiado valioso para serlo. Conque, si no cooperas, me valdré de toda mi influencia para arruinarte la vida.

La mano que le apretaba la garganta se aflojó. Bud trató de zafarse. Kleckner y Fisk lo cogieron con fuerza.

—Cabrón, voy a matarte.

Exley rió.

—No lo creo, y si te prestas al juego olvidaremos la retención de pruebas, participarás en el caso y tendrás un premio: un enlace con esos asesinatos de putas que tanto te interesan.

De nuevo el velo negro.

—¿Lynn?

—Ella será la primera interrogada… con pentotal. Si está limpia, podrá largarse.

No sabe nada sobre *Whisper*, todavía tengo ese cadáver en San Bernardino.

—Y me las veré contigo cuando haya terminado.

52

En vela. La declaración de Vincennes no lo dejaba dormir. Cuando sonó el teléfono, estaba despierto: un reportero a las seis de la mañana. Noticias en la radio: especulaciones sobre la reapertura del caso, una entrevista con su padre. La finalización del sistema de carreteras, el héroe del Nite Owl transformado en villano. Piquetes en el aparcamiento: rojos exigiendo justicia.

Se levantó temprano para la reunión más importante de su carrera.

La sala de conferencias de Parker estaba preparada, con libretas sobre la mesa. Ed escribió: «Patchett», «Bracken», «Patchett y su "trato" con Hudgens: ¿extorsión?». Subrayó «Fotos pornográficas que concuerdan con la mutilación de Hudgens; que Vincennes traiga los libros a Detectives». Aportación de White: «Patchett trabajando en pornografía en el 53»; «Formación química de Patchett y los Englekling, padre e hijos»; «Apartamento de Duke Cathcart registrado y Páginas Amarillas (imprentas) de San Bernardino ajadas». White aún retenía información, y Ed lo sabía.

Declaración subrayada: «Patchett involucrado (a través del negocio Fleur-de-Lis) en la comercialización (limitada) del material que Antivicio buscaba en el 53, material para el cual Cathcart elaboró un plan de distribución, material relacionado con las mutilaciones del cuerpo de Hudgens».

Conclusión: una densa red de conspiraciones delictivas que se remontaba a por lo menos cinco años atrás y había derivado en no menos de cuatro crímenes, quizá más.

Entraron los demás: Parker, Dudley Smith, Ellis Loew.

Cabeceos.

Todos se sentaron.

—Reabriremos el caso —dijo Parker—. La Fiscalía General quiere usurpar el trabajo, pero Ellis ha presentado una orden de no intervención, lo cual nos dará un par de semanas. Tenemos dos semanas hasta que las autoridades estatales de Sacramento intervengan y seamos el hazmerreír de todos. Quiero un caso solucionado y legalmente sólido en manos del gran jurado dentro de doce días. ¿Comprendido, caballeros?

—Yo me encuentro en una difícil posición personal —dijo Loew—, pues Coates, Jones y Fontaine me hicieron esa confesión. Retrospectivamente, debo admitir que eran chicos estúpidos e ingenuos, psicológicamente débiles, así que...

—Ellis —interrumpió Smith—, eso ya pertenece al pasado. Simplemente nos equivocamos de negros. No eran los que dispararon las armas en el Griffith Park. Los verdaderos culpables son unos pandilleros listos del distrito negro que sabían dónde había ocultado Coates el coche, y luego pusieron allí las armas. Muchachos que conocían bien el distrito negro y nos ganaron la partida. El coche morado visto junto al Nite Owl fue una mera coincidencia que los asesinos aprovecharon. Creo que el coche del Griffith Park era robado o de otro estado, y en todo caso creo que no es pertinente. Tenemos que empezar por registrar de nuevo la zona sur.

Ed sonrió.

La maniobra de Smith encajaba con su plan.

—En lo esencial estoy de acuerdo, y uno de mis hombres de Asuntos Internos está revisando viejos registros. Pero ¿no nos estamos adelantando? ¿No deberíamos organizar primero una jerarquía de mandos?

Loew tosió.

—Ed, creo que actuaste noblemente al disparar a esos rufianes, fueran cuales fuesen los motivos. Pero creo que nos ganaríamos la hostilidad de la prensa y del público si te pusiéramos al mando. Creo que deberías adoptar un papel subsidiario en esta investigación.

Con aire ofendido.

—Estoy harto de ser el chico malo de los noticiarios y estoy cansado de ver mi vida sexual en los periódicos. Además soy el mejor detective de…

—Eres el mejor detective que tenemos —le interrumpió Parker—, y comprendemos tu necesidad de compensar tus pérdidas. Pero Ellis tiene razón, esto es demasiado personal para ti. Le he dado el mando a Dudley. Él reclutará un equipo de Homicidios y diversas brigadas.

—¿Y yo? ¿Tendré participación en el caso?

Parker asintió.

—Te daré toda la que sea razonable.

El broche:

—Quiero tener la oportunidad de examinar pruebas con la autonomía propia de Asuntos Internos. También quiero a mis dos ayudantes personales de Asuntos Internos y poder elegir los dos policías que serán mis agentes.

—Yo no tengo inconveniente. ¿Dudley?

—Sí, creo que es justo, muchacho. ¿A quién pensabas escoger?

—Jack Vincennes y Bud White.

Smith se quedó boquiabierto.

—Extrañas alianzas —dijo Parker—, pero es un caso extraño. Doce días, caballeros. Ni un minuto más.

53

Jack se despertó en el sofá y le escribió una nota a Karen.

Querida:

Lo justo es justo. Sí, cometí un error con Ellis. Pero no es justo dormir en este maldito sofá durante dos meses. Si el Departamento no puede perdonarme, tú deberías poder. Hace seis semanas que no bebo. Lo comprobarás si miras el calendario que está junto a mi armario. No espero que eso lo arregle todo entre nosotros, pero al menos admite que lo estoy intentando. Si quieres estudiar derecho, magnífico, pero apuesto a que detestas la idea. En mayo me retiraré, quizá pueda conseguir un puesto de jefe de policía en una ciudad elegante cerca de una buena universidad. Lo intentaré, pero dame un respiro, porque esta abstinencia obligatoria me está volviendo loco y no puedo darme el lujo de enloquecer porque me han asignado una tarea muy importante. Quizá trabaje hasta tarde esta semana, pero llamaré y pasaré por casa.

J.

Se vistió y esperó a que sonara el teléfono. Café en la cocina, una nota de Karen.

Jack:

Últimamente me he portado como una zorra. Lo lamento y creo que deberíamos tratar de arreglar las cosas. Estabas dormido cuando llegué, de lo contrario te habría invitado a mi cuarto.

Besos,

K.

P. D. Una muchacha del trabajo me ha enseñado una revista que quizá te interese. Sé que conoces al tal Exley y, por cierto, se relaciona con lo que han publicado los periódicos últimamente.

En la mesa, *Whisper*: «Toda la inmundicia que es apropiado publicar». Jack la hojeó sonriendo, vio una nota sobre el Nite Owl.

Material caliente: la cruzada de un detective, alguien que se hace pasar por Duke Cathcart, especulación sobre material porno. Ed Exley caminaba sobre brasas ardientes. Muchos lo odiaban. Un dato revelador: «investigador privado». Bud White liquida a Exley. Un número de febrero en venta en enero, publicado antes de que se cargaran a los hermanos Englekling y de que el negro de San Quintín mencionara su coartada. Distribución en la Costa Este, quizá la revista no se consiguiera en Los Ángeles. Exley y las demás autoridades no la habían visto, de lo contrario él lo habría sabido. Sonó el teléfono. Jack lo cogió.

—¿Exley?

—Sí. Estás asignado oficialmente. White ha hablado con Lynn Bracken. Ha accedido a usar pentotal, y quiero que la acompañes. Te espera en ese restaurante chino que hay frente a Detectives, dentro de una hora. Recógela allí y llévala a Asuntos Internos. Si tiene un abogado, líbrate de él.

—Oye, tengo algo que deberías ver.

—Tú solo tráeme a esa mujer.

La mujer cinco años después de quemar los archivos: Lynn Bracken bebiendo té en Al Wong's. Jack miró a través de la ventana.

Aún despampanante. Castaña ahora, una belleza de treinta y cinco años atrayendo miradas. Ella lo vio. Jack sintió un escalofrío: su archivo.

Lynn salió.

—Yo no quise que esto ocurriera —dijo Jack.

—Pero lo permitiste. ¿No tienes miedo de lo que sé sobre ti?

Algo le llamaba la atención. Lynn Bracken estaba demasiado tranquila a cinco minutos de un interrogatorio.

—Tengo a un capitán temible que me protege. Si surgiera algo, apuesto a que él lo pararía.

—No hagas apuestas que no puedes cubrir. Hago esto solo porque Bud me dijo que resultaría perjudicado si no lo hacía.

—¿Qué más te dijo Bud?

—Cosas malas sobre tu temible capitán. ¿Vamos? Quiero terminar con esto.

Cruzaron la calle y subieron la escalera. Fisk les salió al encuentro frente a Asuntos Internos. Un ambiente inquietante. El temible capitán Ed. Ray Pinker, una mesa cubierta de material médico: frascos, jeringas. Un polígrafo: una ayuda por si fallaba el zumo de la verdad.

Pinker llenó una hipodérmica. Exley señaló una silla.

—Por favor, señorita Bracken.

Lynn se sentó. Pinker le frotó el brazo izquierdo, preparó un torniquete. Exley habló con voz seca.

—No sé qué le ha dicho Bud White, pero esencialmente se trata de una investigación acerca de varias conspiraciones delictivas interrelacionadas. Si usted nos brinda información coherente, estamos dispuestos a otorgarle inmunidad en toda acusación que pudiera comprometerla.

Lynn apretó el puño.

—No puedo mentir. ¿Podemos terminar con esto, por favor?

Pinker le cogió el brazo, le inyectó. Exley puso en marcha una grabadora. La mirada de Lynn se extravió, pero no del todo. Exley se dirigió a un micrófono de mano:

—Testigo Lynn Bracken, 22 de marzo de 1958. Señorita Bracken, por favor cuente hacia atrás desde cien.

Ya con la lengua torpe:

—Cien, noventa y nueve, noventa y ocho, noventa y siete, noventa y seis...

Pinker le examinó los ojos, asintió. Jack cogió una silla. Ella aún le parecía demasiado calmada.

Exley tosió.

—22/3/58, presentes con la testigo estamos yo, el sargento
Duane Fisk, el sargento John Vincennes y el químico forense Ray
Pinker. Duane, haga la transcripción taquigráfica.

Fisk cogió una libreta.

—Señorita Bracken —dijo Exley—, ¿qué edad tiene usted?

Voz ligeramente enturbiada:

—Treinta y cuatro.

—¿Ocupación?

—Empresaria.

—¿Es usted propietaria de la tienda Veronica's de Santa Mónica?

—Sí.

—¿Por qué escogió el nombre de «Veronica's»?

—Una broma personal.

—Por favor, más detalles.

—Es un nombre de mi vida anterior.

—¿Cuál es la alusión específica?

Una sonrisa soñadora.

—Yo era una prostituta parecida a Veronica Lake.

—¿Quién la convenció de hacer eso?

—Pierce Patchett.

—Entiendo. ¿Pierce Patchett mató a un hombre llamado Sid
Hudgens?

—No. Es decir, no lo sé. ¿Por qué iba a hacerlo?

—¿Sabe usted quién era Sid Hudgens?

—Redactor de una revista de escándalos.

—¿Patchett conocía a Hudgens?

—No. Es decir, si lo hubiera conocido me lo habría dicho, siendo un hombre tan famoso.

Una mentira: la dosis de pentotal no podía ser completa. Lynn
tenía que saber que Jack sabía que ella mentía: Lynn pensaba que
él callaría para protegerse.

—Señorita Bracken —dijo Exley—, ¿sabe usted quién mató a una
niña llamada Kathy Janeway en la primavera de 1953?

—No.

—¿Conoce usted a un hombre llamado Lamar Hinton?

—Sí.

—Detalles, por favor.

—Él trabajaba para Pierce.

—Haciendo ¿qué?

—Como chófer.

—¿Y cuándo fue eso?

—Hace varios años.

—¿Sabe usted dónde está ahora Hinton?

—No.

—Dé una respuesta más detallada, por favor.

—No, él se fue. No sé adónde.

—¿Hinton intentó matar al sargento Jack Vincennes en abril de 1953?

—No.

Lynn había dicho que no entonces.

—¿Quién intentó matarlo?

—No lo sé.

—¿Quién más trabajaba o trabaja como chófer para Patchett?

—Chester Yorkin.

—Detalles, por favor.

—Chester Yorkin, vive en alguna parte de Long Beach.

—¿Pierce Patchett persuade a las mujeres de practicar la prostitución?

—Sí.

—¿Quién mató a las seis personas de la cafetería Nite Owl en abril de 1953?

—No lo sé.

—¿Vende Pierce Patchett diversos artículos ilegales a través de una agencia conocida como Fleur-de-Lis?

—No lo sé.

Una enorme mentira. Venas palpitantes en la cara de Lynn.

—¿Terry Lux realiza cirugía plástica a las prostitutas de Patchett para aumentar su semejanza con estrellas de cine? —preguntó Exley.

Las venas se relajaron.

—Sí.

—¿Patchett ejerce de chulo de prostitutas de lujo desde hace mucho tiempo?

—Sí.

—¿Patchett distribuyó material pornográfico caro y de buena calidad en la primavera de 1953?

—No lo sé.

Nudillos blancos. Jack cogió una libreta, escribió: «Patchett es un genio de la química. L. B. está mintiendo y creo que ha ingerido un antídoto del pentotal. Obtener muestra de sangre».

—Señorita Bracken...

Jack pasó la nota. Exley la miró, se la deslizó a Pinker. Pinker preparó una aguja.

—Señorita Bracken, ¿posee Patchett archivos secretos robados a Sid Hudgens?

—No lo sé...

Pinker cogió el brazo de Lynn, clavó la aguja. Lynn se sobresaltó. Exley la agarró. Pinker sacó la aguja mientras Exley apretaba a Lynn contra la mesa. Ella pataleó. Fisk fue por detrás y la esposó. Lynn escupió a Exley en la cara. Fisk se la llevó al pasillo.

Exley se enjugó la cara: manchas rojas de agitación.

—No estaba seguro. Pensé que estaba confundida...

Jack le dio el número de *Whisper*.

—Yo conocía las respuestas mejor que tú. Capitán, tendrías que ver esto.

Temible: esa cara colorada, esos ojos. Exley leyó el artículo, rasgó la revista en dos.

—Esto es obra de White. Ve a San Bernardino a hablar con la madre de Sue Lefferts. Yo haré cantar a esta puta.

A San Bernardino a toda velocidad: imágenes de Exley haciendo cantar a esa puta. «Hilda Lefferts» en la guía, indicaciones, la casa: tejas blancas, un anexo de bloques de cemento.

Una abuelita regando el jardín. Jack aparcó, pegó con cinta adhesiva la revista rasgada. La vieja le vio e intentó correr hacia la puerta.

Jack la alcanzó.

—¡Deje descansar en paz a mi Susan! —chilló la vieja.

Jack le puso el ejemplar de *Whisper* delante.

–Un policía de Los Ángeles habló con usted, ¿verdad? Un cuarentón corpulento. Usted le contó que su hija tenía un novio parecido a Duke Cathcart antes del Nite Owl. Ese novio le dijo que se «acostumbrara a llamarlo Duke». El policía le mostró fotos y usted no pudo reconocer al novio. ¿Es verdad? Lea esto y cuénteme.

Ella leyó deprisa, entornando los ojos para protegerse del sol.

–Bud dijo que era policía, no detective privado. Las fotos que me mostró parecían de la policía, y no es mi culpa si no pude identificar al novio de Susan. Y quiero que conste oficialmente que Susan era virgen cuando murió.

–Señora, sin duda lo era…

–Y quiero que conste oficialmente que ese policía o lo que fuere miró debajo del ala nueva de mi casa y no encontró nada raro. Joven, usted es policía, ¿verdad?

Jack movió la cabeza. Sintió un mareo.

–Señora, ¿a qué se refiere?

–Le digo que ese detective o policía se arrastró debajo de mi casa hace un par de meses, porque le dije que el novio de Susan Nancy hizo lo mismo después del alboroto que tuvieron con aquel tipo, poco antes del episodio del Nite Owl con el cual me siguen atormentando. Que Susan y las otras víctimas descansen en paz. Solo encontró roedores, ningún indicio de ilegalidad, y ya está. Ya está.

La abuela señaló un espacio estrecho bajo la casa. Ya está.

Era imposible. Bud White no tenía cerebro para guardarse semejante as en la manga.

Jack cogió una linterna y bajó. Hilda Lefferts se quedó mirando, ya está. Polvo, podredumbre, tufo a naftalina: la luz iluminó mugre, ratas, relucientes ojos de ratas. Arpillera, naftalina, huesos cubiertos de masa cartilaginosa, un cráneo con un agujero entre los ojos.

54

Ed observaba a Lynn Bracken a través del espejo.

Kleckner la interrogaba, en el papel del poli bueno. Le habían vuelto a administrar pentotal; Ray Pinker estaba analizando la sangre. Tres horas en una celda no la habían domado: seguía mintiendo con elegancia.

Ed elevó el volumen de la grabadora.

–No digo que no la creo –decía Kleckner–. Solo digo que mi experiencia de policía me demuestra que los chulos odian a las mujeres, así que no creo que Patchett sea tan filántropo.

–Tenga en cuenta la historia personal de Patchett, él perdió a una hija pequeña. Sin duda su mentalidad de policía puede captar la causa y el efecto, aunque no lo acepte.

–Hablemos de su historia personal. Usted ha descrito a Patchett como un empresario que ha trabajado en Los Ángeles más de treinta años. Ha dicho que él se dedica a los negocios. Sea más precisa.

Lynn suspiró. Desdén aristocrático.

–Financiación de películas, negocios de bienes inmuebles y contratación. He aquí un dato para todos los que aman el cine: Pierce me dijo que había financiado algunos de los primeros cortos de Raymond Dieterling.

Interesante: el chulo de la amante de Bud White conocía al amigo de Preston Exley. Kleckner cambió la cinta. Ed estudió a la prostituta.

Bella, en gran medida porque no era perfecta: nariz puntiaguda, arrugas en la frente. Hombros grandes, manos grandes; hermosas formas, más atractivas por su gran tamaño. Ojos azules que quizá bailaban cuando un hombre decía la palabra adecuada; quizá pensaba que Bud tenía una entereza primitiva y lo respetaba porque él no intentaba impresionarla con regalos que no tenía. Usaba ropa sugerente porque sabía que así impactaría más a la gente que deseaba impresionar; pensaba que la mayoría de los hombres eran débiles y se valía de su cerebro para superar todas las situaciones.

Suposiciones que llevaban a una corazonada: cerebro más antídoto contra el pentotal equivalía a un testigo inmune que se desenvolvía con impunidad y elegancia.

–Capitán, una llamada. Es Vincennes.

Fisk sostenía el teléfono con el cable totalmente estirado. Ed se puso.

–¿Vincennes?

–Sí, y escucha atentamente, porque esa revista andaba bien encaminada y hay mucho más.

–¿White?

–Sí, White era ese falso detective, e interrogó a la madre de Lefferts hace un par de meses. Ella le contó que el novio de su hija se parecía mucho a Duke Cathcart y otros detalles llamativos.

–¿Qué?

–Solo escucha. Dos semanas antes del Nite Owl, una vecina vio a Susan y su novio solos en la casa y oyó que tenían un alboroto con otro tipo. Ese mismo día vieron al novio arrastrándose por debajo de la casa. Después de interrogar a la vieja, White llamó a la Pacific Coast Bell y comprobó los registros de llamadas desde la casa a Los Ángeles, de marzo a abril del 53. He hecho lo mismo y hay tres llamadas, todas a una cabina telefónica de Hollywood, cerca del Nite Owl. Ahora, si crees que eso es importante...

–Demonios...

–Capitán, escucha. White se arrastró bajo la casa y le dijo a la vieja que allí no había nada. Yo he bajado y he encontrado un cadáver, envuelto en naftalina para matar el hedor, con un agujero de bala en la cabeza. He hecho venir al doctor Layman a San Bernardino y le he dicho que trajera los registros dentales de Duke Cathcart, la copia de la oficina del forense. Concuerdan perfectamente. La primera identificación, a partir de una muestra parcial, fue errónea, tal como decía el artículo. Joder, no puedo creer que White averiguara todo esto y dejara el cadáver allí. Capitán, ¿estás ahí?

Ed agarró a Fisk.

—¿Dónde está Bud White?

Fisk parecía asustado.

—Me parece que ha ido al norte con Dudley Smith. El Departamento del Sheriff de Marin ha decidido informar sobre los Englekling.

Ed volvió al teléfono.

—Ese artículo decía que la mujer vio unas fotografías.

—Sí, White llevó unas fotos que decían «Oficina de Registros del Estado». Ahora bien, ambos sabemos que el estado tiene poco material, así que sospecho que White no quería traerla aquí para echar un vistazo a nuestros libros. De todos modos, la señora no pudo identificar al novio, y si el novio fue una de las víctimas del Nite Owl lo tendremos, porque Nort Layman tomó fragmentos de placa dental de la prisión en el 53. ¿La llevo? ¿Le enseño nuestros libros?

—Hazlo.

Fisk cogió el teléfono. Ray Pinker se acercó sosteniendo una lámina empapada en alguna sustancia química.

—Prestifiocina, capitán. Es una droga antipsicótica experimental, muy rara, usada para apaciguar a los pacientes mentales violentos. Algún profesional se la administró a nuestra amiga, porque solo un profesional sabría que esta variante de la fiocina contrarrestaría el efecto del pentotal. Capitán, siéntese, parece que le vaya a dar un ataque.

Patchett, genio de la química; el padre de los hermanos Englekling: un químico que había desarrollado compuestos antipsicóticos. La puta de Bud White del otro lado del espejo. Sola ahora, mientras giraba la cinta de la grabadora.

Ed entró.

—¿Usted de nuevo? —dijo Lynn.

—Así es.

—¿No tiene usted que acusarme o dejarme en libertad?

—No en sesenta y ocho horas.

—¿No está violando mis derechos constitucionales?

—Los derechos constitucionales se han suprimido en este caso.

—¿Este caso?

—No se haga la tonta. Este caso es Pierce Patchett distribuyendo material pornográfico, incluyendo fotos que concuerdan exactamente con las mutilaciones de una víctima de homicidio, a saber, su difunto «socio» Sid Hudgens. Este caso es una de las víctimas del Nite Owl implicada en una conspiración para distribuir ese material y su amigo Bud White ocultando pruebas contundentes acerca de la identidad de la víctima. White le dijo que cooperara y usted vino aquí bajo la influencia de una droga para contrarrestar el pentotal. Eso obra en contra de usted, pero aún puede evitarse problemas, y evitárselos a White, si colabora.

—Bud puede cuidar de sí mismo. Y tiene usted muy mal aspecto. Tiene la cara colorada.

Ed se sentó, apagó la grabadora.

—Ni siquiera nota la dosis, ¿eh?

—Me siento como si me hubiera bebido cuatro martinis, y cuatro martinis me ponen más lúcida.

—Patchett la envió aquí sin abogado para ganar tiempo, lo sé. Sabe que la han citado como parte de la reapertura del caso Nite Owl, y sabe que él es, como poco, un testigo material. Personalmente, no lo considero un asesino. Sé bastante sobre las diversas empresas de Patchett, y usted puede ahorrarle muchos problemas si colabora conmigo.

Lynn sonrió.

—Bud dijo que era usted bastante sagaz.

—¿Qué más dijo?

—Que era un hombre débil e iracundo que competía con su padre.

Lo dejó pasar.

—Concentrémonos en mi sagacidad. Patchett es químico, y en esto puede que me esté pasando de listo, pero apuesto a que estudió con Franz Englekling, un farmacólogo que desarrolló drogas tales como el antipsicótico que le administró Patchett para contrarrestar el pentotal. Englekling tenía dos hijos, a quienes asesinaron en el norte de California el mes pasado. Esos dos hombres se presentaron durante la investigación del Nite Owl y mencionaron a un, comillas, chulo loco, comillas, que tenía acceso a, comillas, chicas distinguidas, comillas. Evidentemente Patchett, ligado con un aspirante a distribuidor de pornografía llamado Duke Cathcart, presunta víctima del Nite Owl. Patchett está metido hasta el cuello en todo esto y teme problemas que usted puede ayudarle a evitar.

Lynn encendió un cigarrillo.

—Es usted muy sagaz.

—Sí, y soy un excelente detective que debe trabajar a partir de cinco años de pruebas ocultadas. Conozco el episodio de la quema de los archivos, sé que Patchett tenía un plan de extorsión con Hudgens. Leí la declaración de Vincennes y lo sé todo sobre las empresas de Patchett, incluida Fleur-de-Lis.

—Así que da por sentado que Pierce tiene información muy comprometida sobre Vincennes.

—Sí, y el fiscal de distrito y yo la eliminaremos para proteger la reputación del Departamento de Policía de Los Ángeles.

Agitación: Lynn dejó caer el cigarrillo, manoseó el encendedor.

—Usted y Patchett no pueden ganar —afirmó Ed—. Tengo doce días para resolver este asunto, y si no puedo hacerlo buscaré condenas subsidiarias. Tengo varias para Patchett, y créame, si no resuelvo este caso haré todo lo posible para salir bien librado.

Lynn le miró fijamente. Ed le sostuvo la mirada.

—Patchett hizo de usted lo que es, ¿verdad? Usted era una mujerzuela de Bisbee, Arizona, y una prostituta. Él la enseñó a vestir, hablar y pensar, y me impresiona el resultado. Pero tengo doce días para salvar mi vida del naufragio, y si no lo consigo usted y Patchett se hundirán conmigo.

Lynn encendió la grabadora.

—La puta de Pierce Patchett, oficialmente. No le tengo miedo a usted y jamás he amado tanto a Bud White. Me alegra que él ocultara pruebas y se burlara de usted, y usted es un tonto que lo subestimó. Antes me daba celos que él se acostara con Inez Soto, pero

ahora respeto la sensatez de esa muchacha, por abandonar a un
hombre que es moralmente un cobarde.

Ed borró lo grabado, detuvo la cinta, la puso en marcha.

—Oficialmente, quedan sesenta y siete horas y mi próximo interrogatorio no será tan cordial.

Kleckner abrió la puerta, le entregó una carpeta.

—Capitán, Vincennes ha traído a la anciana Lefferts. Están exa-
minando fotografías, y ha dicho que usted necesitaba esto.

Ed salió. Una carpeta gruesa: fotos obscenas en papel satinado.
Los libros de arriba: chicos guapos, acción explícita, disfraces
coloridos. Habían cortado y vuelto a pegar algunas de las cabezas:
para la declaración. Jack trató de identificar a los modelos a partir
de fotos policiales y pensó que cortarlas facilitaría la tarea. Material
repulsivo/artístico, tal como había dicho Cubo de Basura.

Los libros de abajo: cubiertas negras y sencillas, basura de Cubo
de Basura. Las primeras fotos coloreadas: tinta roja manando de
miembros cercenados, personas ensartadas penetrando orificios.
Similitud con el homicidio: un chico despatarrado en igual posición que Hudgens en las fotografías del crimen.

Superaba todo asombro. Y quien hubiera posado para las fotos
había matado a Hudgens.

Ed llegó al último libro, se quedó de una pieza. Un chico
atractivo y desnudo, brazos extendidos. Le brotaba tinta/sangre del
torso. Conocido, demasiado conocido, no de una foto del forense.
Pasó las páginas y encontró una hoja desplegable: chicos, chicas,
piernas y brazos en offset, enlazados por diseños con tinta.

Y ÉL LO CONOCÍA.

Corrió a Homicidios, buscó los registros de 1934, encontró
«Ahterton, Loren, 187 homicidio (múltiple)». Tres carpetas gruesas,
las fotos: tomadas por el doctor Frankenstein en persona.

Niños inmediatamente después del desmembramiento.

Brazos y piernas al lado de los torsos.

Papel encerado blanco bajo los cuerpos.

Tinta alrededor de piernas y brazos, rojo sobre blanco, diseños
intrincados idénticos a las tomas de las fotos porno, brazos y piernas idénticas a los cortes de Hudgens.

Ed se lastimó los dedos al cerrar el cajón, código 2 en dirección a Hancock Park.

Una fiesta en la mansión de Preston Exley: mayordomos aparcando coches, música de fondo. Quizá una fiesta en el jardín. Ed entró por la puerta delantera y se paró en seco: la biblioteca de su madre no estaba.

Había sido reemplazada por un largo espacio eclipsado por una maqueta a escala: largas autopistas atravesando ciudades de papel maché. Indicadores de dirección en los perímetros: todo el sistema de autopistas.

Perfección: lo arrancó del vértigo causado por esas fotos atroces. Barcos en el puerto de San Pedro, las montañas San Gabriel, coches diminutos en el asfalto. El mayor triunfo de Preston Exley en vísperas de ser concluido.

Ed empujó un coche: del mar a las colinas. La voz de su padre:

—Creía que hoy trabajarías en Central Sur.

Ed se dio la vuelta.

—¿Qué?

Preston sonrió.

—Pensaba que estarías tratando de contrarrestar la mala prensa.

Lagunas. Recordó de nuevo las fotos de Atherton.

—Padre, perdona, pero no sé de qué estás hablando.

Risa de Preston.

—Últimamente nos vemos tan poco que hemos olvidado el arte de la cortesía.

—Padre, hay algo...

—Lo lamento, me refería a la declaración que Dudley Smith ha hecho hoy ante el *Herald*. Ha dicho que la reapertura de la investigación se centraría en la zona sur, que estáis buscando a otra pandilla de negros.

—No, no seguirá ese rumbo.

Preston le apoyó una mano en el hombro.

—Estás asustado, Edmund. No pareces un oficial de policía y no has venido aquí para disfrutar de mi celebración.

La mano irradiaba calidez.

–Padre, fuera del Departamento, ¿quién más vio las fotos de Atherton?

–Mi turno de exclamar «¿Qué?». ¿Te refieres a las fotos del archivo? ¿Las que os mostré a ti y a Thomas hace años?

–Sí.

–Hijo, ¿de qué estás hablando? Esas fotografías son pruebas del Departamento de Policía, y jamás se revelaron a la prensa ni al público. Dime...

–Padre, el Nite Owl está relacionado con varios delitos importantes, y las pandillas negras no tienen nada que ver. Uno de ellos es...

–Entonces explica las pruebas tal como te enseñé. Tuve casos...

–Nadie tuvo jamás un caso como este, soy mejor detective que tú y nunca tuve un caso como este.

Preston apoyó en él ambas manos. Ed sintió que se le dormían los hombros.

–Siento decirlo, pero es verdad. Tengo un caso de homicidio con mutilación de hace cinco años conectado con el Nite Owl. La víctima sufrió cortes idénticos a los que sufrieron las víctimas de Loren Atherton e idénticos a unas fotos pornográficas coloreadas tangenciales al Nite Owl. Lo cual significa que alguien vio las fotos de Atherton y se basó en ellas, o que tú capturaste a un sospechoso equivocado en el 34.

Su padre ni siquiera parpadeó.

–Loren Atherton era indudablemente culpable, con confesión y verificación por testigos. Tú y Thomas visteis las fotografías, y dudo seriamente que dichas fotografías hayan salido de Homicidios. A menos que pienses en un homicida policía, lo cual me parece absurdo, la única explicación es que Atherton mostrara las fotos a alguien antes del arresto. Tú pillaste a los hombres equivocados en tu caso de gloria... yo no cometí ese error. Piensa antes de levantarle la voz a tu padre.

Ed retrocedió. Rozó la maqueta con la pierna, partió un tramo de autopista.

—Me disculpo, y debería pedir tu consejo en vez de competir contigo. Padre, ¿hay algo que no me hayas contado sobre el caso Atherton?

—Acepto tu disculpa, y no, no hay nada. Tú, Art y yo revisamos el caso a fondo durante nuestro seminario, y supongo que lo conoces tan bien como yo.

—¿Atherton tenía algún socio conocido?

Preston negó con la cabeza.

—Desde luego que no. Era el arquetipo del psicótico solitario.

Ed tomó aire.

—Quiero entrevistar a Ray Dieterling.

—¿Por qué? ¿Porque Atherton mató a una de sus estrellas infantiles?

—No, porque un testigo ha identificado a Dieterling como socio conocido de un delincuente conectado con el Nite Owl.

—¿Cuánto hace de eso?

—Unos treinta años.

—¿El nombre de esa persona?

—Pierce Patchett.

Preston se encogió de hombros.

—Nunca oí hablar de él y no quiero que molestes a Raymond. Terminantemente no. Una relación de hace treinta años no te autoriza a molestar a un hombre de la talla de Ray Dieterling. Yo le preguntaré a Ray y te pasaré la información. ¿Suficiente?

Ed miró la maqueta a escala. Hipnótico: Los Ángeles en crecimiento, Exley Construction abarcándola. Las manos de su padre eran suaves ahora.

—Hijo, has llegado muy lejos y te has ganado mi respeto. Te han vapuleado por lo de Inez y esos hombres que mataste, y creo que has sabido aguantar. Pero quiero que pienses en ello. El caso del Nite Owl te llevó a donde estás hoy y una rápida resolución de la reapertura te mantendrá ahí. Las investigaciones colaterales, por interesantes que sean, pueden desviarte de tu objetivo principal y destruir tu carrera. Recuérdalo.

Ed apretó las manos de su padre.

—Justicia absoluta. ¿Recuerdas eso?

55

Ambas escenas del crimen estaban precintadas: la imprenta, el apartamento contiguo. Un teniente del Departamento del Sheriff: un tío gordo llamado Hatcher. Un hombre del laboratorio hablando sin cesar.

Escena primera: la sala trasera de Rapid Bob's Printing. Bud miraba a Dudley, evocando sus palabras: «Pensamos que ibas a matarlo, así que te detuvimos. Lamento nuestra torpeza, pero fuiste muy útil. Hinton está relacionado con muy malas personas, y ya te pasaré los detalles».

Bud no insistió. Quizá Dudley supiera algo sobre él.

Lynn bajo custodia.

El bofetón de Exley.

El hombre del laboratorio señaló varios estantes caídos.

—... bien, la parte delantera de la imprenta no presentó obstáculos, así que nuestro asesino no dejó huellas. Hallamos colillas en un cenicero, de dos marcas distintas, de modo que podemos suponer que los Englekling estuvieron trabajando hasta bastante tarde. Supongamos que el asesino logró abrir la cerradura delantera, entró de puntillas y los sorprendió. Hay huellas de guantes en la jamba de la puerta intermedia, así que eso respalda la suposición. El hombre entra, obliga a nuestros muchachos a abrir esos armarios que os mostré, no encuentra lo que busca. Se irrita y tumba estos estantes. Las huellas de guantes del cuarto estante indican un hombre diestro de estatura media. Los hermanos abren las cajas que se cayeron: hay muchas huellas borrosas que indican que Peter y Baxter estaban asustados. Así que el asesino obviamente no encontró lo que buscaba y se llevó a nuestros muchachos al apartamento. Caballeros, por aquí.

Salieron, cruzaron un callejón. El hombre del laboratorio llevaba una linterna; Bud se mantuvo en la retaguardia.

Lynn arrogante, convencida de que derrotaría al pentotal con su cerebro.

Dudley quizá tuviera sus propias pistas, pero aún culpaba a los negros.

—Fíjense en la tierra del camino de entrada —dijo el hombre del laboratorio—. La mañana en que se hallaron los cuerpos nuestro equipo técnico descubrió y fotografió tres conjuntos de pisadas demasiado superficiales para tomar muestras. Dos pares que iban delante de un par, lo cual indica una marcha a punta de pistola.

Fueron hasta un grupo de bungalows. Dudley mudo. En el avión apenas había hablado.

¿*Whisper* habría dado en el blanco?

¿Cómo usar el cadáver de la casa contra Exley?

Cinta policial en la puerta. Hatcher la arrancó. El hombre del laboratorio abrió con una llave. Luces dentro. Bud entró primero.

Todo patas arriba, totalmente registrado.

Manchas de sangre en una moqueta de pared a pared, marcadas con cintas. Tubos de vidrio en el suelo: marcados con círculos, guardados en bolsas transparentes. Docenas de negativos fotográficos desperdigados, superficies cuarteadas, quemadas. Sillas volcadas, una cómoda tumbada, un sofá con el relleno arrancado. Insertado en el desgarrón más grande: una bolsa de celofán con la etiqueta HEROÍNA.

El hombre del laboratorio continuó:

—Esos tubos contienen sustancias químicas que identificamos como drogas antipsicóticas. Los negativos estaban demasiado borrosos, pero logramos deducir que la mayoría eran fotos pornográficas. Las imágenes estaban quemadas con sustancias químicas sacadas de la nevera de la cocina: nuestros muchachos poseían una gran cantidad de soluciones corrosivas. Mi hipótesis es que torturaron a Peter y Baxter Englekling antes de dispararles. Esto es lo que sabemos con certeza. Creo que el asesino les mostró cada negativo, les hizo preguntas, luego los quemó... a ellos y a las fotos. ¿Qué buscaba? No lo sé, pero quizá quería identificar a los modelos de las fotos. Hallamos una lupa bajo el sofá, y ahora me inclino por esa teoría. Además, fíjense en la bolsa de plástico que dice HEROÍNA, en el sofá. Hemos guardado el contenido, desde luego. Cuatro bolsas en un escondrijo seguro. El asesino dejó aquí una pequeña fortuna en droga vendible.

Entraron en la cocina: más caos, la nevera abierta. Tubos caídos, frascos marcados con símbolos químicos. Junto al fregadero había una pila de objetos que parecían placas de imprenta.

El técnico señaló el desorden.

—Otra hipótesis, caballeros. En mi informe verán que enumero no menos de veintiséis sustancias químicas halladas en el apartamento. El asesino torturó a Peter y Baxter Englekling con sustancias químicas, y sabía qué sustancias eran corrosivas. Yo llamaría a este método de tortura un medio oportuno, y apuesto a que el hombre tenía formación en ingeniería, medicina o química. Ahora al dormitorio.

Bud pensó: PATCHETT.

Había gotas de sangre en el pasillo, en dirección al dormitorio: una habitación pequeña, un matadero de cuatro por cuatro.

Dos contornos de cuerpos: uno en la cama, otro en el suelo, con cintas alrededor de la sangre seca. Cordeles sujetos alrededor de los postes de la cama; más cordel en el suelo; círculos de cinta en las sábanas y una mesilla junto a la cama. Había un agujero de bala marcado con un círculo en la pared; un despliegue forense en un panel de corcho; más negativos escaldados.

—Solo huellas de guantes y huellas de los Englekling en los negativos —dijo el hombre del laboratorio—. Los espolvoreamos todos, luego los pusimos otra vez donde estaban. Los que están en el panel se encontraron en el dormitorio, donde también pueden ver las escenas de la tortura y los asesinatos. Ahora bien, esos pequeños círculos indican fragmentos de tejido del torso, los brazos y las piernas de los hermanos Englekling, arrancados con sustancias corrosivas, y si se fijan en el suelo verán fragmentos de moqueta chamuscados por sustancias químicas derramadas. Ambos hombres recibieron dos disparos de un revólver 38 equipado con silenciador. Unas hebras que hallamos en las cápsulas señalan que se usó silenciador y explican por qué nadie oyó disparos. El agujero de bala de la pared es nuestra única pista real, y es fácil reconstruir lo que sucedió. Baxter Englekling se zafó de sus ligaduras, se adueñó del arma y efectuó un disparo antes de que el asesino recuperara el revólver y le disparara. La bala que extrajimos de la pared tenía restos de carne de blanco y vello del brazo gris, junto con sangre del grupo O positivo. Ambos Englekling eran AB negativo, así que sabemos que el asesino recibió un impacto. Las gotas de sangre que conducen al salón y los negativos que él sacó para mirar indican que no fue una herida importante. El equipo del teniente Hatcher encontró una toalla empapada con sangre O positivo en una alcantarilla, calle abajo, así que esa toalla fue su torniquete. Mi última hipótesis es que ese cabrón tenía muchísimo interés en esos negativos.

—Y no hemos averiguado nada —intervino Hatcher—. Hemos interrogado a los vecinos una veintena de veces, no tenemos testigos oculares y esos malditos hermanos no tenían un solo socio conocido que hayamos podido localizar. Preguntamos en consultorios médicos, salas de emergencia, estaciones de tren, aeropuertos y estaciones de autobús si alguien había visto a un hombre herido y no averiguamos nada. Si los hermanos tenían una agenda de direcciones, el asesino se la llevó. Nadie vio ni oyó nada. Como dice mi colega científico, nuestro hombre estaba tan desesperado por esos negativos, que quizá, y subrayo el «quizá», tengan algo que ver con la presencia de los hermanos en el caso Nite Owl. Ellos tenían una teoría relacionada con fotos obscenas, ¿verdad?

—En efecto —dijo Dudley—, pero era muy insustancial.

—Y los periódicos de Los Ángeles dicen que ustedes acaban de reabrir el caso.

—Sí, así es.

—Capitán, lamento que no hayamos cooperado antes con ustedes, pero olvidemos eso. ¿Tienen algo interesante para ofrecerme en este nuevo enfoque del caso?

Dudley sonrió.

—El jefe Parker me ha ordenado llevarle una copia de su archivo. Si encuentra vínculos con nuestros homicidios, les enviará una transcripción del testimonio de los hermanos Englekling en 1953.

—La cual, según ustedes, se relaciona con material pornográfico, como sin duda ocurre con nuestro caso.

Dudley encendió un cigarrillo.

—Sí, pero también puede relacionarse con heroína.

Hatcher resopló.

—Capitán, si a nuestro muchacho le apetecía el caballo blanco, habría robado la mercancía del sofá.

—Sí, o el asesino era simplemente un psicópata furioso que manifestó una reacción de psicópata ante los negativos, por razones insondables. Francamente, el tema de la heroína me interesa. ¿Tienen ustedes pruebas de que los hermanos la vendieran o manufacturaran?

Hatcher negó con la cabeza.

—Ninguna, y en lo que respecta a nuestro caso, no me convence. ¿El tema de la pornografía tiene incidencia en la reapertura del caso?

—No, todavía no. Insisto, cuando haya leído sus archivos me pondré en contacto con ustedes.

—Capitán —masculló irritado Hatcher—, ¿ha venido usted hasta aquí en busca de pruebas y no ofrece nada a cambio?

—He venido aquí por orden de Parker, quien se compromete a ofrecer plena cooperación si el caso de ustedes la requiere.

—Grandes palabras, *sahib*, pero no me gusta cómo suenan.

Una fea situación. Dudley exhibió una aduladora sonrisa irlandesa. Bud salió a la acera y esperó junto al coche alquilado.

Asustado, preparado para seguir ADELANTE.

Dudley salió; Hatcher y el técnico del laboratorio cerraron con llave la imprenta.

—No te entiendo últimamente, jefe —comentó Bud.

—¿Desde cuándo, muchacho?

—Empecemos por anoche. Hinton.

Dudley rió.

—Anoche volviste a actuar con tu vieja crueldad. Me ablandó el corazón y me convenció de que la tarea extralaboral que he planeado para ti sigue al alcance de tus aptitudes.

—¿Qué tarea?

—Ya te contaré.

—¿Qué le pasó a Hinton?

—Lo liberamos, castigado y aterrado por el sargento White.

—Sí, pero ¿qué información buscabas?

—Muchacho, tú tienes tus secretos extralaborales, y yo tengo los míos. Pronto tendremos una sesión de aclaración.

ADELANTE.

—No, solo quiero saber en qué situación estamos ambos respecto al Nite Owl. Ahora.

—Edmund Exley, muchacho. Los dos estamos ahí.

—¿Qué? —balbuceó Bud, asustado.

—Edmund Jennings Exley. Ha sido tu *raison d'être* desde la Navidad Sangrienta, y por su causa no me cuentas ciertas cosas. Te aprecio, así que respeto tus omisiones. Ahora corresponde a ese afecto, respeta mi falta de claridad durante los próximos doce días y verás su destrucción.

—¿Qué demonios...? —Voz de chiquillo.

—Nunca le has valorado, así que te lo diré ahora. Como hombre es menos que nada, pero como detective me supera incluso a mí. Ahí tienes. Dios y tú sois testigos de estas alabanzas para un hombre al que desprecio. Y ahora, ¿respetarás mis omisiones... tal como yo respeto las tuyas?

A TODA MARCHA.

—No. Solo dime qué demonios quieres hacer. Explícate.

Dudley se rió.

—Por ahora no hagas nada, solo escucha: he averiguado que Thad Green se retirará para hacerse cargo de la Patrulla de Fronteras esta primavera. El nuevo jefe de Detectives será Edmund Exley o yo. Pronto ascenderá a inspector, lo cual le da ventaja, y Parker le favorece personalmente. Planeo usar ciertos aspectos de las pruebas que ambos hemos ocultado para resolver cuanto antes el caso Nite Owl, consolidar mi posición ganadora y de paso destruir a Exley. Muchacho, aguanta unos días más y te garantizaré tu venganza personal.

El trato era Exley/Dudley contra Exley.

Ninguna competencia.

A TODA MARCHA: las migajas que le había dado a Exley, la promesa de Exley: enlace con los asesinatos de prostitutas.

–Jefe, ¿hay algún premio para mí en esto?

–¿Además de la caída de nuestro amigo?

–Sí.

–¿Y a cambio de un informe completo? ¿Con más datos de los que le diste a Exley como parte del acuerdo para que te asignara a su investigación?

Dios, ese hombre lo sabía todo.

–De acuerdo.

Risas de Dudley.

–Muchacho, buscas un trato difícil, pero ¿bastará una indagación especial del jefe de Detectives? Digamos homicidio múltiple, en varias jurisdicciones.

Bud le tendió la mano.

–Trato hecho.

–Aléjate de Exley y acomódate en alguna habitación grande y limpia en el Victory. Pasaré a verte dentro de un par de días.

–Llévate tú el coche. Primero tengo un asunto en San Francisco.

Se gastó cuarenta pavos en un taxi y cruzó el Golden Gate excitado por la adrenalina. Doble jugada: un mal trato para sobrevivir, luego un buen trato para ganar. Exley tenía datos y tenía al triste Jack; Dudley tenía datos que olían casi a percepción extrasensorial. Viraje: le había mentido a Dudley para vengarse de Exley, y cinco años después el hombre retoma la situación: mentiras perdonadas, dos policías, una causa. San Francisco brillando a lo lejos. La voz de Dudley Smith: «Edmund Jennings Exley». Un escozor con solo oír el nombre.

Más allá del puente hizo una parada en una cabina telefónica. Larga distancia: el número de Lynn, diez pitidos, ninguna respuesta. Las nueve y diez de la noche. Mal presentimiento: ella tendría que haber regresado al anochecer.

Cruzó la ciudad, rumbo al Departamento de Policía de San Francisco, jefatura de Detectives. Bud se puso la placa, entró.

Homicidios estaba en el tercer piso: las flechas pintadas en la pared lo guiaron. Escaleras chirriantes y una enorme oficina. Turno de noche: dos hombres bebiendo café.

Se le acercaron. El más joven señaló la placa de Bud.

—Los Ángeles, ¿eh? ¿Podemos ayudarte en algo?

Bud mostró su identificación.

—Según me contó un amigo del Departamento del Sheriff, tenéis un viejo 187. Me pidió que revisara vuestros archivos.

—Bueno, el capitán no está aquí ahora. Quizá debas volver por la mañana.

El hombre mayor examinó su identificación.

—Tú eres el tío que investiga los asesinatos de prostitutas. El capitán dijo que eres insistente, un verdadero fastidio. ¿Qué pasa? ¿Tienes otro caso?

—Sí, Lynette Ellen Kendrick, condado de Los Ángeles, la semana pasada. Diez minutos con el archivo y no molesto más.

—Oye, ¿no has entendido? —dijo el más joven—. Si el capitán quisiera que vieras el archivo, ya te habría mandado una invitación.

—El capitán es un idiota —dijo el hombre mayor—. ¿Cuál es el nombre de la víctima? ¿Fecha de su defunción?

—Chrissie Virginia Renfro, 16 de julio de 1956.

—Bien, te diré qué hacer: vas a la sala de archivos, encuentras el archivador de casos no resueltos del 56 y revisas la letra R. No te llevas nada y te largas antes de que a este joven le entre jaqueca. ¿Entendido?

—Entendido.

Fotos de la autopsia: los orificios desgarrados, primeros planos faciales. La cara era pulpa, fragmentos de anillos incrustados en los pómulos. Tomas de gran angular: el cuerpo había sido hallado en el apartamento de Chrissie, un tugurio frente al hotel St. Francis.

Informes de pervertidos: degenerados locales interrogados, libres por falta de pruebas. Chulos sádicos, el chulo de Chrissie: en la cárcel cuando mataron a la chica. Fetichistas, violadores, clientes regulares de Chrissie: todos con coartada, ningún nombre que se relacionara con los demás archivos que había leído.

Interrogatorios en el vecindario: patanes locales, huéspedes del St. Francis. Seis perdedores, un ganador.

16/7/56: un botones del St. Francis contó a los detectives que vio el espectáculo de Spade Cooley en la sala Lariat del hotel, y luego vio a ChrissieVirginia Renfro, caminando en zigzag —«quizá drogada»— hacia su apartamento.

Ganador: Bud se quedó paralizado, reflexionó.

Lynette Ellen Kendrick, muerta en el condado de Los Ángeles la semana anterior. Un dato no relacionado: Lamar Hinton escupiendo todo lo que sabía. Dwight Gilette, ex chulo de Kathy Janeway, suministraba prostitutas para las fiestas de Spade Cooley. Spade era opiómano, un «adicto degenerado». Spade estaba en Los Ángeles, tocando en El Rancho Klub del Strip. A un kilómetro del apartamento de Lynette Kendrick.

Primer escollo: Spade no podía tener antecedentes, no había modo de confirmar su grupo sanguíneo. Había participado en la partida de voluntarios del sheriff Biscailuz, donde no se permitía a nadie con antecedentes.

Siguió pensando, decidió revisar el informe médico: «Contenido del torrente sanguíneo». Página 2, dato contundente: «elementos alimentarios no digeridos, semen, gran cantidad de opio de efecto narcotizante esparcida en los alimentos, corroborada por residuos de alquitrán en los dientes».

Bud alzó los brazos, como si pudiera atravesar el techo y alcanzar la luna. Golpeó el techo y regresó a la tierra al pensar que no podía hacerlo en solitario; se estaba ocultando de Exley y a Dudley no le importaba.Vio un teléfono, se exaltó, pensó en un socio:

Ellis Loew. Los crímenes sexuales le encantaban.

Cogió el teléfono.

Hilda Lefferts tocó una foto.

—Aquí está, este es el novio de Susan Nancy. ¿Ahora me llevará a casa?

Bingo: un tipo recio y regordete, un sosias de Duke Cathcart. Dean (sin segundo nombre) van Gelder, blanco, fecha de nacimiento 4/3/21. Un metro sesenta y dos, ochenta y cinco kilos, ojos azules, pelo castaño. Un arresto por atraco a mano armada —6/42—, diez a veinte años, liberado de Folsom en 6/52, sentencia mínima cumplida, no necesitaba libertad condicional. No había más arrestos. La teoría de Bud White: Van Gelder fue liquidado en el Nite Owl.

—Aquí está. Dean —dijo Hilda—. Susan Nancy lo llamaba «Dean», pero él decía: «No, acostúmbrate a llamarme Duke».

—¿Segura? —dijo Jack.

—Sí, segura. ¿Seis horas de mirar estas espantosas fotos y me pregunta si estoy segura? Si quisiera mentir, habría señalado a alguien hace horas. Por favor, sargento. Primero usted encuentra un cadáver debajo de mi casa, ahora me hace ver estas fotos. Por favor, lléveme a casa.

Jack movió la cabeza. Reflexionó: ¿quién? Van Gelder, Cathcart, Nite Owl. Un razonamiento tenía sentido: hermanos Englekling, Cathcart, un enfrentamiento con Mickey Cohen, que estaba entre rejas en el 53. Cogió el teléfono y marcó.

—Operadora.

—Operadora, es una emergencia policial. Necesito que me comuniquen con alguna autoridad administrativa de la penitenciaría federal de McNeil, Puget Sound, Washington.

—Entiendo. ¿Su nombre?

—Sargento Vincennes, Departamento de Policía de Los Ángeles. Dígales que participo en una investigación de homicidios.

—Entiendo. La comunicación con el estado de Washington está...

—Mierda. Estoy en Madison 60042. ¿Podrá usted...?

—Intentaré llamar enseguida.

Jack colgó. Cuarenta segundos según el reloj de la pared. El teléfono sonó.

—Vincennes.

—Cahill, ayudante del alcaide de McNeil. ¿Esto está relacionado con un homicidio?

Hilda Lefferts fruncía el ceño. Jack miró hacia otro lado.

—Sí, y solo necesito una respuesta. ¿Tiene lápiz?

—Desde luego.

—Bien. Necesito saber si un varón blanco llamado Dean van Gelder, el apellido son dos palabras, visitó a un interno de McNeil entre febrero y abril de 1953. Solo necesito un sí o un no, y el nombre de los internos que visitó.

Un suspiro.

—De acuerdo. Espere, por favor. Esto puede tardar un poco.

Jack aguardó contando los minutos. Cahill regresó más de doce minutos después.

—Positivo. Dean van Gelder, nacido el 4/3/21, visitó al interno David Goldman en tres ocasiones: 27/3/53, 1/4/53 y 3/4/53. Goldman estaba en McNeil por impuestos. Tal vez usted haya oído...

Davey Goldman, hombre de Mickey Cohen. La última visita de Van Gelder: dos semanas antes del Nite Owl, la misma época en que los hermanos Englekling hablaron con Mickey; la reunión donde comentaron el plan de distribuir material porno. El hombre de la penitenciaría siguió parloteando. Jack colgó. El caso Nite Owl empezaba a agitarse.

57

Ed llevó a Lynn Bracken a casa, en una última oportunidad antes de hacerla arrestar. Ella protestó, luego aceptó: un día de drogas e interrogatorios pasaba factura. Estaba demacrada, exhausta. Lista, fuerte, químicamente fortalecida: no reveló nada, salvo migajas sobre Pierce Patchett. Patchett sabía que no podría salir limpio del todo; Lynn contó su historia de prostituta, y Patchett debía de tener abogados a la espera por si las migajas provocaban condenas. El primer día de la reapertura fue un manicomio: Dudley Smith en Gaitsville mientras sus hombres registraban el distrito negro; el cadáver bajo la casa de Lefferts; Vincennes había identificado a Dean van Gelder, quien había visitado a Davey Goldman en McNeil antes del Nite Owl. Bud White, su agente asignado, pasando esos datos a *Whisper*. Había sido un tonto al confiar en él, pero podía resistir: era un detective profesional habituado a enfrentarse con el caos.

Sin embargo, el caso Atherton y la presencia de su padre eran otra cosa. Ahora se sentía como suspendido en el aire, y solo un instinto lo impulsaba: el Nite Owl tenía un pasado tormentoso que superaba la voluntad de un detective, y revelaría sus horrores aunque Ed Exley no indagara sobre las pruebas ni trazara planes.

Tenía un plan para Bracken y Patchett.

Lynn soplaba volutas de humo por la ventanilla.

—Dos calles más, y luego a la izquierda. Puede parar allí, vivo cerca de la esquina.

Ed frenó.

—Una última pregunta. En la oficina ha admitido que sabía que Patchett y Sid Hudgens planeaban un chantaje.

—No recuerdo haber hecho esa declaración.

—No la objetó.

—Estaba cansada y aburrida.

—Implícitamente la confirmó. Y consta en la declaración de Jack Vincennes.

—Quizá Vincennes mintió en esa parte. Él era una celebridad. ¿Usted no diría que es un poco histriónico?

Una brecha.

—Sí.

—¿Y cree que puede confiar en él?

Falsa contrición.

—No sé. Él es mi punto débil.

—Ahí tiene. Señor Exley, ¿piensa arrestarme?

—Empiezo a creer que no serviría de nada. ¿Qué dijo White cuando le pidió que se prestara al interrogatorio?

—Solo que viniera sin trucos. ¿Usted le mostró la declaración de Vincennes?

La verdad: ganarse su gratitud.

—No.

—Me alegra, pero sin duda está plagada de mentiras. ¿Por qué no se la mostró?

—Porque es un detective limitado, y cuanto menos sepa mejor. También es el protegido de un oficial rival, y no quería que le pasara información.

—¿Se refiere a Dudley Smith?

—Sí. ¿Lo conoce?

—No, pero Bud habla a menudo de él. Creo que le teme, lo cual significa que Smith debe ser un hombre intimidante.

—Dudley es brillante y malvado, pero yo soy mejor. Bueno, es tarde.

—¿Puedo ofrecerle un trago?

—¿Por qué? Hoy me ha escupido en la cara.

—Bien, dadas las circunstancias...

La sonrisa de Lynn le permitió sonreír.

—Dadas las circunstancias, un trago.

Lynn bajó del coche. Ed la observó: tacones altos; un día infernal, pero sus pies apenas tocaban el suelo. Lynn lo condujo hasta la casa, abrió la puerta y encendió una luz.

Ed entró. Exquisito: las telas, los objetos de arte. Lynn se quitó los zapatos y sirvió dos vasos de coñac; Ed se sentó en un sofá; puro terciopelo.

Lynn se reunió con él. Ed cogió la copa, bebió. Lynn entibió la copa con las manos.

—¿Sabe por qué le he invitado a entrar?

—Usted es demasiado inteligente para tratar de llegar a un trato, así que supondré que le despierto curiosidad.

—Bud le odia a usted más de lo que me ama a mí o a cualquier otra persona. Empiezo a entender por qué.

—No me interesa su opinión.

—Iba a hacerle un cumplido.

—En otra ocasión, ¿vale?

—Entonces cambiaré de tema. ¿Cómo se toma Inez Soto tanta publicidad? Ha salido mucho en los periódicos.

—Lo ha tomado a mal, y no quiero hablar de ella.

—Le fastidia que yo sepa tanto sobre usted. No tiene información para competir.

Una rendija, una cuña.

—Tengo la declaración de Vincennes.

—De cuya veracidad duda.

Cambio de enfoque.

—Usted mencionó que Patchett financió algunos filmes de Raymond Dieterling. ¿Puede darme más información?

—¿Por qué? ¿Porque su padre está asociado con Dieterling? ¿Ve las desventajas de ser hijo de un hombre famoso?

Calma, era un hábil movimiento.

—Solo una pregunta de policía.

Lynn se encogió de hombros.

—Pierce me lo mencionó de refilón hace varios años.

Sonó el teléfono. Lynn no le prestó atención.

—Veo que no desea hablar de Jack Vincennes.

—Veo que usted sí.

—Últimamente no lo he visto mucho en las noticias.

—Porque Vincennes arruinó todo lo que tenía. *Placa de Honor*, su amistad con Miller Stanton, todo. El asesinato de Sid Hudgens no ayudó, pues *Hush-Hush* debía la mitad de su bazofia a los arrestos de Vincennes.

Lynn bebió un trago de coñac.

—No le gusta Jack.

—No, pero hay una parte de la declaración en la cual creo absolutamente. Patchett tiene copias de los archivos privados de Sid Hudgens, incluyendo información sobre Vincennes. Usted se hará un favor si lo admite.

Si ella mordía el anzuelo, empezaría ahora.

—No puedo admitirlo, y la próxima vez que hablemos tendré un abogado. Pero puedo decirle que creo saber qué contendría dicho archivo.

La primera cuña en su sitio.

—¿Sí?

—Bueno, creo que el año fue 1947. Vincennes participó en un tiroteo en la playa. Estaba bajo la influencia de narcóticos, disparó y mató a dos personas inocentes, un matrimonio. Mi fuente tiene la verificación, incluido el testimonio de la agente de la ambulancia y una declaración certificada del médico que trató las heridas de Jack. Mi fuente posee análisis sanguíneos que muestran que tenía droga en el organismo y testimonios de testigos oculares que no comparecieron. ¿Usted suprimiría esa información para proteger a otro policía, capitán?

El Malibu Rendezvous: el trabajo que había llevado a Jack a la gloria. Sonó el teléfono. Lynn lo ignoró.

—Santo cielo —dijo Ed, sin necesidad de fingir.

—Sí. Cuando leí lo de Vincennes siempre pensé que tenía razones muy oscuras para ensañarse con los drogadictos, y no me sorprendí al descubrir eso. Otra cosa, capitán. Si Pierce tuviera copias de los archivos, sin duda las habría destruido.

La última frase sonaba falsa. Ed le siguió el juego.

—Sé que a Jack le gusta la droga, se ha rumoreado durante años en Detectives. Y sé que usted miente sobre los archivos y que Vincennes haría cualquier cosa por recuperar su carpeta. Usted y Patchett no deberían subestimarlo.

–¿Tal como usted subestimó a Bud White?

Su sonrisa fue como una provocación, y por un segundo Ed pensó que le pegaría. Lynn rió antes de que él pudiera pegarle; en cambio, se inclinó y la besó. Lynn retrocedió, luego respondió por el beso; rodaron al suelo arrancándose la ropa. Sonó el teléfono. Ed lo descolgó de una patada. Lynn lo ayudó a penetrarla, rodaron, se movieron juntos, tumbaron muebles. Terminó tan pronto como había empezado. Ed notó que Lynn alcanzaba el orgasmo: segundos de espera, satisfacción, descanso. Luego él descargó entre suspiros, como si fuera una carga demasiado pesada de llevar.

El poli corrupto Jack Vincennes, drogadicto y rebelde. Jack haría cualquier cosa para recuperar su archivo. El capitán E. J. Exley tenía que usarlo por lo que sabía. Pero Vincennes estaba perdiendo la cabeza, impulsado por el alcohol y la droga.

58

Bud llegó a Los Ángeles al amanecer en un autobús procedente de San Francisco. La ciudad parecía extraña y nueva, como todo lo demás en su vida. Cogió un taxi y se adormiló, se despertaba a ratos oyendo la voz de Ellis Loew: «Parece un gran caso, pero los homicidios múltiples son traicioneros y Spade Cooley es famoso. Pondré a investigar a un equipo de la Fiscalía del Distrito, pero tú no te metas por el momento». Lynn: llamadas, el teléfono descolgado. Extraño, pero típico: cuando Lynn quería dormir, quería dormir.

No podía creer lo que pasaba en su vida. Era desconcertante. Al bajar del taxi encontró una nota en la puerta, con membrete del sargento Duane W. Fisk.

Sargento White:
El capitán Exley quiere verle de inmediato (algo relacionado con la revista *Whisper* y un cadáver bajo una casa). Preséntese cuanto antes en Asuntos Internos al regresar a Los Ángeles.

Bud se rió, preparó una bolsa: ropa, papeles sobre los asesinatos de prostitutas, el Nite Owl. Serían de Dudley si los pedía. Arrojó la nota al inodoro y meó sobre ella.

Se dirigió a Gardena, se alojó en el Victory: una habitación con sábanas limpias, calentador, sin manchas de sangre en las paredes. No dormiría. Preparó café, trabajó.

Todo lo que sabía sobre Spade Cooley: media página de escritura borrosa.

Cooley era un cantante/violinista de Oklahoma, un tío algo flaco, cuarentón. Tenía un par de discos de éxito, su espectáculo de televisión había tenido resonancia.

El bajista, Burt Arthur Perkins, alias «Doble», había estado preso por practicar sodomía con perros, y se rumoreaba que tenía muchos socios conocidos en el hampa.

Investigación:

Lamar Hinton decía que Spade fumaba opio, Spade tocó en la sala Lariat de San Francisco, frente al lugar donde había muerto Chrissie Renfro. Chrissie murió con opio en el organismo; Spade tocaba ahora en El Rancho Klub de Los Ángeles, cerca del apartamento de Lynette Ellen Kendrick. Lamar Hinton decía que Dwight Gilette –ex chulo de Kathy Janeway– suministraba prostitutas para las fiestas de Cooley.

Circunstancial, pero sólido.

Un teléfono de pared. Bud llamó a la oficina del forense del condado.

–Exámenes médicos, Jensen.

–Sargento White. Quiero hablar con el doctor Harris. Sé que está ocupado, pero será solo un momento.

–Aguarde, por favor.

Segundos de espera.

–Sargento, ¿qué es esta vez?

–Un detalle del informe de la autopsia.

–Usted ni siquiera pertenece a la jurisdicción del condado.

–Contenido del estómago y torrente sanguíneo de Lynnete Kendrick. Vamos.

–Eso es fácil, porque Kendrick ganó nuestro premio al mejor estómago la semana pasada. ¿Preparado? Salchichas con *sauerkraut*, patatas fritas, Coca-Cola, opio, esperma. Dios, vaya última cena.

Bud colgó. Ellis Loew decía quédate al margen. Kathy Janeway decía ADELANTE.

Fue al Strip, reconstruyó los hechos.

Primero: El Rancho Klub, cerrado. «Spade Cooley y su Banda Rítmica de Cowboys todas las noches.» Una foto publicitaria junto a la puerta: Spade, Perkins, otros tres tíos con aire sureño. Ninguno tenía muchos anillos; una pista pegada al pie: «Representados por Nat Penzler Associates, La Ciénega Norte 653, Los Ángeles».

Enfrente: el Hot Dog Hut, salchichas y patatas en el menú. Sunset Strip junto a Crescent Heights: zona frecuentada por prostitutas. A un kilómetro y pico, en Melrose y Sweetzer: el apartamento de Lynette Ellen Kendrick.

Fácil.

Spade la recogió tarde, sin testigos.

Tenía comida y droga, propuso una noche acogedora, se llevó a Lynette a casa.

Se drogaron, comieron. Spade la mató a golpes, la violó tres veces después de muerta.

Bud enfiló hacia La Ciénega. El 653: una casa de pino. «Nat Penzler Assoc.» junto al buzón. Abrió la puerta: una muchacha preparando café. Bud entró.

—¿En qué puedo ayudarle? —preguntó la chica.

—¿Está el jefe?

—El señor Penzler está hablando por teléfono. ¿En qué puedo ayudarle yo?

Una puerta con «N.P.» en letras de bronce. Bud la abrió de un empellón.

—¡Oye, estoy hablando por teléfono! —gritó un viejo—. ¿Qué eres, cobrador? ¡Oye, Gail! ¡Dale una revista a este payaso!

Bud mostró la placa. El hombre colgó el teléfono, se apartó del escritorio.

—¿Eres Nat Penzler?

—Llámame Natsky. ¿Buscas un representante? Puedo conseguirte un papel de energúmeno. Tienes esa facha de neanderthal que se lleva ahora.

Bud pasó por alto el comentario.

—Eres el agente de Spade Cooley, ¿verdad?

–Verdad. ¿Quieres unirte a la banda de Spade? Spade gana mucho dinero, pero mi criada negra canta mejor que él, así que quizá pueda conseguirte un puesto. Al menos como guardia de seguridad en El Rancho. Muchas hembras, hijo. Un hombretón como tú podría correrse una gran juerga.

–¿Has terminado, papá?

Penzler se puso rojo.

–Señor Natsky para ti, cavernícola.

Bud cerró la puerta.

–Necesito una lista de las actuaciones de Cooley de aquí hasta el 51. ¿Vas a ser amable o no?

Penzler se levantó, se apoyó contra sus archivos.

–El espectáculo terminó, Godzilla. Nunca divulgo información sobre mis representados, ni siquiera bajo amenaza de una citación. Así que lárgate y vuelven algún día para comer, digamos el día doce de nunca.

Bud arrancó el cable del teléfono de la pared. Penzler abrió el cajón de arriba.

–¡Sin rudezas, por favor, cavernícola! ¡Necesito mi mejor cara para trabajar!

Bud hojeó las carpetas, encontró «Cooley, Donnell Clyde», y la arrojó en el escritorio. Una foto cayó sobre el secante: Spade, cuatro anillos en diez dedos. Hojas rosadas, hojas blancas, y luego hojas azules: actuaciones clasificadas por años.

Penzler se quedó mascullando. Bud cotejó fechas.

Jane Mildred Hamsher, 8/3/51, San Diego. Spade en El Cortez Sky Room. Abril del 53, Kathy Janeway, la Banda Rítmica en Bido Lito's, sur de Los Ángeles. Sharon, Sally, Chrissie Virginia, Maria, hasta Lynette: Bakersfield, Needles, Arizona, San Francisco, Seattle, vuelta a Los Ángeles. Nómina de pagos: Perkins como bajista casi siempre, baterías y saxos que iban y venían, pade Cooley siempre a la cabeza, en esas ciudades y en esas fechas.

Hojas azules empapadas: el sudor de Bud.

–¿Dónde se aloja la banda?

–En el Biltmore, y yo no te he dicho nada.

—Me alegra, porque esto es homicidio en primer grado y yo nunca he estado aquí.

—Soy como la Esfinge, te lo juro. Por Dios, Spade y su escoria. Por Dios, ¿sabes cuánto ganó el año pasado?

Comunicó la pista a Ellis Loew; Loew se enfureció.

—¡Te dije que no te metieras! Tengo a tres hombres civilizados en el caso, y les pasaré esta información, pero tú olvídalo y regresa al Nite Owl. ¿Entendido?

Bud entendió. Kathy Janeway seguía diciendo ADELANTE. El Biltmore.

Se obligó a conducir despacio, aparcar en la entrada trasera y preguntar cortésmente al conserje dónde se encontraba el grupo del señor Cooley.

—La suite El Presidente —dijo el conserje—, piso nueve.

Dio las gracias con tanta calma que todo comenzó a ir a cámara lenta y por un segundo creyó que estaba nadando.

Subir la escalera fue como nadar contra la corriente. La pequeña Kathy insistía: MÁTALO. La suite: puertas dobles, filigranas de oro, águilas, banderas americanas. Movió el picaporte, abrió las puertas.

Un lugar elegante estropeado por la bazofia: tres sureños dormidos en el suelo. Botellas vacías, ceniceros caídos. Spade no estaba.

Puertas: en la de la derecha se oían ruidos. Bud la abrió de un puntapié.

Perkins en la cama viendo dibujos animados. Bud sacó el arma.

—¿Dónde está Cooley?

Perkins se metió un mondadientes en la boca.

—De borrachera, y yo sigo el mismo rumbo. Si quieres verlo, ven esta noche a El Rancho. Quizá se presente.

—Tonterías. Él es la estrella.

—Casi siempre. Pero últimamente Spade falta mucho, así que a veces lo reemplazo. Canto tan bien como él y soy más guapo, así que a nadie le importa. Oye, ¿quieres largarte y dejarme a solas con mi diversión?

—¿Dónde está bebiendo?

—Guarda ese revólver, chico. A lo sumo puedes acusarlo de no pagar la manutención de sus hijos, pero Spade siempre paga, tarde o temprano.

—No, estoy hablando de homicidio, y he oído que le gusta el opio.

Perkins escupió el mondadientes.

—¿Qué has dicho?

—Prostitutas. ¿A Spade le gustan las jovencitas?

—No le gusta matarlas, solo jugar a meter la polla, como tú y yo.

—¿Dónde está?

—Hombre, no soy un soplón.

Culatazos. Perkins gritó, escupió dientes.

El volumen del televisor subió: chicos pidiendo Cornflakes de Kellogg's. Bud lo apagó de un disparo.

Perkins cantó:

—¡Mira en los fumaderos de opio de Chinatown y déjame en paz!

Kathy decía MÁTALO. Bud pensó en su madre por primera vez en años.

59

–Ya se lo dije al capitán Exley, y ya le advertí de que una entrevista con el señor Goldman resultaría infructuosa –dijo el médico–. El hombre casi nunca está lúcido. Sin embargo, ya que ha insistido en enviarle, volveré a repetírselo.

Jack miró a su alrededor. Camarillo era escalofriante: chiflados, pinturas de chiflados en las paredes.

–¿Podría verlo? El capitán quiere una declaración de Goldman.

–Bien, tendrá suerte si la consigue. En julio pasado, el señor Goldman y su compañero Mickey Cohen fueron atacados con tubos y navajas en McNeil. Al parecer no identificaron a los atacantes, y Cohen salió relativamente ileso mientras que el señor Goldman sufrió graves lesiones cerebrales. Ambos salieron en libertad condicional el año pasado, y el señor Goldman empezó a comportarse erráticamente. A finales de diciembre lo arrestaron por mear en público en Beverly Hills, y el juez ordenó tenerlo aquí en observación durante noventa días. Lo hemos tenido desde Navidad, y acabamos de solicitar noventa días más. Francamente, no podemos hacer nada por él, y lo único misterioso es que el señor Cohen nos visitó y ofreció trasladar al señor Goldman a un sanatorio privado a sus expensas, pero Goldman rehusó y pareció tenerle miedo. ¿No es extraño?

–Quizá no. ¿Dónde está?

–Al otro lado de esa puerta. Sea amable con él. El hombre fue un hampón, pero ahora es solo un patético ser humano.

Jack abrió la puerta. Una habitación acolchada; Davey Goldman en un banco acolchado. Necesitaba afeitarse; apestaba a Lysol. Davey hojeaba boquiabierto un *National Geographic*.

Jack se sentó al lado. Goldman se apartó.

—Este lugar es infame. Debiste dejar que Mickey te llevara a otro sitio.

Goldman se limpió los mocos y se los comió.

—Davey, ¿problemas con Mickey?

Goldman le mostró la revista: negros desnudos agitando lanzas.

—Qué bonito. Cuando muestren a gente blanca me suscribiré. Davey, ¿me recuerdas? Jack Vincennes. Yo trabajaba en Narcóticos y nos cruzábamos en el Strip.

Goldman se rascó la entrepierna. Sonrió: bajo voltaje, nadie en la azotea.

—¿Es una comedia? Vamos, Davey. Tú y Mick os conocéis desde hace mucho tiempo. Sabes que él te cuidaría.

Goldman aplastó un insecto invisible.

—Ya no.

Voz de hombre ausente: nadie podía fingir tan bien.

—Dime, Davey, ¿qué pasó con Dean van Gelder? Lo recordarás, él te visitó en McNeil.

Goldman se sacó más mocos, se los limpió en los pies.

—Dean van Gelder —dijo Jack—. Te visitó en McNeil en el 53, en la época en que Peter y Baxter Englekling visitaron a Mickey. Ahora tienes miedo de Mickey. Van Gelder se cargó a un tío llamado Duke Cathcart, y a él lo liquidaron en la matanza del Nite Owl. ¿Te quedan sesos para hablar de eso?

No se encendió ninguna luz.

—Vamos, Davey. Cuéntamelo y no te sentirás tan triste. Habla con el tío Jack.

—¡Holandés! ¡Cabrón holandés! Mickey debería saber cómo lastimarme pero no sabe. *Hub rachmones*, Meyer, *hub rachmones*, Meyer Harris Cohen, *te absolvo* de mis pecados.

La boca hablaba, pero el resto del hombre estaba muerto.

Jack meditó: Van Gelder el holandés. Del yiddish al latín, una alusión a la traición.

—Vamos, continúa. Confiésate con el padre Jack y te sentirás mejor.

Goldman se hurgó la nariz; Jack insistió.

—¡Vamos!

—¡El holandés lo estropeó!

?????Tal vez: orden de muerte contra Duke Cathcart, desde la cárcel.

—Estropeó ¿qué?

Goldman, voz monótona y ausente.

—Los concesionarios muertos tres pistoleros, blip, blip, blip. Tregua no es juerga. Mickey cree que conseguirá pescado pero el gato irlandés tiene el pescado y Mickey se queda solo con los huesos, es presa del monstruo miau. *Hub rachmones* Meyer, yo podía confiar en ti, no en ellos, todo está parado pero no para nosotros *te absolvo*...

?????????????

—¿Quiénes son esos tíos de los que hablas?

Goldman tarareó una melodía, discordante, conocida. Jack recordó: «Take the "A" Train».

—Davey, háblame.

Davey cantó.

—Bump bump bump bump bump bump bump bump el bonito tren, bump bump bump bump bump el bonito tren.

??????????????? Empeoraba. Como si tuviera paredes acolchadas en el cerebro.

—Davey, háblame.

Charla de chiflado.

—Bzz, bzz bzz micrófono para oír. Betty, Benny micrófono para escuchar, micrófono irlandés. *Hub rachmones* Meyer querido amigo.

???????? Una posibilidad:

Los Englekling vieron a Cohen en su celda, le comentaron el plan de Duke Cathcart para distribuir pornografía. Mickey juraba que no se lo había contado a nadie. Goldman lo averiguó, decidió adueñarse del negocio, envió a Dean van Gelder para que liquidara a Cathcart o le comprara una parte. ???????? ¿Cómo?????? ¿UN MICRÓFONO ESCONDIDO EN LA CELDA DE COHEN?

—Davey, háblame del micrófono.

Goldman se puso a tararear «In the Mood».

El médico abrió la puerta.

—Ya es suficiente, sargento. Ya ha molestado bastante a este hombre.

Exley le dio su aprobación por teléfono: un viaje a McNeil para comprobar si había dispositivos de escucha en la celda que había ocupado Mickey Cohen. El aeropuerto del condado de Ventura estaba a pocos kilómetros: volaría a Puget Sound y cogería un taxi hasta la penitenciaria. Bob Gallaudet tendría allí a un hombre de Detectives para actuar de enlace: los administradores de McNeil mimaban a Cohen, tal vez recibían sobornos, quizá no colaborasen sin presión. Exley pensaba que la teoría de los micrófonos era exagerada; estaba enfadado porque Bud White no aparecía. Fisk y Kleckner lo estaban buscando, el bastardo tal vez había huido, sabiendo lo del artículo de *Whisper* y el cadáver de San Bernardino. Fisk le había dejado una nota mencionando el descubrimiento. Parker decía que Dudley Smith estaba estudiando los archivos del caso Englekling y presentaría un informe pronto; Lynn Bracken seguía sin hablar.

—¿Qué hacemos con eso? —preguntó Jack.

—El Dining Car a medianoche. Hablaremos de ello.

El temible capitán Ed poniéndose fatalista.

Jack enfiló hacia Ventura, cogió su vuelo. Exley había llamado con antelación para reservarle el billete. Una azafata entregó periódicos; Jack cogió un *Times* y un *Daily News* y leyó Nite Owl.

Los chicos de Dudley desmantelaban el distrito negro, arrestando maleantes, buscando a los que habían disparado las escopetas en Griffith Park. Chorradas: quien hubiera escondido las armas en el coche de Ray Coates había puesto los cartuchos en el parque, dando pistas a la prensa. Solo los profesionales tenían sesos y agallas para hacerlo. Mike Breuning y Dick Carlisle tenían un puesto de mando en la comisaría de la calle Setenta y siete: toda la brigada y veinte hombres de Homicidios destacados para trabajar en el caso. Imposible que los culpables fueran unos negros chiflados: todo empezaba a parecerse a 1953. El *Daily News* mostraba fotos: Central Avenue atestada de hombres que exhibían placas, la casa que Exley le había comprado a Inez Soto. Una foto elegante en el *Times*: Inez frente a la casa de Ray Dieterling en Laguna, ocultándose los ojos de los flashes.

Jack siguió leyendo.

La Fiscalía General del Estado publicó una declaración: Ellis Loew ganó la partida emitiendo una orden de no intervención, pero la Fiscalía aún quería el caso e intervendría cuando venciera la orden. A menos que el Departamento resolviera el lío del Nite Owl a satisfacción del gran jurado del condado de Los Ángeles dentro de un período prudente. El Departamento emitió un comunicado de prensa: un detallado informe sobre la violación colectiva de Inez Soto en 1953, acompañado por una conmovedora descripción de cómo el capitán Ed Exley la ayudó a reconstruir su vida. El padre de Exley también aparecía en las noticias. El *Daily News* destacaba la conclusión del sistema de autopistas del sur de California y comentaba un nuevo rumor: el gran Preston pronto anunciaría su candidatura en la campaña para gobernador, solo dos meses y medio antes de las primarias republicanas, una estrategia de última hora para capitalizar la inminente alharaca por las autopistas. ¿Tendría alguna oportunidad después de la mala prensa que tenía su hijo?

Jack evaluó sus propias oportunidades. La relación con Karen mejoraba porque ella veía que Jack se esmeraba; el mejor modo de mantenerla en marcha era terminar sus veinte años de servicio, coger la pensión y largarse de Asuntos Internos. Los próximos dos meses tendría que correr esquivando balas: la reapertura, la información que Patchett y Bracken tenían sobre él. Apuesta difícil. Estaba cansado y asustado para correr demasiado, y empezaba a sentirse viejo. Exley también tendría que correr: las cenas de madrugada no eran su estilo. Quizá Bracken y Patchett ofrecieran un trato valiéndose del archivo de Jack, tal vez Parker enterrara el asunto para proteger al Departamento. Pero Karen lo sabría, y lo que quedaba de su matrimonio se iría al traste, porque Karen no soportaría saber que se había casado con un borracho y un recaudador. «Asesino» era una bala que no podrían eludir.

Tres horas en el aire; tres horas de reflexión. El avión aterrizó en Puget Sound; Jack cogió un taxi hasta McNeil.

Era feo: un monolito gris en una isla rocosa y gris. Paredes grises, niebla gris, alambres de espino a orillas del agua gris. Jack se apeó ante la garita; el guardia revisó su identificación, cabeceó. Chirriaron puertas de acero.

Jack entró.

Un hombrecillo nervudo le salió al encuentro.

—¿Sargento Vincennes? Agente Goddard, Departamento de Prisiones.

Un buen apretón de manos.

—¿Exley le aclaró de qué se trataba?

—Bob Gallaudet me lo explicó. Están investigando el Nite Owl y casos relacionados y creen que podría haber micrófonos en la celda de Mickey Cohen. Estamos buscando pruebas para respaldar esa teoría, que no me parece tan rebuscada.

—¿Por qué?

Caminaron contra el viento. Goddard habló.

—Aquí trataban a Cohen a cuerpo de rey, y también a Goldman. Privilegios a granel, visitas ilimitadas y poco control del material que les traían, así que era posible instalar un micrófono. ¿Cree que Goldman traicionó a Mickey?

—Algo parecido.

—Bien, es posible. Se alojaban a dos celdas de distancia, en un pabellón pedido por Mickey, porque la mitad de las celdas tenían las cañerías estropeadas y no podían meter a internos en ellas. Ya lo verá, toda la zona está vacía y cerrada.

Puestos de control, las celdas: pabellones de seis pisos con pasillos. Subieron hasta un corredor: ochenta celdas vacías.

—El ático —dijo Goddard—. Tranquilo, poco poblado, una bonita sala para que los muchachos jugaran a los naipes. Un informador nos dice que Cohen tenía que aprobar a los internos que entraban aquí. ¿Se lo puede creer?

—Dios —dijo Jack—, es usted bueno. Y rápido.

410

–Bien, Exley y Gallaudet son muy influyentes, y los poderes fácticos de la prisión no han tenido tiempo de prepararse. Ahora mire lo que he traído.

En la mesa de la sala: barras, cinceles, martillos, una vara larga y delgada con un gancho en la punta. Sobre una manta: una grabadora, una maraña de cables.

–Primero registraremos este pabellón –dijo Goddard–. Admito que es una apuesta difícil, pero he traído una grabadora por si encontramos alguna cinta.

–Es una posibilidad. Goldman y Cohen salieron en otoño, pero los atacaron en julio, y a Davey le arruinaron la mollera. Si él manejaba las cintas, estaría demasiado atontado para llevarse la grabadora.

–Basta de charla. A dar martillazos.

Manos a la obra.

Goddard examinó un tramo desde el conducto de calefacción de la celda de Cohen hasta el conducto de calefacción de Goldman, trazó una línea en el techo de las dos celdas intermedias y empezó a sondear con un martillo y un cincel. Jack sacó una placa protectora del conducto de la pared de Mickey, tanteó el interior del conducto con la vara ganchuda. Solo paredes de chapa huecas, sin cables dentro. Frustrante: era el lugar más lógico donde esconder un micrófono. Del conducto emanaban vaharadas de calor. Jack cambió de parecer: Washington era frío, la calefacción estaría encendida casi siempre, sofocando la conversación. Registró las paredes y el techo. Nada. Luego tanteó las inmediaciones del conducto. Parches de cemento y agujeros al lado de la placa protectora; golpeó hasta derrumbar media pared y apareció un pequeño micrófono cubierto de cemento, colgado de un cable. Cinco segundos después Goddard estaba allí; el cable estaba conectado con una grabadora cubierta de plástico.

–A medio camino entre las celdas, un escondrijo al lado del conducto. Escuchémosla.

Se instalaron en la sala. Goddard conectó su aparato, cambió los carretes, apretó botones. Cinta grabada.

Estática, aullidos de perro. Cohen: «Calma, calma, *bubeleh*».

–Le permitían tener un perro en la celda –dijo Goddard–. Esto solo pasa en Norteamérica, ¿eh?

Cohen: «Deja de lamerte el *schnitzel*, precioso». Más aullidos, un largo silencio, un chasquido.

–Lo estoy poniendo a punto. Micrófono activado por la voz. A los cinco minutos se apaga automáticamente.

Jack se quitó yeso de las manos.

–¿Cómo entraba Goldman para cambiar la cinta?

–Debía de tener un gancho, como esa vara que yo le he dado a usted. La rejilla del conducto de calefacción estaba floja, así que sabemos que alguien metió las manos ahí. Dios, ¿cuánto hace que está esta cosa aquí? Y Goldman necesitaría ayuda, esto no lo hace un hombre solo. Escuche, ¿oye ese chasquido?

Otro chasquido, una voz extraña: «¿Cuánto? Diré a ese guardia que se encargue de la apuesta». Cohen: «Mil a Basilio, ese italianito es prometedor. Y pasa por la enfermería para ver a Davey. Por Dios, esos matones lo han dejado hecho una pena. Juro que viviré para hacerlos puré».Voces superpuestas, murmullos, Mickey arrullando al perro, ladridos.

La época: ya habían atacado a Goldman y Cohen; Mickey había apostado en la pelea Robinson-Basilio de septiembre. Probablemente la retiró después, al ver las malas perspectivas.

Apagado, encendido, cuarenta y seis minutos de Mickey y por lo menos dos hombres más jugando a las cartas, mascullando, tirando de la cadena. La cinta usada casi terminada; apagado, encendido, el maldito perro aullando.

Mickey: «Seis años y diez meses aquí y perder el magnífico cerebro de Davey justo antes de irme. Semejante *tsurus* para llevar a casa. Mickey Júnior, deja de lamerte el *putz*, *faigeleh*».

Una voz extraña: «Consíguele una perra, y no tendrá que lamerse».

Cohen: «Por Dios, tanta energía y tanto tamaño. Ese perro con su *shlong* es como Heifetz tocando el violín, y para colmo está provisto como Johnny Stompanato. Y hablando de provisiones, me cuentan que Johnny está proveyendo a Lana Turner, después de ir tras ella tanto tiempo. Ah, debe de tener el coño como chinchilla».

El hombre extraño se echó a reír.

Cohen: «Basta ya, pelota, guarda unas risas para Jack Benny. Necesito a Johnny, pero no puedo encontrarlo porque no para de meterle la polla a estrellas de cine. Están liquidando a mis concesionarios y necesito a Johnny para que averigüe quién es, pero ese salido italiano de gran mástil no aparece por ninguna parte. ¡Quiero cargarme a esos cabrones! ¡Quiero echar de este mundo a los cabrones que jodieron a Davey!».

Toses de Mickey. Voz extraña: «¿Qué me dices de Lee Vachss y Abe Teitlebaum? Podrías pedírselo a ellos».

Cohen: «Como confidente eres un *shmendrik*, aunque juegas bien a las cartas. No, Abe se ha reblandecido demasiado para usar los músculos. Demasiada grasa en su restaurante. Esa grasa tapona las arterias y causa estragos, y Lee Vachss ama demasiado la muerte para tener discernimiento. ¡Lana, qué coño debe de tener, como de cachemir!».

La cinta terminó.

—Mickey sin duda tiene buena verborrea —dijo Goddard—, pero ¿qué tiene que ver todo esto con el Nite Owl?

—¿Qué tal le suena «nada»?

60

Una pared del estudio era ahora un gráfico: personas relacionadas con el Nite Owl unidas por líneas horizontales; líneas verticales que las enlazaban con una gran lámina de cartón dividida en compartimentos, con hechos tomados de la declaración de Vincennes. Ed escribía notas al margen; la llamada de su padre aún le zumbaba en los oídos: «Edmund, me presentaré para gobernador. Tu reciente notoriedad tal vez me haya perjudicado, pero dejemos eso de lado. No quiero que el caso Atherton resucite en grandes titulares y se conecte con tus diversos casos, ni quiero que molestes a Ray Dieterling. Quiero que me plantees a mí todas tus preguntas, y entre los dos resolveremos las cosas».

Aceptó. Era irritante. Le hacía sentirse como un niño, así como acostarse con Lynn Bracken le hacía sentir que se prostituía. Y el apellido Dieterling aparecía demasiadas veces en el gráfico.

Ed trazó líneas.

Sid Hudgens se unía con el material porno hallado por Vincennes en el 53; el material porno se unía con Pierce Patchett. Otra línea: Christine Bergeron, su hijo Daryl y Bobby Inge habían posado para las fotos y habían desaparecido en la época del Nite Owl. Pediría a Fisk y Kleckner que los buscaran de nuevo; intentaría identificar a los demás modelos, una vez más. Olvidaría la línea porno/Hudgens–Atherton, el ex inspector Preston Exley haría discretas averiguaciones cuando se lo pidiera.

Una línea teórica: Pierce Patchett-Duke Cathcart. Lynn Bracken la negaba, pero mentía. En la declaración de Vincennes, Patchett vendía el material que Cathcart planeaba distribuir. Pero

¿quién lo manufacturaba? Hudgens-Patchett-Bracken: el redactor de *Hush-Hush* aterrado cuando Vincennes empezó a husmear en Fleur-de-Lys; Lynn le dijo a Jack que Patchett y Hudgens tenían un proyecto común, ahora lo negaba: otra mentira. Necesitaba otro gráfico para tener un mapa de las mentiras. No tenía una habitación suficientemente grande.

Más líneas.

Davey Goldman-Dean van Gelder-Duke Cathcart-Susan Nancy Lefferts: incomprensible hasta que Vincennes llamara desde McNeil, hasta que interrogara a Bud White, quien sin duda estaba escondido, acerca de lo que ocultaba. Líneas vocacionales: Patchett, los hermanos Englekling y su padre sabían de química; Patchett, quien presuntamente esnifaba heroína, tenía conexiones con el doctor Terry Lux para tratamientos de cirugía plástica. Lux era dueño de un sanatorio para desintoxicación de alcohólicos y drogadictos. El informe de Dudley Smith a Parker declaraba que Peter y Baxter Englekling habían sido torturados con sustancias químicas corrosivas, sin más detalles. Conclusión: el eslabón para descifrar cada línea interconectada tenía que ser Patchett: sus putas, sus modelos para fotos porno. Patchett era el conducto hacia el hombre que había preparado la foto ensangrentada con tinta, había matado a Hudgens y constituía la línea final que remitía a 1934 y el gran caso de su padre.

Demasiadas líneas para ignorarlas.

Patchett financió películas de Dieterling. Billy, hijo de Dieterling, y su novio Timmy Valburn usaban los servicios de Fleur-de-Lys; Valburn era un socio conocido de Bobby Inge. Billy trabajaba en *Placa de Honor*, el foco inicial de la investigación del homicidio de Hudgens. Miller Stanton, coprotagonista de *Placa de Honor*, era una estrella infantil de Dieterling en la época del asesinato de Wee Willie Wennerholm. ¿Cometido por Loren Atherton? Líneas transversales: Atherton-pornografía-Hudgens; líneas de coincidencia invitando a no respetar lealtades familiares: diecisiete años después de Atherton, Preston Exley construye la Tierra de los Sueños.

Gobernador Exley, jefe de Detectives Exley.

Ed pensó en Lynn, la saboreó, se estremeció. Un salto a Inez: una nueva línea.

Partió hacia Laguna Beach.

Un enjambre de reporteros: apiñados junto a los coches, jugando a las cartas en el parque de Ray Dieterling. Ed aparcó a la vuelta de la esquina y echó a andar. Apuró el paso.

Lo vieron, lo acosaron. Llegó a la puerta, golpeó el picaporte. La puerta se abrió: Inez.

Ella dio un portazo, echó el cerrojo. Ed entró en el salón: la Tierra de los Sueños sonreía a su alrededor.

Objetos publicitarios, estatuas de porcelana: Moochie, Danny, Scooter. Fotos en la pared: Dieterling y niños lisiados. Cheques cancelados en fundas de plástico: números de seis dígitos para combatir enfermedades infantiles.

—Como ves, tengo compañía.

Ed se volvió hacia Inez.

—Gracias por dejarme pasar.

—Te han tratado peor que a mí, así que me siento en deuda contigo.

Inez estaba pálida.

—Gracias. Sabes que esto pasará, igual que la última vez.

—Quizá. Tienes una pinta horrible, Exley.

—Todos me dicen lo mismo.

—Pues quizá sea cierto. Mira, si quieres quedarte a hablar, de acuerdo, pero por favor no menciones a Bud ni toda esta inmundicia.

—No pensaba hacerlo, pero la charla insustancial nunca fue nuestro fuerte.

Inez se le acercó. Ed la abrazó; ella le cogió los brazos y se zafó. Ed intentó sonreír.

—Tienes algunas canas. Cuando tengas mi edad quizá seas tan canosa como yo. ¿Qué te parece como charla insustancial?

—Muy insustancial, y yo puedo mejorarla. Preston se presenta para gobernador, a menos que su célebre hijo arruine sus opciones. Yo seré la coordinadora de la campaña.

416

—Papá gobernador. ¿Dijo que yo arruinaría sus opciones?

—No, porque nunca diría nada malo de ti. Solo haz lo posible para no perjudicarlo.

Reporteros fuera. Ed les oyó reírse.

—Yo tampoco quiero que mi padre salga perjudicado. Y tú puedes ayudarme a impedirlo.

—¿Cómo?

—Un favor. Un favor entre tú y yo. Nadie más debe saberlo.

—¿Qué? Explícate.

—Es muy complicado, e involucra a Ray Dieterling. ¿Conoces el nombre «Pierce Patchett»?

Inez movió la cabeza.

—No. ¿Quién es?

—Un inversor, es todo lo que puedo decirte. Necesito que utilices tu acceso a la Tierra de los Sueños para indagar sus conexiones financieras con Dieterling. Investiga hasta los años treinta, con mucho sigilo. ¿Lo harás?

—Exley, esto apesta a asunto policial. ¿Qué tiene que ver con tu padre?

Vacilación: aquello significaba poner en duda al hombre que lo había formado.

—Mi padre podría tener problemas de impuestos. Necesito que investigues los documentos financieros de Dieterling para ver si lo mencionan.

—¿Problemas serios?

—Sí.

—¿Quieres que investigue hasta el 50? ¿Cuando empezaron a planear la Tierra de los Sueños?

—No, llega hasta 1932. Sé que has visto los libros en Dieterling Productions, y sé que puedes hacerlo.

—¿Y luego me darás explicaciones?

Más vacilaciones.

—El día de las elecciones. Vamos, Inez, tú le quieres casi tanto como yo.

—De acuerdo. Por tu padre.

—¿Por ninguna otra razón?

—De acuerdo, por lo que hiciste por mí y los amigos que me conseguiste, y si eso te parece cruel, lo lamento.

Un reloj Ratón Moochie dio las diez.

—Tengo que irme —dijo Ed—. Tengo una reunión en Los Ángeles.

—Sal por detrás. Todavía oigo a los buitres.

Se recobró de las vacilaciones en el viaje de regreso.

Lo consideraría un procedimiento eliminatorio estándar:

Si su padre conocía a Ray Dieterling durante la época del caso Atherton, tenía razones válidas para no revelarlo: quizá le causaba embarazo tener tratos de negocios con un hombre con quien se había codeado durante la investigación de un macabro asesinato. Preston Exley mantenía que la amistad entre policías y civiles influyentes estaba reñida con el concepto de justicia absoluta e imparcial, y si no respetaba sus propias premisas era comprensible que mantuviera oculto el hecho.

Se recobró de las dudas con amor y respeto.

Ed llegó temprano al Dining Car; el maître dijo que su invitado estaba esperando. Caminó hacia su reservado favorito, un rincón detrás de la barra. Allí estaba Vincennes con una cinta magnetofónica.

Ed se sentó.

—¿Esa grabación se tomó con un micrófono oculto?

Vincennes le alcanzó la cinta.

—Sí, y contiene muchos exabruptos de Mickey C. sobre asuntos que no tienen nada que ver con el Nite Owl. Es una lástima, pero creo que podemos considerar que Davey traicionó a Mickey y oyó que los Englekling le ofrecían a Mick el proyecto de Cathcart. Le pareció prometedor, y envió a Van Gelder a cargarse a Duke. Es todo lo que sé.

El hombre parecía agotado.

—Buen trabajo, Jack. Lo digo en serio.

—Gracias, pero lo de llamarme por mi nombre de pila me parece un tanto exagerado.

Ed cogió una carta, se vació los bolsillos y fue dejando las cosas debajo.

—Es medianoche y he perdido mi sutileza.

—Estás tramando algo. ¿Qué le sonsacaste a Bracken?

—Solo mentiras. Y tienes razón, sargento. El enfoque McNeil es una vía muerta.

—¿Entonces?

—Entonces mañana me las veré con Patchett. Cerraré las puertas de Asuntos Internos a Dudley y sus hombres y citaré a Terry Lux, Chester Yorkin y cada amigote de Patchett que Fisk y Kleckner puedan hallar.

—Sí, pero ¿qué hay de Bracken y Patchett?

Ed vio a Lynn desnuda.

—Bracken trató de impedir que usáramos tu declaración. Me comentó el episodio del Malibu Rendezvous, y le seguí el juego.

Jack apoyó la cabeza en los puños tensos.

—Le dije que harías cualquier cosa para recuperar el archivo —continuó Ed—. Le dije que sigues drogándote y que estás en deuda con algunos corredores de apuestas. Que te espera un juicio interno y quieres entrar en los negocios de Patchett.

Vincennes alzó la cabeza, pálida, con la marca de los nudillos.

—Dime que eliminarás lo que hay en el archivo.

Ed alzó la carta. Debajo: heroína, Benzedrina, una navaja, una automática de 9 milímetros.

—Vas a presionar a Patchett. Él esnifa heroína, así que le ofrecerás una pizca. Si quieres algún estímulo, aquí tienes. Recuperarás tu archivo y averiguarás quién preparó la foto de las mutilaciones y mató a Hudgens. Estoy redactando un guión, y lo tendrás mañana por la noche. Vas a hacer que Patchett se cague de miedo y harás lo necesario para conseguir lo que ambos buscamos. Sé que puedes hacerlo, así que no me obligues a amenazarte.

Vincennes sonrió. Se sentía renovado: el Gran V de otros tiempos.

—¿Y si algo sale mal?

—Entonces mátalo.

61

Las bocanadas de opio le hacían oír zumbidos; el parloteo de los chinos le retumbaba en la cabeza: «Spade no aquí, mi local tiene aprobación de policía. ¡Yo pago, pago!». El tío Ace Kwan lo envió a Fat Dewey Shin, quien lo mandó a varios tugurios de Alameda. Spade había estado allí, pero Spade se había ido. «Yo pago, pago, prueba con el tío Minh, el tío Chin, el tío Chan.» El carrusel del Chinatown, tardó dos horas en deducirlo: lo enviaban de enemigo en enemigo. El tío Danny Tao sacó una escopeta; Bud se la arrebató, le pegó, no pudo hacerle hablar. Spade estuvo aquí, Spade se fue. Y si olía una nueva vaharada de opio caería muerto o empezaría a disparar. La gran broma: recorría Chinatown buscando a un hombre llamado Cooley.

Chinatown: muerta por ahora.

Bud llamó a la Fiscalía del Distrito y dio a la brigada sus pistas sobre Perkins/Cooley; el hombre anotó bostezando, colgó aburrido. Bud fue al Strip; la Banda Rítmica en escena, sin Spade. Nadie lo había visto desde hacía un par de días. Clubes de música hillbilly, bares locales, locales nocturnos. Ni rastro de Donne Clyde Cooley. La una de la mañana, ningún sitio adonde ir salvo la casa de Lynn. «¿Dónde has estado?» y una cama.

Una lluvia torrencial. Bud contó las luces traseras de los coches para mantenerse despierto: puntos rojos, hipnóticos. Llegó a Nottingham Drive exhausto: mareado, las piernas acalambradas.

Lynn en el porche, mirando la lluvia. Bud corrió hacia ella; Lynn abrió los brazos. Bud resbaló, se apoyó en ella.

Ella retrocedió.

—Estaba preocupado —dijo Bud—. Anoche te llamé varias veces, antes de que todo se liara.

—¿En qué sentido?

—Por la mañana. Es una historia demasiado larga para contarla ahora. ¿Cómo te...?

Lynn le tocó los labios.

—Les he dicho cosas sobre Pierce que ya sabes, y la lluvia me ha puesto melancólica y he pensado en contarles más.

—¿Más qué?

—Creo que he terminado con Pierce. Por la mañana, cariño. Ambas historias para el desayuno.

Bud se apoyó en la baranda del porche. Un relámpago iluminó la calle y la cara afligida de Lynn.

—¿Qué te pasa? ¿Exley? ¿Te ha maltratado?

—Es Exley, pero no es lo que estás pensando. Y sé por qué lo odias tanto.

—¿A qué te refieres?

—Es todo lo contrario de las cosas buenas que eres tú. Es más parecido a mí.

—No entiendo.

—Eso, lo que él logra siendo tan calculador. Empecé a odiarlo porque tú lo odias, luego me ha abierto los ojos sobre Pierce solo por su modo de ser. Me ha dicho algunas cosas que no debía decirme, y mis propias reacciones me sorprendieron.

Más relámpagos. Lynn parecía muy triste.

—¿Por ejemplo?

—Por ejemplo, que Jack Vincennes está perdiendo la cabeza y quiere vengarse de Pierce. Y me importa un bledo.

—¿Cómo te has vuelto tan amiga de Exley?

Lynn rió.

—*In vino veritas*. ¿Sabes una cosa? Tienes treinta y nueve años y sigo esperando a que te canses de ser quien eres.

—Esta noche estoy cansado.

—No me refería a eso.

Bud encendió la luz del porche.

—¿Me dirás qué ha habido entre tú y Exley?

—Solo hablamos.

Las lágrimas hacían que se le corriera el maquillaje. Era la primera vez que no estaba hermosa.

—Pues cuéntame.

—Por la mañana.

—No, ahora.

—Querido, estoy tan cansada como tú.

Esa sonrisa tenue la delataba.

—Te has acostado con él.

Lynn desvió los ojos. Bud le pegó: una, dos, tres veces. Lynn afrontó los golpes sin pestañear. Bud paró al comprender que no quebraría esa resistencia.

62

Asuntos Internos. Atestados.

Chester Yorkin, el repartidor de Fleur-de-Lys, en el despacho número 1; en el 2 y en el 3: Paula Brown y Lorraine Malvasi, putas de Patchett: Ava Gardner y Rita Hayworth. No habían localizado a Lamar Hinton, Bobby Inge ni Christine Bergeron. Tampoco a los modelos de las fotos. Fisk y Kleckner no habían podido identificarlos revisando fotos policiales. En el despacho 4: Sharon Kostenza, nombre verdadero Mary Alice Mertz, fruto de la declaración de Vincennes: la mujer que una vez había pagado la fianza de Bobby y había pagado un bono de seguridad para Christine Bergeron. En el despacho 5: el doctor Terry Lux y su abogado, el gran Jerry Geisler.

Ray Pinker esperando con antídotos: hasta ahora, ninguno de los presentes parecía drogado.

Dos policías custodiando la oficina: interrogatorios privados, estricta autonomía de Asuntos Internos.

Kleckner y Fisk interrogando a Mertz y la falsa Ava: equipados con copias de la declaración, fotos porno, un resumen del caso. Yorkin, Lux y la falsa Rita esperando.

Ed trabajaba en su oficina: tercer borrador del guión de Vincennes. Un pensamiento lo acuciaba: si Lynn Bracken informaba de todo a Patchett, él advertiría a los suyos antes de que la policía pudiera encontrarlos, tal como Inge, Bergeron y el hijo se habían esfumado antes del Nite Owl. Dos posibilidades: ella tenía un plan en mente, o la presión la había confundido y se tomaba su tiempo para medir las consecuencias. Más probable lo primero: esa mujer había olvidado la confusión nada más nacer.

Aún podía saborearla.

Ed trazó líneas en un papel. Inez indagaría las conexiones de Dieterling con Patchett y su padre. La idea lo inquietaba. Dos hombres de Asuntos Internos buscando a White: capturar al cabrón y obligarlo a hablar. Billy Dieterling y Timmy Valburn serían interrogados: con delicadeza; tenían prestigio e influencia. Una línea hacia la muerte de Hudgens y el «proyecto» Hudgens/Patchett: la declaración de Vincennes afirmaba que los archivos de *Placa de Honor* faltaban en el momento de la muerte; una anomalía, pues esa serie era una fijación de Hudgens. La gente de *Placa de Honor* tenía coartadas para el homicidio, pero se imponía otra lectura del caso.

La mitad de ese laberinto de casos apestaba a extorsión.

Línea hacia una cuestión lateral: Dudley Smith, clamando por una rápida resolución conectada con negros. Línea hacia un rumor: Thad Green pasaría a la Patrulla de Fronteras en mayo. Una línea teórica. Parker escogería a su nuevo jefe de Detectives según lo que ocurriera en el caso Nite Owl. Él o Smith. Dudley podría recuperar a White para romper su autonomía. Había que cerrar todas las líneas para impedir irrupciones en el caso.

Entró Kleckner.

—Capitán, Mertz se niega a cooperar. Solo dice que usa ese alias, «Sharon Kostenza», y paga la fianza a la gente de Patchett cuando la arrestan por cargos externos. Sabemos que nunca arrestaron a nadie mientras trabajaba para él. Dice que no puede identificar a la gente de las fotos y no dice nada sobre el asunto de la extorsión. Afirma no saber nada del Nite Owl… y la creo.

—Déjala en libertad. Quiero que vaya a ver a Patchett y lo asuste. ¿Qué le ha sonsacado Duane a Ava Gardner?

Kleckner le pasó un papel.

—Mucho. Aquí están los puntos importantes, y tiene toda la entrevista grabada.

—Bien. Ve a ablandar a Yorkin. Llévale una cerveza y mímalo un poco.

Kleckner salió sonriendo. Ed leyó el resumen de Fisk.

Testigo Paula Brown 25/3/58

1. La testigo ha revelado nombres de muchos clientes de prostitutos/as de Patchett (detalles específicos en informe aparte y en cinta).

2. No ha podido identificar a la gente de las fotos (parece sincera al respecto).

3. La mención de la extorsión la ha hecho hablar.

a. Patchett daba bonificaciones a sus chicas/chicos si lograban que los clientes revelaran detalles íntimos de sus vidas.

b. Patchett hace que sus prostitutas se retiren a los 30 (aparente punto a su favor).

c. Cuando sus prostitutas visitaban domicilios, Patchett les hacía dejar puertas y ventanas abiertas para que hombres con cámaras tomaran fotos comprometedoras. Las prostitutas también tomaban impresiones en cera de la cerradura de algunos hombres ricos.

d. Patchett contrataba los servicios de un famoso cirujano plástico (obviamente T. Lux) para que sus prostitutas se parecieran a estrellas de cine y así ganaran más pasta.

e. Los prostitutos extorsionaban a tíos homosexuales casados y compartían las ganancias con Patchett.

f. Aburrida por preguntas sobre el Nite Owl (obviamente no tiene conocimientos pertinentes).

Asombrosa y audaz perversión. Ed miró desde detrás de los espejos. Fisk y la falsa Ava hablando, Kleckner y Yorkin bebiendo cerveza. Terry Lux leyendo una revista, Jerry Geisler enfurruñado. Lorraine Malvasi a solas en una nube de humo. Asombrosa y audaz perversión: la mujer tenía la mismísima cara de Rita Hayworth, incluido el peinado de *Gilda*.

Ed abrió la puerta. Rita/Lorraine se levantó, se sentó, encendió un cigarrillo. Ed le dio el resumen de Fisk.

—Por favor, lea esto, señorita Malvasi.

Ella leyó, mordiéndose el labio.

—¿Y?

—¿Lo confirma usted o no?

—Tengo derecho a un abogado.

—No hasta las setenta y dos horas.

—No puede retenerme tanto tiempo. —Acento neoyorquino.

—No aquí, pero podemos retenerla en la Cárcel de Mujeres.

Lorraine se mordisqueó una uña, se hizo sangre.

—No puede.

—Claro que sí. Sharon Kostenza está bajo custodia, así que no podrá pagarle la fianza. Pierce Patchett está bajo vigilancia y su amiga Ava acaba de cantar todo lo que usted lee ahí. Ella ya ha hablado, y yo solo quiero que usted llene algunas lagunas.

Un sollozo.

—No puedo.

—¿Por qué no?

—Pierce ha sido amable...

—Pierce está acabado —interrumpió Ed—. Lynn Bracken aceptó declarar dando la espalda a Pierce. Está bajo nuestra protección, y puedo ir a pedirle respuestas a ella o ahorrarme trabajo y preguntarle a usted.

—No puedo.

—Puede y lo hará.

—No, no puedo.

—Será mejor que pueda, porque usted está implicada en once delitos, tan solo en la declaración de Paula Brown. ¿Tiene miedo de las lesbianas de la cárcel?

Ninguna respuesta.

—Está bien que tenga miedo, pero las gobernantas son peores. Mujeres hombrunas con garrotes. Usted sabe para qué los usan...

—¡De acuerdo, de acuerdo! ¡Hablaré!

Ed sacó una libreta, escribió «Cronología».

—No es culpa de Pierce —dijo Lorraine—. Ese sujeto le obligó a hacerlo.

—¿Qué sujeto?

—No lo sé. De veras, no lo sé.

Ed subrayó «Cronología».

—¿Cuándo empezó usted a trabajar para Patchett?

—A los veintiún años.

—Deme el año.

—1951.

—¿Y Terry Lux le hizo la cirugía?

—¡Sí! ¡Para volverme más hermosa!

—Ahora tranquila, por favor. Hace un segundo ha dicho usted que un sujeto…

—¡No sé quién es! ¡No puedo decirle lo que no sé!

—Calma, por favor. Usted confirmó la declaración de Paula Brown y dijo que un «sujeto», cuya identidad desconoce, obligó a Patchett a llevar a cabo los planes de extorsión detallados en esa declaración. ¿Correcto?

Lorraine apagó el cigarrillo, encendió otro.

—Sí. Extorsión es como chantaje. Correcto, sí.

—¿Cuándo, Lorraine? ¿Sabe cuándo ese «sujeto» abordó a Patchett?

Ella contó con los dedos.

—Hace cinco años. Mayo.

Ed subrayó de nuevo «Cronología».

—¿Mayo del 53?

—Sí, porque mi padre murió ese mes. Pierce nos reunió y dijo que teníamos que hacerlo. Él no quería pero ese sujeto lo tenía agarrado de ya sabe dónde. No dijo el nombre y creo que ninguna de las chicas lo sabe.

Un mes después del Nite Owl.

—Concéntrese, Lorraine. La Matanza del Nite Owl. ¿La recuerda?

—¿Qué? Mataron a unas personas, ¿verdad?

—No importa. ¿Qué más dijo Patchett cuando las reunió?

—Nada.

—¿Nada más sobre Patchett y la extorsión? Recuerde, no estoy preguntando si usted hizo algo de esto. No le estoy pidiendo que se incrimine.

—Bien, quizá tres meses antes de que yo oyera la charla entre Veronica y Pierce. Veronica es Lynn. Pierce dijo que él y ese redactor del *Hush-Hush* a quien mataron después montarían un negocio. Pierce le revelaría los… fetiches de la clientela, y ese hombre amenazaría a los clientes con salir en *Hush-Hush*. Ya sabe: quien no pagara saldría en la revista de escándalos.

Teoría de la extorsión validada. Idea instintiva: en algún nivel Lynn era franca, no había alertado a Patchett. Patchett nunca habría permitido que esta gente acudiera al interrogatorio.

—Lorraine, ¿el sargento Kleckner le ha mostrado unas fotos pornográficas?

Un cabeceo.

—Se lo he dicho a él y se lo digo a usted. No conozco a ninguna de esas personas y esas fotos me dan escalofríos.

Ed salió.

Duane Fisk en el pasillo.

—Buen trabajo, capitán. Cuando le mencionó lo del «sujeto», yo regresé a hablar con Ava. Ella lo confirmó, y confirmó que no puede identificarlo.

Ed asintió.

—Dile que Rita y Yorkin están arrestados, luego déjala en libertad. Quiero que vaya a ver a Patchett. ¿Cómo anda Kleckner con Yorkin?

Fisk movió la cabeza.

—Ese chico es duro de pelar. Prácticamente desafía a Don a obligarlo a hablar. ¿Dónde está Bud White cuando lo necesitamos?

—Muy gracioso, pero no repitas la broma. Y ahora quiero que lleves a Lux y Geisler a almorzar. Lux está aquí voluntariamente, así que trátalo bien. Di a Geisler que es un caso de conspiración para homicidio múltiple, y dile que Lux tendrá plena inmunidad colateral por su cooperación y una promesa firmada de que no comparecerá en un tribunal. Dile que ya está escrita, y que llame a Ellis Loew si quiere verificarlo.

Fisk asintió, caminó hacia el despacho 5. Ed miró por el espejo del número 1.

Chester Yorkin pavoneándose ante el espejo: muecas, contoneos. Flaco, pelo embadurnado de fijador. Cardenales en los brazos: quizá viejos pinchazos.

Ed abrió la puerta.

—Oye, te conozco. He leído sobre ti.

Confirmación: cicatrices en los cardenales.

—He salido en las noticias.

Risitas.

—Este truco es viejo. Como si dijeras: «Nunca golpeo a sospechosos porque el poli se rebaja al nivel del delincuente». ¿Quieres mi respuesta? Nunca canto más de la cuenta, porque todos los polis son unos maricones que disfrutan haciendo hablar a la gente.

—¿Has terminado?

Una frase de Bud White.

—No. El Ratón Moochie le da a tu padre por el culo.

Con miedo, pero lo hizo: un codazo en el gaznate. Yorkin jadeó; Ed fue por detrás, lo esposó, lo arrojó al suelo.

Miedo, pero las manos firmes: mira, papá, no tiemblo.

Yorkin se refugió en un rincón.

Con miedo, otra maniobra de Bud el Malo: una silla arrojada, estrellada contra la pared por encima de la cabeza del sospechoso. Yorkin trató de escabullirse; Ed lo obligó a volver al rincón. Ahora despacio: que no se te quiebre la voz, que no se te ablanden los ojos.

—Todo. Quiero saberlo todo sobre el material porno y el resto de la basura que vendes a través de Fleur-de-Lys. Empieza con esas marcas en los brazos y por qué un tío listo como Patchett confía en un yonqui como tú. Y debes saber algo desde ahora: Patchett está acabado y yo soy el único que puede conseguirte un trato. ¿Entiendes?

Yorkin cabeceó: sí, sí, sí.

—¡Piloto de pruebas! ¡Volé para él! ¡Piloto de pruebas!

Ed le quitó las esposas.

—Repite eso.

Yorkin se frotó el cuello.

—Cobaya.

—¿Qué?

—Le dejé que probara la heroína conmigo. Aquí y allá, un poco cada vez.

—Empieza por el principio. Despacio.

Yorkin tosió.

—Pierce consiguió la heroína que le robaron a Cohen-Jack Dragna hace años. Ese tipo, Buzz Meeks, le dejó una parte a Peter y Baxter Englekling, solo una muestra, y ellos se la dieron a su padre, que era una especie de genio de la química. Fue profesor de

Pierce en la universidad, y le dejó la droga a él. Murió de un ataque cardíaco o algo parecido. Ese otro sujeto... no conozco el nombre, así que no me preguntes... él mató a Meeks. Tiene el resto de la droga, unos nueve kilos. Pierce ha desarrollado compuestos durante años. Quiere la más barata, la más segura, la mejor. Yo solo... hice algunas pruebas.

Líneas asombrosas se entrecruzaban.

–Hace años hacías repartos para Fleur-de-Lys, ¿correcto?

–Correcto, sí.

–Tú y Lamar Hinton.

–Hace años que no veo a Lamar. ¡No puedes culparme por problemas de Lamar!

Ed cogió la silla destrozada, la alzó.

–No quiero hacerlo. Dame una respuesta a esto, y si me gusta estaré en deuda contigo. Es una prueba y tú eres piloto de pruebas, así que tendrías que hacerlo bien. ¿Quién disparó a Jack Vincennes frente al apartamento de Hollywood en el 53?

Yorkin se encogió.

–Yo. Pierce me dijo que lo despachara. No debí hacerlo junto al apartamento. La cagué y Pierce se enfadó.

Patchett acabado: intento de homicidio de un policía.

–¿Cómo te castigó?

–Me sometió a pruebas peores. Me dio esos compuestos malos que quería eliminar. Me hizo hacer unos vuelos espantosos.

–Así que lo odias por eso.

–Hombre, Pierce no es un tipo común. Lo odio, pero también lo respeto.

Ed dejó la silla.

–¿Recuerdas el tiroteo del Nite Owl?

–Claro, hace años. ¿Qué tiene que ver con...?

–No importa, y aquí viene el plato fuerte. Si me das una buena respuesta, te conseguiré inmunidad por escrito y te daré protección hasta que Patchett esté liquidado. Pornografía, Chester. ¿Recuerdas esos libros con fotos de orgías que Fleur-de-Lys distribuía hace cinco años?

Yorkin asintió.

—La tinta color sangre. ¿Recuerdas eso?

Yorkin sonrió, ahora se desvivía por cantar.

—Conozco bien esa historia. ¿Pierce caerá de veras?

Diez horas después del guión.

—Tal vez esta noche.

—Que le den, por esos malos vuelos.

—Chester, cuéntame despacio.

Yorkin se levantó, estiró las piernas.

—¿Sabes lo malo de Pierce? Decía todas estas cosas frente a mí cuando yo estaba colocado, como si yo fuera inofensivo porque no podría recordar nada.

Ed sacó la libreta.

—Trata de contarlo ordenadamente.

Yorkin se frotó el cuello, tosió.

—Bueno, Pierce tenía una vieja tanda de chicas a las que dejó ir. Esto fue cuando estábamos moviendo los libros de fotos. Un tipo cuyo nombre no recuerdo sugirió que algunas chicas y sus clientes posaran para las fotos. Hizo algunos libros con ellas y acudió a Pierce en busca de dinero para ampliar la distribución. Le prometió una tajada. A Pierce le gustó la idea, pero no quería mostrar a las chicas ni a sus clientes. Compró varios libros al fulano para distribuirlos a través de Fleur-de-Lys, una distribución limitada, decía él, como un sondeo del mercado. Pensaba que así podría seguir el rastro del material.

Viejas líneas se cruzaban: la distribución limitada no lo era tanto, Antivicio había conseguido ejemplares en cubos de basura. Vincennes en el caso.

—Continúa, Chester.

—Bien, el tipo que manufacturaba los libros le consiguió sacar información a Pierce sobre los hermanos Englekling, que tenían una imprenta y siempre buscaban dinero. Se buscó un representante, quien habló con los hermanos. Un plan para producir esa bazofia en serie y distribuirla.

El representante: Duke Cathcart. Líneas en zigzag: Cohen-hermanos, hermanos-Patchett. Un giro: Mickey en McNeil, luego Goldman y Van Gelder. Una línea que unía heroína con pornografía.

—Chester, ¿cómo sabes todo esto?

Yorkin rió.

—Yo volaba impulsado por la aguja y Pierce tenía caballo del bueno en la nariz. Me hablaba como si hablara con el perro.

—Así que Patchett y la pornografía no van juntos, ¿eh? Solo le interesa traficar con heroína.

—No. Ese tipo, que le llevó los nueve kilos a Pierce hace años, está muy interesado en la pornografía. Tiene listas de direcciones de todos esos ricachones pervertidos y muchos contactos en América del Sur. Él y Pierce conservaron las fotos originales durante años y luego consiguieron libros nuevos en alguna parte. Obtuvieron el material en algún almacén, no sé dónde, preparado para la impresión. Creo que Pierce estaba esperando a que se calmaran las cosas.

No se cruzaban nuevas líneas. Una idea cobró sentido: el móvil de las ganancias. La pornografía en sí misma era dudosa; diez kilos de heroína para comercializar significaban millones.

—Un dato más por si te olvidas de mi trato. Pierce tiene una caja de caudales con una trampa cazabobos junto a su casa. Allí tiene dinero, droga, todo tipo de mercancía.

Ed seguía pensando en DINERO.

—¡Eh, dime algo! —exclamó Yorkin—. ¿Quieres la nueva dirección? Linden 8819, Long Beach. Exley. Dime algo.

—Un bistec en tu celda, Chester. Te lo has ganado.

Nuevas líneas. Ed examinó los resúmenes de Fisk y Kleckner, añadió las revelaciones Yorkin/Malvasi.

Heroína y pornografía unidas. El «tipo» que hacía los libros aparecía como asesino de Sid Hudgens, su representante Duke Cathcart muerto por Dean van Gelder, ya que Davey Goldman le había ordenado que lo matara o hablara con él. Goldman se había enterado del proyecto a través del micrófono de la celda de Mickey Cohen. Cohen omnipresente: su heroína robada se relacionaba con los Englekling y el hombre que llevó a Patchett los nueve kilos de caballo para que los refinara. El hombre que también estaba muy interesado en la pornografía y convenció a Patchett de manufacturar libros nuevos a partir de los prototipos de 1953. Idea instintiva. Cohen jugaba con prudencia desde hacía ocho años, dentro y fuera de la cárcel, un punto focal que nunca intervenía personalmente en el meollo de los casos. Una línea hacia la conclusión: la Matanza del Nite Owl era cuando menos semiprofesional, un intento de adueñarse de los proyectos de Pierce Patchett relacionados con la heroína y la pornografía. Cathcart, que intentaba vender los libros por su cuenta, fue el verdadero blanco de la matanza. ¿Había exagerado su importancia ante la gente equivocada, o los asesinos liquidaron a Van Gelder a propósito, sabiendo o sin saber que sustituía a Cathcart? Líneas con el crimen organizado, semiprofesional, con todas las líneas hacia el hampa muertas o desconectadas: Franz Englekling e hijos, muertos, Davey Goldman un vegetal, Mickey Cohen desconcertado por los hechos. Una pregunta: ¿quién despachó a los hermanos Englekling? Una presencia aterradora. Loren Atherton, 1934. ¿Cómo era posible? Fisk llamó a la puerta.

—Capitán, he traído de vuelta a Lux y Geisler.

—¿Y?

—Geisler me ha dado una declaración preparada.

—Léela.

Fisk sacó una hoja.

—«Respecto a mi relación con Pierce Morehouse Patchett, yo, el doctor Terence Lux, ofrezco la siguiente declaración certificada. A saber: mi relación con Pierce Patchett es profesional, es decir, he practicado cirugía plástica a varios conocidos suyos, de ambos sexos, perfeccionando semejanzas existentes para lograr una exacta similitud con actores y actrices famosos. Rumores infundados sostienen que Patchett emplea a estos jóvenes para ejercer la prostitución, pero yo no poseo pruebas fehacientes de que sea cierto. Juro que lo antedicho...» Etcétera.

—No es suficiente —dijo Ed—. Duane, lleva a Yorkin y Rita Hayworth al edificio de enfrente y arréstalos por complicidad. Deja en blanco la fecha de los arrestos. Permíteles una llamada telefónica a cada uno, luego ve a Long Beach y haz un registro en Linden

8819. Es un reducto de Fleur-de-Lys, y sin duda Patchett lo habrá limpiado, pero hazlo de todos modos. Si encuentras el lugar virgen, destrózalo y deja la puerta abierta.

Fisk tragó saliva.

—¿Cómo? ¿Destrozarlo? ¿Y sin fecha de arresto para los sospechosos?

—Destrózalo. Para dejar las cosas claras. Y no discutas mis órdenes.

—Sí, capitán —dijo Fisk.

Ed cerró la puerta, llamó a Kleckner por el interfono.

—Don, trae al doctor Lux y al señor Geisler.

—Sí, capitán —respondió Kleckner en voz alta, y añadió en un susurro—: Están muy enfadados, capitán. Mejor que lo sepa.

Ed abrió la puerta. Geisler y Lux se le acercaron. De mal talante. No hubo apretones de mano.

—Francamente —dijo Geisler—, ese almuerzo ni siquiera empieza a cubrir los honorarios que tendré que cobrarle al doctor Lux. Me parece imperdonable que hayan hecho esperar tanto a alguien que ha comparecido voluntariamente.

Ed sonrió.

—Mis disculpas. Acepto la declaración formal que me han ofrecido y no tengo preguntas que hacer al doctor Lux. Solo tengo un favor que pedir, y uno muy grande a cambio. Y envíeme su cuenta, señor Geisler. Sabe que puedo pagarla.

—Sé que su padre puede. Continúe, por favor. Hasta ahora me interesa.

—Doctor —le dijo Ed a Lux—, sé a quién conoce y usted sabe a quién conozco. Y sé que usted realiza curas legales con morfina. Ayúdeme con algo y contará con mi amistad.

Lux se limpió las uñas con un escalpelo

—El *Daily News* dice que usted ya está acabado.

—El *Daily News* se equivoca. Pierce Patchett y la heroína, doctor. Me conformaré con rumores y no le pediré sus fuentes.

Geisler y Lux deliberaron: a un paso de la puerta, susurros. Lux lo soltó todo:

—He oído que Pierce está conectado con muy mala gente que quiere controlar el tráfico de heroína en Los Ángeles. Es experto en química, y hace años que desarrolla una mezcla especial. Hormonas, drogas antipsicóticas, toda una mixtura. He oído que supera en mucho a la heroína común, y que está lista para ser manufacturada y vendida. Un tanto a mi favor, capitán. Jerry, toma las palabras de este hombre al pie de la letra y envíale mi cuenta.

Semiprofesional, profesional. Las nuevas líneas deletreaban HEROÍNA. Ed llamó a Bob Gallaudet, le dejó un mensaje a su secretaria: quizá solucionemos lo del Nite Owl, llámeme. Una foto del escritorio llamó su atención: Inez y su padre en Arrowhead. Llamó a Lynn Bracken.

–¿Hola?

–Lynn, soy Exley.

–Vaya, hola.

–No acudiste a Patchett, ¿verdad?

–¿Pensabas que lo haría? ¿Me tendiste una trampa para que lo hiciera?

Ed puso la foto boca abajo.

–Quiero que te largues de Los Ángeles por una semana. Tengo una cabaña en Arrowhead, puedes quedarte allí. Márchate esta tarde.

–¿Pierce...?

–Te lo contaré después.

–¿Vendrás tú?

Ed miró el guión de Vincennes.

–En cuanto termine una cosa. ¿Has visto a White?

–Vino y se marchó, e ignoro su paradero. ¿Está bien?

–Sí. No, joder, no lo sé. Espérame en Fernando's, junto al lago. Está cerca de la cabaña. ¿A las seis?

–Allí estaré.

–Pensé que tendría que convencerte.

–Ya me he convencido de muchas cosas. Largarme de la ciudad me lo facilita todo.

–¿Por qué, Lynn?

–La fiesta había terminado, supongo. ¿Crees que cerrar el pico es un acto heroico?

63

Bud despertó en el Victory. Anochecía. Había dormido media noche y un día.

Se frotó los ojos; seguía pensando en Spade Cooley. Olió humo de cigarrillo, vio a Dudley sentado junto a la puerta.

—¿Pesadillas, muchacho? Parecías agitado.

Pesadilla: Inez maltratada por la prensa. Era por su culpa, por lo que había hecho para vengarse de Exley.

—Muchacho, mientras dormías me has recordado a mis hijas. Y sabes que te profeso el mismo afecto.

Había empapado las sábanas de sudor.

—¿Qué pasa con el trabajo?

—Escucha. Me he dedicado mucho tiempo a la contención del crimen para que algunos colegas y yo disfrutemos algún día de una compensación económica, y ese día llegará pronto. Como colega, tendrás una generosa porción. Contaremos con medios fabulosos, muchacho. Imagina los medios para mantener sedada a la carroña negra, y extrapola a partir de ahí. Un payaso italiano a quien te enfrentaste en el pasado está involucrado, y creo que serás muy útil para mantenerlo a raya.

Bud se desperezó, hizo crujir los nudillos.

—Me refería a la reapertura del caso. Habla sin rodeos, por favor.

—Sin rodeos: Edmund Jennings Exley intenta probar cosas malas en contra de Lynn, muchacho. Está echando sal sobre las viejas heridas que te infligió.

Chispazos de cables pelados.

—Sabías lo nuestro. Debí suponerlo.

—Hay muy pocas cosas que yo no sepa, y no hay nada que no haría por ti. Ese cobarde de Exley ha tocado a las únicas dos mujeres que amaste, muchacho. Piensa en el mejor modo de hacerle daño.

Hicieron el amor nada más llegar. Ed sabía que de lo contrario tendrían que conversar y Lynn parecía intuir lo mismo. La cabaña olía a moho, la cama estaba sin hacer, sucia de la última vez con Inez. Ed dejó la luz encendida: cuanto más viera menos pensaría. También lo ayudó durante el acto; contar las pecas de Lynn le ayudó a no correrse. Ambos fueron despacio, compensando aquel revolcón en el sofá. Lynn tenía magulladuras; Ed sabía que la causa era Bud White. Fueron tiernos a pesar de la tensión; el largo abrazo posterior fue como una compensación por sus mentiras. Cuando empezaran a hablar ya no pararían nunca. Ed se preguntó quién mencionaría primero a Bud White.

Lo mencionó Lynn. Bud fue la razón que la convenció de mentirle a Patchett: la investigación policial era un chiste, no había pistas sólidas. White conocía los delitos menores de Patchett, ella temía crearse más problemas si Pierce tomaba represalias. Pierce quizá intentara comprar la amistad de Bud, pensaba que todo el mundo tenía un precio, no sabía que no podría comprar a su Wendell. Bud le hizo pensar; cuanto más pensaba más le dolía; un capitán de policía besando a una ex prostituta en el único momento en que ella se lo hubiera permitido se sumaba a la sensación de fiesta terminada. Pierce me hizo ser quien soy, pero en el fondo es malo, si lo dejo ir quizá recobre algunas de las cosas buenas que mató en mí. Ed hizo una mueca, sabiendo que no podría ser igualmente sincero: ahora Jack Vincennes tendría que andar de puntillas, había contado con Lynn para asustar a Patchett, después de que Fisk entrara en el reducto de Fleur-de-Lys con un hacha, después de que interrogaran y arrestaran a su gente. Lynn respondió al silencio de Ed con palabras: fragmentos de su diario, una clase para amantes fugitivos. Gracioso, triste: viejos trucos desdeñados, un monólogo sobre putas callejeras que casi le hizo reír. Comentarios de Lynn sobre Inez y Bud White: él la amaba esporádicamente y con cierta distancia, porque la furia de ella era peor que la de él, lo agotaba, una noche ocasional era todo lo que podía resistir. Sin celos, lo cual despertó los celos de Ed, casi le obligó a gritar preguntas: heroína y extorsión, asombrosa y audaz perversión, cuánto sabes. La actitud de Lynn se lo impidió: esas manos suaves que le acariciaban el pecho le hicieron renunciar a la franqueza, de lo contrario empezaría a interrogarla o a mentir tan solo para decir algo.

Habló de su familia, regresó al presente. Ed el favorito de su madre, Thomas el chico de oro. Le contó su euforia cuando su hermano recibió seis balazos. Ser un policía/patricio descendiente de una larga dinastía de detectives de Scotland Yard. Inez, cuatro hombres muertos por cobardía; Dudley Smith enloqueciendo para hallar un chivo expiatorio aceptable que Ellis Loew y el jefe Parker pudieran aceptar como panacea. El gran Preston Exley en su inaccesible gloria, fotos pornográficas vinculadas con un periodista muerto, niños viviseccionados y su padre y Raymond Dieterling veinticuatro años atrás. Borbotones, hasta que no quedó nada por decir y Lynn le cerró los labios con un beso y Ed se durmió acariciándole las magulladuras.

65

El poli corrupto, el Gran V. Exley sabía escoger su elenco. Jack sincronizó su llamada con la incursión en el reducto de Fleur-de-Lys.

—Sí —dijo Patchett—, hablaré contigo. Esta noche a las once, y ven solo.

Llevaba un micrófono prendido al chaleco antibalas.

Llevaba una bolsa de heroína, una navaja y una automática de 9 milímetros. Había arrojado la Benzedrina de Exley al inodoro, no necesitaba más problemas. Caminó hacia la puerta y tocó el timbre, asustado por su inminente actuación.

Patchett abrió la puerta. Pupilas dilatadas como había pronosticado Exley: heroína.

—Hola, Pierce —saludó Jack.

Ateniéndose al guión, puro desprecio.

Patchett cerró la puerta. Jack le arrojó la droga a la cara. Le pegó. Pierce cayó al suelo. Hora de improvisar.

—Es solo una oferta de paz. De todos modos no puede compararse con esa bazofia que probaste con Yorkin. ¿Sabías que mi cuñado es el fiscal del distrito? Él es tu premio si haces un trato conmigo.

—¿Dónde conseguiste eso? —preguntó Patchett.

Tranquilo. La heroína le impedía demostrar miedo.

Jack sacó la navaja, se raspó el cuello con la hoja. Sintió la sangre, se la lamió del dedo. Un psicópata digno de un Oscar.

—Sacudí a algunos negros. Estás al corriente, ¿eh? La revista *Hush-Hush* cubría mis hazañas. Tú y Sid Hudgens os conocíais bien, así que deberías saberlo.

Sin temor.

–Me causaste problemas hace cinco años. Aún tengo esa copia de tu archivo, y creo que es justo decir que rompiste tu parte de nuestro trato. Creo que mostraste tu declaración a tus superiores.

El numerito de la navaja: la punta de la hoja en una palma, un empellón para cerrarla. Más sangre y una línea clave de Exley:

–Te llevo la delantera en información. Sé cosas acerca de la heroína de Cohen-Dragna y lo que planeas hacer con ella, y del material porno que distribuías en el 53, y sé que usabas a tus putas para realizar extorsiones. Y todo lo que quiero es mi archivo y algunos datos. Si me das eso, paralizaré todo lo que tiene el capitán Exley.

–¿Qué datos?

El guión, textualmente.

–Hice un trato con Hudgens. El trato era la destrucción de mi archivo y diez mil pavos en efectivo a cambio de ciertos secretos turbios de los altos cargos del Departamento de Policía. Sabía que Sid planeaba organizar extorsiones contigo, y yo ya me había callado lo de Fleur-de-Lys… sabes que eso es cierto. Sid murió antes de que yo recibiera el dinero y el archivo, y creo que el asesino se llevó las dos cosas. Necesito ese dinero, porque el Departamento me expulsará antes de que yo pueda cobrar la pensión, y quiero cargarme al cabrón que me robó. Tú no manufacturaste esos libros en el 53, pero el que los hizo mató a Sid y me robó a mí. Dame el nombre y soy tuyo.

Patchett sonrió. Jack sonrió: última oportunidad antes de los culatazos.

–Pierce, el Nite Owl fue pornografía y heroína… asunto tuyo. ¿Quieres que te encierren por eso?

Patchett sacó un arma; disparó tres veces. Zumbidos de silenciador. Las balas destrozaron el micrófono, rebotaron en el chaleco.

Tres disparos más: dos en el chaleco, un yerro.

Jack cayó sobre una mesa, se levantó apuntando. La pistola se le atascó. Patchett se le echó encima; dos chasquidos de pistola atascada. Patchett sobre él. Jack sacó la navaja y la clavó a ciegas. Oyó un grito: la hoja había entrado.

La mano izquierda de Patchett estaba clavada a la mesa. Otro grito; Patchett alzó la mano derecha empuñando una hipodérmica. La aguja cerca de Jack, entrando, enviándolo a algún lugar bonito. Disparos. «¡No, Abe, no, Lee, no!» Llamas, humo, Jack alejándose del pesar: viviría para amar de nuevo la aguja, quizá para ver a ese extraño hombre con la mano clavada a la mesa.

66

El reloj de su cabeza estaba trastocado, su reloj de pulsera había dejado de funcionar: no sabía si era miércoles o jueves. Su «informe» sobre el Nite Owl le llevó una noche entera. Dudley le llevaba tanta delantera que ni siquiera tomó notas. El hombre se fue a medianoche, hablando pomposamente, sin pareja para su baile de policía rudo. La pareja de Dudley era Exley: resolvería lo del Nite Owl y le arruinaría la carrera. Otra oportunidad para Bud White: «Piensa en el mejor modo de hacerle daño». Solo podía pensar en matarlo: un precio justo a cambio de Lynn. Si pensaba en matar a un capitán de policía, era porque los resortes de su reloj estaban rotos. Si el tiempo lo seguía desquiciando, lo haría. En algún momento de la madrugada le sobrevino el recuerdo de Kathy Janeway. Kathy con el aspecto que tenía entonces. Ella le concertó una cita en las horas muertas de la madrugada: con el hombre que la había matado.

Y Spade Cooley le obligó a levantarse.

Pasó por el Biltmore y habló con la Banda Rítmica. Spade aún no había aparecido, Perkins se había largado. El empleado nocturno de la Fiscalía del Distrito lo trató con desdén: ¿estaban siquiera en el caso? Otro recorrido por Chinatown, de vuelta a su apartamento: un par de tipos de Asuntos Internos aparcados enfrente. Comió en un puesto de hamburguesas mientras amanecía. Una pila de *Heralds* le anunció que era viernes. Un titular sobre el Nite Owl: negros protestando contra la brutalidad policial, Parker prometiendo justicia.

Cansancio, de pronto euforia. Trató de poner el reloj en hora por la radio; las manecillas estaban atascadas; arrojó un Gruen de cien dólares por la ventanilla. Cansado, vio a Kathy; eufórico, vio a Exley y Lynn. Se dirigió a Nottingham Drive para comprobar los coches.

No había ningún Packard blanco, y Lynn siempre aparcaba en el mismo sitio.

Bud rodeó el edificio: ni rastro del Plymouth azul de Exley. Una vecina entraba la leche.

—Buenos días —dijo—. Usted es el amigo de la señorita Bracken, ¿verdad?

Vieja fisgona. Lynn decía que espiaba los dormitorios.

—Así es.

—Bien, como puede ver, no está aquí.

—Sí, y usted no sabe dónde está.

—Bueno...

—Bueno ¿qué? ¿La vio usted con un hombre? ¿Alto, gafas?

—No, no la vi. Y cuidado con ese tono, joven. «Bueno qué»... vaya modo de hablar.

Bud mostró la placa.

—Bueno ¿qué, señora? Iba a decirme algo...

—Pero usted se ha puesto insolente. Iba a decirle adónde fue la señorita Bracken. Anoche la oí hablar con el administrador. Estaba pidiendo instrucciones.

—¿Para ir adónde?

—Al lago Arrowhead, y se lo habría dicho, pero usted se ha puesto insolente.

La cabaña de Exley, Inez le había hablado de ella; banderas ondeantes: la americana, la estatal, la del Departamento de Policía. Bud enfiló hacia Arrowhead, bordeó el lago, la encontró: banderas al viento, ningún Plymouth azul. El Packard de Lynn en el camino de entrada.

Se acercó hasta el porche con sigilo, subió la escalinata de un salto. Rompió la ventana de un puñetazo, abrió la puerta. Ninguna reacción ante el ruido: solo el vestíbulo mohoso de un gran refugio para cazadores.

Entró en el dormitorio. Tufo a sudor, manchas de pintalabios en la cama. Desgarró y pateó almohadas, tiró el colchón, vio una carpeta de cuero debajo. Las revelaciones de Lynn, sin duda hacía años que se confesaba a ese diario.

Bud lo cogió, se dispuso a romperlo. Por el lomo, como en su viejo truco con las guías telefónicas. El olor lo hizo titubear. Si no miraba, era un cobarde.

Fue a la última página. La letra de Lynn, tinta negra, la pluma de oro que él le había comprado:

26 de marzo de 1958:

Más sobre E.E. Se fue y noté que estaba afligido por todas las cosas que me contó anoche. Parecía vulnerable a la luz del amanecer, tambaleándose para ir al baño sin gafas. Compadezco a Pierce por su desgracia de tropezar con un hombre tan asustado e inflexible. E.E. hace el amor como mi Wendell, como si nunca quisiera que terminara, porque cuando termine tendrá que volver a ser lo que es. Es quizá el único hombre que he conocido que es tan tenaz como yo, tan listo y circunspecto que quisiera hablar en la oscuridad para que las apariencias sean menos complicadas. Es tan listo y pragmático que W.W. parece pueril en comparación, menos heroico de lo que es. Y teniendo en cuenta su dilema, mi traición a la amistad y el patrocinio de Pierce parece un juego de niños. Este hombre está tan obsesionado por su padre que esa carga pesa sobre cada paso que da, pero aun así da pasos, lo cual me asombra. E.E. no mencionó muchos detalles específicos, pero en esencia la historia es que algunos de los libros pornográficos más refinados que Pierce vendía hace cinco años tienen diagramas que concuerdan con las mutilaciones infligidas al cuerpo de Sid Hudgens y las heridas sufridas por las víctimas de un asesino llamado Loren Atherton, capturado por Preston Exley en los años treinta. P.E. pronto anunciará su candidatura para gobernador y E.E. cree que su padre resolvió incorrectamente el caso Atherton, e insinuó que sospecha que P.E. estableció relaciones de negocios con Raymond Dieterling en la época del caso (una de las víctimas de Atherton era una estrella infantil de Dieterling). Otra carga: E.E., mi pragmático sagaz, considera a su padre un paradigma moral y un modelo de eficacia y siente terror de incluir una incompetencia normal y un interés comercial racional dentro de los límites de la conducta humana aceptable. Teme que la solución de los casos emparentados con el Nite Owl revelen al mundo la falibilidad de P.E. y destruyan su oportunidad de llegar a gobernador y, obviamente, tiene aún más temor de aceptar a su padre como un simple mortal, algo especialmente dificultoso cuando él mismo no se ha aceptado como tal. Pero continuará con sus casos, pues parece muy decidido. Por mucho que lo ame, en la misma situación mi Wendell habría disparado a todos los involucrados y luego habría buscado a alguien más inteligente para que clasificara los cadáveres, como ese rebuscado irlandés Dudley Smith a quien siempre menciona. Continuaré con esto y otros asuntos relacionados después de un paseo, un desayuno y tres tazas de café fuerte.

Ahora lo desgarró por el lomo, despedazando cuero y papel.
El teléfono. Asuntos Internos.
—Asuntos Internos, Kleckner.
—Soy White. Ponme con Exley.
—White, estás en probl...
Una nueva voz en la línea.
—Soy Exley. White, ¿dónde estás?
—Arrowhead. Acabo de leer el diario de Lynn y ya conozco la historia de tu padre, Atherton y Dieterling. Toda la puta historia. Capturaré a un sospechoso, y en cuanto lo encuentre tu padre saldrá en el noticiario.
—Haré un trato contigo. Escucha.
—Jamás.

De vuelta a Los Ángeles, la vieja rutina de Spade: Chinatown, Sunset Strip, Biltmore, su tercera ronda desde que el tiempo se había desquiciado. Los chinos empezaban a parecerse a la Banda Rítmica, los tíos de El Rancho tenían los ojos rasgados. Cada reducto conocido revisado tres veces. Cada lugar recorrido tres veces... menos la oficina del agente.

Bud enfiló hacia Nat Penzler Associates. La puerta interior estaba abierta. Natsky comiendo un bocadillo. Dio un mordisco y exclamó:

—Oh, mierda.

—Spade no ha asistido a su actuación. Te debe costar dinero.

Penzler bajó una mano por detrás del escritorio.

—Cavernícola, si supieras cuántas zozobras me causan estos artistas.

—No pareces muy preocupado por él.

—Mala hierba nunca muere.

—¿Sabes dónde está?

Penzler alzó la mano.

—Calculo que en el planeta Plutón, en compañía de su amigo Jack Daniel's.

—¿Qué hacías con la mano?

—Rascarme las pelotas. ¿Quieres el trabajo? Pagan quinientos por semana, pero tienes que darle el diez por ciento a tu agente.

—¿Dónde está?

—En las inmediaciones de un lugar que no conozco. Preséntate aquí la semana próxima y escríbeme cuando consigas un cerebro.

—Eso es todo, ¿eh?

—Cavernícola, si supiera algo, ¿se lo ocultaría a un matón como tú?

Bud lo tumbó de una patada. Penzler cayó al suelo. La silla giró, cayó. Bud tanteó bajo el escritorio, extrajo un bulto sujeto con cordeles. Apoyó el pie en él y tiró del nudo: camisas de cowboy, negras y limpias. Penzler se levantó.

—Lincoln Heights. El sótano de Sammy Ling's, y yo no te he dicho nada.

Ling's Chow Mein, un tugurio de Broadway, a dos pasos de Chinatown. Espacio para aparcar detrás; una entrada a la cocina. No había acceso exterior al sótano, un conducto subterráneo escupía vapor. Bud dio una vuelta alrededor, oyó voces por el conducto. La trampilla de la cocina.

Encontró un palo en el aparcamiento, entró por detrás. Dos chinos friendo carne, un viejo desplumando un pato. Buscó la trampilla: fácil, debía levantar la estera que había junto al horno.

447

Lo vieron. Los chinos más jóvenes dieron voces; Papá-san los hizo callar. Bud exhibió la placa.

El viejo se frotó los dedos.

—¡Yo pago, pago! ¡Vete!

—Spade Cooley, Papá-san. Baja y dile que Natsky le ha traído ropa limpia. Chop-chop.

—¡Spade paga! ¡Déjalo en paz! ¡Yo pago! ¡Yo pago!

Los jóvenes se acercaron. Papá-san agitó la cuchilla.

—¡Fuera de aquí! ¡Yo pago!

Bud trazó una línea imaginaria. Papá-san la cruzó.

Bud le dio un golpe en la cintura y el chino cayó sobre los fogones: la cara contra el fuego, el pelo en llamas. Los chicos atacaron; Bud les pegó en las piernas. Cayeron al suelo enmarañados. Les golpeó las costillas. Papá-san sumergió la cabeza en el fregadero, arremetió con la cabeza chamuscada.

Un golpe en las rodillas. Papá-san cayó junto a la cuchilla. Bud le pisó la mano, le partió los dedos. El cocinero soltó la cuchilla gritando. Bud lo arrastró hacia el horno y pateó la estera. Abrió la trampilla, arrastró al viejo abajo.

Humareda: opio, vapor. Bud calló a Papá-san a puntapiés. A través de la humareda distinguió a fumadores en colchones.

Bud se abrió paso entre ellos. Todos chinos: refunfuñaban, pataleaban, volvían a la tierra de los sueños. Humo: en la cara, en las fosas nasales, en los pulmones. Una vaharada: una sauna al fondo.

Fue hasta la puerta. A través de la bruma vio a Spade Cooley sin ropa, con tres muchachas también desnudas. Risas, brazos y piernas entrelazados, una orgía en un resbaladizo banco de azulejos. Spade tan enredado en mujeres que era imposible dispararle.

Bud tocó el interruptor. El vapor se extinguió, la bruma se disipó. Spade miró hacia él. Bud sacó el arma.

MÁTALO.

Cooley se movió primero: un escudo, dos muchachas abrazadas. Bud avanzó, apartó brazos y piernas. Uñas arañándole la cara. Las muchachas resbalaron, cayeron, se deslizaron.

—Jesús, María y José —dijo Spade.

Humo en los pulmones, su propia tierra de los sueños. Extremaunción, pensó en prolongar el momento.

—Kathy Janeway, Jane Mildred Hamsher, Lynette Ellen Kendrick, Sharon…

—JODER, ES PERKINS! —gritó Cooley.

El momento se quebró. Bud había amartillado el revólver. Giraban colores en torno; Cooley hablaba como una ametralladora.

—Vi a Perkins con esa última chica, la Kendrick. Sé que le gustaba maltratar a furcias, pero cuando esa última chica apareció muerta en la tele le pregunté por eso. Perkins parecía muerto de miedo, así que me largué. Tienes que creerme.

Destellos de color: Doble Perkins era una alimaña. Un color parpadeaba: turquesa, las manos de Spade.

—¿Dónde conseguiste esos anillos?

Cooley se puso una toalla en el regazo.

—Perkins los fabrica. Se lleva un botiquín con herramientas en los viajes. Hace años que gasta bromas, diciendo que le protegen las manos en sus trabajos íntimos. Ahora sé a qué se refiere.

—Opio. ¿Puede conseguirlo?

—Ese capullo me roba siempre la mercancía. ¡Tienes que creerme!

Empezaba a creerle.

—Las fechas de las muertes te sitúan en el lugar indicado para los asesinatos. Solo a ti. Tu lista de actuaciones muestra a diferentes tíos viajando contigo, así que…

—Perkins es mi mánager de giras desde 1949. Él siempre viaja conmigo. ¡Tienes que creerme!

—¿Dónde está?

—¡No lo sé!

—Chicas, amigos, otros pervertidos… Habla.

—Ese maldito hijo de perra no tiene amigos que yo conozca, excepto ese italiano, Johnny Stompanato. Tienes que…

—Te creo. ¿Tú crees que te mataré si llegas a avisarle?

—Alabado sea Dios, lo creo.

Bud caminó a través del humo. Los chinos seguían inconscientes, Papá-san apenas respiraba.

Antecedentes sobre Perkins: Ningún arresto en California, limpio durante su libertad condicional en Alabama. Había estado preso en los años 44-46 por sodomía con animales. Músico vagabundo, sin domicilio conocido. Confirmación: Johnny Stompanato era su socio conocido, al igual que Lee Vachss y Abe Teitlebaum, todos hampones. Bud colgó, recordó una charla con Jack Vincennes. Jack había cacheado a Doble en una fiesta de *Placa de Honor*. Johnny, Teitlebaum y Vachss estaban con él.

Con cautela: Johnny había sido su soplón, Johnny le odiaba y le temía.

Bud llamó a Tráfico, obtuvo el número telefónico de Stompanato: diez señales, sin respuesta. Tampoco hubo respuesta en el Biltmore ni en El Rancho. Luego el local de Teitlebaum. Abe y Johnny eran íntimos.

Un paseo hasta Pico, calmándose. Una decisión: abordar a Perkins solo, matarlo. Luego Exley.

Bud aparcó, miró por la ventana. Una tarde tranquila, bingo: Johnny Stompanato, Abe Teitlebaum a la mesa.

Entró. Lo vieron, cuchichearon. Hacía años que no los veía. Abe estaba más gordo, Stompanato conservaba su grasienta elegancia. Abe agitó la mano. Bud cogió una silla, la acercó.

—Wendell White —dijo Stompanato—. ¿Cómo lo llevas, *paesano*?

—Bien. ¿Cómo lo llevas tú con Lana Turner?

—Más que bien. ¿Quién te lo contó?

—Mickey C.

Teitlebaum rió.

—Debe de tener un agujero como el túnel de la calle Tres. Johnny se va con ella a Acapulco esta noche, y yo me acoplo con Sadie. White, ¿qué te trae por aquí? No te veo desde que Dick Stensland trabajaba para mí.

—Busco a Burt Perkins.

Johnny tamborileó en la mesa.

—Pues habla con Spade Cooley.

—Spade no sabe dónde está.

—¿Y por qué me preguntas a mí? ¿Mickey te contó que somos amigos?

Ninguna pregunta ritual: ¿por qué lo buscas? Y el bocazas de Abe demasiado callado.

—Spade comentó que erais conocidos.

—Conocidos, en efecto. Nuestra relación es larga, *paesano*, así que te diré que hace años que no veo a Perkins.

Cambió de tono:

—Tú no eres mi *paesano*, italiano mamón.

Johnny sonrió, tal vez con alivio, nuevamente el viejo juego poli-soplón. Una mirada a Abe: el gordo estaba tenso.

—Abe, tú eres íntimo de Perkins, ¿no?

—No. Él es demasiado *meshugeneh* para mí. Es solo un tío a quien saludas de vez en cuando.

Una mentira: la hoja de arrestos de Perkins decía otra cosa.

—Entonces debo de estar confundido. Sé que sois íntimos de Lee Vachss, y he oído que él y Perkins son íntimos.

Abe rió. Demasiado histrionismo.

—Qué tontería. Johnny, creo que Wendell está confundido de veras.

—Esos dos son como el agua y el aceite —dijo Stompanato—. ¿Íntimos? Qué broma.

Defendiendo a Vachss sin razón.

—Vosotros sois la broma. Creía que enseguida me preguntaríais por qué lo buscaba.

Abe apartó el plato.

—¿No has pensado que no nos importa?

—Sí, pero a vosotros os encanta parlotear y chismorrear.

—Pues habla.

Un rumor: Abe había matado a un tío a golpes por llamarlo «gordito judío».

—Hablaré, es un bonito día y no tengo nada mejor que hacer que juntarme con un italiano grasiento y un gordito judío.

Abe rió, le palmeó el brazo.

—Eres un cabrón. ¿Para qué quieres a Perkins?

Bud le devolvió la palmada: con fuerza.

—No es cosa tuya, chico judío. —A Johnny, cambiando la voz—: ¿Qué haces ahora que Mickey ha salido?

Tamborileos: un anillo rosado en una botella de Schlitz.

—Nada que te interese. Tengo las cosas bajo control, así que no te preocupes. ¿Qué haces tú?

—Estoy metido en la reapertura del Nite Owl.

Johnny tamborileó con más fuerza. La botella se tambaleó. Abe palidecía.

—No creerás que Perkins…

—Vamos, Abe —dijo Stompanato—. Perkins por el Nite Owl, qué broma.

—Tengo que mear —dijo Bud.

Fue al baño, contó hasta diez, entornó la puerta.

Los dos hablando a todo gas, Abe enjugándose la cara con una servilleta. Les dejaría digerir el mensaje.

Sugerencia: Perkins por el Nite Owl.

Jack V había visto a Vachss, Stompanato, Abe y Perkins en una fiesta. Tal vez un año antes del Nite Owl.

Un arresto de la Brigada contra el Hampa, un soplo de Joe Sifakis: pandillas de tres abatiendo a los concesionarios de Cohen, a los operadores independientes. Ecos del motel Victory.

Bud oyó una palabra.

—Contención.

La gran palabra favorita de Dudley: «contención».

Su discurso en el motel: «contención», «compensación económica», «payaso italiano a quien te enfrentaste en el pasado». Johnny Stompanato, un viejo soplón que lo detestaba. Dudley ansioso de oír su «informe completo»; el arresto de Lamar Hinton, buscando datos sobre el Nite Owl, con la presencia de Dot Rothstein, prima de Kikey Teitlebaum…

Bud se lavó la cara, regresó con calma.

—¿Una buena meada?

—Sí, y tienes razón. Busco a Perkins por viejas deudas, pero tengo una corazonada sobre el Nite Owl.

El tranquilo Johnny:

—¿De veras?

El tranquilo Abe:

—Otros *shvartzes*, ¿eh? Solo sé lo que leí en los periódicos.

—Quizá —dijo Bud—, pero si no fueron otros negros, alguien puso ese coche morado junto al Nite Owl. Cuidaos, chicos. Si veis a Perkins, decidle que me llame a la oficina.

El tranquilo Johnny tamborileó.

El tranquilo Abe tosió, sudó.

El tranquilo Bud, no tan tranquilo: fue al coche, dobló la esquina, entró en una cabina telefónica. El número policial de la Pacific Coast Bell, una larga espera.

—Sí, ¿quién lo pide?

—Sargento White. Departamento de Policía. Un trabajo de rastreo.

—¿Para cuándo, sargento?

—Para ahora. Prioridad Homicidios, líneas privadas y teléfonos públicos de un restaurante. Ahora.

—Un segundo, por favor.

Chasquidos de transferencia. Otra mujer.

—Sargento, ¿qué necesita exactamente?

—El restaurante Abe's Noshery de Pico y Veteran. Todas las llamadas de todos los teléfonos durante los próximos quince minutos. Señorita, no me falle en esto.

—No podemos iniciar rastreos, sargento.

—Maldita sea, solo quiero saber a quién van dirigidas las llamadas.

—Bien, si es prioridad de Homicidios... ¿Cuál es su número ahora?

Bud miró el teléfono.

—Granite 48112.

—Quince minutos, entonces. Y la próxima vez concédanos más tiempo para operar.

Bud colgó. Dudley Dudley Dudley Dudley Dudley Dudley.

El teléfono interrumpió la larga espera. Cogió el aparato, se lo acomodó.

—¿Sí?

453

–Dos llamadas. Una a Dunkirk 32758, número de una tal Dot Rothstein. La segunda a Axminster 46811, residencia de un tal Dudley L. Smith.

Bud soltó el auricular. La empleada siguió parloteando desde un lugar seguro y tranquilo que él jamás volvería a ver: sin Lynn, sin hallar protección en una placa de policía.

El capitán Dudley Liam Smith por el Nite Owl.

67

Jack Vincennes confesó.

Confesó que había dejado embarazada a una chica en el orfanato St. Anatole's, que había matado a Harold J. Scoggins y señora. Confesó que había tendido una trampa a Bill McPherson con una muchacha negra, que le había endosado droga a Charlie Parker para poder detenerlo, que había capturado a drogadictos para salir en *Hush-Hush*. Trató de levantarse de la cama y alzar las manos para formar las Estaciones de la Cruz. Farfulló algo como *hub rachmones*, Mickey, y bump bump bump bump el bonito tren. Confesó que apalizaba a yonquis, que era recaudador de Ellis Loew. Rogó a su esposa que le perdonara por tirarse a putas que se parecían a mujeres de revistas pornográficas. Confesó que amaba la droga y que era incapaz de amar a Jesús.

Karen Vincennes sollozaba: no podía escuchar, pero tenía que hacerlo. Ed trató de sacarla para tranquilizarla, pero ella se negó. Ed había llamado desde las afueras de Arrowhead, Fisk le había dado la noticia: Pierce Patchett tiroteado y muerto la noche anterior, su mansión incendiada, reducida a cenizas. Un bombero había descubierto a Vincennes al fondo: inhalación de humo, desgarrones en el chaleco antibala. Lo llevaron al Central Receiving, un médico le tomó una muestra de sangre. Resultados: Cubo de Basura en pleno vuelo de prueba, un compuesto de heroína/droga antipsicótica.

Viviría, se pondría bien cuando se repusiera de la sobredosis.

Una enfermera enjugó la cara de Vincennes; Karen estrujó un pañuelo. Ed miró el informe de Fisk: «Llamó Inez Soto. Ninguna información sobre los tratos financieros de R.D. ¿R.D. suspicaz ante averiguaciones? Estuvo bastante críptica - D.W.».

Ed arrugó el papel y lo tiró.Vincennes había ido sin protección mientras él se acostaba con Lynn. Alguien mató a Patchett, dejó a ambos en el fuego.

En el fuego, como Exley padre e hijo: Bud White sostenía la antorcha.

No podía mirar a Karen.

—Capitán, tengo algo.

Fisk en el pasillo. Ed caminó hacia él, lo alejó de la puerta.

—¿Qué es?

—Nort Layman terminó la autopsia. La causa de la muerte de Patchett fueron cinco balas 30-30 procedentes de dos rifles. Ray Pinker efectuó análisis balísticos y encontró coincidencias con un viejo boletín del condado de Riverside. Mayo del 55, caso no resuelto y sin pistas. Dos hombres abatidos frente a un bar. Parecía trabajo de hampones.

Todo conducía a la heroína.

—¿Es todo lo que tienes?

—No. Bud White irrumpió en un fumadero de opio de Chinatown y machacó a golpes a tres chinos. Entró haciendo preguntas, mostró la placa y perdió la cabeza. Uno de ellos lo identificó por la foto de personal. Thad Green llamó a Asuntos Internos por ese incidente, y yo recibí la llamada. ¿Orden de arresto? Sé que lo busca, capitán, y Green dijo que la decisión es de usted.

Ed casi rió.

—No, ninguna orden de arresto.

—¿Cómo dice?

—He dicho que no, déjalo así. Y quiero que tú y Kleckner hagáis lo siguiente: poneos en contacto con Miller Stanton, Max Peltz, Timmy Valburn y Billy Dieterling. Que vengan a mi oficina esta noche a las ocho para un interrogatorio. Decidles que yo soy el oficial al mando. Si no quieren publicidad, que no traigan abogados. Y búscame el archivo de Homicidios sobre el caso Loren Atherton. Cerrado, sargento. No quiero que lo mires.

—Capitán...

Ed dio media vuelta. Karen en la puerta, los ojos secos.

—¿Crees que Jack hizo todo eso?

—Sí.

—No debe saber que yo lo sé. ¿Prometes no contárselo?

Ed asintió, miró adentro. El Gran V pedía la comunión.

Una sala de archivos en el edificio de Tráfico. Había pilas de cajas de dos metros de altura. Johnny y Abe se habían puesto nerviosos cuando mencionó el coche morado. Trató de ordenarse las ideas: estaba tan exaltado que no podía pensar y revisar archivos al mismo tiempo.

Stompanato, Teitlebaum y Lee Vachss: los pistoleros del Nite Owl; ellos tres debían de ser los que habían abatido a los hampones advenedizos y a los concesionarios de Cohen. Perkins formaba parte de la pandilla. Los demás no sabían que mataba rameras a golpes, lo considerarían torpezas de aficionado, no lo tolerarían. Dudley era el cabecilla: no podía ser de otra manera. Su oferta de trabajo era un intento de reclutarlo; el arresto de Lamar Hinton era Dudley tratando de atar cabos sueltos en lo concerniente a Patchett. Patchett y Smith asociados, Hinton muerto, Breuning y Carlisle eran parte de la pandilla. «Contener», «contenido», «contención», «compensación económica». Dudley intentaba controlar los negocios ilegales de Los Ángeles y atribuir el Nite Owl a una nueva pandilla de negros.

Bud consultó los archivos: registros de automóviles, principios de abril del 53. Metódico como un estudiante: calculaba que habían puesto el coche morado en el Nite Owl, las escopetas en el coche de Coates, los cartuchos en el Griffith Park. Los asesinos seguían el caso, tuvieron suerte con el Mercury, encontraron a unos negros que pagaran la cuenta. Error, no era suerte: había hombres del Departamento de Policía en el trabajo. Leían informes, sabían que negros drogatas disparaban escopetas y les pasaron la cuenta. Pensaron que los despacharían al arrestarlos y el caso quedaría cerrado.

Consiguieron un coche que concordaba con la descripción del informe. Se aseguraron de dejarlo cerca del Nite Owl.

No robaron un coche: los polis no podían arriesgarse a que los arrestaran. No compraron un coche morado: compraron un auto de otro color y lo pintaron.

Bud continuó trabajando. Sin lógica: Mercury, Chevy, Cadillac, Los Ángeles, Sacramento, San Francisco. Quien hubiera registrado el coche había usado un nombre falso. Un golpe de suerte: raza, fecha de nacimiento y descripción física del registrado enumeradas en tarjetas añadidas a las copias del documento de compra. Datos para realizar eliminaciones, tal como había aprendido en sus cursos: Mercury 48-50, compradores del sur de California, descripciones que concordaban con Dudley, Stompanato, Vachss, Teitlebaum, Perkins, Carlisle y Breuning. Horas de indagación y un fajo de papeles. Uno que parecía caliente:

Cupé Mercury gris 1948, adquirido el 10 de abril de 1953. Registro: Margaret Louise March, mujer blanca, nacida el 23/7/18, ojos y pelo castaños, uno sesenta, ciento cinco kilos. Domicilio: Oxford Este 1804, Los Ángeles. Número telefónico: Normandie 32758.

De caliente a hirviendo: la gorda Dot Rothstein. Oxford iba de norte a sur, no de este a oeste. La llamada a Dot desde la tienda de Abe. DU-32758. Esa estúpida lesbiana había usado su propio número con otro distrito y compró pintura morada.

Bud soltó un grito triunfal, dio un puñetazo al aire y patadas a las cajas. Dos casos resueltos en un día, si alguien podía creer algo así. Vestido de fiesta y sin pareja. Pruebas circunstanciales contra Dudley: nada concluyente. Dudley estaba demasiado bien situado para caer, a nadie le interesaba derribarlo.

Excepto a Exley.

69

Estaba vigilando la casa donde se había criado. No podía entrar para interrogar a su padre; no podía pedirle ayuda. No podía decirle que había confiado secretos a una mujer, dando a un enemigo acérrimo armas para el parricidio. Llevaba consigo el archivo Atherton. No había allí nada que ya no supiera. El hombre que producía el material porno y había matado a Sid Hudgens estaba relacionado con los asesinatos del caso Atherton, quizá fuera el asesino. Preston Exley negaría esas verdades por arrogancia. No podía entrar; no podía dejar de pensar.

En cambio, evocó recuerdos.

Su padre había comprado la casa para su madre; en realidad era un premio a su orgullo: los Exley abandonan la clase media a todo lujo. Nunca pusieron luces de Navidad en el césped: Preston Exley decía que era vulgar. Thomas se caía de los balcones, y tenía clase como para no llorar. Su padre organizó una fiesta para recibir al héroe de guerra: solo invitó al alcalde, concejales y hombres del Departamento de Policía que podían ayudarlo en su carrera.

Art De Spain caminó hacia su coche. Su aspecto era frágil, llevaba un brazo vendado. Ed lo vio partir; el asistente de su padre, su tío postizo. Surgió un recuerdo: Art decía que él no tenía pasta de detective.

La casa se alzaba enorme y fría. Ed regresó al hospital.

Jack estaba despierto, dando un informe a Fisk. Ed observó desde la puerta.

–... yo estaba siguiendo el guión de Exley. No recuerdo exactamente qué dije, pero Patchett desenfundó su arma y me disparó. El micrófono se hizo trizas, y Patchett me atacó con una hipodérmica. Luego oí disparos y «No, Abe, no, Lee, no». Y ahora tú sabes tanto como yo.

Desde el pasillo en voz alta:

–Abe Teitlebaum, Johnny Stompanato y Lee Vachss. Ellos fueron los del Nite Owl. Incluid a Doble Perkins como parte de la pandilla y preparaos para temblar cuando os diga a quién más tengo.

Ed le olió el sudor, el aliento. White lo empujó adentro, agarrándolo por los hombros, con firmeza, pero sin violencia.

–Olvida nuestras rencillas por un minuto. ¿Has oído lo que he dicho?

Los nombres encajaban: matones del hampa, una línea probable para HEROÍNA. White parecía desencajado: desaliñado, fanático.

–Capitán, ¿quiere que...? –dijo Fisk.

Ed movió los hombros y White se los soltó.

–Dame dos minutos, capitán.

Miedo. Actúa como capitán.

–Duane, ve a tomarte un café. White, capta mi interés antes de que te arreste por lo de los chinos.

Fisk salió.

–Jack, tú quédate –dijo Ed–. White, mantenme interesado.

White cerró la puerta. Desaliñado: ropa algo mugrienta, manos manchadas de tinta.

–Por suerte oí lo tuyo por la radio, Cubo de Basura. Si no hubiera sabido que estabas aquí, habría intentado hacerlo por mi cuenta.

Vincennes en la cama, inquieto.

–Hacer ¿qué? Abe, Lee. Culpas a Teitlebaum y Vachss por Patchett. Explícate.

–Parece que has descubierto algo, White –dijo Ed–. Hazte a la idea de que estás redactando un informe cronológico.

White sonrió: puro kamikaze.

—Hace años que investigo una serie de asesinatos de prostitutas. Empezó con una niña llamada Kathy Janeway. La liquidaron en el 53, en la misma época del Nite Owl. Era amiga de Duke Cathcart.

Ed asintió.

—Conozco esa historia. Asuntos Internos realizó una indagación personal sobre ti cuando aprobaste el examen de sargento.

—¿De veras? Lo que no sabes es que mi caso se ha resuelto. Pensé que mi asesino era Spade Cooley. Su banda actuaba en todas las ciudades de los asesinatos en las fechas de las muertes. Me equivocaba. Cooley delató al verdadero asesino: Burt Arthur Perkins.

Vincennes habló:

—Me creo que Perkins sea un asesino de mujeres. Está podrido hasta la médula.

—Tú deberías saberlo —dijo White—, pues Cooley dijo que era amigo de Johnny Stompanato, y en el 52 me contaste que lo sorprendiste en compañía de Johnny Stompanato, Abe Teitlebaum y Lee Vachss. Cooley me dijo que Johnny y Perkins eran íntimos, así que fui en busca de Johnny.

—De acuerdo —dijo Ed—. Conque fuiste a por Stompanato.

White encendió un cigarrillo.

—No. Ahora te cuento que Dudley Smith me ha usado para trabajos rudos en la Brigada contra el Hampa desde hace años. ¿Sabes de qué habla siempre Dudley? «Contención». Es una de sus palabras favoritas. Contener el crimen, contener esto, contener aquello. Ha sugerido que deseaba ofrecerme «tareas extralaborales», y la otra noche dijo que sería útil manteniendo a raya a un «payaso italiano» que tiene miedo de mí. Johnny Stompanato me tiene miedo... era mi soplón y yo lo trataba con rudeza. ¿Sabes que llaman a Dudley el pacificador del hampa? Bien, la otra noche él, Carlisle y Breuning interrogaron a un tal Lamar Hinton en el Victory. Supuestamente un trabajo de la Brigada contra el Hampa. Chorradas. Dudley solo preguntó sobre el Nite Owl: pornografía, Pierce Patchett.

Ed lo miró con los ojos desorbitados: era imposible.

—Así que fuiste a ver a Stompanato buscando a Perkins.

—Correcto. Fui al restaurante de Abe, y allí estaba Johnny con Abe. Le pregunté a Johnny por Perkins, y Johnny estaba muy agitado. Abe estaba más agitado aún y ambos mintieron, diciendo que Perkins era solo un conocido. Negaron que Perkins fuera íntimo de Vachss, cuando sé que la verdad es lo contrario. Johnny usó la palabra «contención», que no es una palabra típica de Johnny. Tanteo a estos muchachos, comento que estoy en el caso Nite Owl y se ponen a temblar. «Perkins por el Nite Owl, qué broma.» Salgo, voy a una cabina telefónica y pido a la Bell que haga un rastreo de quince minutos de todas las llamadas efectuadas desde el restaurante. Dos llamadas, una a Dot Rothstein, amiga de Dudley y prima de Abe, una a la casa de Dudley.

—Hostia puta —exclamó Vincennes.

Ed se llevó la mano al arma. Error. White era policía.

—Dame una corroboración.

White arrojó el cigarrillo por la ventana.

—De acuerdo. Los negros no lo hicieron, así que Dudley y su pandilla aparcaron un coche junto al Nite Owl. Fui a Tráfico y revisé los registros de abril del 53, caucásicos esta vez: Dot Rothstein compró un Mercury 48 gris el 10 de abril. Falso nombre, falso domicilio, pero esa estúpida zorra usó los dígitos de su verdadero número telefónico.

Vincennes estaba pasmado. Ed se contuvo para no gritar DUDLEY.

—Antes del Nite Owl —dijo—, yo trabajaba una noche en la comisaría de Hollywood. Spade Cooley estaba tocando abajo para una fiesta de jubilación, y vi a Burt Perkins en los pasillos. Prueba esta teoría: Mal Lunceford, ex agente del Departamento. Llámalo la víctima olvidada del Nite Owl, y recuerda que trabajó en la sección Hollywood casi todo su período en el Departamento. Ahora bien, ¿uno de los asesinos le guardaba rencor a Lunceford? ¿Perkins estaba birlando documentación esa noche en Hollywood? ¿Los conspiradores sabían que Lunceford era un cliente del Nite Owl y planearon el ataque contra Cathcart o el sustituto de Cathcart de tal modo que se lo cargaran a él también?

–Dudley me ordenó investigar el pasado de Lunceford –respondió White–, quizá pensando que yo lo echaría a perder. Busqué viejas tarjetas de interrogatorios de Lunceford y no encontré ninguna. Acepto esa teoría.

DUDLEY. Ed reprimió el grito.

–Fisk me habló de Patchett –intervino Vincennes–, de cómo obtuvo la heroína de la reunión Cohen-Dragna, de que él y esa mala pieza, anónimo que obviamente era Dudley, se preparaban para distribuirla. Ahora bien, sé con certeza que Dudley actuó como guardaespaldas en esa reunión, y hace años que corre un rumor: que Dudley dirigió la partida que liquidó a Buzz Meeks, el tío que se llevó la heroína. Fisk dijo que Patchett recibió la mayor parte del caballo robado, una parte de los hermanos Englekling y su padre, y otra de ese canalla, que sin duda es Dudley. Bien, lo que me pregunto es si Lunceford estuvo en la partida. ¿Fue entonces cuando Dudley consiguió la droga?

White movió la cabeza. Nuevo material para él.

–Háblame sobre eso, pues tengo una pista que encaja. Dudley, hablando de su «contención», dijo algo sobre mantener sedados a los negros, lo cual a mí me suena a heroína.

–Por ahora dejemos eso –dijo Ed–. Jack, habla del enfoque Goldman-Van Gelder. Conéctalo con nuestras nuevas pistas.

Jack se levantó, se apoyó en la barandilla de la cama.

–De acuerdo, digamos que Davey Goldman era compinche de Dudley, Stompanato, Abe, Vachss y Dot. No sé cómo podían confiar en un psicópata como Perkins, pero al cuerno con eso. De todos modos, todos conspiraban contra Mickey Cohen. White, tú no lo sabes, pero Goldman tenía un micrófono en la celda de Mickey en McNeil. Apuesto a que Dudley y sus amigos estuvieron con Davey desde el principio, pero de un modo u otro Davey oyó que los hermanos Englekling hablaban con Mickey sobre el proyecto de Duke Cathcart.

Ed alzó una mano.

–Chester Yorkin dijo que el hombre que compró a Patchett la mayor parte de esa heroína, digamos Dudley, tenía gran interés en la pornografía y, comillas, listas de direcciones de ricachones pervertidos y muchos contactos en América del Sur, comillas. Siempre me intrigó el tema del lucro con la pornografía, pero la conexión Dudley ahora lo vuelve más verosímil.

—Déjame continuar —dijo Vincennes—. Dud trabajó con la OSS en Paraguay después de la guerra, y estuvo en Antivicio en el 39, así que tiene esos contactos. Pero dejemos eso por ahora. Ahora tenemos a Goldman acudiendo a Smith y Stompanato con el plan del material porno. A todos les gusta la idea, especialmente a Dudley, y deciden adueñarse del negocio. Por su cuenta, una traición, no sé, Davey envía a Dean van Gelder, quien lo visitó en la prisión, a hablar con Cathcart. Van Gelder decide adueñarse del negocio de prostitución y pornografía de Duke. Davey lo había visto cara a cara, pero la gente de fuera de la prisión nunca lo había visto. Van Gelder supuso que se parecía a Cathcart, así que podía sustituirlo y realizar su propio trato. Cuando descubrieran que era un sustituto, ya habría ido demasiado lejos para que a Davey le importara lo que había hecho. Así que Van Gelder se mudó a San Bernardino para estar cerca de los hermanos Englekling. Se prendó de Susan Lefferts y se cargó a Duke. Conocía el nombre de por lo menos uno de los hombres de fuera. Llamó a una cabina telefónica desde la casa de Lefferts y pidió un encuentro. Se envalentonó y sugirió un lugar público. Pensó que Susan podría sentarse cerca y él estaría a salvo. Uno de los tíos de fuera decidió conectar a Lunceford con el Nite Owl y dijo que se reunieran allí. Dudley o uno de sus hombres abordó a Patchett antes del Nite Owl y le avisó de que atara los cabos sueltos. Patchett no sabía exactamente qué iba a pasar, pero les dijo a Christine Bergeron, su hijo y Bobby Inge que se largaran de la ciudad justo cuando yo empezaba la investigación para Antivicio.

Una habitación con aire acondicionado, pero cada palabra hacía subir la temperatura.

—Organicemos una cronología —dijo Ed—, empezando después de que Van Gelder, personificando a Cathcart, se pusiera, en contacto con los hombres de fuera. Sabemos que a Dudley le gusta lo de la pornografía, sabemos que ha guardado nueve kilos de heroína desde el encuentro Cohen-Dragna. Probemos esta teoría: irrumpe en el apartamento de Cathcart y encuentra algo que lo conduce a Patchett, algo que incluye una mención de sus conocimientos de química y su conexión con el viejo doctor Englekling. Visita a Patchett y llegan a un acuerdo: manipular la heroína, distribuir el material porno. Le asombra que Patchett esté pensando en algo similar y que el doctor Englekling ya le haya dado parte de la heroína. Dudley quiere liquidar a Cathcart y silenciar a Mal Lunceford, por lo que pudiera pasar... y quiere aterrar a Patchett. Es policía, y ha leído que esos negros disparaban escopetas en el Griffith Park. Decide celebrar la reunión en el Nite Owl, sabiendo que Lunceford estará allí, y Jack tiene razón... fue ambiguo, pero le dijo a Patchett que atara los cabos sueltos. Más adelante, la investigación alcanza dimensiones que Dudley no esperaba, pues los negros no mueren durante el arresto, y no confiesan. Ordena a White que investigue el pasado de Cathcart, y quizá no sabía que Perkins mató a la pequeña Janeway, pero quería desviar a White para que no se involucrara... quería mantenerlo alejado de posibles conexiones Cathcart-Nite Owl.

Todos los ojos en Bud White. El fanático:

—De acuerdo, Dudley me ordenó investigar a Cathcart porque pensó que lo echaría a perder todo. Pero yo registré el apartamento de Duke y vi que habían borrado las huellas dactilares, y me pareció que alguien se había probado su ropa. Los muchachos de Dudley limpiaron el lugar, pero no tocaron las guías telefónicas, y noté que alguien había hojeado la lista de imprentas de San Bernardino. Ahora bien, tengo una teoría. Cuando yo investigaba a Cathcart, conocí a Kathy Janeway en un motel del valle. Dos días después la violaron y asesinaron. Cuando salí del motel pensé que alguien me seguía, pero luego olvidé el asunto. Creo que me seguía Perkins. Creo que Dudley hizo seguir a los socios de Cathcart para controlar la investigación, lo cual explica por qué sabe tanto sobre cosas que yo he mantenido en secreto. Así que Perkins, que es un psicópata inmundo, ve a Kathy y va a por ella. Quizá Dudley sabía que la mató, quizá no. De cualquier modo es culpable.

Vincennes encendió un cigarrillo, tosió.

—No tenemos pruebas, pero yo tengo más material para añadir. Primero, el doctor Layman extrajo cinco balas 30-30 del cadáver de Patchett, y dijo que se corresponden con las de un caso no resuelto del condado de Riverside. En Camarillo, Davey Goldman deliraba sobre tres pistoleros. También masculló otras cosas que aún me dan vueltas en la cabeza, pero no tiene sentido. Exley, ¿escuchaste esa cinta que encontré en McNeil?

Ed asintió.

—Tienes razón. Nada relevante, solo una mención casual de ataques de pandillas.

—Hay varios casos no resueltos relacionados con hampones —dijo White—. Lo sé porque un sospechoso cantó cosas tangenciales sobre ellos en un arresto de la Brigada contra el Hampa. Siempre tres tiradores, abatiendo a los concesionarios de Cohen y a operadores advenedizos. Dinero fácil: Stompanato, Vachss y Teitlebaum mantienen las cosas a punto para la libertad de Mickey Cohen. Querían mantener las cosas tranquilas para su trabajo de contención y pensaron que cuando Mickey saliera tantearían el ambiente y lo liquidarían o lo usarían. Apuesto a que iban a liquidarlo. Atentaron contra Cohen y Goldman en la cárcel. Davey salió mal parado. Pusieron una bomba en la casa de Mickey, y Mickey vivió para contarlo. Se lo cargarán en poco tiempo y harán un magnífico trabajo de contención, porque Dudley tiene su Brigada contra el Hampa y el consentimiento de Parker para cerrar el paso a los maleantes de fuera de la ciudad. ¿Podéis creerlo?

Jack rió.

—Genial, muchacho, genial. Y todas las muertes allanaban el camino para que Dudley distribuyera la heroína de Patchett. Obtuvo el mando en la reapertura del caso para encontrar nuevos chivos expiatorios, y ahora está preparado para distribuir el caballo. Tiene el material porno guardado, y no previno a Patchett sobre la investigación porque ya planeaba matarlo. No tocó a Lynn Bracken porque pensó que Patchett no le revelaba sus peores secretos. La dejó venir para el interrogatorio porque pensó que ella trabaría la investigación de Exley.

Lynn Bracken.

Ed hizo una mueca, caminó hacia la puerta.

—Y todavía no sabemos quién preparó el material porno y mató a Hudgens. O a los hermanos Englekling, lo que no parece un trabajo profesional. White, tú fuiste a Gaitsville con Dudley, y él presentó un informe suave sobre…

—Fue otro trabajo de psicópata. Heroína esparcida, y el asesino la dejó. Torturó a los hermanos con sustancias químicas y quemó una serie de negativos porno con soluciones ácidas. El técnico del laboratorio pensaba que el asesino quería identificar a los modelos de las fotos. Las sustancias químicas me hicieron pensar en Patchett, pero luego pensé que él ya debía de saber quiénes eran las personas de las fotos. No creo que esa heroína se relacione con nuestra heroína. Los hermanos habían vendido droga esporádicamente durante años. Químicos y traficantes de droga, y si Patchett quería esa droga la habría robado. Creo que el que mató a los hermanos no estaba en el centro de este embrollo.

Jack suspiró.

—No hay pruebas. Patchett y la familia Englekling han muerto, y Dudley probablemente mató a Lamar Hinton. No hay nada en el reducto de Fleur-de-Lis y el encuentro de White con Stompanato y Teitlebaum significa que ahora Dudley está alertado y él atará sus cabos sueltos. Creo que nuestro caso no existe.

Ed reflexionó.

—Chester Yorkin me dijo que Patchett tenía una caja de caudales con trampa cazabobos fuera de la casa. La casa está custodiada ahora por una brigada de Los Ángeles Oeste. Dentro de un par de días sacaré de allí a los guardias. Quizá allí haya algo que condene a Dudley.

—Y ahora ¿qué? —dijo Bud—. No hay pruebas, y Stompanato se va esta noche a Acapulco con Lana Turner. Ahora ¿qué?

Ed abrió la puerta. Fisk estaba fuera bebiendo café.

—Duane, ponte de nuevo en contacto con Valburn, Stanton, Billy Dieterling y Peltz. Cambia la reunión al Statler, a las ocho. Llama al hotel, reserva tres suites y avisa a Bob Gallaudet para que me llame allí. Dile que es urgente.

Fisk fue a buscar un teléfono.

—Abordarás el enfoque Hudgens —dijo Vincennes.

Ed se volvió hacia Jack.

—Piensa. Dudley es policía. Necesitamos pruebas, y quizá las consigamos esta noche.

—Yo me encargaré de Stanton. Éramos amigos.

Una línea: una estrella infantil de Dieterling, Preston Exley.

—No… quiero decir… ¿podrás hacerlo?

—También es mi caso, capitán. He llegado muy lejos, y casi me matan por ir a por Patchett.

Sopesar los riesgos.

—Vale, encárgate de Stanton.

Jack se frotó la cara: pálida, barba crecida.

—¿Yo… dije…? Cuando Karen estaba aquí y yo estaba inconsciente… ¿dije…?

—Karen no sabe nada que no quieras que sepa. Ahora ve a casa. Quiero hablar con White.

Vincennes salió, diez años más viejo en un día.

—El enfoque Hudgens no sirve. Ahora se trata de Dudley.

—No. Primero ganaremos tiempo.

—¿Protegiendo a papá? ¡Dios, y yo me creía idiota por las mujeres!

—Primero piensa quién es Dudley y qué significa deshacerse de él. Piensa, y te ofreceré un trato.

—Te dije que jamás.

—Este te gustará. Si no dices nada sobre mi padre y el caso Atherton, yo te daré a Dudley y a Perkins.

White rió.

—¿Los arrestos? Ya los tengo de todos modos.

—No. Te dejaré matarlos.

70

La orden de Exley apestaba: ningún golpe, Billy y Timmy eran demasiado influyentes para tratarlos con violencia. El juego poli bueno/poli malo apestaba: deberían estar exprimiendo a Dudley en el Victory. Bob Gallaudet se encargó de Max Peltz; Cubo de Basura interrogó a Miller Stanton. Gallaudet recibió instrucciones de Exley: todo excepto el enfoque Atherton. Pensaba que podía llevar a juicio a Dudley Smith, Exley no le dijo que Dudley y Perkins ya eran cosa hecha. El puto Exley no le perdía de vista: lo llevó por cada detalle paso a paso, como si fueran amigos que se pudieran tener mutua confianza. El caso, una vez montado, era asombroso. Exley tenía un cerebro del demonio, pero era estúpido si no tenía clara una cosa: después de Dudley y Perkins, le tocaría el turno a Preston Exley. Dick Stensland no se conformaría con menos.

Bud observaba: a través de una grieta en la puerta del cuarto de baño.

Los maricas estaban sentados uno al lado del otro; Poli Bueno los trataba amablemente. Sí, compraban droga en Fleur-de-Lys; sí, conocían «socialmente» a Pierce Patchett. Sí, Pierce esnifaba H mayúscula, habían oído rumores de que vendía libros pornográficos, pero ellos jamás compraban esas cosas. Guantes de seda: los raritos pensaban que eran huéspedes de ese hotel lujoso por el asesinato de Patchett. El capitán Exley nunca sería rudo: Preston Exley se postulaba para gobernador, Ray Dieterling financiaba la campaña.

—Caballeros —dijo Exley en voz alta—, hay un viejo homicidio que se podría vincular con la muerte de Patchett.

Bud entró.

—Este es el sargento White —dijo Exley—. Tiene algunas preguntas que hacer, y luego daremos la reunión por terminada.

Timmy Valburn suspiró.

—Bien, no me sorprende. Miller Stanton y Max Peltz están corredor abajo, y la última vez que la policía nos interrogó a todos fue cuando mataron a ese horrendo personaje, Sid Hudgens. No me sorprende.

Bud acercó una silla.

—¿Por qué dices «horrendo»? ¿Tú lo mataste?

—Sargento, por favor... ¿Tengo pinta de asesino?

—Sí, la tienes. Un tío que se gana la vida haciendo de ratón tiene que ser capaz de cualquier cosa.

—Sargento, por favor...

—Además, no te hemos citado hoy por el asunto Hudgens. ¿No te lo ha contado Billy? ¿Una charla de alcoba, quizá?

—Capitán —le dijo Billy Dieterling a Exley—, no me agrada el tono de este hombre.

—Sargento —dijo Exley—, juego limpio, por favor.

Bud rió.

—Limpieza en medio de tanta roña... Vosotros os disteis una coartada mutua por lo de Hudgens. Han pasado cinco años y os dais una coartada mutua por Patchett. Me huele mal. Opino que los maricas no se pueden quedar en la misma cama cinco minutos, mucho menos cinco años.

—Animal —dijo Valburn.

Bud sacó una hoja.

—Coartadas en el caso Hudgens. Tú y Billy en la misma cama, Max Peltz follando con una quinceañera. Miller Stanton en una fiesta donde también se encuentra tu amiguito Brett Chase. Hasta aquí, el equipo de *Placa de Honor* es impecable. David Mertens, el diseñador, está en casa con su enfermero, así que quizá también sea mariposón. Lo que quiero...

Exley, según lo convenido:

—Sargento, cuidado con el lenguaje y vamos al grano.

Valburn hervía de rabia; Billy Dieterling fingía aburrimiento. Pero algo en las últimas frases había dado en la tecla: los ojos se le habían endurecido.

—Lo cierto es que Sid Hudgens se estaba ensañando con *Placa de Honor* cuando lo mataron. Patchett muere cinco años después, y él y Hudgens eran socios. Estos maricas están vinculados con *Placa de Honor* y hablaron sobre detalles íntimos de los negocios ilegales de Patchett. Capitán, si camina, habla y grazna como un pato, es un pato... no un ratón.

—Cuac, cuac, idiota —dijo Valburn—. Capitán, que este hombre recuerde con quién está tratando.

Exley, severo:

—Sargento, estos caballeros no son sospechosos. Son interrogados voluntariamente.

—¡Qué diablos, no veo la diferencia!

Exley, exasperado:

—Caballeros, para terminar con esto de una vez por todas, por favor, hablen con el sargento. ¿Alguno de ustedes conocía personalmente a Sid Hudgens?

Dos gestos negativos. Bud continuó, huyendo de la poesía de Exley.

—Si chilla como un ratón y se contonea, es un ratón maricón. Capitán, piense. Estos tíos compraban droga en Fleur-de-Lys, y admitieron que sabían que Patchett esnifaba caballo y distribuía pornografía. Conocen al dedillo las cochinadas de Patchett, pero afirman que no sabían que Patchett y Hudgens eran socios... En mi opinión, debemos preguntarles por las actividades de Patchett para ver qué saben.

Exley alzó las manos, fingiendo impotencia.

—Bien, caballeros, algunas preguntas más específicas. Una vez más, si admiten ustedes algo ilegal lo pasaremos por alto... y no saldrá de esta habitación. ¿Entendido, sargento?

Brillante: hacerles confesar quién preparó la foto con sangre. Cubo de Basura decía que ese material aterraba a Timmy: se lo había mostrado en el 53. Había que reconocerlo: Exley tenía agallas, pues cuanto más se acercaban al material porno, más se acercaban a su padre y Atherton.

–De acuerdo, capitán.

Timmy y Billy se miraron: gente distinguida pisoteada por tíos vulgares. Exley tomó el control.

–Y... sargento: yo haré las preguntas.

–Sí, capitán. Y vosotros decid la verdad. Sabré si estáis mintiendo.

Exley suspiró.

–Solo unas preguntas. Primero, ¿sabían que Patchett suministraba prostitutas a domicilio a sus colegas de negocios?

Dos cabeceos afirmativos.

–También llevaba chicos –dijo Bud–. ¿Alguna vez comprasteis mercancía fuera?

–Ni una palabra más, sargento –dijo Exley.

Timmy se acercó a Billy.

–No pienso dignificar esa última pregunta con una respuesta.

Bud le guiñó el ojo.

–Eres muy mono. Si alguna vez termino entre rejas, espero que estés en mi celda.

Billy hizo como que escupía en el suelo. Exley miró al cielo: Dios nos libre de este pagano.

–Continuemos. ¿Sabían que Patchett empleaba a un cirujano plástico para modificar quirúrgicamente a sus prostitutas y hacerlas parecidas a estrellas de cine?

–Sí –contestaron ambos.

Exley sonrió como si fuera cosa de todos los días.

–¿También sabían que esas prostitutas y prostitutos realizaban otras tareas delictivas instigados por Patchett?

Conducirlos hacia «extorsión», la sociedad Patchett/Hudgens. Exley le había contado la historia: Lorraine/Rita decía que un «sujeto» obligaba a Patchett a extorsionar a sus «clientes», justo cuando Pierce preparaba su sociedad con Hudgens. Poco después de la Matanza del Nite Owl. Una revelación en ciernes: quizá una conexión con Dudley.

–Contestad al capitán, cabrones.

—Ed, haz que se calle —dijo Billy—. Esto ha ido demasiado lejos.

Bud rió.

—¿Ed? Vaya, lo había olvidado, jefe. Sus padres son amigos.

Exley se irritó de veras: se puso rojo, tembló.

—White, cierra la boca.

Los raritos lo disfrutaron: sonrisas, murmullos.

—Caballeros —dijo Exley—, por favor, respondan a la pregunta.

Timmy se encogió de hombros.

—Sea específico. ¿Qué otras «tareas delictivas»?

—Concretamente, chantaje.

Dos piernas que se rozaban se separaron de golpe. Bud los pilló. Exley se tocó la corbata: A TODA MARCHA.

Revelación: Johnny Stompanato era el «sujeto». Johnny Stompanato, viejo artista de la extorsión, sin medios visibles para ganarse la vida. Acierto: Lorraine Malvasi decía que las extorsiones se remontaban a mayo del 53. Para entonces la pandilla de Dudley ya se había puesto de acuerdo con Patchett.

—Sí, chantaje. Los clientes casados, los pervertidos y los maricones son propensos a esa dolencia. Es como un riesgo laboral. ¿Alguna vez te extorsionó uno de tus amigos?

Ahora Billy miró al cielo.

—No frecuentamos prostitutas de ningún sexo.

Bud acercó la silla.

—Bien, pero tu dulce novio era socio conocido de un famoso chulo de maricas llamado Bobby Inge. Si grazna como un pato, es un pato. Así que a graznar, y canta quién te extorsionaba.

Exley, severo.

—Caballeros, ¿conocen los nombres de algunas prostitutas de Patchett?

—Este es un animal —replicó Billy—, y no tenemos por qué responder a sus preguntas.

—Y una mierda. Si te arrastras por las cloacas, tienes que conocer algunas ratas. ¿Alguna vez has oído hablar de un pequeño degenerado llamado Daryl Bergeron? ¿Alguna vez has tenido curiosidad por una mujer y te has acostado con tu madre? Porque eso hacía Daryl. Jack «Cubo de Basura» Vincennes tiene un libro con

474

fotos de ambos follando en patines. Estáis flotando en una cloaca montados en un palito de helado, malditos maricas, así que...

—¡Ed, haz que se calle! —exclamó Valburn.

—¡Sargento, es suficiente! —ordenó Exley.

Bud estaba mareado, como si dentro de su cabeza un apuntador le dictara las líneas.

—Al cuerno. Estos tíos están presentes en todos los planes de Patchett. Uno de ellos es estrella de la tele, el otro tiene un papá famoso. Dos maricones con mucho dinero piden a gritos que los extorsionen. Yo creo que todo encaja.

Exley se apoyó el dedo en el cuello: CALMA.

—El sargento White tiene algo de razón, aunque pido disculpas por su manera de expresarlo. Caballeros, para aclarar las cosas: ¿alguno de ustedes tiene conocimiento de planes de extorsión que involucraran a Pierce Patchett y/o sus prostitutas?

—No —dijeron ambos.

Bud se preparó para susurrar.

Exley se inclinó hacia delante.

—¿Alguno de ustedes fue alguna vez amenazado con ser chantajeado?

Dos negativas más: dos maricas impregnando de tufo a sudor una habitación bien refrigerada.

—Johnny Stompanato —susurró Bud.

Los maricas se quedaron de una pieza.

—Trapos sucios de *Placa de Honor* —dijo Bud—. ¿Eso buscaba él?

Valburn empezó a hablar. Billy lo silenció. Exley: DESPACIO.

El apuntador que tenía en la cabeza dijo NO.

—¿Tenía información comprometedora sobre tu padre? ¿El gran Raymond Dieterling?

Exley le indicó que se callara. El apuntador mostró la cara: Dick Stensland respirando gas.

—Información comprometedora. Wee Willie Wennerholm, Loren Atherton y el asesinato de esos críos. ¿Tu padre?

Billy tembló, apuntó hacia Exley.

—¡Su padre!

Miradas cruzadas, interrumpidas de pronto por los sollozos de Valburn. Billy le ayudó a levantarse, lo abrazó.

—Largo de aquí —dijo Exley—. Ahora. Pueden irse.

Parecía más triste que furioso o asustado.

Billy se llevó a Timmy. Bud caminó hacia la ventana. Exley habló por un micrófono.

—Duane, Valburn y Dieterling van en camino. Seguidles, tú y Don.

Bud le echó una ojeada: un poco más alto, menos corpulento que él. Algo le hizo decir:

—No debí hacer eso.

Exley miró por la ventana.

—Todo terminará pronto.

Bud miró hacia abajo. Fisk y Kleckner esperaban junto a la puerta; los maricas llegaron a la acera corriendo. Los hombres de Asuntos Internos los siguieron, un autobús les cerró el paso. Cuando el autobús pasó, Billy y Timmy se habían esfumado. Fisk y Kleckner se quedaron en la calle como pasmarotes.

Exley rompió a reír.

Algo hizo reír a Bud.

71

Revivían viejos tiempos; Stanton bebía champán. Jack soltó su parrafada: Patchett/Hudgens, pornografía, heroína, el Nite Owl. Intuía que Miller sabía algo; intuía que quería hablar.

Evocaciones: cómo enseñó a Miller a hacer de policía; cómo llevó a Miller a Central Avenue para buscarle una mujer y terminó arrestando a Art Pepper. Gallaudet asomó la cabeza, dijo que Max Peltz estaba limpio.

Las anécdotas sobre Max les llevaron otra media hora. Miller se puso melancólico: el 58 sería la última temporada de la serie. Lástima que hubieran dejado de verse, pero el Gran V estaba demasiado loco, un paria en la industria del cine. White y Exley discutían en el cuarto de al lado. Jack fue al grano.

—Miller, ¿hay algo que te mueres por contarme?

—No sé, Jack. Son historias viejas.

—Esta historia es vieja. Conoces a Patchett, ¿no?

—¿Cómo lo sabes?

—Deducción. Y el archivo del capitán decía que Patchett financió algunos filmes de Dieterling.

Stanton miró la copa: vacía.

—De acuerdo, conozco a Patchett desde hace tiempo. Es toda una historia, pero no sé cómo se relaciona con lo que te interesa.

Jack oyó que la puerta lateral rozaba la moqueta.

—Solo sé que te mueres por contarme algo desde que he dicho «Patchett».

—Demonios, no me siento como un verdadero policía frente a ti. Me siento como un actor gordo a punto de perder su serie.

Jack miró hacia otro lado para darle un respiro.

—Sabes que yo era el niño regordete de las series de Dieterling en otros tiempos. La gran estrella era Wee Willie Wennerholm. Yo veía a Patchett en la escuela del estudio y sabía que era una especie de socio de Dieterling, porque nuestra profesora estaba deslumbrada por él y nos contó a los niños quién era.

—¿Y?

—Y Wee Willie fue secuestrado y descuartizado por el doctor Frankenstein. Conoces el caso, fue famoso. La policía pilló a un tío llamado Loren Atherton. Dijo que había matado a Willie y a todos esos niños. Jack, esta es la parte dura.

—Pues cuéntala deprisa.

Muy deprisa.

—El señor Dieterling y Patchett vinieron a verme. Me dieron tranquilizantes y me dijeron que tenía que ir con ese chico mayor a la comisaría. Yo tenía catorce años, el chico mayor tendría diecisiete. Patchett y el señor Dieterling me dieron instrucciones, y fuimos a la comisaría. Hablamos con Preston Exley, que entonces era detective. Repetimos lo que nos habían dicho Patchett y el señor Dieterling: que habíamos visto a Atherton merodeando por la escuela del estudio. Identificamos a Atherton y Exley nos creyó.

Una pausa teatral.

—Joder —dijo Jack—. ¿Y?

Más despacio.

—Nunca volví a ver al chico mayor, y ni siquiera recuerdo su nombre. Atherton fue condenado y ejecutado, y no me pidieron que declarara en el juicio. Llegamos al 39. Yo todavía estaba con Dieterling, pero hacía un papel menor. El señor Dieterling llevó un pequeño contingente del estudio a la inauguración de la autopista de Arroyo Seco, una aparición publicitaria. Preston Exley era ahora el gran contratista y cortó la cinta. Oí una charla entre Dieterling, Patchett y Terry Lux. Tú lo conoces.

Un hormigueo.

—Miller, continúa.

—Nunca olvidaré lo que dijeron, Jack. Patchett le dijo a Lux: «Tengo sustancias químicas para impedir que lastime a nadie, y tú le hiciste la cirugía plástica». Lux dijo: «Le conseguiré un cuidador». Nunca olvidaré el timbre de la voz de Dieterling cuando dijo: «Y yo le di a Preston Exley un chivo expiatorio en el cual cree, además de a Loren Atherton. Y pienso que el hombre me debe demasiado como para perjudicarme».

Jack se tocó el pecho: creía que había dejado de respirar. Jadeos a sus espaldas. Se volvió y vio a Exley y White en la puerta: juntos, paralizados.

72

Ahora todas las líneas se entrecruzaban en tinta. Mutilaciones en tinta roja. Un tintero derramando sangre. Personajes de dibujos en una marquesina con Raymond Dieterling, Preston Exley, un elenco estelar del crimen. Tinta de colores: rojo, verde por los dólares del soborno. Negro por el luto: los actores de reparto muertos. White y Vincennes lo sabían, probablemente se lo contarían a Gallaudet. Ed se despidió en el hotel sabiéndolo. Podía prevenir a su padre o no prevenirlo, y al final sería lo mismo. Podía seguir adelante o sentarse en la sala para ver cómo su vida estallaba en la televisión.

Largas horas. No se decidía a usar el teléfono. Encendió el televisor, vio a su padre en la ceremonia inaugural de una autopista, se metió el revólver en la boca mientras el hombre decía trivialidades. El revólver amartillado. Un anuncio. Sacó cuatro balas, hizo girar el cilindro, se apoyó el cañón en la cabeza y apretó el gatillo dos veces: cámaras vacías. No podía creer que lo había hecho. Arrojó el arma por la ventana. Un borracho la recogió de la acera y disparó al cielo. Ed rió, sollozó, descargó puñetazos en los muebles.

Más horas de no hacer nada.

Sonó el teléfono. Ed lo cogió a tientas.

—¿Sí?

—Exley, ¿estás ahí? Soy Vincennes.

—Sí, ¿qué pasa?

—Estoy en la oficina con White. Hemos recibido una llamada. New Hampshire Norte 2206, la casa de Billy Dieterling. Billy y un desconocido muertos. Fisk ya está trabajando en ello. Exley, ¿estás ahí?

No, no, no. Sí.

–Voy para allá… Allí estaré.

–Vale. A propósito, White y yo no le hemos contado a Gallaudet lo que dijo Stanton. Pensé que querrías saberlo.

–Gracias, sargento.

–Dale las gracias a White. Él era tu motivo de preocupación.

Se encontró allí a Fisk. Un edificio imitación Tudor alumbrado por reflectores. Coches patrulla, coches del laboratorio en el césped.

Ed se acercó a la carrera; Fisk habló telegráficamente:

–Una vecina oyó gritos, esperó media hora y llamó. Vio a un hombre que salía corriendo, subía al coche de Billy Dieterling y arrancaba. Chocó contra un árbol, se apeó y corrió. Le tomé declaración. Varón blanco, cuarentón, físico común. Capitán, prepárese para un espectáculo.

Fogonazos dentro.

–Precíntalo a cal y canto –dijo Ed–. Ni Homicidios, ni polis de la comisaría, ni reporteros. Y no quiero que el padre de Dieterling se entere. Di a Kleckner que custodie el coche y consígueme a Timmy Valburn. Encuéntralo. ¡Ya!

–Capitán, se nos escaparon. Lo siento, quizá fue culpa nuestra.

–No importa. Solo haz lo que te digo.

Fisk corrió a su coche; Ed entró, miró.

Billy Dieterling en un sofá blanco empapado de sangre. Un cuchillo en la garganta; dos cuchillos en el estómago. El cuero cabelludo en el suelo, clavado a la alfombra con un picahielos. A pocos metros: un hombre blanco y cuarentón, destripado, con cuchillos en las mejillas y dos tenedores en los ojos. Cápsulas de barbitúricos empapadas en la sangre del suelo.

Ninguna labor «artística»: el asesino ya estaba más allá de esa frontera.

Ed entró en la cocina. Patchett a Lux, en el 39: «Tengo sustancias químicas para impedir que lastime a nadie, y tú le hiciste la cirugía plástica». Armarios caídos; tenedores y cucharas en el suelo.

Ray Dieterling en el 39: «Un chivo expiatorio en el cual cree». Huellas sanguinolentas aquí y allá: el asesino merodeando en busca de más ornamentos. Lux: «Le conseguiré un cuidador». Un trozo de cuero cabelludo en el fregadero. «Preston Exley era ahora el gran contratista.» La huella ensangrentada de una mano en la pared, un psicópata aspirando a un puesto de honor en la historia del crimen. Ed miró la huella con ojos entornados; protuberancias y remolinos. Devaneo de psicópata: la mano apretada allí para dejar su firma.

De vuelta al salón. Jack Cubo de Basura con media docena de técnicos. Fogonazos de flashes. Bud White no estaba.

—El otro hombre es Jerry Marsalas —le dijo Jack—. Es enfermero, y es el cuidador de ese tío de *Placa de Honor,* David Mertens, el diseñador de los platós. Muy callado, tiene epilepsia o algo parecido.

—¿Cicatrices de cirugía plástica?

—Cicatrices de injertos en el cuello y la espalda. Una vez lo vi sin camisa.

Un enjambre de técnicos forenses. Ed condujo a Vincennes al porche. Aire fresco, reflectores brillantes.

—Mertens tiene la edad adecuada para ser ese chico mayor del que hablaba Stanton —dijo Jack—. Lux lo operó, así que Miller no lo habría reconocido en el plató. Por los injertos de la espalda, debieron de operarlo varias veces. Dios, qué cara tienes. ¿Llegarás hasta el final?

—No lo sé. Quiero un día más para ver qué conseguimos sobre Dudley.

—Y ver si White trata de joderte. Podría haberle contado toda la historia a Gallaudet, pero no lo ha hecho.

—White está tan loco como todos en este asunto.

Jack rió.

—Sí, como tú. Jefe, si tú y Gallaudet queréis un procedimiento normal, será mejor que lo encerréis. Está dispuesto a matar a Dudley y Perkins, y créeme que lo hará.

Ed rió.

—Le dije que podía hacerlo.

–¿Permitirías que él…?

–Jack –le interrumpió Ed–, haz lo siguiente: vigila la casa de Mertens e intenta encontrar a White. Luego…

–Está persiguiendo a Perkins. ¿Cómo…?

–Solo trata de encontrarlo. Quedamos mañana a las nueve en casa de Mickey Cohen, con o sin White. Vamos a prevenirle sobre Dudley.

Vincennes miró alrededor.

–No veo a nadie de Homicidios.

–Tú y Fisk recibisteis la llamada, así que en Homicidios no saben nada. Puedo mantenerlo dentro de la jurisdicción de Asuntos Internos veinticuatro horas. Es nuestro hasta que la prensa se entere.

–Entonces ¿ninguna orden general de captura contra Mertens?

–Llamaré a gente de Asuntos Internos. Es un psicótico perturbado. Le pillaremos.

–Supongamos que lo encuentro. No querrás que le hable de los viejos tiempos, cuando tu padre forma parte de esto.

–Cógelo vivo. Quiero hablar con él.

–White estará loco, pero tú le ganas por mucho –dijo Vincennes.

Ed cerró el caso herméticamente.

Llamó a Parker, le dijo que tenía un doble homicidio relacionado con Asuntos Internos y que mantendría en secreto la identidad de las víctimas. Despertó a cinco hombres de Asuntos Internos, les dio instrucciones sobre David Mertens, los envió a buscarlo. Convenció a la vecina que había hecho la denuncia de tomar un sedante, acostarse y prometer que no revelaría el nombre «Billy Dieterling» a la prensa. Los reporteros llegaron. Ed los aplacó diciendo que eran cadáveres anónimos y los mandó a paseo. Caminó hasta la esquina y examinó el coche. Kleckner lo custodiaba: un Packard Caribbean con las ruedas delanteras sobre la acera, el guardabarros abollado contra un árbol. El asiento del conductor, el salpicadero, la palanca de cambios: ensangrentados, huellas sanguinolentas en el exterior del parabrisas. Kleckner arrancó las matrículas; Ed le dijo que se llevara el coche, lo dejara en el depósito y se uniera a la búsqueda. Llamadas de cortesía desde una cabina telefónica: el comandante de guardia de la comisaría de Rampart, el forense del depósito de cadáveres. Una mentira: Parker quería silenciar las muertes durante veinticuatro horas, no quería declaraciones a la prensa, no quería revelar los resultados de la autopsia. Las cuatro menos veinte de la mañana y ningún oficial de Homicidios en la escena del crimen: carta blanca de Parker.

Cierre hermético.

Ed regresó a la casa. Tranquilidad: ni reporteros ni curiosos. Marcas con cintas: ningún cadáver. Técnicos espolvoreando sustancias, guardando pruebas. Fisk en la puerta de la cocina, nervioso.

—Capitán, tengo a Valburn. Inez Soto está con él. Fui a Laguna por una corazonada. Usted me dijo que la señorita Soto lo conocía.

—¿Qué te ha dicho Valburn?

—Nada, que solo hablaría con usted. Le di la noticia, y ha llorado todo el viaje. Dice que está dispuesto a declarar.

Inez salió. Pesadumbre. Uñas carcomidas.

—Es tu culpa. Te culpo por haber instigado a Billy.

—No sé a qué te refieres, pero lo siento.

—Me hiciste espiar a Raymond y ahora has provocado esto.

Ed se le acercó. Ella le dio bofetadas, puñetazos.

—¡Déjanos a todos en paz!

Fisk la aferró, la llevó afuera. Con suavidad, hablándole en voz baja. Ed caminó por el pasillo mirando las habitaciones.

Valburn en un cuarto, arrancando fotos de la pared. Ojos brillantes y vidriosos, voz demasiado vibrante.

—Si no paro de hacer cosas, estaré bien.

Arrancó una foto de grupo.

—Necesito una declaración completa.

—Oh, la tendrás.

—Mertens mató a Hudgens, Billy y Marsalas, además de a Wee Willie y esos otros niños. Necesito el porqué. Timmy, mírame.

Timmy cogió una foto enmarcada.

–Hemos estado juntos desde 1949. Tuvimos nuestras pequeñas indiscreciones, pero siempre permanecimos juntos y nos amábamos. No me des un discurso sobre la caza del asesino, Ed. No lo soportaría. Te diré lo que quieras saber, pero trata de no ser *déclassé*.

–Timmy...

Valburn arrojó el marco contra la pared.

–¡David Mertens, maldito seas!

El vidrio se astilló. La foto aterrizó boca arriba: Raymond Dieterling sosteniendo un tintero.

–Empieza con la pornografía. Jack Vincennes te habló de ello hace cinco años, y pensó que retenías información.

–¿Es otro tercer grado?

–No hagas que lo sea.

Timmy fue cogiendo una serie de marcos.

–Jerry Marsalas obligó a David a crear esa extraña... basura. Jerry era un hombre realmente malvado. Había sido compañero de David durante años, y regulaba las drogas que lo mantenían... relativamente normal. A veces le subía y le bajaba las dosis, y ponía a David a hacer obras de arte comercial para quedarse con el dinero. Raymond le pagaba a Jerry para que cuidara de David. Le consiguió a David el trabajo en *Placa de Honor* para que Billy también cuidara de él... Billy estuvo a cargo de los cámaras desde que se inició la serie.

–No te adelantes –dijo Ed–. ¿Dónde consiguieron Marsalas y Mertens los modelos?

Timmy abrazó sus fotografías.

–Fleur-de-Lys. Marsalas había usado ese servicio durante años. Pagaba a prostitutas cuando tenía dinero, y conocía a muchas de las antiguas chicas de Pierce y a muchas personas... sexualmente audaces de las que le hablaban las chicas. Descubrió que muchos clientes de Fleur-de-Lys sentían inclinación por la pornografía especializada, y persuadió a algunas de las antiguas chicas de Pierce de permitirle fisgonear en sus fiestas sexuales. Jerry tomaba fotos, David tomaba fotos, y Jerry aumentó las dosis de David y le hizo preparar los montajes. La tinta color sangre fue idea de David. Jerry

485

contrató a un director artístico del estudio para hacer libros con las fotos y se los llevó a Pierce. ¿Me sigues? No sé qué sabes tú.

Ed sacó la libreta.

—Miller Stanton nos contó algunas cosas. Patchett y Dieterling eran socios en la época del caso Atherton, y tú sabes que responsabilizo a Mertens por esas muertes. Sigue; si necesito aclaraciones, te las pediré.

—De acuerdo. Por si no lo sabes, las fotos con tinta eran similares a las heridas de las víctimas de Atherton. Pierce no lo sabía cuando vio los libros, supongo que solo los policías vieron las fotos del archivo. Tampoco sabía que David Mertens era la nueva identidad del asesino de Wennerholm, así que cuando Marsalas elaboró su plan para vender los libros y pidió financiación, Patchett pensó que eran solo libros obscenos que comprometían a sus prostitutas y sus clientes. Rechazó la oferta de Marsalas, pero compró algunos de los libros para venderlos a través de Fleur-de-Lys. Luego Marsalas acudió a su hombre, Duke Cathcart, y él acudió a los hermanos Englekling. Fisk me insinuó que todo esto se relaciona con el Nite Owl, pero yo no...

—Te lo contaré luego. Estás hablando de principios del 53, te sigo. Solo sigue contando ordenadamente.

Timmy dejó sus fotografías.

—Luego Patchett acudió a Sid Hudgens. Él y Hudgens iban a ser socios en un negocio de extorsión sobre el cual no sé nada, y Pierce le habló a Hudgens de Marsalas y sus libros pornográficos. Hizo investigar a Marsalas, y sabía que solía acudir al plató de *Placa de Honor*, lo cual interesó a Hudgens, pues siempre había querido publicar un artículo sobre la serie en *Hush-Hush*. Pierce le dio a Hudgens algunos de los libros que se había quedado de Fleur-de-Lys, y Hudgens habló con Marsalas. Pidió información sobre las estrellas de la serie y amenazó a Jerry con denunciar sus negocios sucios si no cooperaba. Jerry le dio algunos datos un tanto comprometedores sobre Max Peltz, que poco después se publicaron. Entonces asesinaron a Hudgens, y desde luego fue Jerry quien instigó a David. Le bajó la dosis y lo volvió loco. David regresó a sus viejos hábitos... como cuando mató a aquellos niños. Marsalas lo hizo porque temía que Hudgens continuara con la extorsión. Fue con David y robó los archivos de *Placa de Honor* de la casa, incluido un archivo inconcluso sobre él y David. No creo que supiera que Pierce ya tenía copias de los archivos que él y Hudgens pensaban usar para sus chantajes, ni que Pierce conocía el banco donde Hudgens guardaba sus archivos originales.

Tres preguntas clave; primero más corroboración.

—Timmy, cuando Vincennes te interrogó hace cinco años, actuaste sospechosamente. ¿Sabías que Mertens preparaba los libros?

—Sí, pero no sabía quién era David. Solo sabía que Billy lo vigilaba, así que no le dije nada a Jack.

Pregunta número uno.

—¿Cómo sabes todo esto? Todo lo que has contado.

Los ojos de Timmy se pusieron vidriosos.

—Lo he descubierto esta noche. Después del hotel, Billy quiso que le explicara las insinuaciones de ese horrendo poli acerca de Johnny Stompanato. Billy conocía casi toda la historia desde hacía años, pero quería conocer el resto. Fuimos a la casa de Raymond en Laguna. Raymond conocía los hechos más recientes a través de Pierce, y le contó a Billy toda la historia. Yo solo escuché.

—Inez estaba allí.

—Sí, ella lo oyó todo. Te culpa a ti, primor. La caja de Pandora y todo eso.

Ella lo sabía, su padre quizá lo supiera. Un informe completo equivaldría a una revelación pública.

—Así que Patchett suministraba la droga que mantuvo dócil a Mertens todos estos años.

—Sí, está fisiológicamente enfermo. Tiene inflamaciones cerebrales periódicamente, y entonces es cuando se vuelve más peligroso.

—Y Dieterling le consiguió el trabajo en *Placa de Honor* para que Billy pudiera cuidarlo.

—Sí. Después de la muerte de Hudgens, Raymond leyó algo acerca de las mutilaciones y le recordaron a las de los críos asesinados. Se puso en contacto con Patchett, sabiendo que era amigo de Hudgens. Raymond le reveló a Pierce la identidad de David, y

Pierce se asustó mucho. Raymond tenía miedo de alejar a David de Jerry, y le ha pagado mucho dinero a Jerry para mantenerlo drogado.

Pregunta número dos.

—Estabas esperando esta, Timmy. ¿Por qué Ray Dieterling se ha tomado tantas molestias por David?

Timmy hizo girar una foto: Billy con un hombre de cara abotargada.

—David es el hijo ilegítimo de Raymond. Es el hermanastro de Billy, y míralo, Terry Lux le hizo tantos cortes que en comparación con mi dulce Billy es tan feo que ni puedes mirarlo.

Congoja. Ed decidió continuar antes de que Timmy se derrumbara.

—¿Qué ha pasado esta noche?

—Raymond le ha explicado a Billy todo lo ocurrido remontándose hasta lo de Sid Hudgens. Billy no sabía nada. Me pidió que me quedara en Laguna con Inez. Dijo que se llevaría a David de la casa de Jerry y lo liberaría gradualmente de las drogas. Debió intentarlo y Marsalas contraatacó. Vi esas pastillas en el suelo… Dios, David debió de volverse loco. No entendió quién era bueno y quién era malo y…

Tercera.

—En el hotel reaccionaste al oír el nombre de Stompanato. ¿Por qué?

—Hace años que Stompanato extorsiona a los clientes de Pierce. Me pilló con otro hombre y me sonsacó parte de la historia de Mertens. No mucho, solo que Raymond pagaba para cuidar de David. Fue… fue antes de que yo lo supiera todo. Stompanato prepara un informe para presionar a Raymond. Había estado amenazando a Billy con notas, pero no creo que sepa quién es David. Billy trataba de convencer a su padre de que lo hiciera matar.

El sol irrumpió por una ventana. Iluminó a Timmy cuando rompió a llorar. Sostenía la foto de Billy, una mano sobre la cara de David.

73

Un hombre de Asuntos Internos lo relevó a las siete. Se irritó al sorprenderlo dormido, despatarrado en la puerta con el arma desenfundada. La casa estaba intacta, el sanguinario David Mertens no había aparecido. El tío de Asuntos Internos dijo que Mertens aún andaba suelto; órdenes del capitán Exley: reunirse con él y Bud White en casa de Mickey Cohen a las nueve. Jack fue hasta una cabina telefónica, se dejó llevar por una corazonada.

Hizo una llamada a Detectives: Dudley Smith con «licencia por emergencia familiar». Breuning y Carlisle trabajando «fuera del estado». El teniente de la calle Setenta y siete era provisionalmente jefe del caso Nite Owl. Una llamada a la Cárcel de Mujeres: la agente Dot Rothstein con «licencia por emergencia familiar». La corazonada: ellos solo tenían teorías, Dudley ataba sus cabos sueltos.

Jack se dirigió a su casa, ahuyentando de su mente un sueño: las divagaciones de Davey Goldman. El «holandés», Dean van Gelder; el «gato irlandés», Dudley. «Los concesionarios abatidos por tres pistoleros, blip, blip, blip»: Stompanato, Vachss, Teitlebaum liquidando hampones: «Bump bump bump bump bump bump, bonito tren». Qué locura. Tal vez la droga de Patchett aún lo estaba afectando.

El coche de Karen no estaba.

Jack entró, vio cosas sobre la mesilla: billetes de avión, una nota.

J.:

Hawái, y mira la fecha. 15 de mayo, el día en que te conviertes en pensionista oficial. Diez días y diez noches para reencontrarnos. Cenamos esta noche. He reservado en Perino's, y si todavía estás trabajando llámame para que lo cancele.

Besos,

K.

P. D.: Sé que esto te intrigará, así que me explico. Cuando estabas en el hospital hablaste en sueños. Jack, sé lo peor que puedo saber y no me importa. Ni hablemos de ello. El capitán Exley te oyó y creo que tampoco le importa. (No es tan malo como dijiste que era.)

Muchos besos,

K.

Jack intentó llorar, no pudo. Se afeitó, se duchó, se puso unos pantalones anchos y su mejor chaqueta deportiva, encima de una camisa hawaiana. Enfiló hacia Brentwood pensando que todo era nuevo a su alrededor.

Exley en la acera, con una grabadora. Bud White en el porche: Asuntos Internos debía de haberlo encontrado. Con Jack formaban un trío.

White se acercó.

—Hablé con Gallaudet —dijo Exley—. Dijo que sin pruebas sólidas no podemos acudir a Loew. Mertens y Perkins aún están en libertad, y Stompanato está en México con Lana Turner. Si Mickey no nos ofrece algo bueno, acudiré a Parker. Se lo diré todo sobre Dudley.

Desde la puerta:

—¿Entráis o no? Si queréis arruinarme el día, hacedlo dentro.

Mickey Cohen con bata y gorro judío.

—¡Última oportunidad de arruinarme el día! ¿Entráis?

Entraron. Cohen cerró la puerta, señaló un pequeño ataúd de oro.

—Mi difunto heredero canino, Mickey Cohen Júnior. Distraedme de mi pesar, polis gentiles. La ceremonia se celebra hoy en el

490

Mount Sinai. Soborné al rabino para que diera a mi amado una despedida humana. Los *shmendriks* de la empresa fúnebre creen que van a enterrar a un enano. Hablad.

Exley habló:

—Venimos a informarte de quién mató a tus concesionarios.

—¿Qué «concesionarios»? Seguid así y me refugiaré en la quinta enmienda. ¿Y qué es ese artilugio con cintas que tienes en la mano?

—Johnny Stompanato, Lee Vachss y Abe Teitlebaum. Forman parte de una banda, y tienen la heroína que perdiste en tu reunión con Jack Dragna, en el 50. Ellos mataron a los concesionarios y fraguaron el atentado contra ti y Davey Goldman en McNeil. Pusieron una bomba en tu casa y no lograron liquidarte, pero tarde o temprano lo harán.

Cohen soltó una carcajada.

—Admito que esos viejos compañeros han estado ausentes de mi vida y ya no quieren reunirse conmigo. Pero no tienen mollera para joder a Mick y salirse con la suya.

—Davey Goldman trabajaba con ellos —dijo White—. Se lo quitaron de en medio en el atentado de McNeil.

Mickey Cohen perdió el color.

—¡No! ¡Jamás en seis mil milenios Davey me podría hacer eso! ¡Habláis de sedición al mismo nivel que el comunismo!

—Tenemos pruebas —dijo Jack—. Davey tenía un micrófono en tu celda. Así se enteró de lo de los hermanos Englekling y quién sabe de qué más.

—¡Mentiras! ¡Combinando a Davey con los demás aún falta voltaje para poder joderme!

Exley encendió la grabadora, hizo girar la cinta. Zumbidos. «Por Dios, tanta energía y tanto tamaño. Ese perro con su *shlong* es como Heifetz tocando el violín, y para colmo está provisto...»

Cohen saltó de rabia.

—¡No, no! ¡Ningún hombre es capaz de engañarme así!

Exley apretó botones. «Lana, qué coño debe de tener.» Paró, arrancó. Un juego de naipes, ruido de inodoro. Mickey pateó el ataúd.

–¡De acuerdo! ¡Os creo!

–Ahora sabes por qué Davey no quería que lo llevaras a un sanatorio –dijo Jack.

Cohen se enjugó la cara con el gorrito.

–Ni siquiera Hitler es capaz de semejante infamia. ¿Quién podría ser tan sagaz e implacable?

–Dudley Smith –dijo White.

–Oh, Jesucristo. De él me lo creo. No... Decidme en presencia de mi difunto amado que es una broma.

–¿Un capitán del Departamento? Esto va en serio, Mick.

–No, no lo creo. Dadme pruebas.

–Mickey –le dijo Exley–, tú puedes darnos pruebas.

Cohen se sentó en el ataúd.

–Creo que sé quién trató de liquidarnos a Davey y a mí en la penitenciaría. Coleman Stein, George Magdaleno y Sal Bonventre. Van camino de San Quintín, una selección de convictos de varias cárceles. Cuando lleguen, podéis hablar con ellos y preguntarles quién quiso acabar conmigo y con Davey. Yo iba a mandarlos matar, pero no conseguí un buen precio. Esos asesinos carcelarios son unos *gonifs*.

Exley guardó la grabadora y las cintas.

–Gracias. Cuando llegue el autobús, allí estaremos.

Cohen gimió.

–Kleckner me dejó una nota –dijo White–. Kikey y Lee Vachss se reunirán en el restaurante esta mañana. Yo digo que les echemos el guante.

–Hagámoslo –dijo Exley.

74

Abe's Noshery: las mesas llenas, Abe en la caja registradora. White miró desde fuera.

–Lee Vachss a una mesa de la derecha.

Ed se llevó la mano a la funda del arma: vacía... su juego suicida. Cubo de Basura abrió la puerta.

Campanillas. Abe miró, metió la mano bajo la caja. Ed vio que Vachss hacía aspavientos, fingía que se alisaba los pantalones. Destello metálico en la cintura.

La gente comía, hablaba. Las camareras atendían. Jack caminó hacia la caja; White vigilaba a Vachss. Destello metálico bajo la mesa.

Ed dio un fuerte empellón a White, arrastrándolo al suelo.

Kikey y Vincennes se arrojaron al suelo.

Fuego cruzado, seis disparos. El ventanal de la entrada voló en pedazos, Abe disparó a una pila de mercancía enlatada. Gritos, pánico, disparos a ciegas. Vachss disparó hacia la puerta. Un viejo cayó tosiendo sangre. White se levantó disparando, un blanco móvil. Vachss retrocedió hacia la cocina. Una pistola en la cintura de White. Ed se levantó, la agarró.

Dos armas encañonando a Vachss. Ed disparó. Vachss giró cogiéndose del hombro. White disparó a discreción; Vachss tropezó, se arrastró, se levantó; el arma contra la cabeza de una camarera.

White caminó hacia él. Vincennes avanzó por la izquierda, Ed por la derecha. Vachss voló los sesos de la mujer a quemarropa.

White disparó. Vincennes disparó. Ed disparó. Ningún acierto: el cadáver de la mujer recibió los impactos. Vachss reculó. White corrió; Vachss se limpió sesos de la cara. White vació el revólver: todos los disparos a la cabeza.

Gritos, una estampida hacia la puerta, un hombre que huía rompiendo trozos de vidrio del ventanal. Ed corrió al mostrador, saltó.

Abe en el suelo, manando sangre por el pecho.

Ed se le acercó.

—Dame a Dudley por lo del Nite Owl.

Sirenas. Ed se puso la mano en la oreja, se agachó.

—Genial. Dios santo, muchacho.

Ed se acercó más.

—¿Quién hizo lo del Nite Owl?

Gorgoteo de sangre.

—Yo. Lee. Johnny Stompanato. Perkins conducía.

—Abe, dame a Dudley.

—Genial, muchacho.

Sirenas estridentes. Gritos, pasos.

—El Nite Owl. ¿Por qué?

Abe tosió sangre.

—Droga. Libros porno. Había que liquidar a Cathcart. Lunceford estuvo en la partida que recuperó la droga y frecuentaba el Nite Owl. Tenía fichas de interrogatorios sobre Stompanato, por eso Perkins las robó. El hombre dijo que asustáramos a Patchett. Dos pájaros de un tiro: Duke y Mal. Mal quería dinero porque conocía al hombre de la partida.

—Dame a Dudley. Di que Dudley Smith fue tu cómplice.

Vincennes se agachó. El restaurante vibraba: millones de voces. Sangre en el mostrador. Ed pensó en David Mertens. Una iluminación: la escuela del estudio Dieterling, a un kilómetro de la casa de Billy Dieterling.

—Abe, ya no puede hacerte daño.

Abe empezó a ahogarse.

—Abe...

—Puede, puede, puede.

Se iba. Jack le golpeó el pecho.

—¡Cabrón, danos algo!

Abe murmuró, se arrancó una estrella de oro del cuello.

–*Mitzvah*. Johnny quiere sacar a los tíos de la cárcel. Tren de San Quintín. Dot tiene armas.

Vincennes, exaltado:

–Es un tren, no un autobús. Es un intento de fuga. Davey G. lo sabía en su delirio. Exley, el «bonito tren» es el tren de San Quintín. Cohen dijo que los que quisieron liquidarlo en la cárcel están allí.

Ed comprendió:

–LLAMA POR TELÉFONO.

Jack salió a la carrera. Ed se levantó, miró el caos: policías, vidrio astillado, una ambulancia cargando cuerpos. Bud White gritando órdenes, una niñita con el vestido salpicado de sangre comiendo un dónut.

Jack regresó, más exaltado.

–El tren salió de Los Ángeles hace diez minutos. Treinta y dos convictos en un vagón, y el teléfono de a bordo no funciona. Llamé a Kleckner y le dije que encontrara a Dot Rothstein. Esto ha sido una trampa, capitán. Kleckner nunca le dejó esa nota a White. Ha tenido que ser Dudley.

Ed cerró los ojos.

–Exley…

–De acuerdo, tú y White, al tren. Llamaré al Departamento del Sheriff y a la Policía de Tráfico y les diré que preparen una maniobra distracción.

White se le acercó, le guiñó el ojo.

–Gracias por el empujón –dijo, y presionó la cara de Abe Teitlebaum con el pie hasta que dejó de respirar.

75

Una escolta de motocicletas les salió al encuentro y les abrió paso por la autopista de Pomona. La mitad del tramo era elevado: se veían los raíles del California Central, un solo tren con rumbo al norte. Un convoy de carga, con convictos en el tercer vagón: ventanas con rejas, puertas de acero reforzado. Calles asfaltadas en las afueras de Fontana, hacia las colinas por donde pasaban las vías. Y hacia un pequeño ejército al acecho.

Nueve coches patrulla, dieciséis hombres con máscaras antigás y armas antidisturbios. Francotiradores en las colinas, dos ametralladoras, tres hombres con granadas de humo. En la linde de la curva: un enorme ciervo en los raíles.

Un agente del sheriff les dio escopetas, máscaras antigás.

—Vuestro amigo Kleckner llamó al puesto de mando, dijo que Rothstein estaba muerta en su apartamento. Se colgó o la colgaron. De cualquier modo, debemos suponer que consiguió las armas. Hay cuatro guardias y seis tripulantes a bordo de ese tren. Nos preparamos con humo y pedimos la contraseña. Todo tren de la prisión tiene una. Si se verifica, damos una advertencia y esperamos. Si no se verifica, atacamos.

Sonó un silbato de tren.

—¡Ahora! —gritó alguien.

Los francotiradores se agacharon. Los hombres del gas se arrojaron a tierra. El equipo antidisturbios se ocultó detrás de un pinar. Bud encontró un árbol en las cercanías. Jack se apostó al lado.

El tren dobló la curva: frenos, chispas en los raíles. La locomotora se detuvo justo frente al cuerpo que obstruía las vías.

Megáfono:

—¡Departamento del Sheriff! ¡Identifíquese con la contraseña!

Silencio, diez segundos. Bud examinó la ventanilla de la loco-motora: visión fugaz de un uniforme azul.

—¡Sheriff! ¡Identifíquese con la contraseña!

Silencio, un falso gorjeo de pájaro.

Los hombres del gas dispararon contra las ventanillas: las grana-das rompieron el vidrio, se colaron entre los barrotes. Las ametra-lladoras acribillaron el tercer vagón, derribaron la puerta.

Humo, gritos.

Alguien gritó «¡Ahora!».

Humo por la puerta, hombres con uniforme caqui saliendo a la carrera. Un francotirador abatió a uno. Alguien gritó: «¡No, son nuestros!».

Los policías irrumpieron en el vagón, máscaras puestas, esco-peta en mano. Jack agarró a Bud.

—¡No están en ese!

Bud corrió, llegó al estribo del cuarto vagón. Abrió la puerta: un guardia muerto dentro, convictos corriendo caóticamente.

Bud disparó, recargó, disparó. Cayeron tres, uno apuntó una pistola. Bud recargó, disparó, erró. Una caja de embalaje estalló al lado del hombre. Jack subió al estribo, el convicto disparó. Jack recibió el impacto en la cara, giró, cayó en las vías.

El tirador escapó. Bud recargó: cámara vacía. Arrojó la escope-ta, desenfundó el 38: uno, dos, tres, cuatro, cinco, seis disparos. Im-pactos en la espalda, estaba matando a un muerto. Ruido fuera del vagón: convictos en los raíles junto al cuerpo de Jack. Agentes dis-parando a poca distancia: perdigonadas, sangre, aire rojo y negro.

Estalló una bomba de humo. Bud corrió boqueando al vagón cinco. Disparos: blancos de uniforme azul disparando contra ne-gros de uniforme azul, guardias de uniforme caqui disparando contra ambos. Saltó del tren, corrió hacia los árboles.

Cuerpos en los raíles.

Convictos abatidos.

Bud llegó a los pinos, subió al coche y cruzó los raíles maltra-tando los ejes. Entró en una hondonada, viró, mordió la grava con las llantas. Un hombre alto junto a un coche. Bud vio quién era, enfiló hacia él.

El hombre corrió. Bud giró, patinó, frenó. Salió aturdido, ensangrentado por un golpe contra el salpicadero. Perkins se le acercaba disparando.

Bud recibió una bala en la pierna, una en el costado. Dos yerros, un impacto en el hombro. Otro yerro. Perkins soltó el arma, desenfundó un cuchillo. Bud le vio anillos en los dedos.

Perkins lo apuñaló. Bud sintió un desgarrón en el pecho, trató de cerrar las manos, no pudo. Perkins acercó la cara sonriendo. Bud le dio un rodillazo en la entrepierna y le arrancó la nariz de una dentellada. Perkins aulló; Bud le mordió el brazo, se abalanzó con todo su peso.

Rodaron. Perkins gemía como un animal. Bud le pegó en la cabeza, le dislocó el brazo.

Perkins soltó el cuchillo. Bud lo empuñó: encandilado por anillos que mataban mujeres. Soltó el cuchillo y mató a Perkins a golpes con las manos heridas.

76

La mansión Patchett arrasada: casi una hectárea de hollín, escombros. Tejas en el césped, una palmera chamuscada en la piscina. La casa era una ruina: estuco derrumbado, cenizas mojadas. Hallar una caja de caudales dentro de un perímetro de casi cuarenta billones de centímetros cuadrados.

Ed avanzó entre los escombros pensando en David Mertens: tenía que estar allí, era el sitio indicado.

El piso se hundía en los cimientos, solo servía para leña. Pilas de madera, montículos de tela empapada, ningún destello metálico. Un trabajo para diez hombres durante una semana, más un técnico para la trampa cazabobos. Fue al patio.

Un porche trasero de cemento, una losa con muebles chamuscados. Cemento sólido: ni fisuras ni surcos, ningún acceso obvio a una caja de caudales. La caseta de la piscina era otro montón de escombros.

Maderas de un metro de alto: demasiado trabajo si Mertens estaba allí. Rodeó la piscina: sillas quemadas, un trampolín. El percutor de una granada de mano flotando en el agua.

Ed pateó la palmera flotante. Astillas de porcelana en la copa, esquirlas clavadas en el tronco. Se agachó, aguzando la vista: pastillas en el agua, cuadrados negros que parecían tapas de detonador. La escalinata era yeso destrozado; rejillas de metal, más pastillas. Miró el césped: hierba quemada desde la piscina hasta la caseta.

Acceso a la caja de caudales: protección con granadas y dinamita. Llamaradas llegando al terminal, haciendo estallar la trampa cazabobos. Quizá.

Ed saltó al agua y desgarró el yeso: pastillas y burbujas subieron a la superficie. Usó ambas manos: yeso, agua, burbujas, una puerta de metal oscilando. Más pastillas, carpetas envueltas en plástico, plástico sobre dinero y polvo blanco. Una cantidad enorme, luego solo un profundo agujero negro. Empapado, corrió al coche una y otra vez bajo el resplandor del sol. Estaba casi seco cuando terminó de cargar todo. Un último viaje por si ÉL estaba ALLÍ: pastillas recogidas de la piscina.

La calefacción del coche lo calentó. Enfiló hacia la escuela Dieterling, saltó la cerca.

Silencio: sábado, sin clases. Un patio de juegos típico: aros de baloncesto, canchas de softball. El Ratón Moochie por todas partes.

Ed caminó hacia la valla sur, la ruta más corta desde la casa de Billy Dieterling. Piel con cartílago en la valla, marcas de manos. Puntos oscuros en el asfalto desleído: sangre, un rastro fácil.

Cruzó el patio, bajó la escalera hasta la puerta del cuarto de la caldera. Sangre en el picaporte, una luz encendida dentro. Cogió la pistola de Bud White, entró.

David Mertens tiritando en un rincón. Un cuarto sofocante: el hombre mojando de sudor ropas ensangrentadas. Mostró los dientes, torció la boca en un chillido. Ed le arrojó las pastillas.

Mertens las agarró, las engulló. Ed le apuntó a la boca, no pudo apretar el gatillo. Mertens le clavó los ojos. Algo extraño ocurrió con el tiempo: de pronto dejó de existir. Mertens se durmió, los labios plegados sobre las encías. Ed le miró la cara, trató de sentir furia. Aún no podía matarlo.

El tiempo regresó: desquiciado. Juicios, audiencias médicas. Preston Exley atacado por dejar al monstruo en libertad. El tiempo apretaba el gatillo... aún no podía hacerlo.

Ed levantó al hombre, lo cargó hasta el coche.

Pacific Sanitarium, Malibu Canyon. Ed pidió al guardia de la puerta que le enviara al doctor Lux. El capitán Exley quería devolverle un favor.

El guardia le indicó un lugar. Ed aparcó, rasgó la camisa de Mertens. Brutal: el hombre era una gran cicatriz.

Lux se le acercó. Ed sacó dos sacos de polvo, dos fajos de billetes de dos mil dólares. Los puso en el capó y bajó las ventanillas traseras.

Lux se acercó, miró el asiento trasero.

—Conozco ese trabajo. Ese es Douglas Dieterling.

—¿Así de simple?

Lux tocó el polvo.

—¿Del difunto Pierce Patchett? No nos sulfuremos, capitán. Por lo que sé, usted no es un boy scout. ¿Qué quiere?

—Quiero que ese hombre permanezca encerrado en un pabellón, bajo llave, para el resto de su vida.

—Me parece aceptable. ¿Es compasión o el deseo de salvaguardar la reputación de nuestro futuro gobernador?

—No lo sé.

—No es una respuesta típica de un Exley. Disfrute del paisaje, capitán. Pediré a mis ordenanzas que limpien esto.

Ed caminó hasta la terraza, miró el mar. Sol, olas, quizá tiburones alimentándose. Una radio habló a sus espaldas:

«... más noticias sobre el frustrado intento de fuga en el tren de la prisión. Un portavoz de la Policía de Tráfico informó a los reporteros de que el número de víctimas asciende ya a veintiocho internos, más siete guardias y tripulantes del tren. Cuatro agentes del Departamento del Sheriff resultaron heridos y el sargento John Vincennes, célebre policía de Los Ángeles y ex asesor técnico de la serie de televisión *Placa de Honor*, fue tiroteado y muerto. El compañero del sargento Vincennes, el sargento Wendell White del Departamento de Policía, se encuentra en estado grave en el hospital Fontana. White persiguió y mató al hombre que conducía el coche destinado a llevarse a los fugitivos, identificado como Burt Arthur "Doble" Perkins, músico de clubes nocturnos con conexiones con el hampa. Un equipo de médicos intenta salvar la vida del valiente sargento, aunque no se espera que sobreviva. El capitán George Rachlis de la Policía de Tráfico de California califica esta tragedia...».

El mar se puso borroso detrás de las lágrimas. White le guiñó el ojo y dijo: «Gracias por el empujón». Ed dio media vuelta. El monstruo, la droga, el dinero... ya no estaban.

77

El botín de la piscina: diez kilos de heroína, 871.400 dólares, copias de los archivos de Sid Hudgens. Incluidas fotos de chantaje y registros de las empresas delictivas de Pierce Patchett. El nombre «Dudley Smith» no figuraba. Tampoco John Stompanato, Burt Arthur Perkins, Abe Teitlebaum, Lee Vachss, Dot Rothstein, el sargento Mike Breuning ni el agente Dick Carlisle. Coleman Stein, Sal Bonventre y George Magdaleno, muertos en el intento de fuga. Davey Goldman interrogado de nuevo en el hospital estatal de Camarillo: no pudo dar una declaración coherente. La Oficina del Forense del condado de Los Ángeles consideró suicidio la muerte de Dot Rothstein. David Mertens estaba encerrado bajo custodia en el Pacific Sanitarium. Los familiares de los tres ciudadanos inocentes muertos en Abe's Noshery denunciaron al Departamento de Policía por esa imprudente incursión. El intento de fuga apareció en las noticias de todo el país; fue bautizado como la «Matanza de los Uniformes Azules». Los internos sobrevivientes informaron a los detectives del Departamento del Sheriff de que las riñas entre los prisioneros armados derivaron en que las armas cambiaran de manos, y pronto todos los convictos del tren estuvieron libres. Estallaron tensiones raciales, abortando la fuga antes de que llegaran las autoridades.

Jack Vincennes recibió póstumamente la Medalla al Valor del Departamento. No se invitó a hombres del Departamento a las exequias. La viuda se negó a tener un encuentro con el capitán Exley.

Bud White se negaba a morir. Permaneció en terapia intensiva en el hospital Fontana. Sobrevivió a un shock masivo, un trauma neurológico y la pérdida de la mitad de la sangre. Lynn Bracken lo acompañaba, White no podía hablar, pero respondía a las preguntas con cabeceos. El jefe Parker le otorgó su Medalla al Valor. White se liberó el brazo del cabestrillo y le arrojó la medalla a la cara.

Pasaron diez días.

Un almacén de San Pedro se incendió. Se descubrieron restos de libros pornográficos. La gente de Detectives calificó el acto de «incendio premeditado» y declaró que no había pistas. El edificio era propiedad de Pierce Patchett. Se interrogó de nuevo a Chester Yorkin y Lorraine Malvasi. No ofrecieron información relevante, quedaron en libertad.

Ed Exley quemó la heroína, conservó los archivos y el dinero. Su último informe sobre el Nite Owl omitía toda mención a Dudley Smith y al hecho de que David Mertens, responsable del asesinato de Sid Hudgens, Billy Dieterling y Jerry Marsalas, era también el culpable de la muerte de Wee Willie Wennerholm y otros cinco niños en 1934. El nombre de Preston Exley no se mencionó en ningún contexto.

El jefe Parker celebró una conferencia de prensa. Anunció que el caso del Nite Owl estaba resuelto, correctamente esta vez. Los autores habían sido Burt Arthur Perkins, Lee Vachss y Abraham Teitlebaum. El móvil había sido matar a Dean van Gelder, un ex convicto que se hacía pasar por Delbert «Duke» Cathcart, incorrectamente identificado al principio. La matanza fue concebida como una táctica de terror, un intento de adueñarse del reino de corrupción de Pierce Morehouse Patchett, reciente víctima de otro asesinato. La Fiscalía General del estado revisó el resumen de ciento catorce páginas redactado por el capitán Exley y anunció su satisfacción. Ed Exley volvió a recibir laureles por resolver el caso del Nite Owl. Fue ascendido a inspector en una ceremonia televisada.

Al día siguiente Preston Exley anunció que aspiraría a conseguir su nominación a gobernador por el Partido Republicano. Se situó como primer favorito en una encuesta realizada con carácter de urgencia.

Johnny Stompanato regresó de Acapulco y se mudó a la casa de Lana Turner en Beverly Hills. Se quedó allí, sin salir nunca, mientras los sargentos Duane Fisk y Don Kleckner lo sometían a una vigilancia permanente. El jefe Parker y Ed Exley lo consideraban el «apéndice» del Nite Owl, un responsable vivo para entregar a una opinión pública ahora aplacada con asesinos muertos. Cuando Stompanato saliera de Beverly Hills rumbo al centro de Los Ángeles, lo arrestarían. Parker quería un arresto impecable de primera plana dentro de su jurisdicción, y estaba dispuesto a esperar.

El caso del Nite Owl y el asesinato de Billy Dieterling y Jerry Marsalas continuaron siendo noticia, pero nadie los relacionaba en las especulaciones. Timmy Valburn se negó a hacer comentarios. Raymond Dieterling publicó un comunicado de prensa expresando su pesar por la pérdida de su hijo. Cerró la Tierra de los Sueños por un período de luto de un mes. Permaneció recluido en su casa de Laguna Beach, asistido por su amiga y ayudante Inez Soto.

El sargento Mike Breuning y el agente Dick Carlisle seguían de «licencia por emergencia familiar».

El capitán Dudley Smith continuó ocupando el centro del escenario durante las conferencias de prensa y reuniones oficiales posteriores a la reapertura. Actuó como animador de la fiesta sorpresa donde Thad Green homenajeó al inspector Ed Exley. No parecía inquieto por saber que Johnny Stompanato seguía prófugo, estaba bajo vigilancia permanente y era inmune a un atentado. No parecía preocuparle el inminente arresto de Stompanato.

Preston Exley, Raymond Dieterling e Inez Soto no llamaron a Ed Exley para felicitarlo por haber ascendido y haber apaciguado a la prensa.

Ed sabía que lo sabían. Suponía que Dudley lo sabía. Vincennes muerto, White luchando por sobrevivir. Solo él y Bob Gallaudet sabían. Y Gallaudet no sabía nada acerca de su padre y el caso Atherton.

Ed quería matar a Dudley sin contemplaciones.

Gallaudet le dijo que eso sería un suicidio.

Decidieron esperar, hacerlo correctamente.

Bud White volvía insoportable la espera.

Tenía tubos de goma en los brazos, los dedos entablillados, trescientos puntos en el pecho. Las balas habían astillado huesos, desgarrado arterias. Tenía una placa de metal en la cabeza. Lynn Bracken lo cuidaba, y no podía mirar a Ed a los ojos. White no podía hablar, y era dudoso que pudiera hacerlo en el futuro. Sus ojos eran elocuentes: Dudley. Tu padre. ¿Qué piensas hacer? Insistía en hacer la V de la victoria con los dedos. En la tercera visita Ed comprendió: el motel Victory, jefatura de la Brigada contra el Hampa.

Fue allí. Encontró notas detalladas sobre la investigación de White acerca de los homicidios de prostitutas. Las notas indicaban a un hombre limitado buscando las estrellas, y alcanzándolas casi todas. Límites superados a través de una furiosa perseverancia. Justicia absoluta: anónima, sin ascensos ni gloria. Un solo archivo sobre los hermanos Englekling que le indicaba que el asesino aún estaba libre. Habitación 11 del motel Victory: Wendell «Bud» White visto por primera vez.

Ed supo por qué Bud lo había enviado allí. Y actuó.

Un cotejo con la compañía telefónica, una entrevista: todo encajaba. Confirmación, un epígrafe como base: Justicia Absoluta. Los noticiarios de la televisión decían que Ray Dieterling recorría la Tierra de los Sueños todos los días, aliviando su pesar en un desierto mundo de fantasía. Le daría a Bud White un día entero de su justicia.

Viernes Santo, 1958. El noticiario de la mañana mostró a Preston Exley entrando en la iglesia episcopal St. James. Ed condujo hasta el Ayuntamiento, subió a la oficina de Ellis Loew.

Era temprano. La recepcionista no había llegado. Loew leía detrás del escritorio. Ed golpeó la puerta.

Loew alzó los ojos.

—Inspector Ed. Siéntate.

—Me quedaré de pie.

—¿Oh? ¿Vienes por negocios?

—En cierto modo. El mes pasado Bud White te llamó desde San Francisco y te dijo que Spade Cooley era un maníaco asesino. Dijiste que pondrías un equipo de la Fiscalía a trabajar, y no lo hiciste. Cooley ha donado más de quince mil dólares a tus fondos de reserva. Llamaste al hotel Biltmore desde tu casa de Newport y hablaste con un miembro de la banda de Cooley. Le dijiste que advirtiera a Spade y a los demás de que un policía loco iría a causar problemas. White liquidó a Perkins, el verdadero asesino. Perkins lo envió detrás de Spade, quizá pensando que White lo mataría y él quedaría a salvo. Perkins recibió tu advertencia y se ocultó. Permaneció suelto el tiempo suficiente para convertir a White en un vegetal.

—No puedes probar nada de eso —dijo Loew con calma—. ¿Y desde cuándo te interesas tanto por White?

Ed dejó una carpeta sobre el escritorio.

—Sid Hudgens tenía un archivo sobre ti. Presiones para obtener fondos, acusaciones graves que desechaste por dinero. Tiene documentada la trampa que le tendieron a McPherson, y Pierce Patchett tenía una fotografía donde le chupas la polla a un prostituto. Renuncia a tu cargo o todo esto saldrá a luz.

Loew, blanco como una sábana.

—Te arrastraré conmigo.

—Hazlo. Disfrutaré del viaje.

Lo vio desde la autopista: la Tierra de los Cohetes y el Mundo de Paul yuxtapuestos. Una nave espacial creciendo desde una montaña, un gran aparcamiento vacío. Fue hasta el portón por calles asfaltadas, mostró la placa al guardia. El hombre asintió, abrió el portón.

Dos figuras paseaban por la Gran Avenida. Ed aparcó, se acercó a ellas. La Tierra de los Sueños estaba en absoluto silencio.

Inez lo vio. Se dio la vuelta y apoyó la mano en el brazo de Dieterling. Cuchichearon; Inez se alejó.

Dieterling se volvió hacia él.

—Inspector.

—Señor Dieterling.

—Llámame Ray. Estoy tentado de preguntar por qué has tardado tanto.

—¿Sabía que vendría?

–Sí, tu padre opinó lo contrario y continuó con sus planes, pero yo fui más listo. Y agradezco la oportunidad de decirlo aquí. Ante ellos se extendía el Mundo de Paul: nieve falsa, enceguecedora.

–Tu padre, Pierce y yo éramos unos soñadores –dijo Dierteling–. Los sueños de Pierce eran perversos, los míos eran benévolos. Los sueños de tu padre eran implacables... sospecho que al igual que los tuyos. Deberías saber eso antes de juzgarme.

Ed se apoyó en una baranda, dispuesto a escuchar. Dieterling le habló a su montaña.

1920.

Su primera esposa, Margaret, murió en un accidente automovilístico. Ella le había dado a su hijo Paul. 1924: su segunda esposa, Janice, dio a luz a su hijo Billy. Mientras estaba casado con Margaret, Dieterling tuvo una aventura con una mujer perturbada llamada Faye Borchard. Ella dio a luz a su hijo Douglas en 1917. Dieterling le dio dinero para mantener en secreto la existencia del pequeño: era un cineasta joven y prometedor, quería una vida libre de complicaciones y estaba dispuesto a pagar por ello. Solo él y Faye sabían quién era el padre de Douglas. Douglas pensaba que Ray Dieterling era un amigo bondadoso.

Douglas se crió con su madre; Dieterling los visitaba con frecuencia, una vida familiar doble: su esposa Margaret muerta, sus hijos Paul y Billy viviendo con él y su esposa Janice, una mujer triste que luego le pidió el divorcio.

Faye Borchard bebía láudano. Hacía que Douglas viera dibujos animados pornográficos que Raymond filmaba para ganar dinero, parte de un plan de Pierce Patchett: recursos para financiar sus empresas legales. Los filmes eran eróticos y de terror: incluían monstruos voladores que violaban y mataban. El concepto era de Patchett: anotaba sus fantasías de adicto y le daba un tintero a Ray Dieterling. Douglas se obsesionó con el vuelo y sus posibilidades sexuales.

Dieterling amaba a su hijo Douglas, a pesar de sus arrebatos y sus arranques de conducta anómala. Despreciaba a su hijo Paul, que era mezquino, despótico, estúpido. Douglas y Paul se parecían mucho.

Raymond Dieterling se hizo famoso; Douglas Borchard perdió la chaveta. Vivía con Faye, veía las películas de pesadilla de su padre: pájaros llevándose niños de las escuelas; las fantasías de Patchett pintadas en celuloide. Llegó a la adolescencia robando, torturando animales, ocultándose en salas de striptease. Conoció a Loren Atherton en uno de esos tugurios; aquel hombre malvado encontró un cómplice.

La obsesión de Atherton era el desmembramiento; la obsesión de Douglas era el vuelo. Ambos compartían su interés por la fotografía y se excitaban sexualmente con niños. Concibieron la idea de crear niños a medida.

Empezaron a matar y a construir niños híbridos, fotografiando el proceso de sus creaciones. Douglas mataba pájaros para dar alas a sus creaciones. Necesitaban un rostro bello; Douglas sugirió a Wee Willie Wennerholm: sería un entrañable homenaje al bondadoso «tío Ray», cuya obra inicial le resultaba tan estimulante. Raptaron a Wee Willie y lo descuartizaron.

Los periódicos bautizaron al asesino como «Doctor Frankenstein». Se pensaba que había un solo culpable. El inspector Preston Exley dirigía la investigación policial. Tuvo noticias de Loren Atherton, un corruptor de menores en libertad condicional. Arrestó a Atherton, descubrió su garaje-matadero, su colección de fotografías. Atherton confesó sus crímenes, dijo que eran solo obra suya, no implicó a Douglas y afirmó su deseo de morir como Rey de la Muerte. La prensa alabó al inspector Exley, se hizo eco de su llamamiento público: solicitaba a los ciudadanos con información sobre Atherton que se presentaran como testigos.

Ray Dieterling visitó a Douglas. A solas en su cuarto, descubrió un baúl lleno de pájaros muertos y dedos de niños conservados en hielo seco. Lo supo de inmediato.

Y se sintió responsable: sus obscenidades, el dinero fácil, habían creado un monstruo. Interrogó a Douglas, supo que quizá lo hubieran visto cerca de la escuela en el momento del secuestro de Wee Willie.

Medidas de protección:

Un psiquiatra silenciado con un soborno hizo el diagnóstico de Douglas: personalidad psicótica, un trastorno complicado por desequilibrios químicos en el cerebro. Remedio: drogas adecuadas administradas de por vida para mantenerlo dócil. Ray Dieterling era amigo de Pierce Patchett, un químico que trabajaba con esas drogas. Pierce brindaría protección interna, Terry Lux –amigo de Pierce– brindaría protección externa.

Lux le hizo una cara nueva a Douglas. El abogado de Atherton retrasó el juicio. Preston Exley seguía buscando testigos: una búsqueda con mucha publicidad. Ray Dieterling vivía presa del pánico. Al fin concibió un plan audaz.

Administró drogas a Douglas y al joven Miller Stanton. Les indicó que dijeran que habían visto a Loren Atherton, solo, secuestrando a Wee Willie Wennerholm: no habían hablado antes temiendo que el doctor Frankenstein se vengara. Los niños contaron su historia a Preston Exley; él la creyó; identificaron al monstruo. Atherton no reconoció a su amigo, quirúrgicamente modificado.

Transcurrieron dos años. Loren Atherton fue juzgado, condenado, ejecutado. Terry Lux operó de nuevo a Douglas, destruyendo su semejanza con el niño testigo. Douglas vivía sedado por Pierce Patchett, en la sala de un hospital privado, custodiado por enfermeros. Ray Dieterling alcanzó aún mayor éxito. Entonces Preston Exley llamó a su puerta.

La noticia: una niña, ahora más grande, se había presentado. Había visto al hijo de Dieterling con Loren Atherton en la escuela, el día del secuestro de Wee Willie.

Dieterling sabía que en realidad era Douglas, que tanto se parecía a Paul. Ofreció a Exley una gran cantidad de dinero para disuadirlo. Exley recibió el dinero, luego intentó devolverlo. «Justicia» –dijo–. «Quiero arrestar al chico.»

Dieterling vio la ruina de su imperio. Vio al mezquino y obtuso Paul libre de culpa. Vio a Douglas capturado, destruido por el mal que su arte había engendrado. Insistió en que Exley se quedara con el dinero. Exley no protestó. Ray preguntó si no habría otra manera.

Exley preguntó si Paul era culpable.

—Sí —dijo Raymond Dieterling.

—Ejecución —dijo Preston Exley.

Raymond Dieterling aceptó.

Llevó a Paul de acampada a la Sierra Nevada. Preston Exley esperaba allí. Drogaron la comida del chico; Exley le disparó mientras dormía y lo sepultó. El mundo creyó que Paul se había perdido en un alud; todos creyeron la mentira. Dieterling pensó que odiaría a ese hombre. El precio de ese acto de justicia realizado ante sus ojos le dijo que era solo otra víctima. Ahora compartían un vínculo. Preston Exley renunció a la policía para construir edificios con el dinero que le había dado Dieterling. Cuando mataron a Thomas Exley, Ray Dieterling fue la primera persona a quien llamó. Juntos construyeron a partir del peso de sus muertos.

—Y todo esto —terminó Dieterling— es mi patético final feliz.

Montañas, cohetes, ríos: todo parecía sonreír.

—¿Mi padre nunca supo lo de Douglas? ¿De veras creyó que Paul era culpable?

—Sí. ¿Me perdonas? En nombre de tu padre.

Ed sacó un broche. Hojas de roble de oro: las insignias de inspector de Preston Exley. Un legado: Thomas lo había recibido primero.

—No. Presentaré un informe al gran jurado del condado, solicitando que lo condenen por el asesinato de su hijo.

—¿Una semana para poner mis asuntos en orden? ¿Adónde podría huir, siendo tan famoso?

—Sí —dijo Ed, y caminó hacia el coche.

Carteles de la campaña reemplazaban la maqueta a escala de las autopistas. Art De Spain desenvolvía folletos. Ya no tenía el brazo vendado. Una inequívoca cicatriz de bala.

—Hola, Eddie.

—¿Dónde está mi padre?

—Regresará pronto. Y enhorabuena por tu ascenso. Debí llamarte, pero aquí hemos estado muy atareados.

—Mi padre tampoco me llamó. Todos queréis fingir que todo va bien.

—Eddie...

Un bulto en la cadera izquierda de Art: aún llevaba un arma.

—Acabo de hablar con Ray Dieterling.

—No creímos que lo hicieras.

—Dame tu arma, Art.

De Spain se la entregó. Filamentos de silenciador, Smith & Wesson 38.

—¿Por qué?

—Eddie...

Ed vació el arma.

—Dieterling me lo ha contado todo. Y tú eras el ayudante de mi padre entonces.

El hombre demostró orgullo.

—Ya conoces mi modo de obrar, mi dulce Ed. Fue por Preston. Siempre fui su leal asistente.

—Y sabías lo de Paul Dieterling.

—Sí, y sé hace años que no era el verdadero asesino. Me pasaron un soplo en el 48. Según ese soplo, el chico estaba en otra parte cuando secuestraron a Wennerholm. No sabía si Ray había entregado a Paul legítimamente o no, y no podía destrozar el corazón de Preston diciéndole que había matado a un niño inocente. No podía estropear su amistad con Ray... le habría hecho demasiado daño. Ahora sabes cómo me obsesionó el caso Atherton. Siempre necesité saber quién mató a esos críos.

—Y nunca lo averiguaste.

De Spain movió la cabeza.

—No.

—Háblame de los hermanos Englekling.

Art cogió un cartel: Preston con un fondo de edificios.

—Yo había ido a la Oficina de Detectives. Sé que fue en pleno 53. Vi esas fotos en el tablón de Antivicio. Chicos bonitos y desnudos unidos en una cadena sexual. El diseño me recordó las fotos

512

que tomaba Loren Atherton, y supe que solo Preston, yo y otros policías las habíamos visto. Quise rastrear las fotos y no llegué a ninguna parte. Poco después oí que los hermanos Englekling prestaron esa declaración para el Nite Owl, pero tú no la investigaste. Pensé que ellos eran una pista, pero no pude dar con ellos. El año pasado me informaron de que estaban trabajando en una imprenta cerca de San Francisco. Fui a hablar con ellos. Solo quería averiguar quién preparaba esas fotos.

Las notas de White: torturas espantosas.

—¿Hablarles? Sé lo que ocurrió allí.

Un destello de orgullo.

—Creyeron que era una extorsión. Salió mal. Tenían algunos negativos de fotos porno, y traté de obligarlos a identificar a la gente. Tenían heroína y drogas antipsicóticas. Dijeron que conocían a un chulo que distribuiría una mezcla de heroína que enloquecería al mundo, pero que ellos podían hacer algo mejor. Se rieron de mí, me llamaron «abuelo». Pensé que tenían que saber quién preparaba ese material. No sé... sé que me volví loco. Creo que pensé que habían matado a esos niños y que perjudicarían a Preston. Eddie, se rieron de mí. Pensé que eran traficantes de droga, y que al lado de Preston no eran nada. Y este abuelo se los cargó.

Había rasgado el cartel.

—Mataste a dos hombres por nada.

—Por nada no. Por Preston. Y te ruego que no se lo cuentes.

«Solo otra víctima», quizá la víctima a quien la justicia deja escapar.

—Eddie, no debe saberlo. Y no debe saber que Paul Dieterling era inocente. Eddie, por favor.

Ed lo apartó a un lado, recorrió la casa. Los tapices de su madre le hicieron pensar en Lynn. Su viejo cuarto le hizo pensar en Bud y Jack. La casa parecía impregnada de inmundicia: comprada y pagada con dinero sucio. Bajó, vio a su padre en la puerta.

—¿Edmund?

—Quedas arrestado por el asesinato de Paul Dieterling. Pasaré dentro de unos días para llevarte.

El hombre no se inmutó.

—Paul Dieterling era un asesino psicópata que merecía de sobra el castigo que le infligí.

—Era inocente. Y de todos modos es homicidio en primer grado.

Ni un pestañeo de remordimiento. Una arrogancia inconmovible, invulnerable, inexpugnable, intratable.

—Edmund, estás muy perturbado en este momento.

Ed siguió de largo. Su adiós:

—Te maldigo por todo el mal que me has hecho.

El Dining Car: un lugar rutilante lleno de gente guapa. Gallaudet en el bar, tomando un martini.

—Malas noticias sobre Dudley. No querrás oír esto.

—No puede ser peor que otras cosas que he oído hoy.

—¿Sí? Bien, Dudley está libre como un pájaro. La hija de Lana Turner acaba de apuñalar a Johnny Stompanato. Joder, muerto al llegar al hospital. Fisk estaba apostado enfrente y vio cómo la ambulancia y el Departamento de Policía de Beverly Hills se llevaban a Johnny. No tenemos testigos ni pruebas. Genial, muchacho.

Ed cogió el martini, se lo bebió.

—Al cuerno con el puñetero Dudley. Tengo un fajo de dinero de Patchett para financiarme, y acabaré con ese cabrón irlandés aunque sea lo último que haga, muchacho.

Gallaudet rió.

—¿Me permites una observación, inspector?

—Claro.

—Tu modo de hablar se parece cada día más al de Bud White.

CALENDARIO
Abril de 1958

EXTRACTO

Times de Los Ángeles, 12 de abril

GRAN JURADO REVISA PRUEBAS DEL NITE OWL Y DECLARA CERRADO EL CASO

Casi cinco años después del crimen, la ciudad y el condado de Los Ángeles se despidieron oficialmente del «Crimen del Siglo» en el sur de California, el tristemente famoso caso del Nite Owl.

El 16 de abril de 1953, tres pistoleros irrumpieron en la cafetería Nite Owl de Hollywood Boulevard y mataron a balazos a tres empleados y tres clientes. Se supuso que el motivo era el robo, y las sospechas pronto recayeron sobre tres jóvenes negros, a quienes se arrestó como sospechosos.

Los tres –Raymond Coates, Tyrone Jones y Leroy Fontaine– escaparon de la cárcel y resultaron muertos al resistirse al arresto.

Presuntamente, los tres confesaron ante el fiscal del distrito Ellis Loew antes de su fuga, y se dio el caso por resuelto.

Cuatro años y diez meses después, un interno de San Quintín, Otis John Shortell, presentó información que indujo a muchos a creer que los tres jóvenes eran inocentes de la Matanza del Nite Owl. Shortell declaró que estaba junto a Coates, Jones y Fontaine cuando estos participaban aún en la violación de una joven, a la hora exacta de la matanza. El testimonio de Shortell, verificado mediante detector de mentiras, indujo a la opinión pública a exigir la reapertura del caso.

Esta exigencia cobró aún más fuerza después del asesinato de Peter y Baxter Englekling el 25 de febrero. Los hermanos, convictos por tráfico de narcóticos, fueron testigos materiales en la investigación del Nite Owl en 1953 y afirmaron entonces que la matanza tenía su origen en una red de intrigas que se relacionaban con la pornografía. Aún no se ha resuelto la muerte de los Englekling.

En palabras del teniente Eugene Hatcher, del Departamento del Sheriff del condado de Marin: «No hay ninguna pista. Pero aún seguimos intentándolo».

El caso Nite Owl se reabrió, y se revelaron conexiones con la pornografía. El 27 de marzo, el adinerado inversor Pierce Morehouse Patchett fue asesinado por arma de fuego en su casa de Brentwood, y dos días después la policía mató por arma de fuego a Abraham Teitlebaum, 49 años, y Lee Peter Vachss, 44 años, sus presuntos asesinos. Ese mismo día aconteció la tristemente célebre «Matanza de los Uniformes Azules». Entre los delincuentes muertos: Burt Arthur «Doble» Perkins, cantante de clubes nocturnos vinculado con el submundo del hampa. Se dio por sentado que Teitlebaum, Vachss y Perkins eran los asesinos del Nite Owl. El capitán Dudley Smith, del Departamento de Policía de Los Ángeles, ofreció esta declaración:

«La Matanza del Nite Owl derivó de un grandioso plan para distribuir perversas y corruptoras obscenidades pornográficas. El objetivo de Teitlebaum, Vachss y Perkins era matar a Delbert "Duke" Cathcart, traficante independiente de material pornográfico, y adueñarse al mismo tiempo de los negocios de Pierce Patchett. Pero el que estaba allí era un tal Dean van Gelder, un delincuente que se hacía pasar por Cathcart. El caso del Nite Owl quedará como testimonio de los crueles caprichos del destino, y me satisface que esté resuelto al fin».

El capitán Edmund Exley, ahora ascendido a inspector, se llevó los laureles por la resolución de la reapertura del caso del Nite Owl, y ha declarado que por fin está cerrado, a pesar de los rumores de que un cuarto conspirador había resultado muerto cuando estaban a punto de arrestarlo.

«Tonterías —declaró Exley—. Di al gran jurado un informe detallado del caso y yo mismo he testificado. Aceptaron mis averiguaciones. Está cerrado.»

A un alto precio. El jefe de Detectives del Departamento de Policía, Thad Green, quien pronto se retirará y asumirá el mando de la Patrulla de Fronteras, declaró: «No hay caso comparable al del Nite Owl por la cantidad de recursos, horas y hombres acumulados en la investigación. Ha sido un caso excepcional y hemos pagado un elevado coste para resolverlo».

EXTRACTO

Mirror-News de Los Ángeles, 15 de abril

ASOMBRO ANTE LA RENUNCIA DE LOEW; REVUELO EN LA COMUNIDAD LEGAL

Cunden las especulaciones en los círculos legales del sur de California: ¿por qué el fiscal del distrito Ellis Loew renunció ayer a su cargo, poniendo fin a una brillante carrera política? Loew, de 49 años, anunció su renuncia en su habitual conferencia de prensa semanal, pretextando agotamiento nervioso y el deseo de regresar a la práctica privada de la abogacía. Ayudantes próximos al funcionario describieron ese abrupto retiro como asombrosamente atípico. La Fiscalía del Distrito está anonadada: Ellis Loew parecía gozar de perfecta salud.

Robert Gallaudet, fiscal jefe de asuntos criminales, declaró a este reportero: «Mire, estoy pasmado, y yo no me pasmo fácilmente. ¿Cuál es el motivo subyacente a la renuncia de Ellis? No lo sé, pregúntele a él. Y cuando los concejales designen un fiscal interino, espero que piensen en mí».

Cuando se aplacaron las ondas del impacto, llovieron las alabanzas. El jefe del Departamento de Policía, William H. Parker, describió a Loew como un «enérgico y ecuánime enemigo de los delincuentes», y el capitán Dudley Smith, ayudante de Parker, declaró: «Echaremos de menos a Ellis. Era un gran defensor de la justicia». El gobernador Knight y el alcalde Norris Poulson enviaron telegramas a Loew pidiéndole que reconsiderara su decisión. No hemos podido obtener declaraciones de Loew.

Herald-Express de Los Ángeles, 19 de abril

SUICIDIOS EN LA TIERRA DE LOS SUEÑOS: CONSTERNACIÓN Y PESAR

Los hallaron juntos en la Tierra de los Sueños, temporalmente cerrada para llorar la muerte del hijo de un gran hombre. Preston Exley, de 64 años, ex policía de Los Ángeles, magnate de la construcción y neófito en política. Inez Soto, de 28 años, directora de publicidad del complejo de diversiones más célebre del mundo y testigo clave en el siniestro caso del Nite Owl. Y Raymond Dieterling, de 66 años, padre de la animación moderna, el genio que virtualmente creó los dibujos animados, el hombre que construyó la Tierra de los Sueños como tributo a un hijo trágicamente perdido. El mundo en general y Los Ángeles en particular han expresado gran pesar y consternación.

Los hallaron juntos la semana pasada, en la Gran Avenida de la Tierra de los Sueños. No se encontró ninguna nota, pero Frederic Newbarr, forense del condado, pronto descartó la posibilidad de homicidio y dictaminó que la causa de las muertes era el suicidio. El procedimiento: los tres ingirieron cantidades fatales de una rara droga antipsicótica.

Expresiones de pesar ante la trágica noticia: el presidente Eisenhower, el gobernador Knight y el senador William Knowland se contaron entre quienes expresaron sus condolencias a los seres queridos de los tres fallecidos. Exley y Dieterling dejaron grandes fortunas: el magnate de la construcción legó su reino empresarial a su leal asistente Arthur De Spain y su fortuna financiera de 17 millones de dólares a su hijo Edmund, oficial de policía de Los Ángeles. Dieterling dejó sus vastas propiedades a un fondo legal, con instrucciones de repartir los fondos y las futuras ganancias de la Tierra de los Sueños entre diversas instituciones caritativas para niños. Resueltos los problemas legales y cuando aún no se había disipado el asombro y la consternación generales, empezaron a surgir especulaciones sobre el motivo de los suicidios.

La señorita Soto había tenido una relación amorosa con Edmund Exley, el hijo de Preston Exley, y últimamente había sufrido a causa de la publicidad relacionada con su papel en el caso del Nite Owl. Raymond Dieterling estaba abatido por el reciente asesinato de su hijo William. Preston Exley, en cambio, se hallaba en plena celebración de su mayor triunfo, la conclusión del sistema de autopistas del sur de California, y acababa de anunciar su candidatura a gobernador. Una encuesta realizada poco antes de su muerte lo anunciaba como ganador de la nominación republicana. No parece haber motivo lógico para que este hombre se quitara la vida. Los más allegados a Preston Exley –Arthur De Spain y su hijo Edmund– se han negado a hacer declaraciones.

Cartas de condolencia y tributos florales inundan la Tierra de los Sueños y la mansión de Preston Exley en Hancock Park. Las banderas ondean a media asta en el estado de California. Hollywood llora la pérdida de un coloso del cine.

Preston Exley y Ray Dieterling fueron personajes grandiosos. Inez Soto era una muchacha enérgica y sufrida que se convirtió en asistente de confianza y amiga íntima de ambos. Antes de su muerte, los tres añadieron codicilos a sus testamentos, declarando que deseaban que sus cuerpos reposaran juntos en el mar. Este acto se llevó a cabo ayer, sumariamente, sin ceremonia religiosa y sin invitados. El jefe de seguridad de la Tierra de los Sueños se encargó de ello y se negó a revelar el lugar donde se dio descanso eterno a los cuerpos. La pregunta «¿Por qué?» aún tiembla en millones de labios.

El alcalde Norris Poulson no sabe la razón. Pero ofrece un apropiado encomio: «En pocas palabras, estos dos hombres simbolizaban la realización de una visión: Los Ángeles como un lugar de ensueño y gran calidad de vida. Más que nadie, Raymond Dieterling y Preston Exley personificaron los sueños de bondad y grandeza que han construido esta ciudad».

QUINTA PARTE
Cuando te hayas ido

78

Ed con uniforme de gala azul.

Parker sonrió, le impuso estrellas de oro en los hombros.

—Subjefe Edmund Exley. Jefe de Detectives, Departamento de Policía de Los Ángeles.

Aplausos, flashes. Ed estrechó la mano de Parker, miró a la muchedumbre. Políticos, Thad Green, Dudley Smith. Lynn al fondo de la sala.

Más aplausos, hombres en fila para estrecharle la mano: el alcalde Poulson, Gallaudet, Dudley.

—Muchacho, qué gran actuación. Ansío servir bajo tu mando.

—Gracias, capitán. Sin duda pasaremos momentos estupendos juntos.

Dudley le guiñó el ojo.

Desfilaron concejales; Parker guió a la multitud hacia los refrigerios.

Lynn se quedó en la puerta.

Ed se acercó a ella.

—No puedo creerlo —dijo Lynn—. Abandono a una celebridad con diecisiete millones de dólares por un lisiado con una pensión. Arizona, amor. El aire es bueno para los pensionistas y sé dónde queda todo.

Lynn había envejecido en los últimos meses. De bella a guapa.

—¿Cuándo?

—Ahora, antes de que me arrepienta.

—Abre el bolso.

—¿Qué?

—Hazlo.

Lynn abrió el bolso. Ed arrojó un fajo envuelto en plástico.

—Gástalo pronto, es dinero sucio.

—¿Cuánto?

—Lo suficiente para comprar Arizona. ¿Dónde está White?

—En el coche.

—Te acompaño.

Sortearon la fiesta, bajaron por la escalera lateral. El Packard de Lynn en el espacio del jefe de guardia, con una citación pegada al parabrisas. Ed la rompió y miró al asiento trasero.

Bud White. Aparatos de metal en las piernas, la cabeza rasurada y suturada. Sin entablillados en las manos: parecían fuertes. La boca cosida con alambres le daba un aire tétrico.

Lynn se quedó a varios metros. White trató de sonreír, hizo una mueca.

—Te juro que acabaré con Dudley —dijo Ed—. Juro que lo haré.

White le aferró las manos, las estrujó hasta que ambos hicieron una mueca de dolor.

—Gracias por el empujón —dijo Ed.

Una sonrisa, una carcajada a través de los alambres. Ed le tocó la cara.

—Fuiste mi redención.

Algarabía de fiesta arriba, Dudley Smith riendo.

—Tenemos que irnos —dijo Lynn.

—¿Alguna vez tuve posibilidades?

—Algunos hombres consiguen el mundo, otros consiguen ex prostitutas y un viaje a Arizona. Tú eres de los primeros, pero por Dios que no te envidio la sangre que te pesa en la conciencia.

Ed la besó en la mejilla. Lynn subió al coche y subió las ventanillas. Bud apretó las manos contra el cristal.

Ed tocó el cristal por fuera, con palmas pequeñas en comparación con las de Bud. El coche avanzó. Ed lo siguió corriendo, manos contra manos. Una curva, un bocinazo de despedida.

Estrellas de oro. A solas con sus muertos.